第一方红印

HONG
YIN

綦国瑞 著

作家出版社

作者简介

綦国瑞，山东莱州市南关村人。1974 年毕业于烟台师院中文系，1987 年再入中国社科院研究生院新闻系就读。编审、高级记者，中国作家协会会员、中国散文学会理事、中国行政管理学会理事、山东省散文学会名誉副会长、烟台市散文学会名誉会长、烟台胶东历史文化研究会副会长。

先后在乡、县、市机关和新闻、出版等部门工作，担任多家报纸和刊物的副主编、主编。在新闻、公文、文学、历史、家教、理论研究等多个领域著作甚丰。出版图书十余种，发表稿件千余篇，编辑图书数十部。作品曾获得冰心散文奖，并多次获得全国、省、市文学奖项。

序

张炜

2022年元旦刚过不久，一个大雪纷飞的日子，国瑞把将要出版的散文集《第一方红印》传来。这让我再次读到亲切的家乡文字，度过了一段特别温煦的日子。一些熟悉的场景和情致扑面而来，令人难以释卷。

国瑞是鲁东大学校友，成长于烟台的散文家。我这些年来不断读到他的作品，一直关注和喜爱他的文字。其文与人有着与他人不同的韵致和格调，有着强烈的地域色彩。他之情怀、经历和学养，决定了其篇章的格局和高度。

《书生意气》是一组历史文化散文，视野开阔，写作对象，则是茫茫历史长河中的审慎选取。作者在惠州听百姓称苏东坡为"碎嘴婆"，一时甚感惊奇。他没有止于已有的关于苏东坡汗牛充栋的成说，而是深入采访，写出苏东坡遭贬苦境之中的实感与现场：身心忧愤劳碌，情系底层，读来为之动容。王懿荣是尽人皆知的甲骨文之父，作者却以独到之笔浓墨书写他毁家纾难的场景，将这一震撼人心的悲壮画面给予定格。郑耀南是胶东抗日根据地的创始人，杨朔是胶东同乡，作者都交付一颗后来人的诚挚之心，与之心心相印，口吻感人至深。他写到自己读完高二，回乡参加生产劳动时初读《雪浪花》："下雨的日子，就会捧读。""我常捧书细思，他的这颗一尘不染、超凡脱俗、美丽如花的思想灵魂来自何方？"

国瑞深爱美丽河山，抒写自然风光自是强项。他写江西南丰："定睛看去，一棵树就是一块绿色的巨大翡翠。放眼望去，国礼园就是一片油汪汪的翡翠的湖泊。这满眼的翠绿与滔滔江水相融，一方大地都成了翠绿闪光的地方。”写四川广汉三星堆：“这路在脚下不断变幻着颜色，一段路是绿色的，一段路又是黄色的，再一段路又是蓝色的。这多么像是天上的五彩云霞飘落在林间，这又多么像是五彩的蜀锦一段段铺展在田野。走在上面，我恍惚感觉就如走进了天上的彩云。”

他写得最细最深的，还是烟台。这里作为自己的家乡，心中的一片热土，他一直是她的终生追随者、一个从不停歇的讴歌者。他没有一刻脱离火热的生活和挚爱的乡亲，时刻倾听半岛足音，深深吸入泥土芬芳。《风流人物》就是这样的集锦，虽为一隅之作，奏响的却是深长悠远的生命旋律。

作为一个喜欢沉思的人，国瑞的文字常常进入遥想与思辨的理性之中。他除了对社会世相的思考，还对写作学本身给予深入探究，于是就有了本集中的《散文纵论》。这组文章对时文友朋给予评论，将写作实践加以感悟，其中无庸言无说教，只是朴实透彻地娓娓道来。“志高则言洁、志大则辞弘、志远则旨永”，这是他的文心所向，他不倦的追求和攀越的目标。

这个集子当是他重要的创作实践，是他留给岁月的一份心灵印迹。让我们走进国瑞的世界，感受他的欣悦及其他，他的无尽思绪，他的激越和畅想。

窗外大雪纷纷扬扬，新的一年即将到来，让我们打开国瑞之书。

2022.1.18

（作者为中国作家协会副主席、著名作家、茅盾文学奖得主）

关于綦国瑞散文“+”的隔空解读 —— 红孩

2021年岁末，西安疫情暴发，我躲在酒店里坐卧不宁，天天关注每天确诊的数字。本来，我是个很有定力的人，相信一切事物终究是“无中生有，有归于无”。可是，接二连三的各种新闻还是破坏了我的情绪。这时，远在烟台的老朋友散文家綦国瑞给我发来微信，说他的散文集《第一方红印》要出版，希望我能为其作个序言。我略微迟钝了一下，说，你先发给我，至于哪天写出来，确实是个未知数，主要看我的情绪。作为写作散文多年的老友，我相信綦国瑞此刻一定能够理解我。转眼一周过去了，十天过去了，我曾努力想尽快地把綦国瑞的文章看完，尽快完成他的托付，可是一坐在电脑前，满脑子还是关于疫情的种种。我内心知道，关于綦国瑞、綦国瑞的散文和他的散文理论，我是很熟悉的。綦国瑞是个热情、真诚又颇具儒雅之气的山东人，同他相处心里特别踏实。我曾称赞他是烟台散文的“大旗大树大德”。他的文章我编过不少，读得就更多，他对散文充满了热情、敬意和深研，无论是文化散文、风光散文、人物散文，还是纪实散文，都写得清新质朴、大气不凡，表现了与众不同的胸襟和格局。峻青先生和李存葆副主席都为他的散文集写过序言，他们共同认为，他有“家国情怀，书生本色”。峻青在《家住海边的日子》序中说：“国瑞的散文确如我见过人一样，朴素优美的字里行间处处流露着真诚。”李存葆在为《那条长长的胡同》作序时说：“这是一本需要仔细阅读的书，它有着吸引人的美感、质感和深刻的思想，也有着浓烈的真情实感，不可与那种万言杯水的读物同日而语。”我也有着相同的看法，是不需要再做更多了解的。我只需把我的思路稍加理顺就可以了。我选择几个心情相对稳定的日子，把綦国瑞的这部文稿通读一下，发现这文稿与往昔相比，既保留过去的特色，在题材开掘、表述策略、艺术特色上更有诸多新的令人可喜的探索和提升。读着他从心窝里流淌出的带着温度的隽永文字，不自觉地进入他精心构建的种种意境，洞见其深刻的思考和独到的见解。我更高兴地看到，这并不是完全的散文集，而更多的是散文“+”。这个所谓的“+”，就是他这些年关于散文创作的心得，即散文理论。他的这些理论是来自于自己的创作实践，因此非常接地气，能与写作者心气相通，入脑入心，有很强的可操作性。对初入门者，更有裨益。我一直主张作家在文学创作的同时，适当的写些理论文章，这对文学创作非常有帮助。很荣幸的是，收录本书中的“+”里，就有綦国瑞为我的散文写的评论文章。因为是同道，在下面的文字，我想就阅读綦国瑞的“+”文，谈一下我的感受，姑且作为序言。

綦国瑞：在经历了同样的事和见过了同样的人后，有的人能写出优美的散文，有的人却是面对键盘，一片茫然，一个字也敲不出来。关键是能敲键成文的人有情怀，而写不出文章的人缺的是情怀。（引自《散文写作的原点》）

红孩：必须承认，面对相同的人和事，每个人的感受往往有着很大的差异。在采风采访中，一二十人到某个景区参观，有的人拿本详细记录，有的人走马观花，谈笑风生，看似漫不经心，但回去以后，往往详细记录的人，并没有写出好的散文，而那位漫不经心的人却有精彩文字呈现。这里就有个情怀问题，也就是对事物的敏感度。敏感度不是长时间思考的结果，而是一瞬间，这很像参禅，面壁十年是个过程，得到正果就在一闪念，所谓的放下屠刀，立地成佛就是这个道理。在写作上，意在笔先，没有了意，再多的文字也是徒劳的。

綦国瑞：在长期的写作实践中，我逐步形成了一些观念：散文必须有自己的真情实感，无真情实感难有情怀；必须要有自己的独特感受，有感受才会写出形象；必须有对题材的深刻理解，有理解才会有思想观点，才会让文章达到一定的高度。形、情、意成为我写散文的不断努力

的三个指向。（引自《望见高峰》）

红孩：我非常同意上述观点，文学创作，或者说艺术创作，必须要融入自己的真情实感，有自己的独特感受。这里强调的真情实感、独特感受，并不是要求散文写作必须是完全真实的。我一直认为，文学创作，包括散文创作，它是生活的提炼再创造，在这个过程中，是不可能将生活原封不动地复制的，否则就没有什么创作可言。也就是说，虚构在创作中是存在的，但它丝毫不影响情感的真实性，对事物的感受性。

綦国瑞：散文要写出意境，首先要选好意象，但在写作时不能是自然主义的描摹，那写在纸上的意象是带着作者的情感、思想、温度、心血的文字，是从心底流淌出来的感觉和感受，是“想成”的。（引自《用思想感情再造环境》）

红孩：散文写作大体分叙事、抒情、写意三种状态，这三者可独立，也可相互联系。就大多数写作者而言，往往写作几十年，最终就在叙事、抒情上停滞不前了。我把散文创作常与下围棋作比较，为其分九个段位，一般能下到五六个段位就了不得了。这也就是我对散文写作的那种叙事抒情的估价。写意肯定在七八九段位上。至于聂卫平那种，简直是超九段，完全可以用登峰造极来形容。中国的诗词、美术、音乐是很强调写意的，这与《易经》《道德经》、佛教有着极大的关系。显然，自然的描摹，是达不到写意的高度。那怎样才能获得写意的技巧呢？我以为这仍如同参禅，不能说，不可说，不要说。

綦国瑞：时下人们的阅读不但需要美的享受，他们同样渴望思想的启迪。思想哪里来，它需要作者对形象的客观世界的深刻理解，看到的东西不能完全算是自己的，只有理解了的东西，才能真正进入作者的精神世界，才能经过作者的过滤、提炼、集中、升华，产生非比寻常的灵感，产生超出常人常规的深刻新颖的思想。（引自《散文创作的思维路径》）

红孩：每个人的写作都是有目的的，都是想通过我的发现我的感悟与读者共鸣。我曾说，散文创作就是从我到我们的过程，也就是从个性到共性的过程，也就是哲学的过程。共鸣无外乎有三种可能，一是情感的共鸣，二是审美的共鸣，三是思想的共鸣。在这三种共鸣中，没有高下之分，只要写到极致，都不失为好作品。

綦国瑞：现代的散文写作与传统的写作有了很大的改变。面对这些变化曾经感到无所适从，感到苦恼和纠结，曾经出现彷徨与停顿。在度过了这样一个阶段以后，我变得淡定和坦然。在传统和现代中如何选择，我觉得面对变动不定的风向，应该胸怀坦荡，头脑清晰，从容思考，有所坚守，有所变革，有所为，有所不为。（引自《散文写作的坚守与变革》）

红孩：我们所处大变革的时代，一切都在创新发展，作为文学艺术也是千变万化，城头不断变幻大王旗。就散文而言，两千年来，不同朝代都有那个时代的风格。白话文一百年来，使散文更加的自由，写作人数也是数以几十万上百万计。散文在过去是贵族文体，是当官的和士大夫所拥有的，平民百姓想都不敢想。现代人所谓的反传统，并不是反古文，而更多的是反新中国成立后的程式化散文。我以为，文学创作就该有创新，它不像戏曲，其唱腔是程式化的，所以有梅派、马派、程派等等。但散文如果有了流派，这就成了问题。我倡导继承前人的智慧，但不能固守不变。至于创新是否成功，那不是自己说了算的，那得由时间去检验。

綦国瑞：纪实散文就是通过作者自己独特的感受来反映一个人或一个单位的事迹和精神。要有形，即形象，没有形象就不是文学。作者要对被采访对象进行形象感觉、思考、判断，进行审美提升，进入审美思维境地；要有情，即有作者浓烈的感情；要有意，所谓意是意蕴，是立意，是文章所要表达的思想。（引自《关于纪实散文的写作》）

红孩：纪实散文应属叙事散文。纪实散文过去也称人物特写，后来和人物通讯、报告文学扯在一起。我不大主张把散文分类过细，往往越分类清楚，越破坏散文的审美与意蕴。前些年，贾平凹提出大散文概念，于是有很多人误领其意，纷纷写几万字甚至十几万字的长篇散文，认为这就是大散文。散文之大与小，本来就没有界定，我理解的大散文是指情感的抒发、意蕴的表现和思想的张力，与文字长短没有关系。事实上，纪实散文也要抒情、写意，单一地强调某一方面，都不会把散文写好的。

綦国瑞：从传统意义上讲，“史笔文心”是对著作的极高评价。把文章写出历史的质感和亮色，是不易达到的高度，必须有胆有识，既要宏观把握历史的大局、脉络和走向，更要对历史有深刻的洞察和剖析。（引自《史笔文心写随笔》）

红孩：散文写作在题材上没什么要求，古今中外、山川河流、动物植物、宇宙万物都可。近些年，随着余秋雨的文化思考型散文的出现，很多作家也十分热衷对历史题材的创作。我对余秋雨散文写作的创新精神一直充满敬意，尽管有些争议。我常想，假如没有余秋雨散文的出现，现在的散文会是什么样子？同时，我也看到，有无数人在余秋雨之后邯郸学步，历史题材倒是涉及了，可是写不出余氏散文的大气，更写不出余氏散文的思想。我看到的大量的文史类散文，像说明书，像历史资料的堆砌，我多次说过，作家要向历史学家、考古学家学习，但不要成为考古学家，因为作家不承担考古任务。文学的终极目标不是寻求事物的确定性，而是非确定性。

现在国瑞兄正在追求“庾信文章老更成，凌云健笔意纵横”的境界，我支持他，也相信他。他的《第一方红印》的出版就是实实在在的明证。

2022.1.11 西安

（作者为中国散文学会常务副会长、作家、散文理论家）

目　录

[第三辑]

风流人物

[第四辑]

散文纵论

附录

[跋]

第一辑

书生意气

千年之碑

——苏东坡，“碎嘴婆”

时在初秋，夕阳西照，惠州西湖苏堤沐浴在一片金辉中，热烈又敞大。身处此境，我的心情畅达又温暖，禁不住和一位年约五旬的女卫生管理员攀谈起来，我问她：“你知道苏东坡吧？”话一出口，我又觉得话问得有些唐突，一个普通的劳动妇女，很有可能是不知道苏东坡的啊，谁知，她是这样回答我的：“谁不知道啊，他是出了名的一个‘碎嘴婆’！”我惊呆了。在我老家，那些喜欢唠唠叨叨的人才被戏称为“碎嘴婆”的，苏东坡是震古烁今的大文豪，是中国文人的偶像，是中国人的骄傲，在惠州他怎么成了“碎嘴婆”呢？我好奇地问，这个名字是从哪儿来的？女管理员说，是她爷爷告诉她的，而她的爷爷是从爷爷的爷爷那里听说的，是辈辈世世传下来的，我又问其中的缘由，她说：“苏东坡到惠州的时候是个贬官，没有权力，他看到我们百姓的疾苦，为解决我们的困难，只好到处絮絮叨叨地对当官的说，对富人说，对和尚说，对我们平头百姓说。在他的叨叨下，不少问题得到了解决，我们老百姓就给了他一个外号叫‘碎嘴婆’。”原来，“碎嘴婆”是惠州人满含深情地送给苏东坡的一个爱称、昵称，是惠州人世代相传的苏东坡的口碑。

当我在惠州百姓中弄清这座口碑的来历后，我被深深地感动了，也引起深深地思索。

1

苏东坡到惠州，是他仕途的“过山跳”，一下子从高峰跌向了深谷。

宋绍圣元年（1094）是北宋历史上极其动荡的一年，太后去世，新帝继位。随着新帝的登基，司马光为首的保守派失势，王安石为首的一派重掌大权。苏东坡被卷到这次大动荡的旋涡里。

这年是倒春寒，寒风呜呜地刮进京城，遍地的黄尘随风翻卷，飘忽不定。忽然，苏府门前一片嘈杂，几个威风凛凛的太监、武士冲进门来，苏东坡闻声连忙赶了出来，一阵风起，把他稀疏的胡子吹得歪歪斜斜。在听完来使宣读的旨意后，全家都处于惊恐和悲伤中，他木然地坐在椅子上。

屈指算来，苏东坡这次入京做官已看过了六度的花开叶落，这是他仕途上的高峰，在这里备受太后和皇帝的信任，不离太后左右，相处得像家人一样，他们之间可以轻松地说个笑话，当然更多地是探讨治理国家的大事，他的一些政治主张经常被采纳。他先后做过兵部尚书和礼部尚书，还做过翰林学士知制诰，皇帝诏书全部出自他的手笔，其对皇帝和太后都有着极大的影响力，朝中权贵无不让他三分，正有着一人之下万人之上的荣耀。有一次，皇帝甚至把一条外邦进贡的镶金嵌银的犀牛玉带赐给他。

这些年也是他生活上最快活的几年，高堂华屋，锦衣玉食。闲来三五好友谈诗论画，节假日携全家人在京城闲逛，一家人都享受着从未有过的快乐安逸的生活。

苏东坡早已料到，太后去世，对自己心存不满的太子登基，曾经的政敌重掌大权，他是没有好果子吃的，但他没有想到，既遭“严谴”又被发配到“瘴疠之地”的惠州。限时离京，无可商量。苏东坡是个以天下为己任，以百姓利益为重的人，他不搞人身依附，也不入帮派团伙，在王安石当权的时候他反对伤害百姓的青苗法，在司马光当权的时候，他又反对全盘否定改革措施，他是真心为国，一心为民的，他判定事务的唯一标准是对百姓有不有利，利则从之，害则去之。正因如此，两派都不把他当自己人，两派都容不得他。

当他决然地从椅子上站起来的时候，他已经筹划好了一切。他明白此去凶多吉少，他已是五十九岁多病之身，不知能否走到遥远的贬谪地，更不知能否再返京城，他不想再让一家老小都跟自己受罪，他决计把一家老小托付给在河南当官的弟弟，天大事情一身担。当走到河南时，他就把一家人交托给在此当官的弟弟子由。只有爱妾王朝云坚决要相随照顾。

风急云暗，在一片唏嘘的离别声里，苏东坡操起拐杖，继续艰难的路程。有朝云相伴，苏东坡的心里有了一丝温暖，家人也有了一点安慰。

2

宋绍圣元年九月，苏东坡与幼子苏过、王朝云和两个老婢，主仆五人历经四千里路云和月，二百时日车与舟，终于将炎炎的暴晒留给了大庾岭，将波翻浪涌的惊恐放回了大江里。苏东坡一路鞍马劳顿，痔疮频发，此时已是瘦骨嶙峋，满脸憔悴，眼望着不太高大的惠州城门，他放下拐杖，让疲惫的身体坐在一块石头上，双眉展开，庆幸没有把老骨头丢在发配路上。

但是，接下来的困苦，是他万万没有料到的。刚到时，当地太守敬重他的文名，热情地把他安置在县城招待所合江楼里，这里风光优美，推开窗户可见西枝江与东江在此汇合，形成宽阔的江面，缓缓而去，江面上白鹭飞舞，活生生一幅大江白鹭图 。苏东坡有了些许的诗意。然而，仅仅几天过去，太守顶不住上司的压力，就让他们搬到嘉祐寺了。

嘉祐寺名字很有诗意，其实是远离城区的一座荒郊破庙。屋瓦不全，门窗残破，四周被半人高的野草遮蔽，蚊大如蝇，野草惊心，苏东坡瞅瞅空空四壁和从房顶破洞里漏进的缕缕阳光，心怀凄凉。冷风伴着蚊蝇一起进来，他自己还能挺得住，身体虚弱的爱妾王朝云却常常发起低烧。

“安置”到这样的地方几乎完全断了同外边的来往，成了被人遗忘了的角落。更可怜的是连政府应该给的少得可怜的薪水也不能按时支付，主仆五口人的吃饭成了大问题，常常吃了上顿愁下顿，善于治家的朝云只好带上家人去野地里搜寻能吃的野菜，弥补粮食的不足。有时连做饭的米也没有保障，只能熬一锅照得见人的稀粥充饥。

无人来往，枯坐破庙，苏东坡心里涌起天大的委屈，他对这次贬谪是想不通的，他知道不是自己真的有什么错，而是名符其实的政治迫害，苏东坡对此次贬谪是不服的。当他翻越大庾岭即将踏入广东时，曾写诗表明自己“浩然天地间，惟我独也正”。他也不知道自己的冤屈哪日才能得到昭雪。

风萧萧兮传忧愁，雨飘飘兮洒磨难。此时的苏东坡真的是到了山穷水尽的地步，江边荒刹，缺衣少食，水土不服，东坡痔疮发作，朝云传染瘟疫，四顾苍茫，经济窘迫，求助无门。贫、病、饥、寒、悲、愤、痛、忧像东江水一样滔滔压来。一个朝廷重臣、旷世文豪，竟至落到这般田地，任何的一种困难都可能把他的老朽之身置于死地。

3

苏东坡白日目光所及，惠州仍是落后的蛮夷之地，疾病流行，交通不便，生产力低下。昏黄的油灯下，百姓的困苦一件件出现在他眼前：腿脚溃烂的农夫；无人收拾的白骨；衣不蔽体的丐者；破败的军营……这一件件事都在炙烤着他的心。他是个看不得百姓受苦的人，他坐不住了，他要出去帮助百姓做点事。

可是，“惠州安置”听去好听，实际是一个没任何权力的异地安置的囚犯。宋朝法律，有“安置”两字的贬官，不得参与公务，更不得签署公事，不能拍板，不能做事，不能擅自出城，其行动是受到监视限制的。对于苏东坡这种安置全然是一种政治打击、迫害、报复，是一起地地道道的冤案。

然而，当他看到百姓的疾苦后，立即忘掉了自己已是身陷绝境。“欲为圣明除弊事，肯将衰朽惜残年”，是他那时表明心迹的一句诗。

朝云笑他：“你自己吃了上顿没下顿的，也没有签署权，也不是大财主，靠什么去管？自己的坟哭不完，还去哭别人的坟。”苏东坡笑答：“不做官也能为百姓做事，百姓之身也可帮百姓办事。我没有了官职，但还有张为人熟悉的脸，还有两条腿，还有一张嘴，只要不停地说，就会成些事。”朝云是最懂得苏东坡的人，从此她以多病之身担起全部家务，任由他去奔忙。于是，在惠州的官衙、茶舍、寺庙、农田，到处都可以看到他头戴高帽，身穿长袍，手拄拐杖，絮絮叨叨地同各色人宣传、交流、商讨解决一些困难的想法。

惠州为岭南之地，气候炎热，以种植水稻为主。苏东坡看到男女老少整天泡在水里，弓背弯腰插秧，有的腿脚溃烂，很觉心痛。他想到在武昌时见到的农民插秧时骑的一种插秧工具——秧马。这种秧马“腹如小舟，昂其首尾，背如覆瓦”，农民骑在木秧马上边，日插秧千畦，省工省力，就想把“秧马”推荐给地方官员和老百姓。

他很用心思地做了艺术范的宣传：先是写了一首颇有蛊惑力的《秧马歌》，又用细腻的工笔手法画出了秧马图，然后带上这些东西去见博罗县令林抃、龙川县令翟东玉、衢州进士梁君琯等。他把《秧马歌》和图样送给他们，一遍遍地宣讲秧马的好处：“徒手插秧，要弯腰俯首，弄得腰酸背痛。而坐上秧马插秧非常快，非常轻便，一手提着就可以走。用完往壁上一挂，再不用服侍它。”苏东坡还把它比作刘备的的卢马，有时会骑在秧马上做示范，逗得官员们笑声不断。在地方领导和名流认可后，他和博罗县令林抃亲手制作了秧马，然后带到田间进行示范。头顶烈日，苏东坡穿行在一家家的稻田里，不厌其烦地一遍又一遍向农民介绍秧马的制作和操作。在苏东坡的絮叨下，越来越多的惠州百姓用上了秧马。过去，农民弯着腰插秧，腰酸腿软，而且总是在脚跟上拍打泥土，时间长了，不少农民的小腿、脚跟就会溃烂。现在有了秧马，就解决了这个问题。农民坐在秧马上，可以拔秧、洗秧和插秧，十分方便。苏东坡终于“说”成了一件事。

城外香积寺外，有条溪水，水深流急，清澈见底。苏东坡本是来散散心的，在看了湍湍急流后，立即兴奋地大喊，“可作水碓磨”。当地没有见过水碓磨，也不知有什么用处。苏东坡便到处宣讲水碓磨的好处，告诉大家截溪作坝，建造水碓磨，可以借用水力碾米磨面。当大家同意试试的时候，又遇到钱的问题。苏东坡自告奋勇，拖着病体，拄着拐杖，四处化缘。几个富户在他的动员下，纷纷解囊。水碓磨修建过程中，苏东坡亲自去察看指导。水碓磨建成后，来碾米的人络绎不绝，苏东坡看着百姓们磨面和舂米的情形，完全忘记了化缘时的不快。

一盏小油灯忽明忽暗，照不多远，空旷的破庙仍处在昏暗中，看着一床薄被下面色黄瘦的朝云，苏东坡又想到了江边的一堆堆白骨，骷髅、腿骨横七竖八，发出白森森的光，这是历年倒毙在江边的穷人和病人留下的，他们生时朝不保夕，死后无人掩埋，肉被野狗吃光，骨头任由风吹日晒，无人去管。当时的酸楚又涌上心间。他决定去找太守商量个办法。

太守有些怕见苏老头了，因为他总来替百姓提要求，而他的财政也是常吃探头粮。当苏东坡谈出要为散落在江边荒郊的无人收拾的白骨建义冢时，看着这位一心只为百姓着想的白发苍苍的大文豪，亲自为谁都不管的孤魂野鬼说话，他还是说不出拒绝的话。

当太守听从他的意见，拨款建造时，他又拄上拐杖引领人们去收拾枯骨。不日，义冢建成。合葬之时，在新坟之前，伴着新鲜泥土的芳香，他抑扬顿挫，饱含激情地宣读连夜写成的《惠州祭枯骨文》。江水呜咽，哭声阵阵，他们为孤魂有家而欣慰，更为苏东坡老人的行为而感动。

当时，这里百姓生活中最大问题就是瘴毒流行，缺医少药。苏东坡在弄清惠州瘴毒流行的特点后，就像当年在杭州那样，搜购药物，施药救人。一味中药惠州买不到，他就写信托广州太守购买。

绍圣三年（1096）正月初一，博罗县城失火，一城化为灰烬，百姓流离失所。东坡知道后，心里非常不安。无计可施中，他想到自己做官的亲戚，就写信请求他救济灾民，帮助博罗灾民渡过难关。从古至今有多少人，为了自己的利益拉关系，托门子，他为自己的事从没向亲戚张过口，为了百姓的温饱，他却破格低下高昂的头。

苏东坡虽身处危难之中心里却只装着百姓，真心爱着惠州百姓，百姓也深爱着这位须发飘飘的老人，一个老婆婆知道他整天为百姓的疾苦“叨叨不休”就亲昵地称他“碎嘴婆”，苏东坡听了这个称呼，想想也很切合自己的现状，默默地笑了。从此“碎嘴婆”的名字就传开了，而且一直叫到现在。

4

惠州城在离西枝江岸不远的地方，四面环水，百姓出城种田和砍柴都很不方便，他亲眼看到背柴的农夫掉进湖水里，也多次遇到过在水边行走的小心翼翼的老人。这成了他的一桩心事。苏东坡是大文豪，也是一个建筑的天才，在经过数次的勘察后，他心中已酝酿出一张“两桥一堤”的宏伟蓝图：在西枝江上架一座桥，连通水西和水东；在平湖门和西山两端各筑进一段堤，中间再造一座楼桥，将两岸连通起来，百姓到西山砍柴割草和耕作就再不受涉水之苦了。老人孩子走过这里时，再也不用担惊受怕。

这是一个巨大的工程，没有官府的支持是根本无法实施的。在官府中，他首先必须得到朝廷派来巡按惠州的大臣程正辅的支持。可这几乎是一道迈不过去的坎。

程正辅是苏东坡的姐夫，姐姐嫁给他后，得病没有得到及时治疗，年纪轻轻就去世了。苏洵痛不欲生也不能忍受，他带着苏轼、苏辙两个儿子到程家问罪，从此两家结下怨隙，已经有四十二年不来往了。朝廷有人知道他们之间的恩怨，是特意派他来监视和制约苏东坡的。

从嘉祐寺通往县衙的路上铺满了和暖的阳光，苏东坡在苏过的陪同下步履沉重地走着，为了能让工程立项，他下足决心放下对程正辅的怨恨，但他不知道这位姐夫是否还记恨当年抓住他的领口不撒手。当苏东坡走进程正辅的官舍后，程正辅颇觉惊诧，两人都回避了那个痛点。苏东坡极力称赞程的祖父的文章和人品，程趁机提出让苏东坡为其写个小传，苏东坡连忙答应下来。交谈渐渐融洽起来。苏东坡就端出了修堤的计划。正辅听了东坡的计划，虽然对苏东坡心存芥蒂，但对苏东坡时刻为民着想的胸怀还是十分赞佩的。同意拨些专款给他，并建议东坡要取得詹太守的支持，选派得力的人来管理这几项工程的建设。

原本可能的阻力成为动力，让苏东坡大为振奋，他开始了最大规模的说服工作。太守、富人、百姓、邻居，都是他的说服对象；官衙、茶舍、街坊都是他的宣传场所，在他不遗余力地鼓动下，绍圣二年（1095）十月，“两桥一堤”全面动工了。

这是惠州城的一次盛举，车来人往，人喊马嘶，热闹非常。苏东坡作为工程的总设计师，每天都要到这两个工地走走，了解工程进度，与项目负责人研究解决实际问题。工程开工之初，他住在合江楼，到这两个工地还算方便。绍圣三年四月再搬回嘉祐寺后，离这两个工地就远了。6月间又染上了瘴疾，痔疾不时发作，行动就不太方便了。更让他心急的是，这一段时间王朝云的身体越来越差，饭量大减，肤色苍白，走路也微微气喘，苏东坡给她用了几服中药，仍不见好转，看着相知相亲的爱妾，他心神不宁，总担心出现什么意外。可修堤的工程正在关键时刻，他这个总设计师不在场就会群龙无首，为了不影响进度，他还是每天狠着心走出庙门，硬挺着在两个工地上来往察看。

不料，更严重的事情发生了，工程进行到一半的时候，没有了资金，被迫下马。危难之中，他想到募捐的办法。苏东坡家中最差的是钱，病中的朝云看着愁苦的苏东坡，把一直珍藏在箱子里的皇帝赏赐的那条犀牛腰带拿了出来，接过这条颇有纪念意义的玉带，苏东坡禁不住眼角发湿，他被爱妾的大义感动不已。一只枯瘦的手动情地摸摸躺在床上的朝云发热的额头，紧接着决绝地把玉带捐了出去。他又给弟弟子由去信求助，子由接信后，看到哥哥在贬谪的困境中仍热心为百姓做好事，很受感动，便动员妻子史夫人把内宫赏赐的黄金全部捐了出来。在苏氏兄弟的带动下，程正辅和太守及全城百姓纷纷捐款，一度沉寂的工地又重新热闹起来。

经过八个月的奋战，“两桥一堤”的蓝图，终于在绍圣三年六月变成耀眼夺目的现实。新桥初成，飞架于城东西枝江上的叫东新桥，俯卧于城西西湖上的叫西新桥。竣工之日，惠州百姓欢欣鼓舞，兴奋异常，自发地带来了酒肉，在城中举行了盛大的庆祝会。望着百姓欣喜若狂的样子，苏东坡轻捻胡须，诗句脱口而出：“父老喜云集，箪壶无空携。三日饮不散，杀尽西村鸡。似闻百岁前，海近湖有犀。”

工程完工不久，秋雨绵绵，阴冷的风阵阵地从破壁中刮进破庙。这天，王朝云终于抵挡不住“瘴疠之气”，永远地闭上那双美丽的眼睛。东坡老泪纵横，他的心中翻滚着因忙工程没能全力照顾病中爱妾的无限悔恨，涌动着从此阴阳两隔的痛心。为了表达他对王朝云的思念，数次写诗寄托哀思，读了令人心碎。王朝云死后，苏东坡就再没有娶妾，终老鳏居。

苏东坡的痛就是惠州百姓的痛，他们知道苏东坡为了建桥，连最亲的人也没有时间好好照顾。百姓们自发地为王朝云在孤山上建了六如亭，纪念这位伟大的女性，直到今天，每年清明节还有人前去献花。

很长时间，我为在惠州发现苏东坡的这座巨大的口碑而激动。

苏东坡是一代代文人尊崇的文学丰碑，他在百姓中也早已树立起一座巨大的口碑，在他光比日月的文学光环的照耀下，这座口碑几乎被掩盖了，但这座口碑历经千余年风雨仍矗立在百姓心中，它如巍巍的泰山，让我们望不到它的极顶，它如同一道绚丽的彩虹高挂空中，这座口碑是可以与那座文学的丰碑比肩而立的，他们互相辉映，共同组成了苏东坡的伟大形象和人格。

也愿我们的现实生活中，多一些时刻关心百姓疾苦的“碎嘴婆”。

载于《天津文学》2018 年第 2 期

书生意气唱大风

我至今还清楚地记得2020年10月24日的那个下午：真个是秋高气爽，整个天空一片蔚蓝，望之目眩。天上只有一朵白云，似乎在飘动，似乎要消散，像是画家在雪白的宣纸上，不经意地涂抹了一笔。大自然对胶东这片土地总是特别眷顾的，秋阳下的胶东大地处处彰显着凡·高笔下才有的浓烈的色块，金黄的谷子，红通通的苹果……处处流动着丰收的庄稼、水果、草木混合而成，让人喜悦的丰收气息。

车子在福山区古现东村（现已划归开发区管理）停下，我们是来寻访王懿荣故居的。意想不到的是，呈现在我们面前的是一眼望不到边的瓦砾场。无数的碎石、破砖、烂瓦、大大小小的土泥块，这些东西经过推土机的碾压大致均匀地摊在地上。这就是闻名遐迩的古现东村，它已被打断了筋骨完全地瘫软在地上了。那些一代代人走过的道路没有了，那些为村民们挡风遮雨的树木没有了，那些曾有的世代留下的物质印迹没有了。古现东村被连根拔起了。

下这样的力气，该有多大的决心啊。古现是古县的谐音，原来曾是牟平县的古县址，后来县衙搬走，就成就这个村庄，这是一座千年古村，更因是王懿荣的故乡而闻名。现在却列入旧村改造被夷为平地了。

极目远望，在这片漫漫瓦砾的尽头有几棵树，树的下边有几栋房子。和我同去的研究了几十年王懿荣的老专家吕伟达告诉我，那就是王懿荣的故居。我们踏着高高低低的碎砖烂瓦向那里走去，每走一步都发出“嘎吱嘎吱”的刺耳的声响，被踏过的那些陈年浮土在身前身后扬起股股黄尘。

当终于来到故居面前时，才发现已是一片了无生气的烂屋：前后三排，东西该是十间屋的长度，总计也不过有三十间房子。门前长满了青草，周围被遮挡。原来宽大的房梁早被拆下卖掉，换成了细檩条，那颇有气势的起垄瓦也早已换成平瓦。只有从高大的山墙、平整的基石、门前的台阶和拴马桩，才能隐约感觉到当年的一点风光。

在整个村庄消失后，这几座破败不堪的房屋，不过像一段被从树上砍下来，已经干枯了的树枝，更像一具没有了生命的躯壳。站在门前草丛前，我感觉到丝丝的惆怅和茫然。

秋阳秋风里，听着吕伟达的娓娓细说，那个书本上、传说中的王懿荣鲜活地出现在我的面前。

1

我发现，不管他有多少头衔，有多少业绩，王懿荣骨子里是个读书人，是个书生。他爱读书，以读书为荣，以读书为乐。他把书读到心里去了，因此他的血液里，流淌着中华优秀文化的养分。他把书读到脑子里去了，因此他的骨骼里处处铺展着中华优秀文化的基因。读书让他凝聚起浩荡的书生意气，读书让他铸就以天下为己任的书生风骨。

他出身的家庭是一个诗书之家。他家的祖训是“耕读立根本，诗书传世长”。这是个名符其实的儒学世家。先祖们大都熟读经史，学问博洽，有著述行世。在“学而优则仕”的科举年代，也顺理成章成为典型的官宦世家，明清两代，列翰林者六人，进士二十七人，举人五十八人，贡生五十八人，庠生三百六十八人。单是封疆大吏就有好几位。王懿荣的九世祖王骘官至江西巡抚，户部尚书。在总督任上，百姓都称他为清廉总督。康熙南巡曾专门召见他，赐书“养素”匾额一幅，褒奖他的清廉操守。他的祖父王兆琛也官至山西巡抚。

1845 年 7 月 12 日，在这样一个家庭里，王懿荣呱呱坠地，做巡抚的爷爷看这孩子长得天庭饱满，两目生辉，非常喜爱，亲自给他起了个名字叫王懿荣。奶奶也破格地出面，同门当户对的黄家定了娃娃亲。在这样一个诗书官宦之家，五岁那年就顺理成章地开始了他的读书生涯。

福山山环水绕，风景优美，秦始皇曾三次来过这个地方。王懿荣的家就在傍山近水的古现村。王家专门在“太史第”里选了几间通风向阳的地方做学堂。初入学堂，聪明灵光的王懿荣瞪着黑亮的眼睛，好奇地看着墙上高挂的孔子像和满架的图书，一下子就喜欢上这个地方。给他启蒙的是外叔祖谢菴生，九岁时又受业于母舅谢琴南。在他牙牙学语时，母亲就教他背《千字文》《百家姓》《唐诗三百首》，在母亲的教育下，有过目不忘之能，出口成章，时誉神童。进入学堂，仅用一年多的时间就读完了“四书”“五经”，还系统阅读了《幼学琼林》《弟子规》等，并已经能够写文章、吟诗作联。他求知欲特别强。常常望着高高的藏书楼“遗书楼”出神，他恨不得快快长大，获得登楼看书的机会。

九岁时，他到登州参加童子试，带了两个圆火烧充饥，被学府看到，脱口说道：“怀中藏太极。”王懿荣明白学府是在试探他的才学，他一边俏皮地抬头笑望着学府，一边把小手拍在胸口，朗声答道“腹内有乾坤”，学府闻之大喜，又拿“四书”“五经”中的题目问他。没想到，他是提头知尾。众考官也来了兴趣，纷纷上前提问，王懿荣越答越精神，考官倒没得问了，齐夸神童。主考官破格录取他为庠生，还展纸提笔，满怀喜悦地写下“目下十行字，胸藏万卷书”的对联送他。这在科举史上是个奇闻，小小年纪就完成了考秀才的伏案苦旅 。

这段启蒙教育，在他幼小的心里播下了中华优秀文化的种子，也练就了中国士大夫精神的童子功。仁义礼智信已开始成为他做人的方向和底线。他曾写过一首诗：“生为晚近人，造物有深意，伊周匡世勋，孔门传心秘。勋乃诚所钟，秘惟仁是置，俯仰今古间，后事师前事。”

这真实地写出了中华文化对他“三观”形成的深刻影响。

十四岁那年 ，正是他风华正茂的年华，他随被委任为京官的父亲来到了北京，繁华的京城让他眼界大开，也激起了他努力向上的少年豪情，他满怀激情地在知识的海洋里遨游。京城名人济济。教他读书的人上了大大的档次，望子成龙的父亲给他找的都是名儒高师，给他授课的先后有咸丰进士张恩煦、咸丰顾命八大臣之一的匡源、道光进士周悦让。这些人既有学问，又有从政经验，更对社会、时势有着深刻的见解。中国的《论语》《春秋》《易》《诗》等经典，在他们的讲授中都有了结合现实、深入浅出的阐释。这些名士大儒的讲授，让他深得中华文化精髓，孔孟之道深植其心中，中华优秀文化已完全融入他的血液。这些大儒们还给他传授经世致用的思想，引导他开阔胸襟视野，向“先天下之忧而忧”的范仲淹学习。他们为他讲解经义之学，对其入仕为官的终极追求都有重大影响。在他们的教导下，他看到了繁华背后的危局，并开始为国家的安危而操心；他也看到升平背后的腐败和积弊，心中时时鼓荡起革故鼎新的思索。在大师们的教导下，王懿荣在家乡练就的童子功，已经裂变和凝聚为爱国爱民的初心，锻打和铸就了以天下为己任，天下兴亡，匹夫有责的书生品格。王懿荣已经从一个爱读书的神童，成长为一个顶天立地的中国书生。一个以天下为己任的君子。一个堂堂正正，可堪大任的伟男子。

正因为他爱读书，才让爱国爱民成为他灵魂的基因。正因为他爱读书，才让天下兴亡，匹夫有责成为他的自觉追求。他是吮吸着优秀的中华文化的乳汁长大的。王懿荣能成为治学的大师和伟大的爱国者都是读书的滋养。

他爱读书，但不爱读死书，他不屑于章句、帖括。所谓“帖括”就是科举考试的文体。他读书学的是经邦治国的大道，关注的是经世致用的学问。在科举制度时代，读书是为了做官的。王懿荣的这种读书态度，使他十七年间参加了七次科举考试都不得中。这可害苦了一心伴他读书的妻子。陪着他度过这十七年时光的是他的原配黄夫人。黄夫人出身官宦之家，知书达理，聪明贤慧，自从她嫁到王家，让死气沉沉的家庭充满了欢乐。她全心支持王懿荣走读书求官之路。然而，王懿荣却一次次让她失望 。进了京城后，每逢大比之年，黄夫人就精心地为他打点好行装。当王懿荣翻身上马，马儿咴咴地叫着离开家门时，黄夫人看着地上扬起的一片沙尘，就会收起笑脸，心事重重地关上门，她不知道这次是否得中。她已经经历了太多这样的时刻，每于重阳放榜日，夜半听到街上有唱卖得中名录的声者，她都以被蒙头，说:“此声凄凉，与秋风并厉，不可闻也。”然而，她终于没有听到报喜的声音。当他第八次考试得中的时候，黄夫人却已因病而逝了。王懿荣每每提起这事就非常伤心，他曾充满哀伤地写下《诰封宜人元配蓬莱黄宜人行状》一文，字字带泪地追述妻子好处。

2

王懿荣爱读书，但不读死书。他有着自己的爱好，并把爱好发展到极致，成为专家，还意外地发现了影响中国历史和文化的甲骨文。

因为是书生出身，他一直把做学问看得比做官重要。王懿荣进京后，依然活得真实而热烈，他不屑也不谙官场的明争暗斗，只看重自己的操守和专注于治学。王家是诗书之家，著书立说，搜求金石是王家的家传，从小在这氛围里长大，对金石的偏爱，像一棵树一样在心里日渐长得枝繁叶茂，他受家族影响，把金石看成是中华文化的最真实留存，搜求金石、收藏金石、研究金石、辑录金石，成了他毕生追求。在不经意间，他有了自己的专业，成为治学的专家。他治的是金石之学，并成为此中大家。

清末之时，一些翰林名士不满足于整日吟诗作画，他们虽无实权，但关心国家大事，积极针砭时弊，参与朝政，人称清流。名极一时的李鸿藻、潘祖荫、张之洞、张佩纶等人皆在其中。王懿荣正直、耿介、幽默、敢言、有真性情的书生风范很快引起清流人物的注意。王懿荣也仰慕这些人的品格和作为，可谓惺惺相惜，这些人很快把他引为知己。从此清流经常出入的"谏草堂"里多了一位意气风发、谈论风生的王懿荣。这些人往往一人言事，众口相帮，形成了颇能左右朝政的积极力量。王懿荣出口成章，文才出众，颇受这些名士们的赏识，一时名噪京城，成为清流健将。

京城丰厚的文物资源，像是一片草丰水美的大草原，王懿荣不舍昼夜地在这片大草原上纵横驰骋。古旧书籍、古彝器、碑版、图画之类都是他的所爱，散署之后，他就会踱去各古玩市场，怡然徜徉其中，常常迷而忘返。日子久了，古董商们都认识了面带微笑，身材胖胖、说话幽默的王懿荣，只要他跨进古玩市场，立即就有人围到他身边推荐古董。每每遇到有价值的文物，他就挪不动步。然而，他一个言官清流，囊中羞涩，看中了的东西，却无钱购买。回到家中常常闷闷不乐。黄夫人懂得他的心事，就对他说："明珠白璧，异日有钱时，即可以买到，唯有这类文物，往往如昙花一现，撒手便去，移时不可复得，以后再有奇遇，也未必是当时发现之物。"因此，每当王懿荣遇到难处，黄夫人就会将自己的裘葛、钗钏拿去典质，犹如厨笥易物，毫不吝啬。久久为功，家中所积文物极多，每逢盛夏，黄夫人都会亲自拿到院中晾晒。“防蠹鼠极力，岁以为常”，有她的全力维护，“儿女虽幼稚无知识，于文物戒不敢近也”。

公务之余，王懿荣如痴如醉地研究所得文物，同时，广泛涉猎经史、义理、训诂、韵学等学问，在考古、金石研究方面崭露头角。国中的金石大家陈介祺、李佐贤、鲍康、缪荃孙都慕名与之交往，他们或当面切磋，或书信往来，共同探讨金石之论，他先后写出金石文字考释三十多种，被誉为鉴别金石的权威。当时金石市场中出现疑而不决的问题，卖家和买家就会搭伙去找王懿荣判定，王懿荣每每都能给出中肯的意见。常常是他的一言即成定论。

金石一直是王懿荣的关注点、兴奋点和学问的重点，凡与金石相关者无不悉心深究。

光绪二十五年（1899），王懿荣因勤于王事，“昕夕入值，风雨无间”，不幸患了重病。这天，家人又把刚抓回的草药让他过目，他翻看着，以他对金石的敏感，其中的几块骨头引起了他的注意，他不自觉地把它们拿在手上翻看着，他惊异地发现，这几块骨头上，有着清晰的横横竖竖的笔画，似篆似籀，拿在手上反复观看，他的病中暗浊的目光突然变得雪亮。他大声地问家人，“这药是在哪里抓的？”家人不知主人为什么对这个感兴趣，连忙回答：“是在鹤年堂药店。”他不听夫人劝阻，穿戴整齐，就急不可耐地坐上轿子向药店赶去。在药店，他让伙计把这味称作龙骨的药全部拿出来。他戴上眼镜，一片片地仔细察看着，越看越兴奋，他觉得这是从来没有见过的文字。他边看边问，这些药材是哪里来的。当他听说是从河南安阳购得的，更兴奋了。他告诉伙计：“这些龙骨全要了。”回到家中，他不顾病体，戴上花镜反复研究，凭他多年积累的金石知识，他确定这是古人用来占卜的龟版，他又仔细地分析揣摩，这些文字应是殷商王朝王室重大活动的记载，是中国最古老的文字，他把它定名为甲骨文。

俗语说：机会只对有所准备的人有用，真是的，王懿荣看似无意的发现，其实是因为有金石的深厚知识和熟稔，是对中国文化的敬畏。他的这一惊天的发现，把中国文明追溯上推千年，并因此导致了殷墟的调查和发掘，使考古学在中国生根发芽。

甲骨当龙骨入药已经有千百年的历史了，正是他的专业知识和敏感，才免于它最终的绝迹，并重新书写了中国的文字和历史。

3

当国家和民族遇到危难时，王懿荣的书生意气顿时化作气壮山河的英雄气概。

当然，因为他的学问大了，在官场也曾得意过。光绪二十年（1894），是甲午年，这年王懿荣刚好五十岁，身体已微微发胖，但精力充沛，步履稳健，两道浓眉下的眼睛炯炯有神，全力操劳国事，奏疏频上。这也正是他在朝中为官最春风得意的时候。朝廷大考一等，以道府记名，晋升翰林院侍读，又升南书房行走，再署国子监祭酒，成为大清最高学府长官。

他的书法独具一格，很受慈禧太后的赏识。慈禧喜爱绘画，写意花鸟是其特长，她多次召王懿荣进宫，在她的画作上题词作诗。光绪帝对王懿荣更是高看一眼，他既喜欢他的才华，更敬重他的忠直，他对王懿荣的《京员津贴银两更定名目疏》《请速开马颊分减黄流以弭东患而卫畿辅疏》等特别赞赏。曾亲书寿字赏王懿荣，每有大事常单召独对。这让许多官员为之羡慕。

王懿荣得宠并非邀宠更不恃宠，这年正是慈禧的六十岁寿诞，许多王公大臣都想借机讨好，搜肠刮肚地想办法让慈禧高兴。因慈禧对他的看重，王懿荣也存感恩之意。但他并不刻意讨好。王懿荣为官有金之刚，石之坚，为国为民，有股舍得一身剐，敢把皇帝拉下马的冲劲。正是这年，中日海战爆发，国难当头。京城的官员们却置若罔闻，甚至挪用了海军经费建了颐和园，更有人出了歪点子，要在皇宫到颐和园的路上，每隔一段布置一个庆寿景点。共六十处，需二百四十万两白银。听到这个消息后，王懿荣终于按捺不住早已愤怒的心情。坐在书桌前，奋笔疾书，把一切愤懑倾倒在奏折上。开笔即为《吁请暂停点景但行朝贺疏》，疏中毫不客气地写道："承办诸臣，于裁减之中仍寓铺张之意。"并明确表达暂停之意："此际安危所系，实在呼吸之时，将来红旗报捷，随时补行。"奏章即成，王懿荣拿在手上，反复阅读，再次地字斟句酌。他知道此章一递，慈禧对自己的恩眷将付之东流，他还听说过慈禧的一句话："谁让我一时不高兴，我让他一辈子不高兴。"虽难辨真假，但慈禧睚眦必报的性格他是知道的。最终他"不识好歹"的书生意气占了上风。国家安危是大事，个人恩怨不可计，他决定把这份奏章递上去。此折一上，满朝轰动，大家都在为办好寿诞出主意，他却不识时务，不知死活地上反对的折子，满朝官员都替他担心。让人想不到的是，迫于当时时势，慈禧太后并没有升罪于他，还听从了他的意见。但是这件事却为他留下了祸根。

不久，王懿荣听到了中日海战的战火已经蔓延到家乡胶东的消息。他心中升起了冲天的怒火，胶东久受日本侵扰，经年不息，现又大举进犯，孰不可忍。他又担心百姓遭到日寇烧杀掳掠心急如焚，寝食不安。这时，他自小崇拜的戚继光横刀跃马的形象出现在他的面前，父亲当年回山东办团练的场景也出现在眼前。他决心学习戚继光，学习父亲回到家乡，办起团练保家卫国。夜半，他披衣而起，写下了字字千钧的《请求回籍兴办团练疏》。消息传出，好友劝他，你现在在朝中正是得势之时，如日中天，现在辞掉这个高位，远离朝堂和圣上，可能再也不会有这样的机会。王懿荣就是活得坦荡，活得豪气。他说："现在救国救民要紧，其他的事，就不去管它了。"夫人也劝他三思而行，他放言回答："值此国家危难之际，朝廷命官，就该挺身而出为国分忧，为民解愁，个人升降荣辱，身家性命有何所惜。"

这真是书生意气，挥斥方遒。光绪从奏折中看到了他保家卫国的忠心，也看到了他与日寇决一死战的勇气，他虽觉得离不开他，但还是为其忠勇所感下旨准行。

从京城通往山东的官道上，北风凛冽，大雪飞舞。王懿荣和几个随从顶风冒雪，打马疾驰，恨不得即刻回到家乡。路经胶东莱阳县，县令保留着戚继光的一把腰刀，外形弯弯的，像是一张刚开拉的弓弦。刀出鞘寒光闪闪，如乌云中的闪电，刀碰鞘嚓嚓作响，仿佛是大雨中的雷鸣。县令为其义举所感，把珍藏多年的戚继光用过的这口腰刀献给他。戚继光是王懿荣久已仰慕的民族英雄，他郑重地接过宝刀，抽刀出鞘，看着寒光闪闪的刀刃，激动地热泪纵横，大声地说："我一定要用这把宝刀和大家一起战斗，杀不尽日寇决不还朝。"

当晚，他面对戚继光的宝刀，浮想联翩，不能入睡。写下《宝刀歌》："今朝喜得戚家刀，刀轻如纸光如水。"

在家乡的日子里，他骑一匹快马，奔波在胶东的县城、乡村，筹款项、招兵勇，买武器，委派头目，日夜操练。缺钱、缺人、缺武器，他殚精竭虑，倾其所有，连远在湖北的妹夫、总督张之洞也动员起来了。正在他万般就绪，准备挥军杀敌的时刻，李鸿章却在日本马关的春帆楼签订了《马关条约》，把中华民族的许多利益出卖给了日本，包括割让台湾。王懿荣听到这个消息，气得捶胸顿足，连说，他做了这样的让步，日本的胃口会越来越大。事后证明他的意见是对的。但朝廷不听他的。一道上谕发来：“和议已定，毋庸招募，着即回京供职。钦此。”

看着这道上谕，王懿荣心生闷气，却也无可奈何。他却又给自己出了一道难题，既然所组团练没有发挥作用，他就要把从朝廷那里支取的两千五百两白银还上。银子已经用出去了，国家也没有追缴，他却偏要与自己较这个劲。他认为钱虽花了，但终未能替国家出一力，“吾不敢累国家以度支也”。他对“廉”字的理解，可谓到了苛刻的程度。

两千五百两白银不是小数，钱从何来？这时候王懿荣的母亲谢太夫人站出来了，谢太夫人出身高官之家，满头白发，慈眉善目，仪态端庄，举止稳重，在家中有着至高无上的地位。当王懿荣向她禀报了准备给朝廷还钱的想法后，谢太夫人对儿子的想法甚为满意，大加赞赏。但她知道儿子无多少银两，常典当衣物购置文物，要凑两千五百两银子不是那么容易，就主动又坚定地对他说：“把我值钱的衣裘、钗钏都拿去典当，把你妹夫（即张之洞）孝敬我的银子一并拿去。”她怕儿子不接受，又宽慰王懿荣说：“吾衣饰岂所固有，皆国恩之余。以国家赐予，复为国家用之，何憾！”王懿荣听得潸然泪下，对母亲充满了感激和敬佩。真可谓巾帼不让须眉，满门忠烈，何其壮哉！

王懿荣又变卖了一些家产，终于凑够了两千五百两白银，当上交国库后，他终于舒了一口气。

在回京复命的路上，他写下《偶感》一首：

岂有雄心辄请缨？
念家山破自魂惊。
归来整旅虾夷散，
五夜犹闻匣剑鸣。

这是他回乡办团练的体味，更是为国为民雄心的表白。在他心中国是最大的，国之忧是他之忧，国之难为他之难，“天下兴亡，匹夫有责”，这是他的精神坐标和道德底线，是士大夫的不泯的气节。

4

正因为他的书生本色，他是把国家看得高于一切的，献出生命也在所不惜。1900 年，是中国历史上灾难深重的一年，也是王懿荣生命的最后一年。4 月，英美德意兵舰开进天津，5 月，八国联军开始由天津向京进发。北京城内一片混乱，一片恐慌，商店关门，市民逃离。

乱糟糟的御前会议上，按照慈禧的指示，王懿荣被任命为团练大臣。在别人避之唯恐不及，他却坦然接受。

回到家中，谢夫人看他面色凝重，便问缘由。王懿荣长长地叹了一口气：“朝廷封了我一个送死的官啊。”谢夫人是王懿荣的续弦，也是官宦后代，聪明贤达。“你国子监祭酒，是个文官，大敌当前，却让你来组织团练，这明明是慈禧对你上折影响她寿诞的报复啊。”王懿荣没有作答，他的心里何尝没有这样的疑问。但是，这一点疑问，他很快就放到一边去了。大敌当前，每个国人都有责任挺身而出，何况自己是国家重臣。他立下决心要承担起保卫京城的责任，但深知危局恐怕难以收拾，他给夫人说：“恐怕是我为国殉难的日子到了，如果失败，只有以死表明对国家的心迹了。”谢夫人听得心酸流泪，但这是摆在面前的现实，两人商议把院中大井淘净，以备后用。

王懿荣的家在内城东安门外锡拉胡同 11 号，离皇宫不远。院中有一口大井，井口宽阔，井水很深。平日为了安全，井口放了一块大横石。这天，王懿荣脱去官服、官帽，只穿衬衣，率领仆人搬走横石，将井挖深、淘净，谢夫人也在旁边帮忙。仆人们不知主人为啥如此仔细地淘井，问他原因。他擦了擦头上的汗珠，目视深邃的井口，平静地说：“此吾止水也。”众人默然流泪。

王懿荣为办好团练，日夜操劳，“往往夜漏三下，未及就眠，心力交瘁，殆难言喻。”身为京师团练大臣，王懿荣根本没有军事指挥权力，下属千余人的团民，半是老弱残兵，而且缺乏武器。他只好向远在湖广的妹夫张之洞求援：“此一千百人，赤手白战，即有钱也无处筹买。公能稍为捐置否？此垂泣而道之者也。”

这就是王懿荣，为国为民自觉担当，明知不可为而为之。

不久，八国联军攻入北京，装备精良的禁卫军闻风而逃，团练更不能成军。京城大街小巷浓烟烈火，处处是枪声和惨叫声，百姓狂奔乱逃。他无力回天，沉痛地走回家中，对谢夫人说："吾可以死矣。"他端坐到书桌前，拿出他喜欢的朝鲜贡品龟注砚，倒上几滴水，一丝不乱地磨起墨来，直到他看到砚台的中央出现了微微的黑色涟漪，才拿起笔蘸足了墨，轻轻地在砚边抹了抹，然后，开始书写起来。外边已是炮火连天，但他却稳如泰山，虽然写的是绝命词，却面不改色，他一笔一画，笔笔到位地写下："主忧臣辱，主辱臣死。于止知其所止，此为近之。"然后，郑重地写下自己的名字："京师团练大臣国子监祭酒南书房翰林王懿荣。"表达了因没有完成国家使命，以死明志的决心。

现在看，他留下的这幅绝命词，字字雄健有力，排列得体，似石、似山、似刀、似剑。足见其即将赴死之时的淡定、从容和坚定。这是他毕生持守中华精神的凝聚的定力，是他金石性格的定格。

在绝命词上压上镇纸后，他从容地吞金，不果；再服药，又不果。

他抱起戚继光的腰刀向院中的大井走去。他四十二岁的夫人和三十一岁的儿媳张允淑也都相跟而出。当时，尚有九岁小儿、八岁长孙准备同时投井。众仆人"环跪而劝"。王懿荣大声呵斥，仆人无法，抱起两个孩子夺门而出。王懿荣先将戚继光腰刀投入井中，然后将一脚跨入井上，紧接着又将另一只脚迈向井中，井中传出一声巨响，水花溅起一丈多高，接着是一阵"咕噜咕噜"的声响。当归于沉寂后，谢夫人也沉稳地走近井口，一跃投入水中。儿媳眼看公婆投井，热泪满面，心如刀割，直接扑向井口，一个跟头，坠入井中了。

王懿荣一门壮烈殉国，在中华民族的历史上写下悲壮的一页，显示了"宁为玉碎，不为瓦全"的崇高气节，也树起了一面"国家兴亡，匹夫有责"的旗帜。他那"在地为河岳，在天为日星"的浩然正气已是中华文化的一个符号。

在接近黄昏的时候，我们来到了福山罗山坡。罗山坡其实是九峰相连的一带山脉。夕阳金色的余晖照耀在上边，像是九条金龙飞奔，气势非凡。在相连的三个山坡上，从山下到山上依次整齐排列着数千座坟墓，每座坟前都立着同样的黑色石碑，栽着一棵柏树。放眼看去壮观而又肃穆，显示着过去人的严正和尊严。转来转去，终于找到王懿荣父子三人的墓地。

黑色的石碑上用金字书写着：皇清诰授：资政大夫 追赠侍郎衔 予谥文敏 二品衔国子监祭酒王公之墓。

王懿荣死后其实也没得安生。北京之乱结束后，王懿荣的灵柩被安葬在祖坟百岭顶。有人传内有慈禧所赐翡翠西瓜，墓被盗。1958年被挖开，发现有朝服、朝珠等物品。后坟墓被平整。2015年要在此处建厂，棺木被推土机掘起。有关部门得知消息，将骨殖收起，由政府拨款修起了眼下的坟墓。

我们久久地站在墓前，向这位《红旗》杂志曾刊文赞扬的伟大爱国者致意。

据说，王懿荣故居正在修复中，愿这位伟人的灵魂再有一个安息之地。

2021.9.2

2021.9.18 再改

载于《山东文学》2022年第3期

灵魂归处是故乡

我对杨朔先生始终怀着一种热爱又崇敬的心情。这是因为我喜欢他的文章，也因为他是老乡，还因为共同经历过毛泽东时代，容易产生思想与情感的共鸣吧。

1966年，我已读完高二，后来回乡参加生产劳动。那时，在掖县图书馆借到了他所著的《雪浪花》一书，爱不释手，下雨的日子，就会捧读。到了还书的日子就送回去，再续借回来，那本书在我的炕头上放了有大半年。

从此，云南的那一树茶花，总是红红火火地开放在我眼前，老泰山那爽朗的笑声也常在我耳边回响……那些美丽的篇章总能点燃我的激情，引发我对生活的热爱。以后当我离开了农村，见识多了一些，才知道杨朔的“粉丝”像是满山的红杜鹃一样无处不在。作为老乡我常暗自为他骄傲，也就更爱读他的文章。

我常捧书细思，他的这颗一尘不染、超凡脱俗、美丽如花的思想灵魂来自何方？他那些追随时代、反映时代、歌颂时代的作品是怎样形成的？

常想去他的故乡探寻一下，一个伟大作家思想灵魂成长的历程，但总是没有成行，2020年的秋天，我总算来到了作家的故乡。

1

他的故乡是蓬莱市石岛村。呈现在我面前的石岛其实只是一个名不符实的符号了，这里没有石也不见岛，它已是与市区完全融为一体的繁华街区。道路宽阔，路边店铺相连，路上行人如织，车似水流，一派现代景象。

就在我们寻找杨朔故居的时候，一位红脸膛的五十多岁的人，骑着一辆摩托车“突突突”地从我们身边路过。我的朋友兴奋起来，告诉我：“巧了，这是村里的牟书记。”他上前拦住，说明来意，书记指着路东边落成不久，造型新颖别致的四栋高层住宅楼说：这些楼就是拆了杨朔家的房子盖起来的，杨朔家是个大家族，也是我们这里的名门望族。他的父辈有兄弟三人，他的爷爷并排着盖了四排大瓦房，自住一排，再给一个儿子分一排房。分为三处院落，街门全部向西，依次排开，十分壮观，人称“杨三门”。新中国成立时，杨家被划成高成分，房子就被分了，但一直保留到这次拆迁前。

看着这片新起的高楼，我的心中很觉惆怅，终究还是来晚了，如果早点来不就会看到故居了吗？

虽然故居没有了，但故居的那片土地还在，这是一片仙山缈缈、海风悠悠的土地，这是一片每个细胞里都充溢着“八仙过海”神话传说的土地，这是一片雄兵铁甲、勇战倭寇的土地。秦皇汉武来此寻仙，苏东坡在此为官。站在这里可见远处丹崖山云雾缭绕，蓬莱阁若隐若现；近处有城门高耸，似见戚家军英武的身影。可感海风习习，可闻涛声阵阵，虽有耳边市声嘈杂，仍有人入仙境之感，心中生出无限感慨。

当地作家陈文念的一段文字为我们还原了当年此地的景象：“那时，城中只有石板路、沙土路。小城古美又空灵。说她古，因为她已经有了两千一百余年的历史了；说她美，因为那阁、海、山、水，如诗如画的秀美、灵动。蓬莱的灵秀、空灵、典雅，永不褪色，每逢我从外地出差回来，就越觉她的空灵飘逸。”

杨朔在这片土地上生活了十七年，他曾“倚在阁上，一望那海天茫茫、空明澄碧的景色，真可把你的五脏六腑洗得干干净净”。他见过“海上劈面立起一片从来没有见过的山峦，黑苍苍的，像水墨画一样”的海市。正是这片空灵仙境孕育了他纯洁的灵魂，正是这片土地酝酿了他终生的诗意，也正是这片土地培育了他追求光明、追求进步的情怀。蓬莱为他涂上了生命的底色。

我走近那片新楼，久久地在那里徘徊。思绪穿越时光的隧道，他的那些曾经的岁月一一翻腾在面前！

2

杨朔青年时期所处的年代是黑暗的时代，但他那颗正直的心却在时时追求光明，在他的身上一次次燃烧起向往革命、追随革命的烈火，最终无所畏惧地投奔抗日根据地，成为以笔作枪的英勇的八路军战士。

1927 年，他十七岁，蓬莱的仙山秀水把杨朔养育成了一个绝世的美男子，高大匀称的身材，宽阔的额头，特别是那一双大而明亮的眼睛，仿佛能看透世界。家乡文化的浸润和滋养也让他有了一颗崇尚正义、不惧邪恶的爱憎分明的心。

就在这年，他背起行囊，告别母亲，登上一叶木舟，投奔哈尔滨的舅舅，当了商店的学徒。在这里，他开始了文学创作，与萧军、萧红等结成朋友，同时参加了党领导的抗日活动。最终引起敌人注意，在党组织的安排下，他只好离开了生活和战斗了十年的地方。

在全民抗战的岁月里，杨朔选择了以笔作枪继续同日寇战斗。为了更好地反映抗日军民的战斗生活，他冒着激烈的枪炮和生命的危险，直接深入到敌后的抗日战场上去了。几次遇到生命危险，都是战士掩护了他。那时，他写下了许多脍炙人口的文章如《西行散记》《铁骑兵》《七勇士》《二猛士》等，这些文章像震天的炮声，激励军民奋勇杀敌。在延安的窑洞里，杨朔采访了毛泽东主席，写下了《毛泽东特写》，文章发表后轰动了整个延安和根据地。毛主席还应杨朔的请求，为他创办的《自由中国》杂志题词。他还采访过朱德总司令，并为其写了一首七绝《寿朱德将军》："立马太行旗帜红，雪云漠漠飒天风。将军自有臂如铁，力挽狂澜万古雄。"朱德也很快回了一首七绝诗《和杨朔作学原韵》："北华收复赖群雄，猛士如云唱大风。自信挥戈能退日，河山依旧战旗红。"毛主席的接见让他受到极大鼓舞和教育，他为没有亲身参加延安文艺座谈会而遗憾，但把讲话的油印册子奉为至宝。他已经是身在战场的战士，但他却自觉地用《讲话》的精神对照自己："抗日战争时期，我在华北敌后几年，长年在农村里，在部队里，表面上跟战士、农民混在一起，好像深入群众了，骨子里却像一滴油滴到人民的大海里，总浮在表面上。"这就是杨朔，他对自己的思想灵魂有着多么高的要求啊。

3

在延安生活、学习和战斗的锤炼，让杨朔真正明白了自己要走的路，他曾写下这样一段话："毛主席指示的文艺方向，是我终身要走的方向。"日寇投降后，根据形势，需要写一部反映工人阶级的作品。杨朔接过了这个任务。没有人给他下指示，也没有人给他提要求。他始终不忘自己的决心，为了写好反映矿工的斗争生活，直接深入到察哈尔宣化的龙烟铁矿去了。杨朔对于自己思想的改造应该是极为严苛的，他总认为自己同人民的结合还不够紧密。他说："我去，是为了工作，也为了锻炼自己，改造自己，我从思想上认识了自己的毛病，决心要放下臭架子，甘当小学生。"杨朔的灵魂就是这样真诚又单纯，这是一颗让人敬佩的透明的灵魂啊。他儒雅的长相是无法改变的，他的文质彬彬的气质也是不能改变的，但他常到采矿的地方去，帮着做点事，晚上，他就到大工房和工人家里去，谈天说地，有时一块喝上几盅。他把心交给了工人，工人也把掏心的话告诉了他。他把这次采访的素材写成轰动一时的小说《红石山》。即便做到了这一步，他还是不满意，他在交流思想的《我的改造》中还说："但我，细细地检查一下自己，却不能像他们一样赤裸裸的，想从他们身上得到点东西，好写作品，我明白我还未能忘了自己，改造得还不到家。"看着这样的文字，我几乎想落泪了，现在还能找到这样纯洁的思想和灵魂吗?

在解放战争炮火连天的日子里，杨朔作为解放军华北野战军的战地记者，总是同战士战斗在一起，哪里战事最激烈哪里就有他的身影。他充满战斗激情地记录了一个个英雄人物，一场场激烈的战斗。《新三十二师被歼经过》《涞水前线的传奇》《历史的裁判》等文章都绘声绘色地反映了战场的迅猛变化，让全国人民了解了真相，鼓舞了官兵士气。《前进！钢铁的大军》真实地再现了解放军进入北京城的壮观场面和动人场景。那时，他已是如雷贯耳的知名记者、作家，但总是像普通战士一样无畏地冲在前线，一颗纯洁的灵魂是无所畏惧的。

4

朝鲜战争爆发，为了用文学的形式反映中国人民志愿军的英雄事迹和精神，杨朔这个已经是一流的作家争先到了抗美援朝的第一线。

1950年冬天，中国人民志愿军跨过鸭绿江，漫天漫地飘着大雪，朝鲜国土上到处烧着大火，志愿军战士吃没吃的，睡没睡处，冻掉手冻掉脚，他们却不叫一句苦，他们说的是：全世界人民都望着我们，我们只能前进，只能胜利。这感天动地、气壮山河的豪举，让杨朔无比感动，他想好要写一部小说反映志愿军的英勇精神。为了写出精神，找到感觉，他把写作地点安在了清川江北一个小山村里，这里离前线很近，敌机常常从头顶飞过，有时投下炸弹，火光照得他写作的小院如同白昼。有时炮战，炸弹在附近爆炸，门窗乱晃。领导和战士都劝他搬离这个山村的小屋，他坚持不肯离开，他执着地认为，只有在这种紧张的气氛里，才能保持战斗的创作激情。他在这个小屋里写成的作品就是当时人们争相诵读的小说《三千里江山》，他的那部小说能够激发军民的战斗豪情，正是与他是在战争环境里创作有直接的关系。以不怕牺牲的精神创作，这种例子是不多见的吧，一个没有高尚灵魂的人是绝对做不到的。

让人想不到的是，就是在这样环境中写作，杨朔还在与自己的思想和灵魂较劲。在朝鲜的日子里，杨朔每天都能见到或者听到志愿军战士的英雄事迹，他是个感情极重的人，有时忍不住流下泪来。他总在追问，朝鲜，对于我们志愿军战士来说是陌生的，他们却毅然决然地来了，而且毫不吝惜地献出自己的生命。最终，他明白，这是种爱啊，我们的战士爱祖国、爱人民、爱和平、爱正义，有了爱就决不会计较个人的生命，这就是我们战士的情感。当明白了这一点以后，杨朔时刻用战士的感情培育和充沛自己爱的感情，并最终深深融入到作品中。

时刻充实着自己的感情，把人民之情、战士之情融化在自己的感情中、灵魂中、生命中、作品中，这就是那个纯静如水的杨朔。

5

1953年，杨朔从朝鲜回到久别的祖国，刚在安东落脚，就有朋友来看他。告诉他祖国的经济文化大建设开始了，处处都是火热的生活，站起来的中国人民正在毛泽东主席的领导下意气风发、斗志昂扬地建设社会主义新生活。

从敌后战场到解放前线再跨出国门，杨朔一刻不停地战斗着，每日每夜地写作着，他也在战火的洗礼中，时时刻刻锤炼着自己的意志和品格，提升着自己的思想和灵魂。在那些与人民生死与共的岁月里，他已找到了为工农兵写作的方向，已有了与人民休戚与共的情感，他说：“在生活里，在斗争中，我见到了他们精神的高贵，行动的可敬，我自自然然爱上他们了。”爱祖国、爱人民已经成为他的一种自觉追求，追求光明，歌颂正义已经与他的热血共存。杨朔已经具有了崇高的思想和纯洁的灵魂。

一个经历了苦难的人，最珍惜社会主义新生活的到来，一个经历了战争的人更懂得人民的伟大和可爱。他按捺不住自己了，他情不自禁地表示：“生活是一片大海，跳进去吧，跳进去吧。我将永远追随在我们人民的后边。做一名毛泽东时代的小工匠，用笔，用手，甚至用生命，去建设描绘我们色彩绚烂的好生活。”这是经历过无数生死的战士发自肺腑的呐喊，你还能感觉到有一点的虚假吗？

他还说过：“一个文学工作者要能完整地捧出一颗毛泽东时代人民的心灵，那才称得起人类灵魂的工程师，那颗心活在哪儿，跳跃在千千万万人的心窝里，正等着我们去发掘。我们不该拖延了。”

正是带着这种情感和自觉的急迫，他深入大漠戈壁，走进多彩云南，漫步永定河畔，访问工业企业，考察农业乡村，同各行各业接触；与工人、农民、战士、学生、老人、孩子各色人等交谈。人民对新中国的热爱，对建设新生活的激情，热气腾腾的建设场面，激发了他对党对人民对祖国炽烈的爱，创作的激情像井喷一样不可阻遏，名篇美文像潮水一样涌来。一时与魏巍、刘白羽等人齐名。杨朔的散文《樱花雨》在《人民日报》刊登后，毛主席十分喜爱，推荐给身边人阅读，还特意批嘱“阅后退毛”，可见杨朔作品在毛主席心里的位置。毛主席曾先后两次亲切接见杨朔，称赞他是新中国青春歌手，这可不是一般的作家所能得到的礼遇啊。20世纪60年代在中国文坛曾出现过“杨朔年”“杨朔热”“杨朔现象”，他的创作风格为无数人效仿，成为那时散文写作的领军人物。

读他的文章，从《雪浪花》到《荔枝蜜》，从《茶花赋》到《海市》，从《两洋潮水》到《非洲鼓》……字里行间无不释放着他对新社会、新生活的爱，无不饱含着对毛泽东时代的火热的激情，无不贯穿着他对人民的亲，无不抒发着国际主义的友情。他的文章是时代的乐章，是人民的颂歌，是激励人们前行的火把。

前几年，有人对他颇有非议，说他的感情虚假，对此，我很不以为然。文章是时代的产物，文随时代。他所处的时代，正是全国人民在毛泽东主席的领导下意气风发、斗志昂扬地建设社会主义的激情燃烧的岁月。建设成就日新月异，英雄人物层出不穷。一个经历过旧中国苦难的人，热烈地歌颂社会主义的新时代，出乎心，发乎情，是他坚持不懈地净化灵魂和提升思想的结果，那些文章正是他纯洁灵魂的展现。那些没有经历过那个时代，或者对那个伟大的时代无动于衷的人是不会理解的。一个时代有一个时代的文学的准则，以改革开放时代的思维去想象那个火热的、激情的、纯真的革命和建设时代，是容易出现误差的。当然，任何时代的作品都有一定的局限性，但这要客观地、历史地、公正地看待它，万不可片面地否定。

作家是靠作品说话的，杨朔的那些伟大的作品，终将在中国的文学史上永放光芒。

6

杨朔满腔热情地歌颂日新月异的社会主义祖国，也忘不了故乡。1959 年 6 月，他访问开罗归来，回到了阔别二十多年的故乡。他又见到了自己梦中才见的凌空高阁，碧海白帆，又闻见清凉的海腥味。他更看到昔日破败不堪、萧条清冷的街道，已是人声鼎沸，一片兴旺。他还看到了人山人海修建水库的浩大场面。他心动了，心热了，他觉得，小时候见过的虚无缥缈的海上仙境，已经变成人间现实，一篇《海市》的散文在他心中酝酿成熟了。站在蓬莱阁上，他朝石岛村的方向望了再望。回到城里后，他在石岛那条熟悉弯曲的小路上走了走。同行的人劝他回故居看一看，他沉默了一下，摇了摇头："这里已经住了新的人家，不要去打扰他们了。"这就是杨朔，一个纯洁、真诚的书生的灵魂，爱人爱民发乎心；这就是一颗党员的心，忠诚不掺假，忠心不含糊。他后来根据回乡的感受写成的散文《海市》《仙景蓬莱》成为广为传诵的名篇，《海市》已经被刻在巨石上，供游人瞻仰。

7

从石岛村出来，我们来到离此不远的庙山。山不高，山上苍松翠柏，生气盎然。山下是石岛村的公墓。一片空旷的土地上，整齐地排列着近千座坟墓。坟墓的样式是一样的，墓穴上盖一块石板，石板前立一块黑色的墓碑，一米多高。我们在墓地里转了半天，终于找到了杨朔的墓。他的墓同其他墓一模一样，所以很难找到。黑色的墓碑上，有一行金色的字：杨朔之墓。在碑的背面有立碑人一句深情的话语：“愿家乡的热土温暖着赤子之心，愿儿子的温暖陪伴着母亲。”在他的前面一座墓碑的碑文是：柳端婍之墓。这是杨朔母亲的墓。

我郑重地在杨朔墓前献上一束黄灿灿的菊花，那面黑色的石碑仿佛是他慈祥的面孔，微微的轻风一定是他灵魂的吟唱。我们在杨朔的墓前长久地默哀。

杨朔的墓在这里，他的灵魂也一定在这里了。安卧在生他养他的故土上，同乡亲们在一起，还有他的母亲与他相伴。他的灵魂曾经四处漂泊过，现在他的灵魂终于回归了故乡，回到了母亲和乡亲们中，故乡是安放灵魂最后的地方，这是最好的归宿。

秋阳照在我的身上，感觉很暖和，此时，我的心中也是温暖的。

2021.8.11

载于《胶东文学》2021 年第 12 期

《散文选刊·选刊版》2022 年第 4 期转载

大槐树下话当年

山东海阳有座名气很大的林寺山，在山的北麓有一个很大的村庄战场泊，村里有一棵五百多年的大槐树。

大槐树是抗日战争的参与者、见证者，大英雄、大将军许世友曾与它朝夕相处，他领导的胶东军区司令部和他居住的房屋与大槐树近在咫尺。

大树无言，却把许世友将军敬民如父母、爱民亲民的言行看在眼里，记在心底。将军已去，但将军的音容笑貌、举手投足却仍留在树旁、树下和树的心中。村民们看到槐树似乎又见将军，日久便把大槐树看作是将军的形象，大槐树在浑然不觉中成为将军的精神象征，每逢年节，村民总会到此祭拜，缅怀将军。

今年 10 月 15 日是农历九月初十，是登高望远的重阳节的第二日，我奔着大槐树而来。

此时的千里胶东正是一片秋色。老家海阳的大作家峻青曾满腔热情地歌颂过胶东的秋色。而此时的胶东之秋已非彼时的胶东之秋，景鲜物明今胜昔，天翻地覆慨而慷。沿着公路已是一幅延展不绝的画卷，花香、果香、谷香依旧，万物却变了模样，一只只摘了套袋的苹果，像是一粒粒鲜红的大玛瑙挂满枝头，点亮整个秋野；沉甸甸的谷穗和金灿灿的玉米棒子相互辉映，交织出秋天的丰满；地里机器轰鸣，路上汽车似梭，喷涌出现代的气息。

不觉间，眼前的画卷变成一幅巨画：战场泊村到了。只见村中，屋宇严正，黑的瓦，白的墙，闪亮的水泥路，赏心悦目。路边一个连一个的盛满金灿灿尺把长的玉米棒的粮囤，把丰收写在大地上；村外，有清凌凌的河水哗哗地流淌；山上，成熟的苹果，红通通的挂满枝头，像是一棵棵圣诞树。红色、黄色、绿色、黑色、白色点染出远胜凡·高笔下浓烈色块的秋意山村图。

沿北街进村，不远处，我心中仰慕已久的大槐树，便迎面耸立在面前。这是一棵怎样的树啊，离很远的距离就被它的顶天立地气势所震撼，被它无所畏惧的气质所折服。秋日暖阳中，蓝天白云下，它傲然屹立，气势如虹。我驻足仰望，巨大的树冠像一片浮在空中的绿色的云朵。粗壮的树干像是耸入云天的人民英雄纪念碑。一棵树撑起一片天，一棵树像是一座山，一棵树像是一座城，这是多大的气场和多么壮观的景象啊。

我走近它，抚摸它，绕着圈地端详它，历经五百多年风雨的大槐树，树皮没有开裂，树心没有空洞，树干丰满壮实，树冠枝叶繁茂，它看过明代的月，经过清代的雨，吹过民国的风，在人民共和国的雨露滋润下，它正如日中天，恰似壮年。我的手轻拍在树干上，发出坚实地回声:大槐树啊，你把见证过的那些故事说出来听听吧。

村支部杨书记把村中的两位老人介绍给我，是他与两位老哥哥说出了大槐树下曾经发生在抗战时期的那些故事。

秋风还带着暖意，有几片树叶不紧不慢地从树上飘下。我们一人一个马扎，在大槐树下围坐在一起。在言语交错中，开始回忆当年的时光。

“许世友将军当年为什么要把胶东军区司令部安在这里？他们驻扎过几年啊？”我问。先接过我话头的是杨书记，他身材高大，是位复员军人，思路开阔，很健谈。

在抗日战争最困难的 1942 年 7 月，胶东军区成立，后军区机关迁至战场泊村。至 1945 年 8 月，许世友领导下的军区机关多次长时间驻扎村中。这期间鬼子扫荡或外出打仗时就离开。在这里安营扎寨的理由有三：我们海阳多山区丘岭，但战场泊是平原为主，进出方便，利于部队机动作战；再是，我们村子大、房子多，当时有七百多户人家，部队能住得下；最重要的是这里的人善朴（善良朴实的意思），对战士热心，从来没有泄露部队的机密，所以部队出去打完仗，还是回到这里。

坐在旁边的杨古瑞老人，已经八十八岁，古铜色的脸庞，看上去很结实，耳朵有点背，当他听明白，在说司令部和许世友的往事，本是呆板的脸上，立刻有了生气，他眉飞色舞地说：是许世友带着司令部驻进我们村，有特务连、骑兵连，还有高炮排。村里人看到八路军来了，家家欢天喜地，觉得从此生命有了保障。那时的部队除了武器弹药，就是一个小背包。为了让战士们住下来，不少乡亲一家人挤在一间房子里，把房子腾出给司令部办公和战士们居住。乡亲们看到战士单薄的被子，就把家里干净的被褥，借给战士用。做饭的锅碗瓢盆也都帮助打点齐全。

战士们除了外出打仗，就在村里练兵。我们这些十几岁的孩子就跟着看。骑兵训练时，为了让马匹适应枪炮声，战士一边点燃鞭炮，一边挥舞军刀冲锋。许世友将军一声“卧倒”，一百多匹战马就齐刷刷地趴在地上，真是神了。步兵训练时，胸前戴着防护，两人对刺，杀声震天。高射炮打的是活靶，有一个大气包在空中飞来飞去，炮手跟着活靶打点射。

坐在另一边的九十二岁的杨吉德按捺不住了，他抢过话头说：我们村八十以上的人没有没见过许世友的。他中等个子，长得很浑实，粗敦敦的，面孔有点黑，络腮胡子。一副憨厚慈祥的样子，不认识的人还把他当成部队的伙夫呢。

他对我们老百姓特别亲，对我们小孩更是好，有时会逗我们玩。他有个习惯，没事就在村里走一走，逢到乡亲就会拉几句呱。久了，乡亲们也同他很亲密，也很信任他。村中有杨、潘二大姓，常常闹矛盾。他们找到许世友去评理。许世友耐心听他们争论和叙说，然后给他们分析问题、评判是非，许世友的话句句在理，不偏不倚，个个听得心服口服。在许世友的耐心说和下，他们消除了隔阂，不再矛盾。

杨吉德是位和蔼的老人，满脸是慈祥的皱纹，我强烈地感觉到，当他说到许世友时，话里话外都透着一股亲情，像是在向你诉说自己的亲人，又像是在深情地回忆自己失去的长辈。说话时，他脸上的那些皱纹仿佛都展开了。

他还正在说话的兴头上呢，杨吉瑞老人又抢去了话头：许世友还有一个习惯，就是爱帮老百姓干活。他每天起得很早，喜欢以打鸟的方式练枪法，他说，打活靶才能练出真本事。打了鸟，然后就会下地帮助村民干活。老人说，当时我的爷爷种了几亩菜园。许世友经常在练完枪法后就去帮助爷爷浇菜园。有一段时间，天不旱，但许世友和他的警卫员仍天天去浇水。菜是娇贵货，水浇多了也不行。爷爷只好起了个大早，等在地头。当许世友来了时，他走上去，对他说，老朋友，这些天，雨水多，不用天天浇了。许世友哈哈地笑着：“这下又长知识了。”

在许世友的带领影响下，战士们个个视老乡为亲人，他们帮助村民种田、整地、挑水、扫院。房东也常常抢着为战士洗衣、缝补，就像一家人一样。

每逢鬼子扫荡，他们总是先安排乡亲们撤退，直到村里百姓安全转移，部队才最后撤离。

我们说话间，身边的村民也越来越多，他们也都抢着插话。有一位姓杨的老人说：许世友在我们家住过几天，警卫员不小心把灯窝里的砖头推到锅里，把锅打破了，警卫员要赔偿，我父亲不让。过了几天，许世友知道了这件事，自己掏出钱来，买了口新锅安上。

他的话头一开，旁边的人又讲起了逸闻趣事：跛子潘庆福是许世友的棋友，他到许世友那里去，不用提前联系，说去就去，哨兵也不拦他，只要司令有空，两人就会摆开杀一盘，有时还会为一粒棋子互不相让。

有人又说：司令部有两只马猴。什么是马猴？我问。就是两只黑色的大猴子，当骑兵作战时，它们跟着上阵，当有了阵亡战士时，它们就冲上去，把马牵回来。

还有两只狼狗呢。这是干什么的？我不解地问。用处大了，警卫、破案，与警卫员一起打饭、领饷，无所不能。

许世友司令的马更厉害，是匹黄色的大洋马，马头的中间有一条大白杠，显得很神气，四个蹄子大得像扣在地上的四个小铁盆，那是和司令一起长征的功臣马。这马常常被放养在大槐树下。

有个乡亲，没说话，就先流泪了。他说，许世友当了南京军区司令员也没有忘记我们战场泊人，他的秘书带着司令的名单一户户地走访当年老房东，问我们生活有什么困难，需要什么帮助。我们感念他不忘旧情，但没有一个提要求的。农村大办机械化时，给他的秘书写了封信。他一个条子批了六台拖拉机。

说到秘书，又有一位老乡笑着插话：据说许司令选用秘书有两个条件，第一要有一定文化程度，第二必须是胶东人。这条规矩一直坚持到老，我们这里就有一个人担任过他的秘书。他对我们胶东人是有特殊感情的。

我被这热烈的场面深深地感动着：许多事情已经过去七十多年，乡亲们说起这些事来，如数家珍。司令已去，但仿佛仍然还在他们身边，乡亲言语中对他的怀念之意、热爱之情，如炽烈的火焰在大槐树下喷涌、翻滚。

听着这收不住的“忆当年”，想带我们看一看的书记出来收场了，他说：让我再告诉你一件发生在大槐树下的事吧：1943年春节前的一个上午，大槐树下摆放着一张桌子，桌子上放着一把刀、一个装满酒的碗和一只绑着腿的大公鸡。在桌子的前面集合了部队战士和村民。许世友嚓嚓几步走到案前，大声说道：“不久前，鬼子拉网大‘扫荡’，制造了‘马石山惨案’。这更暴露了倭寇的凶残，也是我的工作没有做好……”说罢，他唰地拿起菜刀，一刀剁掉鸡头，让鸡血流到酒碗里，然后一口气喝了下去。喝完那碗鸡血酒，斩钉截铁地说道：“今后，胶东如果再出现‘马石山惨案’这种情况，当杀我许某之头，就像这只鸡！”

此时，一阵风吹过，树叶沙沙作响，将军与民生死与共，气吞山河的气势已与大槐树同在。这风动树响，不正是他那为民忠心的彰显嘛。

许世友一直是我心中敬仰的大英雄，但那印象是来自于书本和银幕，今天，在他战斗和生活过的地方，让我直接地感知和认识了活生生的许世友将军，让我知道了什么是亲民爱民，什么是军民的鱼水关系。

我想，是那时的艰难环境把军民紧密地联系在一起，百姓的生命靠部队来保卫，部队的战士靠人民来养活，他们是血肉相连，是命运与共。现在环境变了，但那种子离不开土地，鱼儿离不开水的亲密关系是应该世代延续的。

离开大槐树，杨书记带领我参观了恢复了原貌的胶东军区司令部的旧址，这是他在旧村改造中拼了全力保下来的，市里又在这里建起了许世友胶东纪念馆。现在，这里已经成为红色教育的基地。以红色基地为龙头，他又带领乡亲们搞起了红红火火的旅游产业。人们在这里接受红色洗礼的同时，还可以领略和品味美丽的田园风光。

临行前，我又特意回到大槐树前，同它合影。那棵留存着抗日风烟的大槐树，将永远留在我生命的记忆里。

2021.10.26

载于2021年11月8日《烟台晚报》

第一方红印

五月，正是月季盛开的时节，月季之乡——莱州的每个角落里，都是绽开的花朵，硕大、鲜艳，一朵紧挨着一朵，密密实实，像是一片片的云霞降落在这片土地上。紫的、粉的、绿的、黄的……特别惹眼的是那红色的月季，像一团团火焰燃烧在胶莱平原上。

当我走进莱州历史博物馆，一簇比月季花还耀眼的鲜红出现在眼前。那是印在一张布告上的红印：约有两寸长，一寸宽，印鉴上两排鲜红竖排的大字，国民革命军第五战区胶东抗日救国军总司令部。布告的纸发黄了，但上面的这枚大印却依然鲜红，像一团火，像一面旗，像正在盛开的月季花，热情奔放，熠熠生辉。

啊，这就是代代莱州中国共产党人敬仰和奉为至宝的，在山东建立的第一个抗日民主政权的第一方红印。

在红印的旁边，还有着一页页发黄的文件和诸多的文物，它们引领着我走进了那段硝烟弥漫的历史，走近了那位伟大的共产党人。

1

第一个主持刻制和执掌这方大印的，是莱州第一任县委书记郑耀南。

八十四年前，这片现在开遍了月季花的土地，却处在一片腥风血雨中。

1938年的2月1日是农历正月初二日，就在这天，已经占领了烟台的侵华日军开着十八辆大卡车杀气腾腾地冲进了掖县城。县政府门前站满了一片黄乎乎的日军。一片雪亮的刺刀在寒风中发出瘆人的白光。年前，国民党县长刘国斌就挟带着十万大洋逃回老家河南去了。消息传开，全县人心惶惶，时刻准备逃难，早已没有了过年的心情。商会会长刘子容打着太阳旗带着自己的女婿张延善一干人点头哈腰地来到县政府门前迎接日寇，日本鬼子当众委任刘子容为掖县地方维持会会长，为其配备钢枪三十支、匣枪十支、子弹十八箱，刘子容迅速组建了伪警备大队，取缔一切抗日活动和抗日组织，摧毁一切抗日工事。一时间，跑的跑了，降的降了，掖县人民处在了国破家亡、提心吊胆、无所适从的日子。

当此之时，中共掖县县委的成员也在焦急地串连、商讨怎样对付眼前的局面。他们更焦急地盼望着他们的领头人、县委书记郑耀南快点回来 。

郑耀南出生在郑家村一个贫苦家庭里，生母姜氏，因贫过继给寡居的婶母马战云。他从小好学上进。十六岁的时候就以优异成绩考进省立第九中学。他受大革命思潮的影响，“深感民族危机加深，统治阶级倒行逆施，劳苦大众生活恶化”，心中产生了只有改变这个社会，中国才有未来的信念。他以学生会主席的身份，发动学潮。后被开除回乡，在自家的小南屋里开办学校。地下党组织早就看好了他，并吸收他加入党组织。

1930年的夏天，大雨滂沱。王鼎臣冒着急雨来到郑家村，他是奉省委指示来建立掖县县委的。陈子尚、黎光也冒雨泅过王河。四个人又凑在了郑家的小南屋里。王鼎臣郑重地传达了省委的指示，经过认真讨论，选举郑耀南担任县委书记。中共掖县县委在这所小南屋里诞生了。

郑耀南担任县委书记，他不惧白色恐怖，发动全县农民运动，农民协会遍布全县，让当局者惊恐万状；他动员母亲卖掉二亩水田，买回一支崭新的驳壳枪，建立党的武装特务队，让地主恶霸闻风丧胆。他成了名副其实的掖县的革命的主心骨和领路人，革命者无不佩服他的胆识和气魄。

1934年除夕，二百多个警宪突然包围了郑耀南的家。因为提前得到消息，他侥幸早一步离开了家门。因遭到通缉，只能离开掖县，茫茫的夜色中，他坐上一艘木船，渡海到了东北。

他离开了掖县，并没有一刻离开革命，没有一刻放弃对敌斗争。在被通辑的日子里，他的足迹遍及山东、河北、平津、东北、西北各地。在抚顺下矿井，搞工运；在北京进学校，搞学运；在察哈尔参加吉鸿昌领导的察哈尔民众抗日同盟军，上阵杀敌，沽源战役中腿部受伤，造成残疾；在东北各地，他以特派员的身份，组织领导万余人的大罢工，并取得胜利；在烟台，参与胶东特委领导工作，担任宣传委员，主办党刊《战斗》。辗转各地，餐风露宿，千难万劫，磨炼了他的革命意志；参加各种斗争，出生入死，万难不屈，增长了革命才干，成为一个成熟的职业革命家。

冬日的深夜，郑耀南的妻子周志媛听到了啪——啪啪，两长一短的敲门声。这是他们夫妻间约定的敲门暗号。她知道丈夫回来了，急切地将衣服一披，就向外跑去。本是出众的英俊青年，看去却是满脸胡子，又黑又瘦，一件破旧的长衫上满是补丁。周志媛心疼地流下了眼泪："日本鬼子打进来了，别人往外逃难，你怎么却跑回来了！""我就是听说日本鬼子来了，才从北京赶回来的啊，我不能眼看着乡亲们受罪。"

国民党的县长携款逃跑了，共产党的书记却向着危险冲回来了。

他让妻子踮着小脚通知县委委员来开会。县委委员们听说书记回来，顷刻感觉有了把向定舵的人，他们都急火火地赶来。他家的小南屋的油灯又亮起来了，那个掖县县委的诞生地，又成了抗日斗争的指挥部。

小南屋里摇曳的煤油灯的灯光把郑耀南的身影投射在墙壁上，他的身边围坐着李佐长、李勋臣、郭欣农等同他出生入死十余年的战友，还有刚从外地回来的年轻党员张加洛。

他们叙说着现状和百姓的苦难，焦急地让他快拿主意。郑耀南在仔细地倾听了大家意见后，果断提出："团结一切抗日力量，立即组织武装起义，建立抗日政权。"

这是一个大胆的决定，也是关系到掖县党和人民生死存亡的决定。有人提出，现在我们和上级党失去了联系，得不到上级指示，能做这样事关成败的决定吗？

他斩钉截铁地回答："现在日伪政权立足未稳，正是打掉它的好时机，等待找到上级取得指示，就会贻误战机。我们是掖县的党组织，在这关乎百姓、民族危急的时刻，要敢于担当，挺身而出。"

郑耀南是掖县县委的真正的主心骨和定盘星。那时，他还没有过二十岁的生日，但他已是入党十年的老地下党员，深厚的学养，艰苦的磨炼，丰富的革命经历，已把他打造成成熟的才华横溢的革命家，他有着坚定的追求、火样的热情、卓越的见识、非凡的组织和领导能力，同时对政治、经济、军事、文化各方面都有所涉猎或实践，他已是有着远见卓识、运筹帷幄、指挥若定、高人一筹的地方党的领导人。

在长期的斗争中，县委领导们已经深深地了解、信服和敬佩这个带头人。看着郑耀南坚毅的面孔，全都投了赞成票。

他也听从了大家的意见，做了最坏的打算。县委被分成了两部分，他亲自担任起义总指挥；张加洛不参与起义，一旦起义失败，由他继续负责党的工作。

1938 年的新正大月，郑家村家家锁门闭户，路上行人稀少，连串门拜年的老礼也不见了。民众在惶惶不安中度日。郑家的南屋成了这次武装起义的指挥部、中军帐。郑耀南稳坐帐中，白日人来人往，夜晚灯火通明，消息往这里传递，命令从这里发出，他夜以继日地周密地筹划起义的方案，攻城的方式、兵力的配备和组织。

1938 年 3 月 8 日，农历二月初七的晚上，风萧萧，夜深深。郑耀南直接领导的队伍悄悄地向起义指挥部集结。拂晓，各路参加起义的队伍都按时到达了起义地点——离县城五华里的玉皇顶。冬日的晨曦，霜透寒，风刺骨。参加起义的近五百名勇士，手持钢枪、长矛，神情激昂又紧张地挺立在寒风中，让人想到秦末时田横岛上的五百义士，这里离田横岛真的不远，义士的精神尚在，他们要为捍卫中华而战，要为保卫家园而战。

凌晨，迎着即将升起的红日，英姿勃发的郑耀南健步走上玉皇庙台阶，他威严的目光扫过全场，刚毅坚定地作战前动员："'民动'战士们，现在国难当头，民族危亡，抗日救国，必须肃清卖国投降派，我们今天在这里起义就要铲除汉奸卖国贼，武装夺取政权，建立抗日政府。大家要遵守纪律，听从指挥，奋勇向前。"说着，他掏出驳壳枪有力地向空中一挥，威严又洪亮地下达了出发的命令。他的话音刚落，等待已久的战士们风驰电掣般冲向莱州城。

古有"铁打的莱州"之称，明末孔有德叛变，围攻七月而不下。而今，在郑耀南智勇并举的指挥下，刘子容只好开城投降。没费一弹，没伤一卒，玉皇顶起义的红旗插上了高大的城楼。

2

郑耀南的确是我党历史上富有雄才大略的难得的地方领导人，在国破家亡，找不着上级党的紧急关头，他以独有的英勇无畏的胆魄和敢于担当的精神，果断决策，成功地举行了武装起义。在取得胜利后，他头脑清醒，制定了正确的政策和策略，建起了我党领导的山东的第一个抗日政权，成为胶东抗日根据地的卓越创始人。

县政府西花厅，不知有多少知州和知县在此坐过，而今刚刚起义胜利的攻城指挥部成员坐在了这里，人人脸上都洋溢着胜利的喜悦。他们在讨论最紧迫的议题：下步的路该怎么走。有人提出虽然起义取得胜利，但强敌立刻会来反扑，主张上山打游击；也有人提出斗地主分田地。郑耀南稳坐在中间的椅子上，认真地听取着发言。刚到三十岁的他，英气勃发，棱角分明的年轻的脸庞，挺拔的笔直的身材，浓眉下雪亮的眼睛，腰间扎着宽宽的皮带，胸前斜挎驳壳枪，英俊中透着威武，谈吐中尽显儒雅。

早在起义前夕，郑耀南就酝酿夺取政权后的设想，面对大家的种种想法，他慷慨而谈：“现在的形势不比以往，大敌当前，我们的主要敌人是日伪汉奸，主要矛盾是日本鬼子的侵略，我们要团结一切可以团结的力量，团结一切可以团结的人，结成广泛的统一战线，共同对敌。夺来的胜利果实不能拱手让人，我们要在这里建立抗日民主政府，动员工农兵学商齐参战，农工商学各业齐发展，让这里成为一块巩固的抗日根据地。”他的声音宏亮，吸引了所有的入会人。他们觉得他提出的思路符合实际。接着他又具体化了他的思路：“成立民主政府、布告安民、扩大武装、整顿经济秩序……”件件讲在点子上，会场沸腾了，大家热烈地鼓掌。

近百年来，在这个议事厅里坐过的主政人，恐无人比其项背。此刻，让人想到了三国周郎“羽扇纶巾，谈笑间，樯橹灰飞烟灭”的风采。当年曾与他搭档，后来成为海军上将的李耀文曾这样评价：“耀南博学多才，博古通今，气度恢宏，有周总理的胸怀，总理的风度和魅力。”

按照他的提议：当即决定迅速组建军队，根据他在东北抗日的经验和见识，决定把组建的部队定名为“胶东抗日游击队第三支队”，成立抗日军政委员会。在建军的同时，宣告掖县抗日民主政府成立，隶属于三支队军政委员会。

西华厅会议之后，迅速在县政府门口和各条大街上，贴出了以虚拟的于国栋的名字为司令第一份布告：正文为："溯自日寇入侵，神州沦陷，铁蹄蹂躏，生灵涂炭，奸杀焚掠，惨绝人寰！当此民族死亡系于一发之际，凡我中华儿女，孰不皆裂发指，义愤填膺，同仇敌忾，揭竿而起！乃有少数败类认贼作父，为虎作伥，无耻之尤，人人得而诛之！我国有百万之广，军民有百死之勇，还我河山，哀兵必胜！本军高举义旗，守土有责，挽狂澜于既倒，拯人民于水火，麾旌所指，捷报频仍，所到之处，秋毫不犯。望我父老兄弟姊妹各安所业，勿相惊扰，群策群力，支援前线，民间散存枪支弹药，立即交公，以利抗战。如有汉奸通敌或不法之徒趁火打劫，骚扰乡里者，严惩不贷！本司令令出法随，勿谓言之不预也！

切切此布

总司令　于国栋

中华民国贰拾柒年叁月玖日"（即 1938 年 3 月 9 日，是起义成功的第二天）

布告义正词严，即讲了成立政权之目的，又提出施政要求。郑耀南亲自郑重地把朱红的大印钤印在这张布告上。这张盖着红色大印的布告，郑重宣布掖县抗日民主政府的成立。这是山东大地上的第一个抗日民主政权，迎来山东冲破黑暗的第一缕曙光。

在创立政权和建设政权的进程中，郑耀南紧紧地把握着和一丝不苟地执行他提出的统一战线路线，以他的特有的人格魅力和行动，把一切抗日的人团结在党的周围。

他让有进步思想的非党人士张冠五担任县长。让有经济头脑的民主人士管理经济，对于国民党左派人士也都委以重任。

在安排一位旧军人担任支队长时，有人不同意，他据理力争："这位旧军人起义时表现勇敢，让他担任支队长，会带动更多的旧军人加入革命行列，有什么不好。"后来，这位旧军人成长为八路军的团长。

得人心者得天下，郑耀南团结全民抗战的诚心得到了军民的认可，抗日政权迅速得到群众的拥戴。他为新政权规划的党政军民学各业并进的宏大蓝图如火如荼地展开，短时间里，奇迹般地造就了一派红红火火的革命景象。

为巩固起义的胜利成果，防备日伪军卷土重来，首先做出扩军整训的部署。他骑着一匹枣红马，带着卫兵，没日没夜地奔跑在全县的各个地方。他亲自选派有能力的骨干分子，组成数十个扩军小组，动员青年踊跃参军，千方百计搜集武器武装部队。郑耀南带头把刚刚十四岁的大儿子送到了部队。全县出现了参军和献枪的热潮，涌现母送子、妻送郎和兄弟几个一起参军的动人场面。许多妇女走出家门，参加了抗日队伍。短短一个多月，三支队就从起义时的四五百人枪，迅速发展到十七八个大队三千七百多人枪，成为胶东当时最大的一支抗日武装。

要建立巩固的政权，发展经济是大事。这天，郑耀南轻轻敲开了他的老师孙康厚的家门，这位懂经济的贤达，年事已高，但郑耀南亲自登门请他担任财经委员会主任，他深受感动，欣然应诺。郑耀南握着先生的手，爽朗地说："您放手大胆地干，有什么困难可以直接找我。"这位老先生不负重托，在郑耀南的支持下，研究了一套适合根据地的经济体制和经济政策的一系列举措：成立粮价平抑委员会，平抑市场物价，整顿市场秩序，鼓励粮食生产。在粮食紧缺的情况下，禁止用粮食制作烧酒。成立盐务处，管理海盐的生产、运输和销售，征收盐税，充实财政。成立商会，管理各类商业和各个商家，严禁走私贩毒，打击不法奸商。整顿田赋，改革农业税收，向地主、富农和大商号征收爱国捐，减轻农民的纳税数额，贫困农户予以免税。

这一系列举措如自天而降的狂飙，吹走了一切枯枝败叶。这些深得民心的政策，迅速结束了经济混乱局面，提振了根据地的新兴经济，增强了支前抗敌的实力。

部队不断扩编，为让部队武器充足，服装统一，郑耀南找来军需处长孙会生部署了两件事：建立兵工厂和被服厂。孙会生了解到河套村"马氏六兄弟"有相当好的技术和装备，能搞水车和翻砂。就约郑耀南一起登门相请，马氏兄弟见到郑耀南十分紧张。郑耀南热情地对他们说："我知道你们都是制造能手，今天专程到这里来，就是请你们到胶东抗日游击第三支队帮助建立兵工厂，修理和制造枪械。"知道了来意，他们紧张的神经松弛了，连忙表态：三支队是抗日的队伍，我们马家兄弟愿意效力。当天，他们就带着一台四尺的皮带车床，来到了城里。后来，他们又请到兵工厂的一名技术工人。兵工生产热火朝天地干起来了。他们一边修理旧枪械，一边研究制造新的武器弹药。很短的时间，不仅能制造步枪、土造"手提式"机枪，还能造子弹、手榴弹、烟幕弹等武器，使三支队从枪少弹缺，一变而为装备好战斗力强的抗日武装。

被服厂是郑耀南从政治处调了两个女同志领着干起来的。她们采用就地取材、分散加工的办法，突击制作军装。三支队成立一个月后，干部战士便脱去了农民的衣裤，换上了草绿色的新军装，肩上背上崭新的子弹袋，队伍面前飘扬着红色的大旗，指战员个个精神抖擞，军威大振。

郑耀南要建立一个与旧政府完全不同的真正为老百姓服务的新型红色政权。他同时也把民生、教育提上了议程，迅速作出了“实行抗日民主教育，兴办农村小学”的决定。根据这个决定，农村小学得到恢复和发展，民众夜校、冬学和妇女识字班应运而生。还专门为学校编印了“国防课本”并颇具前瞻性地开展了拉丁化新文字运动。三支队连续举办的国防教育训练班，培养了大批抗日干部和小学教师，为持久抗战积蓄了后备力量。

老省立九中的高才生，自然懂得文化宣传的重要。郑耀南从事地下工作时，就创办《民声》刊物。他又把原刊发展成为三日刊的《抗战日报》。为了使军事斗争与文化斗争结合，创办了综合刊物《海涛》，亲自兼任社长。参加编辑的有罗竹风、马少波。新中国成立后，罗竹风成为中国最有权威、体量最大的《汉语大词典》的主编；马少波则成为中国戏剧大师。不久，在他的提议下又成立了抗战剧团，而团长就是后来到了延安，成了著名剧作家的虞棘。

当时，新政权下的市面货币十分混乱，国民党县长携款逃跑，富商巨贾滥发票券，就连小商小贩都抢着印乡票，老百姓捏着纸票，买不到东西，金融市场混乱不堪，物价飞涨。郑耀南敏锐地看到，金融不稳定，江山坐不牢。他果断地找到孙康厚、孙会生，对他们说：“我们不能看着货币这样乱下去，整顿金融和改善群众生活是抗日政府的责任。”随即提出了创办银行的任务。有人觉得风险太大，力不从心。他做工作说：“我们现在是人民政府，人民政府就要勇敢承担责任，凡是群众的难事，就是我们要办的大事。”也是机缘巧合，就在这时，青岛中鲁银行经理张玉田，为避战乱，逃回老家掖县，路过平度时，国民党顽军张金铭抢劫了他携带的几部汽车和钱款。郑耀南听说了这件事，觉得这是创办银行难得的人才。他带着孙康厚、孙会生几个人就去登门拜访。张玉田刚遭劫持，惊魂未定，又有一班身穿草绿军服的人找上门，他显得有些紧张。郑耀南连称张老伯，同去的人也都齐称张老伯，其实，那时张玉田也不过四十多岁，受此尊称，心情放松下来，郑耀南亲手递上二百元大洋的慰问金。张玉田看着端坐在自己面前的这个共产党的头面人物，一身崭新的戎装，腰扎皮带，紧缠裹腿，透着威严和英气，不免心有忐忑。但看他面带微笑，态度谦和，谈吐儒雅，便不再紧张。当郑耀南简明地说明要办银行，并请他出山主持时，他激动地表示："这件事我懂行，只要信得过我，我一定把它办好。"郑耀南紧紧地握住张玉田的双手，真诚又坚定地对他说："张老伯，从今天起您就是县政府财经委员会副主任，专职开办我们自己的银行，需要什么人什么物资，您只管提出来，我们全力支持，您放心大胆地干。"

张玉田果然是办银行的好手，在郑耀南和三支队的全力支持下，解决了重重难题，建立了北海银行。新币首发式在掖县县政府大院隆重举行。热烈的掌声中，郑耀南大步走上讲台，郑重宣布北海币的诞生。从此，它成为胶东根据地的规定货币。

郑耀南在短时间里，密集地推行新政，全县工农商渔各业得到发展，人民精神面貌焕然一新。当时，三支队每月经济收入达三十多万元，不仅解决了三支队和政府的需要，还支援友邻部队。1938 年 4 月，鲁东抗日武装第七、第八支队东去黄县，4 月天气，东去部队仍穿着破烂的棉袄，郑耀南见状，立即赠送崭新的军装两千套，款项五千元及部分粮秣。在物资匮乏的当年，三支队还向胶东特委、山东分局及北方局送去钱款、金条。

郑耀南凭着自己的文韬武略，出色地把掖县建成了可以推广到全国的"模范区"。

那些具有远见卓识的举措，为后来我党我军发展留下了宝贵财富。

兵工厂发展壮大为胶东兵工厂；《抗战日报》发展为胶东《大众报》再到现在的山东党报《大众日报》；抗战剧团后来发展成为原济南军区前线歌舞团；北海银行无论是在抗日战争时期，还是在解放战争时期，都在发展经济、保障供给和开展对敌斗争中发挥了巨大作用，并成为中国人民银行的三大源头之一。

所有这些事情都是在部队合编前进行的，而且是在铲除内部反叛分子的激烈斗争和在同顽固派反动武装的激烈战斗中完成的。

从起义成功到三支队被合编，只有一百五十八天，虽然只有短短的一百五十八天，而且是战争环境的一百五十八天，但郑耀南带领掖县军民做出的事情，却在掖县、在胶东、在山东、在全国都留下了深刻的印迹。那印迹在今天共和国的事业上还清晰可见。

郑耀南是我党历史上才貌双全、文武兼备，党、政、军、经、文无所不通，无所不能的不可多得的人才，如果没有他的努力，就不可能出现蒸蒸日上，全面发展的胶东抗日根据地，就不会成为党中央所期待的“模范区”。

3

在革命斗争中，流血牺牲是肉体的痛苦，可当你在为党为民族忠心耿耿，拼命苦战，并立赫赫功劳的时候，却遭受不公正的待遇，那种心灵的痛苦更是难以言说的。郑耀南曾遭受过这种境遇，但他却以自己的委曲，保全了党、保全了部队、保全了根据地，这种相忍为党的崇高品格，更提升了他的伟大人格和不朽精神。

郑耀南全面发展的新政权，遭到内外敌人的夹击，但他不畏强敌，沉着应对，以过人的智慧和胆魄，经过5月反顽和“七四平叛”，对外击败投降派四路进攻，对内平息国民党右派的叛乱阴谋，三支队内部更加团结，根据地更具规模。青年、妇女、职工、自卫团等群众组织相继发展起来，区乡政权普遍建立，已经有三千七百多人枪，较丰厚的资产和财政收入，良好的武器装备。

蒸蒸日上的三支队和抗日政权引起了党中央的高度重视。当郑耀南创建第一个抗日政权和建立掖、蓬、黄根据地的时候，中央就给予高度评价和重要指示：1939年5月13日中央书记处专门发出《中央关于胶东工作的指示》认为胶东“年余发展了数千党员，创造了六七千人的党领导的队伍，“建立坚固的抗日根据地”，这是伟大的成绩”。在《关于山东及苏鲁战区工作的指示》中又进一步提出“在我们领导下的某处政权（如胶东三县）应该成为抗日民主政权模范区，极力扩大其影响于全省全国。”此时，我们党的领导八路军只有四万多人的主力，胶东党组织依靠自己的力量建立根据地，组成七千多人的抗日武装，对中央来说实在是一个振奋的消息。

胶东特委听到三支队的消息也大为振奋，迅速做出了移驻掖县，合编三支队的决策。当时胶东特委天福山起义后，组建抗日救国第三军，但人枪较少，没有巩固的根据地。胶东特委决定西进，与三支队合兵一处，壮大力量，加强根据地的建设。

不久，三军迅疾地出现在掖县大地，郑耀南知道了这一情况，十分高兴，胶东特委的到来，有了上级党的直接领导，有了更多的武装力量，可以在特委的领导下建立起掖蓬黄抗日根据地，这是天大的好事。

在特委到达的第二天晚上，郑耀南破例在东关有名的饭馆里，摆下了一桌酒席为特委领导接风。说好的时间到了，不见特委领导的踪影。热气腾腾的饭菜渐渐变凉。郑耀南、李佐长等人焦急地等待着。派人再请，饭菜再热，还是没有音信。天已大晚，餐桌上的油灯忽忽闪闪，随着饭菜的变凉，郑耀南的心头也有了一丝丝寒意，以他的才智，他明白：特委的领导担心这是鸿门宴。他定定地坐在那里，面带沉思，表情严峻，感觉到了问题的严重性。坐在身边是他的亲密战友李佐长，他悄悄地把他叫到一旁，说出了自己的担忧，他郑重地对他说："告诉同志们，无论特委采取什么行动，都不准表示异议和反抗，要严令各部坚决执行特委的所有指示，不能有半点差错。"他特别强调说："要用我们的实际行动证明我们对党是忠诚的，绝无二心。"从郑耀南的忧虑的目光中，在座的人也隐隐地感觉到一丝不安。

然而。事情来的比他想得还快。第二天清晨，郑耀南和三支队的领导突然接到了到特委开会的通知。会上，宣布了合编的命令：经特委决定三支队与三军合编，任命郑耀南为62团团长。同时宣布：北海银行、兵工厂、被服厂、《抗战日报》、抗战剧团全部移交，并任命了各支队伍的负责人。这是一个重大的决定，又是一个猝不及防的变故。

对于变化，郑耀南是有思想准备的，他觉得建立政权、建立队伍是全党的努力和全民的支持，不能算在自己的账上，他已横下一条心，不管做出什么样的改变，为了党的事业、抗日大业，不管自己受多大的委曲都要忍下来。但是，他万万想不到，是这样的变法，面对巨变，郑耀南镜片后明亮的眼睛不惊不慌，他习惯性地正了正军帽，站起来，像是立起了一棵大树，郑重表态：坚决服从特委命令，全力做好合编工作。

那天，郑耀南郑重地收起了那面一丈二尺长的三支队的鲜红军旗，仔细折叠，用心地压平皱褶，轻轻地放进行李箱里，亲手把它交给了妻子："这是一段历史的纪念，你千万要保管好。"从郑耀南的脸色中，周志媛已经隐约感到了一丝不安，但几十年间她都是丈夫革命的好助手，她相信丈夫所做的一切，默默地从丈夫手中接过了这面红旗，小心地收藏起来。若干年间，妻子一直没有忘记丈夫的嘱托，始终带在身边。后来，因为逃难埋在了地下，新中国成立后挖出来时，已经损毁了。

现在看来，那次的合编更像是收编。没有更多的协商、沟通、动员、说明，一纸命令，就急迫地改变了一切。

当时，特委的安排，特别是干部的安排，在三支队引起强烈反响，有的非党干部认为“我们三支队有三千多人枪，三军有多少人？”“我们有银行、兵工厂、被服厂、报社，月收入三十万，三军有什么？”党内的同志也认为：“在胶东特委、三军领导成员中三支队干部一个也不安排，太不公平了。”郑耀南敏锐地认识到这是一种危险的情绪，一旦蔓延开来，极易擦枪走火。当时，掖县周围不但敌伪势力虎视眈眈，而且还有大大小小的几十股武装，一旦内部出现问题，外部势力就会乘机进攻，刚刚建立起来的抗日政权就会因内斗而毁于一旦，辛辛苦苦建立的根据地也会全部丢失。这是绝对不能发生的事情。

郑耀南无端地受到怀疑、监督和审查，自知处境危险。他突然发现属下的营长没有了，后来知道是被带走审讯，让他交代托派罪行。为了党的团结，为了大局的稳定，他对改任团长毫无怨言，虽然没有在三军里给他安排职务，依然满腔热情地工作和战斗着。他对三军派到团里的政委李耀文真诚欢迎，亲密共事，不存私念，不搞山头主义。面对三支队中的不安情绪，郑耀南对那些找他倾吐心迹的人，推心置腹地说：“掖县的党、掖县的部队所以有今天，都是党领导的结果。过去，我们时刻盼望着党的领导，到处找党的关系。今天，我们把部队交给上级党来领导，这不是我们长期以来的愿望吗？”他还反复叮嘱大家：“当前，形势严峻，我们四面都是敌人，如果内部出现分裂，敌人就会乘虚而入，根据地顷刻就会瓦解，覆巢之下，岂有完卵。”他的行动和强有力的劝说，让人们逐步接受了合编的现实，防止了分裂，防止了火并。

接受特委合编后，在掖县组建了山东抗日纵队第五支队，形成了山东最大的抗日力量。后来许世友来到胶东，扫清国民党的小股势力，建立平招掖根据地、大泽山根据地，胶东成了我党的一统天下。许世友先是在三支队的基础上组建13团，又成立14、15、16、17团，后来逐步演变组建成解放军的41、27、31、32共四个军。

如果没有郑耀南顾大局识大体的胸怀，山东的抗日斗争就可能是另一种局面。

在62团任上，郑耀南先是带领部队围攻顽军11纵队，敌司令被击伤毙命。继而指挥部队进行平度大青杨战斗，重创日伪军，伤毙敌军二百三十余人；担任21旅旅长后，他将自己的意志、气度、精神和威武之势融入部队，指挥大大小小数十次战斗，每次都冲锋在前，每战必胜，展现了他卓越的军事才能。在招远城的一次伏击战中，毙伤日伪军数百，日军指挥官藤田被击毙。后来62团改编为胶东军区13团，成为一支特别能战斗的钢铁部队。在济南战役中，首先攻上城头，被毛泽东和中央军委授予“济南第一团”光荣称号。

1939年3月，胶东特委接到了去鲁南向山东分局汇报工作，再去延安的指示。特委当即内定郑耀南、李佐长、张加洛参加，他们都曾是三支队的主要领导。但在开会布置这项任务时，却要求所有干部积极报名参加。当最后公布名单的时候却只有他们三个人。富有革命经验的郑耀南立即明白了特委的用意。原来三支队的不少人也看出了其中的道道，又引起了不少议论。李佐长是郑耀南的亲密战友，他去找郑耀南商议：“怎么办？”其实，郑耀南的心里也在翻腾：从建立掖县县委，十几年的事都在眼前，他觉得特委的这个安排有失公道，但为了胶东党的团结，为了胶东根据地的巩固和发展，他不能把自己的想法告诉别人，他毅然决定服从决定：“这次汇报特委是应该去人的，派我们去也是对我们的信任和重视。我们走了，原三支队的干部战士可以全心全意地接受三军的领导，有利于党和部队的团结，这也是一件好事。”李佐长听从了他的意见。他怀着留恋的心情约上李佐长去照相馆里照了一张相片。他稳坐在一把椅子上，一身戎装，裹腿紧扎，一条腿架在另一条腿上，显得英武、帅气，只是两只眼睛呈沉思状，似在遥望未来。李佐长也是一身戎装，站立在他的身旁，身体微微倾向郑耀南，尽显了战友的情谊。这是他们留给家乡的最后一张照片。

没有时间回家同妻子和两位母亲告别了，临行那天的晚上，他住在山村的一个土屋里，他把在部队的大儿子找来，让他和自己睡在一铺炕上。郑耀南坚持不告别、不送行，尽量不让人知道他走的消息，但还是不断有一起过命的战友前来话别。儿子毕竟年龄还小，他太困了，睡了过去。天还不亮，就要出发了，儿子还在沉睡。郑耀南是有话要同他说的，但他不忍叫醒儿子，为他拉了拉被角，不舍地迈出房门……然而，这是他们父子永久的离别。

他走后，三支队的战士们，随着部队的不断变化，被分散到了各个部队里，但他们不论在哪里都是好样的，没给郑耀南丢过脸。新中国成立后山东的烈士名录上，掖县人是最多的。

4

1939 年 3 月，郑耀南到达山东分局所在地沂水，这时距玉皇顶起义刚好一年的时间。4 月，郑耀南奉命加入山东工作报告团，赴延安向党中央汇报工作。郑耀南任副团长，负责报告团的军事行动。去延安的路上，郑耀南凭着他丰富的战斗经验，一次次成功摆脱敌人的围追堵截，历经六个月胜利到达延安。

中央有关领导看到这个领导了武装起义又建立了政权的年轻人，气度不凡，十分高兴，立即送往中央马列学院学习。与他同期学习的还有徐海东、程照轩等人。

刚刚学习了一年，就被提前调到军委一局，后又进入中央情报部任科长（那时部下直接设科），曾经在许光达、李克农的领导下进行工作，与新中国成立后担任中央联络部部长的罗青长对桌办公。一天，他突然接到了中组部的一封来信，信中写道："郑耀南同志：请写关于胶东党整编二路的实况，特别写明当时有些什么问题，今天检讨起来有什么经验教训等等关于干部方面的问题。我们正在研究胶东干部，需要你的意见做参考。盼能快点据实写来！致敬礼。中组部。"

当天晚上，郑耀南在延安的一座僻静的窑洞里的煤油灯下，打开了从不离身的自来水笔。如烟的往事涌向笔端。胶东三军下属的二路是统一战线组成的队伍，部队成分比较复杂。三军领导采取了武力整编的方式，以武力开火解决。郑耀南在给组织的汇报中指出："由于武力解决，使接近我们的部队，因武力改编，也不敢接近了；使顽固分子更加走向顽固，以致跑到顽固部队里，反过来和我们摩擦；中间人士默然不语或消极避开；干部不能很好地团结，有的趾高气昂，有的垂头丧气，有的提拔脱节……影响工作情绪。"他进而分析：整编二路的方式我以为并不是当时解决问题的唯一方式。他更进一步指出：整编问题在胶东是一个大问题，因为不只整编了二路，如三军与三支队合编，五支队改编二十五旅，以及收编崂山支队。每次整编都没有解决好干部问题，其主要原因是：不能清楚地了解干部，甚至对原来的干部不信任，产生怀疑，能干的人得不到重用，因此，有意无意地就形成狭隘的宗派，犯有气量狭小的左派幼稚病。

从这个汇报中，不难看出郑耀南的政治水平，当时他就看出了三军合编三支队中的问题，但他憋在心里，宁让自己心灵遭受折磨，也不告诉任何人，相反，他积极做好下属的工作，促进合编的顺利进行。今天，当党的组织正式向他征求意见时，他才说出了自己的心里话。他摒弃一切个人恩怨，出以公心，坦诚直率地对胶东干部做出了如实的分析。

自二十岁从事地下党工作，遭通缉，遇艰险，四处奔波，戎马倥偬，终至大病。正在他忘我地为党和军队拼命工作的时候，在去延安路上就出现脊背酸痛的重症，但他仍然坚持工作。最后，在组织和医生的劝告下住进干部疗养院。他觉得自己年轻，正是为党工作的时候，要求出院，带病参加了大生产运动。

住院期间，有一位病友要把自己的胞妹介绍给他做妻子。他眼含热泪说出了心中的思念："我已经结婚了，妻子是小脚女子，但她善良纯朴，在家侍奉着我的两位母亲，抚养着五个未成年的孩子，现在天各一方，不知是死是活。"他直接地拒绝了对方的好意。

后来，病情不断加重，诊断为腰部脊椎结核。虽名医会诊，但药物缺乏，得不到有效治疗。他被选为了"七大"代表，却因病不能参加。郑耀南始终保持乐观的态度。天气晴朗时，就让警卫员背他到院子里晒太阳，李克农等情报部的领导经常去看望他，掖县在延安的同志对他关怀备至，病，却在不断加重。

1946 年 2 月 23 日，刚刚三十八岁，有着远见卓识和雄才大略的郑耀南，在延安的那孔窑洞里悄然去世。他的遗物仅有一个小皮箱、一支派克笔、一套毛衣、一条毛毯。

第二天，当时的中共中央办公厅主任杨尚昆亲自为他主持了隆重的追悼会。没有亲人，没有掖县的战友（都已分赴各地），延安军民怀着无尽的哀思和眷恋为他挥泪送别。

郑耀南去世的消息传到掖县和胶东，震惊了军民和战友、乡亲，掖县的党政军民两万多人，在他的家乡举行了追悼大会。

1966 年冬天，我从掖县步行五十天来到了革命圣地延安。冒着凛冽的高原寒风，我们一行三人去瞻仰著名的"四八烈士陵园"。这座陵园里安葬着十三位

“四八”烈士和十四位党的高级干部。第一排并排安放着王若飞、秦邦宪、叶挺、邓发、张浩、关向应、靳道松、郑耀南八位中共要人的墓和墓碑。在郑耀南病逝后，党中央给了他多么高的荣誉啊。郑耀南在胶东遭到不公正的待遇，但党中央却从宏观上早已认定了郑耀南的历史性贡献。当胜利到来的时候，党依然记着郑耀南，新中国成立后李克农把郑耀南的小脚妻子，接去北京居住。

在历史的回望中，郑耀南带领掖县党和人民创建的丰功伟绩，也许是因为年代久远，也许是因为三支队的迅速合编，也许当时的干部没有得到公正安排，许多宝贵的东西被淹没在历史中。但正如一位伟人所言，好在历史是人民写的，他永远活在人民心中。

那天，从历史博物馆出来，我又参观了郑耀南的故居。他的家乡在掖北平原的深处，这里与峻青倾情描写的昌潍大平原紧密相连，自古就是富饶的鱼米之乡。

进村不远就有一条看不到尽头的长长的南北胡同，胡同的两边整齐地排列着一户户的民宅。郑耀南的故居就在胡同南头西侧的第一家。街门开在靠街的西墙上。推开门是一个方正的院落，满院盛开的月季，簇拥着一块黑色的石碑，上书：中国共产党掖县委员会诞生地。院子的北侧就是地方党史里著名的南屋了：三间半房子，东西方向，房身不高，上覆黑色的鱼鳞瓦，房基是乱石砌成。西头的半间被作为通向内院的走道。所谓的南屋其实就是实实在在的三间小房。我仔细地看了屋里的每个地方，因为它的每一处都有着那么多值得记忆的东西。

沿着村中的道路，我从郑耀南的故居来到了耀南广场。广场中央是郑耀南的半身雕像。头戴八路军帽，身着严整的军装，浑身透着英武之气。虽然戴着眼镜，仍能感觉到他睿智锐利的目光。他的身边开满了红色的月季花，让人想到布告上的那枚红印，我忽然觉得郑耀南不正是印在中华大地上的一枚灼灼闪亮的红印吗？！

2021.7.7 完稿

2022.4.5 清明二改

载于《天津文学》2022 年第 7 期

三访峻青

2019年8月22日，我在地球的另一边，深夜无眠，翻看微信朋友圈，忽然发现一条消息：峻青于8月19日在上海华东医院病逝。

6月9日，我在上海得知峻青老病重住院的消息，便从朋友那里找到他女儿孙丹薇的电话，拨通后自报家门，说明来意。孙女士告知父亲病重怕传染医生不让探视，但互相加了微信。6月12日，发去微信：孙老师，我还在上海，如有合适机会，我很想去看看孙老。回复是：綦总好，非常抱歉，我父亲仍在病危中，医生千叮万嘱拒绝访客，故请谅解为盼。于是，在微信上写了一封信，请她读给孙老听。估计孙老那时已陷昏迷，没有回音。来到上海，不能看孙老一眼，心中总是不忍、不甘。离开上海的前一天，干脆打车直接到医院去了，但不知在哪个病房，打听护士站，回复按规定不能告诉，只好再打电话给孙女士，并拍了一张我在医院的照片发给她，但她还是婉拒了，一个孝顺女儿的心是完全可以理解的，她不希望违背医嘱，给父亲带来一点危险。但我知道就此一走，恐怕再也见不上我所崇敬的孙老一面了，心中十分酸楚，但也只能含痛离开。心中默祝他平安渡过难关。

现在，当时的预感变成了现实，不觉心头发闷，悔恨自己当时没有再想些办法，哪怕是在门外看上一眼也好啊，又着急现在国外，无法表达情愫，禁不住朝着东方，深深一拜，眼泪也溢出眼眶，三次拜访他的情景也浮现在眼前。

1

1997年夏季的一天，我正在《烟台日报》社我的办公室里阅稿，报社的一个朋友告诉我，峻青到烟台来了，并且说他同峻青相熟，问我愿不愿去见见他。

这是天降喜事，怎能不去，我毫不犹豫地说，现在就去。

峻青是我十分喜爱的作家，他的文章雄伟壮阔，豪情奔放。他的《党员登记表》是我学过的课文，他的小说改编而成的电影《黎明的河边》我看了再看。那本歌颂胶东的《秋色赋》更是爱不释手。因为他写得多是胶东的事情，让我对他更多了几分亲近。

在去的路上，我猜想写出那么大气磅礴文章的人，一定是一个高大魁梧的人吧。说话也是声若洪钟，气吞山河吧。

当时，他就住在烟台黄海游乐城明珠花园公寓里，这是刚落成不久的新房子，那时滨海路还没有开通，环境安静幽雅。这里出门见海，涛声入梦，选在这个地方下榻，可见其对大海情有独钟的个性。进屋时他正坐在客厅的沙发上，满头银发，戴一副黑边眼镜，手握一本书，正专心地读着。

同我想的不一样，他身材高大但已不魁梧，瘦瘦的，甚至给人以病弱的感觉。面孔白静，两道浓眉下细细的眼睛显得格外慈祥。他站起来，微笑着同我握手，只觉得绵软温热，一种亲切感莫名地传遍全身。

当他得知我在报社工作后，用热情的语气，真诚地说，我们是同行啊，我刚参加革命时，就是做新闻工作。

我连忙说，我是您的学生，是读着您的书长大的。我告诉他，在农村时，我从县图书馆借到了《秋色赋》，喜欢得不肯还回去，直到后来买到了一本，才把借书归还。这本书一直带在身边，经常翻看。我告诉他在威海工作时，专门去看了他写过的陶家夼，还告诉他书中的黑羊山就是我的家乡，云安就是我们那里的人。

我更特别地称赞他的文章鲜活灵动地反映了胶东人民各个时期的英勇斗争和革命精神，感情真挚，激人奋进。

他谦逊又深情地说，我是胶东这片土地上生长的人，我也是在这里参加了革命，我与他们有着生死与共的经历，我真心地爱着这片土地和人民，那些文章都是发自内心写出来的。

一个功成名就的人，仍始终保持对家乡和人民的爱的初心；一个德高望重的人对于晚辈和后学者仍如此谦和，这是多么令我感动啊。

记得，那次，我们谈得很投机，还互相问了年龄，当我得知他是 1923 年生人后，心中更多了几分敬重感和亲近感 ，原来他和我父亲同岁。是啊，他就是一位亲切的父辈，既是年龄的父辈也是文学的父辈。

伟大的人格是有着巨大的感召力和吸引力的，就这么短的时间的接触，在我心底的深处，已把他认作我的父辈和导师了。

显然的，那次见面，他对我也留下了不错的印象，因为事过六年，我的《家住海边的日子》散文集准备出版，我给他打去电话，请他写个序言，电话那头传来热情的乡音：把校样寄给我吧。过了不久，一篇充满鼓励和深情的序言寄来了，让我特别感动的是，不仅签了名，还郑重其事地盖了章。提携后辈同乡之赤心，不言自明。

2

2005 年 7 月 16 日。上海的夏季又闷又热，连树梢都不动一下。转了两次车，找到上海市徐汇区天钥路 380 弄 22 号 901 室时，已经快十一点了。这里是峻青先生的住址。徐汇区是上海的繁华区，天钥路不太宽，也相对僻静。380 弄院子不大，是座高层公寓。

按响 901 室的门铃，因为事前通过电话，房门很快就打开了。开门的竟是峻青先生。他拉着我的手把我让进门。他的那只手还是那样温暖、温软，当这热流传导过来的时候，我又激动起来了 。真是光阴如梭，转眼就是八年过去了，一切如在昨天。他虽已是满头银发，但双目有神，行动自如。我高兴地对他说，孙老您和八年前比，更硬朗了。他也很高兴地说：托乡亲的福啊。

峻青老的居室，门厅连着客厅，东西不过三米，南北也就有七八米，是长长的一条，看去不够舒畅。进门的地方，放了一架书柜，起个玄关的作用，书柜后放了一张餐桌，再向南靠窗的地方呈弧形的摆了几张沙发和一个圆茶几，陈设很简单。我原来认为，这样知名的大作家和老革命，一定会有一个大房子，没想到是如此局促。心颇酸楚。

坐定后，我的第一句话，就是感谢他在病中在华东医院为我的书作序，并且给了那么多鼓励的话。他微笑着，慢慢地说，“我这个人是有原则的，不愿说虚伪的话，我是真心喜欢你和你的文章的，朴素自然、感情真挚，读后让人品味”。他这样说，更让我感动。

早就想向他当面请教做文的道理，今天终于有了一个机会，我就问他：“孙老，您既写小说又写散文，两种文体有什么不同啊？”他稍一沉思，笑着说：“小说是我写，散文是写我。”我望着他，他又进一步说：“写小说要写情节、人物、场景，是作者写的故事。写散文主要是写作者的感情，是写作者的感觉、感悟。”我若有所思，问了一句，“写散文是不是要贴着心写啊”。他点了点头说，“你的理解很准确”。他的这几句话像是佛家的偈语，短而有深意，确有指导作用。后来，我把这几句话讲给好多写散文的人听，都很受教益。

说话间，他走到书柜前，找了一本《峻青散文选集》送给我，郑重地签了名：国瑞文友雅正，峻青，二〇〇五年七月十六日，上海寓中。接着他又拿过一支钢笔，对我说，“你现在在政府工作，事情多，不用全看，我给你圈几篇看看就可以了”。他先后在《雄关赋》《青云谱》《沙翁复活记》《蓬莱抒怀》等篇目上画了圆圈。看着他认真地圈点着，这样一位名人、老者、智者，是多么地善解人意啊，我对他的感情不觉又增进了一层。

与他见面，如见高山，同他谈话，如沐春风，多么想在他的客厅多坐一会儿啊，可是转眼已近正午，只好同他告别，在楼梯口，我们握手，依依惜别。

3

没想到，第三次拜访他，几乎又过了七年。那是 2012 年 5 月 22 日，还是在他上海寓所中，客厅摆设没有什么变化，可是墙上多了一幅画，上面是一个十分鲜艳逼真的大桃子，两片绿叶仿佛要滴下水来。还有一个小条幅也是新增加的，那是他的好友文怀沙写的三个字“正清和”。原来是他刚过了九十大寿，这是为他庆寿的。

5 月是上海的好季节，屋内不冷不热，阳光从窗外照射进来，让人心爽。这真是交谈的好氛围。那时，我已退休，有的是时间，带了本子去，准备采访一下，写点东西。

在此之前的2008年，我创办了《烟台散文》期刊，我写信请他题写刊名，他很快就寄了四幅来，让我从中挑选。同时，还寄来题词“贺《烟台散文》创刊，扎根胶东沃土，盛开散文艳花，峻青，2008年6月”。后来，他还愉快地应聘担任刊物的顾问。他做事总是这样周到又贴心。

这次见面，当然又是从感谢开始，他却郑重地说，你做的是有益家乡，有益社会的事，我应该支持你啊。

那一天，孙老的身体精神都很好，他给我讲了很多的事情。

他告诉我，他的生日是阴历二月十五日，阳历是3月31日。他还诚实地说，他家是海阳郭城。他家庭当时是富有的，有八十多亩地，爷爷是远近闻名的乡绅，爷爷和父亲都是文人，都画得一手好画，算是丹青世家。他没上过大学，第一任老师是母亲，教他《弟子规》。十年私塾的教育，让他打下了厚实的古诗词的底子，书法和绘画也达到了很高的水平。十五岁时就写下了第一首诗《半岛寇深》。海阳是革命老区，他积极追求进步，先当过一段老师，1941年，十八岁时就离开家乡，到八路军的《胶东大众》报社当了记者。从此跟随部队，转战胶东。

他对养育他和战斗过的这片土地充满了深情，家乡记忆深印脑海。胶东的大部分地方他都去过，因为我是掖县（现为莱州）人，他就特别讲了发生在那里的一些事情，粉子山战役、果达埠打下国民党军的飞机、沙河的阻击战，讲得绘声绘色。他称昌邑市广刘村是他的第二故乡，那里的老乡救过他的命，他对此念念不忘，他总歉疚自己对他们没有什么报答。他说，老了记忆力差了，心脏装满了支架、起搏器。许多想写的人和事写不了，对不住他们。

我为他的浓浓的乡情和感恩之心所感动，不断地称赞他，他说，这份感情到死也不能忘啊。他顺手在我的笔记本上亲书了一首他作的思乡诗《烟台病中午夜听雨》：

岁岁频返海边城，故乡风物总牵情。

卧听胶东一夜雨，胜似江南半生梦。

乡心不与年俱老，痼疾却随日益增。

安得扁鹊回春手，踏遍齐鲁万千峰。

写完后，还郑重签上自己的名字。

那天，他回忆家乡旧事的高兴的神态、语气和心情，现在想起仍让我动情，谈得愉快，一直到下午一点多，我才离开。

临走时，他找了一份别人写他的材料给我，我也准备再去采访他，阴差阳错终于没有成行，现在留下了永久的遗憾。好在他的文章广布人间，他给我的书还在，可以不断学习，研读。

作家拥有的是作品，没有官员呼风唤雨的威风，也没有商人腰缠万贯的实力。喜欢时，可以把你捧到天上，恼怒时，也可摔到地上。但是做官不能终生，财富不能永恒。优秀作家们创造的文化是社会的灵魂和根的组成部分，它有时像空气一样不被重视，但人离开空气是不能生存的，它有着不可忽视的力量。记得，我曾经对一位企业家说过一句话，文化是山，财富是水。文化有着永恒的力量，财富像水一样，它是流动的，没有永恒。

峻青去世了，但他创造的文化财富，将永留人间，永留他始终热爱的家乡。

载于2019年9月8日《烟台晚报》

碑后的故事

7 月的胶东是个童话世界，大江南北都是暑气蒸腾的季节，可你踏上这片土地的时候，繁茂的绿树和庄稼组成的绿浪涌来，立刻驱赶了你心中所有的烦躁，从黄海里吹来的习习凉风，让你身心清爽又惬意。

在这样醉人的时刻，我与著名作家石英先生结伴来到胶东著名侨乡烟台市福山区。

这是一片多么丰饶美丽的土地啊。巍巍的狮子山苍茫成福山大地的脊梁，滔滔的黄海广阔出走向世界的众多航道，从海阳发源的外夹河和从栖霞发源的内夹河横贯全境，狮山夹水，辽阔海洋，福山福地孕育出一个温柔多情的鱼米之乡，名动天下的水果之乡，声震华夏的鲁菜之乡。这里生产的大樱桃，粒粒如大宝石，晶莹光亮，年年通过现代物流撒向全国各地，受人宠爱，产量占到全国的五分之一；尽人皆知的烟台苹果，最好的产地是这里的绍瑞口村，当年这里的果农把它作为礼品敬献给毛主席。

物产丰富，生活节奏就会慢下来，家家重视烹饪，讲究厨艺。有普及便有提高，福地名店众多，名厨辈出，最终成为鲁菜三大发祥地之一。若干福山人凭借厨艺走向京津大埠，更有一部分人凭借厨艺，从民国时期，近走日韩、东南亚，远赴欧美、巴西、阿根廷等国，甚至太平洋岛国都有他们的足迹。全县各地华侨、港澳同胞多达六万人。

凭借着超群的厨艺和忘我的打拼，不少人在异国的土地上，创造了实力雄厚、享誉当地的烹饪王国。郭光甲在日本大阪创办了高级饭庄“八仙阁”；潘士义在日本创立“锦城阁”；刘家齐在日本开办“新北京饭店”；吴继正兄弟在英国开设“大中华”餐饮，还有遍布欧亚的“新华阁”“集英楼”“天津阁”“东兴楼”“朝阳阁”“英豪楼”“齐鲁饭店”“永乐饭店”……真是个个满含乡情，又如雷贯耳，分外提气。据资料记载，福山华侨在世界各地开设的有字号的饭店、餐馆就多达一百家。

这些发达了的华侨逐渐成为当地名流，他们出则车马，入则锦食，衣着光鲜，风光无限。可他们都有块心病，他们牵挂祖国的父母、兄弟姊妹，他们也思念养育自己长大的土地，有的已在异国成家，但他们依然思念着自己的结发妻子和儿女。共望一片明月，却不在同地，共住一个地球，却不能同屋，多少思念化作滂沱的泪水，多少泪水化作声声长叹和无奈。

改革开放的春风，吹开祖国的大门。郭光甲、刘家齐、于学成、潘士义等一个个海外游子，奔走相告，喜泪长流，像傍晚归巢的鸟儿，不顾一切地扑向福山故土。

他们成为第一批为福山引进外资的人，他们成为第一批为家乡捐款、捐物的人，他们成为第一批为家乡捐资助学的人，他们成为第一批帮助穷困乡邻的人。在改革开放初年，在农民还没解决温饱的年代，那是旱天喜雨，是雪中送炭，起到夺人先声，开路先锋，振聋发聩的作用。

侨务部门把这些人称为新中国成立后的第一代华侨，倘能健在都有百岁左右。

当我拿着有关部门提供的名单去寻访这些人的事迹时，得到的信息，他们都已离开人世，推算一下，大都应该庆过八十大寿，但我心中总有无奈的伤感，惋惜的沉重，惆怅的遗憾，正是带着种种的纠结，在酷暑的日光下，在多次的雨雾里，我怀着虔诚的心，在四百八十平方公里的山水间寻找到第一代华侨的或深或浅的闪光足迹。

一本老相册

“福山第一代华侨中最有影响的应该是郭光甲了。因为是他最先提出了建设华侨宾馆的倡议，又是第一个捐款。”在区统战部简洁明亮的会议室里，年近七旬，头发斑白，精神矍铄的老侨办主任孙祖新对我这样说。

改革开放初年，他从部队转业到侨办，还不到三十岁，正赶上了那时的华侨回国热潮。他充满怀念地还原了那段让人动容的日子：那时是侨办最有事干的时候，也是最有权威的时候。1981 年中央发出落实华侨政策的指示，凡是华侨的房子，不论现在谁居住，都要买回来归还给他们。区里根据当时的物价状况，定了一个标准，以五檩房五百元，一炷香（三角梁以一根木头支撑）二百五十元，旧草房二百元的标准回购。他说，这些钱现在看不多，在当时是个大价钱，大家都高高兴兴地把房子卖给国家。房子收回来，侨办就同海外的华侨联系，华侨们听说了归还房子的消息都非常激动，原来还在犹豫观望的也纷纷携妻带子回到家乡。一时之间，侨办侨联门庭若市，大家没白没黑地为华侨回乡牵线搭桥，寻找亲人，接站送站，最多时侨办组成车队，有七辆车服务，孙祖新自己也开了一辆车，为华侨们忙前忙后。

当时，还是匮乏的“短缺经济”时代，全县没有一家像样的宾馆，条件最好的县招待所也就是几排平房。农村还是露天茅坑，苍蝇横飞，臭气难闻。不少华侨回乡看亲人，拜祖坟，可就是无法在家住下，因为他们的孙子孙女从未用过臭烘烘的茅坑，大便不出来，哭闹着要回县城。

这种尴尬的状况让侨办着急，也被华侨郭光甲看在眼里。他第一个提出捐款建华侨之家的倡议，并且带头捐款三万元。接着，打电报、打电话、写信，四处串联，八方求援，忙得不亦乐乎。郭光甲十五岁时独自一人，东渡日本谋生，受尽欺凌，凭着出色的厨艺逐渐发展，1964 年在日本大阪创办高级饭庄“八仙阁”。改革开放后，他的饭庄先后接待过祖国若干的艺术团体和著名演员。先后与梅兰芳、侯宝林、郭全宝、白淑湘、张君秋、方荣翔、尚长荣、李万春、耿其昌、李维康等著名艺术家结下深厚友谊。他们都把这里看成一个中国艺人的家。

这个华侨中的领军人物捐款建立华侨之家的义举，在福山华侨中迅速传开，离开家乡的人更知爱家乡，身居国外的人更知爱祖国。世界各地的福山华侨纷纷解囊相助。港澳福山同胞也闻风而动，捐款迅速达到八十万元。这在当时可是一笔巨款。事情汇报到县委、县政府主要领导那里，他们十分感动，决定从财政再拨一点钱建一座现代化的华侨宾馆。那是让人怀念的说干就干的火红年代，1983 年破土动工，1984 年一座造型典雅、庄重大方的三层楼房便耸立在县府大街上。

宾馆建好了，但宾馆没轿车，房间没有冰箱、彩电、洗衣机、空调。这些设备一是没钱买，二是有钱也买不到。港商王国梁在香港听到这个消息上火了，他利用自己的影响和地位，串联世界各地华侨和港澳同胞赞助。他这里成了中转站，他接受来自各家的捐款，又在香港买了三十台彩电、三十台空调，还有几台最流行的冰箱、洗衣机，连当地人从未见过的复印机也买上了。他们还购置了七部轿车和面包车。王国梁亲自指挥着把这些东西装在七辆车上，浩浩荡荡地通过了罗湖口岸。

由华侨捐资建宾馆在山东尚属首创，轰动了齐鲁大地，开业典礼空前热烈隆重。正说着统战部的同志拿来了一本旧相册。孙主任看到这本相册，激动地两眼放光。因为这本相册真实地记录了 1984 年 8 月 20 日开业的盛况。

翻阅着这本三十五年前的相册，清晰地看到人山人海的庆祝场景，听到震耳欲聋的鞭炮声，看到孩子们载歌载舞的喜悦笑脸。当时，这不但是福山的喜事，也是烟台市和山东省的喜事，省侨办主任、侨联主席都来了，烟台市委副书记亲自剪彩。郭光甲、王国梁、于静深等几十位华侨和港澳同胞都到了，参加盛典的多达四百人。孙主任指点着照片，这是郭光甲。看上去他已年近花甲，着浅灰色西服，扎红色领带，身材敦实，目光炯炯，光彩照人。他又指着一张照片，这位发言的是王国梁，身材高大，虽逾六旬，仍红光满面。孙主任一个个地指点着，他的眼角里有了泪光，他说，这些人虽然去世了，但我们永远不能忘记他们，他们是掏心挖肺地爱国爱乡啊。

看着相册上的最后几张照片，孙主任又笑了，他说为了庆祝盛典，郭光甲先生利用自己的影响把李万春、张君秋、郭全宝等大腕都请来了，他们在福山连唱了五天大戏。从照片看演出的剧目有《穆桂英挂帅》《大闹天宫》《捉放曹》《三岔口》等，这是小县城从未有过的热闹。有一张说相声的照片，仔细一看，竟是郭光甲与郭全宝，可见他对宾馆的落成是何等喜悦。（郭光甲先生虽在日本产业可观，但始终信奉叶落归根的观念，暮年将饭庄交给儿子经营，自己回归故里，并终老于斯）

若干年间，这是福山最现代最高档的宾馆，在接待华侨和外国客商中发挥了重要作用，为改革开放立下了汗马功劳。

从区政府大院走出来，我专门去瞻仰这座功勋楼，在如今已是流光溢彩的街道上，这座大楼已不时髦，而且已经改为他用，挂上了工业和信息化局的牌子。但阳光下，身披米黄色瓷砖的大楼，依然不失雍容华贵的风采，方正的造型仍透着庄重不俗的气度。

我在心中郑重向这座楼房致意，他是福山华侨用赤子之心建造的一座有形的丰碑。

为了记住他们的名字，我拍下了捐献碑上的文字，现实录如下：

福山华侨宾馆已落成，承蒙广大海外华侨、港澳同胞诚心关怀与大力资助，为志记念，谨将热情捐赠之诸君芳名列左：郭光甲、陈远良、王宝英、潘士义、柳鸿新、邹立域、初春霖、由毓浩、王建超、吴语超、姜鸿渐、王尊英、王国梁、姜鸿陆、藏维康、徐少南、吴炳铸、林锦浩、王寿光、张传乐、安香圃、吴语廷、曲善亭、林家珠、吴浩锋、于继仁、柳中梅、于学成、于振鳌、王环海、李作功、张卓如、张心正、于桂兰、朱相奎、王文乐、刘玉山、王琪（1984 年 8 月 20 日立）

记住吧，记住这些爱国爱乡的海外游子。

给与不给的选择

从区府出来，在区干部宿舍里，找到了柳宗铎，他已八十六岁，行动不太方便，他是《福山区志》《福山地名志》《海外游子》主要编纂者，一肚子华侨的故事。这是个爽朗人，他对第一代华侨充满了理解和崇敬。他感慨地说：其实这些在改革开放初年获得殊荣的第一代华侨，都有一部奋斗史、辛酸史。19 世纪二三十年代，这些人为谋生计离开家乡，凭着菜刀（厨师）、剪刀（裁缝）、剃头刀（理发）闯荡天下，能够出人头地的是凤毛麟角。因为大都是手工起家，所以没有真正很大的企业家，他们捐款捐物都是一腔爱国热情。

他反复称赞的一个华侨叫刘家齐。门楼村人，1920 年出生，1935 年去日本经营餐馆生意，受尽屈辱。到日本后，与家乡断了音信，他娶了一个日本女人，并生了两个儿子，后来，他在家乡的妻子和两个儿子漂洋过海找到了他，他心怀大义，与日本妻子离婚，又与前妻和孩子生活在一起。后来在大阪开设了“新北京饭店”，虽然赚了不少钱，但也不是特别富有，可他为家乡捐款捐物是最多的。20 世纪 60 年代建侨联办公室时捐款十万日元；修区志时又积极捐款。特别令人感动的是先后捐款二百多万元人民币在门楼、河格庄、曲家、大屋四个村庄，建起四所“佑民小学”。

听着柳老的介绍，我的心中涌起阵阵热浪，既为刘家齐的事迹感动更为他的人品感动。我决定到门楼村去看看他捐建的“佑民小学”。

坐车在福山的原野上由北向南穿行，我越来越喜欢这片土地，到处可见青山锦绣，而山的下边就是一片肥沃的平原。这样的地形地貌孕育出许多大的村落，动辄就是千户以上，高低错落的农舍，洋洋洒洒地铺展在大地上，让人心生温暖。

地处福山南部的门楼村也是这样的一个村落，这是一个古老的村庄，远望马山如黛，阡陌蓊郁；门楼水库水平似镜，镜中杨柳氤氲，一派田园美景。

门楼水库北侧，夏阳下的佑民中心小学两排高大的二层教学楼，红瓦放光，白墙闪亮，异常明亮，在偌大的广场上显得气势非凡。传达、伙房、宿舍、操场、花坛等各种配套设施一应俱全。在当时，这是全县最好的小学。学校姜校长闻声赶来，他动情地讲述了建校的过程。1992 年年初，刘家齐先生回到阔别的家乡。当时的门楼小学，只是几排平房，设施简陋，门窗破烂，多为危房。年过七旬的刘先生，身材高瘦，面目清癯，看到这种情况面露恻隐之色，他试探着问我能捐款建所新校吗？镇领导反应很快，不久双方就签订了刘先生捐款七十万人民币建新校的协议。刘先生只有一个要求，他做出这样的义举也是实现他父亲生前的一个嘱托，他的父亲刘佑民深明大义，看到村中陈旧的校舍，生前就希望发达的儿孙捐资助学，他希望将学校起名佑民小学。经请示上级，刘老先生的愿望得以满足。事过一年，新校落成，二十个班级进入新校。开学那天，镇村一起在操场上立下一块黑色的石碑，这是一个有形的纪念，为求永记，敬录如下：

我村旅日侨胞刘家齐先生，身居海外，心系故乡。遵其令祖刘佑民老先生“兴办学校，培养人才，为社会造福”之遗训，于公元 1992 年春，慷慨解囊，捐赠人民币70万元，建起此地设施齐全的学校，命名为佑民中心小学。

教育乃立国之本，捐资助学，功在千秋，刘家齐先生无私奉献，热心教育的功绩，将永载史册，流芳百世。

门楼镇门楼村民委员会

刘家齐在家乡建校的消息传开，又有不少村庄找来，他当时资金并不宽裕，面对村民眼巴巴望着自己的眼光，他不忍说出拒绝的话，又先后投资一百五十多万人民币，在三个村庄建起三所设施完善的小学。

听说，刘老先生的叔侄刘恩绪就住在刘家的老宅里，就决定去看一下。门楼村还保留了不少老房子，依稀可见旧日的风貌，铺了沥青的道路并不宽畅。远远地见到一个高门楼，虽然破旧，依然显示当年主人在村中的地位。穿过门楼，里面是一个四合院，一棵大樱桃长得十分茂盛，华盖如巨伞。接待我们的是刘恩绪的妻子林元珍，这是个干练利落的农村老太太。问起刘家齐的情况，态度并不十分热情。她说，我现在住的是南屋，北屋就是他出国前住的地方，现在送给我了。我不自觉地称赞刘家齐的高尚义德，她却咂了咂嘴，醋酸地说，有什么用，他死了村里连个花圈也没送，他那么有钱，手指缝嘀嗒一点，就够我们家用的，可他拢共只在我们翻新房子的时候给过七百元钱，我的三个孩子就业他也从来没帮过，都是自力更生。说到这里时，她不自觉地带出一句话，不过他也没帮过自己的孩子，他的孩子读完了高中，就再不管他们，让他们在社会上自己闯荡。她这句不经意的话一下子让我心头一热。华侨并不都是十分富有的，刘家齐也不是了不起的大企业家，他的钱来得不容易，是一勺一勺舀出来的，不是风刮来的。他支配自己的钱财时，在给与不给上是有执着的选择的，对乡对民有利的事不遗余力，而对自己的家人却十分节省，这是多么博大的胸怀和崇高的境界啊。

虽然，在区里和他侄子的家里，都没有找到刘家齐的照片，但他的形象已永记在百姓的心中。林大嫂虽然有点抱怨，但在她善良的心中，还是念着刘老先生的好，在送我们出村的路上，她幽幽地说，他回乡探亲时，请俺家刘恩绪吃饭，他把自己盘中一只通红的大虾让给他，说，我在国外吃的机会比你多，这只虾你吃了吧。由此可见他们无法割舍的亲情。

留在侄女心中的自豪

福山的乡村真是美丽，依山傍水几乎成为一个共有特点。这个特点渡口村更为突出。村东有清洋河潺潺流过，不远处是苍翠的合子窝山头，一个二百三十户的村庄就深藏在山河间，像粒蚌壳里的珍珠，也像是闭门不出的小家碧玉，真是静如处子，连“文革”时期的高举毛泽东思想伟大红旗的红色标语还保留在墙上。

到这里来是想了解一些潘义士的情况，潘义士其实叫潘士义，因为他身材高大，是典型的山东大汉，且具有山东大汉的豪爽性格，急公好义，乐于助人，所以人称义士。他 1915 年生，十六岁时才出外谋生，1945 年时回乡干过一段八路军的村财粮委员，所以对家乡对乡亲有着血肉相连的深情。

村妇女主任先领我们到了潘士义的叔弟潘士温家，一溜十间气派的红瓦房，宽大的玻璃门窗，屋内摆放着时髦的红木家具。潘士温光着膀子坐在轮椅上，已经八十七岁，神情有些迷顿。他的老伴于淑珍与他同岁，因腿脚不便也坐上了轮椅。已经六十四岁的女儿潘春兰，跑前跑后地照顾他们。

见我们来了解潘士义的情况，一家人热情地围拢过来。问起潘士义的情况，刚才还昏昏欲睡的潘士温也来了精神，他说，哥哥是个有志气的人，在家结婚后，因生活所迫，开始外出谋生，后来在日本发迹，开设了著名的“锦城阁”大饭店。他在日本娶了老婆，生了两个孩子。说话间，他的女儿拿来一本相册，翻出了他在日本一家四口的照片，照片上的潘士义高大魁梧，仪表堂堂，看架势足有一米九的个子。改革开放前潘士义不能回家，他寄钱回来，给在家的妻子在烟台华侨新村买了一栋别墅楼。说着，他的女儿又翻出了他烟台一家人的全家福，一位白发老太太端坐中央，周围大大小小的子孙足足围着二十多人。

他们说，潘士义是个重情义的人，发达了也没忘记结发妻，也没忘记家乡的亲人。从 1982 年开始，多次回乡。每次回来都要到山上转一转，都要去看望儿时的伙伴和熟人，那时温饱问题还没解决，他是个热心肠，大好人，每次与乡亲见面，都不空手，多则几百，少则几十。有些有困难的找到他，总是不让对方失望。有些华侨因为这些原因，不愿回来了，他却说，都是乡里乡亲，打断骨头连着筋，能帮多少是多少。

妇女主任说，那时，运输还靠肩挑小车推，潘士义看到乡亲的辛苦，就为村里买回来一台二十五马力的拖拉机。随着生活的好转，全村兴起了建房热，那台拖拉机可是出了大力，凡是盖房的没有不用到它的。

潘春兰接上话，那时，我还上小学，大伯一次为学校捐了四十台电脑，学校专门搞了电脑室，齐刷刷地摆在那里，同学们都看呆了，我因为是他的侄女，感到特别自豪。她接着说，当时，我们从来没有见过电视机，他却从日本给村里捎回了一台二十四寸日立牌彩电，大队把它放在会议室，有专人负责每晚开门，总是不到开门时间，门前就排上了人，这台电视机给村民带来了好多欢乐。

从他家出来，一棵大槐树下正有一些乘凉的人，我去攀谈，大家争着说他的好处。有的说他为小时的伙伴出资治病，有的说他为困难户送去面粉和大米，也有的说他为华侨宾馆建设捐了十万元，也有的说他为村里和县上买了两部车，还有的说他为修县志捐款……

听着大家七嘴八舌的赞美，我的心里突然涌出了一句话，金碑银碑不如老百姓的口碑。是的，渡口村没有为他立什么碑，但是口碑也是可以代代相传的，潘士义虽然已经远赴天国，但他侠义忠诚的样子将永远留在村民的心中。

急雨里的致敬

依照华侨宾馆捐款碑上的名字，我们又到巨甲村寻找于学成的行迹。

这又是一个大村落，在册的就有一千三百户。已近正午了，村委会办公室里，只有一个老传达，瘦干干的，抱着试试看的心情，问他有关于学成的事情，没想到，他张嘴就来。于学成是高陵王官庄人，离我们村只有二里路。他的姐姐嫁在我们村，改革开放后，他的父母去世了，所以他每次回乡都在我们村落脚。我见过这个人，中等个子，慈眉善目，见人不笑不说话。那时我们村还很穷，饮水特别困难，要辘轳汲水，还常常干井。于老头看到这种情况，就给大队捐了五十一万元。大队用这笔钱挖机井，建了水塔，然后家家户户安上了自来水。剩下的又盖了大队部，就是这十几间大房子。他见村里运输全靠人力，就又买了一台嘎斯汽车；村里看电影难，就又送了两部放映机，男女老少不出村就看上了电影。

我还想问更多的细节，他说，我们村里为于先生在村头立了碑，上面记载得很详细，你可以去看一看。

从村委出来，天空突然下起了大雨，是冲天而降的瓢泼大雨，雨柱砸在车窗上发出嘭嘭的声响。从春天就没下过一场像样的雨，这突然而至的急雨，让人兴奋。

车行不久，远远地就可见到一座高大的黑色石碑，因为是罕见的高大，迷蒙雨雾中仍看得十分清晰。雨太大，大家劝我在车上看一下就行了，我执意要近前去看。雨实在是大，头顶着雨伞，下身全被淋透了。公路上已是水流成河，我踏着泥土上的水洼，走到碑前。这真不是一座普通的碑，它的体量巨大，高有三米，宽约一米，厚有八十厘米左右。沿着七级石阶而上，碑稳踞于厚重的碑基之上。碑顶别出心裁地雕成三条水纹状，下有“宽仁”二字，碑的正面楷书“于学成纪念碑”几个大字，碑后面是长长的碑文，不顾风吹雨打，我一个字一个字地默读着：

于学成，1922 年 10 月 12 日生于山东省牟平县高陵镇王官庄，于 2005 年 7 月 26 日去世，享年 83 岁，少年即立创业之志 ，19 岁阔别故里，东渡日本，走上背井离乡的求索之路，备尝辛酸，自强不息，几经磨砺而艺成，于 1953 年初创业大阪蓬莱阁饭店，后生机盎然，声威大振，重建名大成阁。于公在日本享有盛誉，曾任华侨大阪总会领事及大阪山东华侨同乡会会长。虽身居异国，心系华夏，以炎黄子孙为荣，凭独特人格魅力为中日两国交流做了大量工作。国人东渡日本皆热情相待，亲于兄长，有政府考察鼎力相助，为报乡梓曾慷慨解囊发展我市文教卫生事业，为表达对乡亲炽热真情，多次捐款捐物，兴建公共设施，发展生产，惠及故里，并资助数名学子赴日留学深造，以长者崇尚气节传承建功立业之道，现已有数名学子就任于国外工商科研等领域，均业绩斐然。

于公一生，品端志远，广兴善事，广传梓里，可谓之宽仁蕴德，堪称当代。

为表敬慕，本埠旅日学子举义自荐，主揽资费，村委会亦竭诚相助，并呈文于政府。予谨立此碑，以铭永志，名垂千古，光启后人。

巨甲村两委会镌石

2008 年 7 月 26 日

一颗多么动人的赤子心，一曲多么真诚的家乡情。这段稍长的碑文因为有着具体的事实，让我的眼角发湿。

转到碑的正面，我突然发现碑座上有几束鲜花和若干纸花，着雨的鲜花更加鲜艳，纸花仍挺直腰板。看着这些花朵，我的眼泪终于控制不住潸然而下，任凭它流着，我在急雨中，郑重地三次弯腰鞠躬。

我在心中想，以现在的眼光看，他们捐款的数字不够巨大，他们捐助的物资在物质丰富的今天已微不足道，但是那是物质还不丰富的改革开放初年啊，他们的努力为引进外资开了先河，他们的捐助给平民百姓带来了温暖，让我们永远记住这些赤胆忠心的第一代爱国华侨吧。他们的功绩应该记入改革开放的史册。

树立在福山大地上的那些有形和无形的碑，就是对他们的念想吧。

2019.7.19

载于《天津文学》2019年第12期

月季灼灼耀眼明

我的家乡莱州（原掖县），地处胶东半岛，就在碧波荡漾的渤海岸畔。这里是我党领导的山东第一个抗日政权的诞生地，这是家乡的光荣和骄傲，也是这座著名的历史古城走在时代前列的底气和动力。

那是刚刚结束“文革”的初年，我大学毕业后，起初被留在县委组织部工作，当时主持工作的副部长刘东明是个老革命，他给我这个刚毕业的大学生上的第一课是领我参观县委大院。他告诉我，这就是我党创建的山东第一个抗日政权的所在地。在一座青瓦红柱的大房子前，他告诉我，这就是当年武装起义后，在这里召开会议，决定成立抗日政权的西华厅。

若干年过去了，我始终没有忘记他当时庄重的面孔和深沉的语调，他给我讲述的那段历史更是深深地印在我的脑海里。

1938 年的农历正月初二日，已经占领了烟台的侵华日军开着十八辆大卡车杀气腾腾地冲进了掖县城。被通缉在外的中共掖县县委书记郑耀南知道了这个消息，不顾性命危险，立即秘密潜回家乡。当时，掖县党已经与上级失掉了联系。在这决定民族危亡的时刻，郑耀南挺身而出，领导掖县党组织和人民举行了玉皇顶武装起义。在取得胜利后，郑耀南以政治家的胸襟，高瞻远瞩地组建了山东第一个抗日政权。他们郑重地刻成一方红色的大印，贴出第一张安民施政布告。扩军备战、推行经济新政，开办抗战教育和文化，组建被服厂、兵工厂，整顿金融秩序，组建北海银行，部队也扩充到三千七百多人枪，一时之间，出现了政通人和、百业兴旺的繁荣景象。山东的第一个抗日政权，让人心惶惶、灾难深重的人民看到黑暗中的一丝明亮的光芒。在掖县的影响下，邻县黄县、蓬莱相继起义

自从在烽火连天的日子里，建立了我党领导的山东第一个抗日政权之后，那枚红色的大印一直牢牢地掌握在中国共产党人手中，虽然名称几经变化，印章形状也不断更新，但莱州这片土地，无论是在残酷的抗日战争时期，还是在枪林弹雨的解放战争时期，基本上都没有离开中国共产党的领导和控制。这里一直是我党革命的根据地，一直是我军强大的战略后勤基地。单是解放战争期间，这里先后发动十八次参军，掀起五次参军高潮，有三万四千四百五十余人参加解放军；有二十七万多人次的民工随军支前；这里建立的北海银行是中国人民银行的前身之一。这里建设的兵工厂成为山东兵工的基础。这里由三军与三支队合编而成的八路军山东纵队第五支队，随着中国革命力量的发展，抗战时成为山东兵团，抗战胜利后，以这个部队为基础先后组建 27 军、31 军、32 军、41 军四支劲旅。几经变化，至今中国人民解放军仍有三个发源于胶东的集团军，这在我军的建军史上是绝无仅有的。

在英雄创造光荣历史的地方工作，走在英雄走过的石板路上，在英雄开过会议的屋里开会 ，眼前总是有英雄的形象在我眼前闪耀，激励我不断进步。第一任县委书记郑耀南所留下不畏强敌，敢于斗争；为国为民，不怕牺牲；勇于担当，善于创新的精神，成为历任党委、政府的精神谱系。

我在家乡工作的时候，正是全党大办农业的时候，那时的掖县（即现在的莱州）一直是全国的典型，不论是科学种田、大办机械化、水利化都是全国的一面红旗。在“文革”前，担任团中央书记的胡耀邦曾来此蹲点考察科学种田经验。

后来我虽然离开了家乡，到烟台工作，但我的心总在牵挂着她，关注着她。因工作的关系我常常回到家乡。有一件事让我深深感动，在改革开放的火热年代里，不少地方忙着建新的办公楼的时候，莱州市却把用来盖新的市委办公大楼的预留地上，建起了供市民休闲的掖县公园。在公园里他们塑起了郑耀南的青铜像。这是一座透着精气神的超凡拔群的雕塑，他身着八路军服，头上端端正正地戴着八路军帽，斜挎枪带，浑身透着不可战胜的英武之气，像是一座不可动摇的大山；他戴

着眼镜，镜片后的两只眼睛炯炯有神，虽有镜片在前，仍能感觉到他睿智锐利的目光。他似在远眺，似在远谋深思，又似在与你和蔼相向，尽显着一个革命家的风范和政治家的气度。他的周围还环绕着莱州的革命功臣和历史名人的几十尊铜像。这里成为莱州的一片精神的天空。莱州人自觉地到这里瞻仰英雄，接受精神的洗礼。在建立山东第一个抗日政权时创立的精神谱系，已经形成莱州人厚德诚信、开放包容、创新争先的精神风貌和建设新生活的伟大实践。原来的一座朴素的古城已经成为崛起在祖国东方的高楼林立、道路纵横、车水马龙的现代化的全国文明城市和百强县。

2014 年，我邀请全国十几位著名散文家来莱州采风。巧的是这些人过去都没有来过。当他们在这里走访后，人人激情澎湃。他们想不到这里就是汉代高官杨震创造“四知”佳话的地方，想不到这里是中国珠算的发明地，也想不到“北碑之祖”郑道昭的郑文公碑就在这里的云峰山上。更让他们激动的，这里是一片经济的热土，全国闻名的李登海和他的登海种业就成长在这片土地上，各项事业无不生气勃勃，更让他们想不到的是，这里还是一片道德的高地，这里创造的“四德工程”经验在全国推广。白天，他们深入农村采访，晚上在市民广场与上千的市民共歌同舞，处处看到市强民富的新面貌，时时感受到莱州人文明热情，道德高尚的新风貌，他们发自内心地爱上了这片热土。

今年 9 月，我接到了撰写郑耀南的任务，为了核实有关的材料和搜求细节，我又专程回到了久别的故乡。回到无数先烈曾经洒下鲜血的老解放区。

这片光荣的土地上，曾有着古老的四季和鸣，而此时的莱州在苹果红、谷子黄、棒子香交织的丰收喜气里，更鼓荡着从外至里的现代气息。大田之上，机声隆隆，传统的农业大市已涅槃为现代农业的样板。大海之滨，一行行的风力发电机似大雁排阵，旋转出无尽的能量。黄金的开掘、加工聚集成溢彩流金的主导产业……

曾经的千年古城更是名闻遐迩的月季之乡。当此之际，秋意秋风无法抵住万千月季争相开放的强劲之力。莱州路、云峰路、环城路，一条条主干道旁，都是怒放的月季，像是一条条花的河；云峰月季园、莱州广场、一家家企业 、一座座庭院里的月季也都是争奇斗艳地绽放，酿成一片片花的沼泽和湖泊。无数的花的河流、湖泊、沼泽连成花的海洋，无边无沿，无论东西，香气直冲霄汉，这就是莱州月季花的气势和威风，真是全国所仅见。

在山东第一个抗日政权创始人郑耀南家乡以他命名的广场上，有他的巨大的半身大理石雕像。他的身边也都是绽开的红色月季花朵，硕大、鲜艳，一朵紧挨着一朵，密密实实，盖住了土地。它们像是一片片红霞降落在这片英雄富饶的土地上，又像一团团火焰燃烧在胶莱平原上。远看又更像是一面面红旗在迎风招展。这让我联想到印在抗日政权第一张布告上的那枚红印，我忽然觉得郑耀南不正是印在中华大地上的一枚永不褪色、灼灼闪亮的红印吗？！

在家乡行走，我强烈地感觉到，郑耀南留下的红印，在新时代共产党人的执掌下，正在发挥着前所未有的作用，老一代共产党人留下的以天下为己任，让人民过上幸福生活为最高目标的精神正在渤海岸边发扬光大。新时代的莱州已经是渤海之畔熠熠生辉的明珠。

2012.10.10

载于 2021 年 11 月 25 日《烟台晚报》

说说天下第二人

在中国的封建时代，皇帝是天下第一人，而真正总揽朝纲的是宰相，他是当之无愧的“天下第二人”。在明代这个“第二人”不称宰相，而称首辅。

莱州的毛纪在明代政治的险风恶浪中艰难搏击，终于成为“天下第二人”，且对新帝有拥立之巨功，但在大是大非面前，他却表现了一个士大夫的崇高气节，毅然抛弃“一人之下，万人之上”的地位，为国家计，为天下计，凛然上书皇帝辞官回乡。他的举动，即使事过五百多年，再来议及，仍让人心动和敬佩。

坚持正义，毅然请辞首辅之职

毛纪（1463—1545），字维之，号鳌峰逸叟，掖县（今莱州）人，成化二十一年（1485）乡试第一，次年中进士。毛纪入朝为官后深得朝廷信任，先后侍奉三位皇帝，从翰林院检讨，一直升为首辅。对明朝中期的政治影响很大。

毛纪自幼熟读经书，学问精深，文笔优美。毛纪中进士后，被选为庶吉士，在翰林院苦修三年，被授为翰林院检讨，进而提升为修撰。弘治年间担任东宫讲读，负责教育皇太子。毛纪熟悉朝中典制，博学多识，为人端庄忠厚，深得宪宗和太子的赏识。弘治十八年（1505），太子继位，他就是武宗皇帝。毛纪升为侍讲学士，继续给武宗讲课。正德五年（1510），毛纪升为户部侍郎，五年后被提升为礼部尚书。

正德十二年（1517），毛纪升为东阁大学士，入预机务，与杨廷和、蒋冕等共掌大权。当年，武宗亲征宁王的叛乱，命毛纪留守京师。当时，北方鞑靼经常入犯，明朝北部边境一直不得安宁。毛纪调兵遣将，增强北方兵力，加强京师防备，保护了京师的安全。武宗回来后，晋封毛纪为少保、户部尚书、武英殿大学士。武宗数次外出巡游，毛纪上疏切谏。

正德十六年（1521），武宗暴病而死。武宗无子，毛纪、杨廷和等大臣奏请太后，迎立武宗叔叔的儿子朱厚熜继皇帝位，他就是世宗皇帝。世宗即位后，按功加封毛纪伯爵，毛纪辞爵不受。

世宗即位后，要追封生父兴献王为皇考。按封建纲常伦理，世宗应作明孝宗的嗣子，称伯父为皇考，称生父为皇叔考。世宗不同意旧制，坚持追封生父为皇考。世宗免去了坚持不从的杨廷和首辅之职，毛纪升为首辅。世宗断然宣布称生父为皇考，称孝宗为皇伯考。此令一下，一百三十多个大臣到午门跪争。世宗大发雷霆，命令将他们全部关进锦衣卫，次日逐个廷杖，当场打死十七人，毛纪等内阁辅臣请示宽恕这些大臣。世宗把毛纪大骂一顿，说他“要结朋奸，背君报私”。此时，毛纪箴言即可保住“一人之下，万人之上”的位置，但他坚持原则，上疏辩白并请示辞官还家，这是何等胸怀和气节。疏中除引疾乞休外，仍坚持己见，批评明世宗动辄笞罚廷臣的做法，劝谏皇帝“法祖典学，任贤纳谏，审是非，辨忠邪，以养和平之福”。

关心地方，参与修城编纂史志

毛纪辞掉的是官职，坚持的是士大夫的崇高品格和为国为民的情怀。回到家乡后他仍关心地方的民生大事，经常为地方官员建言献策。他的品格也深受地方吏民的爱戴。嘉靖三年（1524），莱州城已有一百五十多年的历史，已多处坍塌。知府奏请朝廷再次修建。毛纪带领毛氏家族积极参与，出资出力，在他们的影响下，当地富户、工匠也积极参与，当地各界无不纷纷响应，有钱出钱，有力出力。万历二十六年（1598），知府龙文明奏请朝廷再次修建。他和副使盛稔，像料理家事一样真心实意料理修城之事，历经三载，仅费三万余金，百雉雄城便屹然告成。《莱州府志》卷二记载，此次修缮，城区规模比以前扩大了一倍，周长九华里，即今东至文昌路，西至莱州路，南至文泉路，北至文化路，城高三丈五尺，厚二丈。新建城门，东城门曰澄清门，西城门曰武定门，南城门曰景阳门，北城门曰定海门。各城门上面各修飞檐谯楼，四隅皆修角楼。城下池深二丈，阔四丈余，在后来抵御孔有德叛乱中发挥了重要作用，从此有了“铁打的莱州”之称。

城楼四门的题字也是毛纪所为。时任知府胡仲谋同毛纪来到城上，谈到匾上的字，两人都觉得字意好似有些别扭。他在一番思考之后将东门改为“日出蓬迎”，南门“云峰呈秀”的“呈”字改为“拱”字。西门前后字倒过来，写作“山环福禄”，北门换两个字，写为“蓉岛翰林”，暗喻莱州人才一浪推一浪，多得如海中的浪头一样。胡仲谋按照毛纪的字意写了四块匾，挂在四门城楼上。

毛纪还曾倡导改进滑石雕刻工艺，促进了这一传统工艺的发展。

毛纪不仅关心地方建设，还注意地方史研究，编纂了第一本莱州府志。毛纪从京城回归故里后，莱州知府深知毛纪有大才，便请他纂修《莱州府志》。毛纪欣然应诺。这本府志是莱州府志的开山之作，分类科学，资料翔实，为后世留下了宝贵的精神财富。闲暇之余他还著书立说，著有《密勿稿》《辞荣录》《联句私钞》《归田杂识》《鳌峰类稿》等。这些书籍有的记录了他的政治活动，也是研究明史的宝贵资料。毛纪热心地方史研究的学问之路对后世影响深远。在他之后，毛氏家族形成编修方志的传统。明嘉靖年间，毛纪纂成第一部《莱州府志》。明末，毛霦纂成《平叛记》，详细记载平定孔有德叛乱的经过。毛霦长子毛贡纂有《掖水志林》。毛贡之弟毛贽曾任《掖县志》分纂，其撰《识小录》有很高的学术价值。毛贡次子毛式玉辑有《掖邑乡贤考记》，毛式玉堂弟毛式丹曾任《续掖县志》分纂。

家风优良，毛氏家族屡建奇功

毛纪虽然闲居在家，但十分重视后代的培养和保持优良的家风。在他的督勉和激励下，毛家科甲蝉联，子侄多以科举得官。毛纪长子毛菜为正德年间举人，官至顺天府推官。毛纪次子毛檕为嘉靖乙未进士，仕至户部员外郎。毛纪三子毛橥为嘉靖年举人，官至太仓、和州知府。毛纪四子毛渠为嘉靖进士，任太仆寺卿。毛纪的孙辈中也是人才卓然。毛家先后出进士四人，文武举人十余人，甚至出现父子解元、父子进士、兄弟进士的盛况，家族兴隆一直延续到清代后期。明末，孔有德叛乱时，毛氏家族全家参与。平叛胜利后，毛氏家族中因守城而获功受赏的就有九世孙中的毛起龙“府增生，守莱城有功”；毛登龙“府廪生，守莱城有功”；毛崇儒“庠生，守莱城有功”；毛芹“郡廪生，守莱城有功”；毛之俊“庠生，守莱城有功”；毛应豸“增生，守莱城有功”；第十世毛伟“孔叛围莱，以助饷有功，例应贡，不受，让于叔宗孔”。毛氏家族积极抵抗战乱，组织和参与社会建设，都体现了其价值选择和实用思想。他们在参与这些活动中，形成了宗族内部上下结合的宗族力量，实现基层与国家的互动，将国家利益与基层社会利益紧密结合起来。这些作为极大地影响基层社会的安全和建设，弥补了朝廷统治力量的部分缺失。这种隐性力量带来的是基层群众对毛氏家族的认可与拥戴。他们的事迹至今流传不息，由此可见，毛纪的品格、操守对后世的影响是巨大的。

嘉靖二十四年（1545），毛纪卒，朝廷追封太保，谥文简。毛纪作为明代大臣，限制武宗的暴虐，定策立世宗皇帝，在朝中主持正义，对明朝中期的政治发挥关键作用。史称其“有学识，居官廉静简重”，“正色立朝，并为缙绅所倚赖”，并说其“清忠鲠亮，有古大臣风”。

毛纪虽然不做天下第二人，但他的业绩、气节、操守，最终得到了历史和人民的认可，他的伟大人格将为世代铭记。现在，西方人把高官辞职标榜为一种民主行为，其实五百多年前的毛纪早就这样做了。在当代，官的不用和不做应该都是正常的，这会改良官场板结的土壤。

载于 2016 年 8 月 18 日《烟台晚报》

第二辑

锦绣江山

凤凰阁记

莱山天赐，满目锦绣，东有黄海浩渺无垠，西则凤凰山苍翠如碧。海中已有黄海明珠璀璨，山上又建凤凰高阁巍峨，珠阁遥相呼应，山海顿感生辉，城市文化瞬间添加亮色。

凤凰之山，中峰突起，两翼轻展，漫绿漾红，祥云瑞霞，遍体通灵。古时山有巨石，迸裂而有金凤飞出，凤凰山出凤凰，自此居民视为祥瑞宝地。凤凰降世，浮沉沧海，佑民护地之志如磐，近百年间已涅槃三凡：1948，在此发生激战，国民党军筑战壕顽抗，解放军摧枯拉朽，红旗漫卷，烟台获得新生；“文革”期间，上将军曾思玉龙行虎步登临此山，豹眼环视，一言九鼎，海防炮阵地开建，地位骤显；改革开放，凤鸣四野，翅展九天，先则莱山新区开建，继又烟台市府来迁。高举发展巨纛，全力推进现代化，二十万众同心干，气势如日升水沸，力量似泰山长城 。推动崇尚人文，百业如涛汹涌，北部万楼似霞落人间，车水马龙大都会。倡导尊重自然，绿泼山水厂企，南部崛起生态新城。此番涅槃，令昔日旷野，成胶东新都。随城之长大，山已融入城中，然有山无阁则如有凤而无睛，始议建阁，两年落成。

凤凰新阁，楼高四重，飞檐斗拱，青瓦橙廊，古风雅意，俊朗倜傥。卓立山巅，光追日月，如凤目开启，顾盼传情。高阁东连二层华楼，西接一层美厦，状如笔架，交相辉映，更显瑰丽庄重，为港城增一大观。登阁之时，沿石阶曲行，绿如涛涌沾襟衫；随栈道斗折，百鸟鸣唱充耳闻。抬头望，繁花似锦迷乱眼；俯首看，战壕蜿蜒传古意。登阁望远，万千气象奔来眼底，壮怀似海，关山万重笑看。临风凭栏，沧海千年胸中过，明脑益智，敢在怒海放轻舟。观者思者，自得其所，歌者舞者，各得其乐。

中国偌大，但立阁不多，盖因造阁事大，需得天时，据地利，有人和。凤凰之阁建在盛世，可谓有天时；莱山国色，在此建阁，顺乎自然，彰显自然，为山河增辉，可谓合地利；城无人文无灵魂，市无人文少精神，经济繁荣，社会和谐，文化建设已成民之必需，当此之时，飞阁凌空，恰合民意。

人与天和，人与地和，人与人和，阁得永年，国得永年矣。

载于2013年8月27日《中国文化报》

此文获第六届冰心散文奖

谛听山与海的交响

圣人云：仁者爱山，智者乐水，可在一个城市两者兼而有之的并不多。烟台在一般人的眼里是座碧波环抱的港城，其实那是一水障目，不见青山。君不见市里有烟台山、毓璜顶、小黄山、南山，更有岱山山脉，山山相连，如青龙游云，不绝于目。城围山转，海围城绕，才是这里的真正地貌，烟台是在祖国版图上那数目不多的有山有海的城市。有句广告词说，“爱在烟台，难以离开”，说白了，在烟台既可畅饮甘甜的山风又可细品清丽的海韵，有这样奢华的享受，谁还舍得离她而去呢。

记得，上世纪70年代末，我从莱州调到烟台，家就安在毓西路上，这是一条南北路，长不过千米左右，它的南面通着南山，北面就是毓璜顶，在这条路上还能踩到小黄山的尾巴，闻到山上马尾松的清香。南山不是太高，土地肥沃，新中国成立前山上有美国人开的苹果园，也有中国人开的苹果园，据说苹果苗先是由美国在烟台的传教士引进栽培，后又经过福山人加以改良，是正宗的烟台苹果的发祥地。那时每逢春季，漫山遍野苹果花开，洁白一片，繁盛无垠，像是三月落雪。军政要员、商家士民、太太小姐，赏花之人，从早至晚，不绝于路。新中国成立后这里被辟为公园，建了亭台楼阁，养了飞禽走兽，热闹非凡。但最吸引和打动我的还是苹果花开的时节，那花开得层层叠叠密不通风，那花开得铺铺张张似雪压山川，那才是美得惊天动地，爱得失魂落魄。在那些如痴如醉、疯疯癫癫、挤挤撞撞的看花人中总少不了我和我妻子、孩子的身影，我们一家人赏花、拍照、合影，常常忘记了吃饭。弥漫着花香的晨曦，或者是晚霞满天的傍晚，我也会去爬爬毓璜顶，那是市中心的制高点，它的开发和建设始于元代，历经六百年的打磨，已是钟灵毓秀，人文荟萃，沿阶而上，亭廊台阁，逶逦相连，古风习习，荡气回肠。路中的小蓬莱石坊上有一副对联："天下文章莫大乎是，一时名士皆从其游"，它为清代地方长官龚易图所书，他那霸气十足的口气，更让游人对被称为烟台城市种子的毓璜顶多了几分敬重。每至山顶，清风拂面，品古、观海、听涛，总觉意气昂扬。当年父母来探望我，请他们去看的第一个地方就是毓璜顶。那天，我拿着刚刚学会的120相机为父母拍摄了以毓璜阁为背景的黑白照片。现在母亲还把这张照片摆放在桌子上，她是难忘那海阔天蓝、高阁凌空的景色啊。烟台的山总是给人以美的享受也给人愉悦的心情和向上的力量啊。

傍山住了差不多十多年的时光，单位要集体建房，那时人们并没有海景房的概念，我却依着我的浪漫性格在大马路边近傍着第一海水浴场选了一处建房地点，当我第一次住进新居的时候，凭窗就可见波翻浪涌，依稀是住进了一艘不动的大船。在大船上，最激动的时刻是看日出。清晨，推开窗户，一轮红日刚刚升起，一半在空中，一半还在水里，此时的大海不是蓝色的，而是金色的，变成了一汪正在融化的金水，轻轻地闪荡着，这空中的金黄与水中的金黄连成一片，构成了一幅旭日升东海的画卷，这是天地间最壮丽、最激动人心的画卷。而且窗口的画总是处在四时变动中：春天，大海抖落了冬日灰色的外罩，换上了湛蓝湛蓝的春衣，春风轻轻地鼓荡着它，掀起了层层涟漪，如同仙子在轻柔地掀动着一块巨大的蓝色绸缎，美艳无比。夏天是它最热烈奔放的日子，它敞开胸怀迎接来自五洲四海的宾朋，身着泳装的男男女女、老老少少，劈波斩浪，笑冲霄汉。这个季节也是我同大海接触最亲密的日子，每天日落西山之后，我都要穿上泳裤，披一袭长衫，来到它的身旁，投入它的怀抱，如鱼得水，享受游泳带来的快乐。朝夕相处，耳鬓厮磨，我感知了它的风貌和品格，感悟了它的胸怀和气魄，倾听了它的细语和狂吼，也体味了它的痛苦和快乐，它教会了我达观和包容，也教会了我勇敢和坚定。大海是给人以美的艺术大师，是指引人前进的明灯。烟台人热情好客、乐于助人、敢于进取，烟台涌现了刁娜、刘盛兰等那么多的好人，应该都得益于它的无言的教诲吧。

可是，人心常常是难以满足的，住山下的时候想大海，住在海边的时候又想青山，总不能两全。后来我终于有个机会搬到了东郊莱山区石沟屯的一所房子里，它是处在山和海之间的一方宝地。我在这里享受到了人间的极乐。站在窗前东望是烟波浩渺的黄海，伸入海中的黄海明珠日夜放射着光芒。晴天的时刻牟平的养马岛历历在目。往西看，岱王山高耸入云，山上雕塑的老寿星，有梅花鹿相伴，手持拐杖，笑看云起云落。岱王山脉飘然南去，如苍龙飞奔。目光所及的凤凰山上又建凤凰新阁，与海中的黄海明珠遥遥相望，使城市更添亮色。五月时节，岱王山上，槐花盛开，铺天盖地，香气阵阵，连我的住所里也无处不飘荡着槐花的幽香。有一次，一只蜜蜂循着香味嗡嗡嘤嘤地飞进来，我和夫人忙活了半天才赶它出去。

天天左看海，右看山，总是喜在心头，思绪禁不住如马脱缰，忽然就把苏东坡的词句：“左牵黄，右擎苍，老夫聊发少年狂”，改成了“左看海，右观山，老夫也发少年狂”。又有时借着狂劲，随手涂几篇文章，先后有《岱王山记》《凤凰阁记》等发在国家级的大报上，也算是一种额外的收获。

三十余年间，享受着山与海的恩赐，我健康快乐地生活着，中间80年代，曾有过调往北京工作的机会，放弃了；90年代又有一个调往济南工作的机会，在犹豫再三之后还是放弃了。因为我难舍下那片四季变幻的海，也舍不下那些五彩缤纷的山。

2014.3.9　急就

载于2014年6月9日《人民日报》

金色的隧道

1979 年秋天，我被从自己的老家莱州调到烟台工作。周日闲逛，沿着年久的海边的水泥路行走，碧蓝的海水随性地展开一幅望不到天际的画，洁白的浪花深情脉脉地敲打着深褐色的巨石，发出高一声低一声的吟唱。观海豪气生，听涛诗情涌，冰心、杨朔、峻青、梁衡等都曾满怀深情地歌颂过这片大海，留下过美丽的篇章，回味着那些动人的句子，惬意又忘情地大口大口地呼吸着凉丝丝的海风，我也被烟台的海陶醉了。

带着新鲜感，我利用业余时间，几乎跑遍了烟台的大街小巷。所城的老街旧房叙说着抵抗外侮的沧桑；烟台山上绿树掩映中的风格各异的洋房是清代十几国领事驻烟留下的印记；高高挺立在海边的灯塔是烟台的标志。这些都让我肃然起敬。可是，在不停地转悠中，我也看清了烟台的面目。它的主城区西到沙旺，东到金沟寨，长不过十公里；南到南山，北到港口，宽不过三公里，方圆不过数十平方公里。东西只有北马路、南大街、环山路三条街道。那时，真比我的老家大不了多少。盛名之下，其实是个小地方。这种感觉从大城市出差归来特别强烈，只觉得街道也更窄了，房子也更矮了，那城市小得仿佛掉不过屁股来，几次动了离开这个地方的念头。

住得久了，我弄明白了：烟台的自然环境是一面靠海，三面有山，自明代在此设立所城，当时是一处军事要塞，几百年间城市就在这样一点背山面海的狭长的局促地带里发展，像是一只窝着脖子，耷拉着翅膀的雄鹰，趴在窝里飞不起来。

无论是在家里还是在办公室，向南望去是东西横卧着的一道山脉，山上土地肥沃，植被茂密，第一次从西方引进的苹果就栽种在这处山坡上。它是一道风景线，却又是一堵高墙，它把万里沃野阻隔在了墙外，面对秀丽的南山，我常发奇想，学学土行孙穿洞而过，城市不就变大了吗？这样想的人真不少，改革开放初年，我的年轻又敢想的同事们提出了：以滨海地带为中心，贯通南北山海，拓展东西两翼，形成山耸城中，城随山转，海围城绕，城岛相连，融山海城岛河于一体，呈大鹏展翅之势的美丽的思路。这个思路的核心是在南山开凿隧道，让城市破山而出。

好事多磨，直到1993年第一条开山隧道才正式开工。在城里的不同角落里都会看到南山上升起的缕缕青烟和隐约的炮声。我心怀期盼地天天观望着山上的动静。然而，炮声却越来越稀，到1998年竟完全停止了，复杂的地质，不断造成事故，只好停工。然而，沿海这点地方怎么也容不下急剧膨胀的烟台。事隔三年，南山再次响起炮声。历经艰辛，2003年烟台的第一条穿山隧道终于贯通，它被命名为塔山隧道。这是众望所归啊，全城人都欢呼雀跃。

开通不久，我骑着自行车穿过隧道，只见广袤无垠的土地，碧波荡漾的凤凰山水库，清新明丽的环境，宜业宜居宜休闲。钻过山洞的城市，像是伸直了脖子的雄鹰，从此可放量地生长了。我家离隧道很近，就常常骑车过去看新景，这里一年，甚至几天就是一个样，新的工业园区落地生根；座座高楼拔地而起；一个个风格各异的小区魔幻般地出现在山下、水边、林旁，成了烟台人和外地人竞相追风居住的地方；机关、学校、休闲中心也都跟踪而来，一个高质量的南部新城渐次成形。

塔山隧道像座灯塔，让烟台人看到了让城市迅速长高、长大、变美的方向和光明。

四年前，又一条贯通南北的胜利路隧道开通了。这条隧道让山南最闭塞的地方直接连通了城市最繁华的街道。从海边可以直接走到山前，贯通南北山海已经不是梦。前不久，我们几个退休老头结伴过隧道去山南游玩。双向六车道的隧道里灯火辉煌，米黄色的洞体放射着柔和的光，天蓝色的洞顶让人生出无限遐想，恍惚间仿佛是进了龙宫宝殿。夏家卧龙和初家卧龙是卧在南山根里的两个村庄，十分闭塞，日本鬼子占领烟台时，都没敢走进这个地方。村民们进城，从村中走到大路上，就要一个多小时，想把农产品卖出去，必须凌晨挑担出发，日上三竿才进得了城。现在，想进市里，穿出隧道，不过是分分钟钟的事。在公交站点上，正有一帮老人谈笑着等车，同他们攀谈，正是卧龙村的人，他们是结伴去市里逛商场的。他们高兴地说："没想到这辈子能过上这样的好日子，现在有五条公交线路经过我们这里，过了六十岁坐车不花钱，我们天天出去逛，西到蓬莱，东到牟平，都逛遍了。"这山清水秀空气鲜的地方，成了全国万科、龙湖等著名房地产商扎堆开发的宝地，体量巨大的老年康养中心几近竣工，大型商场、超市、学校都在筹建中，在这里建成城市副中心已不是遥不可及的事情，当年那句山耸城中、城随山转的设想，曾被讥为笑话，现在竟是活生生的事实啦。当年政府要把一些搬迁户安置到这里，谁也脸拉得老长，现在那些没搬来的人都后悔不迭了。我们几个老家伙也看得心动，环境美如仙境，离市中心不过是几分钟的车程，真想在这里安家落户了。

烟台人爱上了能让城市高、大、美的隧道，报刊、电台、街头巷尾经常传递着开凿隧道的喜讯。红旗路是烟台城区通向西部的东西走向的主干道，因为几座大山的阻隔，却让它憋在了城里，接连打穿了四座大山，建起了魁星阁、南山、黄山、黄金顶四条隧道，红旗高扬，直向西部，连接了芝罘区、福山区、开发区，城市向西的翅膀展开了。当轸大路上的五卒山等隧道打通的时刻，城市向东的翅膀也伸展开了，那些曾经的偏远的工业园区，也融入了大市区。我们这些退休的人高兴地跟着开通的隧道跑，也盼着山中修起连通城市五区的大通道。山耸城中，可山也阻挡着城市五区的融合与连接。如果能修一条山中的路，就有了全市融合的大动脉和主干道。

2020 年 11 月，烟台飘起第一场雪，同洁白的雪花一起到来的，是烟台人企盼的那条贯通五区的山中大动脉打通了。电视播出了雪花飘飘、彩旗猎猎、车流鱼贯进入隧道的动人心魄的场面。这是烟台隧道史上最辉煌的一页。冬春三度，投入二十三亿元，穿过四座大山，建起了凤凰山、平顶山、远陵夼、荆子山四座隧道，架起五座桥梁，修成了贯通城市东西的凤鸣路。这条路像一根粗壮的大红绳，连接了芝罘、福山、牟平、莱山、蓬莱五区和开发区，像是串起了六个红灯笼，一个紧密相连的组团城市，光彩夺目地出现在黄海之滨。

经不住电视的诱惑，我乐滋滋地招呼几个老友，自己开车，开始试新之旅。纷纷扬扬的大雪让港城穿上了洁白的衣衫，空气清爽又湿润，让人觉得爽气。车出观海路，凤凰山隧道几个金色的大字直扑眼帘，脚下轻轻踩了下油门，车就进入了隧道。只见洞顶的金色灯光，照在金黄的洞壁上，上下交相辉映，形成了一条金色的隧道，像是一座绵延的金碧辉煌的大厅。通风、采光、防火、防滑、救护都采用最先进的技术和设备，体现了当代隧道的最高水平。穿过千余米的隧道就是数百米的跨过山涧的宽阔宏伟的大桥，深深的山涧被它轻松地踩在脚下。路边的工厂、村庄、学校、田园……这些藏在深山人未识的事务，一下子就进到都市的圈子里了，迎接它们的，必将是无量的前程。

我驾车穿过了一座座隧道和一座座桥梁，仿佛是驾一叶轻舟，放歌远航。曾几何时，一座座高山把城市阻隔在一个个角落里，而今，一条条隧道，把一个个繁华的小城市联结到了一起，形成了一个美丽的组团城市，市区面积扩大了五倍，人口也增长了五倍，随着一条条隧道的开通，那个只在海边狭长地带里生长的城市，终于伸直了脖子，展开了双翼，真正像一只雄鹰高飞在祖国的东方。

那几个老伙计，坐着我开的车，还不忘揭我的老底："你现在还要不要离开烟台这个地方啦。"

"赶我也不走了。"我笑着回答他们。

新春刚过，又传出消息，按照国家综合立体交通网规划要求，烟台又做出建设新隧道规划，我期待着那些越来越多的喜讯。

载于 2021 年 3 月 17 日《人民日报》

这片高地

我的故乡在浩瀚的渤海岸边，怀抱着一个碧波荡漾的莱州湾，有一条河缓缓地流入昌潍大平原，古老、富饶、美丽，她的名字叫莱州，县改市以前叫掖县。

她的身上有一种异于他地的东西，凡是来过这个地方的人都会被发自这片土地的神秘又无形的光芒所吸引，像一个巨大的磁场。可究竟是什么东西在吸引着人们，我始终没有给出一个清晰的答案。

6月末在不少的地方已是炎阳如火，但莱州这座有山有水有平原的城市，依然还是一个好时节，她虽不像春天那样娇艳，但她就像是穿了短袖短裙的少女，更袒露了她晶莹饱满的美。大海蓝得发绿，青山绿得如油，微风轻抚，满目绿涌，万物闪亮，处处感受到鼓胀和丰茂，让人心情格外地兴奋和开朗。

就在让人容易激动的日子里，我借着这些年在散文界的人缘，和当地的宣传部一起邀请全国的十位散文作家来到我的故乡采风。他们当中有的是名满散文界的宿将，如活跃的红孩、严谨的王兆胜、汪惠仁、姜琍敏等；有的是全国拔尖的新锐，如多才多艺的徐忠志、陆梅、赵瑜等。个个艺眼文心，武艺超群。我想让他们感受一下这个与众不同的地方，也用他们经多见广的“贼毒”的眼睛帮助我找找那始终无解的答案。

那天，大家陆续飞到烟台机场，坐上中巴车赶往莱州。路上的说说笑笑中才知道，十个人中没有一人到过莱州，四个人过去还不知道莱州这个名字。我脸上笑着，心颇不平，我们的云峰山魏碑是中华国宝，在书法界素有“南帖北碑”的说法，而云峰山魏碑乃北碑之首，多少国家领导人和国际友人都来瞻仰，你们怎么竟不知晓？“登海种业”生产的玉米种供应了半个中国。“南有袁隆平，北有李登海”是不争的事实，你们怎么好熟视无睹？还有中华武校“打”遍世界，北京奥运会上大显身手……很快，我又释然：全国两千多个县，好地方多了去了，谁能都知晓，知道更好，不知道我们也生活着、幸福着。这样想着，心头反而又生出一丝担心，这次请来的都是全国的名家和名编，倘让他们觉得有虚此行，岂不栽了跟头？

凭良心说，山东省的莱州真是一座光芒四射的城市，它西距潍坊两百里，东距烟台四百里，现在属烟台市管辖，清代是登莱青道道台所在地，东管到荣成，西管到青州。作为莱州府所在也管过青岛的全部和潍坊的大部。这里不仅曾建郡立州，还建过国封过侯。当年顾炎武还给了她“齐鲁之甲胜，天下之名疆”的美誉。在当今，她不仅是响当当的“百强县”“文明城”，遍布山东城乡以至在全国都颇有影响的“四德”之风，就是从此生发和风行的。这样一个好地方，怎么就会被那么多的人忽略了呢，看来，酒香也怕巷子深嘛。

莱州该看的地方太多，宣传部的领导把议程安排得满满当当，云峰山的郑道昭碑刻让他们惊叹，大基山、寒洞山的道教文化让他们折服，当知道丘处机见成吉思汗的西行之旅就是从这里的大基山吴天观出发时，更对这片土地高看一眼。在东海神庙的遗址凭吊赵匡胤踏过的土地，在西由海边寻找秦始皇祭天留下的石樽。天气热而不燥也不闷，只有急急行走时，额头上才会渗出一点点细汗，十个人奔走着，议论着，一个个意想不到的惊奇，让他们激动不已，让他们神采飞扬，赞扬的话不时地顺风飘进我的耳朵。不过他们可不是一般的观光客，他们独具的慧眼总是会穿过这些阔大的场面，他们并不在意数字、荣誉，甚至是色彩鲜明的一些名词或者专属的歌颂，都显得过于端庄了，他们来这里，想要看的，是热腾腾的生活现场，是灵动的生活细节，是丰富的可以反复品味的社会现状。

没有令这一行人失望，一个个鲜活的细节从他们居住的宾馆里，从街头休闲的村民中，从一座座富贵典雅的农家门楼上，从夜晚广场的歌声里，从简短的交谈中撞进他们的心窝，他们一次次被“触电”。也像我一样发现了这座古老又新鲜的小城的感动人吸引人又与众不同的东西。

第一次早饭后出发前的一点点间隙里，市委书记李明来看望作家。这是位平民意识很强的知识型干部，已在莱州干了四年市长、三年书记，他为当地百姓实实在在做事，使这里发生了很大变化，深受百姓拥戴。他是机关中难得一见的英俊男子，双眼有神，但态度温和，出语亲切，庄重之美中透着掩不住的勃勃英气。不同凡响的气质，立即把作家吸引到他的周围。没有打官腔，没有报数字，他说的是家长里短，百姓的衣食住行。作家们先是感到这位书记“异乎寻常”，继而敏锐地捕捉到了书记关心群众生活的情怀。几位女作家“炮火猛烈”地赞扬他。

他却风趣地告诉大家，我现在办公的地方就是当年的“四知堂”啊。原来，这里就是国人熟知的“天知、地知、你知、我知”事情的发生地。东汉时，杨震被任命为莱州太守，来此赴任的路上，路经昌邑时，他提携过的昌邑令王密送金感恩，被杨拒绝，王说，暮夜之中，无人知晓。杨震正色道：你顶天而来，天知道；踏地而来，地知道；金赠与我，我知道；怀金者你，你知道。王密愧而怀金去。杨震在东莱任上，廉政清明，改官衙风气，深得百姓拥戴。当地官民为纪念他，将太守大堂起名为“四知堂”

在采访的路上，我又把莱州人念念在兹的“四知堂”的清官说给他们听：北魏年间，在朝为官的秘书郎郑道昭倡导教育，力行改革，得罪权贵，被贬为光州（今莱州）刺史，他在任期间政务宽厚，爱民如子，还为莱州留下了千古瑰宝郑文公碑。宋代的时候，莱州的牛黄很出名，皇帝派出钦差来收购。时值春耕时节，杀掉了耕牛岂不耽误了生产，当时在此任知县后来的抗金名将宗泽智斗钦差，为百姓保住了耕牛成为千古美谈。大词人李清照的丈夫赵明诚也曾在此做过莱州太守。他任太守期间，裁减吏员，深入百姓，体察民情，为民所爱。当地还在府衙里建了贤良祠供奉先贤，为后来者树立榜样。当地士民还有为清官送“万民伞”和离任时“留朝靴”的习惯，世代相继。在历史上，还多次出现过地方官被调走时集体签名留任的故事。民国初年，时任县长闪钦辰倡新政、兴实业、办教育成一时气候。当省里调他到外地任职时，百姓公推代表到省里挽留。省里最终收回成命，让闪继续留任。闪很为百姓真情感动，后来在带领全县植树造林的过程中积劳成疾，在任上去世。

我的讲述真的让作家们“振聋发聩”，他们实在想不到会有这么些国家级名人在此任过官，并留下那么多动人篇章，他们开始发现了一点莱州与众不同的东西：这个地方的官员和百姓是集体讲究官德和追求廉洁清明的。

细节如夏日温热的大雨点，击打得他们个个心头发热：王兆胜说，莱州给我的第一印象是人人面善，酒店的服务员个个笑容可掬，仿佛天国的使者，没有当下北京等大都市中“不与陌生人说话”的冷酷面孔。进入房间，我发现桌上放一纸条，上面是服务员亲手写的，其内容是：“尊敬的王先生：您好！感谢您入住我们酒店。房间特意为您准备了一只吉象。祝吉祥如意！入住愉快！服务员：王节莉。”原以为象是工艺品，当整理床铺时发现，所谓“吉象”，是用毛巾折叠而成，其憨态可掬令人折服。我一下子被感动了！这是平生第一次领受了酒店服务最真诚的祝福：用心、亲笔、亲手书写和折叠出人世间的善意与美好。其实他的这份感动，是宾馆的常态，每个客人都会得到这份祝福。

我们的车子在云峰办事处文化站刚停下，文化站站长刘向东就按着名单给每人手上递上一个墨绿色的小盒子，当大家好奇地打开盒子时，竟发现是一枚镌刻着自己名字的图章。晶莹的莱州玉石在夏阳下闪闪发光，鲜红的名字钤印在一方宣纸上分外醒目。带队的红孩还得到了一副嵌着自己名字的对联。当大家知道是刘站长听说作家们要来参观，连夜刻写，手都磨出泡时，人人在惊喜中又多了一份感激。连市里陪同的胡副部长也很高兴，我真为我的老乡的举止和深情而骄傲，我很想对同来的人说一句，这就是我们莱州人，但我没有说。

莱州自古就是一个重视教化和道德教育的地方，这里有为做出突出贡献的人立祠树碑的习俗，到新中国成立前，城里城外的贤良祠、二公祠、朱公祠都还受人祭祠。城里还建有七十多座美轮美奂的牌坊，都是为当地的功臣树立的，这些都是思想教育的活教材和基地。这里古代就特别重视教育，公私学校众多，曾出过“一门三相”“一门三进士”等佳话，明代更曾出过“莱州文武半朝官”的盛况。

著名京剧《锁麟囊》里的那个救人急难的主人公就是莱州人，那个广为人知的在建房时邻居各让十步，为村民让出一条“仁义胡同”的故事也是发生在莱州城里。当然那个为人熟知的《姊妹易嫁》歌颂仁爱、鞭挞失信的故事，也是发生在这里。

前几年，省里一位女副书记，在年前例行的慰问活动中，她把一个装着一千元的红包送给一位孤寡老人时，她反复坚持要书记把钱送给更困难的人，不管谁说，她最终没有收下。这是这位副书记，在这种情况下从未遇到的事情，这禁不住让她对莱州人另眼相看。

讲求仁爱道德是莱州人始终的追求。当社会上出现了“一切向钱看”的歪风时，当时在这里工作的市委书记林建宁深爱和理解这片土地上的人民的不解和焦灼，他继承并提升了当地的这种道德的文脉和传统，创造性地提出了“孝德、爱德、诚德”的“三德工程”，在当时的社会状况下，在政界没有得到广泛认可，甚至认为他偏离了“发展就是硬道理”的主题。他沉默但坚持。几年下来，“三德”深入人心，优秀的传统得到了维护和弘扬，全市风气一新，成了当时社会环境中的一枝奇葩。接任的书记“不搞一个书记一道令”，在道德建设上他们一茬接着一茬往前干。林书记调走后，接任的杨洪旭书记又从“三德工程”发展为“四德工程”。现在，在李明书记的努力下，“四德工程”更加贴近时代，内容也更加丰富。形成了以家庭美德为主要内容的“孝德工程”，以职业道德为主要内容的“诚德工程”，以社会公德为主要内容的“爱德工程”和以个人品德为主要内容的“仁德工程”的四德工程体系。“四德工程”符合了当前推行核心价值观的大气候，他们干得上合中央下合民意，顺风顺水，气象万千。

作家们在莱州广袤火热的土地上，处处看到“四德工程”的踪影。而当他们仔细地看到每个村庄“四德榜”的内容后，才体会到了它的“厉害”。赵瑜在看了仓南村的“四德榜”后，回去写了这样一段文字：“我们所看到的仓南村是字典里有关整洁的解释，这里干净得如同一张未写字的宣纸，舒适，又有着乡村生活里才有的，对人的善意，以及好客。仓南村的街头榜上公开着村庄里所有人的财产，以及他们的道德储蓄。这像是一个玩笑，却被村民们热情地支持着。那些加分的项目里，一些备注的解释，让我们开怀大笑。笑完了以后，又觉得由衷地尊敬。这些细小的善意，包括下列的内容：主动给陌生人带路；乡村优秀调解员；及时归还邻居物品；经常陪母亲看节目；经常陪母亲户外散步；鼓励父母去跳广场舞；及时归还银行贷款……”

是的，这些看似形式主义的“四德榜”，因为有了实际的内容，它成了村民追求文明、树立四德的加油站和推进器，是村民们与之心气相通的地方。

从这些细节里，作家愈来愈感觉得到了这个小城的与众不同。作家王秀云在采风后写出的文章的题目叫《一个词的港口》，而这个词是“忠义”。她为什么能写下这样一个不时髦的词，看完了她的文章，我对她有了深深的敬意，那些时髦的东西不少是虚假的，而她的这个古老的词却概括了莱州人从古至今的道德追求。她不惜牺牲宝贵的时间，通读了我编纂的那套“莱州历史文化丛书”，她不但为中华武校孩子们的表演而流泪，她也记住了历史上莱州籍那些忠心报国、全心为民的侠肝义胆的英雄。晋时位列公侯的刘毅在皇帝司马炎正在为自己政绩自我夸赞时，却毫不客气批评他卖官的事情，朝堂皆惊 ，连司马炎也佩服他的勇气；南宋时辛次膺在朝为官，不畏秦桧强权，坚持抗金，多次为秦桧所害，但他终不改初衷。《宋史》称“渡江之后，直言之臣，以辛次膺为首”。明朝时，相国毛纪有拥立新君之功，真的是一人之下，万人之上，但当与新君在原则问题上发生争论时，不贪恋荣华富贵毅然辞官回家，这是何等的勇气。清代时李森先是掌管风纪的御史，他不避权贵，放胆直言，搏击豪强，兴利除害，非同凡响。因触及利益集团曾三次遭到陷害，但他不改初志，一心为国，康熙称他是清代第一御史；清末之时，在八国联军大兵压境的危局下，在德国做公使的吕海寰与德国外交大臣展开唇枪舌剑的斗争，终于为国家坚持了一点尊严。舍身为国成为莱州籍官员的共同所求，这也正是作家王秀云用“忠义”一词来表现莱州的缘由吧。她发现了莱州与众不同的地方。

在作家们离开莱州前的座谈会上，他们集体发声：文化是城市的根，是城市的灵魂，而道德更是文化的核心。建设一个物质的城市有钱就行，可建设一个文化的城市确需要一代代人共同努力，只有筑建了道德高地的城市才是美丽的城市，才会在城市之林中有自己的亮色，她的城市规模可能是小的，但她的道德的高地可以与任何大城市一比高低。红孩的发言更形象，他借用了莱州玉米大王李登海给玉米授粉的过程作比喻，他说，“我们原来是想来“授”“文化之粉”的，结果却是“受”了“道德之粉”的精华。

看来，我开始的担心是多余的，他们此行发现了我的家乡让他们折服的与众不同的道德高地。

听着他们的发言，我过去还有点模糊的概念，完全清晰了：我的家乡与众不同的东西正是世世代代建筑和坚守的又经今人开拓、加固和升高的道德高地。

故乡，我为你有这片伟岸的高地而骄傲。

载于2014年11月29日《人民日报》

铺拉谷的欢笑

盛夏，天上飘着浓密的雨丝，庄稼、果木、野草和百花都在疯长着，大地充满了弹性和张力，密雨更使它多了几分灵性。

就在这样的时刻，我们开车闯进了烟台莱山区的铺拉谷。南部的云雾缭绕的朱雀山与相距十余里的北部的高耸云端的擎山遥遥相对。两山间的丘陵和山地便被称为铺拉谷，水量不大的铺拉河低声慢气地从东向西穿过谷底。

这是一个充满了诗意的地方，名字更是让人充满了幻想。据说因为铺拉河的支流特别多，像是铺拉开的一张网，也有人说是因为河边生长着一种白色的鸟，人一走近它们就“扑啦，扑啦”从河边飞走，于是民间聪明人就给河起了这样一个灵动的名字。

然而，这个满溢诗意的地方，又确确实实曾是烟台市的贫瘠山区。十多年前，我曾来过这里，那时，没有直达的公路，要绕两个区县才能到达这里，颠颠簸簸要半天的时间，这是一个真正的穷乡僻壤，不是岭就是坡，而且全是沙质土，只能种地瓜、花生等作物，村民的收入相对较低。村里是低低矮矮的旧草房，山上是弯弯曲曲的飘忽不定的羊肠小道，山里人眼巴巴地看着山外的人一天天富起来，不少村民愁眉不展，看着秋风中的荒草，我在心里沉重地发问，这里的农民什么时候才能过上城里人的生活啊。

而今，新修的笔直宽阔的柏油路南北纵贯，从市区直达朱雀山，透过雨幕观赏着路边的风景，不到半小时就进入了铺拉谷腹地，展现在我们面前的景象简直令人不敢相信：像草绳一样弯弯曲曲的小道不翼而飞，一条条田间水泥路像一条条闪亮的灰色的绸缎飘舞在山岭坡地间；那些总是长不壮的庄稼没有了，一片片的岭地上长着一行行的葡萄苗，片片绿叶在风雨中轻轻地抖动，像一面面展开的绿色旗帜；水泥路上跑着装满肥料的拖拉机，田间正有深翻机把从外国引进可做肥料的黑油油的黑麦草翻到地里做肥料。目光所及，十几台塔吊正在雨中作业，这是正在建设中的酒庄，有的地基刚钻出地平线，有的已经能够看到美丽的建筑曲线，有的已经尽显了绰约的风姿。夏雨无色却让这一切彩色更加艳丽，越发张扬出铺拉谷的俊美、幽雅、丰富和现代，我禁不住在心里问自己，那些荒山野岭哪儿去了，这还是你吗，铺拉谷？

雨雾迷蒙中，绿叶集团的项目负责人和院格庄办事处的领导把我们带进了刚落成的葡萄酒体验中心，这座建筑由美国人设计，造型别致，色彩艳丽，滂沱的夏雨浓重了通体的色彩，使它显得更加光彩照人，像一个正在沐雨的西方少女。在曾是穷乡僻壤的地方的夏雨里，突然地见到这样一个着雨的西方美女，这是多么令人惊异而又兴奋的事情。

体验中心的室外是碧波荡漾的水库，院里一棵杏树上挂满了金黄金黄的杏子，它们随风而动，不知是诱惑还是欢迎。室内是需仰望才能见顶的葡萄酒瓶放置架，这里将存放世界各地著名酒庄的美酒供客人品尝。

就在这如诗如画的地方，项目负责人和办事处的同志让我们知道了铺拉谷华丽转身的大概。

怎样既保留上苍赐予的这块基本原生态的宝地，又让这里的农民尽快过上现代化的富足生活，这是摆在当地领导面前一道两难的课题。这也是经济发展中常常遇到的难题，但在不少的地方没有破解好这道难题，只顾发展，不顾生态，留下了许多不可挽回的损失。

尊重自然，化解难题，马不停蹄地调查、考察，夜以继日地思索、研究。他们终于找到了一个两全之策。在世界地理的版图上，北纬30—50度之间，是一片酒香弥漫的天空，这片神奇和美妙的纬度中，分布着世界著名的法国波尔多、意大利托斯卡纳、西班牙里奥哈、美国加州纳帕山谷等重要的葡萄产区和庄园。在世界中找坐标，他们发现诗意的铺拉谷就在这片酒香涌动的纬度中，土壤、光照等条件也都符合葡萄的生长。于是，种葡萄，建葡萄酒庄园，成为上下共识。

莱山区内实力雄厚的绿叶集团，闻风而动，承接了铺拉谷全面开发重任。他们请世界顶级的设计公司科学地规划了未来：整个项目分为南岸、北岸和风山三区，占地两万亩，建造风格各异、功能完善的酒庄群五十四个，打造一个集高档葡萄酒研发生产供应、品评鉴赏、生态观光于一体的葡萄酒特色产业。

当地政府最关心的是农民生活的提高，经过和村民们的心碰心的交流，达成了这样的协议：土地采用租赁方式，租赁费用每亩每年按小麦价值计算，价格以每年国家出台的限价为准，这种办法比原来每亩收入多得多，而且不怕通货膨胀，村民们当然愿意接受。同时规定，村民们凡是愿意到企业工作的，要全部录用，并经过培训逐步吸收为产业工人。租金之外，又有了工资收入，村民当然更乐意。

项目实施近两来，已完成土地流转一万余亩，种植葡萄四千多亩，凡是愿意到企业工作的村民全部被企业接受，并在培训中成为合格的葡萄种植工人。曾是贫瘠，有的甚至有机质为零的土地，在澳大利亚种植专家的指导下得到了全面改造。已经开建的十个酒庄，年内将全部建成。

项目负责人哈哈地笑着说：企业的前景不可限量。办事处的主任更是高兴，他也笑着说：照这个势头发展下去，未来可吸纳农村人口、外来人口数千人变为产业工人，农民年增加收入两万元，为解决城乡二元结构找到了好路子。

他们那带着自豪的笑声也在感染着我，使我对这里的未来充满了期待。他们是应该笑的，但是我更想了解农民们的心态，他们对于这种改变也会像他们一样笑得这样开心吗？

趁雨住风停的时刻，我们同正在向葡萄地里运送牛粪的拖拉机手交谈，这是位四十多岁的农民，黑红的脸膛，健壮的身板。他告诉我们，他就是附近村里的居民，家有三口人，孩子在外地上大学，家里只有夫妻两人，家里承包的土地已按协议租给了企业 ，自己家中没有别的负担，就又到企业种植葡萄。“现在比过去怎么样？”我们问他，他朗声地笑着说：“好啊，现在是两份收入，是双保险，这真是过去做梦都没想到的事啊。”看着他的笑脸，听着他发自内心的笑声，我这个农民出身的人心里真的踏实了，有多少地方因为发展，占用了农民的土地，使农民生活失去了完全的保障，听到了那种事情，就让我揪心，而这里解决得是多么让人舒心啊。

离开主人我们又自己开车去北格庄村，在新的生产和生活方式下，增加了收入的村民，在政府的帮助下已经开始了旧村的改造，一幢幢整修过的农舍，风调各异，像是开放在夏雨中的五颜六色的花朵。

看着这如仙境般的生态，如诗一样的现代画卷，谛听着来自方方面面的和谐心声，我们也禁不住在浓浓的雨雾中发自内心地欢笑起来。一条在发展中追求人与自然的和谐、追求社会和谐的路子是会越走越宽广的。

载于2013年10月26日《人民日报》

翠绿闪亮的地方

去江西抚州南丰，是参加曾巩千年诞辰纪念活动的。1019年，北宋著名政治家、文学家、史学家曾巩诞生于此地。

如果不是这样一个机缘来到了这里，你就不会知道这里是世界橘都，你就不会知道这是一片被绿色的橘树覆盖的红土地。你更不会知道，1949年，我国领导人出访苏联前，将南丰蜜橘作为国礼赠送给斯大林。斯大林品尝后，情不自禁地说，这种中国的橘子真好吃，可称为橘中皇后。

送给斯大林的橘子是从当时的水南村挑选的。这个村从唐朝开元年间就开始栽种蜜橘，以“圆润秀小，色泽金黄，皮薄多汁，酸甜适口，少核无渣，清香独特”而闻名。是历朝的贡品。如今这里建成了国礼园 。为了举行一个庄严的仪式，我们来到了这里。

秋分之日，军峰山下，盱河之畔的南丰既有夏的余韵又有秋的高爽。天蓝得透明，没有一丝云，也没有一丝风。温暖的阳光照射在国礼园无边的橘林上。阳光与橘树的交融，让你感受到一派奇丽明艳的田园风光。当此之时，橘子正是将熟未熟之时，叶子是绿的，个儿圆圆，大小如水蜜丸的橘子也是绿色的。阳光照在上面，叶子闪亮发光，像是抹了一层油，翠绿翠绿的。果子也像是抹了一层油，发出翠绿闪亮的光。定睛看去，一棵树就是一块绿色的巨大翡翠。放眼望去，国礼园就是一片油汪汪的翡翠的湖泊。这满眼的翠绿与滔滔江水相融，一方大地都成了翠绿闪光的地方。

绿是生命的颜色，绿是希望的颜色，绿是怡情提神的颜色。沿着橘园的小路，徜徉在这翠绿闪亮的地方，听着流水哗哗，闻着清幽幽的果香，只觉得那绿流进心里去，心中似有绿波荡漾，感觉无比地滋润舒畅；无比地兴奋和快乐，这是在城里不可能找到的感觉啊。

绿波绿水有着多么巨大的神通啊，它是精神和力量的源泉。它是延年益寿的所在。

从国礼园出来，我们乘车在南丰的大地上，从南到北，再从东到西地穿行着，只见每一座山梁，每一片山坡，每一块土地，每一个村庄，甚至每一户人家的房前屋后都茂盛着一棵棵的橘树，据说全县共栽种了七十万亩的橘树，年产三十亿斤，这无数的橘树牵手相望，一行行一排排郁郁葱葱地覆盖了全县的每一寸土地，望之让人惊叹，让人心旷神怡，让人心气倍增。前不久去了一趟欧洲，那无处不绿、寸土不露的生态环境，真的让我感慨万端。现在，在南丰让我看到了在欧洲看到的无处不绿的景象，真是让我兴奋不已。

没想到在观必上乐园里见到的情景，把我的兴奋之情又推向了一个高峰。

观必上乐园，其实是一片优质橘林的美称。它背倚高高的军峰山，怀拥水波荡漾的车么岭水库。上世纪90年代初，南丰遭遇了一次罕见的冻灾，全县不少的橘树都冻死了，而这里因有海拔一千七百六十一米的军峰山遮挡，橘树都保留了下来，假以时日，在果农们的精心培育下，这里成为全县最大最好的橘树林。看吧，一片片两头尖尖中间椭圆的绿色的橘叶，簇着、拥着、挤着、争着繁茂成一棵树，无数棵绿色的橘树，勾着肩、搭着背、拉着手，密密地遮盖了观必上的每一寸土地。它们依着山坡起伏，沿着河岸奔涌，顺着山涧流淌，一直铺展到县城的那一座座的楼房旁边。那么厚实的城市，在这片大海的气势下，不过像一座不起眼的堤坝。这让我来自海边的人想起了大海，那里的一朵浪花连着一朵浪花，一层波涛撵着又一层波涛，汹涌澎湃，势不可挡。现在，站在观必上的山顶上，向远处眺望，那一棵棵橘树就是一朵朵浪花，那漫山遍野的橘树，绿浪翻涌，汪洋无边，不就是一片无比壮阔、势不可挡的橘海吗?

南丰的同志告诉我，你来得不是时候，如果是春天来就好了，那时七十万亩的橘花同时开放，那小小的、黄黄的橘花排开七十万亩的阵仗，让花香充盈在全县的每一个角落，全城的家家户户，无论是走在街上，还是躺在床上，都会闻到淡淡的甜甜的清香，数日不去。如果再过一个月来也行，那时满山满野的蜜橘都熟了，绿色的海就会变成令人振奋的金色的海洋，处处都飘荡着橘子又爽又甜的香气，完全消解了你所有的倦怠与疲惫。再一口一个地品尝金橘，无核无渣，果汁饱满，像是做了神仙。

他是生在福中不知福了，我笑着回答他：只要有了这绿树绿山绿水，什么时候来，都是好时节，你看：春日踏青，橘花飘香，沁人心脾；夏日游湖，绿波闪闪，凉风习习；秋日采橘，金果满枝，蜜橘可人；冬日观傩，千年乡傩，古朴神奇。

真的，生在这里的人，就是掉进了福囤子，绿的树，绿的山，绿的水，组成了绿的海洋，环境优美，空气清新，空气中丰富的氧离子，让你神定气闲，长寿健康，真可谓不是神仙胜似神仙了。

坐在车上，那一簇簇掩映在橘树中的楼房十分抢眼。一般都是三或四层的楼房，屋顶多为红瓦，发着耀眼的光亮。也有的是黑瓦，但你会发现片片的黑瓦也发出了清幽明亮的光泽。墙壁多刷为白色，墙边和窗边都用红砖砌成，这些红砖线在墙壁上勾勒出各种几何图形，让每座房屋都美丽成一幅画，吟唱出一首诗。这又让我想起了欧洲绿色原野上的那些美丽如画的村庄，这里完全可以与其媲美的。

导游小官告诉我：因为家家种橘，所以户户发财，有了钱第一件事是盖楼。绿树中的一簇楼房就是一个村庄，过去的旧村早就片瓦无存。一般的农户都盖的是三层楼房，一层做仓库，短期存放收获的蜜橘，等待合适的时机出售。二、三楼住人。为了孩子有个好的学习环境，大多数人家都在城里买了楼房。我很奇怪他们怎么会有那么多的钱，就好奇地问她，钱是哪里来的？她认真地给我算了一笔账。“一亩地三十三棵橘树，一棵年产三百斤，一亩地就是一万斤，按最低价计算，一斤两元，一亩地毛收入就是两万元。我家种了十八亩，一年毛收入就是三十多万元。你算算，有这些收入，在老家盖房，到城里买房，还是问题吗？”我又问她，你在城里有房吗？她自豪地说，当然有了，平时，我和孩子都是住在城里的。我又开玩笑，你是大富户了，她认真地说，绝不是，我们这里大部分农户都是这样的，我们的幸福指数确实是很高的。我们这里的农村人几乎没有外出打工的。

听着她后边的这句话，我忽然想起了县里领导说的一句话：建设社会主义新农村，关键是要留住人。要留下人，必须有生产性，有收入。只种粮食，付出多，收入少，不如外出打工，只能荒了地，离家进城去打工了，所以出现那么多空壳村。在我们县不但没有空壳村，而且村村房新、路宽、环境好、人气旺，都符合新农村的标准。为什么这样，就是因为我们农村有生产性。我们全县三十二万人，有二十万人从事与橘子相关的产业。单是采摘橘子这一项，采摘一斤橘子的人工费是零点三元，全县三十亿斤橘子的采摘费就是近十亿元，这些钱都装进了农民腰包。我们这里还有房前屋后种橘的习惯。一户平均十棵，因树在身边管理好，品种好，产量高，一户都能收入两万元左右。有活干，有钱挣，就没人出去打工了。他们把挣到的钱盖新房、买家具，有了消费性，新农村建设就是水到渠成的事了。

自从有了绿水青山就是金山银山的设计，我这个生长在农村的孩子就希望那些荒山秃岭变成绿水青山，变成金山银山，但怎么从这山走向那山，总是有些朦胧，这位县领导从实践中总结的理论和导游生动的例证，让我真正地看到绿水青山就是金山银山的伟大实践，让我真实地看到常憧憬之、心向往之的两座山，绿色、富足、繁荣、康乐的南丰为我们展开一幅美丽清晰的图画，显示了一条明朗可达的途径。

那天的夜晚，我在南丰的街上走了走，主要街道上都亮起了霓虹灯，五颜六色，因有了无数的小灯亮在路旁的橘树上，绿又成了主色调。路上车来车往，不急不堵；人来人往，笑语盈盈。人行道上铺的是五彩大理石，灯光下显得娇嫩而明亮。这让我想起国礼园里的翠绿和明亮，夜晚的南丰城同白日的国礼园一样，南丰真是一个翠绿明亮的地方。

南丰是抚州的一部分，汤显祖的“四梦”就是在这里诞生的。也许是因为我走进过这个有梦有戏的地方，当回到黄海之滨烟台的那个晚上，我做了一个梦，我的面前耸立起两座山，一座是绿幽幽的青山，一座是金灿灿的金山，我兴冲冲地从这座山走向了那座山，让所有中国大地上到处都是绿水青山，都成为金山银山，这是我憧憬的农村梦。

载于2019年10月30日《人民日报》

神奇的五彩路

天上有彩云，朝阳初升，彩云如锦，让人陶醉；夕阳西下，霞光万道，沁人心脾，几近痴迷。能够身入彩霞，该是多么美妙，但总不可得。有时突发奇想，如果这彩云在地上不就走进去了吗？

没承想，在川西的广汉市，真的就走进了地上的彩云。

农历十月，在我的家乡已是秋风萧萧，落叶遍地，在川西平原的广汉大地，一株株、一行行芙蓉花开得正艳，拳头大的花朵，像是合起的手掌，一朵朵花儿从下端的粉红逐步加深为顶端的浓浓的艳红，真像是粉嫩的女儿脸。这无数的芙蓉花儿，开出了四川的富饶美丽，开出了川西的雍容华贵，也再造了一个冬节里春天的妩媚。

广汉是著名的三国名城雒城，庞统遇难的落凤坡就在此处，也曾称为汉州，唐代名相房琯曾在此做知州。现在是一繁华的都会，更是一片改革开放的热土，他们冲破旧体制，率先摘掉人民公社牌子的骇世之举，不但在宪法里得到认可，那惊天的声响至今还在神州大地发出袅袅余响。

历史不能重塑，也不能遗忘，正是为了重温那些石破天惊的日子，我的德阳好友蒋大海邀我参加了“纪念改革开放四十周年全国散文家走进广汉采风活动”，这才让我有了走进地上彩云的难忘经历，有了品尝川西美丽乡村的滋味，有了思考美丽乡村建设应有内涵的机会。

中巴车沿着广汉的青白江溯江而上，很快进入南部丘区，这是当地人的称呼，在我这北方人看来，与平原相差无几。是坦荡无垠的川西大平原惯出了他们对于地形的挑剔，稍高于平地的便是丘陵了。满山满坡的绿涌进车窗，薄薄的纱帘便轻轻地打在脸上，那清爽的泥土气也就溢满了鼻腔。

不知不觉车子已轻轻地开进了绿树丛中，这是一眼望不到边的果树林，“吱”的一声，车子停在了林边的田间路前。哎哟，这可是从来没有见过的田间路啊，路有约三米宽，是水泥铺成，它的与众不同处这水泥竟是粉红色的，两边是用油漆涂出的约十厘米的白边。路面在绿林的呵护下，看去是那么滋润、平整，像是一件艺术品。不急不躁的冬阳照在上面，放射出多情又温柔的光泽，似乎是在不事张扬地欢迎我们这些远来的客人。这路在脚下不断变幻着颜色，一段路是绿色的，一段路又是黄色的，再一段路又是蓝色的。这多么像是天上的五彩云霞飘落在林间，这又多么像是五彩的蜀锦一段段铺展在田野。走在上面，我恍惚感觉就如走进了天上的彩云，那个曾有的飞上彩云的梦想，竟在这里成为现实。一群来客上至八旬作家下至妙龄男女，都像孩子似的在路面上欢快地奔走。他们大概也像我一样找到了飞驰彩云间的感觉吧。

这是一条五彩的路，更是一条神奇的路，顺着路的牵引，在我们面前展露了一幅幅神奇的图画：一棵棵的柚子树如同一个个充满生命力的少妇，一片片油绿的叶子勾勒出她们丰满的身材，一个个挂满枝条的柚子，像是她们孕育出的婴儿，个个都有排球大。一棵棵的橘子树更不示弱，挂在树枝的密密麻麻的橘子，呈现鲜嫩的橘红，让人想到北方的灯笼一样挂满树枝的柿子。路旁不断可以见到被柚树和橘树环绕的房子。房子都很漂亮，有的是弥漫着南方因子的平房，有的是别墅式的二层小楼房，楼房大都色彩鲜艳，洋气又雅致。房前都有一块平地，主人有的在上边开起了露天的茶楼，有的干脆直接摆上了自产的柚子和橘子，开起了路边商场。在一长串的货摊后边，摆摊人或泡一壶茶，慢啜细品，或是几个人凑在一起打着麻将，似乎并不在意销售的多少。绿树彩路，洋楼红橘，耳边有翠鸟啾鸣，口中有香茗品尝，乐在其中，悠在其中，一幅多么迷人的美丽乡村图啊。主人告知这是广汉松林镇沙田村。

我这个农村出身的人，总在想，美丽乡村不但要有靓丽的面容，更要有坚实的体魄。只有有了能够生财的门路，生产的手段，才能让美丽的乡村美丽永驻啊。在慢走细问中，我终于明白，这五彩路扮靓了村容村貌，更支撑了沙田村的产业，一条五彩路让农村、农业、农民走出去了，也让外边的人走进来了。过去这里交通闭塞，由于成熟的水果不能及时外运，常常是丰产不丰收。有了这五彩路货流通畅，当天就能进入超市。它们的身份也来了个大“变脸”，原来只是出售，现在可观赏、可采摘，身价倍增。这五彩路营造的优美的环境，更像是发着芳香的迷人蛋糕，城里人、外省人嗅着香味涌来了。现在几乎是家家办起了农家乐。我抬脚走进一家农户，是一座欧式二层小楼，外墙是雅致的米黄色，内里的设施可与星级宾馆媲美，华丽的窗帘，高贵的富贵红的楼梯，空调、抽水马桶应有尽有。楼外大棚下，摆着十几张茶桌，里面坐满了游客，他们有的在品茶唠嗑，有的围在一起打麻将。这家的主人是一对五十多岁的夫妇，我问起他们的收入，他们笑得合不拢嘴，但终于不肯说，旁边的来客说，我们这些人这次就能留下上千元，你想想他一年能挣多少钱了。再仔细看看家家门前的摊位也十分丰富，柚子、橘子、野菊花、芋头、山药、鸡蛋，琳琅满目。一条五彩路让产地变成销地，让产品变成商品，让农人变成商人，足不出户就赚到大把票子，想想是多么快意啊。同摊主攀谈，方知这里是“四季旺”，春天外地人来这里赏桃花，村民卖樱桃、枇杷；夏天游客来避暑，村民卖桃子、李子、葡萄；秋天再卖梨子、苹果、柿子；冬天又有橘子、柚子摆上摊位。四季都是生财的好时光。

五彩路是村民的致富路，它是游走在果林间的一条金波闪闪的小河，把金钱、富足和欢乐送到家家户户。有着这样坚实经济支撑的美丽乡村是会越来越美丽的。

在脚踏五锦的行走中，一行人不约而同地被路边的一户特殊人家所吸引，门楣掩映在绿柚红橘中，门口挂着一块醒目的蓝色木牌子，上书“净庐”两个大字。这是一座充满了历史的沧桑又有着无穷时尚的文化书院。院里安放着怪异的朽木，磨损的石臼，熏黑的马灯，还有旧农具、老戏袍，古老的烤箱上的肉串冒出诱人的香气，让人们勾起了对往昔的念想；猪圈改成的书吧，隐藏在庭院深处的茅草屋改成的酒吧，在一处空房子里改成的上下二层的包间，无不折射出房主的现代意识。

正在大家赞叹间，外面走进一个人，中等身材，戴一顶灰色鸭舌帽，穿一件黑色夹克衫，两只眼睛不大，却显得特别有神，全身透着灵动的文人气。一个精干的中年人介绍说，这就是净庐主人喻昌波先生。而幽默的喻先生则对我们说这就是当年支持他办工作室的镇党委宋书记，现在已在另外的乡镇工作，今天是特邀他来接待大家的。

一行人在那间不大的弥漫着果树香的酒吧里坐下，著名作家石英微笑着让他们谈谈当时的过程。

先开口的是老喻："三年前，我回来探家，那时我正在大理做文化产业。宋书记知道我是个文化人，这几年在外地搞得名气很大。他专门找到我，一杯茶还没喝完，就急着亮底牌。他说，美丽乡村建设，不但要美在外表，更要美在内心，要让农民时时快乐，感受到幸福生活，可富裕起来的农村依然缺乏丰富的文化生活，这是我的一块心病。他告诉我，他找了好多人来帮助做这件事，但往往是出出主意就走了，或者画幅画、写幅字就走，虽然有一时的热闹，但并没有实际的作用。他希望我留下来，书记立志改变农村文化现状和求贤若渴的心情让我感动。当年我离家的时候，觉得自己的家乡穷得没有一点希望，仿佛这里就是世界的尽头。现在家乡五彩铺地，到处是希望的田野，我也有了在家乡为父老乡亲干一番事业的萌动。"

可当书记问我是否留下时，我又舍不得外边的一片天地。

书记看出了我眼中的犹豫，他说："要干，就要搬回家，沉下身，扎下根，你之前来了几个人，我都没用他们，因为他们不愿住下来。农村需要实干的人，写个字画张画就走了有什么用呢，也不需要那么多聪明的人，出个主意，归纳提炼一下就走了，或者镀金，创造点无关痛痒的小政绩，自己升了，对农民有什么用呢？农村就需要真为农民想，真为农民干的傻人。"

听到这里，书记笑着接过话头："我的这番掏肝掏肺的话，打动了这个性情中的文化人，他停了在大理的生意，带老婆回来了。开始创业很难，找个房子都难，正好有个五保户去世，他就把房子租下来，开始是夫妻俩单打独斗，他赔上老本，把自己的才智、影响和在文化界的人脉都动员到极致，他记住了我的话，让农民生活得更有文化，过得更幸福、更快乐。"

"你是我的后台老板，没有你的倾力相助，哪有今天。"老喻的声音高起来。

宋书记不愿老喻说自己，他抢过话头，满含真诚和敬意叙说着老喻的功绩。不经意间形成一个激情的大排笔：

“他把优秀的文化基因激活了。松林镇一带，自古就有春节摆宴相聚的习俗，他走家串户，每逢春节把四邻八乡的乡亲招呼起来聚餐，比菜艺，谈丰收，交朋友，每到此时全镇的人都争着参加这个盛大的宴会，酒席桌摆满了街，笑声乐翻了天。现在已成为吸引游客参加的‘九大碗’品牌。有个画家把这盛况画成十米长卷，让人如临其境。

“他利用果林的优美环境，在树间创办‘地摊节’，还叫‘自嗨节’。这节‘潮’得很，村里男女老少都可以自带产品参加。他还运用自己在文化界的名气，在网上发布消息，吸引了全国各地不少热心人加入。地摊节上，有卖农产品的，有卖工业品的，也有卖各种杂耍玩具的，还有卖点子的，真是五花八门，花样百出。节日要有几天时间，这几天里，全村出动，人人参与，林间树下，花香扑鼻，蜜蜂嗡嗡，货物琳琅满目，笑脸胜似桃花，田间地头的农民个个乐得像孩子，忘记了年龄，连九十岁的老妪也乐得像小孩子一样。

“他把一座旧仓库改成大食堂，就在这座简陋的房子里，还经常举办各种论坛。各方‘神圣’的到来，让村民们大开眼界。我们来到这里的时候，墙壁上还悬挂着广汉‘智绘乡村’建设研讨会的大横幅。

“他创办的书吧、夜校更是村民们常常光顾的地方，开始村里是向他要房租的，现在人们看到他给村里带来的快乐和效益，不但房租不要了，还经常自发地给他捐助老家具、老农具，工作室成了名副其实的农村博物馆和文化聚集地了。”

书记最后说：“他做的这些活动虽然也有小小的收入，但同在大理的大笔进项相比，可真不是一回事，至今成本还没有收回呢。但老喻看到农民欢乐的笑容，就有一种成就感。”

书记当着大家的面，开老喻的玩笑，说他就是傻子。老喻只管嘿嘿地笑。

大家听得动容，不断地点赞和鼓掌。窗外的香风阵阵吹进来，不知是跑来为他俩助威还是为他俩做证。

听着他们的对话，我的心中形成一个清晰概念：环境美，生财有道，文化丰富，这才是美丽乡村建设不可或缺的因素啊。

原本我并没有特别注意这位宋书记，在听了他们的对话后，我敬重老喻，同时也觉得这位有着明亮眼睛，在基层工作了十五年的中年书记，是懂农民和农村的，他是真爱农村和农民的。

这样的干部我拥护，从净庐走出来 ，再踏上五彩路，我主动地走近他，问起修路的事，他说：“当时上级拨了点款，要求为农村修条两米宽的沙土路，我和镇长合计，不如筹措点资金，修成能跑汽车的水泥路，这样村路可直接连上公路，后来为了促进旅游又修成彩色水泥路。当时，这样做不符合上级要求，是偷着干的。”他望着我，看着我鼓励的目光，顿了顿，似是自语地说：“建设美丽乡村是个长过程，做任何事情都要实事求是，要认真地思考和探讨‘三农’的过去、现在和未来，不论做什么都要考虑到为农民创造利益，不能为了创造政绩，而伤害到农民。农民是农村的主体，不论做什么都不能剥夺农民的利益和权利，不论做什么都要让农民真正幸福快乐。不能逞一时之勇，也不能做表面文章，要沉下身子住下来，和农民一起探讨‘三农’的发展，不需要那么多归纳提炼（这是他第二次用到这个词了），只需要让农民感到快乐。”

最后他不无忐忑地说：“现在怕了，不是不敢担当，而是怕伤害农民，现在有些事不敢干了，就是怕干了事伤了农民。”

他的话真诚、平和、平实，但却让我心中涌起波澜，有震撼也有惊醒，如果我们多一些真心为农、头脑清醒又务实肯干的干部，我们的农民老哥才会在美丽乡村的建设中获得更多的幸福和快乐吧。

愿广汉的五彩之路不断延伸，像彩云、像蜀锦铺满山川大地。

载于 2018 年 12 月 6 日《中国文化报》

清凉梵净山

四月之末，可爱的大江南北、大河上下，都是微风如熏，万花夺目，莺飞草长，让人心迷神醉的时刻，正是在这最美的时节里，我应邀来到梵净山下。

梵净山，在来之前，对它的认知几乎是零，但从请柬上看到它，立即觉得，这是一个充满诗情禅意的名字，一个让人展开无限想象的名字。

打开《中华大字典》一查，单是一个梵字，就有数十种解法，但无论如何解释，不变的一点是，它是梵语的音译词，意为清静、寂静。无论后面加个什么字，梵天、梵土、梵天王、梵心、梵世、梵花、梵界、梵刹、梵服……几十个名词无不与佛教有关。再查一下净字，我原来认为只是个干净的意思，原来它的一个重要的含义，竟是净土，是佛、菩萨等居住的世界，是没有尘世污染的地方。

词典为证，梵净的含义的确是有佛、菩萨居住的清静、清凉的世界。于是，我的脑海里立即显现了佛光普照的峨眉山、云雾弥漫的九华山、水波环绕的普陀山，还有清清凉凉的五台山，也立即幻化出一座云雾缭绕、滋润清凉的梵净山。

当我终于走近她，攀上她的时候，才发现这座佛山有同于四大佛山的地方，更与其他佛山有着许多的不同，最大的不同，这是一片最能为人间带来清凉的地方。在这清凉的世界里，你可入梦、明理、得静。

入梦

人的梦是多样的，现在人们已经给了它美好的固定内涵。而我入的正是这种梦。

出梵净山下的云台宾馆的大门时，天下着雨，这是一种我第一次遇到的雨，那雨从空中轻轻地飘下来，似有似无，它没有长长的雨丝，没有哗哗的声响，连雨滴也没有形成，感觉像是细细的纸屑，无声无息地，没有重量地，温柔妖娆地落进你的脖子，不觉得湿，似乎有一点儿微痒。这足以感动北方人那颗常伴山中裸石的僵硬的心，仿佛是一曲轻音乐在催你入梦。

同车的贵州文友告诉了梵净山的身世和履历：她身处贵州省黔东北地区，是江口、印江、松桃三县交汇处。梵净山与大名鼎鼎的张家界同属武陵山脉，是整个山脉的最高峰。它成形于十四亿年前，原本这里是一片汪洋，龙翔其上，鱼行其里，波翻浪涌，气象万千，忽的一声，天崩地裂，汪洋化为乌有，一山突起于水中，上接苍穹，下入深渊。山头各有形态，或狮子抬头，雄视群山苍海；或柱立山脊，刺破流云霞光；或山形似佛，仰视高天。山石各有形色，或如蘑菇带雨，或如老鹰横空，或如书卷漫摞。听着文友有声有色的叙说，不觉进入十四亿年前之迷梦。

及至山下，雨呢，那细如纸屑的雨竟不见了，放眼望去是铺天盖地的云雾。它上接天，你是看不到蓝天的，它密密实实地盖住了山、林、水、田，一切皆在云雾中。那云雾是灰白色的，似一堆堆慢慢游走的棉花的巨团。在别处见到的云往往是在山尖尖，如日本的富士山。或者是在山腰腰，如泰山。这里却真是不同，我才到山脚下，就被云雾裹住了，眼前有一束束的云缕飘过，像是谁在你的面前抖动着一条条的洁白绵长的哈达。你的身后，你的脚下也都飘着那一缕缕的云，我迷茫了，迷醉了，直觉是进入了从未经历的梦境。

在缆车坐下，雾立即把这小小的玻璃的空间包裹严实。缆车走得很慢。我紧紧地盯着缆车外，上上下下都是赶不走，打不散，撕不烂的雾，偶尔地露出一点点的缝隙，是扎眼的绿，着雨的大叶、小叶、长叶、圆叶都仿佛是涂了一层清油，闪闪发光。

一团团的雾如同千军万马，排山倒海般地向前飞奔。俗语说，灯下看美人，雾里看花。雾的迷蒙中，雾的间隙里，透出各种形体的山头和怪石。坐在我身旁的江口县的吴子哥热心地给我指点着那些突然从云雾里露出的山体，蘑菇石如正在升起在万里戈壁沙滩的核蘑菇；老鹰石正在突破万里雾云，直插苍穹；万卷书岩在云遮雾罩下更是玄机莫测；远望老金顶如一柱擎天，浓雾气势汹汹地把它的下半身捂了个严严实实，但圆锥似的头部却仍然得意地向游人展露着笑脸；更奇的是新金顶，在两千多米高的山脊上，再生出一尊石山，高约百米，上部又刀剁斧砍般地被一分为二，如二指并举。在云雾的挪移间，隐约可见释迦、弥勒二佛的金瓦石殿各居于一个山尖，中间有天桥连接。当云雾稍薄时，佛殿的金顶便像两片金色的镜子闪现在云层里，一个多么绮丽多彩的仙境。大自然在武陵山脉塑造这个出世超凡的梦境，奔腾翻滚，气吞山河的云雾把我推进了多姿多彩的美梦。

有雾的感觉真好，它让我进入了梦境，如果是艳阳高照，当不会有这样美丽的梦。

明　理

梵净山其实是个大道场。老金顶上高居着燃灯佛，他是佛教里的过去佛。新金顶上安居着释迦牟尼佛，他是现在佛。还有弥勒佛，他是未来佛。一山高坐三佛的，恐怕是神州唯一。

梵净山成为佛山，年深日久。据《思南府志》《铜仁府志》记载：贵州的佛教自唐朝始，在宋代末期，金顶就开始修建草堂石殿。新金顶的15世纪的摩崖石刻上刻有梵净山“委系古迹名山”的字样。明代更是梵净山佛教的鼎盛时期。一座山上有四大皇寺，四十八座觉寺，成为众星拱月的寺庙建筑群。真有“南朝四百八十寺，多少楼台烟雨中”的气势。四百年前皇帝下诏敕赐重建梵净山的石碑，仍巍然屹立在金顶上。碑中记载了“天心池”“金沙池”“青阳石”“金子石”“叠经台”“炼丹台”“献果山”“凤凰山”许多名胜和“天林寺”等众多寺庙，足见当年梵净山佛教是多么宏大辉煌。

走下缆车，一下就看到奔腾的云雾之上有两座突出的山尖尖，云雾里给人以神秘又遥不可及的感觉。同行的人远远地望了一下，都打了退堂鼓，决定爬山的只剩下四个人，吴子哥问我，“爬哪一座？”“哪座最高？”我问。“老金顶。”他答。“就爬老金顶。”我果决地说。虽然我已年逾七旬，但我心里仍有着毛泽东提倡的“不到长城非好汉”的劲头，至今为止，凡是我去过的山就没有不爬上山顶的。

开始，我们是顺着绕山的石阶攀登。远处是迷迷茫茫的雾，可目光所及的地方，尽是花香树绿，百鸟齐鸣，又有细雨搔耳，甚觉快意。渐渐地道路进入了山中的一条夹缝中。因为山再往上，几乎是九十度直角，已无法攀登。也许是苍天故意安排，从山腰到山顶劈开了这条山缝。缝宽不过三米，抬头仰望有一线天光，高有一百多米。当地的能工巧匠用宽不足一米的石条垒出了一条通往山顶的道路，近乎直梯。每个台阶都很高，要使大劲才能迈上去。为防意外，路的边上装有一条粗粗的铁链。

刚踏上石阶时，我还能支撑，渐渐地有些吃不消了，山缝的渗水又密又急，如暴雨下落。山外是无风的，山缝里的风却有六七级，打着的伞被吹翻了过去，只能丢掉雨伞任凭雨打风吹，整个人成了落汤鸡。再看山顶如在云端，看身边是深不见底的山涧，不觉心中无底，脚步渐渐慢了下来。忽然想到年轻时爬华山的鲫鱼背，山顶中间的路不过米把宽，两边全是悬崖，据说韩愈当年走到此处时曾大哭，我咬着牙总算挨了过去，发誓再不来此处，没想到今天竟遇到了比华山还险的地方。我手脚并用，总是在固定好三个点后，才移动另一个点。这样就把别人堵在了后边，影响了大家的爬山速度。

昊子哥看着我心慌气虚，手忙脚乱的样子，慢声细语地对我说：“你不要往上看，往上看就觉得看不到头，会气馁；也别往下看，往下看你会担心摔下去；你就盯紧眼前几步路，一步一步往上攀，很快就会爬到顶。”

我默念着他的话，定下心来，紧紧盯着眼前的几步石阶，不顾不盼，不急不慌地往上努力着，很快就跟上了队伍。

当迈上最后一步台阶时，燃灯寺出现在面前，寺的前前后后、上上下下都弥漫着飘飘洒洒的白雾，走近看时，是一座明式建筑，造型简洁，线条流畅，寺中端坐着燃灯佛，神态安静淡然，仿佛经历了一切，也看透了一切。同他对视，似有所悟。燃灯寺的对面是一座废弃了的小庙，屋顶已经没有，用石岩砌成的四壁尚在，四壁被青苔包裹，几成黑色，尽显沧桑。中有石像端坐，约一米高，造型粗朴简单，这庙年代应比现存的燃灯寺还要久远，说不定是宋代的遗存。

同上山的文友佩服我终能登上顶峰，于是在迷雾细雨中与我合了一张影，虽衣衫狼藉，但精神矍铄。

我明白，其实是昊子哥的那几句话提点了我，让我悟出了一个道理，山上的过去、现在、未来三世佛示意人世的各个阶段，但最重要的是盯紧眼前的几步路，踏实前行，就会达到顶峰，过多的瞻前顾后反而会拖累脚步。

关注当下，重视当下，走好眼前的路。这是我上老金顶，在燃灯寺前悟出的道理。我这样想，并没有排斥前瞻和回望的意思，只是特别强调当下的重要。难道不对吗？

得　静

从早晨上山到中午下山，整个人就在白茫茫的雾里折腾，像是坐在一艘远洋轮上，总是走不出茫茫的大海。只有走近时才能把景物看得分明，但我的耳边始终有流水的奏鸣，那是名曲《高山流水》的旋律；有着无数鸟儿的啼叫，那是名曲《百凤朝阳》的韵致；目光所及之处都是像在流淌的绿波，进入鼻腔的是和着泥土和植物味的清香的空气，在一吸一呼间浸润着全身的每个细胞，让人通体舒爽，透心地清凉。除了爬老金顶时的紧张，我似乎就被稀释在浓雾中，没有了烦恼，卸去了欲望，只是在静静地享受着无边的清凉。

下山之后，我就追问自己，这清静、清凉的感觉是怎么得来的。

绿是地球上最美丽的颜色，绿也是人类生存的最好的底色。有着十四亿年山龄的梵净山就是绿色的世界，生物多样，生态完好，已申报世界自然遗产。在这里，阔叶林、混交林、针叶林，高山灌丛、高山草甸，组成世界罕见的植物绿洲。路边的各种植物延绵出色彩绚丽的画卷：一棵巨大的贵州紫薇，高三十余米，三四人合抱，紫红色的花朵开成了一片云霞，那红郁郁的颜色无尽地蔓延，缠住了游人的目光，让人不忍离开，难怪当地人视为神树。在南方随处可见的杜鹃，在这里也都长成了树，那弯弯曲曲的粗壮圆滚的树枝像是一条条爬动的巨蟒，那一树的花就是一座花园。色彩鲜艳的百合花、吊钟花开得漫山遍野，气势夺人。还有鸽子花树，成林成片，花瓣大于树叶，在微风中似白鸽飞舞，真是花中奇观。神态各异、风姿各异的树木花草，让我认不清它们的真身份，幸亏山上的管护人在上面挂了牌子，我一种种地拍照，最名贵的水青冈树，是稀有植物，牌上写着：树高二十五米，叶片如革，花期五个月，果期十个月，实在是树中奇子。还有华西花楸、金钱槭、木荷、山矾、腺叶桂樱、香果树、小叶女贞、长苞铁杉、中华猕猴桃、紫玉兰……有的挺拔伟岸，有的婀娜多姿，有的初次见面，有的似曾相识，但都让我依依不舍。这浓浓的化不开的绿怎不给世界送来清凉，怎会不让人气定神闲。

海阔蛟龙行，山深虎豹藏。绵绵梵净，为动物活动提供了广阔的天地，不断生发的新枝嫩叶，四季不断的花果，让动物有了取之不尽的食物。成百上千种珍稀动物在这片乐土上，恣意生长。黑熊、野猪、麂子都可见到它们的踪迹。娃娃鱼、胡髭蛙、长尾白颈雉……这些稀罕的小型动物更是不难见它们的容颜。就不要说寻常的百鸟鸣唱，还有那随处可见的蹦蹦跳跳的松鼠了。黔金丝猴是濒危程度最高的动物，但在这座山上仍然可以窥见它们的尊容。只可惜，这次我竟无缘与它们相见，在山下看了它们的活动录像，灰色皮毛，长长的尾巴，两只圆而精灵的眼睛，实是可爱。这一条条鲜活聪灵的动物同你相见，你的心里除了愉悦和安静还能有什么呢?

山有多高，水有多高，高山云雾化水，汇集成溪，九十九溪或明或暗，或真或幻，每一溪都是风光无限，每一条小溪都有一个美丽的传说：牛尾河前曾有皇子觅母，马槽河边曾来白马寻根，黑湾河是观音现水的地方，盘溪河又是金猴谈情说爱之处。把那些美丽的神话传说撒播到小溪里，梵净山的叮咚泉水就更加令人心旷神怡。

梵净山名实相符，真是一座清静、安静的山，是能够给世界送来清凉的地方，也是给人心送来清凉的地方。

载于《散文百家》2020年第11期

勾起乡愁的地方

——香山感悟

勾起诗人、作家余光中乡愁的是邮票、是船票、是坟墓、是海峡。

我没有他那么丰富的阅历和宽阔的视野，我就是一个从胶东乡村走出来的人，落脚在靠近大海的小城讨生活，因为两地相距不过两小时的车程，有事就回家看看，不用邮票、船票，也没有海峡的阻隔，都在同一条弯弯曲曲的海岸线上。所以很少有乡愁。

始料不及，香山晨雾里的田野，山崖上的芍药蜜，村庄的炊烟，雨后的泥土香，伙房里的槐花饼，深长的槐花谷，还有那松软的田间小路，干净清爽的山涧滚石，还有那百鸟的啾鸣，小溪的欢唱，总之，连那里的沾满露珠的花椒树，无名的小草，和从小草丛里的红红的草莓，我仿佛同它们都有着似曾相识的感觉，它们组成的高旷、幽远、静谧、天然的气场一下子勾起了我的乡愁，它像一阵狂风突然刮来，不可抗拒。

香山地处鲁中山区，与泰山同属泰沂山脉。香山也许还不算出名，但与它相连的那片土地，却有着高贵的出身，这里曾是秦始皇嬴政先辈伯益的封地，他们从此西迁，逐步成长为强大的秦国。这里也是著名的长勺之战的发生地，“一鼓作气”由此而生发。这里更是一片红色的土地，在我党困难时期，山东省工委在此诞生，一度领导了全省的抗战伟业。著名的莱芜之战，拉开了解放战争战略反攻的序幕。这片连绵的山区，是山东地理的高地，也是红色的高地。在那些大山的皱褶里藏着挖不尽的历史故事，在高高的山冈上处处都能感觉到激情四射的光芒。

5月之初，万花盛开，遍山披绿的季节里，我们来到香山的脚下。暮色中，一座巨大的古色古香的牌坊出现在眼前，涂着斑斓色彩的牌坊已经发暗，只有牌坊上部的苍劲的香山两个金色大字还不知疲倦地发着微光。牌坊后一眼望不到边的高山，在将黑的天空下，已经连绵成黑黢黢的山影，像是一条正要奔向远方的巨龙。

我们被安排在牌坊下的一排三层楼房里，这是香山接待中心。暮色中依稀能够看出，它就在香山山坳的出口处，呈南北向，它的前面是宽阔的进山的水泥路，路边是水流潺潺的香山河，过了河的山坡上是依山而建的高低错落有致的龙尾村。

入夜，躺在床上，月光透过窗户照着床，我透过窗户望着天上闪烁的星星。目对星星，躺在白白的月光上，夜静如水，心生恬然。想了想，今晚是宿在了大山沟口的乡村旁，才会有了这种安静坦然的心情，常居城中是很难找到这种感受了。

一夜无梦，一夜不醒。当醒来时，耳边竟是一片喧腾的鸟的叫声，原来是被群鸟叫醒的。望窗外，不见一只鸟飞，鸟叫的和鸣，却如潮涌来。细听，有的宛转如啼唱，有的脆亮如鸣笛，有的声高，有的声低，有的声长，有的声短，有的吱吱，有的喳喳，它们的合唱充斥天地间，可助山之威风，可提人之精神，无怪乎，我要早醒了。既然醒了，就出去走走。

晨光里，淡淡的旭日，红而不烈，它的温柔的光为山峰、为村庄、为原野营造了淡红的雾霭，那霭似纱似云，似动似静地笼罩四野，于是，山峰、树木、村庄、道路都成了“灯下的美人”。不觉心为醉之，足为蹈之。

这时，有一个微微驼背的五十多岁的妇女，戴一顶礼帽式的草帽，穿一件紫红的对襟上衣，从香山河里灌了一桶水，吃力地顺着大路的护坡爬上来，柔柔的阳光搭在她身上，通体有着庄重的红光。在跨过公路护栏时，显得有些吃力，她先把水桶递过护栏，然后自己再翻爬过来。我自然地搭了一把手，同她抬起了水桶，问她，要干啥？她说，路西的山坡上种了几株草莓，天太旱了，想去浇点水。

这让我忽然地想起了故乡的云峰山下的那个早晨，红霞满天，松涛阵阵，那时我很年轻，是一名回乡知识青年，正满腔热情地投入“农业学大寨”的运动。站在田头上，双脚被露珠打湿，心中期盼着有一天能为家乡做出自己的贡献。我也想到了我的年迈的奶奶，颠着一双小脚，在秋风里捡拾着一片片枯萎的树叶。

一缕乡愁如雾如风如云，从眼前飘过，它搅动了我的思绪，让我回望故土回想故人，不觉感慨万端。

是无边的城市水泥的丛林，无意间阻挡了我奔向故乡的步伐，是那些阑珊的灯火稀释了我的那些美好的追求。

而今香山之下却让我回想起，在农田中的那些美好的愿望，重温起创业的冲动，找回单纯向上的清澈心态。

吃过早饭，应邀前来采风的作家和诗人坐上一辆大巴，向香山深处驶去。进山不足二里，一座巨大的湖泊出现在眼前，这就是著名的龙泽湖。它平得像镜子，通体像一块透明的蓝宝石，湖边的绿树倒映在里面，给它戴了一个绿色的项链，简直是美呆了。

大家目瞪口呆间，车已向上攀爬，车子越来越吃力，也越来越高，不觉间，缕缕的白云已绕满了车子的周围，一丛房屋像画一样铺展在云间，这是王石门村的天上人家。常住这种地方，应该是个个仙风道骨吧。这时，放眼车窗外，云雾下，已是层峦叠嶂，一道道山梁，留下一道道峡谷，漫无边际地向前延展着，大团的云雾在它们的上面漫不经心地飘浮着，那真的是苍山如海，车如扁舟在山的海洋里穿行。人也就乘舟如仙了。

不觉间，车子到达顶峰的一片平地，停下来，竟是一座几百亩的牡丹、芍药园。牡丹已经开过，芍药却开得正艳。这种容颜艳丽、身份高贵的花，总是让人不自觉地亲近。只见每片芍药叶都亮闪闪的，像是涂了一层油。不少芍药花蕊上，也有这亮晶晶的液体。内行人给大家解释，这是芍药生出的蜜。我用指尖抹了点，用舌头轻轻地舔了一下，果然是其甜如蜜，这对我真是新知识。可大多数人并不以为意，他们的家中差不多都养有几棵牡丹或芍药，它们拿这些花比对他们自己家的花色、大小、品种。个个都想到了自己的家，想到了那些曾有的甜蜜。

香山是个能够引起集体乡愁的地方啊。城里炽烈的灯光遮盖了星星明亮的眼睛，滚滚的车轮碾碎了纯真的初心，喧嚣的车、五彩的灯让他们渐渐淡忘了晨露、茅舍。可是，香山又苏醒了他们家乡的记忆。

车再下行时，一股浓浓的槐花香，在大家没有准备的情况下，像巨浪一样扑了进来，塞满车厢的每个角落。循香望云，是一条望不到尽头的山谷，里面全部长满了洋槐树，每棵树上的槐花正一丛丛、一嘟噜一嘟噜地开着，这无数的槐花密织出一片厚厚的白云，填满了山谷。爱动情的作家们激动了，他们叫停了车子，一个个蹿出车去，忘情地奔向了槐花谷，像是鱼儿游进了大海，像是笼中的鸟儿飞向天空。啊，香气冲天的槐花谷，你对这些城里人具有多么大的吸引力。他们大概是也把你看作了家乡的那片槐花林吧。

我确实真的想到了家乡南阳河滩上的那片槐花林，丰年里，是孩子们玩耍的地方，歉年时，它又贡献出自己，帮助乡邻攻克难关。

又一缕乡愁似雾似风似云，从眼前飘过，这乡愁唤起我对山河自然的热爱，在阵阵、缕缕的花香中升华起浓烈的爱家爱国的情怀，就是那淙淙的小溪引发的激情，也似乎澎湃成爱家爱国的大海。

午后，本来是要去九天画廊看看的。忽然间，乌云翻滚，如大兵压境，顷刻间，大雨汹汹而至，不是倾盆大雨，而是倾天大雨，那天是斜翻的，所以从天而降的不是雨丝，而是斜斜的雨柱，像是无数的密集的闪亮的光缆。雨着实是太大了，一会儿，天地迷茫成混沌的一片，山在烟雨中迷茫，龙尾村也在烟雨中迷离。公路上的水瞬间变成急流，它们呼啸着沿路飞下山去。平静的香山河一时激流翻滚，撞击在河滩的石头上，发出轰轰的声响。我静静地坐在窗台上，脸贴着玻璃，看公路上激流汹涌，听雨打屋瓦，发出的嘭嘭声音。

雨雾迷蒙中我仿佛又回到了故乡，看到新中国成立初年的那一场场暴雨，那时防洪条件差，这样的雨后，往往是山洪暴发，从上游漂下的树木、杂物经过村前的南阳河顺流而下。而今，旧事不再，眼瞅着荡涤污泥浊水的洪流，只觉酣畅淋漓，无比痛快哉。

傍晚，雨小了，滂沱的大雨，早已变作蒙蒙的雨丝。我急不可待地撑起雨伞走向田野。这时，同来的《时代文学》的副社长李春风也撑着一把小红伞走了出来，我们相跟着走进了雨后的大地。

此时，天被洗过了，地被洗过了，树木瓜果被洗过了，庄稼花草也被洗过了……万物都是顶着水珠的鲜嫩，都是水淋淋的闪亮，空气里弥漫着水汽、泥土、植物混合而成的芳香，最诱人的是一棵棵的樱桃树，一片片水灵灵的绿叶掩映着一粒粒红色的樱桃，一层薄薄的雨水附在樱桃上，让粒粒樱桃都泛出柔和的红光，像是粒粒红玛瑙。雨后抢时间采摘果子的树主人，一定让我们尝尝他的樱桃。挡不住这位红脸膛大叔的盛情，我们把眼前的树枝拉了拉，小心翼翼地摘下了几粒樱桃，轻轻地放进嘴里，是带着鲜香的甜，是沾着雨珠的蜜汁，没有防腐剂的扰乱，没有运输路上的蹂躏，果实与食客是零距离的接触。这是多么惬意的生活，这大概就是现在若干城里人回到乡下生活的缘由吧。

不觉，又有一缕乡愁是雾是风是云地从眼前飘过。在家乡玉米地里啃的嫩玉米，瓜田里吃的圆滚滚的西瓜，还有刚从土里拔出来的不洗泥的青萝卜……这一切似在眼前，又恍若隔世。

在香山生发的一缕缕的乡愁编织出云的海、雾的嶂、风的暴，把我拉回、刮回那些色彩明亮的日子，把我推回那些明亮月光下的农舍，把我拖回那些发散着泥土芳香的乡村。

于是，我的耳畔响起了徐千雅的《记住乡愁》的旋律：

乡愁是慈母手中的那根丝线，
缝缝补补的岁月还那么好看。
乡愁是老家屋顶上那缕炊烟，
远远近近的呼唤还那么温暖。
乡愁是故乡门前的那条小河，
活蹦乱跳的童年在心中撒欢。
乡愁是老家树冠上那只鸟窝，
岁岁年年的梦里总能孵化春天。
记住乡愁　只要一轮明月，
你就记住了梦的来源；
记住乡愁　只要一声轻唤，
你就拨动了思念的心弦。

是的，故乡是乡土的，也是记忆的，质朴自然的香山让我唤醒了记忆中的故乡，引发了那么多美好的回忆和乡愁，它拷问着我的灵魂，让我找到那些藏在心灵深处的污垢，让我的心静下来。我觉得现代人要回归自然，心要回归初心，自然、简单、质朴、安静、真诚地活着，不要那么多欲望，不要那么多算计，敬畏自然，与天地好好共处，素面朝天地待人，与社会好好共处，你就会像香山一样，美丽安静地活着，不分男女，不计老少。

香山，真好，它是能勾起我乡愁的地方。多到这样唤起乡愁的地方走走，让浮躁的心安静下来，让那些无尽的潮水般的欲望，随着时光退潮。让乡愁激发你的爱乡之情，升华你的爱国之情，让你胸中涌起豪迈的激情，愿意为这可爱的国家，可爱的民族献出自己的一切。

载于《时代文学》2019年第5期

东沙角咏叹调

东沙角啊，你是滔滔东海里的一块璀璨的宝石，你是巍巍岱山岛上一盏耀眼的明灯。

在我踏上舟山群岛的岱山之前，还没听说过你的名字，当毫无准备地与你邂逅之后，你曾有的渔火胜繁星的壮丽让我惊叹，你华丽转身后的“小鲜肉”的姿色让我惊艳，你那朦胧迷幻、海风拂面、细语软歌的夜晚又是多么让人迷醉。

我走进你的怀抱之时，正是华灯初上的时刻。偌大的东沙角古镇是一片红通通的大灯笼的世界。从主街到小巷，从港口到牌坊，从店铺到民房，房檐下、墙边上，无不挂着一个个磨盘大的红灯笼。那些吊在空中横穿街道绳索上的大红灯笼，更把条条街道和座座房屋联结到一起，似乎抓住一只红灯笼，就可牵动全古镇。

红色是喜庆的颜色，春节、国庆、典礼、婚仪，人们都愿选用红色，红标语、红衣服、红旗子……红让人异常兴奋，红让人喜不自禁。真的，满街的灯笼酿出的红色，把全古镇的游客兴奋点点燃了。露着半个酥胸，穿着超短裙的少女，嬉笑前行；体态轻盈，胸部高耸的少妇哪里热闹就奔向哪里；那些体态发福的中年女人，更是不甘人后，穿行在拥挤的人群里，如入无人之境。所谓“灯下看美人”，在迷蒙的红色中，虽看不分明她们的脸庞，但只觉得个个美如天仙。

所有的店铺、货物、民宅、树木也都浸泡在淡淡的红色里，像披了薄薄的红纱，又像敷了浓浓的粉黛。仙女们三五成群地围聚在一个个摊铺前，挑选着自己喜爱的海产品，那购物的疯狂像是逢上了狂欢节的大甩卖。

沿着晃晃悠悠缥缥缈缈的红灯笼的影子，顺着熙熙攘攘的人流便会寻到画一样美的民国时期建设的银行和邮局。

灯影里的邮局，房屋齐整，青砖红瓦，颇为庄重。最惹人注目的是那只铁铸的粗大的邮筒，邮局废了，邮筒还在使用，那些女孩急着把当地明信片潦草地写上地址投到邮筒里。

昔日的银行，两只大红灯笼下，是高高的台阶和台阶之上高高的门，门里又是高高的柜台，柜台上是密密的栏杆，栏杆当中有一个方形的小孔，是收银处。这是穿红挂绿的美女们挤堆的地方，她们对柜台里面赠送的当年发行钞票的复制品十分有兴趣，一片粉嫩的手臂争着塞进那个收银口里，讨要到的人，便会一边欣赏一边兴奋地尖叫起来。

“天南海北众纷纭，人来车往沸声腾。灯笼盏盏散红雾，岱山仙岛胜仙境。”是的，红色氤氲中的古镇迷蒙、华丽似仙境；红色笼罩的人美艳灵动如仙人。

古人说：“欲在海上觅仙迹，令人可望不可攀。”错矣，只要走进红通通的东沙古镇的夜晚，就是进入了仙境，自己也会成为一个怡然自得的宝岛仙人 。

陶陶然、飘飘然间，在那巨大的红色光润中，我似真似幻看到了昔日古镇的繁华景象。小镇外的岱衢洋是舟山群岛的富矿，每逢春夏之交，无数的大黄鱼洄游到这里产卵，金灿灿的大黄鱼把海水都染黄了。每逢此时，江苏、浙江、福建的渔船结队而来，数千艘渔船齐集岱衢洋面，桅樯如林遮望眼，帆影相连如白云。岸上更是万人忙碌，声压喧浪，几千个晒鱼的竹列，使岛上殆无虚地，气势之大，令人瞠目。渔商们在此建房设店，各种饮食业、服务业渐次跟进，多时鱼厂有两百余家，布店、绸缎店、酒店、米店、杂货店、食品店鳞次栉比。竹木行、柴炭行、铁器铺、皮革行比比皆是。镇上又开设了民营的当铺、钱庄，后来官办的银行、邮局也接踵而来。1933 年《申报》报道：“东沙角一隅，居民三千，大小店铺四百余号，其商业密度，实为罕见。”

其实，这真的是身在其中时，在畅想和想象里的时光穿越。踏着昔日的已经磨得发亮的石板路，你已找不到那些百年古屋里各行各业、林林总总的店铺，在满镇的红光照耀下，你也寻不到遍布大街小巷里的晒鱼竹列，你也嗅不到弥漫在全镇中新鲜的鱼腥味和咸味，你也更听不到卸鱼时，大黄鱼嘴里发出的呜呜声。

站在大堤上，放眼岱衢洋面一片漆黑，像是一个深不可测的黑洞，当年的万盏灯火已不知去向何方？海风吹得我发热的身体和头脑都有些发凉，一丝伤感油然而生，此时虽然有身入仙境之感，但总不如看到当年的那种海上的丰收和欢乐更踏实、更自然、更高兴。

据说，古镇的变化是从20世纪70年代初开始的，那时渔业的捕捞能力飞速增长，大马力的铁壳渔轮，代替了木帆船，新式的拖网、围网，代替了传统的网具，无节制地捕捞，破坏了海洋生态，大黄鱼突然地不见了，船不来了，鱼厂废了，以鱼而兴的繁华古镇失掉了最坚实的依托，只好另辟蹊径，旅游为业，终成今日。

嗟乎，天地运行，四时有序，顺乎自然，天人和谐；四海流转，潮汐有律，依律而行，各得平安。破坏生态，违背规律，必然会受到大自然的惩罚。天地无言，实则有心，岂可任意摆布。我居住的城市在黄海之滨，当年根据外商的要求，填海建造了一座豪华宾馆。结果因为填海阻挡了海水的回流，造成一湾死水，臭气熏天，最后只得挖掉部分填土，让海水回归原路，才重让死水变为活水。沧海汤汤，无边之水，尊重海洋、礼敬海洋、感恩海洋的理念，应时刻存乎于心。从新闻中得知，岱山县被列入了舟山群岛新区开发的大计划，修筑跨海大桥连接陆路是开发的重头戏，我听了很是振奋，这让岱山遇到了千载难逢的良机，但在建设中尊重自然，认真谋划，遵循规律，保护生态实在是头等的大事。

为今日东沙而咏之，为昔日东沙而叹之。咏叹之间感慨良多，故而记之。

2017.7.14

载于2012年8月28日《烟台日报》，并获“岱山杯”奖

我的省城意境

我是山东莱州人，这个出生地就铁定了我的省城一定是济南。这是由不得自己选择的事。

居住在小县城的人自然对省城充满了向往，还有两件事拽着我的心，总时不时地想到这个地方，一是掖县人张宗昌在这里当过督办，他的故事在家乡流传很广，我听父亲说张宗昌发迹后把他老爹接去，住在宾馆里，老太爷早晨漱洗时，看到一块香皂误认为是点心，咬一口下肚，刺激得他呕吐不止。又说老太爷在家是个吹鼓手，到了这里，人们从父敬子，问他台府怎么称呼，他不懂。又问了一个通俗点的，大号怎么称，其实就是问他名字怎么称呼，他还是弄不明白，以为是问他吹的号放哪里了，大声地回答说，我的号来时放在屋梁上了，让人忍俊不禁。二是我的爷爷二十三岁时，得了霍乱，死在了济南的医院里，而且死得十分蹊跷。

可是那时家穷得很，学费都紧张，哪有钱去，只能凭空想象，其实那时从未离开过家乡，对城市没有一点概念，所以想象不出什么来。当我读到高二的时候，记得是5月份，校园突然贴满了大字报，好好的老师被剃去了半边头发，成了阴阳头，图书室门窗都被砸烂了，图书被从书架上拉下来，脚踏脚碾。真是东风不识字，胡乱翻书来，风吹乱书时，我忽然发现了一本不厚的《老残游记》，记得这是写济南的，就随手“顺”了回来。作者刘鹗真是高才，写景明静清新，自然逼真，色彩鲜明；叙事绘声绘色，生动形象。刚读完第三回，我脑子里的济南就成形了：水波粼粼一望无垠的大明湖居于城中，千佛山的影子倒映在湖里，如诗如画。湖边杨柳轻拂，城中泉水处处，百姓居于泉边柳下，读书品茗，怡然自得。一个多么让人神往的地方啊。

20世纪80年代，我参加了工作，第一次去济南，住在山东人民出版社的小招待所里，正是炎热夏季，整个城市就是一个大火炉，在屋内休息时，翻个身，凉席竟粘在脊背身上。去了心仪已久的大明湖，只见湖水污浊，湖面脏乱，心甚不爽。以后去得多了，陆陆续续慕名去了好多的地方：可是黑虎泉的虎口里，只哈一点湿气，趵突泉几乎见底，珍珠泉里也不见珍珠，更别说“家家泉水，户户杨柳”啦。我常自问，刘鹗笔下的那个泉城哪儿去了？有时到外地去开会，说到济南总有人说出一些难听的话，我是山东人自觉气愤，但无言以对，只觉郁闷。近年来去济南，看到一次一变样，真是发自内心地高兴。但总是来去匆匆，未及细细浏览，始终没有感受到刘鹗笔下的意境。

今年5月末，参加中国散文学会第六届冰心奖颁奖活动，好客的历下区领导组织入会人员参观，我本打算是不去的，经不住朋友相邀，还是与大家同行，没想到无意间竟进入了我那心中多年前就勾画出的意境。

参观从抚院的西更道进入。抚院是明清两代山东省巡抚的驻地，占地巨大，殿堂嵯峨，保留完好。西更道宽四到五米，青石铺成，光滑平整，路东面是高大的红色抚院墙，西面是一所所清代民居，青瓦白墙，门楼都不是太大，家家漆有红对联，颇有古风，走在里面仿佛是穿过时间隧道进入了明清之世。

再往前走，是一座很大的泉水池，像农村的一座大平塘。不过它的四周不是杨柳，而是高楼。池上池下都是只穿一条小裤衩的男游泳人，池边还有一辆辆小平车上摆满小吃和小杂货，人声喧嚷，想不到城中心竟有如此充满市井气息的处所。这个地方叫王府池子，原来在明代王爷的府邸里，时过境迁，现在归于平民了。

从这儿拐出去，就是一条商业街，街两边有不少古香古色的二层楼，门窗都是漂亮的木雕，据说大部分是清代建筑。街上有一座关帝庙，我说这应该是宋代建筑，同行人不相信，及看说明的确是建于宋代，有人夸我有学识，我心中暗自得意，这哪里是学识，其实不过是一点儿见识而已，因为蓬莱阁上的一座宋代建筑的风格，如此一般无二，故而我才敢下此断语啊。穿过挤挤簇簇的人群，有一条僻静的小街，一条小溪穿过小街淙淙流淌，过溪上凤凰小桥，有一不大泉池，上书凤凰池，池旁边有一妇女正从泉中提水浣衣，此中情形使人恍如隔世，又仿佛是来到风景秀丽的乡村，所有的行人都停下了脚步，静静地看一个城里人在洗衣，不知他们何以如此，应该是在体味泉城人家的况味吧。

从那里恋恋不舍地离开，拐向东，走不远就见大明湖立着的高大牌楼的南门，我们没有进去，而是走进了它对面的曲水亭街。曲水亭街真的有一条河水，弯弯的向前流去，水清澈见底。河的两岸用石砌了，河的两边都栽种着柳树，因无风，柳树似动而不动，默默地垂向水边 。河的东边是民居，西边是不太宽的曲水亭街，而街的后边又是民居，同西更道一样也是家家黑漆门红对联，对联也写得都很有韵味。只见家家户户门前都摆一个货摊，货摊的旁边一般又会放一张小方桌和几把小竹椅，摊主和客人围坐在那里，边聊天边品茶，似乎并不在意赚钱，那份夏日里的悠闲和满足，委实让人羡慕。也有人从河里提水清洗竹席和慢悠悠地搓洗着衣服。“家家泉水，户户杨柳”，伴水而居，柳下闲话，这不正是我心中那早已定格的意境吗，全国各地作家们猛按快门，留下一张张美丽图画。他们谁还能像当年那样说出济南的不好呢。当他们夸我的省城时，我都毫不客气地领受了。那天，打心里为我的省城骄傲。

真没想到，让我更骄傲的还在后头。第二天，是一次水上大环游。从黑虎泉坐上画舫，迎头就逢上踞于池壁上的三头黑虎口吐清泉，远达数米，水急声响。虎虎生风，立刻博得客人们一片喊声。船沿护城河行驶，只见两岸杨柳依依，杂树繁茂，百花盛开，或有雕塑、亭台杂处其间，美景连绵，不输江南。船行约一小时，进了大明湖的新拓湖区，湖中荷花盛开，芦苇丛丛，游艇往来串行，欢歌笑语撒满湖面。靠岸下船直奔新建的超然楼，楼高五层，高大庄严，乘电梯直达顶楼，近观湖水轻波蔚为大观，比湖水更壮观的是绿柳，它们一片片，一簇簇，像一片片绿云，又更像一座座绿色的大大小小的湖泊，从超然楼下绵延而去，直与远远的地平线相接，刘鹗眼中的几行几株柳树已无法与此相比。南望千佛山如碧螺在目，北顾鹊山遥遥在望，黄河似带缥缈远去，只觉齐鲁气势扑面而来。

下楼再到湖心岛的历下亭。刘鹗曾见的杜工部名句：“海右此亭古，济南名士多”依旧嵌在亭柱上，句子依然，匾额恐非旧物了。但那诗句历经近千年沧桑仍能激起人们对济南的崇敬。当年刘鹗见过的铁公祠翻修一新，昂然挺立的铁公仍在接受着无数现代人心灵的朝拜。

出亭见湖中倒映着座座高楼，而那曾经倒映在湖中的千佛山，因高楼阻挡，只能是一个背景了。再上船，一会儿就到趵突泉，这里最是热闹，可谓游人如织，漱玉泉畔有李清照祠，不远处还有辛弃疾祠，他们都是济南人，文化丰厚的济南培育了他们，他们又为济南增添了文化的底蕴和光彩。

走出趵突泉已是傍晚，全城华灯齐放，如珍珠泉的珍珠银光闪闪，在灯火的迷离中，我的脑海中忽然涌现出济南的新意境：家家的泉水已是穿城的长河，户户的杨柳已是遍布全城的片片绿云，河畔云间，新景如画，生活在柳下泉边的千万百姓其乐融融，这意境可不是刘鹗笔下的意境可以比拟的了。倘若他在世会为这新济南的无边景色写出如何美妙的文字呢?

2014.7.27

载于2014年9月3日《齐鲁晚报》，
并入选中央文献出版社《历下倾城》

武陵闻道

真是意想不到，中国散文学会的重庆会议成为我得识散文“在场主义”创始人周闻道的机缘，而武陵山中的峡谷小道竟成为我当面向他讨教“在场主义”真谛，得闻其道的地方。

7 月 21 日下午，我提前进入会场，桌子上都已安放好了座席签，隔着我一位的座席上，周闻道三个字赫然在目，我眼睛一亮，心中大喜过望。

这些年，在中国散文界、文学界，周闻道成了如雷贯耳的名字。他创立的散文写作的“在场主义”，颠覆了传统的散文理论，引发了强震，形成巨大的冲击波。在这面旗帜下集合了众多当代优秀的作家，他们改变着当下散文写作的版图和格局。现在更是有了跨界的影响力。

总想同周闻道见面，得闻其道，终无机会，今无意间又可见到他，真是天赐良缘啊。

开会前，推门走进了一位高大的汉子，魁梧的身材，红中微黑的放光的脸庞，高大的额头下一双明亮的眼睛，他的步履轻捷，有一点超凡脱俗的气度。入会的人大都是熟人，他是为数不多未曾谋面的人，我猜度这个人应是周闻道。果不然，他就坐在了那个席签旁。

发言依次进行，当把麦克风推到他面前时，会议室里立刻响起了带着浓重四川味的普通话。舒缓有力的发言里有着严密的逻辑构架，闪烁着理论的迷人色彩。他勇敢又高屋建瓴般地指出当前散文写作中的弊端是滥情、滥文、滥知。他旗帜鲜明又斩钉截铁地亮剑：在场主义的真谛是存在意义的显现，或显现的存在。在场主义的核心价值观包括散文性和在场精神，前者的文体特征，主要有非体制性、非结构性；后者则包括了介入性、精神性、当下性、发现性、自由性。在场的唯一途径是介入，要在场就必须去掉主观、客观和语言的遮蔽，做到敞亮、本真，抵达真相或清澈之境。

最后他充满深情地表示，坚信自己没有获得全部的答案，永远是未知多过已知，要张开臂膀拥抱世界，探索在场写作的多种可能。在场主义永远在路上，包容一切，倾听不同声音。这正是中国散文不断前进所应有的精神向度。

我用足了全部的气力，细听他的发言，并连飞带跑地快速记录着，生怕漏掉一句话，一个观点，那些带着理论劲力的话语，那些陌生又充满张力的句子，就像大水流进了干裂的土地发出脆利的声响，又如同一声声春雷炸裂在将雨未雨的天空，真的有一种久未遇到的痛快感、惊醒感。我被他对散文理论探索的执着和成就打动了，对他的敬意和愿意交好的情感油然而生。

他发言后，我给他递过去一张条子，上面写了：周会长，您的这些见解在哪些文章里查得到？因为我已在他之前发了言，想必是我的讲话也引起了他的注意，虽然素未谋面，他看了看条子，很快在下边写下了这样几行字：1. 散文，在场主义宣言；2. 在场的旗帜是介入；3. 散文性与在场精神；4. 在场主义与中国现代散文的转型。下边还端端正正地写上自己的名字和联系方式，我接到返回的条子，感激地向他点点头，他也把脸转过来，微笑着作答。我知道我们感情和精神的桥搭建起来啦。这是心有灵犀还是同道相惜，说不清。感情的事就是说不清，有的人一见如故，有的人长久相处，却陌似路人。

入夜，在下榻的涪陵马武镇的山村宾馆里，我从电脑里找出那三篇文章仔细阅读，如饮甘泉，如沐清风，对在场主义又多了几分了解。关闭电脑，望窗外皓月当空，远山近树，月光之下都凝固成不动的青墨，已完全没有了骄日炙烤下热雾腾腾虚无缥缈的样子。一轮明月透过落地长窗，把银光铺满了房间，如我此时的心情，开阔又明净。

第二天，与会者一起参观武陵山大峡谷。到了才知十公里的峡谷全要步行，有的人想打道回馆，我却暗自庆幸有了同闻道兄交流的机会。从上车时我就同闻道兄坐在一起，下车又相傍前行。我只机械地沿着上上下下的台阶行走，也没太留意路边的风景，我的心思只放在借机同闻道兄探讨在场主义上。

他告诉我：八年前他就开始了在场主义的探讨和研究，他组织了几个志向相同者，买到了从先秦到当代所有能买到的散文著作，也不断翻阅、领会、吸收外国哲学、文学的精华，从古至今，沿着散文的流变史，从东到西地比较、研究、探索，寒暑几易，终于有了在场主义。

就在武陵的弯弯曲曲的山路上，我向闻道兄请教如何去主观遮蔽，如何去客观遮蔽，如何去语言遮蔽，不知不觉就走完了十公里的峡谷山路。

这时，一道天下绝景出现在眼前，一座高山中呈现了一道裂缝，上下高有数百米，宽度不过数米，阳光从裂缝的顶端照射下来，两边峭壁上的花花草草都如涂了油漆般明亮耀眼，还不时有瀑布飞溅，阳光下似颗颗银珠滚下。同行的人才真正兴奋起来，惊呼它的美丽。此时，我们的交谈也已入佳境，就在这挂在裂缝峭壁上的一千五百米长的栈道上，我又问了想问的最后一个问题：你能结合自己的写作实践谈谈在场主义吗？他并不在意问得唐突，越过一段滴水的栈道，他给我详细地讲述了在西藏和延安采访的例子，事实与理论的结合阐释，终于让我走近了在场主义的内核。这不正像是眼前从裂缝照射下来的明丽的阳光，让一切变得景鲜物明嘛。

晚上回来，主人招待大家在长江边的酒店里吃火锅。三伏天，三十九摄氏度的高温吃火锅，真是让我大跌眼镜。桌子中央一锅红汤翻滚着波浪，周围摆满各色菜蔬肉类，服务员又送来一包明晃晃的黄色的油，我望而生畏，根本不想打开。坐在我旁边的闻道兄笑着说："打开，打开，这是调料，别看是油，是调制过的，它有消食的作用。"

在他的鼓励下，我也开始下箸，虽然吃得汗流浃背，却也渐有兴味。趁兴，我邀请他来烟台讲学，多培养在场主义的信徒，他哈哈地笑着答应下来。

我多次在公开和私下讲过，烟台散文的突破关键不是文字的高低，最重要的是题材的开掘，散文要有所担当，关心当下、关心社会、关心民众，而要做到这一点正需要在场主义的启迪，闻道兄，期待你早日来烟台讲学，广撒在场主义的种子，让它在胶东这片散文的热土上生根发芽，繁花似锦。

2016.7.30

载于《烟台散文》2017年秋季卷

入选百花文艺出版社《有风千年》

三亚月色

从炎炎如夏椰风海韵的三亚，回到大雪飘飘滴水成冰的港城烟台，已经是半月有余了，但三亚闹市上空的那轮硕大的明晃晃的月光和月光下的清亮如水的意境，却始终在心中盘桓不去，大有孔子在齐闻韶乐，三月不知肉味的感觉。

月色处处有，世人皆爱月，因为月是一幅画，月是一个梦。可是现在生活在大都市里的人，却很少看到迷人的月色了，月色淹没在都市绵密耀眼的灯火中，月色迷失在都市人繁忙的节奏里。

2017 年 12 月 2 日，从北国来到南国的三亚参加一次文学颁奖活动，下榻的地方正在三亚最繁华的解放路上，繁华总是吸引俗人的，晚饭后不自觉地踏上了这条知名度颇高的大道。宽阔的大道两侧是在南国常见的椰子树，挺拔而高耸，每个叶片都有两米多长，近一米宽，风中轻动如少女曼舞。每棵树上都挂有一或二嘟噜椰子果，一嘟噜都有七八个椰子连在一起，正是椰子收获的季节。如果不来三亚，真还不知道，椰子的生态是这样子的。路边的店铺也像椰子树一样密集排列，各种灯光把整条街道装点得像三亚各色的花朵一样绚丽。路边还有许多的摊点，也倒真像是树上一嘟噜一嘟噜的椰子，热烈、拥挤、繁多。来自世界和全国各地的人，身着形形色色的夏装，他们占满了整条的街道，像是一条流动的另一条三亚河。

在椰子树下，面对一嘟噜一嘟噜翠绿的椰子果，总想亲口喝一喝椰子水，尝尝新鲜椰子水的味道。我驻足在一个椰子摊前，讲好价钱，十五元一个。摊主是个三十多岁的少妇，她拿起一把弯弯的砍刀，使劲地向椰子的一端砍去。看那样子，我真担心她会砍到手上。但担心是多余的，只有几下就砍出白森森的茬口，她把一只塑料吸管递给我，我捧起了比排球略略小点儿的椰子就慢慢啜饮起来。椰子水味道有点甜，是那种天然的微微的甜，一种淡淡的香味也随之进入腹中。

轻饮慢啜中，我忽然发现也在喝着椰子的同伴身上似镀着一层银白的光，而低头再看自己的脚和腿上面似乎也覆盖着一层银白。惊诧中，我的目光向远处看去，哦，每一个摊点，每一个行人，无论是走着的，还是站着的，无不都处在银白的光环中。忽然想到苏东坡的句子："庭下如积水空明，水中藻、荇交横。"不觉抬头望向空中。三亚闹市的上空，竟有一轮皎洁的月亮，像是一个巨大的银盘，它的身旁是湛蓝的天空，没有一丝云的羁绊。于是，那银光就一泻直达南国的地上，镀亮街市、镀亮椰树、镀亮熙熙攘攘的芸芸众生，产生了大都市里奇绝的月色。这是一幅在大都市里多么难得一见的图画啊。

可，这本该是一幅平常之画，但在生态破坏，空气污染，工业过度开发的地方，平常之画却成为稀缺之物了。有时，在大都市的闹市上空偶尔也会看到月亮，它不是暗淡无光，像是营养不良，就是灰头土脸，像是刚从煤矿中钻出，既无三亚月色的通体透亮，也不见直泻大地的银辉。

从闹市中走出，在三亚湾，在鹿回头公园都看到那轮如银盘似的月亮，它明晃晃地照在老老少少、男男女女的旅人身上，抹去人们脸上的皱纹和缺憾，个个都变作了童话里的仙人，他们或静坐海滩，或牵手缓行，在月夜里演绎着一个个美丽的故事，但这不足为奇，那轮闹市里的月色却是超世不凡。这是三亚生态保护的成果，是三亚出色生态的显现。

从手机上查了一下，这天正是农历的十月十五日。这天三亚城头的月色将永久地留在我的记忆里。随着生态环境的改善，但愿这样的月色在更多的都市里倾泻而下。

载于 2017 年 12 月 6 日《烟台日报》
《三亚文艺》2018 年第 2 期

享受博鳌

人和自然的融合，是现代中国人常说的一句话，也是孜孜地追求。我总是行也匆匆，忙也匆匆，始终未得其中滋味。隆冬季节，在博鳌住了一天，还真的享受到了人与自然和谐相处的美妙。

博鳌名气很大，其实是个小地方，它是海南省琼海市的一个小镇。

我从三亚回海口，这里是必经之地。经不住盛名的诱惑，终于踏上这片土地。

坐在通往下榻的玉带湾宾馆的出租车上，从车窗中吹进的风不热也不凉，从鼻孔吸进去是湿润的、清爽的，还有一种说不出来的淡淡的幽香。这份爽、这股香，让人舒畅又让人迷醉。

进入眼帘的全是绿，深绿、浅绿、颇显庄重的老绿，有些轻佻的嫩绿，组成连绵无尽的绿色的海。这些绿是树的丛林，是果蔬的汪洋，是野草的放纵。高大的椰子树，如同一个个壮汉，挺立在绿海中。细细的槟榔树，直插云天，像是清高的小伙儿。更多的是连当地的出租司机都说不上名字的树木和花草。车行路上，就像是一叶扁舟穿行在绿色的海洋里。在车子上上下下轻微的颠簸中，我忽然体会到夏季在大海里游泳的自由自在的感觉，我觉得自己已经变成了一条鱼儿，畅游在绿色的海洋里，那真是一种很少经历过的天人合一的奇异美妙的感受。啊，汪洋恣肆的绿，真的让人儿变成了自由的鱼儿。

在这片漫无边际的绿海里，玉带湾宾馆成了一座停靠车子的码头。当出租车停下的时候，真有一种船靠码头的感觉。它在一片椰林的包围中，透过大厅的落地窗，第一眼就看到了明丽阳光照射下的金色的沙滩，黄得妖娆，亮得耀眼。不用说，这就是久负盛名的被载入吉尼斯世界纪录的玉带滩了。

办好入住手续，将行囊丢在床上，就急切地跑向海边，摆在面前的是一幅无际的天然的画：一条柏油滨海大道，如同一道黑边镶嵌在海边，大道边是像哨兵一样高高挺立的椰子树，椰子树下是黄黄的、细细的、软软的沙滩。海浪一波接一波地涌向岸边，又悄无声息地消失在沙滩上。远处有海鸥飞翔和身着各色服装的冲浪人。从五指山逶迤而来的万泉河在这里同大海相会，一个是静如处子，一个闹如少年，沙与水、动与静、雄浑与温柔，在这里交汇出著名的玉带滩。

放眼四顾，蓝天绕白云、骄阳照金沙、微风吹椰树，是多么让人心醉的南国风光啊。我这个刚从北国风雪中走来的人情不自禁地脱掉鞋子，走进大海。沙滩被阳光烤得热热的，踏在上面，暖暖的、软软的，不时，有海浪吹来，啃啮着脚面，立刻有一种爽爽的、麻麻的感觉出现，一股无以名状的快乐感传遍全身的每一个细胞。这一刻，我觉得就像一个孩子扑向了母亲的怀抱，而大自然也像母亲一样拥抱了我，人与自然的亲近与和谐竟是如此地美妙。

离开玉带湾，我们急不可待地赶向博鳌亚洲国际论坛会议中心。在这段长长的路上，没有川流不息的人群，没有头尾相衔的车辆，连行人也不多，与之相伴的是暖暖的太阳、熙熙的微风和日晒风吹的绿色田园。穿行其间，让人想到了陶渊明笔下的美丽的乡间风光，还能联想到那个世外桃源。

当赶到会议中心时，售票员告知，里边正在举行农村社团国际研讨会，不能入内参观。只能在会场周围看看，但七十元的门票一分不减。好不容易来了，怎能不进，狠狠心买了。可当往里走的时候，又告知必须坐他们的车子，又是二十元，认了 。

会议中心是具有中国元素的现代建筑，圆圆的巨大的前厅，彰显着大国气派，高高的台阶宣示着论坛的权威。大门的两边亚洲各国的国旗在风中猎猎飘扬，门前的圆形喷泉，喷出的高大粗壮的水柱折射出七彩光华。我围着这座巨大的建筑仔仔细细地转了一圈，想给自己找到这样的国际权威论坛建在此处的理由，但总不得其详。当我终于走上会议中心的顶层时，我一下明白了：只见会议中心的前面是宽阔如湖的万泉河，碧波荡漾，水鸟啾啾；后面是沃野万里，生机盎然，而沃野绿波中是红瓦闪烁的小镇，会议中心稳坐其中，得田园情趣，享清风丽日，有海韵金沙，看云卷云舒，正是这天然的美，才让权威的国际论坛在此落户吧。

临行的早晨，我坐在房间的沙发上，阳光洒满了房间，暖洋洋地照在身上，窗外硕大的椰树叶片在微风中轻轻摇荡，似时尚的轻音乐。我什么也不想，尽情地享受着博鳌大自然带来的温馨。如果，你不羡慕大城市的繁华，不受奢侈的吸引，就到这里享受大自然的恩赐吧。

其实，也不尽然，不论是哪里，只要你敬重自然、理解自然、爱护自然，大自然就会毫不吝啬地把温暖的阳光、干净的空气、充足的水分、金色的沙滩和美丽的环境送给你。

2017.12.23

载于 2018 年 1 月 9 日《烟台晚报》

我爱故乡的星空

暮春时节回到故乡莱州，市政协的朋友知道我酷爱家乡的历史，建议我去看看近几年建成的掖县公园，他说你会有灵感生发。

掖县是县改市以前的名字，一直用了上千年，是莱州府的所在地。用这个名字来命名公园十足地彰显了建设者对当地历史的怀念和尊重，我欣然前往。

当此之时，莱州街道两侧、街心公园和角角落落里的月季花开成了一片海，五彩缤纷不断线，香风阵阵扑鼻来，车行路上如船驶花海。出城东行数里，远远可见偌大的公园广场上矗立着一尊高十余米的金色的月季花雕塑，挺拔的花枝盘旋而上，巨大的花瓣迎风绽放，细长的花蕊徐徐伸展，在阳光的照射下，那悠悠的光晕正如绵绵的花香撒播在万里沃野上。这含笑怒放的金黄玫瑰的华贵娇艳的姿容，展示的不正是月季之都的莱州人富足欢乐的现代生活吗？花雕的后面是一座直耸云天的大气磅礴的汉白玉牌坊，为四柱三跨三楼式，依稀可见当年屹立城中的“东莱三凤”古牌坊的影子，牌楼上镶嵌着“掖县公园”四个镏金大字，阳光下的牌楼端庄、古朴、厚重，正是恰当的古城的历史符号。一花一坊春日下相互辉映，连接了千年古城的历史和现在，组成了引起人无穷遐思的意象。

公园之中，绿树与红花共生，喜鹊与蝴蝶齐飞，只是让人心生欢喜；磨盘路与老碾盘同在，百格窗和红剪纸相映，更是让人发思古幽情，可如泰山突现眼前，如江河直冲身边，如晴天炸响惊雷，如铁棒直抵心门的是，没想到这里不知何时竟成了莱州历代英雄伟人的集结地，成了莱州历代文臣武将相逢相聚的会客厅，成了莱州历代科技英才学界泰斗议论风生、展示才情的大讲堂。

莱州古属东夷之地，对华夏文明的形成发挥过重要作用。周时这里建了过国，后来先后是东莱郡、莱州府、掖县的所在地，清代的时候最有“范儿”，是登莱青道的所在地，当时山东才只有三个道，它的管辖范围从山东半岛最东端的荣成一直到西边的青州。一些国家级的名人，如以“四知”而扬名天下的杨震、魏碑鼻祖郑道昭、抗金名将宗泽、金石大家赵明诚等都在此做过地方长官，也许正是因为它在历史上的重要政治、经济地位和这些国家级名人的治理与教化，莱州的历史上名人众多，在二十四史上立传的就有六十五人，在正史上有名字记载的有五千五百八十七人。单是为国家做出过杰出贡献的并世人所熟知的就有徐岳、左伯、刘毅、吕蒙正、吕夷简、辛次膺、王无竞、毛纪、吕海寰、卢鹤绂、王式廓等，多得举不胜举。

时间真是无情物，这些历史名人曾经叱咤风云，曾经影响历史，上千年的时间，上百年的时间，也许是还不足百年的时间，无情的历史风云已把他们吹得很远很远，不但骨殖全无，连文字的符号也越飘越远。然而现在现代莱州人没有忘记他们，市委、市政府把原来准备建新政府楼的地方建起了掖县公园，给先贤们建设这样一个现代的豪华的集结地、会客厅、大讲堂、展示台。

沧海桑田，世事变迁。他们实在离开家乡太久太久，几千年、几百年、几十年。他们实在离开家乡太远太远，几万里、几千里、几百里。今天他们穿过千百年的历史隧道，拨开万千百里的岁月风尘，来到了这里，虽然他们都身穿青铜衣，脚踏绿草地，但个个英姿勃发，风采依旧，尽其所能挥洒着不同历史时期的深厚力量。

你看：大道旁，青铜塑出了东汉时期的著名数学家、天文学家、珠算创始人徐岳修长的身材，他儒雅地站在巨大的算盘前，拨打着算盘，算珠相碰的噼噼啪啪的声响依稀可闻，他因珠算的发明而名垂千古。

那个正在和工匠们忙着造纸的也是东汉人，是左伯，千年的轻风依然没有吹干他额头的汗水。他研制的“左伯纸”名满京华，当时的大儒蔡邕“每每作书，非左伯纸不妄下笔”。

那位长身而立，英气勃勃的青年邱丕振是孙中山倚重的辛亥革命英雄，他变卖家产购置武器，组织起义，二十九岁即遭杀害。

坐在巨石上昂首冥思的是现代物理学家卢鹤绂，他发现了“热盐离子的同位素效应”，发明了“时间积分法”为国际公认，他建立的“容变弛豫方程”被物理学界命名为“卢鹤绂不可逆性方程”列入德国物理百科全书。美国的檀香山市把每年的6月15日定为“卢鹤绂日”。

……

在这里，不管是几千岁的，还是几百岁的，还是上百岁的，不管是科技发明的平民，还是一人之下的相国，他们有一个共同的名字：莱州人，因此他们不分年龄长幼，不分文凭、官职高低，会聚一堂。一个地方的历史，时间只是它的宽大的背景，而人物才是历史的主体。一个人物就是一个时代的代表，一个个人物衔接成了一条巨大的历史隧道，从他们身上让我们看到了莱州一幕幕生动的活剧，呈现了莱州波澜壮阔而辉煌夺目的历史，面对他们，莱州人会为当地的历史感到无比自豪，涌动起创造更伟大历史的血脉的鼓胀。这些人物又是一面闪闪发光的硕大的青铜镜子，凡是来过这里的人也都会被这面镜子照亮心胸，从而了解过去，明白现在，感知未来，生发前行的勇气。

你听，凡是来这里相会的莱州的古代圣贤们，没有一个是袖手旁观者，没有一个是沉默寡言者，他们都在用自己的神态诠释着自己的抱负和情怀，都在用眼神，用身边的文字，向你叙说着自己的传奇和思想。

站在明代的大相国毛纪的铜像前，我思绪万千，他手拿一把折扇淡定沉静地立在园中，他的身后是曾经与朱皇帝下棋的书案和棋局。他有拥立新君的功劳，新君登基后他的确有着一人之下，万人之上的威势，就是在这样的高位上，当他为了维护国家大局与皇帝发生歧见时，毅然辞官回乡为民。这是何等的胸怀。当二十余年后皇帝幡然醒悟派使臣来看望他时，已是不能复出的垂垂老翁。

望着那个头戴花翎满脸凝重的清末重臣、中国红十字会创始人吕海寰，我的心头顿生凄凉，弱国无外交，在八国联军大兵压境的情势之下，他正出使德国，为了国家的尊严，不顾自己的安危在异邦舌战群寇。他是值得历史铭记的英雄。

他们的高风亮节，在当今依然是光华四射，这当是莱州忠信文化的源流。

状元堂前，有三位风流倜傥的状元郎：北宋的吕蒙正、王俊民，清代的武状元徐殿飏，三人谈笑风生，该是正在抒发心中的快意吧。

进士榜前，有与陈子昂齐名的初唐诗人王无竞，他曾作过五律《巫山高》备受白居易推崇；有南宋的辛次膺，在抗金的斗争中发挥了积极作用。有中举不做官专心做学问写出传世巨著《隶篇》的翟云升。他们身后的一道将军红大理石竖起的进士榜上，镌刻着莱州从唐代至晚清考取的进士的姓名、出生地和生卒年月。我仔细地数点，一共是一百零五位。在一个个上榜的名字面前，我平心静气，凝神遐思，眼前仿佛出现了他们青灯相伴、寒窗苦读的身影。正是这一代又一代的文化精英培育了莱州的重教文化，使莱州的教育始终走在时代的前列。

在公园里，最让我崇敬的是现代政治家、军事家、山东第一个抗日政权的创始人郑耀南。当日寇的铁蹄踏上莱州土地的时刻，郑耀南以大无畏的英雄气概在玉皇顶举起了义旗，成功地占领了掖县城，在齐鲁大地上创造性地建立了第一个抗日民主政权。他以自己的雄才大略，带领掖县人民创办了北海银行，开办了兵工厂、医院、被服厂，开办了教育、文艺刊物、文艺演出队，同时组织了青年、妇女、儿童等各种群众组织。有了政权，有了税收和经济来源，人多枪多物资多，有力地支援了胶东革命和山东革命。他的革命精神和创新思想至今还滋养着这片土地上的人民。现在，他站在公园的一处高坡上，头戴军帽，腿扎裹布，双目炯炯，他用那英武的军姿告诉你关乎民族生死存亡的时候应该如何抉择。

人的肉体最终是要消失的，但思想的光芒却可以永存人间。这些莱州圣贤和先烈的骨殖大多已难觅踪影，但他们的那些闪光的思想、宝贵的精神是不死的。今天他们相会在掖县公园，用他们的思想的结晶，构建起宏伟的思想的殿堂，培筑起伟岸的精神高地。

无数的莱州人，无数的外地人，来到这座殿堂，攀上这块高地，与先贤们相会在掖县公园里，先贤们在这片百花盛开、绿草茵茵的公园里纵情地释放着灵魂和思想，今人们在他们情感和思想的高地上思绪飞奔，他们似不动声色，却早已心远万里，观忠臣情怀立志报国，听文人吟诵生爱乡之情，见状元及第有刻苦成才梦想，见科技泰斗下创业决心，在倾听中思索，在碰撞中提升，在学习中突破，没有了古今的界限，没有了阴阳的阻隔，没有了年龄的鸿沟，没有了天上人间，今人和古人，今人和今人相会在掖县公园，因为共同的精神、思想、道德的追求相聚在一起，凝成了新的更大的精神和文化力量。

掖县公园是一处多么生动真实的思想教育的基地啊。它延续了文化的根，接续了文化的脉 。愿莱州先贤们永远站立在这片土地上，与你们的后人在一起，提点他们，鼓励他们，把家乡建设得更加美好和富足。

春日的阳光明媚而柔和，公园里只有鸟的鸣唱、草的低吟，在公园里，在莱州数十位先贤的青铜雕像前，我驻足瞻仰，我与之对话，我追思怀远，仿佛进入了另一个世界，倏忽进入了另一个时空，突然有了一种在夜晚仰望星空的感觉，人们为什么愿意仰望湛蓝湛蓝的夜空，那是因为夜空中有了星星，有了它们，天空才有了光亮，有了灵魂，它让人仰望 ，让人有梦，让人追求，倘没了星星，那不就是一块蓝色的幕布吗？掖县公园多么像一片蓝天，而这些莱州先贤们就是一颗颗明亮的星星，是聪明的现代莱州人，在这里构建一片亮丽天空，把那些曾在历史星空中的耀眼的星星，从四面八方请到这里，把他们重新安置在莱州大地上，参入到现代老乡的生活，用他们的思想光芒，用他们的智慧滋养、延续、光大莱州优秀的传统文化，是他们的回归撑起了故乡的一片灿烂的星空。

现在，每逢回到家乡，我总要到掖县公园去走走。飞驰的霞光在这里停下匆匆的脚步，把金色洒在你们历经风霜的衣裙上，奔走的轻风在这里打开了它的羽翼，细心地吹去你历经沧桑的风尘。细雨里，我听到过吕蒙正高声朗诵他的《寒窑赋》。晨曦中，我看到过年过八旬的毛纪在专注地修改他编纂的《莱州府志》。风声中，我看到天才革命家、山东省第一个抗日政权的创始人郑耀南正与战友为建设新政权运筹帷幄。在这里，我每一回都能找到做一个莱州人的骄傲，每一回都激发我为了可爱的祖国奋力前行的心气。

我愿意常到掖县公园来看看，这是一片灿烂的星空。

2014.5

载于《散文百家》2014 年第 12 期

获第三届“中华情”全国诗歌散文联赛金奖

万丈光灿云峰山

我热爱书法，对魏碑体犹有偏爱，对于魏碑的代表之作“郑文公碑”更是爱之尤甚。康有为《碑品》把《郑文公四十二种》列入“妙品上”。在《广艺舟双楫》中称：“凡后世所有之体格无不备，凡后世所有之意态，亦无不备矣。”叶昌炽《语石》更把郑道昭推崇到最高峰。曰：“郑道昭《云峰山上下碑》及《论经书》诸刻，上承分篆……其笔力之健，可以剸犀兕，搏龙蛇，而游刃于虚，全以神运。唐初欧、虞、褚、薛诸家，皆在笼罩之内。不独北朝书第一，自有真书以来，一人而已。余谓郑道昭书中之圣也。”

这举世闻名的郑文公碑就在莱州市的云峰山上，站在城里，向南远望，就能看到并立的三座山峰，中间的一座山峰稍高些，两边的山峰略矮些，是完全的对称，两边山坳也是对称的，确是无一处不似笔架。北宋开国皇帝赵匡胤曾来过此地，他遥观云峰，“笔架山”三字脱口而出。从此云峰山就多了一个神似的名字“笔架山”。在古代文人的书桌上，都有一个笔架，或木制或石制，状如三座并立的山峰，毛笔就安放在三峰之间的两个山坳里。郑文公碑在此耸立，似乎是一种天意。

盛夏之季，我们一行怀着深山挖宝的虔诚，从北麓登山。首先映入眼帘的是万绿丛中的一座高大雄伟遍身洁白如玉的大理石牌楼，牌楼如明清样式，三门、四柱、七楼。牌楼正中是刘海粟先生所题“山壁争辉”四个大字，楼立路中，让人为之一振。

在苍松翠柏间上行不远，巍峨的云峰大殿突兀眼前，大殿依山而筑，汉白玉做基，红柱黄瓦，檐牙高啄，气势宏伟，庄严静穆。正殿檐下是舒同先生所题的“会我云峰”四个镏金大字匾额。

光州刺史郑道昭巨大的雪花石雕像端坐大殿院中，笑迎来客。只见老先生，头戴纶巾，脸部微微朝向东方，胡须被风吹起，双目炯炯地看着斜上方的白云青松，双手不经意地放在两侧，长袍的裙裾舒展地拂在脚上，一副神清气定看破红尘的样子。

出大殿拾级上行数百步便是郑文公碑亭，亭高十多米，造型古朴，六角重檐，描绘精美，红木为柱，黄瓦复檐，白石围栏，绿树掩映愈显其风姿，金光照射愈显其光华。赵朴初先生手写“郑文公碑亭”的大字高居碑亭中央，端庄朴茂，慈穆平和。刘海粟专为碑亭题写楹联悬挂于亭门两侧，上联是“四顾苍茫天外云吟天外海”，下联是“一碑突兀画中人醉画中山”，直道出了一番登山谒碑的感受。

走进亭中，一块高约三米、宽约四米的天然巨石耸立面前，状如一面规整的墙壁，生来就如巨碑，这本身就是奇观。天之造物，不可思议。郑文公碑是云峰山上最有价值的一块魏碑刻石，碑额“荥阳郑文公之碑”七个字笔锋森严，气宇轩昂。阳光轻轻地照在称为“下碑”的石碑上，碑面发着青幽幽的光泽，微风徐来，似有阵阵墨香直入心脾。靠向前去，只见一字二寸见方大小，结体方正，方圆兼备，舒而不疏，放而有度，刻工精巧，字迹清晰，有高山之威严，有平原之宽博，实为碑中之神品。通观全碑一千二百三十六字，排列整齐，气象森然，如千军布阵凛然不可犯，如万马呼啸势不可挡。不觉心动神悸，肃然起敬，灵魂为之震动。

由郑文公碑亭踏阶而上，走过一段“之”字形山口，一座金碧辉煌的三层仿古高阁迎面而立，阁内一面刀削斧剁般的摩崖岩石壁，面西而立，石呈红褐色，高约五米，郑道昭又一书法力作《论经书》刻字赫然其上。只见字如拳大，约有郑文公碑字双倍大小。如果说下碑的字严谨工整，那么这块碑的字就是纵横跌宕，大气磅礴。通篇运用大起大落的笔法，纵情挥毫，逸气飞动，形成了洗练大方、潇洒自如的豪放气势。这块碑没有像郑文公碑一样流布于世。是第一次相见，仔细揣摩对郑道昭的书法又多了几分理解。

碑后是“仙人洞”，其间水声叮咚，凉风习习。碑洞相依更显其妙。离此不远，一块巨大的嶙峋怪石斜刺半空。此石与山坡形成一条夹缝，远远看去俨然张开的虎口。没想到从“虎口”穿过，竟见到了郑道昭留给世人又一书法瑰宝《观海童诗》刻石。不但书法让人敬仰，那富于想象力的典雅诗句，也常常引得游人吟诵抄录，流连难舍。再往上行，怪石丛生，似狮、似熊、似马、似猴，姿态各异，任你想象。没有让人想到的是郑道昭的许多碑刻也夹杂其中，碑文多与环境相通，仔细玩味，情景交融，妙趣横生。

我的眼睛从一个个字上掠过，像是用手掌满含爱意地抚摸自己心爱的孩子，我暗自庆幸有了这样一次饱览魏碑书法的机会，让我有机会享用了一次精美的书法文化的大餐。当同行人开始沉醉于清山秀水间时，我又一次自己细细地品味了每一块碑、每一个字，我要把它们深印在脑海里，融化在血液中。

恍惚间，我仿佛觉得身材修长、胡须斑白的郑道昭正在云峰山上寻寻觅觅，奔奔波波，搜寻着适合刻字的石头，然后饱蘸墨汁，把自己的志趣心绪率真地挥洒在云峰之上，也许他的想法比较单纯，但就在不经意间完成了永留世间的艺术瑰宝，建造了一座不朽的文化之山。倘没有郑道昭的碑刻，云峰恐怕至今只能徒有笔架的外表吧。他也仿佛在告诫世人：好的艺术作品需要的是真情，任何的功利和浮躁都难成大器。

在依依不舍中下山时，看到了刘海粟气势恢宏的题词：“云峰千仞，涛声万里，一代文宗，万丈光灿。”是的，云峰山因有了郑道昭的魏碑书法而万丈光灿。

2014.11.27

故乡有了聚宝盆

儿时，看过一本小人书，讲的是神仙把一个聚宝盆送给一位好心的农民，盆里装满了金银财宝，拿走多少再生出多少，取之不尽，用之不竭。以当时的年龄和家中窘迫的生活，曾天真地想，自己有这样一个聚宝盆就好了，可以过上丰衣足食的生活。然而，这实在是一个无知的幻想。

当我为了写《莱州南关史志》，回到故乡住了一段日子后，却真真切切地感觉到，我的故乡在走过了新中国的七十年历程后，已经从一个普通的村庄，巨变为一个光华四射、财源滚滚的大聚宝盆。

1

我的故乡是闻名遐迩的渤海莱州湾畔的莱州市南关。莱州市现在是一座普通的县级市，但她却有着极其辉煌的历史。早在西汉时期，刘邦就在这里设置了夜邑。北魏在此设光州，管辖了东至荣成西到青州的广大疆域。唐代在这里设州，成为重要军港和造船基地，是东征高丽的始发地。清代时达至极盛，设有道、府、县三级政府。登莱青道管辖了山东省的三分之一的地方，莱州府则管辖着胶县、高密、即密、昌邑、平度、掖县、潍县等地，现在青岛的全部和潍坊的大部都在其范围之内。

明代以前，莱州的州府所在地就是现在的南关，元末一场洪水将此夷为平地。明初，将旧有北城墙改为南城墙，建起“铁打莱州”，全城绿柳遍地，月季盛开，四时不断，是那个年代的唯美城市。旧日的府地始成今日之南关。南关与城区只是一墙之隔，村北边是护城河，每至夏日荷花飘香，涵香暗传，沁人心脾。村南边是莱州的母亲河南阳河，流水潺潺，鱼跃虾戏，是那个年代的美丽乡村。通往京城的官道就从村中穿过，明清两代村南还设有官府的驿站，名为城南驿。日韩使者多经此地进京。这里成为官府接待日本、韩国使者的重要地点和海上丝绸之路的重要节点，留下了许多佳话诗篇。得此地利，南关的集市贸易开始发展起来。据明万历《莱州府志》称：莱州有乡集九，其中已包括南关集。清乾隆的《莱州府志》亦有记载：掖城以四关为集，而所有集市中南关集是最大的。南关村民在不足两华里的大街上开设杂货铺、粗杂货铺、烧酒铺、黄酒馆、糕点铺、伙食铺、扎纸铺、饭铺、豆腐坊、烧饼铺、烟店、理发馆、烧肉铺、猪宰坊等，林林总总三十余家，另有无固定地点的串街商贩，叫卖声此起彼伏，热闹异常。南关经商的区位优势，很像是神话中可以不断生财的聚宝盆。

这种盛况从晚清一直延续到民国初年。日寇侵占掖城后，商业一片萧条，大多关门停业，少数开门的也门庭冷落，盛况不再。新中国成立初年，一度又出现了民初的景象，每逢庙会、山会，南关街上人头攒动，水泄不通，南阳河岸驴叫马吼，热闹非凡。

然而，这只是昙花一现，有段时间，南关市场一度被取缔。当时，我正高中毕业后回乡劳动，亲眼目睹了民兵在市场主要路口站岗，不让人进入的情景。只有少数大胆的人带点农产品跑到南阳河沙滩的树林里偷偷交易。倘被发现就要“割掉资本主义的尾巴”没收所有的东西。其实，那时候，来赶集的人都是为生活所迫，可市场被堵得死死的，乡亲们只能眼巴巴守着聚宝盆也生不出一点财富。那时，一个工日才五角多钱，不少人家干了一年还倒欠生产队的钱。

2

我的故乡是胶东老革命根据地，乡亲们是勇敢的勤劳的也是智慧的。他们生活在社会的基层，长期过着简单、朴素甚至是艰苦的生活，然而从来没有停止过对美好生活的追求，当改革开放的大潮汹涌而来，长期积压在他们心底的对美好生活向往的热情像泉水一样喷涌而出。全村人抓住这个机会，利用区位优势，重建南关市场，市场就是聚宝盆。市长亲自召开现场会支持乡亲们的行动，并为市场起了个又大气又响亮的名字，“万通市场”。南关村在商贸兴村的路上，迈出了坚实有力的第一步，也从市场建设中掘得了第一桶金。

村党总支老书记曾满含深情地给我回顾了当年掘金的气势和艰难：随着房地产迅速升温，村内村外，上上下下，特别是房地产大亨都把目光齐刷刷地盯上了南关南阳河南岸的千亩土地。这里北临清亮亮的南阳河，背靠青青的大泽山，一片沃土紧靠市区，实在是开发房地产的风水宝地。这些年村里一直坚持走共同富裕的道路，土地由村委统一管理使用，如何使用这些土地，村支部的态度是关键。一时间他们成了最香艳的花，说项的人像是一群蜜蜂，整天围着他们嗡嗡飞舞。人情有时像座山，能把人压倒，村支部处在八方人情的包围中，不少村民看到周围有的村庄搞了房地产一夜暴富，也动了心。让村民过上好日子，是村支部一班人始终不变的情怀，在何去何从的关键时刻，这一情怀化作泰山般的坚定决心，任你东西南北风，我自岿然不动，他们得出的结论：把千亩土地搞了房地产只能是“一锤子买卖”，而顺应商品经济腾飞的机遇扩大南关市场就会为子孙后代留下取之不尽，用之不竭的聚宝盆。

这是一个艰难的抉择，然而却正是这个充满智慧和远见的选择，才让故乡有了重铸聚宝盆的机会。

村支部积极向上级汇报，争取政策，市里最终把南岸万通市场的建设纳入了全市物流发展的大盘子。在取得了有关部门批准后，建起了两座万通大桥。两座气势恢宏的大桥如长虹连通了南阳河南北，使两岸宛如一体。紧接着又马不停蹄地沿着两座大桥修通联结河两岸的通衢大路，自古被河阻隔的两岸顿成一体，一个可以大展拳脚的大舞台神话般地出现在世人面前。而今，站在静水深流的南阳河畔，百年风云，沧桑巨变，岁月置换了天地。昔日的涝洼地茅草荒滩，早已成为日生斗金的物流市场。岁月更迭，一派热闹景象。

两桥飞架南北，桥通路通人通。我欣喜地看到：标志着新业态的万通商贸大厦已投入使用，更多的项目正在规划。新建的办公大楼里，实现微机管理，管理层有了越来越多的大学生。传统的南关大集和现代的专业化市场实现了完全融合，每逢集日有数万人入市，车来人往，盛况空前。在此经营的有全国各地商户，市场经营范围遍及胶东直至全省和外省份的一些地区。被山东省工商局称为山东省第一大农贸市场。古老的南关大集如凤凰涅槃，实现了历史性的腾飞。我的乡亲们以超人的智慧、魄力和担当，弘扬了南关的优秀历史文化传统，为子孙后代留下了可持续发展的聚宝盆。

3

惊喜一般来自陌生，而我的惊喜却来自这熟悉的地方。在回乡的日子里，我一次次走进万通市场，每次都为它的浩大和繁华所震撼。

经过十几年的建设，千亩市场已是一个巨大的棋盘，一条条宽阔的南北路，北边紧连着绿水荡漾的南阳河，南边直通诗情画意的大泽山；一条条笔直的东西路，一头直通国道，一头是宽阔的绕城路。所有货物通过这些如渠之路流进，又从这里进入山东各地，甚至走得更远。

无论是赤日炎炎的夏日，还是雪花飞舞的冬季，入集的人总是比太阳起得早，集上的喧嚣声总是盖过南阳河里的流水声。

水产市场，真是海产品大全，林林总总的海产，大的、小的，干的、鲜的，不但有当地著名的梭子蟹、文蛤、笔管蛏子、桃花虾，更有来自连云港、大连等地的各种名贵鱼类，密密麻麻的摊位连成一片，像是望不到边的麦田。交易的声音并不算大，但却汇聚成绵绵的交响乐。最大的要算蔬菜批发市场，蓝色的大棚下是菜的绿色的海，此伏彼起，远自数百里外的寿光蔬菜在这里占据着重要席位，尚带着水珠的菜果新鲜可人，整个市场弥漫着好嗅的鲜菜的清香；最美的是花卉市场了，走进这里其实就走进了花卉的博览会，深红的茶花像高贵的美人，一盆盆杜鹃像是一片片云霞带来了南方的美丽，还有那从国外引种的五彩缤纷的蝴蝶兰，多么像是一群群身着盛装的孩子……买花的人，赏花的人，使这里的人总是川流不息；最有现代气息的是各种物流中心了，办公室里微机的荧光屏上光标闪闪，如流星横空，货场里货积如山，货场外车如长龙，货车的车门上可以望到不少陌生的地名。

我试图走遍市场的每个地方，千亩大市场真的像一个无边的商海，去了许多次却终于没有走遍，但在那里看到听到的致富故事和入集人的甜蜜笑脸，我真真切切地感受到，万通市场真的是一个能给百姓带来财富的巨大聚宝盆。

在这里我遇到当年一起参加生产队劳动的小伙伴，现在也已年过花甲。在一个货摊前，我们不期而遇，当年的那个壮实的小伙子已经有了白发，但他红光满面，一脸满足舒心的微笑。当年，他家人口多劳力少，常年不开支，有时连买灯油的钱都困难，为了省油常常摸黑吃饭。那时，他虽然年轻，却少见笑容。我看到他的货摊上摆满了各种水产干货，海参、海米、干贝，应有尽有，发自内心称赞他干得好。

他笑着说，你别夸我 ，我们当年的老伙伴凡是身体好的，都从村里租个摊位，有的卖菜，有的经营小商品，有的担任市场管理员，全村多数的人家都在市场营业或工作。他还笑哈哈地告诉我：“你知道我是个没文化的人，做的不过是小本生意，在市场上开公司成为百万户的有很多，有的还成了身家千万的大老板呢。现在全村都住上了新房，不少人家还住进供气、供暖、供水的商品房。大部分人家都有了汽车，有的人家单是轿车就有二三辆。”

在他的引导下，我去了一家美食超市，一眼望不到边的货架上，摆满琳琅满目的各色食品，其规模、其华丽、其管理真不比北京的超市差。为了保证食品的质量，这家店还建有两千吨的冷冻库。店的经理是位中专生，毕业后找不到工作，就回村在市场上盘起锅灶搞熟食品生意，由于诚实经营，品种对路，生意红红火火。以此起家，他在市场上三次扩大规模，现在的生意已经做到了全国。他是个很诚实又低调的人，他对我说，是我们村支部为村民留住了这块宝地，才让我有了发展的机会。我也不是做得最好的，单是我们村里比我规模大的也有十几家，至于外地凭借这块宝地创业致富的人更是多了去了 。

我幼时听的那个聚宝盆的神话故事，在新时代里真的变成了现实。党的政策事关国运兴衰，事关百姓福祉，正是改革开放的好政策，才让南关村民有了真正的聚宝盆。

过去，村里常出现因为赡养老人的纠纷，现在村里走的是共同富裕的道路，市场的集体收入，全村百姓共享，不但米、面、油、气全包，人人都有福利。刚生下来的婴儿就能领到六千元的福利。老的有钱花不了，给儿孙买东买西，家家其乐融融。我母亲在世时，每年还领一万多元补助。凡是我逢到的乡亲说起现在的生活无不满脸是笑，他们自豪地说，我们村里人现在过着比城里人还舒心的日子，村民早已成为市民。前不久，村里与时俱进，改行股份制，村民人人有份，家家都是股东，长治久安有了机制性的保障。

历史的车轮在前进，或许，我们应当在过去与现在和未来之间，找到一个恰当的衔接点。每一处风景，都有悠久的历史和独特的文化元素，以独有的魅力坚守着自有的风采。现在，村前的南阳河畔建起一组气势磅礴的雕塑：约三米高的粗大的石柱上，是一个用青色的花岗岩雕出的长宽各有五米的巨大的聚宝盆，东西南北各有一条腾飞的巨龙，口吐洪涛，如财源滚滚。这是南关七十年历史的结晶更是未来的象征。

载于《烟台散文》2019年春季卷

金寨谷记

2017年6月6日，已入仲夏。然莱州之地，天朗气爽，云淡风轻。受朋友之约同游金寨子。

金寨子地属莱州城东大基山脉。驱车从城区出发，近见路边绿树成林，远望金色麦浪，连绵无垠，车轮滚滚，如行画中，美景尚未看够，车子钻进一个设有防火检查站的山口，目的地已赫然在目。

其实，这里既无寨子，也无村庄，唯有一支解放军通信分队撤走后留下的一处两屋楼房，上面长满了绿色的爬山虎，像是披了一件绿色的纱衣。

在主人的陪同下，爬上楼顶，放眼望去，竟是一座美妙绝伦的山谷，楼的西边是一派逶迤南去的山脉，如一条苍龙奔海；楼的东边也是山脉一派，连绵不断，苍苍茫茫，犹是一条苍龙飞奔。双龙之间是平缓而又开阔的谷地，似大江南去，如黄河入境，真的是让人惊叹，在环保形势严峻的今天，能保存一块完好的玲珑剔透的让人眼神迷离的翡翠般的谷地，真是上苍的恩赐。

下楼沿谷地中新修的平整光鲜的道路南行，但见两边连山，树木茂密，阳光下的叶片透着亮晶晶的绿。仔细观看，山上一团团巨大的浅黄的植物，如一把把巨大的华盖插在万山丛中，特别耀眼，主人告知那是少见的野芙蓉。还有那一株株的栗子树，树冠大而茂密，有南方榕树之势。一棵棵核桃树叶片足有巴掌大，虽不似栗子繁密却仍有南榕的大气。在山脚下见到一株奇特的树木，叶如桑叶，果如枸杞，原来这就是茱萸。茱萸因“遍插茱萸少一人”的一句唐诗，早为人所熟知，但真正看到它的尊容，在我还是第一次。据说，山上奇花异树共有六十多种，常人是认不清的。

沿谷底前行，依次有三座水塘，塘边绿树成荫，倒映水中。水清澈见底，有鱼若干，虽不甚大，忽东忽西，游动极速，观其自由之态，十分神往，仿佛身入其中，如鱼得水矣。

走累坐在干净如洗的赤色山石上歇息，向前看去，山谷愈加开阔，种植着望不到边际的苹果树，据说，总长有四公里。此时，有微风拂面，有花香入鼻，有鸟声入耳，真是宠辱皆忘，得失不论，心底平和，面自带笑，此行得此心境，足矣。感恩大自然缔造这块能够陶冶性情的宝藏。

午时，宾主在谷地的一处石桌上用餐。桌上之物，瓜果蔬菜、鸡肉、猪肉，皆是山中所产，皆为环保无疑。杯中之酒也是山上野葡萄酿造，虽酸度较大，更是别有滋味。喝到酣畅时，我不觉起而言之：“这是天赐宝地，可与道士谷媲美。”道士谷乃天下名胜，全称应为大基山道士谷。丘处机在此修炼，并从此地西行雪山，“一言止杀”，郑道昭在此题字留存至今。大家齐言，道士谷就在这道山谷的北边，翻过山去就是。闻听此言，不觉激动莫名，“哎呀，这里地势地貌与道士谷一般无二，山谷幽静，蔚然深秀，建小型会议中心，当有雁栖湖之美；建几处别墅，当有媲富丽山庄之秀；建数栋小楼，又是多么好的休闲山庄啊，这里不要再叫金寨子啦，就改个名叫金寨谷吧。”众皆称善，掌声顿起。由是文名《金寨谷记》。

这样一个诱人的去处，长年藏在深山人未识，一旦扬名于世，是不可限量的，现在已有不少知道底细的人前来拍照、休闲，这样人见人爱的地方，总会有人来设计她的。但，这是天赐尤物，只可善待，不可伤害，有权谋者，切记，切记。

2017.6.12

载于2017年6月18日《烟台日报》

莱山赋

莱山新区，烟台府地。交通要冲，地衔烟威。襟黄海而达五洲，据空港而通全球。借天时海阔，百业如涛汹涌；假地利山雄，滨城似峰傲立。曾得秦皇青睐，今为黄海明珠；昔日宁海旷野，而今胶东新都。

莱山之地，有人言小，金刚虽微，可透铁石；桂花如米，香压群芳；山不在高，有仙则名，水不在深，有龙则灵；地不在广，创新则名，势不在众，有文则强。滨城列名都之林，港湾为华夏新秀，其因在风骨、在气质、在精神、在干劲、在胸怀、在气度。

莱山之美在自然，无处不天下绝色。黄海荡荡，波光潋滟映天蓝，碧水尽唱动人歌：栈桥卧波，永恒彩虹；渔人码头，传欧美风。海鸥翔集逐浪飞，渔舟欢唱捕鱼忙。熏风微微吹细浪，丽足纤纤追银涛。南山浩浩，势若巨龙奔大地；青山座座豪迈气：岱王峻茂，拔地顶天；凤凰多姿，恰如开屏。群山时时展锦彩，鸟语啁啾醉游人，再兼山巅矗高塔，激励莱人勇攀登。红枫、紫薇、黄栌、海棠，通衢道旁生异彩；青松、白杨、银杏、长柳，城乡遍地涌绿浪。宝地处处着丹青，城市尽在绿色中，市民都在图画里；景象四时各有异，春看开花夏看果，秋摘红叶冬踏雪。虽非江南胜江南，不是欧美如欧美。

莱山之强在人文，正气浩荡动山河。英雄人民有胸襟，坚持科学发展，倡导尊重自然，推动崇尚人文；干部队伍是一流，恪守以人为本，执政全心为民。处商品时代，仍保艰苦奋斗精神；居繁华闹市，尚倡大干快上之风。忠贞为国，党的光荣传统再放光辉；执着为民，殚精竭虑国之精英。不负时代，不负职责，不负民众，不负国家。二十万人奋起，要做时代先锋，气势如日升水沸，力量似泰山长城。社会管理开新局，城乡环卫一体，服务大厅便民，小红帽耀眼明，生态建设全覆盖，扮亮城市农村，和风和气劲吹，高奏和谐强音；文化建设大手笔，十里长廊似长虹，五彩广场五彩起，休闲广场歌不断，文化大院读书声。更有学府林立，才俊麇集；还要重修尚书府，衔接千载。文气沛然遍城乡，持续发展有根基。

莱山之雄在发展，进军现代唱大风。建设激情浓似火，处处发展震天歌；科学发展绘宏图，全域城市化，全域生态化；志存高远大手笔，北部都市化，南部城市化。城乡统筹安排，彰显时代精神。布局一体二翼，拉开战略格局。认准改革路，经济调整勇争先，龙头企业齐奋起。创新迈阔步，提升核心竞争力，高新产业成引擎。劲吹改革风，引来巨资助大业，开发区领跑经济。蓝色开发势不凡，高挂云帆向沧海。放眼全球争高下，北部都市新境界：黄海路六大板块，推升城市品位；初家山海城一体，营造生态乐园。新天地气势恢宏，商贸圈拔地而起。志凌青云势若虹，南部新城新气象：莱源路贯通南北，车似流水大动脉。一园三镇五区，东部突破主战场；偏远南部山区，塔吊如林大工地。产业园、植物园、朱雀山、围子山搭起生态大骨架；莱山生态商贸小镇、解家庄运动文化小镇、院格庄葡萄酒温泉小镇，打造生态新亮点。村庄大变身，处处高楼起。风生水起生态城，拓开莱山新天地。

莱山建设，日新月异。莱山面貌，万象更新。秦皇汉武亲驾临已成历史，腾龙飞凤起宏图正是当今。

2012.11.17 定稿

载于 2012 年 11 月 25 日《烟台晚报》

莱山秋暖

上中学时读峻青先生的《秋色赋》，为他描写胶东金秋丰收景象的喜悦心情所感动，至今不能忘怀，也是在秋分后的时节，也是在胶东，不过我没有跑他那么多的地方，只是到我居住的莱山区的南部山丘为主的解甲庄、院格庄、莱山一带转了转，现在这里是莱山区的南部生态新城。

秋阳高照，晴空万里，没有一丝云，仿佛是被谁刚刚用清洁剂擦洗过了，蓝得耀眼，蓝得透明，也比任何时候都显得辽阔和高远。地上的庄稼都收了，但村旁路边晾晒的金灿灿的玉米粒、红通通的高粱粒、黄澄澄的花生果，组成了五彩缤纷的丰收图。秋风习习中，碗口大的石榴笑得咧开了嘴，鼓饱饱的大枣羞得涨红了脸，金黄的柿子像灯笼一样挂满了树，最浪漫的是绿得耀眼的丝瓜像是翠绿的飘带挂满了架，最诱人的是紫莹莹的葡萄上还挂着一层薄薄的白粉，像是一个整装待嫁的姑娘。面对这丰收的奏鸣，我的喜悦像潮水一样涌来，又像开闸的洪水一样涌出，我可以自信地说，喜悦的劲头不会比当年峻青先生差。

驱车从观海路出发，上了新修的桂山路，到辛安河畔、樱花园中、繁荣庄里，再过马屯线、沟莱线上朱雀山，沿盘山路上莱源大道，经瀑拉谷进植物园，沿途山山水水，满眼秋光让我喜不自抑间，自觉又比峻青先生当年多了一层感受，那是，身暖、心暖。这暖，来自莱山秋之暖。

繁荣庄

车在旷野上飞奔，沿途的青纱帐已经变成了黄纱帐，玉米棒已经归仓，还没来得及收割的玉米秸叶全部发了黄，秋风吹过，发出一阵接一阵的“沙啦沙啦”的声响。

没想到走进解甲庄街道办事处的繁荣庄，竟是闯进了绿色的湖湾，闯进了五彩纷呈的花园。

繁荣庄是围子山下、辛安河边的一个小山村，方圆不足一平方公里，过去叫范家庄，因与其他村重名，1988 年就起了这个富有时代感的新村名。吉祥的名字并没有从根本上改变这里的命运，守着青山绿水，却过的是埋埋汰汰、窝窝囊囊的日子，家家门前是粪堆、土堆、草堆，满街鸡猪乱跑，垃圾遍地，污水横流。晴天，尘土飞扬，雨天，一片泥泞，全村变成了烂泥塘，只能提着鞋走路。范家庄成了“粘家庄”。这两年，区、街道、村三级投资，整治环境、修路治河、栽树种花，硬是让一个又脏又乱的山村变成了一个生态文明建设的示范村。

远远望去，古屋与新房交织出山村的容貌，黑色与红色勾画出山村的沧桑。青山与绿水泅润出浓淡相宜的轮廓，站在它面前就似是看一幅现代田园的风景画。

最漂亮的是村头的小广场，它的中心是一个大理石的日晷，它不再是人们用来计时的工具，而只是中国古文化的一个小小的符号。它的周围有两株高约数米的风景松，造型别致，松针青翠如滴；一簇簇的冬青正鼓着劲地往上长，高高的竹子随风轻摇，仿佛是正在知趣地迎接到来的客人；一树树红叶，一片片盛开的波斯菊，更把广场装点得生机盎然。

走进村去让你眼睛一亮的是，在绘满了图画的街道上，家家户户门口都有一个微型的花园或菜园。花园里的月季花开得像是一团团红红的火，菊花开得像是一堆堆金。菜园里的韭菜、香菜依然绿得发亮，浑然不知秋的到来 。有一户人家是朱漆大门，他家门前的花园更像是一座园艺场，枣树是铁塔形的，石榴树是螺旋形的，苹果树是开心形的，石榴大的像个球，枣子大的像个梨，打听了一下，这家的主人特别爱好园艺，是自学成才的园艺师培育了园中的奇葩。另一户人家正开着大门，我们不请自进，这竟是一个三进的庭院，进门的院子里种的是几株苹果树，将熟的果子已是遍体红透，鲜艳夺目，中间的院子里种植着各种蔬菜，最后的院子里，在空中搭了一座葡萄架，翠绿的叶子织成了绿色的天网，盖满了全院。每座院子都铺展了绿色，每座院子里都储满了丰收。院子的主人是一对中年夫妇，问了一下，男主人叫李悦仁，说话间两口子就从树上摘下苹果和石榴向我们手里塞，不吃不让出门。

他家的门口就是清凌凌哗啦啦缓缓流淌的辛安河，秋阳照在上面波光粼粼，宛如许多金色的小鱼在上面跃来跃去。河的两岸是美丽的绿化带，高的树，矮的花，绿的草，沿着河岸组成一幅望不到头的长卷。河的前面是高高的围子山，遍山植被茂密，是个让人喜爱的碧螺簪，隐约可见万绿丛中的一个个红点点，像是圣诞树上的红灯泡，那是将要成熟的苹果。山上有清脆又杂乱的鸟的喳喳声，不知是为丰收而歌唱还是报告秋的到来 。

李悦仁告诉我们，在生态文明村建设以前，河边是多年堆积的垃圾，河水被污染，臭气熏天。河边还有占地七十亩的养鸡场，更是把河水糟蹋得不成样，是区里生态化的建设才改变了这一切，那个养鸡场现在已经改造成了四季如画的樱花园。

村委李主任兴致勃勃地带我们参观了樱花园，虽然是深秋了，但樱花园里，绿树成荫，万花似锦，沿着园中石径徐徐而行，犹有花香入鼻，使人仿佛又进入了温暖的春天。

人的心情总是和环境有关的，枯草遍地、尘土飞扬、鸡飞狗叫，就会使人心生寒意，绿树成荫、鲜花似锦就会让人心生温暖。是的，一个文明的、生态的繁荣庄延展了时序的温度，让人感受到这里的秋依然是暖暖的。

瀑拉谷

瀑拉谷原来的名字叫铺拉谷，很有一些诗意。

铺拉谷的名字得名于铺拉河，整条的河已经依照生态化的要求进行了全面改造，河堤进行了整修，堤上栽种了各种树木花草，就不一一描绘了，反正像是原来深藏在深山里的野小丫，转眼间就变成了一个富丽典雅的城里大姑娘了，秋天的姿色还是娇嫩。

有谷就有山，沿河而上，两岸都是步步升高的山丘地。放眼望去，南北两岸都是一片深绿色，像是一条巨大的绿地毯从山顶漫卷而下。走近去看是漫山遍野的葡萄树，行行排列整齐，棵棵枝繁叶茂。虽入深秋，竟不见败落之相。

这里原来是出了名的穷地方，山高地薄，全是沙土，过去农民只能在上边种一季花生、地瓜等低产作物，进入现在的季节早已地了场光，风起沙扬。现在却是一片翡翠的海。

在这片绿色葡萄的海洋里，还可以看到远远近近的小洋楼，有人告诉我们这是刚建的葡萄酒庄，每座酒庄都是花巨资请洋人设计的，所以座座酒庄都是洋味十足。

顺路走进一座酒庄，里面是用葡萄酒瓶组成的望不到顶的高墙，满屋子弥漫着葡萄酒的香气。举杯品尝，芳香入口，人未醉心已醉矣。

酒庄的主人是绿叶公司的，他告诉我们，怎样改变这里的穷困面貌又让这里生态发展，当地领导颇为纠结，后来他们发现这里与法国的著名酒庄都在同一个纬度上，而且这里沙土地也适宜生长葡萄，就做出了在这里发展葡萄酒产业的宏伟蓝图。有政府穿针引线，我们公司就借梯上楼在这片土地上开始了一项崭新的事业。

从酒庄出来，正逢上一些在田里工作的男男女女，我同他们攀谈，原来他们就是附近村子里的农民，一个健谈的中年妇女告诉我，这些土地就是他们村的，现在把地流转给绿叶公司，他们每年按当年小麦的价格给我们补偿，补偿的小麦数量是不变的，不受价格变动的影响，我们没有后顾之忧。土地流转出去了，在家没有事，就到这里打工，再挣一份工钱，日子比过去好多了。

我原来有些担心，环境生态化了，农民的生活怎么样，听着他们发自内心的叙说，我的心里暖暖的。

衣不裹体、食不饱腹，日暖也会心寒，生态环境、富足生活，天寒也会心暖，走在这样的环境里，你会觉得莱山的秋是温暖的。

植物园

植物园是莱山区南部生态化的一个产物，但她的意义远远超出了单纯生态的范畴，她有着深深的浓浓的文化味儿。

车行在莱源路上，就可以看到植物园，莱源路从植物园中穿过，也可以说是植物园围着莱源路兴建，路的一边是东区，另一边是西区。东区是依原来的自然山林建成，只是在里面修了一些步行栈道，沿路而行，吸天然氧吧，听百鸟鸣唱，怡然自乐。西区则完全是大手笔的新建。

我们边走边看边听园长介绍，园长是这里的首批建设者，姓李，听口音是龙口人。植物园是利用两个天然山包建成，投资十二亿元，现已建成了古木、珍木、梅花、玫瑰等二十多个园区，共有植物三千多种，四十多万株。只见园中湖水如镜，流水潺潺，亭台楼阁或建于湖边，或立于溪旁，山、水、花、林、楼浑然一体，宛如一幅锦绣长卷。

秋阳下，成群的白鹭时而欢快地掠过湖面，时而在树上嬉戏。一对对身着雪白婚纱的新人正在选择着中意的地方和合适的角度，留下终生难忘的时刻。一群身着统一服装的幼儿园的孩子像是调皮的风儿，一会儿刮到这棵树前，一会儿又刮到那棵树前，老师们认真指着牌子上的字，告诉孩子们树的名字。孩子们不断播撒的笑声，让园子里充满了生气。

不尽人意的是，植物园西区里的树木尚未成为茂密的树林，花儿也没开得如云锦，但如人的生命的成长需要时间一样，树木的成长也是需要时间的，随着时间的积累，这里将出现茂密的森林，如云的鲜花，可是如果没有今天这些有远见卓识的人的开创，就不会有美丽的未来。

忽然想到植物园开建时，我曾陪散文家梁衡前来参观，他不厌其烦地建议，要让植物园增加文化含量，譬如说，一棵树很普通，可如果它是名人栽的就不普通了，这就是人文的力量，这句话让我想了很多，也给我留下了深刻的印象。现在，我们把他的话广而大之，因为我们烟台有了这座植物园，不正是在增加我们这座城市的文化含量了吗，植物园是烟台的新的文化积累和文化名片。文化是四时都有温度的，她不会因季节的更替而改变温度，虽然她现在没有春的娇艳，没有夏的繁茂，但因为她是有文化的，在深秋之季她有着如春夏一样的温度。

当我结束这篇文章的时候，莱山区一位领导的话又响在耳边："我们发展经济，我们搞生态建设，最终要让群众感受到实实在在的好处，要改善他们的生活环境，提高他们的生活质量。"我觉得莱山区的秋暖，很重要的一个原因，是当地干部心中有着对群众浓浓的暖意。

2014.10.1

载于 2014 年 10 月 10 日《烟台日报》

我爱你，莱山，莱山

曾有不少人问过烟台莱山区名字的由来，其实原因很简单，烟台飞机场的附近有座葱茏碧绿的小山名莱山，于是离它很近的烟台飞机场被命名为莱山机场。1994年建区时，莱山机场的名字已叫得响亮，于是就借势把新区称作了莱山区。

莱山建区虽晚，但这里却是一方人世间罕有的天赐宝地：你看，东边是浩瀚无垠的黄海，初月般曼妙的曲线勾画出一个漂亮的海湾，几座若隐若现的海岛像是千年不沉的渔船。日升其上，壮丽撼人，月行其中，浮光跃金。风起浪涌时，涛声震天，似有千军万马厮杀。风和日丽时，轻波微浪，渔帆点点，真乃人间仙境。千百年间，青鱼白盐，养一方百姓富足，仙气清风引多少达官贵人、帝王将相生出求仙成道之念。再看，西边岱王山奇峰突兀，怪石嶙峋，松柏相交，葱茏峻茂，遮天蔽日，莽莽苍苍自北向南浩浩而去，如巨龙翻滚，气势非凡。更有百鸟鸣唱，曾有百兽腾跃，流水潺潺，万花如锦。山境亦仙境也。在山海之间曾是一片平川，漫漫东南而去，不见尽头。当年秦始皇三次东巡，这里都是他的必经之地，每次至此，这里的仙风让这位盖世帝王神清气爽，这里的仙境也让他驻足不前。

这片天赐的瑰宝，气象万千，迷离变幻，让人敬畏；明亮清新，绚丽多彩，让人迷恋；自秦始皇在周近建起阳主庙，这里的人们总是向你顶礼膜拜。人们仰赖从你那里收获的鱼米菽黍而生存，人们在你的运行规律里生生息息，人们在仙境般的自然环境里度过年年岁岁，人们对你充满了崇敬和感恩。进入新中国，特别是进入新时期，随着财力的增长，这里的人们发挥自己的聪明才智，尽其所能地为你梳妆，为你打扮，让你更亮丽动人，让你更娇艳欲滴，让你更吸引世界人的目光，让你与时代同行同进。

人们依着你的性子，尊重你的意愿，沿着那座月牙般的海湾，修建了防风林带，经过半个多世纪的生长，已经是一条不见首尾、气势如虹的黑松防风林带。近年来沿着防风林带修起的滨海大道，宽阔明亮，路旁雕塑座座，亭台相间，俨然是给你戴上了一条闪闪发光的项链；大海之中，有长堤卧波，托起黄海明珠巍峨，那是人们为你安设的标志和眼睛，白天人们向你注目，夜晚你为人们撒下五彩的光波；昔日的晒网场上崛起了渔人码头，红色哥特式尖屋顶，勾画出一派欧式风光，这让你更多了几分时尚和现代；人们细心地呵护着岱王山上的一草一木一花一石，现在这里已经成为大南山公园，寿星老人神清气闲，高居岱王石旁，身伴鹿鹤，笑迎旭日。每一枝松针都吞吐着现代的气息，每一只小鸟都鸣唱着流行乐的旋律；山海之间已经修起了一座现代化的新城，片片的红屋顶为你披上了锦衣，座座高楼挺拔了你的脊梁。丽日之下，登上岱王山顶，放眼四顾，人们精心打造的道路楼房，精心栽种的树木花草，与青山碧海绿野和谐共生，浑然一体，形成人世间的大美之象。更有清风徐来，吹尽热汗，顿觉心旷神怡，再有浮云过眼，真有飘飘成仙之感。入夜，登山再看，岱山青黝，只有松涛入耳，远观黄海苍茫，细听又有海涛微声。若逢月之望日，空中明月高悬，银光泻地，地上灯火辉煌，公路如一条条流动的金河，城市是一粒粒金珠汇成的宽广荡漾的金海。天上银辉，地上金光，金银交辉，天上人间连为一体，不觉胸中豪情勃发，好一幅天人合一的绝美画卷，好一个人类尊重自然的杰作。此时此景，我敢说，莱山敢与青岛、大连比肩。我也曾去过法国的戛纳，也曾去过澳大利亚的布里斯本，也曾去过美国的旧金山，我敢说单就外部环境而言，莱山敢和它们比一比，我的这种感受曾经写成了一首词，上阕是：“黄海波绿，唤春归、遍山桃红杏白。长风带香，旭日艳、滨海新景如画，万楼似霞，拥绿环红，欧美尚如此，英雄笑谈，江山始做装点。”

是的，因为这里的人懂得敬天敬地，热爱这里的山山水水，精心地呵护着每座青山，每片海域，每寸土地，这里的大自然也敞开了宽广的胸襟，给予了人们无尽的恩赐。天人相融，和谐相生，四季如画：春天，面面山坡杏花、桃花、梨花、苹果花次第盛开，漫山遍野似雪如霞，微微幽香直达心脾。夏天，一湾青波，纤纤黄沙，打去多少人间烦恼，迎来了多少红男绿女的笑脸。秋季，五谷笑弯了腰，百果笑开了口，让多少人尝到了丰收的甜蜜。冬季，一场场漫天大雪，让城市的每一个角落都银装素裹，清淡了多少人的心灵。有人说生活在这里是“春看花，夏听涛，秋收果，冬踏雪”。信然。正所谓，城在绿中，人在画中，美丽的莱山，的确是处处如画，一步一景，每走一步，都会有新的美感通过视觉神经传递到你的心间，使你的心间溢满了快乐和甜蜜。莱山又是一座天然大氧吧，处处充溢着海的清爽的气息，山的温暖的香甜，吐故纳新的循环往复中让你感觉到了活着的满足和幸福。真的，生活在城里却又无时无刻不在享受着田园诗般的生活，这是每一个现代人都梦寐以求的啊。生活在莱山真赛似神仙，能生活在莱山是人生的福分啊。

我爱你，莱山，就是因为你在发展经济的时候，没有轻慢自然，没有侮辱自然，没有任意地侵占海滩，没有任意地砍伐树林，没有毫无节制地起房造楼，而是敬畏天地，人合天意，天遂人愿，你的这里正行走着天人相亲的祥气瑞云。

我爱你，莱山，莱山，更是因为现在这里已经明确地提出和树立了“尊重自然，崇尚人文”的观念，并正在自觉地强势地依照这个观念建设“北都南城”、推进“全域城市化，全域生态化”，也在坚定不移地依照这个观念建设全面现代化的新莱山。

一个自觉地、高度地尊重自然、崇尚人文的莱山，不是天堂，将胜似天堂，不是仙境，将胜似仙境。

2012.8.4

载于2012年8月7日《今日莱山》

岱王山记

岱王山在烟台市莱山区西边，濒临黄海，山体不高，遍山绿树覆盖，诗意浓郁。山顶有巨石，危岩壁立，直指云天，呈赭红之色，颇负威武雄壮之姿。

近年在巨石旁立起铜铸寿星，高约数丈，寿星旁有仙鹤欲飞，梅花鹿昂首，皆鲜活如生。取寿比南山鹿鹤延年之意，遂使此山又增加了诸多文化内涵。

旭日东升，朝霞满天，霞光之中，寿星老人身披霞光，手扶拐杖，满面春风喜迎朝阳。黄昏，暮色苍茫中，寿星老人只是一个朦胧的轮廓，依稀是世外之人，闲云野鹤般看芸芸众生匆匆回家，引发行人的无限遐思。

山半腰有一清泉，水清甜甘洌，有心人用塑料管从山上引水而下，好事者每每用塑料桶接水回家熬粥沏茶，从早至晚，络绎不绝。

家住山下，远观近看，常有感悟：岱王山历经沧桑巨变，包容万物，是为仁；所产之物，悉数奉献，是为义；骤然临之而不惊，无故加之而不怒，是为礼；饱览世事，沉默不语，是为智；巍然屹立，始终如一，是为信。面对岱王山，潜心相学，可见仁、见义、见礼、见智、见信，真吾师也。

天天登临，岱王山色四时变幻给人无限快乐。早春，寒意尚未消尽，满山遍野的迎春花便争相开放，像一簇簇金色的火焰，将山野和大地照亮。一阵春风起，遍山的杏花开了，像是落了一场春雪。春雨过后，最艳丽的桃花又开了，像是一朵朵红霞飘落在山坡上。杏桃未尽，一夜之间，梨花、苹果花竞相开放，微风轻荡，空气里处处允溢着淡雅的花香。玉兰、丁香、蒲公英也不甘寂寞，纷纷登场，整座山就是花的天下、花的世界。万花入目，暗香入怀，心花怒放，手舞足蹈，不禁豪叹天地之造化、人生之美好。初夏更是槐花的节日了，一嘟噜一嘟噜的淡青色的槐花，堆满了山坡，光不能透，风不得过，唯香气阵阵，似波涛汹涌，充斥天地间，该来采花的蜂和不该采花的人，搅得满山遍野香气四溢，再迟钝的人也为之心生喜悦。秋风渐凉，满山果红柿黄，农人就地采摘，就地叫卖，两相便宜，无不喜气洋洋。及至寒冬，大雪纷纷扬扬，从天而降，满山皆白，唯露屋脊山脊数痕。踏雪登临，空寂之中，唯闻靴踏积雪的“吱吱”声和行人留下的脚窝数行，此时，踏雪人已成画中人。每至此境，吾常引吭高歌，乃情之所至也。有时，还会出现一些绝景：或丽日之下，几朵白云，缭绕山巅，明亮动人；或一层薄雾覆盖，山体若隐若现，树木明灭不定，逢此之时，每每以为自己也成为仙人。若有闲暇登顶临风，朝观海上日出壮丽辉煌；日观莱山新城车水马龙；夜观万家灯火通明，楼宇鳞次栉比，繁星闪闪烁烁，是为人生之至乐。年年月月天天能给我如此快乐者，唯有此山，故引为挚友。

岱王山之灵气在味道。山是有味道的，山的味道是泥土和其附着物的混合气味，一年之中颇多变化。春的气味香甜，吸之如蜜汁；夏之气味湿润，吸之如朝露；秋之气味芬芳，吸之如陈酿；冬之气味清冽，吸之如冰镇冷饮。无论何季，呼吸之间，无不舒心；无论何时，吐纳之间，无不快意。有时调皮的海风会带来一点点鱼腥气，更使空气显得通灵剔透和惬意。俗话说：“人活一口气。”当下空气污染严重，吸口干净空气已属不易。居此山下，赖山所赐，朝暮晨昏，饮食起居都有灵气相随相吸，不觉对山敬若神明也。

我在岱王山下居住，倏忽之间，已有六载。每每在早晚之时，节假之日，三五结伴，登山漫步，赏春花秋月，听山泉叮咚，吸纳新鲜空气，享其快乐，得其启迪，虽年岁日长，但心智益开，情志不减，念其好处，每每感恩不尽，故记之。

载于2012年9月14日《文艺报》

载于2012年10月9日《今日莱山》

所城三梦

港城的四月，万花芬芳的季节。你看，桃红梨白染尽群山，花明柳绿唤醒大海。赏春踏春的人儿，香衣豪车，帅哥靓女，欢声笑语，构成了欢乐的世界。

就在这个时节，我一次次走进所城。同外边的世界相比，这里没有繁花似锦，也没有人声鼎沸。她是一个热闹世界里的静地。在春风里，走过大街深巷，依稀听到有战马的嘶鸣；在春雨中，细细观赏带着水珠的梧桐新叶和含苞的丁香，仿佛看到明清的贵妇淑女在轻挪莲步，如花媲美。遥望明代大宅上的屋脊六兽，触摸清代烟墙上的排排拴马石，我实实在在地感受到所城明清时代那灿烂的旧梦。

旧梦灿烂

你看，所城的老营盘还在，据传，胜利路曾是它的西城墙，南大街曾是它的北城墙，北河街曾是它的东城墙。沿着这些道路行走，在曙光和暮色里，尚可感觉到那高大的城墙、突出的城垛和城墙上巡逻的士兵。嘚嘚马蹄犹未远，而扬起的黄尘尚未飘逝。

张家祠堂，有说是当年的千户所衙门（待考证）。那高大的木门仿佛还在透着千户的威仪。一任任千户们点兵遣将的威严场面似乎还留在那一根根粗大房梁的记忆里。

所城东南一片空旷的地方，正是当年的演兵场。挺拔的白杨如同一排排铁甲雄兵，阵阵的汽车喇叭声又如同士兵的呐喊，在这里有着永远的保家卫国不怕牺牲的军魂。

沿着所城大街行走，你会感受到开埠后车水马龙的繁华气势。

在那一条条深深的胡同里，你会捡拾到一个个习武、办学、经商的故事。

烟台从这里出发，演绎出九社十三村。

烟台的文化在这里成长，烟台的历史在这里扎根。

所城灿烂的旧梦，留在黑瓦白墙间，留在高大门楼上，留在层层的台阶里，留在门道的神龛中，留在一座座明、清、民国的民宅里。

她美丽得如云霞，她珍贵得如宝石，她厚重得似高山。

留住所城，就是留住了烟台的根，留住了烟台的魂。

是一代代的先人，是一届届的领导，更是当代的无数有志于保护这片故地的智者，是他们的不懈奋斗，才留住了这个灿烂的旧梦。

新梦辉煌

宇宙无限，岁月无情。宇宙可以吞食巨大的梦，岁月能把旧梦消磨得残缺不全。所城里那些发着青光的鱼鳞瓦和大青砖已经失去昔日的光泽，曾经气派的高门楼已显凋零，厚木门的开闭，发出吱吱咯咯的声音，像是老人的牙痛。门洞中雕刻着的，无论是象征万年不朽的金钢竹，还是象征永远繁盛的毛竹都已没有了生气。那些曾经的大户人家搬走了，不少外来务工经商的人员住了进来，乱堆乱放乱拆乱建。春风吹不尽所城的忧伤，春雨洗不尽所城身上的污垢。

而今，政府把所城的未来交到了住建部门的手上，他们以从未有过的责任感和紧迫感接过了这个重任。他们请最权威的同济大学建筑设计院绘制出了蓝图。现在围绕着蓝图还有诸多争议与探讨。但毕竟构筑新梦的华幕已经开启。

在所城的大街小巷行走，许多市民急切地打听着所城的未来，构筑新梦已是时代的要求和群众的呼声。

笔者，一次次倾听各方的高见，也一次次地思考和畅想：培育历史的根，生发文化的芽，结出时代的果，应该是筑就辉煌新梦的轮廓。

让张家祠堂恢复千户所指挥厅的原貌：大堂之中，公案横陈，案上令箭、印信齐全。案后虎皮高挂，彰显威仪。案前分列旗甲鲜明的蜡像士兵，案后是张千户按剑端坐的塑像。一幅传真的大明守边图。

演武场上，跑马、射箭、摔跤、击剑、比武，凡是来此一游的人，都在参与中培养了尚武精神，增强了中华儿女保家卫国、英勇无畏的血性。

当然，如果有可能恢复所城的城墙、城门，那将会是一番更宏大的气象。

这正是保留和恢复所城城堡文化的现实意义。

在所城大街上，各种文化产品商店、咖啡厅、小吃店，正像在蓬勃展开的梧桐叶、杨树叶、榆树叶一样地争相开业，喧嚣繁华了一条街道。因势利导，让更多的文化商品在此落户，这里将会成为烟台文化产品的展示窗口，成为文化商品交换的平台，成为烟台文化产品的集散地。

那一栋栋挂着清代民居、民国民居牌子的房子既是历史的见证，也是一件件美轮美奂的建筑艺术品。讲究的四合院建构，用糯米水和泥烧制成砖后，再用糯米水浸泡的青砖，历经百年仍坚硬如初，没有一点点的剥落。一块块房基石，也各有讲究，那花纹直通到底的是民国用石，表示一统天下的意思。那中间花纹稍低，如口字形，四周花纹稍高，形成回字形的是清代用石，表示四方拱卫朝廷的意思。还有一些清代建的二三层楼房，造型古朴典雅，引人遐想。这些别致清雅的房屋，在所城大街、在仓余街、在各条胡同随处可见，在这些院落里间或会见到怒放的海棠、含笑的芍药传递着旧时的光阴。

无论是哪一所院落，只要清除杂物，拆卸违建，修残补缺，都会是令文人向往的高雅居所。把烟台的、外地的文化人引进来居住，他们在幽静的环境里著书、绘画、写字、雕刻，制作各种工艺品。随着人员的增多，这里就是文化产品的创造地，是荣宝斋，是潘家园。

休闲之时，文人们集聚在所城大街的茶楼里、咖啡厅，谈诗论画，切磋技艺，该是何等快意，“谈笑有鸿儒，往来无白丁”，到那时，所城不就是一块文化创作基地、展示平台和文化商品的交流基地吗？！

为历史的根浇水施肥，让文化的嫩芽茁壮成长，这里必将成为中国北方乃至全国的令文人和旅游人向往而必到的时尚的文化高地和旅游点。

圆梦在望

所城已经有了一个辉煌的梦境。要进入美丽的梦境，必须有明确的方向、正确的路径。同济大学两位博士（綦伟琦、王宇丹）的《城市文化生态保护》一书，给出了一条充满希望和光明的路。大方向是以开放的系统观进行“保护性开发”，要点有三：一是保护，“根据《华盛顿宪章》对历史地段强调的是保护整体风貌的精神，凡负载历史信息的遗产都应该予以保护”。二是更新，“绝大多数历史地段由于年代久远出现自然衰退现象，或者人为破坏地段风貌的现象，应该在地段保护的前提下进行整治，以更好地保护地段风貌和满足居民生活需要，包括清理违章建筑，适当整修破损的房屋、围墙、道路、大门等。同时要规划配置地段给排水、暖气、煤气、通信等设施”。三是使用，“历史地段的恰当使用是适应现代生活而持续发展的必要条件，研究历史地段的原有功能、现状及对现代功能的适应性，在最大程度保护历史信息的前提下，给予适当的功能定位，寻找适宜的再利用途径，促进新功能与旧形态的和谐共生，激发地段活力，实现多种效益并举”。

这是一个多么让人振奋的科学路径啊！

建筑大师吴良镛在北京菊儿胡同的改造中就体现了这些原则。上世纪 90 年代的菊儿胡同，这条曾经住过很多达官贵人的地方，已是破败不堪。吴良镛接受了抢救这个历史街区的任务。在改造中，他保留了有历史价值的建筑，修缮已经破旧但有历史价值的建筑，拆除了破旧危房，既保留了历史文脉，又形成了有机的环境。漫步在菊儿胡同里，看着一栋栋漂亮的四合院，既感受到了北京的历史沧桑，又呼吸到新京城的气息。

我还去过离此不远的改造后的锣鼓巷。这个地方虽有着很好的区位优势和悠久的历史，但在改造前只实行单纯的保护主义，已是日渐衰落。在按照保护、更新和使用的原则改造后，这里既是京味十足的古建筑群，也是一个无比繁华的工艺品市场，不仅是中国人喜欢来的地方，更成为外国友人的必到之处，各种肤色、操着各种语言的人，摩肩接踵，川流不息。

在成都，我还慕名去了宽窄巷子。这里原来已经准备拆除建高楼了，在市民和专家的要求下，得以保全。一座座豪宅、民居都以修旧如旧的原则进行了整修，尽显了蜀中古建的风采。现在这里变成了成都市民和外地游客休闲的地方，在参观了这条古街后，人们都想在这里要上一壶茶，细品蜀中风情，这里天天是座无虚席，有时是一席难求。

我在这些地方闲坐的时候就会想到所城，我暗忖，按照“保护、更新、使用”的路子走下来，我们的所城就是誉满中外的菊儿胡同、锣鼓巷和宽窄巷子。

当然，路要一步步走，金字塔要一块块石头垒起。先投一点钱把自然环境、道路骨架、空间骨架修整好，将所城大街、南门里大街、北门里大街整修好，搭起所城坚实的未来骨架。再把那些典型的清代、民国建筑恢复历史的风貌。让文化业主在十字大街开业，让各个方面的文化人入住那些古色古香的四合院，随着时光的推移，这里人气将会越来越旺。人们在这里不知不觉中接受了爱国主义的教育，高高兴兴受到了历史和文化的洗礼。那该是一个多么辉煌的梦境。

所城梦圆是必须的，也是一定的。

2017.5.18

载于2017年8月6日《烟台晚报》

古宅新生

——所城里大街 57 号今昔

6 月底，《梦圆所城》一书全部编定，正准备送审。前去摄影的任韶华君告诉我，所城里大街 57 号清理修复工程全部结束，里面开设了一座小型博物馆，还是画家创作基地、儿童写生基地，并附设了咖啡馆、西餐厅等，虽然没有特意宣传，却已是门庭若市，我听了十分高兴，这正符合我对所城保护开发的思路，我决定去看一看，如果搞得好，就写一写，补到这本书里，作为一个开发成功的实例，供大家借鉴。

从去年秋季开始，为了组织这本记录所城的散文集，我先后七八次来到这里采风，并和有关人员探讨所城未来的发展道路。第一次到来，所城里大街 57 号就引起了我的注意。

这是一座典型的清代民宅，为三进四合院，共有三十八间房屋，正屋每排五间，前后四排共二十间。厢房东西各三间，每个四合院落里有六间，共十八间。第一排临街，第二排为客厅，第三排为主人住房，第四排是内眷。中间的四合院比前后两院高出三十厘米，体现了主人高人一等的位置；东厢房比西厢房高出三厘米，体现了中国东比西高的传统文化。临街房的东头辟出一间做街门和过道间。街门占用的是过道间的前部，门前是三级青石台阶，门枕为整块青石做成，方正厚重，门槛高大；门两边是青砖砌成的砖码头，门框的上方是考究的圆形门楣，它的上方是微微向外倾斜的长方形木匾。这座门楼虽无所城清宅常见的门龛和砖雕的金钢竹或毛竹，但整个门面简洁、典雅、大方、古朴。虽经百年风雨仍让人心生爱意。

据考证，这所房屋是所城刘氏千户的后裔刘润福于晚清时期所建。当时刘润福经营染坊、房地产等大买卖，可谓富甲一方，时谚“芝罘有刘润福，福山有赖方浦”。这座房子正是他兴盛时所建的，布局、选料、工艺创一时之最。然而，当我去年第一次走进这所院落时，看到的是一派破败景象：本是方方正正的三个院子里全部被乱建的平房、小棚、狗棚塞满，地上污水横流，垃圾遍地，天空中布满了横七竖八的落满了灰尘的各种网线。院中没有煤气、暖气，没有下水道，厕所是挤在旮旯里的旱厕。在一座现代化城市的中心，依然是缺乏现代条件的传统的生活方式，原来的老住户大都搬走了，新住户都是临时租用，任意乱搭乱建，昔日的光彩一点点被剥蚀掉了，对历史街区的消极地单纯地保护，只能是让它一天天走向消亡。

去年8月份，一位先生路过这里，他从破败中看到高贵，从落寞中看到商机，在有关部门的支持下，租下了57号院落。不少设计人员给他出主意，让他大改大建，张扬现代风格。他自有主见，大拆大建既不符合文物保护的规定，也破坏了清代民宅的风格。他觉得房屋的最大价值，就在于它是清代建筑的活标本，这是宝贵的物质遗产，也是珍贵的精神文化财富。他定下了“清理、修复、完善”的六字原则。

数月之间，他们拆除了所有违章的建筑，拉出了三百多车垃圾，三进四合院的格局再次清晰地呈现在世人面前 。紧接着他们马不停蹄地修复、油漆破烂的门窗，粉刷墙壁，每块砖头、石头也都进行了清洗。多年受到冷落的古树古木得到了最好地呵护，重获生机。煤气、暖气、电气、网络、上下水、抽水马桶等一切现代生活必备的东西全部安装到位，百年古宅获得了新生。

2017年7月12日，入伏，三十六摄氏度，空中无风，大地烤人。

我从所城大街来到57号大院。刚进大门，眼前不觉一亮，大门的结构一点儿没有改变，去年那副行将就木的面孔，却已变脸为一个英俊少年。门框、门匾、大门，过间阁板全漆成了朱红色，气派庄重。淡青色的门枕石与之搭配，赏心悦目。第二进房是客厅。红的门、红的窗、出厦的三根木柱也被漆成红色，在夏日阳光的照耀下特别出彩。走进大厅，宽敞明亮，方砖铺地，房梁粗大，且为少见的双梁，柱头被雕为粗犷的龙形，足显当年主人的派头。大厅东头过间特别富有文物价值，这里每一块青色的基石，都雕有图案，中间是洼下去的方形，外边再雕出围绕方形的图案，总看像一个回字，哪怕是再小的一块基石也都雕成这样的图案。据专家讲，在清代，房基石的花纹是由国家统一规定的，这种花纹的文化含意是，地方拱卫中央，表明清廷一揽天下的意思。这也是考证房屋是否为清代建筑的最好依据。厅前有一棵云杉直冲云天，据说已有百年历史。与其相伴的还有一棵丁香奇树，双干相抱，相扶向上，也是已逾百年。树下有一水池，池中数十尾金鲤，东突西奔，悠然自得。置身院中，仿佛有一阵微风吹来，顿觉凉爽。

进入第三进房屋，为当年刘润福居室，门窗均是旧物，造型别致典雅，房间门为单扇门，虽不似现在的高大，但极雅致。最奇之处是后门外的一棵桑树，有碗口多粗，深绿的树皮，从上到下都是一圈圈细细的纹，像是漂亮的艺术品。树有二层楼高，茂密的树叶间还可以看到不多的红宝石一样的桑椹，一个老住户说，这是一棵公树，它在这里孤独地生活了几十年从未看到结果。然而今年却异乎寻常地结出了果实。主人把它看成是一种祥瑞之兆。我则认为环境的改善，让它有了更好的生活条件，应是“树逢喜事精神爽”吧。

行走在这所三进的四合院里，慢慢地品味着一砖一石，一窗一门，一草一木，仿佛穿越到了晚清时代，看到那些拖着长辫的人，品茶迎客、商谈生意。也仿佛看到那些美丽端庄的小脚女人花前赏月、忘情嬉闹。

正是留住了这些房屋，才让我们感受到清代的建筑、生活、交易、礼节的种种。这些古宅是所城历史文化的根脉，要感谢57号的新主人保护了这些历史之根。

更可喜的是新主人，没有让这些整修过的古宅闲置起来，他在这里打造了一个多功能的文化中心。

在一进院落里，那个当年主人迎客的大厅设置了咖啡厅，来此参加文化活动的人可以坐在这既古朴端庄又温馨现代的大厅里，边喝咖啡边切磋技艺，也可以一边品茶一边聊天。如果饿了，还有牛排、西餐供你享用，足慰你浪漫情怀。在这情调十足的地方，小钢勺碰在玻璃杯上的声音，都是一曲优美的乐章。

随着互联网的兴起，八〇后、九〇后和〇〇后的青年人对于轻奢小珠宝的热爱，到了无以复加的程度。他们还特别热衷于成为独立设计师的粉妹，追求个性化的设计。针对这个群体，他们在二进院规划了春梦发生馆，设计师别出心裁地轻奢小珠宝的设计，为所有喜欢独立、原创和新奇的人们带来无与伦比的产品感受。

当然，这些只不过是57号里的小摆设，或者是一个点缀，一个附庸，一个凝聚人气的手段。他们真正要做大做强的是所城文创馆。在一进院的大堂和二进院部分空间，为书画大家和本地优秀设计师、插画师、漫画师设立了雅致的画室，文房四宝，一应俱全。他们成为所城里大街57号的第一批签约画家。

三进院第四排房子已经成为高端文化艺术品交流中心，房中陈列着从全国搜集来的竹、木、牙、角的珍品，四尊来自江苏的泥塑更是神态毕现。房中陈列最多的是为知名书画家展出销售的作品。还有一些市场上难得一见的书法、文玩古董等佳品，也是对外出售的。

在古老的院落里，生发出一株株的文化新芽，使这里成为文化产品的创、展、销合一的综合文化中心。

现在，这里的文化活动日渐增多，大堂不时邀请京剧名家、小品相声、手工艺人、非物质文化遗产传承人等在此表演或献艺。二进院是新品发布会、企业会员内部交流会和高端旗袍秀的现场。三进院是举办茶道、香道、花道的地方。这里还是著名画家王云的创作基地、芝罘少年儿童的写生基地。人如流涌、欢声笑语、轻歌曼舞、文气沛然，一派现代生活的气息。

我对所城“保护历史的根，生发文化的芽，结出现代的果”的设想在这儿完全变成了现实，兴奋之状难以记之。

心中感慨正无处表达，恰巧新房主回来了。他把我让到他的办公室里，向我讲了他租用的初心和整修利用的思路，我的赞赏之心，不觉溢于言表。我觉得他是个有见识、有思路、有行动力的人。我特别强调：“你的思路是非常对的，所城是一个历史街区，它不同于一个文物要原样地保存。一个街区，还生活着那么多的人，走单纯保护的路子，只能使它由破败而走向灭亡。我儿子和儿媳都是同济大学的博士，他们专门研究过历史街区的保护，写过《城市文化生态保护》一本书，特别强调历史街区必须走保护、更新、使用的路子。”我还对他说：“你选择的正是这样一条正确的道路，所以就走向了光明，走出了希望。”

他听了也十分兴奋，对我说：“我会沿着这条路扎扎实实地走下去。”

在所城反反复复的采访中，我也在仔仔细细地思索：所城要走保护性开发的路子，要花费巨资，对政府可以说是不堪重负，可是不去面对，任其发展，只能是自我消亡。我曾试探性地提出看法，政府只负责规划和道路、水电、煤气、暖气、厕所上下水等基础设施的投资，具体房屋的保护、更新、使用由房主和投资人执行安排，由点到面，逐步发展，终会成为气候。从57号的成功实践中，让我们有理由相信，按照57号的经验一年一年地干下去，异日之所城，必将成为文化创业基地、作品展示平台和文化产品的交流中心，大可与今日之成都宽窄巷、北京锣鼓巷媲美。所城梦圆指日可待。

走出57号大门时，已是傍晚，但太阳依然如火烤人，特朗普不相信地球变暖，我们可要面对现实。

2017.7.15

载于《烟台散文》2017年秋季卷

风清荷香在蚕庄

盛夏之季，受《烟台晚报》徐绍磊主任之约，我们几个文学“老顽童”来到招远市蚕庄镇采风。

蚕庄数经未进，然因多年研习烟台历史，在我心中早已有些熟稔，它古为曲城县所在地，现在我家乡莱州的西由、梁郭等地曾均属它的领地。现在曲城村还有一地高耸，前立一石碑，上有曲城遗址等字样便是明证。此地处于掖黄小平原，沃野坦坦，阡陌相连，地下又遍藏金矿，真是一片宝地。这里古今都出过几个名人，颇为当地人所自豪。也许是因为历史上同我家乡的关系，我对这个地方竟有几分自来的亲近感。

到得蚕庄从车上走下，顿感热浪扑面，顷刻汗如雨下，看了一下温度表显示在三十七摄氏度上，唏嘘间，方知今天是入伏。正是高温的正日子，老天是守信的，是我们没有顺天行事，心内颇觉焦躁。

因此原因，我提议不进会议室直奔村子去看看。车在赤日炎炎的乡间穿行，没想到，村与村间都是平直的柏油路和光滑的水泥路，如同条条柔顺的绸带，路两边都植有杨树、柳树，整齐壮健，路到哪里，树到哪里，毫无间隙。透过树木可见玉米、谷子、高粱都是疯长之时，茂密繁盛。车随路转，绿浪滚滚涌进来。绿真是人的生命之色，满目的绿使满车的人都静了下来。车所过十余村庄，无不道路平直，绿树荫荫，红花朵朵，红瓦白墙，间或有凉亭、石桌、石凳杂处其中，更有一处处健身器材、宣传栏、孝德榜立在显耀之处，还有三五乘凉人树下亭前闲坐，煞是一幅幅新时代的山村乡野图。

不见了鸡飞狗叫，不见了粪堆、土堆、草堆，虽然仍然可见不少旧屋，但无不干净整齐，处处是一派清新和乐景象，这欢乐的气氛不觉间又冲掉了若干的暑气。众人还在惊诧中，似有一片巨大的绿色的雾团氤氲在强烈的夏阳中，细看却是一片望不到边的高大树林的叶片反射的光波。漂亮的陈副镇长告知，这是前孙家村的公园，真是闻所未闻。下车细看，非是枉言。只见，仿古的阁、亭、台、廊，金顶黄瓦、红柱，气势非凡；石桥流水胜似江南；又有古槐如虹，老柳新枝，万花争艳，百鸟鸣唱。不觉信步走进林内，只觉清风习习，直进肺腑，风生凉意，周身暑气全消。在暑气腾腾的入伏之日，竟能享受如此清风，真是匪夷所思。更令人羡慕的是这所公园是在村的中心，几乎家家户户都能享受到这美景清风。此时，园内有一老者正坐在水池边观鱼，有一老者像小孩一样在树荫下玩陀螺。有一看去六十多岁的妇女戴一白色宽凉帽，穿一浅紫花衣，也在闲坐，便去攀谈。她说自己家种了两亩多地，吃穿无忧，村里还发面发油发煤气，过年过节发福利，住院村里全部给报销，过得挺满足。我原以为她只有六十岁，问了一下竟七十一岁了，我夸她不像这个年龄，她笑得像个小姑娘，旁边的人也插话，现在日子过得滋润，村里环境又这么好，想不年轻都不容易。蚕庄人讲话口音同我这个莱州人一般无二，我们聊得热火朝天，大家要看下个点，只好恋恋不舍地离开这片清凉之地。

不一会儿，又看到一座村庄，红瓦如云，绿树如盖，气象不凡，庄子向外的一面墙壁看来是统一修建的，花石做基，青砖打垛，青瓦做墙头，墙壁都抹为白色，这使村子一下子有了古风古意。转过墙去，一股荷花的清香悠悠而来，荷香总是香而不浓，清而不妖，是清心爽目的雅士之气，是很宜于消暑的。这种荷香在白洋淀的万亩荷淀里嗅过，在杭州的西湖里嗅过，在济南的大明湖里也嗅过，没想到今天在一个普通的乡村嗅到了，这使大家都振奋起来。再拐一个弯，只见一条宽约数丈、长不见尾的小河环绕在村附近。荷叶肥厚舒展，立于荷叶之上的枝枝荷花尽情舒展，笑迎看客，枝枝荷苞充盈饱满，枝枝莲蓬弯向水面，似有莲子欲出。我过去见过的荷塘在一片绿色中，总会有残花枯枝碎叶，如此繁茂荣盛气象真是从未见过。可见村民为了这些荷花是用了心下了力的。大家在河边久久徘徊，一次又一次深吸那荷花的清香如饮甘露。问了一下，这个村庄叫林村，因为这荷花谁也忘不了这名字。

炎夏时节，蚕庄镇竟是风清荷香，给我们呈现了一幅生态、文明、富饶、和乐的美丽乡村画卷，我决定要讨个明白。下午回到镇驻地，就进了镇党委书记的办公室。书记姓曹，名是一个单字为胜，很好记，人长得高大英武和气可亲，问了一下年龄，四十又四，已在这里工作了五年。他说早就知道我，我因了那风清荷香，也已对这地方主官另眼相看。心心相印，谈得很深入。他说，蚕庄是个好地方，我们有责任把青山绿水留给子孙后代，不能在我们手里糟蹋了。我经过的地方比较多，过去村村办工业，处处冒黑烟，其实地处偏远的农村，由于资金流、技术流、人才流、物流的缺乏和不便，成功的很少，环境破坏得却不轻。因此，从蚕庄的实际情况出发，我们坚持生态发展，上了一千亩的黑牛养殖场，在牛棚上又发展了光伏发电，这些项目既利用了我们当地的资源优势又不破坏生态，大家欢迎。有人要花几个亿买我们的一个山沟放尾矿，我们没同意。有人要在这里建化工工业园，我们也没干。破坏生态的事坚决不干，我们就把力量向建设文明新村上倾斜。修路、种树、整治村容村貌，让老百姓的日子过得更舒服……他的话掏心、朴实，让我听得感动、舒心，也仿佛是一股清风吹进了我的心田。其实正是因为有了地方官员的清风正气，才有了夏日里蚕庄的风清荷香啊。

返回烟台的路上，有位老兄发现自己的皮鞋在农村奔走了一日，仍然光洁如新，很是惊异，大家再看自己的鞋子无不如此，相视片刻，禁不住同声大笑。

2014.7.20

载于2014年8月《烟台日报》

冬日里的春光

在冬日，面对滚滚的寒流和凛冽的冷风，人们总会向往亮堂堂暖洋洋的春光。我到栖霞衣家村采访的时候恰是立冬后的日子，在这里却让我真的感受到了让心头发热，浑身发暖的生机盎然、热气腾腾的春天。

从烟台出发，跑了两个多小时，终于抵达了大山的深处。在衣家庄村委会大门前下车，放眼四顾全是望不到边的山头，感觉就是掉到了一个山窝窝里。

几夜寒风，荡涤了天地间的尘埃，换却了大山葱绿的容颜，层层山岭，在冬阳的照耀下，明暗对比强烈，成熟为一个个利落、挺拔、坚毅的壮汉。在这些严肃的面孔前，心头不觉增加了几分高山仰止的豪情。

村委会锁着大门，我们向原野走去。出门就是山，一脚踏上的是山路。路是五米多宽的平整的水泥路，走在上面很舒坦。冬日的阳光洒遍大庙岭的山山岭岭，这条银灰色的水泥盘山路，在阳光的照耀下反射出鲜亮的光泽，只觉它像一条光滑的绸带飘过几个山头，轻柔地连接了山上和山下，连通了这座山和那座山，路的里面是用石块砌成的新鲜齐整的石堰，像是一座坚硬的铜壁，外侧是一条与路同行的石条，护卫着通行车辆。

顺路而上，在一个山头上见到了一个巨大的圆形水池，让人立刻联想到贵州深山里的那座天眼。池水像是一面圆形的大镜子，青天倒映在里面，白云倒映在里面，绿树倒映在里面，就是一幅画。正在为黑色的砌石用水泥泥缝的三位村民黑红欢快的脸庞也倒映在里面，他们是这幅画的庄严的主角。水池的水是用高压水泵从深井里抽到这里的，它们会顺着微灌水管输送到每棵樱桃树前。

站在这里，可以看到山根下一片红瓦相连的衣家庄，像是一片冬日里的红云。离它不远的地方是一座连一座的白色的大棚，像是一座巨大的军营，那是村民们刚建的附加值高的玉木耳新品种基地。

再走到一个山窝里，一幕活剧出现了，山根下是一排窑洞式的猪圈，用白色的石栏杆围成一个个猪栏。这是衣家村新建的藏香猪养殖基地。随着轻快悠扬的“猪八戒娶媳妇”音乐的响起，只见几百头藏香猪从山上沿着山沟跑下来，顿时，几条山沟仿佛变成几条黑色的小溪流下山来。它们都汇聚到猪圈里来，争抢着饲养员撒下的玉米，藏香猪已形成了条件反射，只要听到音乐响起，就会争先恐后地往山下跑，个个憨态可掬。大家笑得前仰后合。

在这冬日里的一幅幅鲜艳、生动的画面，一扫冬日的冷漠和暗淡，为大地组合成充满勃勃生机的春天的景象。这冬日里的春光，让心中充满了温暖。

从山上下来，我们回到村委办公室。不大会儿，一个身穿黑色紧身棉袄，脚蹬一双沾满了泥巴运动鞋的中年壮汉推门而入，利落的步伐透着军人的气质，身后仿佛是带进了一股风。平头，黑黑的脸膛，额头上有几条深深的横纹，明亮的眼睛透着山里人的质朴。他同大家握手，我握着他的手，感觉到砂纸般的摩擦，他的手背是黑褐色的，手坚硬有力。有人介绍，他就是村党支部书记衣元良。

不能不惊，现在的村支部书记大都“现代”了，他给人的感觉却是一个地道的山村劳动者。他让我想起了当年那些始终和农民一起摸爬滚打，战天斗地的农村党支部书记，王永幸、张富贵……

谁说人不可貌相，就从他黑黑的脸膛，粗粝的手掌，我就对他产生了好感和深深地敬意。不整天上山劳动，脸和手会是这样吗？不天天和乡亲们在一起劳动又何必穿成这身劳动装？现在像他这样同老农民们“同吃同住同劳动”实在是不多见了啊。

不等他坐下，大家就急不可待地问他，你是怎么想到党支部办合作社的？

他真诚地说，我当书记有个原则，一切站在老百姓角度考虑事。我们这里是真正的深山区，只有五十五户人家，一百二十五口人。跟风跑，搞土地流转，一是没人肯来做，做了也不一定保证村民生活提高。可是单靠一家一户的力量不可能改变落后面貌的。当时村民最着急的是水不足、路难行。“农业学大寨”时整出的挂在山坡上的层层梯田，只有三十多亩水浇地，其余四百六十多亩樱桃地都是旱田。上山种地没有路，有机器也不能用，往山上运肥，向山下运果全靠肩挑人抬。2016年遇上大旱，乡亲们眼巴巴地看着嫩绿的樱桃蔫回去。当时，我心里急得像火烧，我知道不治水不修路村民是富不起来的。我请来工程技术人员帮助规划，他一张口，惊得我心中直冒凉气，单是修条路就要几百万。请技术人员吃饭还是自己掏的腰包，上哪儿去找几百万。情急之中，我有了一个大胆想法，用现在的话说，也是一个“梦”：学习外地经验，村支部带领村民办个生产合作社，让村民参加劳动，发给工票，有了收益按工票分红。用集体的力量修路治水。

有人编梦，有人说梦，衣元良的梦却发自他“一切站在老百姓角度考虑事”的初心，发自初心的梦是一定会成真，也一定要成真的。

我的内心就因为他有这样一个梦就把他引为朋友，就给了他一个郑重的敬礼，只有心里真有群众的人，真的把群众冷暖看得高于一切的人，才会无所畏惧地构筑出这样的梦。

村民们想水想路想了多少年，就是无能为力，年轻的有知识的都远走高飞了，村里都是留守的老人、妇女和孩子。能劳动的人平均七十岁，五十六岁的是小弟弟。

现在衣元良要把大家组织起来干，这些“时髦”的“留守人员”个个踊跃。衣元良说，他们焕发了当年学大寨的劲头，开山修路，掘地铺管，每天天不亮山上就响起了清脆的铁锤声，太阳落山了放炮声还阵阵传来。八十四岁的老太太杨淑兰坚持上山劳动，得过半身不遂的老汉衣民也天天出勤。七十五岁的冯翠兰因脑癌晕倒在工地上，病床上她还表示，病好了回去继续干。然而入了院就没再出来 。她拼命跟我干，到死也没有分到一分钱的红，她的家人非常通情达理，他们说，只要有了路有了水，分不分红，无所谓。过去是我催着村民干，现在是村民推着我干。当衣书记给我们说到这些时，他哽咽了，眼里满是泪水。

看着衣书记含在眼里的泪水，我的心也被深深地打动了，多么好的群众，多么好的农民。当你真正为人民的利益操心时，群众会豁上命地跟你干，那产生的力量是不可限量的。

没有亲眼看到村民们顶风冒雪破石筑路，没有看到平均七十岁的老人挥汗如雨，看着放在展室里的那把卷了边、变了形的十六磅铁锤，那根震裂了的腊木锤柄，那一堆磨烂了的手套，就会听到响彻云天的炮声，就会看到那尘土飞扬的工地。

听着这些事迹，看着这些实物，我的眼睛湿润了。不要看轻所谓的“留守人”，不管是老人，不管是妇女，不管是残障人，他们的心中都燃烧着追求美好生活的火焰，当给了他们一个展示平台，一个机会，他们就会焕发出无穷的力量。我要向这些同我一样经历过学大寨的同龄人致以崇高的敬礼。

只要领导的梦是让人民过上幸福生活的梦，他们赴汤蹈火在所不惜，这就是中国可爱的农民，他们永远是中国的脊梁。

衣家村正是在领导的决策和百姓的意愿高度契合的情况下，仅凭几十口子平均七十岁的人，在不到三年的时间里修筑了十二里山路，打出了六眼深水井，建起了两座高山蓄水池，四百六十亩旱田全部变成了水浇地，解决了几百年困扰发展的水和路的问题，每亩樱桃的收入突破了两万元。随着生产条件的改善，生态文明、畜牧产业、大棚产业同步发展……一个社会主义新农村展现在人们面前，真是新时代的人间奇迹啊。

相信不久的将来，那些远走他乡的有知识有文化的村民也会重新回到养育他们的家乡，投入到新生活的建设之中。

在工地上，我见到了两位干活的老人，黑里透红的脸膛，一位叫衣强，一位叫衣振强，名字很有气势，身体也很结实，瘦干有力，两个都属猴，刚好七十六岁。我同他们了解衣书记的情况，他们争着数说他的好处。他是我们村的人，十八岁出去当兵，一走就是十三年。1996年，从部队退役后自主创业，两口子把食品生意做得红红火火。那时，村里的集体经济已一无所有。村里人看中了他的创业精神和能力，找到镇党委，要求他回村干书记。2009年镇党委找到已四十四岁的衣元良，动员他回村干书记，可他老婆不同意。一个转业军人、一个党员应该听从组织的召唤，他也不忍心乡亲们在这样好的年代里还过不上舒心的日子。他一个人回到了落满灰尘的老宅，一干就是十多年，又出力又出钱。他和村党支部领着大伙办起合作社，修路治水的日子里，他同我们一样起早拉晚地抡大锤更让我们感动。我们真心拥护他，愿意跟他干。

在参观的路上，我一直和衣元良走在一起，他对村民拼上老命支持他办合作社十分感动，他深情地谈到村民对他的好，冬季的一个夜晚，全村停电，炕凉如石，他双眼圆睁，难以入眠，这时候，突然传来敲门声，他估计是村里发生了什么急事，当打开门却发现是一位老乡知道他家里不用大灶做饭，炕是凉的，特意给他送一捆柴火，让他烧烧炕。当灶膛里燃起红红的火焰时，他觉得再苦再累也值了。在说着这件事的时候，他的眼眶里溢满了亮晶晶的泪水。

书记一心爱着村民，村民真心热爱和拥护自己的书记，亲如一家，情同手足，正是有了这样的干群关系，村支部带领村民办合作社的梦想才变成了美丽的现实，才有了小小山村冬日里的春光。

衣家村虽小，它的实践却揭示了许多大道理，我希望有机会再去衣家村，从他们那里汲取更多的正能量。

衣家村冬日里的春光将永远在我心头闪亮。

2019.12.10

2020.1.1 再改

载于《烟台散文》2020 年春季号

全真道茶赋

茶为国饮，道茶奇葩。发祥昆嵛，成于七真。薪火相传，今在步鹤。北茶名萃，享誉华夏。茶中盛事，故以赋之。

胶东福地，昆嵛仙境。茂林修竹，怪石奇峰。碧池座座，媲美天上瑶池；泉水处处，恰是地生玉屏。若夫云海万顷翻卷，雾锁烟树，摇曳临风；或则雪凇百里勾连，冰覆青松，披玉飞琼。更有暴雨骤至，顿生瀑布千条；微风鼓荡，满山花开似锦。巍然神山之象，历为道家憧憬；粲然桃源之境，代有墨客登临。

金元之季，天下纷争。王重阳师，乘势而行。东来昆嵛，传教布道，三州信者万众；收得七徒，总号“七真”，首立全真派宗。大定八年暮春，七真上山安营。烟霞洞面壁悟道，神清观打坐三省。修行需要茶随，南茶移栽山中。采蒸捣拍焙穿封，各司其职；王马谭丘刘孙郝，各显其能。道心育茶，循自然之规，得无为茶、自然茶丰；道艺烹茶，行丹道功法，令紫芝汤、神砂汤澄。依道植茶，顺应自然，无为而治溢香；品茶修道，身清心和，全真道茶终成。茶中有道，茶香飘于四海；道中有茶，文化播于八境。茶道经久而醇，至今溢香；道茶相合而彰，全真茶兴。

张君志刚，心系全真道茶；步鹤山下，千亩茶园争荣。承道法自然之精粹，得天人合一之真经。俯首深耕，敬天炮制，北茶大旗高擎；大胆突破，科学研发，烟台黄茶横空。挖掘道茶精神，茶技师得授；弘扬道茶文化，“北茶张”立名。延请名师作画，嘱吾作赋纪之。

噫吁兮！张君者，今朝有志茶事，来日必建伟功。

庚子年腊月二十三日（2021.2.4）

于北斗书屋

载于《烟台散文》2021年春季卷

勿负春光

春光来了，来了，来了！

春光是什么？是晨曦从大海中升起的鲜嫩的太阳。她亲切又温暖，不是冬日的冷漠，不是夏日的炙烤。

春光是什么？是远看如绿雾的柳林，是艳而不媚的如粉云飘荡的桃花，是东方美人式高贵又典雅的海棠，是满山遍野的簇簇金黄的迎春，是大气火红火红的木棉，是迎风招展的杜鹃，是让人驻足观赏的玉兰……是它们装点起风情万种的春光。

春光是什么？是万物复苏，是蓬勃向上的气势，是一切在成长的力量。旷野的小草在长，岸边的大树在绿，经历了一个严冬的小麦在起身，蛰伏了一冬的韭菜正在抽出稚嫩的绿芽……整个的大地都整装出发。

春光是什么？是脱掉厚厚的棉衣，更能亲近自然的愉悦心态。是少女们不顾微凉最先展露胸前的一抹雪白，是白发老翁在晨光里打出的悠悠太极，是俊男靓女们骑着山地车的竞逐……喜悦欢快的心劲，伴随着春风飘荡在任何的地方。

春光给人带来的是希望，是向前的力量，是对美好生活的向往。无论你身居何处，是高楼还是陋室。无论你在什么岗位，是高官还是民工。无论你是何种心情，是快乐还是沮丧。春光公平地照耀在每个人的身上，接力春的希望，凭借春的力量，保持春的心态，为了争得更美好的生活，直面当下，挺胸向前，勿负春光。

2021.4.9

载于2021年4月14日《烟台日报》

喜迎辛丑

我已经年龄不小，但庚子年的除夕之夜，我还像年轻人一样，兴致勃勃地坐在电视机前，等待着零点钟声的响起，这一刻盼得太久了。

当钟声终于鸣响的时刻，我无比兴奋，无比激动，喜悦得像一个孩子。过往的除夕也常常会听到这一时刻的钟声，但从来没有像今天这样激动。因为在我心中，这洪亮的钟声是对难熬的庚子年的挥手告别，是一声对充满希望和光明的美好辛丑年到来的问候，是一个可以预期的喜悦的转折。

在庚子年到来之前，就有人在我眼前说，庚子年是不会平安的，因为前推六十年前遇到了重大的自然灾害，再前推六十年是八国联军打进北京。我对此将信将疑，因为这并没有科学的依据。然而，果不其然的是突如其来的新冠肺炎闹得世界不得安宁，是党中央的坚强领导和全国人民的无比团结与奋斗，才渡过生死难关。过去的一年，每个人都经受了太多的不安、焦虑、困难、委屈。我真的希望这一年早早地过去。

当辛丑年的第一声钟声响起时，我怎能不激动万分，怎能不豪情满怀。此时，我的眼前不自觉地出现了唐代韩滉的充满生机和力量的五牛图。辛丑年是牛年，象征着强壮、活力、吉祥、丰收。它还是孺子牛、拓荒牛、老黄牛精神的象征。它的到来就带着一股鼓舞人心的力量和无限的温馨。

更有好事人说，汉字的疫情、痛苦、疾病、生死存亡都是二十画，这一切已经随着2020年过去了。而健康、幸福、富贵、和睦、勤奋、崛起和龙的传人这些美好的字都是二十一画。它伴着2021年来到了。这不过是一个巧合与凑趣，但它却更增加了我欢迎辛丑年的喜悦。譬如是一壶茶，当你给它赋予文化的含义后，你喝起来就会更有滋味。

辛丑年有许多的大事和喜事。2021年是中国共产党百年华诞。是实施“十四五”规划的开局之年，是全面建设社会主义现代化国家、向第二个百年奋斗目标进军的第一年，是实现中华民族伟大复兴的新起点。喜迎辛丑就是庆喜事、做大事，在百年未有的大变局中，在这重要的历史节点上，要自觉地肩负起中华复兴的责任。每一个中国人都要挺起自己的脊梁，不谋一己之利谋国家之利，不争一己之荣争国家之荣。无数挺起的脊梁的组合就是核弹也摧不垮的长城，无数颗火热的心聚合起来产生的正能量可撼天动地，让世界共同发展。

在那些让人担心的日子里，我常常气愤地想，新冠肺炎是一种还没有查清源头的流行性传染病，为什么有人粗暴地把它叫作“武汉病毒”，硬要把锅甩到我们头上，还狂妄地要索赔？为什么那些昔日的“伙伴”也翻脸不认人加入到反华的行列？为什么在经济上沾了中国光的人，吃了馍馍还骂娘？为什么有的人非要把我们的抗疫援助贴上政治标签？为什么我们谋自己国家的发展，被视为眼中钉？为什么我们走和平之路却被人视为威胁他人？

此刻，我想明白了，他们就是怕中国强大起来，他们就是处心积虑地、挖空心思地不想让我们强大起来。

俗语说：“听兔子叫耽误播豆子。”任由他们叫喊去，站在“两个一百年”的历史交汇点上，在新的历史阶段里，我们一定要树立新的理念，发扬“三牛”精神，建立起新的更加宏伟壮丽的发展格局，实现中华民族的伟大复兴。当我们真正完全地强大起来之后，那些别有用心的人将不得不改变霸凌作风和毫无道理的反对。

2021.2.15

载于2021年2月26日《烟台日报》

第三辑

风流人物

康乾的印记

说起清朝，我总气不打一处来，腐败无能，丧权辱国，割地赔款。甲午海战，舰飞烟灭；庚子之年，圆明园烈火，皆是永世之恨。

初秋之时，我去了一次河北的围场和承德，在故宫里看到的康熙和乾隆的画像，一下子仿佛看到他们活跃在山水间的纵马扬鞭的身影……他们留在山水间、穿越历史云烟依然闪闪发光的政治智慧，像一场突遇的风暴撞击着我的身心，禁不住为他们鼓了一次掌。

围场，把长城修到人心里

这次出来原本是要奔张家口坝上看五花草甸的，没想到秋的步伐向这里跑得太快，浩瀚的花海已无花可看，所有凋谢的花朵在太阳的炙烤下，都像是一团黑乎乎的墨，它们集合在一起把失望的情感使劲儿地抛给你。于是我们就出沽源，走坝上，过内蒙古的多伦，直达围场。这里方圆六百五十多公里，总面积一万五千三百多平方公里。三十年前设立了围场县。现在开辟了塞罕坝国家森林公园。

8 月中旬的塞罕坝，已是秋色一片，它呈现出的是一派壮丽的北国风光：高远的天空蓝得浓烈、鲜亮，几丝白云若有若无地悬在空中，像是新娘经不住蓝天的诱惑抛上去的婚纱。

蓝天白云下面是连绵不断的高山，山上是高大又浓密的树木，蔚然又深秀，秋风吹过发出阵阵声响，如波涛轰鸣，又如千军万马奔跑，气势磅礴。山与山之间是厚厚的草地，厚实而富有弹性，地上的草已是绿中有黄，这黄绿相间的草地顺着起伏的土地远去，像是荡起了一波一波的浪，使秋野显得更加辽阔和悠远。有苍鹰慢慢地从蓝天下掠过，又有苍鹰使劲地打开双翅，是不动的动，完全是引而不发的态势，反而呈现了最大的威慑力。黄牛和白羊间或隐没在草原里，使这里更充满了诗意。这恐怕也正是塞外秋意无心的张扬。

山和水总是相连的，山间有水不是太宽，但又是十分湍急，据说它是滦河的发源地。还有一处很大的湖泊，水面平静又清澈，蓝天白云倒映在里面像是一幅画。

在漂亮的白桦林前留影，在激荡的河水里漂流，在碧蓝的湖水里泛舟，在广阔的草原上纵马，我仿佛觉得处处都能看到康熙在这片土地上跃马挺枪的身影，都能听到他雄浑的呼喊，感受到他那不惧凶险、敢于面对一切的气魄和精神。

三百余年前的此时此地，康熙就在这里排兵布阵，举行“秋狝大典”。数万名旗甲鲜明的清兵，将无数的虎、鹿、熊、兔等野兽围堵在一条山沟里，康熙一马当先，张弓搭箭，“嗖”的一声将一只正在跃起的斑斓大虎直射在地，紧随其后的龙子龙孙、王公大臣、蒙古族显贵一拥而上，万箭齐发，正四处逃窜的野兽纷纷倒地，士兵的欢呼声直冲霄汉。入夜，大帐内明烛高照，大帐外篝火熊熊，帐内帐外，推杯换盏，欢声笑语。席间，康熙将猎获之物，分赏给功臣和蒙古族王公，顿时，上下同乐，满、蒙、汉君臣同欢，一派和乐气氛。

围场的选择和秋猎的制度化都是康熙力排众议的“独断”。满蒙合作是清朝的基本国策，经过几代苦心经营本是大局已成，但他从顺治手中接过了天下后这一问题又有异动，与此同时，沙俄也对清朝北部边境虎视眈眈，频有挑衅。面对内外矛盾、四伏危机，康熙敢于承担，勇于面对，三次亲赴塞外，实地考察，寻求解决的良策。康熙二十二年（1683）夏季，塞罕坝上尘土飞扬，万马飞奔，康熙带领文武百官、八旗将士来到这里，无边无际的林海像绿色的海洋迎面扑来，君臣们沿着迷宫般的山林沟壑而上，放眼眺望“万灵萃集，高接上穹，群山分干，牲兽蕃育”，禁不住心旷神怡，连加赞许。独具慧眼又心有所系的康熙却发现这里是“左通辽沈，右引回部，北控蒙古，南制天下”的战略要地。在飞驰的骏马上，一个在此建立围场“习武绥远”的旷世构想形成了。没想到庙堂之上，竟发生了君臣相对的局面，有些臣僚发出了劳民伤财的议论，早已胸有成竹的康熙侃侃而谈：大意是，这个地方，地接蒙古大漠，雄视中俄边境，在这里建立围场，既可通过行围猎强兵习武训练部队，又可加强对蒙古的联系和管理，把他们团结在周围，同时也为抗击沙俄做好准备，是一举数得的布局。群臣听后无不叹服。

围场选定后，康熙亲自主持了第一次声势浩大的“木兰秋狝”大典。从此，每年组织一万二千余人来此围猎。据清史记载，从第一次围猎到康熙去世的四十五年中，他来此行围四十八次，有时一年来二次。北巡和木兰秋狝成为了康熙后半生占有十分重要地位的活动。

修建长城是中国历代皇帝的“传世之作”，从秦始皇发明到朱元璋之时修得依然热火朝天。到了清代为什么突然就改了版呢？康熙帝已经作古，无法对话，我猜度，康熙一定没有忘记，当人心倾倒之后，巍巍长城不过是一个吓人的摆设，当年清军是在吴三桂打开城门后迎进关内的，而离此不远的锦州段长城下的隧道本是大明军准备突袭城外之敌的，结果在内奸的指引下，反而成了清军进攻的便利通道。康熙应该从中悟出了一个真理，真正的长城是人心，人心倒了，铜墙铁壁的长城不过是形同虚设。他写道：“守国之道唯在修德安民，民心悦，则邦本得，而边境自固，所谓众志成城者是也。”虽然无法同他对话，白纸上的这段黑字确定无疑地摆明了他在对待外敌和外族的问题上采取“不修长城修围场”的战略决策的深意和初衷。

四十五年的漫长岁月证明，康熙设立围场的做法，是大胸怀，也是大手笔。康熙创设围场和年年秋季围猎的举措的确是把长城建到人们的心里去了，因为围猎，使自己的士兵常怀警惕，在心中建了一座不倒的长城；因为围猎（其实也相当于今天的军事演习）充分展现了清朝的强大实力，使内外对手，望而生畏，在对手心中筑起了一座长城 ，使他们不敢轻举妄动；同时，因为围猎也加强了各民族上层的沟通和了解，密切了关系。看似平平的围场却解决了军队培养和治理蒙古两大难题，真正是一项富有气魄、富有创见、富有远见的战略举措。

民族之间有时发生矛盾，如同兄弟之间闹了意见，无论是过去，还是现在，或者未来；无论是外国，还是中国，概莫能外。关键是既不能反应过度，又不能置若罔闻，重要的是勇于面对，正确应对，拿出好的举措，只要处置得当，便没有摆不平的事情。

喇嘛庙，胜似十万兵

从围场向南走四百里就是承德，车进承德，只见群山环绕，苍翠如屏，中有武烈河缓缓流过，确是青山绿水，气度不凡，无怪乎为康熙选中，在此建了避暑山庄。山庄完全借助自然环境，顺势而建，东南湖区、西北山区和东北草原的布局，共同构成了清代疆域的缩影，不愧是中国最大的皇家园林。初秋的山庄里依然是万物繁茂，人流如织。宫殿区里宫阙相连，宝物如云；湖区里红亭翠阁，遥相呼应；平原区内更是绿草如茵，风景似画。走在其间真是美不胜收，心花怒放。

然而，真正打动了我、震撼了我的是环绕着山庄建起的一座座庙宇。因为从这些庙宇中可以感受到康乾祖孙二人解决民族矛盾的大胸怀和让人心服的大智慧。

站在山庄山顶的二马道上，放眼四顾，一座座金碧辉煌、气势宏大的建筑群，若隐若现在一面面绿色的山坡上，自西向东有“普陀宗乘之庙”“须弥祝寿之庙”“普宁寺”“溥仁寺”等十二座庙宇，这是康乾祖孙先后用了八十多年的时间修建的。在这些庙宇中有八座是由皇家供应的喇嘛主持的，在北京专门设了一个管理机构理藩院。这些庙宇建设时间之长，数量之多，规模之大，规格之高，不能不说是空前绝后，让人叹为观止。

走出山庄，我们先去了普宁寺。这寺建于乾隆年间，规模宏大，前面依次是山门、碑亭、钟楼、鼓楼、天王殿、大雄宝殿，是纯纯正正的汉式的“伽蓝七堂”式寺庙结构。过了大雄宝殿可就完全不一样了：一座座碉堡式的白色建筑沿山势逐次向上，这碉堡式建筑通体白色，高约数丈，并有盲窗数个。原来这就是著名的曼陀罗，是仿西藏三摩耶庙之式建造的。后来，我们发现普陀宗乘之庙、须弥祝寿之庙也都是汉藏合璧式结构。更令人称奇的是殿内的佛像也是汉藏都有的，在普宁寺前面大殿是藏式佛像，而后面大殿就是汉式佛像。在须弥祝寿之庙则更有意思，一个大殿中，中间是藏传佛教的大师宗喀巴塑像，而周围则是十八罗汉塑像，这在别的地方是没有的。由此可见乾隆当年吸收和尊重各族文化和宗教的细腻用心。

离普宁寺不远的须弥祝寿之庙是专为迎接六世班禅而修建的。乾隆四十四年

（1779），六世班禅亲自提出要到承德为乾隆祝七十大寿。乾隆十分高兴，动用重金，调集了大量物力、人力到承德，白黑施工，仅用不到一年时间就建成了仿班禅西藏住处的须弥祝寿之庙，供班禅祝寿时居住和活动之用。同时在北京香山建庙一处作纪念。班禅到达承德后，乾隆亲自主持隆重的欢迎仪式，当班禅欲行跪拜之礼时，乾隆抢前一步扶起。祝寿之时，乾隆携班禅同登宝座，接受群臣和使节的庆贺。乾隆对班禅的敬重让所有喇嘛感动。后来班禅不幸染天花去世，乾隆异常悲痛，亲为准备后事，用赤金制班禅肖像一座，又用七千两赤金打造金塔一座，装班禅肉身。这对蒙藏僧俗又是一次心灵震撼，无不倾心感念乾隆皇帝和清政府。

普陀宗乘之庙是外八庙中规模最大的一座，是仿西藏布达拉宫而建，故有“小布达拉”之称。整座建筑从山脚至山顶，占了整座山坡，气势恢宏，庄严富丽。远观山顶的大红台，巍峨高耸，整体呈方形，通体红色，排排白色盲窗镶着黑边，如一只只灵秀的眼睛，通观酷似布达拉宫。大红台之上的万法归一殿是这里的主体建筑，大殿为重檐尖顶，巨大的尖顶上覆盖着紫铜鎏金鱼鳞瓦。据史载，每片瓦用铜四斤七两，用上等黄金三钱，共用黄金一万四千多两。站在红台之上，只见金顶闪闪发亮，在秋日照耀下惊心动魄，实为天下奇观。其中有几十片金瓦呈现出青黑色，是日本兵当年用刺刀把上面的鎏金刮走了，他们本想全部刮走的，但在刮金时，有一个日本兵掉下来摔死了，他们认为是佛祖显灵，便不敢再刮了，否则这一天下奇观就不复存在了。据说殿内原来还有一价值连城的金丝佛像，民国时期被军阀汤玉麟盗走了。

承德的寺庙众星捧月般拱卫在避暑山庄的周围，无不庄严，无不富丽。我禁不住问当地人，康熙和乾隆当年为什么投入大量的人力、物力、财力来建这些寺庙。他们笑答：一座喇嘛庙胜过十万兵啊，康熙即位后看到塞北和西北地区的蒙、藏民族多信奉喇嘛教，采取了“因其教，不易其俗”和“俗习为治”的政策，为了尊重蒙藏民族的宗教习俗，便大修佛教寺庙，大力扶持喇嘛，以使这里的僧俗“民心悦”，并心甘情愿地接受统治。其实，这也正是我思索的结论。兵法云：“攻城为下，攻心为上。”在与对手的竞争中，能征服对方的心，才是最彻底、最高尚、最伟大的胜利。从康熙到乾隆，都是有着极高政治智慧的人，他们正是站在了争取人心的高境界上，才不惜重金在避暑山庄外修建了金碧辉煌、气势恢宏的皇家寺庙群。这一看似与政治无关的举措，却起到了合内外之心、成巩固之业的政治作用，维护了多民族国家的团结和统一。据记载，康乾之时，“蒙古王公，喀尔喀及四厄拉特……莫不倾心托命，奔走府伏，来享来庭。”这些文字现在读来仍令人十分感动。

到普陀宗乘之庙，进了山门便见一座高大的黄琉璃瓦碑亭，亭中并排耸立着乾隆亲笔撰写，用满、汉、蒙、藏四种文字镌刻的三通巨碑。其中一通是《土尔扈特全部归顺记》，记述了一段千古传奇。16 世纪，我国西北边疆居住着土尔扈特、准噶尔等四部，后土、准两部首领不和，为避免冲突，土部西迁到地旷人稀的伏尔加河流域。18 世纪，沙俄势力逐渐扩展到这里，远离祖国的土尔扈特部陷入了繁重的徭役、赋税，以及残酷的刑法和灾难之中。后来他们知道了清朝尊重和厚待蒙古族人的消息，决心回归祖国。乾隆三十五年（1770），土部首领渥巴锡召集全部战士焚烧一切庐舍和船只，义无反顾地带领三万三千户，十六万九千人浩浩荡荡东归祖国。他们不顾沙俄围追堵截，浴血奋战，丧失了全部财产，约有十万人倒在东归的路上，最后终于回到祖国。乾隆下令调拨二十万两银子的粮食、布匹接济他们，安排在伊犁河流域居住。随后又封渥巴锡为卓里克图汗，并亲自撰写碑文纪念。一个部族在离开祖国后一百多年，再重新回归本土，这实在是康、乾处理民族问题以心为上的最成功的也是最有说服力的证明。

大清朝的两个有为之君康熙和乾隆早已转身走进历史的深处，可当我在承德匆匆走了一圈之后，却发现他们祖孙两人的身影却依然留在这片苍茫辽阔的土地上。其实也不只是影子，如实地说，他们的雄才大略、文功武治还留在这里的山山水水间。

历史是一面镜子，智慧可以穿越古今，在围场和承德走了一圈之后，我要由衷地为大清鼓一次掌。

载于《人民文学》2014 年增刊
获人民文学第二届“观音山·美丽中国”全国游记征文奖

娱亲记

在我国有个传得很久的故事，名为“戏彩娱亲”。说是有个老莱子，他特别孝顺父母，尽拣美味供奉双亲，七十岁尚不言老，常穿着五色彩衣，手持拨浪鼓如小孩般戏耍，以博父母开怀。一次为双亲送水，进屋时摔了一跤，他怕父母伤心，索性躺在地上学小孩子哭，二老大笑。

少时，听了这个故事，颇不理解，七十岁的人还用拨浪鼓逗父母玩，真是能搞笑。

现在，我已六十又五，比老莱子小了五岁，母亲已是八十八岁，比老莱子的父母小不了几岁，情景有些相似，由己推彼，便明白了老莱子的看似玩笑的举动，其实是孝敬父母的最高境界。

在我和母亲的相处中，我懂得，对老人的孝，第一是让他们衣食无忧，第二是不能惹他们生气，第三是让他们快乐。细想起来，我是把这几点都做到了，特别是为了让母亲生活快乐，还真是用了一些心思。

那是 1987 年 1 月，离春节还有五天的时间，父亲去世了，因此事的打击，不久，母亲也得了脑血栓，幸亏抢救及时，才没有留下后遗症，但基本不能做什么劳动了。为了让她有一个幸福的晚年，我就把她接到烟台来了。

我始终弄不懂人到底是不是有命运，但回看我母亲走过来的路，总体是幸运的。我的母亲出生在掖县城里东南隅，姥爷在黑龙江靠近边境的叫九站的地方的一家大贸易货栈里当掌柜，收入很高，家里还有几亩地，所以日子比较富裕。因此，她年轻的时候读了几年书，看书读报毫无问题，她的手很巧，能自己出样子剪纸，最生动的是一只金鱼缸上趴着两只猫，猫对鱼缸里的金鱼垂涎欲滴，缸里的鱼紧张地转着圈跑。到了结婚的年龄，姥爷想给母亲找个富户人家的子弟，姥姥说什么也不同意，她要找一个长得漂亮又品德好的女婿。找来找去，就相中了我父亲。父亲家里穷，结婚的衣服都是借来的，只有帽子和鞋是自己的。结婚后粮食不够吃，她就常住娘家。在当时看这是一桩门不当户不对的姻缘，为此姥爷常常抱怨。母亲却始终很感激姥姥，她说要不是你姥姥给我找这么个婆家，如果真的嫁到富人家，后来被划成地主富农成分，那还不倒一辈子霉。现在看，她出生在较为富裕的家庭，没有吃过苦，还读了几年书，是那个时代的“知识人”，这使她既养成了文静的性格，又能断文识字。因为找了一家穷女婿，没有“高成分”的苦恼，不用背政治包袱，这难道还不是幸运的吗?

母亲长得好看，现在家里还保留着她年轻时的一张照片，圆圆的脸盘，弯弯的眉毛，两只眼睛特别有神。她又识字又聪明懂事，还心灵手巧。奶奶特别喜欢她，把她当亲闺女待，父亲更是处处疼着她，所以母亲从来没出过大力，受过大苦。

自从我的母亲来到我的身边，就更没有让她为生活操过一点儿心。虽然母亲有了病，可完全能够行动，但我们什么也不让她干，我们把一切都侍候得熨熨帖帖。吃的自不待说，早晨总有两个鸡蛋、一包牛奶，还要加一样补品。中午、晚上总是征求了她的意见才来做，尽量让她吃得可口。穿的妻子总是按时令给她添加，春节时更是里外换新衣，有时弟妹也给她送来新衣，母亲总是急得说，不要再买了，不要再买了，我这么大的岁数了，怎么穿得了。也真是，她的衣柜确实挂满了新衣。母亲是个爱美的人，我暗自猜度，她嘴上不说，心里该是偷着乐的。

她住在阳光充足、保暖最好的一间房子里，床、桌、柜一应家具都是新购置的，闪着黑亮的光泽，桌上放的是我的儿子伟琦给她购置的液晶大彩电，床前还有一张橘红色的可以转的沙发椅，墙上挂着的是我大爷爷亲手绘制的钟馗捉小鬼、铁拐李和东坡采茶图，一个瓷凳上放着一盆吊兰，放眼看去，整个是现代与古典的完美结合。她悠闲地生活着，主要的事情是看电视，她特别喜欢中央台的戏剧和鉴宝节目，有时候也戴上老花镜翻翻书和报，她翻得最多的是我主编的那套“莱州历史文化丛书”，我猜度这一是因为这是儿子写的书，二是因为这里面有她熟悉的生活吧。有一次高兴了，她还重温了年轻时的功课，在阳光下，戴上老花镜，剪了一幅金鱼戏水的窗花，送给了孙子作纪念。她最喜欢的是我坐在她的床前聊家常。从她那里我了解了我奶奶二十三岁开始守寡的苦难，了解了父亲三岁丧父的悲惨，还了解了族人对孤儿寡母的欺负，还知道了奶奶因是七月生的乳名叫巧云，爷爷因为我家门前就是护城河，他的乳名就叫河，而父亲的乳名叫发，母亲因是早晨八点生的乳名叫醒，而姥爷的名字就有些怪，因属相为猪就叫珠儿……母亲在叙说这些事的时候往往处在沉思的状态，目光是温和的，声音像潺潺的小河流水一样舒缓而悦耳。在她也许是一段忆旧，而于我却是那么新鲜，那么入耳入脑，她让我摸到了我家老树的那粗壮的根，也让我踏到了故乡祖宅的那片古老的湿润的泥土。

在同母亲相处的日子里，我有了一个体会：人老了，身体弱了，活动少了，需求少了，最重要的是，活得是个心情。

我的家乡有句俗话“老逞能”，是说人老了不服老。其实这是一种普遍现象，人老了还是要实现自己的价值，并不愿老而无能。我揣摩透这一点，总是让母亲在家里有至高无上的地位。我每次出门都是要叫一声娘，说一句我出去了；每次走进家门也要喊一声，说娘我回来了。早晨备好了饭，要喊一声，娘吃饭了，夜晚给娘摆好了药，要喊一声，娘吃药了，这时，母亲总要拉着长声柔声地答应，说噢或者说知道了。就在这一问一答中，母子都会感受到甜丝丝的亲情。

我真诚地认为，母亲还是当之无愧的家庭高参，有母亲在，她的智慧总是如烛光，照在你前行的路上。当你为一些事皱紧眉头的时候，她的奇思妙想，常常让你眉开眼笑。她回答最响亮的时候，是向她请教问题的时刻，“娘，蒸馒头开锅了，再等多少分钟停火。”调好了饺子馅，我端着盆走到她跟前，“娘，你看看味道怎么样？”这时，她会高声地笑着回答我。今年春节，小孙子回来了，有一次，他想吃虾丸子，这下可难住了我。我又去请教母亲，她一五一十地告诉了我，按照她的指导，剥皮、去头、剁馅、加料、兑水，一道道工序下来，软软的丸子馅就做好了。当锅里的水翻腾起来的时候，下到水里的丸子很快变成了红色，水也慢慢地变红了，又香又鲜的味道立即溢满了全屋，孙子吃了直说好，母亲的脸上立时荡起了掩不住的笑容。在她应该是一种自豪，一种体现价值的快乐和满足。在我，有了问题可以随时请教母亲，她像一座山，可以让我放心地依靠，每当这时候，她也高兴，我们也高兴。她觉得那是实现了自己的价值，我觉得日子过得分外踏实、充实、甜蜜、滋润和完整。

有时候，母亲会定定地坐在那里，默默无语，一副若有所思的样子。问她怎么了，她总是摇摇头，说："没事，没事。"其实我理解她，父亲去世了，又远离故土，思念亲人思念故土都会有的，又常常是自己在家，孤寂、单调的感觉也会有的。我理解她，也许没有完全理解她，但每逢这时，我就会为她的枯坐，为她的默默不语和满头的白发，心中又着急又发痛。于是我就变着法让她乐起来。

玩麻将是一种适合老年人的娱乐活动，不跑腿，不费力，对脑子是个锻炼，可她不会玩啊。于是，我就让在医院工作的弟弟、弟媳教会了她。此后，每逢节假日弟弟、弟媳过来看她，为了让她高兴，就陪她玩几圈麻将。别看她快奔九十的人了，基本上是耳不聋，眼不花，头脑反应特别快，牌摆得快，出手也快，她还喜欢赢大的，总是向"七小对""一条龙"上使劲，而且往往得手，所以赢家总是她的。赢了她也乐，大家也跟着乐。有时候人手不够了，我也凑把手，但我总是输，母亲这时就十分不忍，我的进贡，她就拒收，结果惹得大家都攻击她偏向大儿子，她泰然自若，就当没听见。这时我的心头就偷偷响起了笑声。只要母亲欢乐着，我就欢乐。

我的两个儿子都在外地，我和妻子工作一直比较紧张，当节假日过去的时候，家里又往往只有她一个人。母亲兄妹五人，但都是在外地，只有二舅离得近，在莱州老家，他又是个乐天派，特别爱玩，于是我就把舅舅、舅妈一起接到我家住。他们老姐弟相见，整天有说不完的话，又有舅舅的插科打诨，便更显得热闹异常。时不时的老姐弟们再玩上几圈麻将，更是其乐融融。住了一段时间，舅舅他们回去了，母亲说："让他们来干什么啊，又要管吃又要管住还要管玩，图个啥啊。"我说："就是为了让您高兴啊。"她便不再放声，抿着嘴不出声地笑。

母亲生性好静，在老家时总是大门不出二门不迈的，到我这里来住，又没有相熟的人更是不请不出去了，没事就自己坐在那里看电视，总是看得津津有味，但她有个爱好，就是爱听京戏，我就"投其所好"给她买了些京剧DVD片子回来，当中央八台没有京剧节目的时候就自己拿出来放。中央台的鉴宝节目也是她的所爱，我就又买了一大堆鉴宝的集锦回来。说起来，为了满足母亲的这个爱好，我还骗过她一回呢，前年，南山大剧场有一场高水平的京剧会演，尚长荣、李世济、叶少兰等大腕儿都来了。对于爱好京剧的人来说，真是难得的机遇，但母亲就是不好动的人，她强调还是在家里的电视上看得清楚。没有办法，我就哄她说，一张票三百元，不去就瞎了，她心疼钱，就跟我们去了，结果是使她大开眼界，看得十分高兴，连连说，听真人唱，就是和看电视不一样，多亏来了。这份快乐延续了好久，以后她又数次夸赞这些角儿唱得好。

我们总是让母亲的生日成为她一年中最快乐的日子，也是我们家最隆重热烈的日子。母亲的生日是农历的九月，正是金风送爽的日子，而且我从来不记得这一天有刮风下雨的时候，总是艳阳高照，和风送暖。那天，老家的弟弟来了，他带着染了色的大寿桃，还有他的妻子、儿子、儿媳、孙女一大队人马。老家的妹妹来了，她带着还有劲夹人的大螃蟹、眼睛还闪亮的大鲅鱼，烟台的弟弟、弟媳捧着鲜花来了，我这边烟台最出名的威利发大蛋糕早已准备就绪，于是我们一家人就欢乐着，前呼后拥着把寿星簇拥上车到宾馆举行家宴。母亲虽然年龄大了，但风范不减当年，慈眉善目，面色红润，十分富态，再外穿一件印有福字图案的大红对襟袄，脚蹬一双黑色皮鞋，更显得仪态庄重喜庆，气派堂皇大方，俨然是老太君出门，八面风光。在宾馆里，孙子把从蛋糕上取下来的皇冠戴在奶奶的头上，当生日快乐歌随着闪耀的烛光响起来的时刻，母亲面带微笑静静地享受着这一刻。当服务员不住夸她长得富态，老太太年轻时一定是漂亮人时，她就真的乐得合不上嘴了。当她的子孙一齐举杯向她祝寿时，她有时会忍不住站起来，用很大的声音说，“都好，都好”，这时，屋子里就会响起最热烈的掌声和最欢快的笑声，冲出屋子，飞向远方。

为了让母亲的笑口常开，我还有一点久不示人的秘密呢，有一年，我逮了一个机会，陪着母亲搞了一次“南巡”，去了上海、南京、杭州、苏州，逛了黄山、坐了滑竿，一路上我给她照了好多照片，没想到，这给了她很大的快乐，她常常把那些照片拿出来复习，边回味边高兴，每逢这时，我也分外快乐。

现在我母亲最大的快乐是孙子、重孙子给的。当然，我既要率先垂范，又要不断“策划”。

我母亲有四个儿子，一个女儿。下一辈我有两个儿子，二弟也有一个儿子，三弟身体不好，四弟生有一个女儿，妹妹也是个女孩。这一代里面有博士生、硕士生、大学生，还有出国的留学生，大多已经工作，发展得都是不错的。母亲美中不足的是嫌下一代男孩子少了点，她曾几次说过，你弟弟和妹妹再生个儿子就好了。也难怪，她自己就生了四个儿子。我是老大，对母亲的侍奉总是不遗余力，妻子也很主动，很配合。弟妹们也很尽心，经常接到他们那里去住一段，特别是四弟夫妇都在烟台，又都在医院，出力就更大更多一些，其实他们就是母亲的专职保健医生和护士。孝顺是我们家的传统，从小耳濡目染，我的大儿子也是个孝顺孩子，又是母亲看大的，他对奶奶更是十分孝顺，他看奶奶整日与电视为伍，就特意给奶奶换了一台液晶大电视。他知道奶奶爱抽烟，就把奶奶抽烟的事全包下来，总是给奶奶买最好的烟。每次出差回来带给奶奶的上好点心，总是吃不完。每年过生日更是变着法儿买奶奶喜欢的东西。有一次专门赶在生日那天，从杭州灵隐寺给奶奶请了一尊开了光的佛像回来，直乐得奶奶眯着眼瞅个不停。母亲曾开玩笑说，四个儿子也顶不了一个孙子。

2007年儿子生了儿子，乳名龙龙。这件事母亲看得特别重，也特别欢喜，在她眼里这是长子长孙长重孙，有了这个重孙子的出生，就是实现了四代同堂啊。她那个高兴啊，真是没法形容。喜的是重孙长得虎头大脑，又特别逗人，成了母亲的开心果。龙龙是跟着父母长住上海的，既然母亲特别喜欢他，我们就常让他回来住住。孙子虽然现在才刚够四岁，但反应敏捷，语言表达能力特别强。有一次做饭忘了放盐，他说，奶奶，咱家没盐了吗？有一次，他突然想吃香椿，就说，奶奶，我特别爱吃香椿，那个特别两字音拉得特别长。每逢这种时候，母亲总是乐得合不拢嘴。孙子还特别会哄人，他为了让我带他出去玩，就故意对我说，你是天下最好的爷爷了，有时，为了从我母亲那里要块糖，就会说，老奶奶，你能活到一百岁。这时，母亲就会乐得哈哈大笑。她乐，全家也跟着乐，那真是喜气一团，其乐融融啊。为此，母亲专门向我们要了些糖过去，怕吃坏了孩子的牙，我们总是劝她少给。看到龙龙识字少，母亲有些不满意。她对龙龙说你爸爸这么大的时候早就识好几百字了。这是真的，儿子小时，是由母亲带的，她在儿子不到两岁的时候，就教他识字，翻画报，十几本画报，翻来翻去，翻烂了，母亲粘起来，接着翻，结果是早早识了几百个字，被人称为神童，最大的收获是培养了孩子绘画的兴趣，儿子在院子里、在房间的地面上到处画小汽车、拖拉机。没想到，这个兴趣就决定了他的人生道路，他现在搞建筑设计不就是始于那个画在地上的小汽车吗？这也是母亲常常引以为豪的一点。现在，她又生豪气，决心重新披挂上阵，再教育重孙子。而且，她还有点与时俱进呢，根据重孙子活泼好动的特点，先从儿歌教起。她选用的是自己儿时写大仿的一首诗：一去二三里，烟村四五家，亭台六七座，八九十枝花。应该说，这个选材是十分精当的，有形象，有数字，又简洁又朗朗上口。于是母亲念一句，孙子学一句，一个白发，一个童颜，一个老腔，一个嫩调，组成了一幅人间更是家庭的至真至美的图画。

人们都爱讲天伦之乐，这不就是真正的天伦之乐吗？母亲在天伦之乐中福福泰泰、欢欢乐乐地生活着，我的心头也总是飘荡着欢快的笑声。

我就喜欢母亲穿一件对襟大红毛衣，戴一副白边花镜，把两只手随意搭在沙发上看电视的姿态，那庄重的坐姿，那专注的神态，真叫派，那确是大家风范，高雅风度。那份娴雅，那份笃定，那份沉静，不是什么人都做得出的。

时间如梭，日光似水，母亲就这样，天天过着衣食无忧，备受照顾，备受尊重，心情欢乐的日子。

前些日子一个冬日里的暖阳天，母亲的卧室里洒满金色的阳光，暖气也在均匀地发散着热量，室内温度很宜人。我烧好了一盆水，试好了温度，把水端到了母亲的床前，我说："娘，我给你洗洗脚吧。"她说什么也不让，因我过去从来没有给她洗过脚。我硬是给她脱下袜子，把脚放到水里。我慢慢地给她洗着，又用手细心地搓去一点点的老茧子，她不再和我犟，当我抬头的时候，我看到她在低头注视着我，那目光十分柔和，我想此时此刻她一定会感受到因为儿子的孝敬所给她带来的满足吧。

有个娘服侍着，有时也很受累，但能服侍也是一种幸福啊。我的祖母是苦命人，受了一辈子的苦，父亲也没有赶上好时候，只有母亲活到了社会好，我的日子也好的时候，能让母亲分享这些不愁吃穿的日子，分享快乐的时光，这真是做后代的莫大福分啊，我感觉到一种心理上的满足，累点儿心里还是乐的。现代人常说一句话：送人玫瑰，手有余香，当把这玫瑰送到自己的母亲的手上时，更是会在心中掀起层层笑的波浪啊。

常常听到子欲养而亲不在的哀叹，我颇不以为然，只要有一种孝敬老人的态度和决心，没有时间，可以挤出时间，没有条件，可以创造条件，不能做多，可以做少，不能做大，可以做小，只要认真做了，真心做了，你就会得到孝敬老人的满足和幸福。倘不如此，亲不在时再吃后悔药，空发嗟叹，又有何益？

载于《散文百家》2013年第5期

旌旗所向是高峰

——记农科院的领路人

暮春初夏，芝阳山下，夹河岸畔的千亩烟台农科院里，浓郁的花香万种渐渐消散，各种作物却较着劲地拔节、吐芽 、生枝、长叶，那争先发展的蓬勃气势，让整个的科学之所都长高了几尺。

在这样一个让人舒展向上的日子里，我走在这饱满的土地上，用目光同热烈生长的树木、菜果、花卉亲吻，用心同这里的干部和科研人员促膝交谈，那些曾有的斩关夺隘的壮举，那些呕心沥血的细节，让我心潮涌动，让我热泪欲下。

依稀里，我仿佛看到了六十年间，一代代农科人，用心血编织出的一面面“服务三农，科技创新”鲜红旌旗，猎猎地飘扬在浸透着他们科研汗水的热土上。农科院的领导们正是高举着这些旌旗，一任接着一任干，带领大家攀上一座座高峰。

挂在会议室白墙上的一面面鲜艳的锦旗，是他们带领全院攀登高峰的路上留下的一个个闪光的足迹，摆在朴素的展柜里的一个个耀眼的奖杯，是他们上下一心高举旌旗勇往直前的征程上树起的一座座里程碑。

全国科学大会奖、国家科技进步二等奖、山东省科技进步奖……每一项都是拿得出，过得硬的。这里培育的烟农 19、烟单 13 等优质小麦、玉米、地瓜等优良品种种遍了大江南北，烟台农科院的旌旗始终飘扬在全国地级市科研单位的最前列。

白手起家创大业

陈毅有诗“创业艰难百战多，旌旗十万斩阎罗”，农科所的第一代领导者正是怀着这样的英雄气魄，带领大家在夹河岸畔创出了一番科技大业。

1958年，三面红旗在祖国的大地上高高飘扬，正是在这激情似火的年代，莱阳专区农业科学研究所搬迁到了烟台福山县的芝阳山下，夹河岸边，并更名为烟台地区农业科学研究所。

那时，这里杂草丛生，坟茔遍地，荒芜的田野上横着一排破败废弃的猪圈。

刚刚三十出头的文登县报总编董传周被调到这里担任书记，新中国成立初年怀着支援解放老区的耿耿忠心从遥远的南方来到胶东的意气风发的青年科技工作者徐沛然、方正、于宜等也从莱阳搬到这里。

这些意气风发的农科所的第一代建设者，没有被困难吓倒，这些亲历过中国解放大业的建设者们，念念不忘的是那些为革命成功而牺牲的烈士，是战士们高举红旗攻占高峰的形象，他们觉得眼前的困难无法和英雄们的流血牺牲相比。他们把红旗插上工地，以英雄为榜样，头戴草帽，肩扛大镢、铁锨来到这里，同农工们一起平整土地，开沟打堰，晴天一身汗，雨天一身泥，分不出干部和工人。他们每天天不亮就从几里外大沙埠的临时驻地步行过来，中午也不回去，经过整修的猪圈成为他们临时休息和吃饭的地方，那时的劳动强度，现在人是难以想象的，一切全靠肩扛人抬，镢刨锨翻，但大家都对未来充满了美好的憧憬，欢快的笑声伴着汗水，像种子一样撒播在土地上。几个月过去了，十块整修一新的黑油油的试验田像黑缎子一样铺展在芝阳山下，农科所从此有了自己的立足之地。

那是个以粮为纲，全党大办农业的岁月，地委书记亲自到当时产量较低的莱西县姜家洼蹲点。为了迅速提高产量，科研所董传周书记带着方正等科技人员来到这里，他们住在农民家里，吃在农民家里，同农民兄弟一起起早贪黑，播种、除草、浇水、施肥，可他们更多了一份沉甸甸的责任，那就是没白没黑地向农民传授科学种田的知识，指导高产试验田的种植，并将摸索出的丰产经验向全地区推广。

“扎根农村，心系农民，服务农业”成为那时烟台农科人的行动准则，除了少数几个留守人员，大多数都驻点在农村，指导科学种田，一个农季都很少回家。他们为烟台“跨黄河，过长江”立下的汗马功劳将永记在烟台的农业发展史上。他们的汗水结晶而成的“三农精神”成为农科所旌旗猎猎向高峰的不竭的精神源泉。

小麦、玉米等新品种的培育开始见到成果。农科所人人思创新，出成果，日新月异。

然而，骤然而至的“文革”如同一场突发的严霜，打在了农科所的土地上。董传周被架到了四层高的椅子上批斗，下乡支农活动被取消，不少科研项目被搁置，农科所前进的路上遇到了第一次挫折。

科学春天百花开

冬天不会长久，春天终会到来，1978 年中央召开了全国科学大会，邓小平郑重宣告：科学技术是生产力，知识分子是工人阶级的一部分。

时任农科所所长的李宝欣荣幸地参加这次具有历史意义的大会，并光荣地捧回了全国科学奖，那是所里培育的蚰包小麦获得殊荣。他在所里传达大会精神时，科研人员的手都拍红了，他们为党给他们摘掉“臭老九”的帽子，并成为工人阶级的一员而兴奋不已。他们挽起袖子走进实验室，挽起裤腿走进试验田，他们要把耽误的时间抢回来。但是，种子的培育是有连续性的，有的已经无法接续，他们一往无前地埋下身子从头干。

这时，组织派左言华来担任所长。这位身材高大的莱西汉子，是位知识分子，他懂得科研人员的心，也为科研人员的工作热情所感动，他觉得他身上的责任不是动员科研人员干，他们个个都是自动拧紧了的弹簧，不用扬鞭自奋蹄。他的责任是为科研人员落实政策，解决后顾之忧，让他们放心干，大胆干。

左言华是个敢作敢为的人，他的第一个举措是把科研人员从繁重的体力劳动中解放出来。长期以来，科研人员要和工人们一起下田劳动，已经是所里的老规矩。左言华打破桎梏，果敢地宣布：“科研人员今后不用同工人一样天天参加大田劳动，要把主要精力用在搞科研上。”在当时左的思潮还没肃清的氛围里，作出这样的决定是要承担风险的。石破天惊，前所未闻，消息传开，科研人员喜气洋洋。曾经时开时关的实验室常常是灯火通明，蒙着厚厚灰尘的显微镜被擦拭得耀眼锃光，实验室里是从未有过的进进出出的忙碌身影。

农字行里的农科所一直弘扬着农业学大寨时“先治坡，后治窝”的老传统，80年代了，科研人员还住在低矮的平房里，左言华看着心里难受，他找领导、跑财政、筹集资金；马不停蹄地规划、设计、土建，在短短的时间里为员工们盖起了第一批独门独院的宿舍。

福利待遇也在步步提高，每人每月十斤鸡蛋、一斤猪肉，隔三岔五分点新鲜蔬菜。食堂的伙食不断花样翻新，猪肉炖粉条的香味传出数十米远。农科所的福利待遇一时在当地传为美谈。过去，农科所的员工找对象难，现在成了“香饽饽”，分来一个大学生，总有几个姑娘来提亲。

过去的院内土路修成了亮闪闪的柏油路，从此告别了晴天一身土，雨天一脚泥的狼狈相。

一台台簇新的电脑摆上了工作台，工作条件得到了全面的改善。

每周放映一次露天电影，吸引周围百姓都来观看。

这些长期同土地和庄稼打交道的科研人员，有着同农民一样的朴实品格，政治、经济、生活和工作条件的迅速变化，让他们天天处在感激和亢奋中，他们觉得为了回报党和社会，献上自己的生命都不足惜。

全所的科研人员开足马力，使出全身的力气和智慧在科研的天地里纵横捭阖，英勇奋战。

农科所院里的白杨树枝繁叶茂，一大批科技人员伴随着冬去春来，风霜雨雪迅速成长和成熟，徐沛然、方正、于宜、吴桂本等成为各个学科的带头人。他们如群星璀璨，升起在浩瀚的农业科技的星空。

一方方试验田的小麦、玉米、地瓜，在科技人员的精心培育下，一个个新品种脱颖而出。

第一个紧凑型玉米“烟单14”诞生了。

小麦、甘薯等一批新品种培育成功了。

春风吹出绿色，绿色孕育丰收。在改革开放的浩荡春风里，农科所的领导人带领全所科技人员开创了一个至今让人们津津乐道的繁花似锦的科学春天。

励精图治起宏图

如今的农科院，五彩缤纷的世界奇树名花在这里生根开花，婀娜多姿的南方果树上结满了累累的果实，从国外引进的蝴蝶兰蔓延成轻舞的彩云，西红柿长成树，大南瓜似碾盘。这里常常游人如织，欢声入云。如在春景天里，农科院的宽广的大院里，长长的林荫大道上，摆满了苹果、樱桃、葡萄等树苗，前来购买树苗的车辆从院内排到院外，找个停车位都不容易，有时是一苗难求，这是每年一度的果树展销会。就连一个普通平房的门前也总排着长龙，这是闻名全国的皮肤病医院……科研与产业比翼双飞，推广与应用并驾齐驱，农科院无处无时不像一座热气蒸腾的大温泉，充满了热量和活力。

然而，这一切却起步于90年代初的低谷期，在下海、下岗风的影响下，农科所办起了塑胶厂、胶棍厂、服装厂、安装队，并成为经验之谈。但终究是“隔行如隔山”，在刚刚尝到点甜头后，马上尝到了苦果。经营不善，造成了资金的大窟窿，最后连员工们的工资也不能如期发放了，一时人心涣散，有十几个科技人员依依不舍地离开了心爱的农科所。王熙玉所长心里急得火烧火燎，他的父亲王树森是第一任所长，父子俩的青春和汗水都洒在这片黑色的土地上，他东借西挪咬着牙给员工们发放部分工资，让大部分的科研项目都没有断档。虽然，他无力回天，但他在困难中对科研的执着和坚守还是得到了员工们的认可。

这时，隋元臣被从蓬莱调来担任所长，这是一位从基层一步步走上来的实干家。他敏锐地看到，说一千道一万，关键是钱，只有有了钱，才能留住人才，开展科研。他跑回蓬莱，利用自己的人脉关系，先借回一百万，解燃眉之急。他看到库里还存放不少的玉米良种，对大家鼓动，不能守着金山没饭吃，他带头跑回蓬莱推销良种，又收回不少现金。手里有了钱，隋元臣做的第一件事，就是补发工资。长年同农字打交道的科研人员有着同农民一样朴实本分的品格，只要有了基本的生活保障，他们就愿意为农业科研出力。鲁迅说过，他吃的是草，挤出来的是奶，农科所的员工，就是一批这样的人，他们对“三农”的发自肺腑的爱让人为之动容。这样的人是最可爱的人，因为他们献身的是最基层的农民兄弟。

这个救急的人很快就被调走了。大步流星走马上任的是位面孔微黑，不苟言笑的机关干部梁新明。这是位想大事、干大事、能成事的急性人。来此非其所愿，但来了以后，他就想凭借这个舞台为国为民干一番事业。很快，他雄心勃勃地提出了第二次创业的宏伟计划，起初，人们还在观望，但很快发现这是个说到做到，敢作敢为的主儿。在周密地调查酝酿后，突然地对中层领导大换血，一批年轻有为，富有成果的科技人员走上领导岗位，全所立即出现了龙腾虎跃搞科研的局面；成立烟台农博园，引种世界奇花异木，博种特种菜蔬，四时五彩纷呈，瓜果飘香，成为烟台旅游亮点；兼并果树研究所，使农科所成为全科研究基地；创办果树苗交易会，名动齐鲁，延及全国，成为农科所、果农双赢，科技、经济双丰收的盛会；农科所升格为农科院，科研成果更是捷报频传……每年一个目标，一年一个台阶。梁新明的胸中第二次创业的蓝图变成了热气腾腾的现实。他在此工作十年后，五十多岁的年纪不幸去世。但他带领大家创出的业绩却至今留在这片科技的绿野上，如柏长青。一把手处于矛盾焦点，总不会人人满意，可现在，无论是他亲手提拔的人，还是被他免职的人，无论支持他的人，还是反对他的人，大家都齐声称赞他为农科院所做出的贡献。公道自在人心，只要真心为国为民做出努力的人，人们将永记着他。

在张善勇书记短暂的主持工作之后，烟台市农业局副局长董锐被委以重任，挑起了农科院的担子。董锐是位宽厚大度、聪明睿智，民主作风强的领导。他的到来为全院带来了一股清新的民主之风。少数人的积极性变成了全院两百多员工的积极性。当每个细胞都活跃起来之后，整个肌体就充满了无限的活力。

春风扬绿柳，暖阳催花开。他在这里工作了五年，也是全院心情舒畅、人人奋进的五年。五年里，董锐带领全院把科研项目立项作为主攻方向，他与科研人员集思广益，众人拾柴，一起进京跑省、强强联合，科研大项目立项出现“井喷现象”。

大樱桃立项成功获科研经费三千零四十四万元；苹果育种中心获科研经费一千六百九十万元；监测中心建设一千万元，仅过千万的项目就达到五个，还有其他攻关项目，最高可得经费五千万元，少的也有两千万元。充足的科研经费，保证了所有的科研项目都开足马力运转。科研成果似万花争春，捷报频传。单是2011年就获十余项科技成果奖。随着蔬菜、甘薯、苗木等科技成果向市场转化，全院呈现了一派热烈景象。

旌旗猎猎，直指高峰，专心干事不折腾，一任接着一任干，农科院里到处收获着丰硕的果实。

新时代勇攀新高峰

2013年秋，朱波受命执掌起农科院的帅旗。他是从市政府过来走马上任的，长期的高层机关的历练使他有着高屋建瓴的眼光，运筹帷幄的胸襟，一心为公的正气。

有幸身历新时代，党给了一个为实现“中国梦”建功立业的机会，“怎么让已经站在高峰的农科院再攀高峰”，这是他上任伊始给自己提出的拷问。

他从政治的角度为自己确立了奋斗的目标：先进的农业科技是等不来的，要不来的，也买不来的，他要靠中国的农科人自己创新。他决心带领农科院的全体人员在科研创新上迈出新步伐，为国争光，服务“三农”。

经过深思熟虑，他觉得要做好创新必须做好基本功，做好“潜功”，不能急功近利，只求“显功”。短短的时间里，他带领大家走出了三步棋，出现了全盘皆活的大好局面。

实现“创新梦”关键在人才。朱波和副院长郭绪良等一班人把中国的古老格言“一年之计，莫如树谷；十年之计，莫如树木；终身之计，莫如树人”上升为“上天入地”的宏大计划：“顶天深造”，一批年富力强的科技骨干被送到著名大学“充电”，送到著名科研单位“取经”，他们中的许多人都迅速成长为科技带头人、项目负责人，刘维正、刘兆晔、孙纪霞、于晓丽、刘传德等一批新人正冉冉升起在农业科技的星空。“立地实践”，一批批新来的博士、硕士、大学生被派往牟平的试验田里，像工人一样下田，播种、施肥、间苗、收割，经历一个个农季。执笔的手，握紧了锨柄，白脸蛋变成黑脸蛋，理论在泥土里扎根，思想在风雨中升华，春华秋实里他们一天天从学生转化成才华横溢的科技工作者。现在全院共有二百零三名职工，其中博士后三名、博士二十一名、硕士七十五名，这样的规模在全国地市级农科院可谓首屈一指。这是农科院攀登高峰的生力军。

与世界农业科技水平“对表”，同全国最强院所合作，打造更高更大更强的科研平台。班子带头，全员出动，不怕山高水深，不惧天南海北，哪里有高人，哪里有科研单位，哪里就是他们要去沟通的地方。几年过去，听吧，在试验田里常常可以听到束怀瑞、于振文、陈剑平、孙中华院士的朗朗笑声。看吧，在办公大楼里高挂着一面面闪光的铜牌：农业果品质量安全风险实验室、山东省甘薯示范工程技术中心、小麦新品种研究综合院士工作站、博士后科研工作站、烟台苹果国际育种中心、国家科技农业联盟等，这些都是烟台农科院与全国科研院所、大专院校结合的成果。如果说院士的笑声传递的是农科院的高度，闪闪的铜牌，难道不是显赫平台的彰显吗？偏居北方一隅的烟台农科院，已经有了“国际标”“全国范”。小地方养育出了让世人注目的农业科技“金凤凰”。

让面向黄土的农业科技工作者插上思想的翅膀是朱波一班人的新追求。朱波履职不久，就在全院进行前所未有的制度大建设，农科院从科研、生产、经营、管理的各个方面都装进了制度的笼子里，农科院出现了从未有过的秩序井然、令行禁止的好局面。但他们认为制度可以规范人的行为，文化才是企业的灵魂，思想才是人的动力。于是，高调发起了以创建“全国文明单位”为总抓手的文化大建设。

文明环境的创设是他们的切入点，绿树花草中增设了大型主题宣传牌、文化长廊、仿古亭等美不胜收的文化景观。存在决定意识，优美祥和的环境，提升了员工们的文明行为，文明行车、停放有序；文明用语、热情微笑；文明就餐、杜绝剩菜；文明服务、礼貌周到；文明旅游，蔚然成风……随着道德讲堂、党员活动室、荣誉室的建成，农科院讲坛、我们的节日、读一本好书、道德经典咏读等文化品牌也在不断地叫响；劳模、典型的树立，为员工们找到学习榜样；党员的先锋模范作用，为全院聚集起正能量；演讲比赛、诗歌朗诵会、自编自演的文艺节目让员工们热血沸腾；经常开展的体育活动增强着体力和向心力。积沙成塔，集腋成裘，涓涓细流终成滂沱，星星之火总可燎原。2017 年 11 月 17 日，在北京的全国精神文明建设表彰大会上，烟台农科院领取了“全国精神文明单位”金光闪闪的大奖牌。在烟台农科院这块农科领域里的科研高地上，又树起了一座精神文明的丰碑。

这些日子，我一次次走在农科院土地上，她的文明、优美让我迷恋；我一次次同农科人交谈，在他们身上迸射出的“传承、创新、协作、奉献”的农科院精神让我崇敬。

思想的高度决定着一个人的高度，也同样决定着一个单位的高度，朱波等一班人的深谋远虑正在“裂变”为全院龙腾虎跃攀登农业科技高峰的局面：智能农业装备的研究和试用已经上路；设施栽培牛刀初试，即有斩获；食用菌的改良与提高已见成效；甘薯的抗病新品种即将问世；樱桃病菌的研究处于全国领先水平……扎扎实实的“潜功”必将凸现为“显功”，一个科技成果“大爆发”的季节正在健步向烟台农科院走来。

科学没有止境，奋斗永不停息，新时代充满光明和希望，烟台农科人的旌旗必将飘扬在新的高峰。

2018.7.6

载于《烟台散文》2018 年特辑

激情澎湃漫高地

——烟台综合保税区见闻

烟台综合保税区离黄海很近，它的前身是烟台保税港区，诞生于2009年秋初，它是听着轰轰的海涛声长大的。2020年4月之末，乘新时代的伟力，奋力华丽转身，经国务院批准，整体转型升级为烟台综合保税区，7月22日通过海关总署验收，9月24日正式开关运营。

7月21日，中伏的第一天，夏阳如火如荼，大地的万物笼罩在蒸腾如轻纱的热雾中。春光是温和宜人的，秋光是澄清而安详的，我这个当过农民的人却对夏季有着独特的感受。夏天是热烈的、向上的、无所畏惧的、激情四射的。正是有了它的热力、活力和激情，才让万物突飞猛进地生长，才让大地有了雄性和霸气，比任何季节都高大、雄健、壮实和丰满。这是奋斗的季节，是成长的季节，是充满希望的季节。

就在这天，我们一行来这里采访。

沿着环海路从市里出发，在路的终点不远，路东边一座巨型的大门撞入眼帘，门里是双向车道，门上是烟台综合保税区七个大字，每个字有两米见方，大红字体，在夏阳下发射着夺目的光彩。门的上部为巨大的波浪造型的水泥板覆盖，看着那美丽有气势的造型，我禁不住脱口而出："多像是翻腾的波浪。"开车的保税区司机却郑重地纠正："不，那是雄鹰的两只翅膀，象征我们保税区像雄鹰一样在开放的蓝天中翱翔。"

我自觉失言，看了他一眼，四十多岁的年纪，微黑而坚毅的面孔上，洋溢着乐观开朗的神色，一个多么有诗意有情怀有激情的人啊。

当踏上这片用隔离墙围起的土地，我才发现在这片开放的高地上到处都是有情怀和充满了创业激情的人，他们那澎湃的创业激情胜似黄海的汹涌波涛，正如夏阳一样激情四射，活力无限，让人感奋和动情。

1

到这里采访是因为在新闻上看到：2020 年，烟台综合保税区完成外贸进出口 895.4 亿元，同比增长 25.4%，实际利用外资 2093 万美元，同比增长 639.6%。其中东区完成外贸进出口 158.4 亿元，同比增长 34.1%，实际利用外资 910 万美元，同比增长 221.6%。在省商务厅组织的 2020 年度全省海关特殊监管区域发展绩效评价中，烟台综合保税区总成绩排名第一。这可是从来没有的事情啊。

在二楼会议室里，管委张副书记在简短回忆了去年的工作后，满怀激情地向我谈及了今年的“1351”的总体工作思路，即“把握一个主题、实现三大目标、突出五大重点、强化一个引领保障”。

把握一个主题：是奋力推动全区高水平开放、高质量发展，加快建设成为具有影响力和竞争力的加工制造中心、研发设计中心、物流分拨中心、检测维修中心、销售服务中心，打造国内国际“双循环”重要阵地，构筑新一轮对外开放新高地。

三大目标：一是位次目标，力争今年在全国同类园区中进入前二十位。省内对标青岛前湾综保区“保二争一”。在全市考核中“保三争二抢第一”；二是经济目标，超额完成市里下达的外贸外资任务，外贸外资年均增长高于全市增速五个百分点。跨境电商保税进出口增长率高于全省平均值；三是底线目标。

突出五大重点：一是建设政策集成新高地，二是实现外贸外资新突破，三是打造营商环境新样板，四是树立融合发展新典范，五是塑造创新驱动新优势。

强化一个引领保障，是党建引领保障贯穿始终，与业务深度融合、协同发展。把抓好班子带好队伍作为党建工作的重中之重，坚持每周一次工委会、每周一次集体学习、每月一次中层干部汇报例会等一系列制度，严抓严管、常抓不懈、久久为功。

听着他条理清晰又激情难抑的叙说，我深深地被打动了，这是一个多么富有情怀和激情的目标和行动路线图啊。这里能有这些工作起来激情似火的干部，正是因为有一个富有情怀和激情的班长和坚强的领导集体啊。

2

还是在这个会议室里，我首先问起了从烟台保税港区“转身”烟台综合保税区的事情。

综保区副主任姜晖接过了我的话头。他中等身材，看上去很精干，说话的语速有点快。他说：这是王克文书记2020年5月上任后主抓和狠抓的第一件大事。王书记是个有情怀有激情的人，也是做过多个单位主管，能想大事、成大事的人。王书记刚上任就察觉到，必须把园区“转身”的事抓好。他明白“转身”不是改个名字的问题，只要被国务院批准升格为综合保税区，就有新的二十一条政策可以施行，而这二十一条是字字衔金戴银的啊，有了它就会让园区发展进入一个新阶段，就会让烟台这块开放的高地达到一个新的高度，将会有更多外商来投资，有更多企业来创业。他亲自挂帅，成立专班，确定时间表和路线图，责任到人、任务到人。

这可是件大不易的事，最后获得批准要达到上百个标准，满足若干的条件，上报近百份文件，有八个部门验收，这工作量大得吓人，必须按照确定的时间表推进，必须按照确定的路线走。王书记住在这里不回家了，主任们也在这儿住下了，各处室更是白加黑地干。

有一件事巨石般堵在前进的路上。上报国土部的材料没有获得通过，原因是上报的土地数与国土局的卫星坐标对不上，比实际数多了零点三平方公里。这是由烟台海港填海造成的，当时没有申报资源变更，在国土资源部那里显示的仍是海域，这是绝对不行的。姜晖火速赶回来，追根溯源，从几个部门搜集资料，单是在烟台市自然资源局就忙了三天，总算汇总好各种佐证资料，盖上了国土局的大印。

一块巨石搬掉，围网不合格等三十九个问题凸现，近百个文件要成文。面对重重叠叠的难题，书记一马当先，亲力亲为，所有干部以多年不见、近乎狂热的工作激情扑向堵点和难点。三十九个海关提出的问题逐项整改到位。7月22日通过了八个部门的验收，9月4日海关总署批复验收合格。当新制作的红彤彤的烟台综合保税区的大字被吊装上大门的那一刻，干部凝望着它，拍红了巴掌。

这些开放高地上的英雄战士啊，他们用自己的激情和汗水，抓住争取政策这个关键环节，让这片开放高地不断地延展、增高、扩大，为内外企业在此生根、壮大，深耕了一片沃土。

3

走出会议室，迎着夏阳走在园区里，处处可以感受到园区人夏天般火热的工作热情。

带着我参观的是中层干部、曾主管招商引资的于秋杰。她应该是已入中年，看上去精明干练，准是个行家里手和干家子。她说：抓好外资外贸是我们的工作重点。为了完成“1351”的目标，我们是动真的来实的。全区干部开展起底式作风整改活动，一把手事事冲在前、干在先，班子成员亲自值班带班，以上率下，一级带着一级干，一级干给一级看。全体干部以紧起来、动起来、跑起来、严起来的冲锋姿态，打好高质量发展攻坚战，真正做到较真务实，大事设立专班，标图作战，限时完成。一把手敢于直面问题，当出现重大缺口时就组织全员的突击战。针对引进外资不利的情况，3月开展了“外资攻坚突破月”活动。为了确保完成全年目标，6月又发起了“转作风　守底线　促发展”攻坚月活动，全员招商，南商北用，周调度月通报，举行项目集中签约仪式和项目集中开工仪式，组建工作组赴广州、上海、杭州招商推介，为全市主导产业送政策，推动招商引资不断进展。上半年新注册外资项目五个、外资增资项目三个。全区形成进境生鲜、肉类冷链加工贸易、汽车零配件制造、跨境电商等多个新业态，让园区有了新的经济增长点。

我们边走边说，远远地看到一座巨大的浅蓝色的大房子，像是游动在大海里的一艘气势威猛的航母。上边是四个深蓝色的大字：东澍电商。走进这房子，迎面而立的是一排排直达屋顶的蓝色货架，架子上整齐地摆放着货物。进门的一片空地上，几十名女工正忙碌着拆纸箱、分装货物，纸箱里面全是来自韩国的“艾多美”化妆品，女工们按照顾客网购的地址、数量分放到一个个塑料盒里，然后有序地放到流水线上，经过自动包装和贴签，又顺着另一条流水线，像一条小溪一样缓缓流上了顺丰的运货车。常常网购，今天才第一次看到它的运作过程，感到很新奇。于秋杰告诉我，这是他们奋力在园区发展的新业态，现在园区落地的电商已有八十多家，这些电商企业在园区政策的帮助下得到快速发展。说着于秋杰把我领到了烟台综合保税区跨境电商产业园，在这座大楼上，楼上是跨境电商的聚集地，楼下是新建的跨境电商进口商品展示中心。

她说，跨境电商进口商品展示中心是根据王克文书记的提议新建的。过去园区是封闭的，和一般百姓生活没有任何的联系，他来到之后，看到这么多质优价廉的商品普通百姓无缘问津，就提议建了这个展示中心，任何人都有机会直接买到这类商品。我没想到在这里大开眼界也大有收获。宽敞的大厅里摆满了林林总总的外国货，食品、化妆品、酒类、玩具……一眼望不到边。经不住诱惑，我也买了一些，当时要了一个结账单：比利时的风车有机脱脂奶粉是六十五元一桶；日本的马油洗发水是四十九点三二元一瓶……价格并不贵。是园区领导的创新思维，让一般群众也能直接享受到开放的实惠。据说，这种商店已经开到市里去了，好商品直接送到市民的身边。

走进综合保税区港务局区段的货场，到处是覆盖着帆布的货物，一堆货物就是一座山，一座座相守相望的山又连绵成一座货物的海。就在这片货物的大海里，一列中欧班列正在装车。于秋杰骄傲地说：这是他们争取来园区落地的项目。原来，中欧班列开通后，并没有进园区。他们一次次找到齐鲁号欧亚班列运营公司宣讲进区的好处，终于，一家公司愿意进区了，但在推进过程中又遇到了一个个难题，其中最大的难题是班列进了区，运营成本并没有降低，这让对方积极性不高。他们不厌其烦地一次次与海关、税务部门协调、沟通，最终实现了八小时退税，通关由原来的一种直通方式，增加转关报关方式，从烟台海关出关不再查验，通关时间由十小时以上缩短为一个半小时。

货场的最东头是铜精矿混配库，走进去才发现，这座厂房大得像一个大广场，里面是一堆堆像山一样高大的铜矿粉，在门口只能模模糊糊地看到远处有两个很大的漏斗，正在徐徐地下料，据说那是在搅拌。这样的大车间真是没见过。小于说，这是一个创税的大户，现在他们正在积极做工作，争取在这里再开设一家金矿混配库。

像这样争取企业入园区的事，他们几乎天天都在做，人人都在做。在他们的努力下，投资一千万元以上的饲料企业信达康已经进区，达利成、谷润丰两个进口粮食饲料加工项目即将开工建设；进境食用水生动物企业不断开业；保税维修业务越来越多。

园区人，是在事业发展上永不知足、永不停顿、永不言败的人啊。

超常的工作，带来的是开放高地的超常飞越，看着这一切，我内心涌起了对这些人深深的敬意。新时代、新征程就需要这样有情怀和激情的建设者啊。

不觉到了下班的时间，太阳依然高挂在天上，当我要离开综合保税区的时候，回望这片热雾氤氲的开放热土时，我内心忽然升起了神圣的庄严感：在园区工作的每个人都有着大海一样宽阔的情怀，都有着如夏天一样热烈的工作激情啊，这让我想起了雷锋说过的一句话，“对待工作要像夏天一样火热！”

在热烈的夏阳中，再看“烟台综合保税区”那几个红彤彤的大字，忽然想到了“抗大”的校歌：

黄河之滨集合着一群
中华民族优秀的子孙
人类解放救国的责任
全靠我们自己来承担

即景改词，我凑成这样几句：

黄海之滨集合着一群
中华民族优秀的子孙
伟大祖国开放的责任
全靠我们奋力来承担
像黄海之水汹涌澎湃
向着新时代前进前进

仅以此表达我对烟台综合保税区四十一位开放高地上的坚守者和拼搏者的情怀和激情的敬意，不知他们肯否接受。

2021.8.1
载于《烟台散文》2021年秋季卷

梦圆所城

培育历史的根，生发文化的芽，结出时代的果。

——题记

1

港城的四月，万花芬芳的季节。你看，桃红梨白染尽群山，花明柳绿唤醒大海。赏春踏春的人儿，香衣豪车，帅哥靓女，欢声笑语，构成了欢乐的世界。

就在这个时节，我一次次走进保护改造后的所城。因为这里有着超凡脱俗的风韵。它是古与今的交响，是诗与画的交融。是山风海韵的交织。昔日破衣烂衫的所城，已是衣帽整洁，发散着迷人的清丽之气。那些遮蔽着历史容颜的污垢已被打扫净尽，处处发散出历史的厚重之感。所城像一个被关闭了多年的历史老人，又返老还童重新回到人们的视野里。春风里，十字大街上人来人往，脚踏青石路板的嗒嗒声构成动人的乐章，路边的店铺里飘散出诱人的香气。登上新建的城楼，所城全貌尽收眼底，明亮的大道，鳞次栉比的青瓦房屋，绘出了浓淡相宜的水墨画。

在春雨中，轻轻漫步，细细观赏，所城的老营盘还在，胜利路是它的西城墙，南大街是它的北城墙，河涯街是它的东城墙。沿着这些道路行走，在曙光和暮色里，仿佛尚可感觉到那高大的城墙、突出的城垛和城墙上巡逻的士兵。嘚嘚马蹄声未远，而扬起的尘土还在飞扬。

踱步到张家祠堂，有人说是当年的千户所衙门。那高大的木门还在透着千户的威仪。一任任千户们点兵布将的威严场面还留在那一根根粗大房梁的记忆里。

走到所城东南一片空旷的地方，有人说此处是当年的演兵场。挺拔的白杨如同一排排铁甲雄兵，阵阵的汽车喇叭声又如同士兵的呐喊，在这里有着永远的保家卫国、不怕牺牲的军魂。

处处有带着水珠的梧桐新叶和含苞的丁香，置身其中仿佛看到明清的贵妇淑女在轻挪莲步，如花媲美。遥望明代大宅上的屋脊六兽，触摸清代烟墙上的排排拴马石，让人实实在在地感受到所城明清时代曾有的繁华旧梦。

沿着所城大街行走，你会感受到当年开埠后车水马龙的繁华气势回来了。

2

宇宙无限，岁月无情。宇宙可以吞食巨大的梦，岁月能把旧梦消磨得残缺不全。在这次保护改造前，所城里那些发着青光的鱼鳞瓦、大青砖已经失去昔日的光泽，曾经气派的高门楼已显凋零，厚木门的开闭，发出吱吱咯咯的声音，像是老人的牙痛。那些曾经的大户人家搬走了，不少外来务工经商的人员住了进来，乱堆乱放乱拆乱建。

然而，烟台是从这里出发，演绎出九社十三村。烟台的文化从这里成长，烟台历史的根扎在这里。

是过去的一代代先人，一届届的领导，更是当代的无数有志于保护这片故地的智者，是他们的不懈奋斗，才留住了这个根。

进入历史的新时期，烟台人有了更大的梦想，他们不但要留住所城的根，还要让它抽枝发芽，重获新生，这是当代人的所城梦。

民之所望，施政所向，政府下决心要把百姓的所城梦变成现实。领导把所城保护改造的任务交到了蓝天建设有限公司的手上，公司以从未有过的责任感和紧迫感接过了这个重任。在同济大学建筑设计院绘制出的蓝图上，北京、上海的古建设计人员又进行了详规设计。

蓝天的领导和设计人员，一次次地倾听各方的高见，也一次次地思考和畅想：

壮大历史的根，生发文化的芽，结出时代的果，应该是筑就辉煌新梦的轮廓。

让千户所指挥厅恢复原貌：大堂之中，公案横陈，案上令箭、印信齐全。案后虎皮高挂，彰显威仪。案前分列旗甲鲜明的士兵，案后是张千户按剑端坐的塑像。

让“大明往事”广场上，跑马、射箭、摔跤、击剑、比武，凡是来此一游的人，都在参与中培养尚武精神，增强中华儿女保家卫国、英勇无畏的血性。

当然，如果有可能恢复所城的城墙，那将会是一番更宏大的气象……

在市委、市政府领导的亲自指挥下，烟台人保护所城，维修所城，恢复所城，让所城再现辉煌的梦想，终于进入实施阶段。2017年举行了所城保护改造启动仪式。最艰难又复杂的任务是住户的搬迁。市委领导提出要选最好的地段、最好的设计、最好的配套设施、最好的施工质量建设搬迁房。随着南山公园旁、丰山水库边一座座搬迁房拔地而起，住户不断搬出。2020年8月从河北和浙江请来的全国优秀的古建队伍开始了施工。

正值疫情时期，蓝天公司的领导和员工既要抓防疫又要抓施工，他们白黑连轴转，靠在工地上，凝聚了敢打硬拼的“蓝天精神”。

残缺的要补上。原来条石铺成的十字大街已是千疮百孔。他们从河南、河北买来相仿的旧条石，仔细铺装，让那条承载过无数繁华的大街，恢复了它往日的风光；乱加乱建在四合院里的建筑被拆除，那些被长期窒息了的四合院又呼吸通畅；新安装的水管、暖气和通信设备，让它们实现了与时代的对接。

那一栋栋挂了清代民居、民国民居的房子既是历史的见证，也是一件件精美建筑艺术品。砖是用糯米水和泥，烧制成砖后，再用糯米水浸泡的青砖。一块块房基石，也各有讲究，那花纹是直通到底的民国用石，表示一统天下的意思。那中间花纹稍低，如口字形，四周花纹稍高，形成回字形的是清代用石，表示清代四方拱卫朝廷的意思。可是这些建筑的珍品不少都被抹上了现代的水泥，覆盖了乱七八糟的污物。仔细地清除坚硬的水泥和污物，让它们再现了昔日美丽的容颜。

还有一些清代建的二三层楼房，三合院、四合院都是张、刘两家的旧屋。虽造型古朴、格局典雅，但不少都是遍体鳞伤，残砖破瓦。而今，依照修旧如旧的原则，经过精心打理，又再现了昔日的风采。

在所城大街、在仓余街、在各条胡同经过整修的院落，别致清雅，引人驻足。

这些院落里间或会见到怒放的海棠、含笑的芍药热情地传递着旧时的信息，引领你穿越古时的光阴。在那一条条深深的胡同里，你会拾到一个个习武、办学、经商的故事，拼组起当年繁华的乐章。

建筑城楼的宏愿终于变成现实，昔日高大宏丽的宣化门再次呈现在世人的面前……

所城的灿烂，留在这些整修过的黑瓦白墙间，留在新建的高大城楼上，留在填平补齐的层层台阶里，留在门道的神龛中，留在一座座恢复了生气的明、清、民国民宅里。

它们美丽得如云霞，珍贵得如宝石，厚重得似高山。留住所城，就是留住了烟台的根，留住了烟台的魂。

烟台人终于圆了自己的所城梦。

3

在所城大街上，各种文化产品商店、咖啡厅、小吃店，正像在蓬勃展开的梧桐叶、杨树叶、榆树叶一样地争相开业，喧嚣繁华了一条街道。烟台文化之根正在这里生发出簇簇新芽。

所城大街33号的门脸并不大，沿着七层台阶进入里边，是一处三合二进院落，高贵典雅的格局，让人吃惊，凡是进入的人无不为之赞叹。维修前，这里住了六户人家，是个典型脏乱差的大杂院。现在一家外地的商户在这里开了一间特色的饭馆。就餐的人一边品尝美食，一边欣赏着典雅的建筑，个个喜形于色。

所城55号原来是大户人家的祠堂，经过整修的祠堂，是朱红的门、朱红的窗、朱红的梁，显得富丽堂皇又古朴高雅。现在这里也开起了餐馆。几个漂亮的女孩正在一边吃着小馄饨，一边慢声细语地交谈着。我随便问了一句：“你们是怎么知道这个地方的。”她们不无得意地回答：“网上查到的呗。”

在所城大街的一家咖啡馆里，有三个年轻人边喝着咖啡边评论着大剧院刚刚上演的乌兰牧骑节目。我顺便插了几句嘴。有一个小伙子瞅着我说：“我认识您，晚报上那篇《表海风雄看今朝》的剧评是您写的吧。”我笑而未答。

我对所城大街上的几家文物、文具店最感兴趣。有几个颇具文人范的人正在仔细地挑选湖笔和端砚。所城本就是文化味十足的地方。无论是哪一所院落，经过整修后，都会是令文人向往的高雅居所。把烟台的、外地的文化人引进来居住，他们在幽静的环境里著书、画画、写字、雕刻、制作各种工艺品。随着人员的增多，这里就是文化产品的创造地，是北京的荣宝斋，是成都的宽窄巷。

试想，如果让各个方面的文化人入住那些古色古香的四合院，随着时光的推移，这里的人气将会越来越旺。到那时，文人们集聚在所城大街的茶楼里、咖啡厅间，谈诗论画，切磋技艺，该是何等快意，“往来有鸿儒，谈笑无白丁”，如果让更多的文人和文化商品在此落户，这里将成为一块文化创作基地，成为烟台文化产品的展示窗口，成为文化商品交换的平台，成为烟台文化产品的集散地。盯准这个目标，假以时日，设想终将成为现实。

宣化门前的准备设立奇山所历史文化博物馆的刘家旧屋正在修缮，那些红瓦片被褪下来了，一垄垄恢复原貌的弯弯的小青瓦迅速地覆盖着裸露的屋面。

胶东民俗博物馆、胶东剪纸博物馆、胶东传统服饰博物馆、传统家具博物馆和胶东民居艺术博物馆、山东传统玩具博物馆、鲁菜博物馆都在筹建中。

尚存的城隍庙、药王庙正在修复……

为历史的根浇水施肥，让文化的嫩芽茁壮成长，必将结出丰硕的现代之果。这里必将成为中国北方乃至全国的，令文人和旅游人向往而必到的时尚的文化高地和旅游点。人们在这里不知不觉中接受了爱国主义的教育，高高兴兴受到了历史和文化的洗礼。

2021.5.18

载于2021年5月27日《烟台日报》

丹桂花开红似火

丹桂花是名贵的花，花开红艳似火，花味清香扑鼻。

清道光三十年（1850），沿海而居的芝罘人把有着色彩和清香的丹桂二字安放在临海的一条街道上，从此就有了丹桂街，然而这条街上并没有丹桂花。

可是，这里是当时最繁华的街道。当年的丹桂街东到现在的午台街，西至博物馆，南到福建会馆，北至胜利路北端，是当时烟台市最繁华的地段。这里曾是烟台的娱乐美食中心。街西端和中部各建有一座过街拱门，拱门之间是美食场所，中拱门以东不足百米的路段，集中了小舞台、艳云茶楼、忍安社等多家娱乐场所。整日说唱声、鼓乐声不断，入夜更是灯火通明，热闹非凡。西河大鼓、河南坠子、单弦相声、评书双簧、皮影、武术……争相登场亮相。

初秋，连绵的秋雨一次次地降临港城。它把天空洗刷得明净如碧，蓝得灼目；把街道、楼宇、树木花草擦拭得一尘不染，五彩纷呈。

冒着蒙蒙的细雨，我来到了丹桂西街 4 号，内蒙古商会的所在地，这里也是呼和浩特市驻烟办事处。嗬，好大的一片屋宇，临街的二层楼房绵延了数十米。从内蒙古大草原上飞来的雄鹰，决心要在波涛汹涌的大海边的土地上落脚安家，他们花巨资在烟台的繁华地段里置下这不动产。

沿着丹桂西街 4 号的楼梯走上二楼，呈现在我面前的是一个彰显着蒙元文化元素的宽广的大厅：四个巨大的吸顶灯，白底蓝边，像是天幕下撑起的四座蒙古包，四根红通通的立柱，像是雷打不动的拴马桩。走进这里，顷刻之间仿佛走进了内蒙古的希拉穆仁大草原，仿佛看到了蓝天上翱翔的雄鹰，仿佛听到一群骏马飞奔在草原上地动山摇的声响。热烈奔放、勇猛刚健的草原文明的气息扑面而来。

迎接我的是内蒙古商会的会长刘宏玉。高高的个子，宽阔的额头，两只大而明亮的眼睛，微白的头发，温和中透着儒雅，但在他的举手投足间你分明感觉到了那种隐藏不住的草原雄鹰一样的矫健和力量。

刘宏玉是内蒙古巴彦淖尔市人。说起来我们也算是老朋友了，十年前，他正担任山大华天（烟台）电子科技有限公司总经理，我去采访他，那年，他才三十七岁，黑黑的头发，红红的脸膛，一副生气勃勃的情状。他大学毕业后，向往更大的世界和更高远的天空，从草原里飞出来，先是在济南，后就一头扑向了烟台，辽阔无边的大海吸引了他，海纳百川、敢拼会赢的海洋文明更是让他折服，他有着文人的情怀和诗人的气质，他觉得草原像是凝固的大海，而大海就是流动的草原，草原和大海共有着豪放勇猛、无畏无惧的禀赋，草原人和大海人都有着真诚豪爽、争先向上的气质。他选择在这里安家落户，拼搏创业。

有道是在商言商，而有着博大胸怀、侠义肝胆和儒商情怀的刘宏玉却是在商言情。随着对烟台的深度融入，他了解到在烟台生活和工作的内蒙古人有四五万，单是大学教授、科技人员等高端人才就有六百多人，内蒙古人在烟台开办的中小微企业就有三百多家。身在他乡的内蒙古人热爱大海也思念草原，在呼和浩特市驻烟办事处闫刚主任的支持下，成立了烟台内蒙古联谊会，会址就是这丹桂街 4 号。2011 年在联谊会基础上成立了烟台内蒙古商会，这里成为在烟内蒙古人共有的家。

听着他平静的叙说，让我看到了在这大家庭里发生的无数的激动人心的场面：一年一度的新春团拜会，老乡云集，高朋满座，问候声、交谈声、欢笑声、碰杯声，声声入耳，俨然是人声鼎沸的欢乐海洋；每周六举办的草原之声歌舞会，合唱、独唱、震撼心灵的长调、声穿长空的呼麦轮番登场，马头琴、四胡、长调把草原的苍茫辽阔带到了大厅，常常让与会的内蒙古人血脉偾张，泗泪长流；体育沙龙里乒乓、羽毛球比赛拼杀激烈，观者如堵。在这些热烈频繁的交往中，同志情、乡情升华为亲密无间的朋友情、兄妹情、父兄情。

坐在我旁边的商会团委书记，来自科尔沁大草原的蒙古族姑娘丛榕告诉我：为了把那些曾是素不相识的人团结在一起，刘宏玉会长真有为乡情乡亲两肋插刀的精神，联谊会红红火火，但没有资金来源，刘会长就从自己的公司拿钱往上贴，每年迎来送往的招待费就有上十万；内蒙古人来创业，人生地不熟，只要找到他，没有不帮助的。蒙古族青年歌手巴特尔是非物质文化遗产马头琴的传承人，他只身来到烟台创业，刘会长帮他找住房、找演出场所，逢到不给演出费的时候，就自己掏腰包，让我不动声色地转给他。后来，他在烟台发展得很好，办起了艺术培训中心，还娶了烟台姑娘。蒙古族青年呼和牧人是世界非物质文化遗产长调的继承人，也是成功的艺人，他是多部电视的演员，还担任过导演，他娶的是烟台媳妇，随媳妇来烟台创业，和他同来的还有蒙古族青年艺人天富。他们慕名找到刘会长，他放下自己手头的工作为这两个年轻人张罗起来，现在他们在烟台合伙办起了艺术培训中心，把饱含着蒙古族元素的艺术传授给烟台的孩子们。2019 年受统战部委托，呼和牧人编导了快闪《我和我的祖国》。这部快闪场面宏大，气势雄伟，色彩艳丽，内容丰富，播出后引起轰动，后来还被《学习强国》采用，在全国播出。在烟台的内蒙古人有了困难，刘宏玉更是带头相助。通辽老乡包斯琴被人坑骗，八万斤西瓜就要烂在手里，他发动会员认购，救了哭哭啼啼的老乡；乌兰察布老乡大面积烧伤，他马上张罗会员捐款。丹桂街上的这座大厅是内蒙古人感情的港湾、创业的后援。丛榕满含深情地说：为了老乡，刘会长常常把企业的事都丢下了，我们开他的玩笑，说他是“不务正业”的老总。

听着丛榕的真诚的玩笑话，刘宏玉平静的脸上显出了一丝笑容，他说：我们这个用感情凝结起来的集体，现在已经上了新的台阶，步入了新的天地，如今这里已经是烟台同内蒙古、汉族与蒙古族和多民族文化交流的平台，经济交融的基地。在这片沃土上撒下的民族团结的种子，已经开放出朵朵鲜红的民族团结之花。

丛榕喜冲冲地告诉我：商会成立了鲁蒙文化促进会，这些年不断进行着两地的文化交流，海的文化流进了草原的土地，草原的文化激荡起大海的波涛。单是引进的内蒙古的歌舞剧就有《草原记忆》《呼伦贝尔大雪原》《鄂尔多斯婚礼》《驼道》等，马头琴大师齐·宝力高的琴声，蒙古歌手腾格尔、乌兰图雅、敖日其楞的歌声都曾在港城回荡。那些在烟台扎下根的蒙古族青年歌手更把蒙古族的文化撒播在孩子们的心中。

他们把我带到一组巨大的图片前，一张张的图片记载着从2009年开始，每年一度的“内蒙古行”的盛况。商会每年都会组织烟台的企业家、行政部门到内蒙古进行交流、对接、洽谈，这些年已经结出了丰硕的成果，内蒙古人来烟台建厂开店，已经达到数百家，烟台人去内蒙古创业开拓的人越来越多。在商会的穿针引线中，振华商厦在呼和浩特市最繁华的兴华广场，投资三十多亿元，建起二十二万平方米的商业中心，成为目前呼市规模最大、档次最高的商场。今年元旦开业，当日销售额突破千万元。

一张照片上，有着特别大的场面，单是主席台上就坐了长长一排人。他们告诉我，这是2011年呼和浩特市旅游局在烟台召开的推介会。这次会上两地签下了合作协议，呼市的公共车和的士上也都打上烟台景点的广告。现在两地旅游互动异常火爆。

商会甘愿做两地两个民族联结的桥梁和纽带，“内蒙古行”一年一个主题，一年一批成果，成为越做越大的品牌。

我发现商会的墙上还挂着一块金光闪闪的大铜牌，上面用绿字大书着：呼和浩特市驻山东省人才工作站 。我问这是怎么回事？

原来，在商会的努力下，实现了两地干部交流挂职。呼市的干部先后在牟平、栖霞、招远等县市挂副职，烟台的干部也先后去呼市的旗县挂职。这一举措对提高两地干部素质发挥了很好的作用，呼市组织部门就决定让商会担负起人才交流的任务。

从窗户看出去，商会的院子里建有一座牌楼，牌楼上有呼市驻烟办事处闫刚亲自设计的会标：这是一个内字的变形，红色的人字高高地立在中央，两旁的横折变形为代表大海的蓝色的半圆和代表草原的绿色的半圆，下部的对接处变成了两只紧紧握在一起的蓝色和绿色的大手。这是多么诗意、浪漫又寓意深刻的会标啊。红色的人字代表以人为本的核心价值观和会员的赤子之心，两只臂膀用海洋蓝和草原绿着色，相拥、相握象征着民族大团结、经济大交流、文化大融合。这不正是内蒙古与烟台、汉族与蒙古族亲密共荣的写照吗？

刘宏玉不就是那个让两只大手紧紧握在一起的牵手人吗？

天近中午，走下楼梯，眼前的丹桂街湿润、干净、明亮，当年这里的繁华不过是浓浓的市井气，而今这里却开放出灿烂的民族团结之花，一朵朵、一簇簇、一树树，不正像怒放的丹桂一样红艳似火吗？

就在我要上车的时候，丛榕忽然冒出了一句话：我们商会的发展现在又进入了一个新阶段了。丛榕是个有能力有见地的女孩，她的话引起了我的注意。“什么新阶段？”“我们商会办起了孵化工业园区，直接为内蒙古人、烟台人和各地人搭建了创业的平台。现在已经办起了烟台节能环保产业孵化园区（国家级）、烟台开创互联网产业孵化园区（国家级众创空间）、烟台光电产业孵化园三大园区。三家园区已孵化企业二百六十二家，入驻企业知识产权专利技术三百一十一项，累计注册企业超四百家。”

这引起我的极大兴趣，决定去看一看。第二天，我来到了开发区的烟台留学人员创业园区新区，这里有一个很现代的名字——业达智谷。这是一个比欧美的美丽城市美丽街区还美丽的地方。刘宏玉创办的烟台节能环保产业孵化园区就在业达智谷B座，它占据了这里的19、20、21、22四层楼房。我一层层地看着，已经入驻的五十多家组成了节能环保企业的群体，走进一家企业就有一番感慨和惊喜，这里面忙碌着的是来自全国各地的朝气蓬勃的青年科技人，他们将在这里孕育长大，最终成长为枝繁叶茂的新兴企业。

这就是刘宏玉创办的民营孵化园区，这个园区是去年随着业达智谷的落成才从芝罘区幸福街道搬进来的。常常，一些内蒙古的青年才俊想来烟台创业，可是一无资金，二无场地，他们慕名找到刘宏玉和商会帮忙，可是有很多时候却难以如愿。2017年，他突然萌生了一个想法：建立一个孵化园区，让那些想创业的人来此发展。民办孵化园区是一个创举。一没先例，二没政策，三没经验。他摸索着干起来。他了解到幸福街道那里的一处科研所有大批空房，就去租下，装修成可以生产和科研的办公室。他过去一直做的是节能的企业，国家当时正大力提倡环保节能并出台了一些优惠政策，他就抓住这个时机把它办成了节能环保产业孵化园区。想创业的人纷纷申请入园，从内蒙古来的周丽丽原来是搞建筑设计的，想来这里创业，又不知干什么，刘宏玉细心地帮助她，在她原有专业的基础上，开办了原筑公司，专门从事建筑的绿色设计。资金不足，刘宏玉亲自帮助她协调资金，市场打不开，就帮助她开辟市场，结果很快成为企业翘楚，占到这个市场百分之七十的份额。时间不长，入驻的小微节能环保企业达到七十多家。其中内蒙古的创业者就占了近十家，蒙古族人就有五家。

开始，大部分是本小利微的企业，有的交不上房租，有的资金短缺。为了让这些入驻的企业生存下去，刘宏玉默不作声地替他们缴上租金，有时自己掏腰包帮助难以为继的小企业接上断掉的资金链条。他搞企业的两千多万元的利润全都赔在上面了。他记得胡雪岩的一句话，人最落魄的时候，就是最需要帮助的时候。刘宏玉就是这样毫不保留地帮助那些有困难的创业者。

现在，我明白了，他为什么短短十年间，在正值盛年的时候却黑丝变白发了。

在办这个孵化园区的过程中，他交了“学费”也积累了经验。根据内蒙古、烟台和各地创业人的要求，他又带领复制了烟台开创互联网产业孵化园区。这个园区就在离开发区管委很近的地方，环境优雅，树木葱茂。具体管理这座大楼的是内蒙古赤峰人方阔宗，他只有三十七岁，看去潇洒利落干练，比外表更年轻的是他的思路，为了保持园区的后劲，他们与发展趋势很好的恒远智能科技有限公司合作，随着企业发展也会分得红利。这个公司刚入驻时，只有六个人一间房，现在单是编程写码的就有四十多人，占了一层楼房。入驻这个园区的大都是高端的互联网企业：互联网 + 交通；互联网 + 教育；互联网 + 工业……方阔宗告诉我，过几天，他就要把这些互联网技术引进到内蒙古的包头去。

他们创办的烟台光电产业孵化园在高新区，离得比较远，我就没有去参观，从这两个园区的兴旺景象看，肯定是错不了的。

当时，丛榕说他们商会工作又进入新阶段，我还不明白什么意思。现在看懂了。他们接连建起的三个孵化园区，不就是两地和多民族团结合作共同创业的更加有效和牢固的基地吗？

像丹桂一样火红又芬芳的民族团结之花不但开在丹桂街上，它已经开遍海边的大地，也绽放在美丽无垠的草原上。

我国是一个多民族的国家，需要兄弟般的相处，让各民族像石榴子一样紧紧抱在一起。我想到了在商会会标两侧的四个大字：和谐共生。这是内蒙人发自内心的表达，也是我们永久的追求。

2020.9.6

载于《同心苑》2021 年第 6 期

豪气干云真英雄

——石英在马武

端坐烈日如将军

重庆市涪陵区马武镇被确定为中国散文学会创作基地，把一个镇作为创作基地，这还是破天荒的第一次，马武获此殊荣更是倍加珍惜，双方都把这事看得很重，都有一种庄重和欣喜的滋味。他们从全国各地请了散文学会的领导和一些知名作家到场见证这件中国散文史上的盛事。中国散文学会名誉会长石英是这次活动的最高领衔人物，他担任着授牌的大任。

主办方马武镇党委把7月21日定为吉日，可这一段时间正是热浪漫卷华夏的日子，卫星气象云图上是大片大片的红色，这一天又是中伏的日子，重庆电视台播报的气温是三十八摄氏度。能在三伏天吃火锅的重庆人，也把火锅搬到了长江边。

授牌的会场布置在马武镇石碑村的“从古到今生态园”的小广场上，不知业主为什么起了这么一个怪怪的名字，但这里的确是生态的：不大的水面上亭台楼阁俱全，水边的坡地里种植着红、紫、黄、蓝的花朵，形成了一条条远远延伸的彩带，把“美丽乡村，多彩马武”的建设理念诠释得明明白白。业主把这片透着生态范的土地命名为“古今花海”也颇有些费解。但这并不影响这里的灵气，反而让人过目不忘。

临时搭起的舞台就在这天蓝水碧树绿的地方，大红的背景幕布上是醒目的会标。主席台下放了两排桌子，后边整齐地摆放着一排排绿色的塑料方凳，重庆市电视台的直播车的长臂已早早对准了舞台。这里不但将举办隆重的授牌仪式，还是农家乐采摘节开始的日子，舞台对面是农副产品的展销会，一行行的展台上摆满了鲜红的桃子、金黄的梨子、发散着芳香的涪陵榨菜，人来人往，气氛十分火爆。这真是名副其实的文化搭台，经济唱戏了。

将近九时，石英和区宣传部部长，镇上的冯涛书记和熊镇长一行十几人坐到了第一排，我们这些作家在第二排入座。我们后边的塑料凳上早已坐满了身着盛装的镇上的男女老少。

石英会长端坐在第一排中央，头戴灰色的礼帽，上身着一件暗红色的上衣，外面罩一件记者服，腰板笔挺，就是坐在那里，也能感受到他的魁梧的身材，他目视舞台，不苟言笑，俨然是中军帐里的将军，不失为一场主角的气度。

舞台上石英郑重地把中国散文创作基地的牌子交到冯书记的手上，仪式简短庄重。

紧接着一场精心准备的乡间节目开场了。节目是俗常的歌、舞、表演之类，内容当然是歌颂当地的新气象。

人说重庆是雾都，那是指的一段时间，盛夏重庆的马武可是晴天大日头，那明晃晃的太阳像是一炉正在熔化的铁水，从头顶灌下，炙热难耐，我忍不住向上瞅瞅，双目似被灼烧。暴露的皮肤被烤得生痛，如果把此时的重庆称为火炉一点儿也不过分。

这样的酷热似乎对石英没有什么影响，他依然是一副正襟危坐的样子，面带微笑，直视舞台，看得十分投入。我看着他不断流下的汗水，很为我崇敬的作家、老乡担心，他毕竟是八十四岁的高龄了。会议的主办者也注意到了这一点，把一把雨伞放到了他的面前，他看了看，轻轻地推到了一边，冯书记要给他撑伞，他向后看了看，摇摇头拒绝了，意思很明白：我撑了伞，群众怎么看啊。一会儿，又有人送来了崭新的草帽，他仍坚持没有戴，其实不讲情面的毒日头早已把后边的观众撵到一棵棵树下了，原本整齐的会场已经解体。

他执着地在烈日下坐了两个多小时，直到节目结束，在他的影响下，看节目的人们都有了一种说不出的神圣感。

我知道石英会长是解放战争时期的老战士，现在虽是廉颇老矣，但英雄气概依旧，对人民的感情依旧，不能不让人顿生敬意。马武因东汉大将马武在此驻军而得名，他们有句口号“东汉很远，马武很近”，如果真如他们所说，马武没有走远，在这位为文学、爱民众的端坐烈日下的文学大家、革命老将面前也要甘拜下风吧。

胸怀坦荡明心志

从古到今生态园会议室的桌子被排列成矩形，与会人员围坐在桌子的周围，屋内的温度适宜，可发言的热度应不亚于窗外的酷暑。

石英和有关领导坐在上首，他很放松的样子坐在那里，还是上午的那身行头，只是没有戴那顶灰色的礼帽，露出了他那方方的大脑袋和宽宽的额头，还不算太少的黑白相间的头发被梳理成一边倒的分发头，显得既年轻又有点派头。他一直以微笑的姿态聚精会神地倾听大家的发言，也偶尔同发言者对视一下，微微点头表示赞许。

我对石英会长早就知道，他是我们烟台龙口人，是地地道道的亲老乡，他解放战争时期就参加了革命，后来被组织送往南开大学学习，毕业后留在天津从事文学工作，1989 年调到《人民日报》文艺部工作。他著作等身，写小说、写诗歌、写散文，是全国著名的大作家，更是家乡文人心中的文曲星，是众所追捧的一颗明星。

虽然对他心仪已久，但真正有接触是我从事散文工作以后，我曾两次邀请他回家乡的莱山和莱州采风。他没有一点名人的架子，坦诚、随和、亲切、健谈，极易沟通和交流。他面如静水，却激情似火，打开话头，便滔滔不绝，恣肆汪洋 。他博学、多识、诙谐，总是让听者入迷。他的书法也不错，有一次专门为我写下一幅字：“云峰山下真士子，蒿莱丛中觅文章。”他写字时那副神采飞扬的样子至今记忆如昨。更多的见面是在中国散文学会组织的一些活动中，他喜欢在会前饭后坐在宾馆大厅的沙发上休息，这时他的身边就围满了人，他总是不让人冷落，睿智幽默的话匣子就又打开了。

他的言谈还有会议的发言都不是官样文章，大都是兴之所至的真情流露，坦坦荡荡，似大河之水激越跳腾，气势澎湃。我正猜度着这次他要做何发言，主持人就让他作总结讲话了。他笑了笑说:“我准备了个提纲,两小时也讲不完,想讲,时间也不允许,不总结了,我忽然想到了一点,我这个人对钱财从来没有概念,对金字边的事看得很淡,从来没有想到我要挣多少多少钱,攒多少多少钱,我对精神的东西确是十分重视,从我在家乡读小学的时候受社会影响,当时我们那里已是解放区,我就特别追求公平、公正、平等、讲理。我把这些东西看得很重要,这是我的精神的最基础的东西,为了这些我可以舍生忘死,至今我也始终不改初心。我也从不刻意接近领导,也不向组织提任何要求,可是组织总能注意到我,我的命运都是组织安排的。记得上小学的时候,在农村集会上,我爬上两张摞起的八仙桌上宣讲反蒋的道理,下边一片掌声,我讲完要从桌面上跳下时,一只大手托住了我,把我缓缓地接下来,用手摸着我的头,一再表扬我讲得好,鼓励我好好进步。后来,别人告知,接我下来的是胶东北海军分区的孙司令”。他一边说着,一边学着当年孙司令的样子用自己的手摸着头顶转圈,不太多的头发都被他摸乱了,他的率真样子,真的是很可爱。“后来我到军分区参了军,因有文化,干了十一年的机要,解放后被送到南开大学读书,那时就不知不觉地喜好了文学,写的第一篇散文是《马蹄湖畔》,就这样被天津市委宣传部的领导看上了,毕业后要把我留在天津工作,那时我已结婚,爱人在北京工作,虽然这样我还是服从了组织分配。后来,我又在不知情的情况下被调到了《人民日报》,也是组织安排。”

一个人的人生道路很漫长,但是再伟大的人物几句话也能勾画出自己的轨迹,眼下的石英就是如此,他坦诚的话语从他那博大的胸怀流出,像是从高山上流下的一股清泉。但这波澜不惊的话语,在我的心中却激起了滔天巨浪,我看着这位气宇轩昂的老人,不觉眼泪盈眶,一个八十多岁的人还激情似火地为中国散文事业而奔波,还在为传递正能量日夜笔耕不辍,如果不是有着崇高的精神追求,如果不是有一颗不重金钱重精神的纯洁高尚的心灵,又怎会有中国文坛上的这样的一个文学宿将。我为有这样一个老乡而自豪。

武陵道中传京韵

这次会议的看点是武陵山中的大裂谷,来之前并不知道这个地方。听主办方介绍:武陵山大裂谷景区,位于长江上游地区、重庆涪陵区城东南约四十五公里的武陵山乡境内。属著名的武陵山脉西北段，以峭壁、奇峰和地缝奇观闻名。景区核心区为一条长约十公里的喀斯特地貌原生态裂谷。整个裂谷雄阔壮美、气势磅礴，一段长约一千五百米的裂谷地缝冠绝天下。

来到景区的大门，时间不到九时，已是烈日高照，如火烤人，预报的气温是三十九摄氏度，比昨天还要热，抬头远望，群山绵延，不见尽头，山中十公里的观景路蜿蜒而去，全要步行。同行中人已有人望而生畏，想回去休息。被人簇拥着的石英向远处看了看，什么也没说，抬步向前走去，他人高腿长，两只脚也特别地大，不愧是有过十几年军旅生活的老军人，他的步子迈得大且准，穿着黑色皮便鞋的脚踩下去，像是铁匠手中的铁锤有节奏地打在铁砧上，沉稳而有力，那气度、那劲头就是带领千军万马冲锋向前的大将军，谁也不会把他和年过八旬的老人联想在一起。

有他奋勇在前，谁人还有犹豫，一字蛇阵直入武陵山中。说是峡谷，其实真正有峡谷地貌的真不多，在这些走南闯北、见多识广的文人眼里真还不算什么事，十公里的山路虽然全部修过，有不少上上下下的台阶，但还真够这些摇笔杆的人一呛，况且已是日近正午，个个像是烈日下的草叶，开始蔫下来。

"一轮明月照窗前，愁人心中似箭穿，实指望到吴国，借兵回转……"忽然间峡谷中响起了字正腔圆的京剧的二黄慢板。仔细听正是《文昭关》中伍子胥的一段唱。回头看去，唱戏的人竟是石英老先生。他被天津文学的张主编虚搀着，说他是虚搀着，是因为边走路边唱戏的石英是靠自己的力量在一步步稳稳地上下台阶，张主编的胳膊只是轻轻地托住石老的胳膊。在张主编是对当年老主编的尊重和关爱，在石老应是在心存甜蜜地接受着这份真诚的爱和敬意。

石老爱唱京剧圈内是知晓的，有了合适的场合就来上一段，总是声情并茂。极其投入。当有人夸上几句的时候，他就会来上一段。当别人夸他文章写得好时，他就像没有听见，没有一点儿反应，而有人为他京剧喝彩，他就会眉飞色舞地再来一段，可见他的爱好。而此时此地他又不紧不慢，不高不低，字正腔圆地唱上二黄，瞬间就给人困马乏的队伍打上了强心剂。而那一老一中相扶前行的移动的造型，成了引导大家前行的旗帜。

我同石英先生相识快有十年了，他精力旺盛，一年外出采风十数次；创作的激情从未稍减，诗歌、散文、小说、评论如泉喷涌。每次见面总是见他兴致勃勃，热力四射，像一块磁铁，身边始终围着一圈人。听着他在崎岖山路上的清唱，我忽然洞察其中的奥秘：没有老而怨的牢骚，没有老而休的消极，始终以昂扬向上、旷达乐观的人生态度，为自己酷爱的文学不停地向前，正是这积极的人生态度才成就了他始终活力四射、光彩夺目的人生。

忽然想到山东省作协主席张炜的话：书法是养生，绘画是养生，写作也是养生。对的，石英挚爱文学，文学也回馈了他年轻的容颜和年轻的心态，我的心中油然生出一句话："胸有壮志人不老，豪气干云真英雄。"我把这句话送给他，算是对他送我的那句对联的回赠吧。

自从认识了石英，我是一直把他作为榜样的，有了这次的马武同行，更对他高山仰止了，期待着当我也到了他这个年龄时，再来武陵道中走走，当然我想吼一嗓子"今日痛饮庆功酒，来日方长显身手"。

2016.7.28

载于《烟台散文》2016 年秋季卷

登攀者的足迹

——记《登攀》作者

我是从泥土地里一步步走出来的人，深知人生不易，特别是一介平民前行的路更是不易。所以，素来对心有梦想，努力攀登的人充满敬意和效法之心。

春节过后，友人给我送来一套书，浅灰的封面上有两个奇崛有力的大字“登攀”；书的下方是作者的照片：棱角分明的脸庞，微微扬起的头发，深邃而有神的眼睛，十分眼熟，仔细一看，这不正是我的老乡、友人邓兆安吗？

端详着封面上的两个大字，我不禁觉得这个书名起得好，作者不就是一个心有志向，不断登攀的人吗？

这套书共有上、下两册，大约有五十六万字，选取了作者从 1978 年到 2018 年四十年间的新闻作品。插有大量照片，使全书图文并茂，真实生动，引人入胜。

这四十年是伟大祖国改革开放的四十年，也是作者的家乡莱州和烟台发生巨变的年代。

四十年间，作者从莱州到烟台，从农民通讯员到宣传部门的通讯员，再到职业新闻官，无论身处何地，无论身居何时，他都全身心地投入到挚爱的新闻写作中。他不怕吃苦，勇于学习，善于思考，新闻敏感极强，像一只飞翔在蓝天的雄鹰，总能捕捉到生猛的猎物。他为莱州商业战线和莱州各行各业写下的那些新闻报道，鲜活生动，时效性 、针对性、指导性都非常突出，至今读来，仍能为我们重现莱州人民改革开放的雄伟步伐，让人热血沸腾。

作者不但善于"写新"更善于创新，他在负责莱州对外宣传工作后创新的宣传方式，得到山东省委宣传部的重视，并在此召开现场会。他永不满足，不断创新的精神和工作方式，在担任胶东在线网站总编辑后，达到全新高度。他创立的"网上民声"栏目，首开网上问政的先河，在全国引起巨大反响。此后又井喷式地创意策划了《网上问法》《爱心无限》《快乐健身》等若干栏目，对全国同行起到引领作用。为此他先后获得全国优秀新闻工作者最高奖"第十三届长江韬奋奖"、两次获得中国新闻奖一等奖。这些新闻工作者终其一生都可能望尘莫及的奖项，全被他一人囊括，这在烟台的新闻史上是第一人。2015 年，他入选中宣部文化名家暨"四个一批"人才。2016 年，当选中国记协第九届理事会理事，受到了习近平总书记的亲切接见。最近又获得国务院政府特殊津贴。

从无比艰辛、大海捞针的"土记者"到烟台新闻界殊荣第一人，这是一介平民成长的神话，这是他心怀壮志，不畏艰难，积极进取，勇敢攀登的必然结果。

因为同乡，因为工作，因为友情，四十年间我同他有过太多的交往，亲眼见证了他不断攀登的足迹。

那是四十多年前的一个冬日，我作为掖县报道组的一员，正在西由镇采访。忽然一个眉清目秀、身材修长的少年向我们走来，彬彬有礼地问："你们是县委报道组的吗？"然后自我介绍说："我是西由中学的学生邓兆安，正在学着写新闻报道，听说你们来了，我是来拜师的。"这个大方得体、好学上进的少年立刻引起了我们的注意和喜爱，便耐心地与他交谈起来。

当时，我们并没有想到这次交流竟成为他走上新闻之路的发端。后来，不断地听他的稿子在县广播站广播，也有文章在《烟台日报》发表。这引起我们的注意，当时县上各个部门都缺写材料的人，当县商业局让我们推荐写材料的人时，就把他推荐给了这个部门。这让他有了展示自己才华的舞台。他充分地利用了这个机会，一边撰写机关公文，一边利用一切休息时间和工余，深入商业战线的各个单位采写了大量富有新闻价值的稿件，见诸报端。人才难得，县委宣传部利用自己的优势，硬是把他从商业局调到县委宣传部通讯报道科。从此，他进入新闻写作的旺盛期。那时，我已在烟台地委报道组工作，在每年一度的全区新闻报道会上我们让他作了典型发言，这也更坚定了他做好新闻工作的信心。后来，他被调到烟台电视台工作。20世纪初，他看到网络媒体的作用越来越大，就向局领导提出了创建网络媒体的建议并获得同意。我当时作为分管这项工作的市政府副秘书长，也积极支持了这项工作，并和市委宣传部副部长刘明光一起出席开通仪式。他在这个新的平台上，用心用脑用力，从全国大局和政治高度思考问题，把胶东在线做成了全国知名网络品牌，得到了中央、地方和民众的充分肯定，并为中国网络问政创出了一条新路。综观他四十年前行的足迹，发现新、报道新，不断创新是他不变的工作态度，攀登再攀登，敢为人先，永不停顿是他不变的工作精神。

我对他的工作态度和工作精神始终充满了敬意，也能谈得来，有次曾同他探讨这种工作态度和精神能够始终如一、持之以恒的原因。他说，最初的动因就是寻找生活的方向，他上学那会儿，没有高考，读完了高中，就回农村，他的哥哥告诉他，写好材料是发展自己的一条出路，于是，他就立下恒心写好材料。是党的教育和工作的历练，才让他有了为国为民的胸怀和情怀，才有了不断攀登和探索的思想基础和崇高志向。

由此可见，这本书的出版，既是一部重要的新闻著作，也是烟台改革开放和新闻创新的一部信史。细读全书的文章，也折射出他成功攀登的人生足迹，他为励志的人树立了一个榜样，充分证明习总书记所说，幸福是奋斗出来的。

2019.3.26

载于2019年4月18日《烟台日报》

扛起中国葡萄酒业的大旗

在张裕公司诞生一百二十周年的时刻，我来向她致以深深的敬意和真诚的祝福。

丽日高照，绿树环绕，典雅古朴的张裕总部大楼显得庄重又年轻。

一百二十年前，头戴花翎的张弼士满怀豪情地宣布成立张裕酿酒公司，从此揭开了中国葡萄酒工业化生产的新纪元。

不过几年，励精图治、治业有方的张弼士就意气风发地带领中国世博会参展团来到旧金山，并一举为张裕夺得金牌。庆功会上，他踌躇满志地说："在这盛大的酒宴中，一眼望去，锦绣华堂，全是令人自豪的东西：一种是早就世界驰名的中国大菜，一种是享誉环球的中国瓷器，还有一种是新近获得国际金奖的中国名酒，这些都是举世无双的东西……唐人是了不起的，只要发奋图强，后来居上，祖家的产品都要成为世界名牌！" 他真是一位有志气、有抱负的爱国商人，不愧是"中国的摩根""中国的洛克菲勒"。

然而，作为生活饮品的葡萄酒的命运是始终与社会命运紧密相连的，伴随着中国社会命运的跌宕起伏，产量也是上上下下，总量还是少得可怜。张弼士当年发下的宏愿，似乎看不到希望。

乘改革大潮，借市场东风，张裕日日新、月月新、年年新。然而全国已然出现了张裕、长城、王朝三足鼎立之势。百年张裕不能在市场大潮中退却，一班人决心改变这一局面，共同立下了扛起中国葡萄酒业大旗的志向，他们迎风斗浪，追风逐浪，乘风破浪，几年间，张裕的酒已冲出国门，走向世界的二十八个国家，张裕的葡萄酒香已五洲可闻。近几年，张裕更渐渐成为国宴用酒的主角。从上海世博会欢迎晚宴、二十国集团（G20）会议午宴、金砖峰会午宴、上合组织会议的宴会等，张裕美酒的婀娜多姿的身影频频出现，得到了奥巴马、普京、梅德韦杰夫、菲永、卡梅伦、默克尔、哈珀等世界政要的青睐。据不完全统计，仅近两年来，张裕各大系列葡萄酒已先后二十九次出现在国宴上。

去年，张裕公司实现销售额六十亿元，十年内张裕的销售收入增长了近六倍。张裕已是中国葡萄酒业的先锋，张裕义不容辞地扛起了中国葡萄酒业的大旗。

张弼士当年立下的宏愿，经过百余年的漂荡，终于在这一代张裕人身上得以实现，这位巨人终于可以莞尔一笑，如他九泉有知，当为今日之张裕鼓掌与喝彩。

张裕的大旗在烟台的上空高高飞舞，但她是中国的，她在引领着中国葡萄酒业的发展。她在中国，但她又是世界的，她那饱满的光辉已经闪亮在世界的许多地方。

2010 年 7 月 10 日，时任国务院副总理李克强视察烟台张裕时，曾感慨良多地说："中国能做到百年的企业不多，张裕能发展到今天不简单，可以说是百年企业的典范。"

前几日，我径直走进了张裕公司总经理周洪江简朴的办公室，专门来探讨这个"不简单"。他刚刚送走了一批客人，多年相识不用寒暄，我直接提出的问题是"张裕是怎么扛起中国葡萄酒业的大旗的？"这是位十分称职的现代企业的领导人，但为人谦逊低调，从来是只讲公司，不谈自己。面对我的突然提问，他显得从容不迫，侃侃而谈，洪亮的声音里充满了底气，明亮的眼睛里飞动着神采。

张裕是中国葡萄酒工业化生产的先驱，扛起中国葡萄酒业的大旗是我们的责任，我们不扛让谁扛啊。

旗大风就大，要把大旗擎得高，扛得稳，关键是要自身体魄强壮。数十年来，特别是近十年间，张裕卧薪尝胆，埋头苦干，下苦功、下硬功强筋壮骨，增强品牌的内涵；不断提升原料的品质，投资数十亿在山东、新疆、宁夏等六大优质酿酒葡萄产区布局，拥有了三十万亩葡萄原料基地，成为国内葡萄基地数量最多、分布最广的企业；不断提升设备、工艺水平。在产品质量上精益求精，不断创新，是一代又一代张裕人的传承和坚守。第一代张裕人从国外引进了一百二十四个品种，从中培育的“蛇龙珠”葡萄得到国际广泛认可。新中国成立后选育的几种葡萄成为世界范围内色度最高的品种之一。为了种植出高质量的酿酒葡萄，现在的张裕已经形成了国家级技术专家、张裕技术管理团队、合作社技术人员共同组成的三级技术服务体系，实施了全面质量管理。为了提高葡萄酒的品质，早在2006年，张裕在业内率先提出与国际接轨的葡萄酒综合分级标准，通过对葡萄园、葡萄原料、酿造工艺、橡木桶陈酿、调配和瓶贮六个环节的严格控制，为一瓶好酒的诞生设下六道关……来企业参观的国外同行时常为张裕酿造工艺和设备而眼前一亮；面对风骤雨狂的国际葡萄酒行业，张裕敢于担当，积极应对，不断创新，勇立潮头，在全国率先开创了酒庄生产模式，发起了向高端酒的大进军，现在已形成十大酒庄。

要把大旗扛牢和扛久，关键在市场，市场有多大，企业才能做多大。从2002年起，张裕在全国率先进行市场营销提速，构建起销售总部、省级营销、城市营销三级营销网络体系，如今已组成了由三十六个省级营销管理公司、六百个营销部、三千七百名市场人员和五千三百家经销商队伍的销售组织架构。这是扎扎实实的基本功，也是实实在在的竞争力。

为了走向市场，与世界一流竞争，张裕大胆进行管理体制创新。2003年，进行了企业体制机制改革。2005年，张裕完成产权多元化改造，引进世界银行旗下的国际金融公司（IFC）及有着五百余年历史的意大利意迩瓦公司参股。美国的管理思维、意大利的产业链运作等国际化因素给张裕注入了新的活力。张裕已经是真正意义上的国际化大企业，每次董事会都要有多国翻译呢。

周洪江波澜不惊又井井有条的叙说，传递的却是最富有真理的发展经典。

去年，我去英国考察，留意到这个区区的岛国，当年能成为日不落帝国，有两条不能忽视的原因，一是瓦特发明了蒸汽机，引发英国的工业革命，使得英国的各种产品如波涛汹涌而来，财力急剧膨胀；二是按照亚当·史密斯的经济理论，实行了自由贸易的市场经济，积累了大量财富，国力迅速增强。拿张裕的发展同英伦比较，真有惊人的相似之处和异曲同工之妙。不遗余力地通过包括提升设备和工艺水平等各种措施来提升产品的品质，坚持不断地运用各种营销策略占有国内市场、扩大国际市场，正是张裕能够扛起中国葡萄酒业的大旗，不断引领中国葡萄酒业迅跑的密钥。

张裕要有更大的发展，一百二十年找到的密钥要握紧，一百二十年祭起的发展法宝不能丢。现在，中国的市场是世界的，在世贸框架下的自由贸易，使迅速增长的中国葡萄酒市场，正成为世界葡萄酒贸易的激烈竞争地，张裕有能力也有责任扛起中国葡萄酒业的大旗。在竞争激烈的中国市场走在前面，不但不能让步，还要牢牢掌控大局。在中国占领市场，就是在世界占领市场。

世界的市场也是中国的，别人能到我们这里来，我们也能到他们那里去。让张裕的高端酒更多更快地走向世界，是时代提出的要求，只有在国际上不断扩大市场份额，提高品牌影响力，才会在世界站稳脚跟，占有自己的位置。也才会反过来刺激国人的自豪感和购买欲，从而更好地巩固和扩大中国市场。

立足中端，做大中端，挺进高端，走向世界。扛起中国葡萄酒业大旗的张裕沿着这条大道走下去，将会无往而不胜。

2012.2.26

载于《烟台散文》2012年春季卷

飞龙礼赞

飞龙集团的创业者是仁者、义者、礼者、智者、信者。三十春秋开拓的飞龙之路是诚信之路、仁爱之路、正气之路、文化之路、光明之路。我愿意用手中的笔为她唱一支真诚的赞歌。

——题记

2013年，港城烟台的夏季特别地长，快进入9月了，还是热浪滚滚，就在这让人热血奔涌的日子里，我沿着宽阔的莱源路驱车向南，当看到飞龙路的路标时，便转向驰上这条向着东方的宽畅清新的大道。

丽日蓝天下，呈现在我眼前的是一个巨大的崭新的企业王国：透着庄丽和豪气的大门旁，站着两只威武的石狮子，放眼向里看去是望不到边的高大厂房，白色的墙壁像城墙，红色的屋顶像红云，在阳光的照耀下更是光彩夺目，这气势，这规模，真是够范儿。

办公楼高大中透着庄严和方正 。办公楼的广场上整齐地停满了小轿车，场中心的旗杆耸入云天。走进宽敞的办公楼大厅，迎面墙上镌刻着："以房地产开发为龙头，以建筑、钢结构施工为骨干，以多种经营为优化，创建优质高效企业 "的红通通的大字，很夺眼球。这就是烟台飞龙集团的总部。

在三楼的一间宽敞的办公室里，我与董事长宋明志初次见面。他站起身热情地同我握手相见，手温暖而有力，身材宽厚高大，两只眼睛很有神采，穿一件白色的衬衣，黑色的背带裤子，站在那里像一座稳重的塔，充满了力量和活力，给人一种壮年人的感受，完全不像是已届七旬的人。当他微笑着说出“我正在等你”时，一下子有了一种久已相识的亲切感。

于是，我们之间有了一次敞开心扉的交谈，前后半个月的时间里，我下车间，进工棚，看食堂，走宿舍，同各个岗位的人交谈，他们工作并快乐着，生活并幸福着，从他们那里，我更了解了这个企业，也更加走近了宋明志的心灵，在那些日子里，每天被感动着、激动着，我决定尽我所能为这支挺进城市、建设城市、促进城市进步的曾经的农民军唱一支发自肺腑的赞歌。

英雄之心

宋明志半是沉思半是回忆的叙说，让我走进了他的艰难的岁月。

莱阳万第镇西诸麓村是个依山傍水的好地方，村后是连绵的青山，村前有富水河日夜不停地缓缓流过。

自从有了这个村子，它的命运和它养育的农民的命运总是同国运、民族的命运密不可分的。

上世纪50年代末60年代初是政治激进、经济衰退的年代，是“三年自然灾害”时期。村民们白黑苦干，却过的是“闲时喝稀，忙时吃干”，干也是“瓜菜代”的生活。

困难的生活丝毫没有影响宋明志天天向上的蓬勃热情，在学校里他一直是品学兼优的学生。初中毕业就考上了工读师范，他多才多艺，在学校的赛诗会上多次拔得头筹。因为他出色的表现，毕业即被留校。

然而，时势并不眷顾这个英俊才子，时代的巨浪一次次把他打翻。

1960年，因整个国家发生自然灾害，经济出现困难，工读师范被压缩，宋明志被调到水集镇圈子完小任教。

1961年，因饥荒不断扩大，学校被迫停课。为度灾荒他被安排回家种田。

1962年，全国大精简，他被下放回家，从此失去公职，成了地地道道的农民。

每个人都有着命运之路，屈服于命运的是庸人，敢于挑战自己命运的人是英雄。

像他的名字一样，宋明志是个有明确志向的人，他不屈服自己的命运，他开始了同命运勇敢地挑战。

在农村，他像村民一样面朝黄土背朝天地辛苦劳作，但他却有着一颗与乡亲们不同的心。他梦想当作家，利用晚上的时间展开想象的翅膀写小说；他还希冀自己成为一名能够救死扶伤的白衣天使，啃起了大部头的《中医入门》。

还是有人记着这位有志有为的青年，1965 年他又被招在万第镇担任了代课老师，他觉得又有了施展自己才能的机会，他全心地投入了这项工作，满腔热情地做好每一件细小的事情。公社要开四级干部会议，有位老师编了一个抗美援越的双簧剧要拿到会上演出，请他帮助修改，演出后大获好评。可有的造反派吹毛求疵断章取义，说这个剧是大毒草，还写出了大字报说他们是反革命。他气愤、他不解，他压抑不住自己的怒火，冲到那里，三下两下就把大字报撕了下来。没想到，这下祸可闯大了，在极左的年代里，撕毁大字报可是不小的罪名。有人要追究这件事情，好心人劝他赶紧走人，他只好带着一颗受伤的心回到了富水河畔的家。

在日出而作，日落而息的日子里，宋明志没有沉沦，没有沮丧，他没有忘记父亲赐予的那个名字的含义，要有明确的志向，他在奋斗、在等待、在寻找新的机会。

1968 年的一天，队长说，大队建筑队要人，他看到，在农村瓦工是个挺受欢迎的农活，就给队长要求去了。可这活又累又苦，这对于一个当过国家教师的人，是一个多大的转折，又是多大的反差，但他义无反顾地选择了这条道路，也许他当时没有想到，这将是他一生要走的路，而且是一条成功之路。

村建筑队的劳作让他得到了全面的锻炼。从 1973 年到 1975 年，他又到烟建二公司干了三年合同工。在这三年里，他完全忘记了曾经是国家教师的身份，他发了疯地学技术，泼上命地干活，练就了砌砖、抹墙、砌石三手绝活。同时他也看到自己不但可以做个出色的瓦工，而且还可以做组织工程的施工员，他找到了自信，他决心在这条路上走下去。

后来，因妻子有病，只好辞职回家自己组建了一个“瓦工帮”。村里发现他很有组织才能，又让他担任了村建筑队的副队长。然而，历史真能作弄人，在建筑行已是名声大振的宋明志，很快被公社建筑队看中，要调他去干施工员。可村里偏偏不放又让他重拾教鞭。在贫下中农把大关的年代里，那是谁也无法改变的，他只能放下心爱的瓦刀，站到三尺讲台上。历史有时也不负有心人，1982 年在落实政策的大高潮中，国家又给了他重回公办教师队伍的机会。这真是喜从天降，可宋明志却做出了令人意想不到的选择，他对来给他下恢复公职通知的人说："如果我不回教师队伍，让我去公社建筑队干施工员行不行？"最后的回答当然是可以的，可是人们就是不明白，他为什么不去端人们争着去端的铁饭碗，非要去端这个泥饭碗呢。这就是人们常说的燕雀安知鸿鹄之志吧。

宋明志在公社建筑队的精彩亮相传为美谈。上班的第一天，宋明志头戴崭新的安全帽，手握闪亮的瓦刀，开始了不动声色地挂线砌墙，一天下来，经校验，分毫不差，完全超过国家规定标准。工地上响起一片掌声。公社领导当即宣布宋明志为建筑队施工员。

从 1958 年到 1982 年，从十六岁到四十岁，在坎坷中挣扎，在困境中抗争，宋明志终于实现自己的一点儿追求，找到了一块可以施展自己才华的平台。

"猛志逸四海，骞翮思远翥"，"余心之所向兮，虽九死其犹未悔"。

正是宋明志那颗有志有识、不屈不挠的英雄之心才使他有了一个光明的起点。英雄之心是企业的创业之基。

道德之心

阳光透过窗子，照射在从杯中袅袅升起的薄薄水雾上，在这次推心置腹地交谈中，他一再满含深情地对我说："飞龙是改革开放的产物，没有改革开放就没有今天的飞龙，也就没有我的今天，我永远感恩党的改革开放好政策，感谢邓小平。"

是的，撞破玉笼飞彩凤，砸断铁锁走蛟龙，真的是改革开放的好政策，给了他走出深山离开富水河的机遇，给了他带领农民进城的机会，给了他从农民成长为企业家的机会。

和宋明志一起创业的那些老伙计一再地给我复原着他们初期进城的艰难历程。

在他们的满含深情的回顾中，我也在思考，在追问：这样的机遇对每个人、每个企业都是相同的，都是公平的，为什么有的人能够乘势而起，有的人也曾经做得很大，后来却销声匿迹呢？

思考的结果告诉我，是宋明志在发展企业的进程中始终站在道德的高地上，是宋明志的道德之心支撑和托起了这个企业走上了腾飞之路。丧良心、昧天良的企业是走不远也做不大的。

上世纪80年代是个充满了机遇、充满了活力的年代。素有大志的宋明志审时度势，看到了市场化的大潮必然推动城市化的发展，开放城市烟台将是一个充满商机的地方，他毅然放弃了千辛万苦谋得的万第建筑队的职务，应聘来到了芝罘区前七夼村。1984年11月，凭借着这块对他敞开了胸怀的热土，在鞭炮声中组建了烟台飞龙建筑公司。

一个名不见经传的村办企业，怎样在竞争激烈的市场大潮中破浪前行？在第一次工长会上，他发出了掷地有声的宣言：我们是农民进城，没有背景，我们要靠质量闯市场；没有靠山，我们要凭诚信打天下，诚外无物。他同时宣布：我们的企业宗旨是，振兴企业，为民致富；我们的企业精神是，齐心协力，艰苦奋斗；我们的发展方针是，以质量求生存，以诚信求发展；我们的管理原则是，班长做表率，工长树形象。

好一个宋明志，凭借着他的知识、学养、经历、追求、抱负和价值观，从一开始就站在了道德的高地上，正是从这片高地出发，他们一次次赢得了人心，赢得了市场，赢得了成功。

飞龙公司的开山之作是“武苑宾馆”的建设。这是烟台体育系统的对外接待宾馆，工期短，要求高。宋明志此时正值盛年，高大的身材像是一台马力强大的发动机，他头戴安全帽，身穿黑工装，几乎是天天第一个来到工地又最后一个离开工地，每天的施工碰头会是雷打不动的制度，不管收工早晚，他都要和班组长们拢情况，找问题，下任务。他是当年烟建公司的技术尖子，砌砖、抹墙事事都能做出样子，他曾是出色的施工员，每道工序都能说到点子上，他经常苦口婆心地对队友们说：“我们公司小，但目标不能低；我们是村办企业，但工程质量标准要达到国标。”在他的言传身教下，不但施工质量没有半点马虎，连所有施工材料都码放整齐，每天收工地面都打扫得干干净净。凡是来过工地的人，无不对他们刮目相看。工程竣工，一次验收合格，人们简直不相信一个村办公司能干出这么优秀的工程，口口相传，飞龙公司在烟台建筑业一鸣惊人。

烟台农业科技交流中心的建设是继武苑宾馆之后的又一次绝唱。当农业部有关人员把这项工程交给飞龙公司的时候，心怀忐忑，将信将疑，一个村办公司能干得好这样的大工程吗？看着他们似信非信的样子，宋明志并不申辩，他决心用结果回答。签订合同时已是深秋，为了保证工期，他们打破常规，冬季就开始开挖地槽。施工中精益求精，当时厕所施工还没采用防水技术，为了保证不渗水，他们严格找好地面坡度，全楼没有一个厕所渗漏。当时安装踢脚线也没有手提切割机，有时差几毫米也专门派车拉料去栖霞工厂重新加工。在打磨水磨石地面时，宋明志白黑靠在那里同工人们一起攻克技术难关，硬是把个上百平方米的大厅地面打磨得像一面闪闪发亮的镜子。按合同工程工期是二年，他们一年就完工，而且被评为烟台市优良工程。农业部有关领导看了大加赞赏："你们是乡镇队伍，国家水平。"消息传开，参观的人络绎不绝。市建委推荐他们在全省的会议上交流经验。

在建材市场比较混乱的情况下，为了保证采购的质量，公司建立了集体决定制，任何材料的购买都不能一人拍板。宋明志规定在施工中，多用了原材料不批评，少用了原材料要罚款。他常给大家说，一个工程多用上二十吨水泥，回去可以睡个安稳觉，偷工减料一辈子心不安生。

事事讲道德，处处讲良心，凭质量赢人心，靠诚信赢市场，飞龙公司干一个工程，创一个优良，树一座丰碑，交一方朋友，开一方市场。

在给烟台大学建了文科楼以后，大学上下叫好，根据他们的要求又接连为学校盖了学生宿舍楼、理科教学楼。

公司曾为工商学院建过教学楼，他们的建筑质量打动了那些颇能挑剔的教授，当学校要盖老师宿舍楼时，老师们联名上书要求一定要让飞龙公司承建。

……

站在道德的高地，用道德支撑企业的发展，飞龙公司如龙在天，如鱼得水，企业的路子越走越宽广，企业规模越来越大。

为了适应企业的发展需要，公司先后创建了钢结构公司、门窗厂、装饰公司等，形成了房地产为龙头，钢结构、建筑施工为骨干，多种经营、多业并举的飞龙集团公司。现有职工一千多人，年产值六亿多元，年纳税四千多万元。

企业因为规模不断膨胀已经四次破茧化蝶：1984 年在前七夼盖起了十七间平房，公司在此挂牌开张；1996 年公司盖起了一万平方米的办公大楼；2003 年公司开创了飞龙工业园区，揭开了公司发展的崭新篇章；2010 年公司征地数百亩，建成了这座现代化的企业总部和无与伦比的厂房。

在采访时，宋明志曾邀我参观了他的钢结构车间，长三百一十五米，宽五十四米，一眼望不到边，像是一个巨大的广场，这是我见过的最大的车间，机器轰鸣中，我们坐在吉普车上，从西到东徐徐行进，在车间里开小车参观是我从没有的经历，我侧过头去看了一下宋明志，他仍然谦和地微笑着，可他多么像一位指挥千军万马的将军。

我不知道，此刻，他是不是想道德的力量推动着他的企业一次次飞升。

道德之心是企业立命之本。

文化之心

改革开放初年，我到天津参观摩托罗拉中国本部，在气派宏大的车间里转了一圈之后，一个有着黄头发蓝眼睛的外国人在做企业介绍时，不谈规模，不谈技术，不谈效益，他谈的竟是企业文化，我至今记得的有三点，一是鼓励工人提建议，凡被采纳都有奖金；二是总经理给每个工人送生日蛋糕；三是员工间开展各种娱乐活动。这在过去是见所未见，闻所未闻。当时想，我们的企业哪天能这样就好了。

没想到的是，事过几十年，在飞龙 ，又重现了当年在著名的跨国公司里看到的情形。宋明志首先向我介绍的和他最引以为豪的也是他的企业文化。而且他做的这一切已经远远地超过了那个外国大公司。

走进飞龙的企业，你立即会感受到浓浓的企业文化之风向你扑来：走进公司办公大楼大门，东边的大厅是道德大讲堂，里面安放着一排排桌椅，桌椅后边又是一排排的书架，书架上整齐地摆放着各种书籍。墙壁上是职工们的学习心得栏，还有《飞龙公约》活动图片等。西边的大厅是荣誉室，里面摆放着一个个闪闪发光的建筑“泰山杯”，一面面光彩夺目的锦旗，还有一块块硕大的奖牌，也有一些个人获奖的英雄榜，记录着集体和个人的光荣。

各个楼层里的走廊上都悬挂着名人的警句或公司的文化价值观，每一块语录牌，都能留住你的眼光和脚步，都能给你目标和信心，都能给你传递正能量。

在钢结构车间，你会见到一座巨大的文化大厅，他们用一个个差不多一平方米大小的红塑料字，排列成一个个文字的方阵：它们分别是企业宗旨：振兴企业，为民致富；企业文化理念：以诚立德，用爱铸心；企业管理原则：以管理者的以身作则为榜样，以管理者的人格魅力为动力。以“飞龙公约”为准则，团结拼搏，锐意进取，树百年品牌，创优质高效企业。在这个红色的海洋里你会感觉到一种巨大的精神震撼。

在门窗车间还会见到车间领导根据自己的实际拟出和悬挂的横幅和对联，也很有意思。车间的西门上有这样一副对联：振兴企业为民致富德善其首，齐心协力艰苦奋斗仁贤领先。有一个横幅是这样写的：读圣贤书，立强国志，谋富民策，遵道守信，行社会义。每个字都透着他们的追求和思索。

走在飞龙就是走在思想波光闪耀的文化的海洋，在这样一个氛围里，想做点歪的都难。

真正让我感动的是，他们不但是把企业文化写在纸上，挂在墙上，更是建在每个员工的心里。

宋明志在企业文化建设中，紧紧抓住了中国优秀传统文化这条主线，他运用各种形式把核心价值观传递给每个职工。

被许多单位抛弃的学习制度在这里雷打不动。公司全体员工坚持每周一课，从未间断。他们利用这个学习时间，请了专家连续用了三年时间在道德讲堂上讲授了《论语》《孟子 》，现在公司又利用学习时间观看名师传授管理理念的片子，每次看完，宋明志都要结合自己的人生和工作经历进行点评。办公室主任小吕记录了他的点评，“吃亏是福气，诚信赢天下”“做人的最高境界是厚道，做事的最高境界是诚信”等，我粗粗地看了看，真是每一句话都能像钉子一样打入你的脑中。

宋明志从创业开始就起草制定了体现着自己管理理念、企业方向、做人准则的《飞龙公约》，作为企业文化的核心价值和企业发展的总纲领，他还根据形势的发展和国家的要求，不断修改这个公约，使公约始终与时俱进，充满了新鲜感、时代感和公司员工共同的价值追求。公约的文字没套话，皆出肺腑，十分感人，现录于下，与读者共享：“企业至上，工作第一，尽职尽责，天地可鉴；相互协作，积极配合，凝聚向心，振兴企业；诚实勤奋，求知上进，以德示人，工作垂范；以人为本，关爱职工，优化组合，人尽其才；不贪为宝，慎独自重，清正廉洁，留名社会。”

细雨润物，水滴石穿。公司以社会主义核心价值观为中心制定的《飞龙公约》成为飞龙人的行为规范，用“良心”做人、用“爱心”奉献、用“虚心”学习、用“尽心”做事、用“雄心”激励，成为全体员工的共同追求。

土肥苗壮，在这片思想雨露充足的地方，一批批新人茁壮成长。在职工中形成了讲诚信、讲公德、讲奉献的良好风范。青年员工中先进典型不断涌现，许多青年员工向党组织递交了入党申请书。

看到职工结婚很麻烦，又花钱又操心，宋明志就让公司专门成立了一个婚庆服务组，只要结婚的职工提出要求，公司就会安排一条龙的服务。

公司职工结婚，宋明志都无一例外地送给红包。男职工结婚他常常应邀担任证婚人，现在原文抄下他的一次证婚词，真是打动人的心肝。“今天是个大喜的日子，是新郎初建先生、新娘张峰女士新婚大喜之日。花开并蒂姻缘美，夫妻双双拜花堂。让我们共同祝愿新郎、新娘相亲相爱，地久天长。初建小伙长得帅，肯钻研、进步快，处处事事当标兵，真是一位好新郎。新娘好漂亮，亭亭玉立，高雅端庄，与新郎并肩站，好一对夫妻相，大家一齐来鼓掌。一对佳偶由天成，祝福的话儿仔细听，相亲相敬又相爱，明年要把龙凤生……”宋明志每次都亲自执笔，每次喜气洋洋又韵味十足的证婚词都博得满堂彩。

宋明志的做法都还比较传统，而他的下属们在这方面更是青出于蓝而胜于蓝，各有高招，全公司的文化活动总是生气勃勃又精彩纷呈。

陈敏杰是飞龙培养起来的新一代少壮派，他是这里的老员工，可公司又送他参加了清华大学的深造。他继承了宋明志的重视企业文化的好作风，却又增添了若干现代的内容。团队旅游、拓展活动、中秋集体赏月、新年文艺会演，新点子层出不穷。陈敏杰还利用与职工年龄差别不大的优势，同职工们交朋友，主动关心年轻员工的住房、婚姻方面的实际问题。职工们有了苦恼也爱向他倾诉，请他帮助，大家相处得像兄弟姐妹一样。

新老结合、传统与现代互补、国内与国外的好方法并用，飞龙的企业文化形成了内涵丰富、主调鲜明、丰富多彩、深入人心的突出特征。

工人们说，飞龙公司是我们的家，飞龙公司的员工是兄弟，而宋明志又多么像一位慈祥的老父亲。

我忽然觉得，飞龙是一个集团化的现代企业，可它又多么像是一座育人的学校，这是一方中国优秀文化的净土。

一年企业靠运气，十年企业靠经营，百年企业靠文化。在当下，企业的最高层次的竞争不再是物质的竞争，而是文化的竞争。一个成功的企业，必须有优秀的企业文化做内核。

文化之心是企业兴业之魂。

仁爱之心

在同宋明志交谈的时候，他从抽屉里拿出了一个用宣纸订成的本子，边角有些磨损，纸张有些发黄，看来已经用了很久了。

他看着这个本子，讲出了一段遥远的记忆：他说，我的家乡是山区，我们家的日子也不富裕，但父亲激励我好好“混”。他说，人混好了身在湾底也不矮，混不好爬上屋顶也不高。他还告诉我，混好了不要忘了不如你的人，为别人解决困难要大方。这是些朴素的道理，但都是至理。现在我靠党的好政策“混”好了，不能忘记父亲的教诲。

宋明志爱说的一句话是：“财富是大家共同创造的，好处要大家共享。”他告诉我，我们的企业是民办性质，但民办不是我自己的，是大家共有的，职工们有股两千万，每年分红数百万，企业好了，职工也共同富裕了。对于那些没有入股的工人，宋明志更是关爱有加。

公司开创之初，工人们还借住在前七夼，那时他就把工人们的伙食当头等大事来抓，请了三级厨师来给工人做饭，他说吃饱了不想家，有劲干活。他说在同行业中，我们必须做到伙食是好的，工资是高的，劳保是优的。三十年过去了，他一直没有忘记这个承诺。我曾经参观过工人们的集体宿舍，有专人实行宾馆化的管理，有专门的洗衣房，可以说是窗明几净。我也曾在工人食堂吃过一次饭，暄腾腾的大馒头，还有两个菜，一个是土豆炖肉，一个是粉条排骨，香喷喷的味道，老远就嗅得到。在钢结构车间，我还看过工人工资发放明细表，多的六千多，少的也不低于三千，工资真是不算低。曲经理告诉我，虽然车间工作辛苦，但很少有“跳槽”的。公司还为每位职工订了一份报纸、每年查体并实行伙食和燃油补贴。职工有了大病也给以特殊补助。公司还经常对职工进行在职培训，职工自学通过考试还给奖励，真是样样想得周全，我曾同一些工人闲聊，他们感觉在这里很愉快，也有奔头。

宋明志已经形成了一个牢固的观念，是社会成就了企业，企业发展了要回馈社会，回报家乡，回报人民。

8月28日，我再去公司采访，公司的领导全不在家，吕主任告诉我，领导们都到莱阳万第镇参加那里的中学楼落成典礼了，我惋惜晚来了，错过前去目睹这一盛景的机会。

原来，宋明志为了改善家乡的教学条件，从去年开始先后投资一千六百六十万元为万第镇建了小学楼、中学楼、餐厅和锅炉房。新建的中学楼投资一千二百万元，占地三千六百平方米，内设十九个标准教室、八个教师办公室和一个可容纳两百人的阶梯教室。餐厅可同时容纳四百人就餐。学校路面全部高标准硬化。整个捐建的中学教学区、运动区、生活区布局合理，环境优美。

事后我观看了那次活动的录像片。青山之下，富水河边，新落成的五层乳白色教学楼，造型优美，宽敞明亮，现代气息浓郁。宋明志身着惯常穿的白衬衣和黑色的背带裤热情致辞，他乡音浓重，感情浓烈，脸上充溢着幸福和满足的笑容。市委、市府的主要领导都赶来祝贺，田副市长在致辞中称赞说，这是莱阳一次性投入最多、建设规模最大、安全等级最高、建筑风格最好、配套设施最齐全的学校项目。

宋明志对生他养他的穷山村是一往情深的，在此之前，他先后捐助四百多万元，为家乡架桥两座，修路三条，还为村里五百多户村民安装了自来水，修建了健身活动广场，帮助了许多困难群众。

在吕主任那里我看到了公司这几年的一份捐助表格：

为中国红十字会捐赠二十万爱心款和物资。

为见义勇为基金会捐赠十二万元。

为莱山一中、前七夼小学捐资三十万改造校舍。

……

吕主任还从她的抽屉里拿出了一大把条子，上面是宋明志帮助困难职工和村民的一大堆批条：某某住院五千元，某某孩子上大学补助五千元，某某家中漏水三千元……

看着这些表格和批条，我的心被深深地打动了，眼眶似乎也有些湿润，一个多么有情有义的汉子啊。

在对宋明志的那次交谈中，经不住好奇心的驱使，我终于要过了他的本子，他用娟秀的毛笔字书写的是孔子、老子的名句，是做人处世的格言，是他为人处世的心得，在那字里行间，我看到，中国优秀的传统文化和道德，特别是仁爱的思想已经深深地扎根在他的心中，流淌在他的血脉中，“仁远乎哉，我欲仁，斯仁至矣。”这正是他能以仁爱处世处事的思想根源。

仁爱之心是企业守业之需。

在同宋明志的几次交谈中，他始终微笑着，因为他对企业的未来充满了信心，他始终谦和着，因为他有着文化和道德的内涵。我见过有的企业家，他们牛气，目中无人，因为他们有钱，但缺少文化和道德，他们大把花钱，高档娱乐，可不舍得为文化事业发展掏一分钱；我见过有的官员，他们很霸气，但他们缺少仁爱和良心。但是出水才见两腿泥，不以一时论英雄。历史会给出公正的结论，五十年后、百年后再来看，那些留下名声的官员一定是有仁爱之心的人，关心百姓的人，那些留下的企业一定是有文化内核的企业。在中国，百年的企业寥若晨星。但我相信，飞龙坚持这样走下去会有它的五十年、一百年，以至更远，所以我愿意衷心地为飞龙唱一支深情的赞歌。

在结束这篇文章的时候，我的心里突然有了一副对联：

“飞龙在天奔五洲，明人有志传千年。”写在这里，权作我对宋明志和他的企业的祝福。

2013.10.14

载于《烟台散文》2013 年秋季卷

难忘“千对千”

我离开《烟台晚报》已经有十四个年头了，但那次“千对千”送温暖活动却经常萦绕心头。近日翻看当时的报纸，不觉心潮涌动，一件件催人泪下的事情重又浮现在眼前。

1997年年底的一个晚上，我正在收看中央电视台的《新闻联播》，其中一则关于特困群众的报道给了我很大的震动，当时下岗职工的问题比较突出，特别是年关已近，许多下岗职工面临着实际的生活困难。我觉得晚报有责任为他们做点事情。我是那年的5月份主持晚报工作的，根据当时的形势，我提出的办报目标是“更强的可读性，更高的文化品位，更大的市场竞争力”。提出的办报方针是“贴近群众，贴近生活，贴近基层，贴近实际”。为了实现这样的目标和方针，在报社党委的领导和大力支持下，晚报全体成员群策群力，在当日新闻、热点报道、深度报道、言论等几个方面都有所创新和发展，但是怎样更好地贴近群众、贴近生活、贴近基层是我常常思考的问题。如果我们在年关之际能为下岗职工做一些事情，不就是更好地贴近群众吗？于是我萌生了一个构想：通过报纸发动一千人，每人捐出一百元，帮助一千户困难群众，在社会上倡导和形成关心下岗职工和困难群众的风气。

有了具体的想法，便有了一种急于求成的冲动，我连夜与晚报的几位老总商议，大家都同意。接着又向党委主要领导汇报，得到了党委全力支持。考虑到捐款能够发放到真正困难户手中，我们又请妇联同办这件事情，由她们提供一千户困难户名单，并协助发放，也得到了她们的热情支持。于是，我连夜动手写了一篇消息，发在了1997年岁末的《晚报》上，肩题是“感谢读者厚爱，搭起爱的桥梁”，主题是《〈烟台晚报〉举办“千对千”送温暖活动》，一场动员群众困难互助的轰轰烈烈的爱的行动从此展开。

消息发出的日子正是农历腊月初一，到过春节只有一个月的时间，又要发动又要接受捐助又要发放捐款，时间紧迫，重要的是不知有多少人捐款，能否达到预期目标。消息发出后，我真是有些担心了，又是着急又是上火。

消息发出的第二天，也是1997年的最后一天，烟台日报社党委率先垂范，首先发起捐款，所有党委成员每人捐出一百元。与此同时《晚报》内部发起了热火朝天的捐款活动。近五十名员工，人人踊跃捐款，退休职工专程跑来报社捐款，连刚刚从工厂下岗又在报社上岗的新职工也捐出了一百元，他们说，我们曾经是下岗职工，知道下岗职工的难处，现在有这么个机会，也要尽一份心。

1998年新年伊始，《晚报》头版以套红栏题报道了报社内部捐款的消息。《晚报》的所有记者也都废寝忘食地深入到企业和单位宣传“千对千”送温暖活动。没想到，自此为始，捐款的单位和个人络绎不绝，《晚报》的几位副总编和工作人员天天忙着接受捐款，开收据。有一家三口一齐来捐款的，有七十多岁的退休女干部一步一步走上五楼，还代表卧病在床的老伴来捐上两百元的，有捐款不留名的，更有不少单位自己搞了捐款活动后再统一送来的，有的私营企业还二次来报社递送捐款。有的个体经营业主，一次捐款千元。看着这热火朝天的景象，我那颗悬着的心放下了，一次次被感动地躲在办公室里暗中落泪，多么好的群众啊，只要有一个突破口，他们的爱心便像火山一样喷发出来，只要搭建起一个爱的平台，无数的人便充满激情地献上一片赤诚的爱心。

在此期间，《晚报》不断报道着一个个捐款的事迹，捐款人的名字也出现在报纸上。各县市区也开始了踊跃捐款。1月8日，也就是捐款的第八天，第一批发放款由《晚报》和妇联一起送到了芝罘区三十五户困难户的手中。在《“千对千”首批捐款发放记》长篇通讯的后面，我又撰写并配发了《正义、正气、正路》的评论。整个港城乃至全市上下不少人都在关注着这件事情，爱的火焰越烧越旺。

经过紧张的动员和准备由《晚报》、市妇联和市文化局共同主办的“千对千”义捐义演晚会1月16日晚在儿童剧院举行。这年的冬天特别地冷，举办晚会的那天更是北风呼啸，滴水成冰。更不巧的是那天下午，又飘起了清雪花，我在办公室暗恨天公不作美，生怕冷了场，不断打电话催问情况。可晚上当我赶到会场时，剧场已大部坐满，这时还有人在冒着风雪，小心翼翼地踏上剧场门口的石台阶走进剧场，当晚会开幕时，会场里已是座无虚席，我再次为《晚报》全体同仁的竭诚努力和港城人的爱心所深深打动。

那天晚会现场，《晚报》接待人员接到的第一位捐款者是当时的市委书记，他一直关注着这次活动，义演活动一开始，他特意委托他人，以普通市民的身份，向义演晚会捐了款。消息传开，在会场上引起了极大反响。

第二天的《晚报》记下那次活动的盛况：“天上雪花飘飘，地下滴水成冰，一年中的寒冬已悄然来临，然而昨天晚上的义捐义演活动，却营造出了一个融冰化雪的暖冬。儿童剧院内，场面火爆，群情激昂，台上演员人心动，台下观众心激动，一笔笔捐款随着如潮掌声把晚会不断推向高潮。”“尽管天寒地冻，尽管路滑难行，但三九寒天挡不住人们的浓浓爱意，离晚会还有一个小时，人群就开始不断涌向剧院，恋人挽手而来，一家三口结伴而来，还有一对七十多岁的老夫妻拄着拐杖相搀相扶走进会场。”“集体捐助刚完，个人捐助又走来，许多五六岁的小朋友被父母领着，稚嫩的小手把百元人民币投向捐款箱。一位卖菜的东北大娘捐献了一千元，她的女儿再自个儿捐上一百元。一位过路的安徽小伙递来二十元后悄然离去。”“座无虚席的不尽是捐助者，受捐助者也来了，特困户代表曲学萍走上台，未开口泪先流，未说话手先抖。夫死女痴的悲惨遭遇，几近把这位妇女逼上绝境，‘千对千’送去的一百元使她深受感动。她的讲话几次因群众的唏嘘而打断。她下场后，群众不留下姓名直接送到她手里的钱就有近四千元。”整个晚会获得极大成功，当晚接受捐款两万一千七百一十八元。

在当天的晚会上，同时宣布本次活动不再接受捐款。整个活动转入集中发放捐款的阶段。据统计经过近二十天的白黑工作，截至1月18日共收到捐款十六点九七五三万元，已发放一点零四万元。经《晚报》与妇联商定在芝罘区发放五百户，其余发放到各县市区。为了让记者借助这一宝贵的机会深入特困家庭，感受、了解他们的生活，以使记者更好地贴近群众、贴近生活、贴近基层，增进同群众的感情，让记者全部参加了发放捐款的活动。大家顶风冒雪，把捐款送到一户户困难户手中，他们目睹了一些群众生活的艰辛，也感到了群众的真情，有的困难户感动地情不自禁地跪了下来，使记者们受到了一次深刻的思想洗礼。

新华社新闻稿以《利用舆论传播优势，开辟扶贫济困新路，送温暖活动反响热烈》为题向全国发布了消息。市委领导召开了专门的座谈会听取《晚报》开展这次活动的汇报。事隔不久，市委组织相关部门向全市发出了“关于开展心连心扶贫救助活动的倡议书”，一个更大规模更大范围的救助活动在全市展开。这些都是我们始料不及的。

在离春节还有两天的日子里，市公证处在对每一张收据、每一个发放名单及每一个签名做了详细核查后，给报社出具了公证书：经清点核查，本次活动共收到捐款十六万九千七百五十三元，全部发放到了困难户手中，一分不差。看着这份公证书，我感到无限欣慰，整个捐款过程做到了公开、透明，捐款也赶在春节前发放完毕，美好的愿望总算有了一个圆满的结局。

那时，我忽然产生了两点感悟：一、人心的向背是事情成败的关键。以社会捐款的形式对困难群体进行帮助，在现在已比较普遍，但在当时还不多见，我们尝试了这种形式，而且是在年关将近的时刻进行，既没有现成的经验，又涉及方方面面，在不到一个月的时间里，从发动组织再到捐款发款，头绪繁多，可以说是时间紧，任务重，但因为触及大家普遍关心的下岗职工问题，我们所做的事情得人心顺民意，所以能得到上上下下、里里外外的大力支持，因此能够一呼百应，在短时间里完成了一项大事情。二、报纸以其特殊的地位，有着动员群众、组织群众、引导群众的重要作用，我们只要勤于动脑，敢于创新，就能够为国家为社会做更多有益的事情，导演出有声有色的活剧。

2012.07.20

载于2012年8月《烟台晚报》

《人民日报》把我送进新闻系

几十年间，我的工作和岗位不断变化，但我一直恭恭敬敬地以《人民日报》为师，这是因为有一段《人民日报》把我送进中国社科院研究生院新闻系读书的难忘经历，在那里学到的一切始终是我思想、工作和写作的坚实支撑。

1985年，《人民日报》举办了第一期新闻函授班，我怀着对《人民日报》的深厚感情报了名。函授结束后，《人民日报》从四万多名学生中通过考试录取了十六名学生，出资送往中国社科院研究生院新闻系深造。我有幸被录取。当时，我正在烟台市委宣传部新闻科工作。1986年年底，办公室文书把一封《人民日报》信函交给我，打开一看，是选送我到社科院研究生院新闻系学习的通知。参加函授学习时，就希望得到这样一个机会，现在成为事实了，当时的心情真是“手捧通知喜若狂”。

到了北京才知道新闻系就在《人民日报》社的9号楼，与《人民日报》的办公大楼和记者们的宿舍楼都很近，这就更多了学习的机会和方便，真是喜出望外。

新闻系为我们开设了新闻理论、采访学、编辑学、新闻史、评论学、社会心理学、逻辑学、大众传媒学、公关学、古典文学与新闻、摄影等课程。任课和讲座的全都是经过战火考验的新闻界宿将和活跃在新闻一线的骨干和中坚，讲授新闻理论的是沈如钢，讲评论的是崔奇，讲采访学的是艾丰，讲新闻史的是陈祖升，讲编辑学的是徐长荣，讲人物通讯写作的是王武录等。那些来讲座的更是个个名满华夏，望之让人肃然起敬的人物，如新闻研究所所长商恺、报社副总编丁济沧、胡绩伟，著名编辑钟立群，著名记者金凤、陈柏生、伍素心、田流，新华社的黎信等。这些人风度不凡，各有千秋，出口成章，见解独到，都是顶尖的人物。过去只是在报刊上看到他们的名字，现在当面聆听教诲，一次次享受知识和精神的大餐，真是人生难得的机遇。

记得，我听的第一节课是艾丰老师讲的多侧面报道。他当时是《人民日报》社经济部主任。上课时间刚到，身材高大的艾丰夹着一本书走上讲台。他把书放下就滔滔不绝地讲开了："我们面对的实际生活是复杂的、多侧面的，我们要细致地、深入地采访，从多个侧面进行报道……"这些观点在基层真是见所未见，闻所未闻，这一下把我"镇"住了。随后，每位老师的每次讲课，都使我像第一节课一样听到了一些新思想、新观点、新知识、新信息。天天处在追求知识的紧张中，又天天处在接受知识的喜悦中。当时，没有电脑，也很少有油印的材料，主要靠耳听手记。聚精会神地听课，如饥似渴地学习，单是听课笔记就记了十三本。在这里，不但系统地学习了新闻知识，拓宽了知识面，更重要的是学到了研究问题的方法。我看到老师们的讲课不是照本宣科，他们讲授的都是某方面的研究成果。这些成果都是他们在大量占有材料的基础上，经过综合、分析、比较、概括和由表及里、由浅入深的研究过程，才成为一家之说的。他们的研究方法和思路给了我极大的启发和教育，成为我终身受益的精神财富。嗣后，我无论干什么，都注意上升到理论层面认识。我根据自己的新闻实践写出的《人物通讯写作指要》出版后即引起广泛关注。至今还有多所大学将这本书放在校内网上，供人们查阅。

新闻系是个大课堂，《人民日报》更是大课堂，这里处处有老师，遍地是学问。《人民日报》是中国的新闻高地，聚集着中国的一流的新闻人才，他们党性强，作风正，每个人都有自己的绝招，每个人都是一本读不完的书。我利用这个时机先后拜访了新老记者、编辑郭龙春、李文、李仁臣、吴恒权、江绍高、尹品端、李文华、安子贞、杨振武、郑宏范、宋世琦、丛林中、孟晓云、高新庆、刘衡等四十余人。他们真诚地教诲我这个新闻界的后人，从他们那里不仅学到了宝贵的新闻工作经验，更重要的是使我懂得了要做一个好记者，必须首先做一个正直人的道理，我永远记得商恺同志题在我本子上的一句话：当记者必须首先学会做人，做人要做正直的人。高粮记者给我题辞也是同样的嘱托。班主任马文华对学员更是耳提面命。这些人中有的已经作古，但他们诲人不倦的音容笑貌仍如在眼前。我对这些新闻界的老人充满了永远的感恩之心和深深地怀念。

学习的最后阶段，我先后到《人民日报》经济部、政法部白班、夜班和海外版实习。在同他们的接触中，我看到、感受到他们思考问题、选取文章、编辑文章和组织版面的方法，受到一次最实际有效的教育。编辑皮树义、陈伟伟、代玉庆等亲手帮我修改稿件。同记者吴长生、蒋亚平到京郊的采访让我至今不忘。他们深入农户采访的方法，给我很大的启迪。在他们具体指导下写作、修改《收猪目击记》的过程，是一次最实际的学习。同记者何加正采写全国供销社会议的过程，更使我积累了驾驭大题材的经验。学习期间，我运用所学知识写出并在《人民日报》发表了通讯《光明之路》《坚实的第一步》，述评《走出“谷底”的合作社》，工作研究《农村大工程该不该搞》，专访《搭桥通中外》等十二篇稿件，受到师生关注和赞扬。

学习期间我即被任命为《威海日报》社副总编辑，以后又到出版部门和烟台市政府工作。世事变迁，斗转星移，但我始终不忘《人民日报》的教育深恩，年年订《人民日报》，天天读《人民日报》，坚持为《人民日报》写稿。先后在《人民日报》发表消息、通讯、言论、报告文学、散文、散文诗八十多篇。其中有《牵住牛鼻子的人》《锁链，被他扭断》等四篇文章被加短评；有《自搭楼梯上高台》《光明之路》等四篇文章被加编者按。在老师们精神的感召下，不论在什么岗位上，我都坚守自己的诺言“生命不息，写作不止”。现已出版新闻、文学、历史著作十一部，丛书两部，并成为中国作协会员。

《人民日报》是吾师，我永远是这里忠实的学生。

2018.6.8

载于《烟台散文》2018 年秋季卷

我为家乡写史志

我自参加工作，先后在乡镇、县、市机关和报社、出版局干过。三十余年间，虽然工作名目繁多，但主要是同文字打交道。业内写公文和新闻，业余搞点文学和历史研究。

初时读的大学中文系，工作后又读了新闻研究生。我的爱好就是读书和写作，历年下来，积有万余册文史哲方面的图书，写了五六百万字的东西，出版了新闻、文学、历史、新闻理论等十余种著作和三套丛书。在新闻、文学、史学方面都有一点发展，被评为高级记者和编审，还加入了中国作协。

2005 年退居二线，2008 年从烟台市政府办公室正式退休。我曾给自己立下座右铭："生命不息，写作不止"，并坚持始终。退居二线后，我编著了四卷本的"烟台历史文化丛书"，被列为烟台读书活动中的必读书目，并成为政府对外交流的文化礼品。退休后又编著了三卷本的"莱州历史文化丛书"及《莱州历史文化通览》，还参与了《烟台市志》的编纂工作，是荣誉主编，并撰写了概述。

在编著这些著作中，我积累了诸多经验，对于史志编辑也有了自己的见解。在这种情况下，我萌生了为家乡编著史志的想法。

我的家乡是莱州市南关村。这是一个不同凡响的村庄。她历史悠久，区位独特，文化丰厚。早在先秦时期，这里是莱州文明的发祥地。在明代以前，是莱州府的所在地。明初一场大水冲掉了莱州城。后来，新修的莱州城，将原来的北城墙改做了南城墙。原来的莱州城就成为了南关村。她既有着厚重的历史也有着丰富的文物古迹。南关村民聪明勤劳，崇文重商，勇于争先，在各个历史阶段，都有着可圈可点的业绩，抗战时期是拉锯战的地方，创造了许多可歌可泣的篇章，解放战争时期做出了巨大贡献。新中国成立后，无论是互助组、合作化，还是“农业学大寨”都走在前面。特别是改革开放以后，凭借区位优势，走上商贸兴村、共同富裕的道路，建成了山东最大的农贸市场，人均收入稳居全市前列，成为农村的典范，是非常值得以史志记之的地方。

当我同当时的村支部书记侯希顺谈了这个想法后，不谋而合。他是个有胸怀、有担当、有思想的人。他认为，南关作为一个城乡接合部，在市场化、城市化的大潮中，已经是一个城中村了，随着城市化进程的加快，必将逐渐消亡，为了把南关的历史和精神传给后人，应该编辑一本村史，让后人能找到自己的根。在此之前，村里曾做了许多工作，但终于没有成书。他全心全意地支持我的想法，并根据我的意见从烟台和莱州市请了有史志编写经验的专家、行家吕福堂、杨君、王世友、葛希忠参与其事。正是由于有了他的决策和支持，“莱州南关史志”这项巨大的工程才得以启动，不然我空怀报乡之志，也无用武之地。

同史志打交道多了，我发现史志编写中的最大问题，是偏重数字和资料，见物不见人，把鲜活的历史僵化了，苦涩干巴，读之无味，成书后除专业人员注意外，无人问津；还有一个问题是模式化、板块化，死搬硬套，生硬切割，把系统的历史碎片化了。就像是一棵树木只有树干没有树叶，只是枯枝没有血脉。作为村志更是形成定式，而村域是很小的，往往村与村雷同，且脱离实际。在已有体例和传统模式的影响下，不少史志写历史却不能真实地接近和反映历史，“写史不见史”，尤其是千篇一律的模式把系统的历史割裂了，把生动的历史僵化了，让鲜活的历史枯干了，那些没有青枝绿叶，只有枯干老枝的资料并不能完全起到存史、资政、教化的作用。我决心不落俗套，创出一条新路，写出一部真正接地气的、平民化的、具体可感的、耐读的、真实反映农民苦难史、奋斗史、贡献史的南关史志，献给乡亲，留给后人。

谋篇之初，就想到四个创新：在体例设置上，打破史、志不同书的观念，大胆地创新性地提出史志结合，分设村史和村志两个部分。上篇写村史，下篇写村志。有了史的部分，就可对南关五千年的历史有了生动、系统的呈现，并以史论结合的方式，加深对南关的了解。有了志的部分，就能从各个方面细致地记下南关的变迁。史与志的结合，两者优势互补，相得益彰。就让南关历史系统、立体、鲜活、生动、具体地呈现在面前，使其充满历史的活性，而非单纯的资料性。起初，有的认为这样不合常规。我坚持自己的意见，就是要打破常规，后来的实践证明，这个坚持是对的，并成为上下共同认可的经验。

在时间上，去掉今人不写今史的陈腐观念，时间一直截至现在，今人就是要发挥最熟悉今天的优势写出今史，留给后代。

在篇章设置上，完全避开空泛、老套、刻板的模式，而是根据农村的构成和农民生产生活的实际组织篇章结构，这样的结构能够最大限度地容纳和反映南关的真实历史和农民的真实生活；与县域范围相同的方言、习俗等泛泛的东西一概摒除。

在写法上，必须写出历史的发展脉络、抓准历史的各个节点，写好各个节点的人和事，写出特点和细节。人是历史的主体，事是历史的载体。脉络、节点、人和事，三个元素紧密相连，克服枯燥无味，概念抽象，写史不见史的弊端。

为了把准历史的脉络，我们通读了《中国通史》《中国近代史》《中国共产党党史》《中国共产党九十年》《莱州市志》、“二十四史”等著作，在学习中不断联系南关的历史实际，为南关在历史的坐标中找到准确的位置。为了准确选好历史节点，我们反复地查阅摘录南关存档的数百个卷宗。又冒着严寒在莱州市档案馆查阅了三百多个相关案卷。为了更多掌握人和事，我们召开过五十多场座谈会，深入到四十多个家庭走访，单独调查、采访两百多人次。为了采访的方便，写作人员就在村委会办公室写作，有了问题随时随地采访，这种个别的请教和核实难以计数。为了真正完成一部创新之作，编写人员呕心沥血，对每个章节的稿子都反复研究，反复修改。

统观《莱州南关史志》在村史与村志的记述内容和记述方法上都有突破和创新。村史从南关的实际情况出发，叙写了从古至今四个历史时期的基本情况，概括了生产生活的各个方面。每个方面都清晰地写出了发展的脉络，抓住历史发展起伏转折的各个关节点，突出各个节点的人和事。历史脉络清晰、节点准确突出、人和事叙述具体，三个要素融为一连，从而使本书有很强的历史真实感和可读性，克服了有些地方史枯燥无味，概念抽象，写史不见史的弊端；村志则摒弃一般村志所沿用的篇章节目体，采用章节与条目结合的体式，从南关村建设和农民生活的实际出发，提炼、整理了从村庄、村民、村民与土地关系，以及村民的生产、村民的生活等各个方面的历史资料，形成了具体、细致、真实的特点。既提高了村志的资料价值，又紧接地气，与村民生活息息相关，令人读之入心入脑。村史准确、系统地记述了南关村有史以来的兴衰演变，述中有论，加深读者对南关历史发展过程的认识。村志横排竖写，细致地记录村中方方面面，保存了大量珍贵的历史资料。“史记一条线，志记一大片”，一史一志，纵贯横陈，线面结合，完整系统地展现了南关村历史发展的绚丽多彩的画面。

山东人民出版社的编辑说：我编过多部史志，没有一部像这样让我很有兴味地编下去。《山东史志》连续两次登载《莱州南关史志》的写作经验。

省史志办对于本书的创新之举给予高度评价，他们说：“按照编史修志的一般规律，是先修志而后写史，因为志书主要是搜集、鉴别、整理和保存历史资料，在志书的基础上写史，省时省力，但《莱州南关史志》的编纂者却敢于编史修志同时进行，这需要克服更多的困难，付出更多的艰辛。其次是打破今人不写今史的传统观念，将史、志的下限都截至当下，‘地近则易核，时近则迹真’，这样做大大增强了史、志的真实性和可信度，提升了史、志为现实服务的时效功能，但这样做需要有超凡的胆魄和对历史事件、人物准确把握的能力。因此，《莱州南关史志》的编纂成功也充分体现了编纂者们勇于探索、敢为人先的精神。”

全国著名史志专家、原山东省地方史志办公室副主任王文恒在评价此书的作用时说：“我个人认为，《莱州南关史志》无论上编村史还是下编村志，写得都是非常成功的，而且史志同册，更为广大史志工作者，特别是初入门径者，提供了认识和鉴别史志关系及异同的范本，相信会在史志界引起不小的反响。”

他又说：“在时代急剧变化的大潮中撰写的六十余万字的《莱州南关史志》，就是一部真实反映村庄变迁、使村庄优良传统薪火相传的呕心沥血之作，它不仅为南关这一历史悠久的村庄和世代居住在这个村庄的村民留下一部信史，更是留给南关村后世的十分宝贵的一笔精神财富，同时，也是对中国社会和历史的一份宝贵贡献。”

《莱州南关史志》从2015启动到2017年付梓，历时三年。三年中，在全村上下的全力支持下，编著者同心同德，不避寒暑，不舍昼夜地忘我工作，终于依据设定的目标完成了任务。当庄重沉厚的覆着红色封面的史志运到村中的时候，村民争相传阅，有关单位和不少村庄都来索要参考学习。后来此书获得烟台社科奖。

家乡史志的编著对我也是一次难得的历练，让我从南关五千年的历史中认识到一个真理：中国的农民无论是在战争年代，还是在和平时期都是中华民族的脊梁，而人民对美好生活的向往和追求是历史发展的真正动力。

2021.5.18

载于《烟台老干部网》2021年6月23日

2022年2月26日《烟台晚报》

我在晚报的理论探索及实践

我到《烟台晚报》任职时，报纸已经创刊三年，创刊时间虽短，但办得风生水起，已居全国晚报一流水平，甚受烟台读者追捧和喜爱。

新官上任三把火，怎样在高点上再有发展。当时，我从中国社科院研究生院新闻系学习归来没有几年，所学知识没有忘光，即从理论层面进行了一些思考：晚报所面对的是市民和普通群众，这是晚报的读者群，也是晚报最基本的服务对象。从直接的意义上讲，晚报主要是为这些人服务的。而这些读者对象，既是社会的主体，又是生产力中最活跃的部分。在繁忙、紧张的社会和经济活动中，他们需要可读性强的报纸，愿意了解极富趣味的社会新闻。同时，他们又希望通过报纸吸取更多的文化营养。基于这种分析和当时的社会、经济、文化和读者现状，我提出了“更强的可读性、更高的文化品位、更大的市场竞争力”的办报目标，提出了“贴近群众、贴近生活、贴近基层、贴近实际”的办报方针。

在确定了办报目标和方针以及明确了为谁办报的基础上，我们实行了多层次、多角度、全方位的策划。

首先是对版面进行全面策划，认真确定各版的编辑思路和方针。当时的晚报为四开八版报纸，分为两个地方新闻版、两个专版和国际、国内、体育、文化各一个版。在新闻版中，为提高可读性，采取了许多硬性措施：压缩了会议报道和工作性经验性消息，强调只报与百姓相关的会议，而且要写得适合晚报特点，让群众喜闻乐见；可上可不上的稿子坚决不上；注意采写的角度，即使是老问题也要选准新角度；每天必须有读者愿意看并能引起反响的热点报道、深度报道、当日新闻和言论；在专刊上进行了突破性改革，由单纯性专刊办成综合性专刊。如《人世间》主要围绕城市精神文明、伦理道德等方面组织稿件。《城市广场》主要是围绕城市生活中的热点问题进行报道。提出《人世间》是大众的人世间，《城市广场》是大众的城市广场，必须牢牢确定为大多数群众办专刊的观念。例如：专版《人世间》报道的《老人渴望精神赡养》《说下岗，话家庭》，《城市广场》报道的《蜗居离我们有多远》等类似报道都引起群众广泛关注。由于围绕读者对象搞改革，获得了很大成功。在文艺副刊上强调副刊是报纸的有机组成部分，副刊必须紧密配合政治形势、自然气候和舆论中心，不能脱离整个报纸的中心办副刊。除坚持发表文学作品外，要求副刊必须刊登紧密联系现实生活和群众的散文和随笔。在文化版上，强调要把提高市民的文化素质当成自己的职责。注意报道本地的文化活动的消息，同时开设《老照片》《烟台史话》等栏目，挖掘、弘扬烟台优秀的文化传统；在体育版上，为本地体育赛事和人物留下版面，增加切近性和可读性；在国内版上，确定了多选群众喜闻乐见的各地社会新闻和多选与烟台市民相关的政治、经济、科技新闻的原则，形成了《半岛经纬》《人间万象》《百姓话题》《热点聚焦》等栏目，大大增加了可读性。

其次，强化了策划意识。建立了周一策划会制度，策划由总编和各部主任参加，主要议题是总结上周报纸出版情况，对好稿、好照片、好版面进行评介，对不好的稿件提出批评。同时，也是最重要的，是确定本周报道思想，并围绕着总体思想进行具体策划。譬如开设什么栏目，抓什么稿件，由谁具体完成等。报纸上出现的深受读者欢迎的《我说我家》《凡人凡事》《开心一日》《市民素质检阅台》等栏目，反映市民关心的肉、蛋、菜、粮、水等问题的系列报道都是精心策划的结果。通过策划，今天就能知道能撑起明天报纸的“四梁八柱”是什么，对于头条、重要稿件、言论都心中有数。

再次，狠抓了“细胞工程”。所谓“细胞工程”，就是从一篇文章一篇文章抓起，从一个栏目一个栏目抓起。报纸是由若干文章和栏目组成的。每篇文章、每张照片、每个栏目是好的，整个报纸必然是好的。

另外，为了落实“贴近群众、贴近生活、贴近基层、贴近实际”的十六字办报方针，充分发挥晚报特点，积极参与社会活动，在短短时间里就搞了“读者服务日”“为特困生李晓国捐款”“烟台晚报‘千对千’送温暖”等若干大型社会活动，这些活动有力地体现了办刊宗旨，在社会上产生了强烈反响。

报社同仁废寝忘食，不遗余力地围绕办刊目标和方针进行工作，取得了明显成效，得到了读者广泛好评，发行量不断上升。

当时的中国晚报协会会长李农先生来考察后，高兴地称赞说：你们的工作有理论思考和理论高度。《中国记者》以《论初级阶段晚报的目标及方针》为题全面介绍了《烟台晚报》的理论探索及实践。

2020.8.11

载于2020年8月18日《烟台日报》

北京的哥好心态

3月17日，在北京治眼疾。遇几位司机，很有意思。

一位是房山人，个子不高，小脸盘，五十岁上下，是个急性子。因我和他说话，少抢了滴滴打车上的一单生意，急得用手直敲方向盘。我说，现在网约是不是抢了你不少生意。他说，人都要想法生存，谁也挡不住别人的路，干着合适就干，不合适另谋生路。哎呀！他真是心路宽，想得开，并不像有人钻牛角尖，一个劲地骂网约。我禁不住对这个其貌不扬的人多看了几眼。真的，条条大路通罗马，不用一条道走到黑。

下午打车又逢上一个与上午年龄差不多的司机。这人倒是气宇轩昂。他也是房山人，我问他去玉渊潭，要坐地铁几号线，他说你这个节令，别去挤了，就打个的，几十元钱。他还现身说法，我开了二十多年车，前些年，早晨三点出发，第二天五点才回家休息，就靠这辆车挣来的钱，给儿子娶了媳妇还发送了闺女。现在不这样干了，早晨八点出发，下午六点就回家。我看开了，钱够用就行。他还说，钱花出去才是钱，存在手里就是一张废纸。嘿！一个农民司机，竟有如此通达的见识，让我佩服。下午真的如他所说打的去玉渊潭看了樱花。虽然花了点钱，但心情特爽。看来，有知识的人未必有见识，有见识的人未必知识多啊！

傍晚，又坐上一辆出租车，问了一下是地道的当地人。原来给别人开车，现在是自己开。他边开车边哼着一支流行歌曲，是很不错的男中音，我夸他。他说自找乐子吧。你看现在北京变化多大，福利也不少，与前些年比好许多，能不高兴吗？常逢到吃肉骂娘的人。这样知恩知足的人，自然会天天快乐，他的快乐也感染着我，随着他的曲调哼起来。

过去在北京坐出租，常听他们侃国家大事，这次却在闲谈中领略他们不同角度的好心态，有点幡然醒悟。中午吃的扬州菜，味道不错。仔细想想，好食品，真不如有个好心态。我是个急性子，喜欢较真，追求完美，常常很累。有时也苦恼。学学北京的哥的心态，肯定会快乐每一天。

心中忽然有了八个字：沉而不躁，宁静致远。

2017.3.18 写于北京

载于 2017 年 3 月 21 日《烟台晚报》

志在杏林开新宇

——记著名中医学者、专家孙喜灵

中华大地，杏林葳蕤，浩浩队伍，悬壶济世。

“芳林新叶催陈叶，流水前波让后波”，在这支大军中有一位新锐之士，志在杏林开新宇，放眼时代敢攀登，既重视中医理论探索和提升，又重视把实践经验上升到理论，在理论与实践的往复中，不断把祖国的医学事业推向前进，他就是名满中医界的滨州医学院教授、主任医师，山东中医药大学博士研究生导师，享受国家特殊津贴专家、长恩医院院长孙喜灵博士。

独辟蹊径的学者

2003 年秋季，孙喜灵的专著《中医学人体结构理论研究》出版，很快在中医界引起不小的反响。这是他学医八年、临床十年的研究成果和心血的结晶。

中医理论高深而又玄妙，有的是看得见摸得着的，有的是感觉得到却又看不到的，这就让它充满了神秘感，也缺乏现代科学知识的全面诠释，从而影响在全世界的传播。孙喜灵立志要揭去这层神秘的面纱，窥见其中的真谛。

在山东中医药大学读书时，他就开始了最初的探索；在福建中医药学院读硕士时，夜以继日，几乎读遍了有关的经典名著，涉及了学术杂志上所有前沿理论。1991 年他再次回到山东中医药大学读博士，师从名医张珍玉教授。为了用现代知识解开中医之谜，他挤出时间，旁听了高等数学和物理。当博士毕业时，导师让他留校，但他觉得要破解中医之谜不能离开实践，他拒绝了老师和学校的盛情，放弃了优裕的条件，坚决地回到烟台当了一名医生。十几年间，他穷经皓首，翻简线断，深入学习中医理论，同时，不厌其烦地记录下每个病人的各种症状和数据，每天下班后连夜整理研究。日积月累，他逐步形成了清晰的思路：要解决中医理论的相对模糊性首先是研究中医的人体结构。抓住这个问题就会长驱直入，直逼核心。

夜以继日地钻研中医学人体结构层次及其运行规律，呕心沥血地寻找现代物质结构理论与中医理论中“气”的关系。他开始悟出，气是天人相应的桥梁和中介，中医学以气为中心的肺腑经络，类似于物理学中的场物质，属于隐形系统；而外在可见的五体、五官、荣华等，具有物理学实物粒子的性质，属于显性系统，进而提出了人体存在的两个中枢系统，既以大脑为中枢的显态系统和以心神为中枢的隐态系统。

这一理论学说的提出在中医史上是破天荒的，他以独特的视角阐发了中医人体理论的初始含义和潜在内涵，是对中医人体结构理论的全新诠释，它为用现代科学认识中医内涵找到了一条科学的路径，在未来的科学研究与实践中，人体的隐显系统理论将会发挥巨大的作用。如果说陈景润的数学发现是摘取了数学王国里的一顶王冠，那么，孙喜灵的发现就是摘取了中医王国里的一颗光彩夺目的明珠。

一个献身于中医科学研究的人，不会因胜利而停顿，“揭开中医面纱”的目标始终在他心中。他天天行医看病，也天天把病人作为研究的对象。他详细地询问每个病人的病证、证候，然后一点点地敲击到电脑上，自述症状：恶心、腹胀、嘈杂、口苦等；诊断脉相：弦、浮等；观察所见：舌苔、肤色等，总要记下胃、肠、肝、胆、肺各个方面上百个数据。孙喜灵是个数学天才，又读过高等物理和数学，结合多学科知识，他从自己记录的一万多病人的大数据中悟出，中医的证候中存在数学点集拓扑结构。这是一个惊人的发现，如果这一发现得到科学论证，是隐形、显形系统理论的深化，使中医理论研究再上一个台阶，将为中医治学、药学打开一扇科学的大门。

孙喜灵没有狭隘地封锁自己的发现，他以宽广的胸怀与中国科学院数学与系统科学院等科研单位结成紧密型合作关系。从2012年开始，他们利用精密仪器和科学方法从证候的三个层面，即结构层次、范围大小、强度高低进行数学研究。跨学科研究重要的是要有能跨学科的带头人，而孙喜灵恰恰就是既懂中医又懂数学的这样一位学科带头人。在他的主持下，这个强大的团队不避寒暑，五度春秋，终于得出了这样的科学结论：人体隐态系统和显态系统所推证出的四个病变状态，恰好是证候的四个拓扑不变量；证候在疾病发展过程中表现出的五个阶段，正好是证候内在演化规律的具体体现，是证候四个拓扑不变量第一次衍生的结果；证候的四个拓扑不变量的第二次衍生出的子集合，展现出证候内在的演化规律全貌，反映出证候内蕴拓扑结构的数学机制，这使千年的中医学理论彰显出科学光芒。

“路漫漫其修远兮，吾将上下而求索。”二十年孜孜以求，二十年实践探索，孙喜灵又站在了一个理论高点上，用拓扑学对中医研究的结果，将实现证候自身动态演化过程中出现的不同子集合与治则治法和方药的精准对应，带动治法治则和方剂创新，也为证候的诊断判定标准的制定提供理论根据。他们的研究成果获得山东省自然科学二等奖、山东省科技进步奖，有一百多篇论文发在《中医基础理论》等重要杂志上，人民卫生出版社隆重推出了孙喜灵阐释这一理论的专著《破解中医证候数学之谜》。在德国举行的世界中医药大会上，孙喜灵宣读了自己的论文，得到各国与会专家的高度评价，为祖国的中医学争得了荣誉，也让世界更多地了解了中医药学。

把脉时代的专家

前些年，孙喜灵的母亲居住在栖霞农村，她经常烧心、腹胀、嘴发苦。素来孝顺的孙喜灵想尽一切办法，不断调整方剂，但总没能根除，他很纳闷。有一年，家里的山楂大丰收，却又没有销路，她的母亲怕浪费，就天天煮着吃。有一天，他回到家里，母亲告诉他，自己的胃病好了，一点儿症状也没有了，吃饭十分香甜。他高兴得满脸是笑。常人笑笑就结了，可他结合所学理论和许多诊治过的病人，悟出了两个道理：一是山楂是酸性食物，常吃山楂中和了胃里过多的碱性，使酸碱度达到平衡，就使症状消失；二是许多过去没见过的新病、疑难杂症，与“吃”相关，时代不同，饮食习惯不同，生活方式不同，那么也会产生不同的“时代病”，这两个发现打开了孙喜灵多年治疗疑难杂症和时代病的心结。

从此，他在临床中与时俱进，以“吹糠见米”的耐心，水滴石穿的功夫，努力发现和记录病人的各种证候的细微变化，从中分析总结那些因时而生的疾病，然后再用新的理论和观点去治愈一个个“时代病”，成为远近闻名的中医脾胃病专家。

他治愈的第一个时代病是“豆浆病”。随着九阳豆浆机的出现，使喝豆浆变得轻而易举。豆浆营养价值高，口感好，普及得很快。可就在这段时间，来看腹胀病的人特别多。有一个女孩子不仅腹胀，还响屁连天，上学都不好意思去了。他仔细地询问病人都有早晨喝豆浆的习惯。他敏锐地认识到，豆浆是好食品，但容易产气，如果过多饮用就会造成腹胀、屁多等问题。按照这个思路给病人下药，同时，告诉病人要改变饮食习惯，适量饮用豆浆。他还教给病人西红柿煮大豆的新吃法，既不产气，又利于健康。在他的治疗下，凡得此时代病的人无不药到病除。

在社会上有一个很流行的说法，空腹喝白开水，排毒、降血脂、降血压还能稀释血液、清理肠子，几乎是无所不能。在这一舆论的引导下，不少人都形成了早晨空腹大量喝水的习惯。有的家庭，不但主人自己喝，还硬让全家喝。有一个老干部不断消瘦，全家都很紧张，到处检查、不断吃药，就是不见好转。最后找到孙喜灵，在一番望闻问切后，他想到了两个病例：一位老人坚持早晨喝水十几年，导致消化不良、胃萎缩、贫血、消瘦，最后甚至发现了胃癌。还有两个十几岁的孩子，消瘦无力，久治不愈。他根据自己总结出的“胃酸碱平衡”理论，觉得他们是空腹饮水过多，冲淡了胃酸，吃了食物不能正常消化，才出现慢性胃肠病。在纠正了他们的饮水习惯和用药后，都逐渐恢复。于是，他就详细询问这个老干部的生活习惯，结果他坚持空腹饮水已有好多年了。在了解这一情况后，他很笃定地说，你查不出大病是对的，因为你本来就没有什么病，你真正的毛病是每天早晨喝水太多，冲淡了胃酸，吃的食物不能消化吸收，天长日久，怎么能不消瘦呢。他又说，你改掉早晨过量饮水的习惯，再吃吃我给你开的药，保好。事过不久，这位老干部日渐康泰，脸有红光，他逢人便说，孙喜灵有真功夫。

孙喜灵在治病行医中，具有宏观辩证思维，他常说：在经济不富裕的年代，对病人往往要从补入手，现在生活好了，营养过剩，往往要从泻入手，如果依然习惯穿旧鞋走老路，就治不好病。他更能见微知著，从细微变化中抓住时代的大病症，经他发现和治愈的时代病不可胜数。

近些年，借助破解时代病之谜的成功经验，从治愈胃的癌前病变和胃良性肿瘤，又推及其他良性肿瘤的治疗。先后成功治愈囊肿类（甲状腺囊肿、乳腺囊肿、肝肾囊肿、卵巢子宫囊肿）、结节类（甲状腺结节、乳腺结节、肺结节）、息肉类（胃息肉、胆囊息肉、肠息肉）等新时代的多发疾病。抓住了时代脉搏的孙喜灵在行医中攻城夺地，连获佳绩。

心存爱心的圣手

在孙喜灵的家乡，人们至今津津乐道着一件事：孙喜灵在上大学时就利用自己的所学为乡亲们服务，每逢假期他就义务为病人针灸，那些人为了感谢他，就送去点心和鸡蛋，在当时的农村这是一笔大礼，他觉得这是给病人添了麻烦，最后每次象征性的收一角钱，才解决了这个矛盾。

几十年过去了，他也从一个医科大学生成长为著名专家，但他对病人的爱心没有稍减，反而愈加炽烈。在长恩医院他的宽大的诊室里，你总会看到这样的情景：诊室里排满了等待就医的病人，他一脸慈爱地坐在桌前，面含微笑地对待每一个病人。切脉、问诊、写病历，然后是手敲键盘开药方，只见他的手指轻快有序地飞动着，让你想到美丽的舞者，键盘传出一片悦耳的哗哗声，如同淙淙流淌的山泉。接着他还同病人进行常达十几分钟的交流，细致入微地询问饮食起居、生活习惯、家族病史、病情细节，无所不包。然后他会给你分析得病的原因，又会给出你改变生活、饮食习惯的建议，这时，你会听到他针对你的病情报出一连串你可以吃的食物：酸奶、酸菜、拌菜、果醋饮料……接着又会报出一系列不适合吃的东西：碱面、拉面、碱馒头、油条、苏打水……他说得熟练、响亮、有节奏感，仿佛是单口相声，病人听得入迷快乐。有时他还会仔细地告诉你自制酸奶的做法。他还把注意事项印成明白纸，发给病人。随着科技的进步，他又学会用微信向病人发送科普知识。

他的独具一格的诊断方式与大部分人的行医方式是完全不同的，看病、开方、走人是常见的情况，医生和病人之间说不上几句话。孙喜灵不赞同这种方式，他说，在美国，大夫非常重视同病人的沟通，我很赞赏这种行医方式，对病人，特别是初诊的病人，你必须给他讲透得病的原因，让他知道哪些生活、饮食习惯是合理的，哪些是不合理的，让他在生活中处处注意，这就会使药物产生事半功倍的效果。事实正是如此，凡是找孙喜灵看过病的人，都愿意和他交朋友，因为他们从孙大夫这里，找到了病根，看到了方向，明白了道理，改变了生活方式和习惯，再配合药物治疗病好得特别快。正是：爱心化甘露，病友喜逢春。改变坏习惯，有病祛得快。

凡是接受过孙喜灵治疗的人，都深切地感受到他是心存大爱的医界圣手。记不清他为多少生活困难的病人减少或免除了医疗费，记不清他对多少乡亲给予接济和无偿治疗，他始终坚持着一个底线：医生的根本是治病救人，什么时候都不能忘记这个根本。

一个心存大爱的圣手，一定会在医学研究和治病救人的大道上走得更远、更高。

2017.8.27

载于《烟台散文》2017年秋季卷

一个出租司机的心愿

2021年3月2日。天气晴朗，阳光明亮，也没有风。带给人一种好心情。

清晨，我要去口腔医院看牙，想到那里没有停车的地方，就通过滴滴打车。真是很方便，信息刚发出，立即有了回音：三分钟到。我急忙走向大门，可是并没有车的影子。我把电话打过去，却回答说：不见你来，正好有人打车，拉他走了，你取消吧，唉，无奈又无语。

没有办法，我只好又发出信息，一会儿接到了一则短讯：八分钟到。四分钟过去了，突然来了电话，我已经在路上接了一位客人，你另打车吧。

我不禁心生懊恼：怎么好如此不讲信用。看去明朗的天气，其实贼冷，化开的雪水结成了闪亮结实的冰块，透着寒意。我提着包的手指冻得生痛。可见不着司机的面，一句报怨的话也说不出来。急急地再发信息，显示六分钟到。寒气悄不声地穿透了棉衣，浑身已经冻透。

其实，这位司机是十多分钟以后才到的，他说堵车了。

坐上车，我就开始说，你们这些司机怎么不守信用啊。他问，怎么了？我就带着一股不满叙述了过程，没想到他倒一点儿不恼，反而淡定又理智地笑着说：不守信用是没有办法的事，大家都不守信用，你守信用就挣不着钱，老婆孩子靠谁养？就像卖菜的，都各有各的猫腻，不捣鬼就要买得价高点，反而没有人买，你不捣点鬼行吗？只有国家改变了大环境，才能解决这些民生的事。

想想他说得有道理，我无言以对。

我是从机关小区打的车，他大致猜出我是在机关谋事的，反而轻松地调侃起我来了，你说是勤劳致富吗？我们这些人哪个不是起五更忙半夜，辛辛苦苦挣点钱供孩子上学，大学毕了业，找个工作比上天难，有了工作也挣不了多少钱，钱还是被有钱人挣了。

顿了顿，他又意犹未尽地说："有些人赚了钱就往国外转，并没有用在国计民生上，因为他们心里不踏实。"紧跟着是一句让我悚然心惊的话，这里且不说出，只是让我觉得一个普通的人，怎么能看穿纷杂的世事，将国事看得如此明了。我都自弗不如。

接着，他说："我们平民百姓生活的提高，只能靠国家的进步发展，我只希望我们的国家越来越好。"我发现，他说这句话的时候，面带沉思，一脸庄重，显然这是他生命和生活的真实体验，是发自真心的独白。

听着这句话让我大受感动，也深受触动。我仔细地看了他一眼：五十多岁的样子，额头有了些许的皱纹，是一个普通又普通的人，但是他有着多么高尚又宽广的胸怀啊。他把世事看得通透，却找得着自己的政治立足点：热爱自己的国家，把自己的命运同国家的命运紧紧地联系在一起，这正是每个国人应该具有的家国观啊。

看着这位普通又心胸明亮的司机，我这个曾经的公务员，心潮涌动：群众这么相信自己的国家，把自己的命运托付给国家，我们哪怕力量微小，怎么能不尽心为他们效力呢。大到社会环境的治理，小到蔬菜农药超标，药品造假。不都是该拼命解决的问题吗。民之所望，施政所向，人民这样依托自己的政府，作为公务员千万不能见着问题绕道走，面对事实说空话呀。当然，要找好契合点，有时，你认为的大事，群众并不放在心上，你没重视的那些柴米油盐的小事，恰恰是群众看重的大事。

从他那双明亮的眼睛里，我也体味到，现代的人，没有糊涂的，不用说得太多，你做得好，他们就会真心拥护你，就会跟着干，跟你走。上下一心，万事可为。

临下车，我打破了疫情期间的惯例，主动同他握手告别。祝他牛年发财。他也不觉得异常，乐哈哈地说：“那是必须的。”爽快人。

2021.3.4

载于2021年3月4日《烟台晚报》

鬼子、嘴子和腿子

在烟台，有一句流传十分广泛的话，说是“掖县鬼子、黄县嘴子、蓬莱腿子”。因为此话流传久远，一些人有意无意间，把它作为了评判这三地人的先入为主的观念。总认为“掖县人有心机，黄县人要嘴皮子，蓬莱人能活动”。其实，这是一种误导，是因为对于历史缺乏深入探究而出现的误解。追本溯源，这句话与当年胶东人“闯关东”有着直接的关系。

闯关东

东北是一片丰饶美丽的土地，又有着大片的处女地，同山东只有一水之隔，清以前就有山东人零星地进入这片土地谋生发展，至清一代，“闯关东”成为山东人连续不断的活动，总数逾八百万人。

山东人闯关东一是走陆路经山海关进入东北，二是走水路经掖县（今莱州）、黄县（今龙口）、蓬莱的港口进入东北。因交通之便利，这三县的人闯关东更有了得天独厚的条件，加之清代莱州人口急剧增加，人均土地连续减少，到东北谋求发展成为当地人一种重要选择。

闯入关东的三县人大部分开荒种地，逐步发家。清代三县贫民历经千辛万苦到达东北，初到之时不少为旗人所雇用，从事农业生产。由于当时土地所有者“旗人咸耽安逸，不知力作”，故“始而佣工，……渐向旗人佃种田亩，又多借旗田之名额外开荒，希图存身，旗人亦借以广取租利，巧为护庇”。随着旗人出租旗地，永佃制盛行开了，起初旗人将自垦地转租与民，或招民开垦，私收地价，并按年按垧收取租粮三二斗不等，谓之小租。及后民私垦，认旗为东，亦按年交纳小租，或钱或粮不等，均书立永不增租夺佃契约。有的佃户将租佃地再转租给别人，光绪年间吉林旗地已“大半归民垦种，而佃户亦辗转兑卖几至无可根查”。在租佃的基础上，旗人又将土地卖给山东等省移民，旗人典卖土地早在顺治时已出现，康、乾时达到高潮，嘉庆后典卖旗地更为普遍。吉林将军辖区内的旗地几乎典卖殆尽，这使得清初以来旗地上的农奴制得以削弱瓦解。

清代三县移民和其他鲁民还开辟了大片官荒，乾隆四十年（1775）在岫岩官荒上“有山东流来民人，偷垦地亩，私造房间”，经户部议准，仍着伊等居住耕种纳租，并令交纳地亩租粮米石。道光时政府在查办山东流民占种官荒时称：“山东省出海岸较多，登莱各属贫民往往前赴盛京边外，占种官荒，一次就有二三万人在此种地谋生。”咸丰后清政府开禁放垦，更多的鲁民涌到官荒土地上，其中有些人在放荒领垦过程中成了中小地主或自耕农。大片官荒被开垦，民地大量增加，政府的田赋收入也随之增加，解决了一定的财政困难。

莱州、登州移民和其他山东移民还垦辟了大片蒙荒。清前期奉省之北、吉省之西北、黑省之南之地是内蒙古哲里木盟，共分四部十旗。由于山东等省移民的开垦，被改置府县，设民官，分隶于东三省。蒙旗地是蒙古王公的领地，清王朝原禁其招佃，但蒙古王公贪图“高坐而致富饶”，“始招汉民为佃，任劳力，供租佃”。山东人最早开垦的蒙荒是郭尔罗斯前旗，即今之长春、德惠、农安地区。清廷鉴于“蒙古等不安游牧，招民垦种，事阅多年，相安已久，且蒙古每年得收租银于生计亦有裨益，是以仍令其照旧耕种纳租”，并设长春厅管理民务。

杜尔伯特旗境内清末民初仍流传着汤克音“垦田教稼之功不衰”的故事。汤克音，山东莱州府掖县人，寻父赴北，迷路至杜旗境内，从一尤姓山东人学会蒙语。并在此租地耕种。他把种地的技术传授给当地蒙民，更教以舂粟、淅米、烹饪、饮食之乐，蒙人从克音学稼圃，“榛狉游牧之风自此为之一变”。山东移民不仅以自身力量开辟蒙荒，而且也影响了蒙人，“蒙旗之区亦多弃牧畜之俗，而从事于种植”，到清末，蒙古十旗已基本上变成了农垦区。

以登莱移民为中坚的清代数百万山东移民开垦东北的旗地、官荒、蒙荒而为熟地，今天的松辽、三江平原等产粮区在清代也已初具规模。虽然不能说所有耕地全为山东人所开垦，但耕地的绝大多数是由山东人民以辛勤的汗水换来的。清代移民对东北荒地的垦种，与内地经济连成一片，变为全国经济的一环，对我国农业经济的发展起到了积极的作用。

登莱人的经商战场

陆续进入东北的掖县、黄县、蓬莱的三县人也有相当一部分从事商业发展。三县人到东北经商已是很早的事。隋、唐、元、明时政府曾多次海运登莱粮食给辽东戍兵，仅洪武年间就达七十万石。入清后特别是康熙年间及其后，山东商人到关外贸易的人数越来越多，形成了强大的“山东帮”，登莱之人，即蓬、黄、掖人又是其中的骨干。

康熙初年，在关外山东贾客很多，此时的商贾多为行商，不携家眷，获利即归。其时莱州人汤克音在开垦蒙荒而其父则在齐齐哈尔经商，他说：“官、商客此者，得资辄携以去，归故里值（置）田园，长子孙，为牖下终老计。今吾犹是志也，他日得巨资，必即归。”嘉庆时清廷对东北部分地开禁，在农业移民的浪潮下，鲁商也日渐增多，并定居各地，坐贾增加。经过上百年的经营，清末，鲁商在东北各城镇商业中均有实力，有清一代的东北大地，从乡村到城市，从内陆到边境，都有鲁商的足迹，并且以绝对的优势控制了当时的商业。在东北的鲁商中，人数最多实力最雄厚的是登莱商人。这里“地狭人稠，故民多逐利四方，往往致富，其商于外也，辽东为多，京都次之，地距辽东数千里，风帆便利，数日可至，倏往倏来，如履平地，常获厚利，大贾则自造舟贩鬻，获利尤厚，于是人相艳视，趋骛日众矣”。“东北三省更成了登莱人的经商战场了，大至都市，小到屯子和窝棚，全是登莱人。”

三县商人主要经营油坊、烧锅、粮食、杂货等业。经营杂货包括绸缎布匹、茶、糖、烟等日用品。在所有经营者中，登州的黄县人是佼佼者，在盛京城，黄县商人控制了该城的百货行业，早在康熙十五年（1676）前后，黄县单家村的单文利、单文兴兄弟二人在盛京城中街创办了天合利丝作坊，专纺绣花丝线，他们除在自设的店铺零售外，又派人到辽中、铁岭等地推销丝线，为了营业发达，还到苏、杭购进绸缎布匹，配合丝线销售，扩大了经营范围。当时八旗王公贵族讲究穿着绸缎，妇女尤喜爱绣花制品，单氏的丝作坊买卖兴隆。此后，又在盛京、法库、铁岭、辽阳、营口等地开设了二十余处分号，营业项目增加了洋广杂货。嘉庆元年（1796）正月，单氏后代单于干将天合利丝作坊改称天合利丝房，资本两万元。丝房成了百货行业的代称，因为丝房中并不售丝，专贩绸缎布匹、中外杂货。日俄战争时天合利被洗劫一空，战后，单氏财东重整门面，改名为老天合丝房，至清末民初老天合发展到鼎盛时期，其规模之大、货物之全，超盖于奉天城所有商家，人们称颂“先有老天合，后有奉天城”。黄县人以外当属莱州的掖县人。一批掖县人在东北商界中摸爬滚打，最终成为东北商界的骨干和旗帜。张廷阁就是最具代表性的人物。张廷阁字凤亭，是著名爱国实业家，曾任哈尔滨代市长。他是掖县石柱栏村人，幼家贫，仅读几年私塾。青年时期去关东谋生，在海参崴一家茶庄学生意，很快熟悉了业务，能说一口地道的俄国话。后被同乡“双合盛”杂货店老板郝升堂看中，委以“双合盛”执事，掌握一切业务权力。在郝升堂的信任、重用下，他利用各种手段，广泛结交俄国军需要员，承揽生意，获取经济情报。1904 年利用日俄战争、1906 年至 1907 年利用帝俄两次增税的机会，大发其财。后来在海参崴雪特兰斯克街租地建房，扩大经营范围，在莫斯科、大阪、横滨、中国香港、新加坡等地派驻专人直接进行业务联系。“双合盛”遂成为资金雄厚、货物齐全、批零兼营的大型百货商店。

清末民初，中国民族工商业者倡导实业救国，张廷阁积极劝说犹豫不决的郝升堂和其他股东抽资回国，转商为工，发展民族工业。1912 年亲自办理回国转工事宜。1913 年在黑河设分号。1914 年赴京买下捷克商人经营的啤酒汽水厂，改建为北京双合盛五星啤酒厂，由郝升堂直接经营。1915 年又在哈尔滨买下俄商经营的制粉厂。1916 年在哈尔滨买下双城堡制粉厂，并迁总账房至该城，管理“双合盛”一切事务，张廷阁任总经理。1919 年建哈尔滨双合盛制油厂。至此，“双合盛”资金全部抽调回国。此后又在哈尔滨创建大型机械制革厂，与人合资创办奉天航业公司。后又在哈尔滨正式成立“双合盛股份无限公司”，张廷阁任总经理。

清初东北尤其是吉、黑地区仍盛行物物交换的买卖方式，以登莱商人为骨干和中坚力量的清代鲁商到关东开展贸易活动，促进了东北地区货币经济的确立和发展，促进了土地的进一步开发、兼并及旗地制度的瓦解。东北输出品向以毛皮、人参等著称，然而自土地被垦辟后，农产品的产量急速增加，并渐渐取代毛皮等山货的地位而成为东北主要的输出品。这就促进了东北一些城镇工商业的繁荣，也加速了东北经济变成全国经济重要的一环。山东商人在东北经商交易，在一定程度上改变了山东部分人民的生活条件，鲁商每年贩运数万石粮食至山东，也赈济了山东民生，这些都缓和了山东地少人稠的矛盾，使得清代山东社会基本上处于平和状态，阶级矛盾相对缓和。

总之，清代鲁商懋迁东北的结果，不仅促进了东北商业的发展和地方的繁荣，而且也加速了东北土地的开发，更加强了东北与内地的联系，有利于奠定东北迈入近代社会的经济基础，这其中登莱人当记头功。“蓬黄掖”人为骨干和中坚的“山东帮”在东北商业中的霸主地位一直延续到民国，当时东北大多数的商会中都有“蓬黄掖”人，相当多数都是商会的领导，这种状况至建国初期也隐形存在。对于这种状况，当地人内心不服又无力改变现状，就带着一种酸溜溜的心情编了一段带有贬义的顺口溜：“黄县嘴子，掖县鬼子，蓬莱腿子。”后来这段话传回胶东，传到山东，甚至全国。虽为笑谈，但这是对“蓬黄掖”人为东北商业发展做出的另类肯定和赞扬。有的人把它作为评判莱州人、龙口人和蓬莱人的标准，这是不公正的，也是缺乏历史知识的一种表现。

其实，莱州人多忠义之士，龙口人多儒商大贾，蓬莱人多将相之才。

2016.5.4

载于《烟台晚报》

冬奥乐

公历 2022 年 2 月 4 日，中国举办的冬奥会隆重开幕。这天恰是虎年的正月初四，又是立春之日。国之盛事，与国之传统节日春节相遇，又逢立春，正是喜上加喜，国人同庆。天公也来贺喜，烟台大雪漫天飞舞，降下一片祥瑞。

感谢现代的传播手段，电视让我与北京冬奥同在也同欢乐。

冰雪与中国文化的交融在北国山水间营造出的人间仙境，让人惊叹。无数的文人墨客，爱冰又咏雪，岑参的那句“忽如一夜春风来，千树万树梨花开”是对雪的大赞颂；吴均的那句“萦空如雾转，凝阶似花积”更是对雪充满柔情蜜意。其实，他们不会知道，造就在延庆和张家口山水间的冬奥场地已经大大地跨越了他们描写的意境：在山脊上建造的雪橇雪车滑道蜿蜒曲折，从空中看去就是一条奔腾在雪山上的巨龙，似乎就要飞上九天；那用来进行自由式滑雪坡面障碍赛的场地，像是从山巅翻滚而下的雪瀑，一浪紧压着一浪，直似银河落九天，横冲直下，气势磅礴，无可阻挡；那宽阔又曲折的越野滑雪赛道，顺山势而建，高高低低绵延无垠，总让人联想到黄河上轰轰作响的壶口巨浪。还有建在原首钢的那座滑雪大跳台，就是敦煌飞天身后飘带的无数倍放大。建在张家口群山中的国家滑雪中心的大跳台更是安放在天地间的一柄大如意，它们在无言中尽显着中华文化的底蕴。那座专为冬奥建造的冰丝带建筑，华美圆润，如丝带风雪中飘舞，让人感觉到滑冰的流韵和舒畅。

哦，当灯亮起来的时刻，雪亮的华灯与闪亮的白雪交相辉映，正是银河落九天，处处都是人间仙境。虽身不在此中，心与神却已在其中，不觉其乐融融。

有言之，冰清玉洁、风花雪月，在文人的眼里冰雪皆是心头物，然而，对于生活而言，它何尝不是冰天雪地，不是狂风暴雪，人类在同它的斗争中积累了无数的经验和技巧，在一代代人的总结、提炼、升华中，它们最终凝聚成同冰雪展开极限挑战的冬奥会的一个个竞技项目。看啊，一场大雪让延庆赛区银装素裹，完全在室外的“雪飞燕”国家高山滑雪中心，高山男子大回转滑雪项目雪中开战，一个个脚踏雪板，手持点杖的勇士们，从山顶直冲而下，绕过一个个旗门，呼啸而下，锐不可当，那可真是人人如猛虎下山冈；大跳台项目是从几十米的高空滑下，借助跳台，一跃而起，直冲霄汉，然后在空中翻腾、抓板，再飞下。那凌空的飞翔，那飞速地旋转，不就活脱脱是我们意念中的飞龙腾空吗？那自由式女子滑雪空中技巧决赛时，当徐梦桃从云顶滑雪中心起跳，带着点点银屑在空中腾飞那一刻，她那红色的雪服在空中闪耀，你一定觉得是那只涅槃的凤凰起飞了；当铁架雪车或雪橇在滑道上，像闪电、像飞箭，风驰电掣般向你奔来的时候，你会悚然心惊。那是每小时一百四十公里的速度，脸面只贴着冰面五厘米；那个自由式滑雪U型场地技巧赛，也让人惊得心脏提到嗓子眼，从七米深的U面底部跃起，再蹦上数米的高空，还要抓板翻转三周落下，这是多么不可思议的动作；风雪交加中女子障碍追逐赛，简直就是一群茫茫雪原上互不相让的奔马……这些说不完的项目，每个项目都是对人的胆识、气魄、心态、体力、能力的极限挑战，我记不住运动员们的名字，有的甚至看不清他们的面容，但是他们那勃勃的雄姿，那无所畏惧的眼神都深深地印在我的脑海里。冬奥的这些极限项目总是同危险和伤痛相伴的，在运动场上一个个运动员摔倒，一个个运动员受伤，但他们个个坦然面对，他们把这看成了运动的组成部分。他们以自己的英姿把人类同冰雪的斗争和共存共生以完美形式表现出来。此刻，中国语言里的“龙飞凤舞”“龙腾虎跃”“虎虎生风”的成语意象，都变成了活生生的事实。我为人类有这样的飞龙、猛虎、金凤而高兴和快乐，为他们在冰雪上创造的这些人间神话而快乐。

这些天，我是迷上了冬奥，最让我高兴的是没有错过一次我国运动员拼搏夺冠的现场直播，开幕后的首个比赛日短道速滑队以不可阻挡之势夺得首金，迎来“开门红”；短道速滑男子1000米决赛中，任子威似猛虎扑向终点，山东选手李文龙紧随其后，中国队金银奖牌尽获囊中；十七岁的小将苏翊鸣沉稳、果断，颇有大将之风，在收获了中国体育代表团参加冬奥会历史上的首枚单板滑雪银牌后，在单板滑雪男子大跳台比拼中再摘金牌，其勇毅、果敢，选择了1800度的最高难度，在飞向近十米的高空后，稳抓滑板，连转五圈，做常人之不能，为常人之不为，疑为仙人出世；脸上始终带着微笑的十八岁少女谷爱凌，以她的自信和超强的能力，在惊险、刺激的自由式滑雪女子大跳台决赛中，凌空飞翔，如嫦娥奔月，以188.25分的总成绩获得金牌。在U型场地技巧决赛中，如飞燕凌空，力压群芳，再得一金；徐梦桃已经过了三十一岁的生日，接连参加了四次冬奥会，当她确认自己的惊艳一跳成为第一的时候，她激动地披上国旗，泪流满面，高喊着："我们赢了！"同为老将的齐广璞看着国旗升起，国歌响起的那一刻，这位倔强的汉子也禁不住热泪盈眶。在高亭宇以34秒32的成绩刷新了奥运会纪录，首次站上速度滑冰最高领奖台时，他始终目送着那面缓缓升起的五星红旗。不但是这几位金牌得主，凡是登上领奖台的运动员，还有那些没有登上领奖台的运动员，他们心中都有一个共同的梦想，让红旗升起，让国歌响起，为国争光，正是因为心中有梦，才不惧冰雪，敢于拼搏。国之强在民，民之强在心，正是因为千千万万的这样的中国人的心中有梦，踔厉奋发，笃行不怠，才有中国今日之强盛。

记得，那个盛大的开幕式上，我国派出最强大的阵容，他们的出场像是飘来一片红色的云霞。这是今日中国之象征，我为他们鼓掌，虽然他们听不见，这是我情不自禁地表露。细究本心，我之冬奥乐，乃为国盛而乐，为民强而乐矣。

2022.2.18

载于2022年2月25日《烟台日报》

永生难忘的新闻系

奔向知识的高峰

1986年年底，烟台市委宣传部办公室文书把一封人民日报新闻智力开发中心的信函交给我，拆开一看，是函授部选送我到中国社科院研究生院新闻系学习的通知。参加函授学习时，就希望得到这样一个深造的机会，现在成为事实了，当时的心情是“手捧通知喜若狂”。

事情传开，一些人劝我说：“新闻没有什么可学，不必再去浪费时间了。”

究竟值不值得去学，我犹豫了，最后还是“学学总比不学强”的念头占了上风，我终于来报到了。

实际接触到的情况令人欢欣鼓舞：

这里是全国新闻教育的最高学府，为我们开设的是新闻专业硕士研究生的全部课程，给我们任课的是新闻界和新闻教育界的专家、学者、名流，他们引导我们攀向一座座知识的高峰。

记得，我所听的第一课是艾丰老师讲的多侧面报道。上课时间刚到，身材高大的艾丰夹着一本书走上讲台。他把书放下，连翻也没翻一下，就滔滔不绝地讲开了：“过去，我们的不少报道只报喜不报忧，只讲讲学习和研究的方法，实际上生活是复杂的、多侧面的，我们要写多侧面的报道……”这些观点，在基层真是见所未见，闻所未闻，这一下把我镇住了。

随后，每位老师的每次课，都使我像听第一课一样听到了一些新思想、新观点、新知识、新信息，学到一些高层次的知识。就这样，天天处在追求知识的紧张中，又天天处在接受知识的喜悦中。通过课堂学习，至少有三个方面的长进：

一是系统地学习了新闻业务知识。我做新闻工作已有十二年历史，但主要是采写稿件。来校后先后学习了新闻写作基本原理、新闻理论 、新闻采访、新闻编辑、新闻评论等课程。这样正规的训练，使我对新闻工作从历史到现实，从基本理论到写作理论，名家的启迪。从采写稿件到编辑稿件，从配发言论到版面安排都有了全面的了解，从而改变了过去只能“单打一”的路子。

二是拓宽了知识面。陆游云：“汝果欲学诗，功夫在诗外。”与此同理，“汝果学新闻，功夫新闻外”。这次开设的一些与新闻有关的课程，实则进一步拓宽了我的知识面。古典文学课为写好新闻提供了有益的借鉴；“社会学”为从根本认识我们的民族和社会提供了一把钥匙；“心理学”又指出了提高采访效率的路子；“传播学”使我从根本上认识到了新闻媒介的作用，所有这些知识都为今后更好地从事新闻工作打下了扎实的基础。

三是初步学到了研究问题的方法。我看到，老师们的讲课不是照本宣科，他们所讲授的都是自己某方面的研究成果，而这些成果都是在他们大量占有材料的基础上，经过综合、分析、比较、概括，经过由表及里、由浅入深的研究过程，才成为一家之说的。由此，联想到自己，在学习过程中，往往注意点的东西多，面的东西少，横的东西多，纵的东西少，只是浅尝辄止，这种学习方法怎么做得成学问呢？在以后的学习中处处注意效仿老师们的方法学习和研究，果然收获不小，并初步搭起了一篇发学术论文的框架。不仅学到了知识，而且学到了学习和研究的方法，这将是终身受益的宝贵精神财富。

课外的启迪

祖国的首都是个大课堂，新闻系是个大课堂。这里处处有老师，天天有新的信息，遍地是学问。

我努力投身这个大课堂，得到的启迪是多方面、多层次的。

名家的启迪。新闻系和人民日报社是新闻人才聚集的地方，每个人都有自己的“绝招”，我利用了这个有利时机，先后听取丁济沧、田流等同志的讲座二十余次，拜访新老记者、编辑四十余人。从他们那里不仅学到了宝贵的新闻工作经验，更重要的是使我懂得了要做一个好记者，必须首先做一个正直的人的道理，我将永远记着老记者商恺同志题在我本子上的一句话：当记者必须首先学会做人，做人要做正直的人。

实践的启迪。学习的最后阶段，我到《人民日报》政法部白班、夜班和海外版三版进行了实习。编辑部就像一个大课堂，许多编辑记者的言行都有学习价值。他们都亲自言传身带。在同他们的接触中，我看到、感受到了他们思考问题、抓取题材、编辑文章和组织版面的方法，受到了一次最实际有效的教育。同记者吴长生、蒋亚平同志的采访是一次终生难忘的采访。他们深入扎实的方法给了我很大启迪，在他们具体帮助指导下写作、修改《收猪目击记》的过程，是一次最实际的学习。学习期间，我还运用所学知识写出并发表了通讯《光明之路》《坚实的第一步》，述评《走出“谷底”的供销社》，工作研究《农村大工程该不该搞》，专访《搭桥通中外》等十二篇稿件，受到好评。

观察的启迪。实际上启迪不仅仅停留在新闻方面，在京期间，我还目睹了我们国家政治 、经济、社会等各方面的情况。过去身处基层，观察问题的角度多是从下往上看，现在有了观察全局的机会，从上往下看的机会，自觉与不自觉中拓宽了视野，加强了宏观意识，反过来又增加报道的深度。例如《光明之路》就是在国家干部制度改革宏观思考的基础上写出来的。

冷静的反思

当实习即将结束的时候，我在日记里写下了这样一段话：“善于学习别人，善于否定自己，才能不断提高自己。”经过近一年的学习、实践、观察、思考，促使我对自己走过的十二年的新闻道路进行了反思。

思想水平和写作水平。这次学习中才认识到，要真正采写一篇好稿子必须有高的思想水平和写作水平。从新闻这个角度来看，思想水平比写作水平更重要，没有敏锐的思想，见识不高怎么会看清、看透问题，看不清看不透的问题又怎会写好新闻稿件。彻底地改变不重视提高思想水平，只重视提高写作水平的偏向，才能成为有胆有识、有识有为的记者。

研究问题与研究文章。接触了一些《人民日报》的记者才明白，一些有见地的记者都非常注重研究问题，诸如水的问题、粮的问题、农民问题、金融的问题等等，每个人都始终关注着、研究着一个方面或几个方面的问题。能写出对社会有影响有推动的作品，正是他们长期研究问题的结果。不向他们学习，再像过去那样，随风跑，人云亦云，东施效颦，就只能永远做个末流记者。

关心全局和关心典型。在基层搞新闻报道，眼睛常常只盯着哪里出了什么典型，哪里有什么好的经验等等，而对于全国的情况如何，全局的情况如何，当前整个社会存在什么倾向、问题等却研究很少。到编辑部实习知道了，编辑们关心的恰恰是全国的问题，全局的问题，即使用一篇再小的稿子，也要考虑发表这篇稿子是否对全国有一定的启迪作用，是否社会中需要引起注意的问题。自己想的和编辑们想的对不上号，难怪出力不讨好。改改思考问题的方式，才会收到事半功倍的效果。

经验和创新。从事新闻工作，使我积累了一些经验，也摸出了一些路子，这些经验固然重要，在学习期间耳闻目睹的事实，使我痛感再固守这些东西，将被改革的大潮甩在一边，现在新闻改革已成为不可阻挡的浪潮，从新闻理论到新闻实践正在发生重大改变，一代富有创新观念的记者群正在出现。单从新闻写作上看，新老记者们都在积极地把电影的、文学的、西方的等多种表现形式引入新闻写作中，使新闻作品如万花纷呈。现在看，必须树立创新意识，勇敢地打破旧习惯、旧框框、旧写法，不断地吸收新信息、新知识，广泛借鉴各种写作手法，创新求新，才能使自己的新闻作品变成适销对路的产品。

写什么和怎么写。从新闻工作的角度看，写什么比怎么写显得更为重要，这也是我来学习后才彻底领悟了的道理。

写什么？不能人家写什么你就写什么，报纸上报什么，你报什么，总跟在别人的后边跑。要到生活中抓“活鱼”。

写什么？一个地方，一件事情不能是一好百好，一坏百坏，要有点“求异思维”。譬如讲，现在大家都报道哪里出了坏人，不少人袖手旁观，其实还可以写一写这些人为什么袖手旁观，“拗着劲写”比“顺着风写”也许更容易出新闻。

写什么？在题材上，不能老是消息、通讯。通讯、消息、述评、深度报道、言论、专访、见闻、特写等等，十八般武器都用一用，在形式上就给人一种新鲜感，连电影明星都在学习各种戏路子，何况是记者。

现在我总算明白了，弄清了写什么，比怎么写更重要，选准了写什么，就使一条新闻成功了一半。

总之，这次学习，是从理论到实践的全面提高，为我以后的发展开辟了一条通畅的大道。感谢中国社科院研究生院新闻系的培养，感谢为我的进步付出了辛勤的劳动和心血的老师和所有的同志们。

载于《新闻学苑》1988年第1期

第四辑

散文纵论

红孩散文的平民美学

红孩是中国散文的一个鲜明符号，他不但是散文写作的组织者，他的散文也有着独树一帜的平民情结，他抒发自己情怀的艺术手法也是独具特色的，他从生活细节出发，语言朴素，叙事极强，注重情感表达，哲理与写意结合，特别是结尾，借鉴小说笔法，充满不确定性。这些充满个性的散文让他的鲜明符号更加熠熠生辉。

最近在“红孩散文说”公众号上，一连追读了他几十篇文章。这其中既有他的散文精品系列，也有他的散文理论系列。红孩的文字有着别样的禀赋，没有故作高深，没有虚假矫情，没有引经据典。那些文字都是从他的心底里流淌出来的，质朴的文字，有心的忠诚，有血的温度，像是从山涧里面淙淙流出的清泉，洁白闪亮又叮咚有声；像是春天里的清风，清爽、甘甜、芬芳，让你陶醉，让你享受到优美的文字带给你的愉悦。

我知道红孩出身于京郊的一个农场，母亲是农场工人，父亲长期担任村党支部书记，红孩常戏说自己是“村高干子弟”。在我看来，他就是一个地地道道的平民，是靠爬格子一步步走到今天的。那些农场的平民岁月，让他建立了同平民的血肉联系，锻打出宽厚的平民情怀。正因如此，他的心中总是有平民，他的感情总是为平民而生发。于是，从他的笔端就走出可敬可亲可爱可叹的芸芸众生，有亲人、有朋友、有工人、有农民、有作者、有病友、有偶尔见过一面的人，也有接触很多的人，即使接触了许多重量级的名人、大官、大款，他的情感还是倾注在基层的普通人。写到的那些事，也大都是生活中常发生的普通事，收麦子、卖豆腐，没有惊天动地的伟业，也没有故弄玄虚的奇事，那些事也常常发生在你的身边。他所传递的也是人们常常抒发的，写散文总离不开的人情，如世情、亲情、乡情、友情、爱情、战友情、同学情等。这类文章看得多了总觉雷同，难以让人动心、动情。红孩的这类文章却在平凡中写出了超凡，在相同中写出了不同。看着看着总让人心动。

叙事性强、注重细节是让人心动的重要因素。综观红孩的文章，他叙写的平民都是在一个或几个情节中呈现的，这就有了事情的发生、发展，人物命运的跌宕起伏、成功和失败。在事情和命运的变化中，人的喜、怒、忧、思、悲、恐、惊，所谓“七情六欲”，就都表现出来了，写出了“人性”的丰富性和细腻性，怎会让人不心动。《百花深处》写的是自己读高中时的一段与女同学的美丽的情感，那是一段心里有，而始终没有说出口的纯真的朦胧的爱情。他因为在报纸上发表了一篇小说，女同学给他递了愿意交往的纸条，从此他们就经常地偷偷见面交换彼此的作品。然而当高他一级的女同学毕业时，他因为参加集训而失约，从此竟失掉联系，再不得相见。在这样一个大的情节中，运用了众多的细节，表现收到纸条的惊喜和不安，相约的甜蜜和激动，失联的惆怅和痛苦，不得相见的思念和悲伤。正是在这样一个初恋的情节中，选用的若干细节表现出来的细腻和丰富的情感，打动了读者，让人为他们纯真的友情而心动，为那位女同学的遭际而心动。这种感情的表达与常见的板块式、集束式或直白式的表达是完全不同的。那篇《没有比脚更长的路》看似是与女兵汪瑞的通信，其实是在汪瑞来鲁迅文学院学习的大情节中，通过信中那些生存和战斗的艰难细节，让读者情不自禁地为女兵的高尚情操而心动。即便是照相这样极普通的事，由于他写出农村人对于照相的向往、照相时的欢乐、不照全家福的遗憾，在这样的琐事中表现的丰富、细腻的感情还是让人心动。这类作品还包括《女人的荷》《那一年我们追赶的爱情》《牧羊姑娘把歌唱》等大量篇什，都无不具有这样的品性。可以说用细节表达情节中的人物，在情节和细节中表现情感的丰富性和细腻性，从而打动读者，是红孩写作的重要手段。

最能表达作者平民情结的是作者对于平民浓烈又深厚的情感。瞄准灵魂的情感表达也是红孩散文的显著特点。生活中的红孩是个率真的人，不作假，不夸饰，活活泼泼又坦坦荡荡，他活得真实，他的文章也是感情的真实呈现，他的情感的表达是灵魂的双向关注，既是作者自己心灵深处感情的表达，也是对被写对象灵魂的拷问。他的散文结构放松、舒展，但浓烈的情感却把一切凝聚在一起，形成强烈的冲击力，所以他的文章总会拨动读者的心弦，留下久久地回响。

人性中与生俱来的对生存的渴望，对胜利的渴望，对爱情的渴望，对同类的关心，对同类帮助的冲动，生离死别、爱恨情仇都是“人类情感”的本质特征。红孩的散文让人心动，还是因为始终没有离开这些情感的表达，写出了人性的多样性和复杂性。最令人难忘的是他写同病房病友父子的那篇文章，这对父子是农村人，家境不富裕，家里的事情也比较多，儿子既想要父亲早日好起来，又承担不了经济和时间的双重压力，他的心思是复杂的，如果父亲无法治好，不如早日解脱。经由若干细节展示的多样又多变的儿子的情感写得入木三分，凡是看过文章的人，谁能不为之心动。《你是被哪阵风吹来的》写的是他带一个喜欢写诗的女孩参加文人聚会的事，就是在这样一个极其普通的场景里，由于对准了女孩对美好事物的向往，让你感觉这个还青涩的文友是可爱可亲的，在她与一个遛狗的泼妇的“斗争”中，你会感觉到人性的善与恶。《我害怕女儿的背影》通过送女儿上幼儿园、进小学面试等过程，细致地写出了一位父亲对女儿又疼又爱，希望孩子改变内向的性格又怕伤着孩子的心性。让人不能不为这位善良的父亲所感动。这些逼近人性，对焦灵魂的情感表达，篇篇都会楔入你感情的深处。心动是情不自禁的。

红孩的散文题材大都选自亲身经历的事，亲身接触或交往过的人，这些事是平常事，这些人是平常人，可你细细地品味，其中蕴含的细腻的哲思，总会为你打开一扇扇思想的大门，让你步入一片思想的新天地。《东渡 东渡》表面看是写毛泽东当年从延安东渡黄河时乘坐的那艘只有七八米长的木帆船，其实，让读者深受启发的是党和人民群众的鱼水关系，颂扬的是我党密切联系群众的作风。细读他的每篇文章都有着隽永又深沉的哲思。他以自己的真心、平常心、放松的心来写这些人和事，所以，其中无处不在的哲思，没有人为的拔高，没有虚假的逢迎。怎么想就怎么写，有什么感受就写什么感受。他那些哲思是接地气的，你容易和他的感情沟通，你愿意接受他所表达的思想。

毫无疑问，红孩是文学的多面手，因此他把其他文学体裁的一些元素也引入到散文写作中来了，这更增加了散文的可读性和文学性。这一点在结尾上展示得尤其充分。他的结尾像不少小说的结尾一样，充满了不确定性，给读者留下了更多的想象空间和思考的余地，也让其散文达到审美的新高度。

2020.12

载于《作家通讯》2020 年第 12 期

艺眼文心

——看梁衡采写《这里有一座古树养老院》

六月初，梁衡先生应邀来烟台莱山小住了三日，讲学之余，参观了一些地方，回京三天后即给我发来了《这里有一座古树养老院》的散文，随后即见诸《人民日报》《大众日报》《烟台日报》之报端。

回顾陪同他采访的过程，我的脑中突然闪出了“艺眼文心”四个字。关于“艺眼”两字，似乎不常见，泛指可以理解为艺术的眼光，但我在这里是把梁衡先生善于发现题材，发现美的目光赋予“艺眼”的含义。关于“文心”的说法应有很多，如《文心雕龙》当最为常见。但我在这里是把梁衡先生善于从寻常事物中发现其蕴藏的思想意义和哲理看作是“文心”。当我把这两个词组合在一起的时候，其实它们所表达的是一种将普通事物升华的画龙点睛的能力。透过梁先生写的这篇成功的散文，我们可以感觉到只有经过提炼和升华才能写出好的散文。

先说“艺眼”。讲课的下午，我们就开始安排梁衡先生参观 。初夏，万物繁茂，重视生态建设的莱山，更是满目苍翠。正在建设中的烟台植物园依山而造，气势不凡。梁衡一边看着，一边提出一些建设性的建议。在一片古木前，他站住了脚，当得知这是黄海明珠集团捐赠的，并且这只是其中的一小部分，他们那里还有一个更大的古树院时，他立刻兴奋起来，表示一定要去看看。在参观了葡萄园后，我们就直奔古树院而去。古树院的古树名目繁多，神态各异。虽棵棵都有百岁高龄，但都精神健旺，充满了勃勃生机。古树院的管理者告诉大家，这些树大都是在生死存亡的边缘上抢救回来的，有的是在旧村改造时被买来的，有的是在修建高速公路时被救回来的，也有的是已经奄奄一息的老树，在这里经过精心调理，又重新焕发了青春，总之，每棵树都有一段不平凡的经历，梁先生越听越来精神，他掏出小本，边听边记，并仔细地追问着。可管理员说的只是粗线条的材料，梁先生急了，“你别只说大概怎样，要说得越具体越好”。但管理员没有具体参与，说不出更多的细节。他还告诉我们，这些古树的抢救都是黄海集团书记王湘泽组织的，他会说得详细些。可书记到省里开会去了，梁先生只好装起了本子，怏怏而归。

晚饭的时候，他对我说，这座古树院有点意思，是个值得写作的素材。他还说，莱山区的生态建设搞得确实好，从工作的角度看，的确是可圈可点，但全国不少的地方都在走这条路子，写出来没有新意，也不容易发表。而这里对古树的保护却别具特色。这里面就大有文章，是值得写一写了，其实从大的方面讲还是生态问题，但题材却是新颖的了。

在他来烟台之前，我就表达了希望他为烟台写篇文章的意思，但他始终没有应承下来，他说，课我一定讲好，但写文章要看有没有好的素材，有没有灵感。看来他已经把古树院看成是值得一写的素材了。

我们是同他一起采访的，当我们正在为一座规模宏大的植物园的建设而兴奋不已时，他却从中发现了那片古木林，又从古木林顺藤摸瓜地发现了那座古树院，难道这不是超出常人的“艺眼”吗？要写出一篇好散文，重要的也是关键的一步，就是要发现好的素材，并从中选择出题材。目睹了梁先生发现素材和题材的过程，让我更理解了散文选择题材的重要。而在散文的题材选择上，或是对面相逢不相识，或是身在宝山不识宝，以致错失了许多好文章，这都是因为缺少一双“艺眼”。艺眼其实就是发现题材的能力啊。

我称赞他在发现题材上有一双火眼金睛，有一双不同凡响的“艺眼”，他没有反对，只是说在发现题材时还要用放大镜和显微镜。

本来，梁先生打算第二天要走的，可他感觉了解到的材料还不够具体和详尽，他让我问一下，王书记明天能否回来，如能回来就不走了，我立即联系，结果王书记当晚就能从济南赶回，我们都很高兴。

第二天，梁先生和王书记在黄海明珠相见，两个都是爱树人，一见如故，一个谈得兴致勃勃，一个听得津津有味。王书记讲怎样从开山的炮火中买下毛栎树，讲怎样从旧祠堂的瓦砾堆里挖出几百年的老紫薇，讲怎样盯上旧村改造中的老槐树。梁先生动情地问："你是怎样想到收种古树的？"王书记回答，我从小爱树，盖一座房子容易，长一棵百年以上的树可不容易，老树是历史的年轮，是有灵性的，我不能眼看着把一些老树糟蹋掉。我善待我们公司的每个老人，我也把那些正在经历危险的老树收种到我们这里来。"噢，你这不就是一座古树养老院吗！"梁先生赞赏地说。他的话音刚落，我也立即觉悟到，这不正是梁先生从这座古树院中发掘的思想内涵吗，王湘泽爱吾老以及树之老，他建立古树院正体现的是对古树的爱护和对大自然的尊重的积极的思想意义啊。能够在短暂的采访中发现其蕴含的思想深意，这不正是因为作者有一颗善感多思的闪闪发亮的宝贵的"文心"吗。后来，在文章发表时他就用《这里有一座古树养老院》做题目，这正是他在用"艺眼"发现素材，又在采访中用"文心"捕捉到思想内涵，并经过提炼升华创造的艺术成果啊。

这篇文章所具有的"艺眼文心"是一个连续的过程，在发现素材后，挖掘其思想的内涵和艺术升华的过程是同时完成的。但有时并非完全顺利。梁衡先生就讲过，他写《觅渡》时，就曾三次造访瞿秋白故居，既用"艺眼"发现了素材，也用"文心"发掘了所固有的思想内涵，但却一直没有形成"艺眼""文心"叠加后的那种艺术升华，直到最后一次去，得知秋白故居前的小桥叫"觅渡桥"，小学叫"觅渡小学"时，他才灵光一闪，实现了艺术升华，找到了《觅渡》的艺术角度和切入点。

梁衡讲写散文必须找到好的素材，没有好的素材不动笔，还必须发掘出有意义的思想内涵，没有深刻的思想内涵不动笔。按照我对梁先生采写这篇文章的观察与思考，写散文只要有了"艺眼文心"，文章尚未成篇就会高人一筹，回顾梁衡先生《这里有一座古树养老院》的采访过程，细读这篇文章，可以体味到，梁先生的"篇无新意不出手"的坚守正是这样实现的。由此观之，具艺眼，有文心，再经提炼和升华，这该是一篇好散文的先期运作过程吧。

2013.7.1

载于2013年11月15日《中国散文报》

雄健的思想者

——夏立君印象

雄健的思想者，既雄气且苍茫，既刚健又深刻。我心怀虔诚地把这样一个评价送给鲁迅文学奖获得者夏立君，是因为我读了他的一本书，同他见了一次面，谈了一次话。

约略在一个月前，在《山东作家》上看到对于夏立君的《时间的压力》一书介绍后，我立即从网上买到这本书。展读之后立即被书中的文章所吸引，它强烈地撞击了我的心灵并引起了我深深地思考。

书中多层次多角度呈现的格局让人惊叹。中国文明史，上下五千年，帝王将相、文人墨客、才子佳人，浩若繁星。作者披阅数载，读书千卷，从中遴选出司马迁、李斯、商鞅、李陵、屈原、曹操、陶渊明、李白、夏完淳九位人物作为写作对象，这是何等的气度和格局。这九个人物早已走进历史的深处数百年乃至数千年，已是沦为滚滚尘土和化为缕缕云烟，剩下的不过是深埋入历史典籍中的诗文。作者经由那些或文采飞扬，或艰涩难懂的文字，与他们共入一个有史以来的、纵贯古今的“时间的单元”里去对话；共在宇宙的空间里、世界的山河间徘徊。作者笔下的九个人如同九根楔子，深深地楔入历史的长河中，世界的大地上，每个人物都有了他那个时间单元的独特意义，而九人又分明连缀起清晰的历史脉络。文章总是把写作对象放到数千年的历史长河中来考量，放到全国乃至世界的坐标中来审视，让那些已经化为尘埃的人物带着爱恨情仇、喜怒哀乐走到了我们面前，走进了当代社会，展现了郑重的现实意义，这是何等的格局啊。

今人读古书，无论是文学的还是理论的，都着重于吸取书中的营养和智慧，而其作者往往只是一个汉字的符号。《时间的压力》却另辟蹊径，从人性解剖入手，把他们从厚厚的典籍中唤醒，让那些深埋在故纸堆里的古人，崛然而起，有血有肉地发出人性的光辉，有感情有温度地出现在我们面前，那漫长沉闷的历史也顷刻变得鲜活灵动起来。屈原是文人眼中的神，作者用人性的解剖刀，对这位伟大的楚辞缔造者进行了细致入微的剖析，让我们看到了一个更真实的楚子伟人。李白是国人眼中的“谪仙人”，作者却顺着人性这条线，梳理出他的“三重性格”，读之不觉令人折服。抓住了人性这把万能钥匙，打开了九个古人的心头锁。作家的每篇文章都直抵写作对象的心坎，每段话都是对写作对象心灵的展示，每个字都紧贴着写作对象的人性铺展。由于作家对写作对象人性的透彻理解、体悟和深刻把握，文章的每个字都是带着作者的感情温度的。这温度激活了读者的情感，打开了读者的心扉，让读者的情感随着人物的命运跌宕起伏。倘若作者没有雄视古今的胆识和思想，怎么会把高难度的人性解剖刀用得如此出神入化，无不可达。作者启迪性地找到一种认识古人、打通古今的新方式、新途径。

纵观当前散文写作，可谓“小我”居多。而《时间的压力》则分明进入“大我”境界。作者不是小情小调，而是从历史、文化、国家、民族的角度和情怀来发现、挖掘先人的情怀，正是从这样境界出发，作者怀着一颗滚烫又真诚的心同他们神交、心交，在论世论史中知人，在论人中及史及世。循此途径，作家走进了写作对象的内心，也就细微地洞察了他们的思想意义。更重要的是作者披胆沥肝，直抒胸臆，并以自己的情怀呼应古人情怀，以自己此生此世的阅历去映照古人的阅历。作者检点的是古人，直面的是今人，他是在用古人人性中的光辉，强壮当代人的灵魂，完善当下人的人性，达到立人之目的。他在对古人的人性解剖中发现的文人臣子所共有的婢妾心理，一直是他的一个关注点，他对这些人中所具有的这种心理，不管是他赞扬的对象，还是批判的对象，都毫不隐瞒地加以挞伐，没有含混，没有拖沓，没有花腔，堂堂正正、扎扎实实、旗帜鲜明地亮出自己的思考。书中论述无不纵横捭阖，如万马奔腾，势不可挡。文字汪洋恣肆，如壶口之水，飞流直下。作者在贯通古今中酝酿的激情，在苍茫辽阔的视野中形成的思想，就成为在读者头脑中燃起的一支洞见历史的红烛，一曲吹奏在读者心头，鼓舞人们沿历史正途前行的高歌。境界决定着思想的高低，具有这样大格局大境界的人堪称雄健的思想者。这种大境界的写作必然写出触及灵魂的经典之作。

历史文化散文自余秋雨始，渐成阔大之势，《时间的压力》是异军突起，独树一帜。在表达上已在众人之上，在思想的高度上，由古今人事进入天地大道，由世俗世界进入神圣境界，其水准应可与著名大家比肩。《时间的压力》为写作的格局和境界树立了一个高标。

对于文章写得好的人，我总是充满崇敬之情，对于这样一位雄健的思想者更是充满了敬意，我猜度他是一位高大的汉子，口若悬河。也很想有机会当面请教。真是机缘巧合，没想到在山东省作协组织的一次笔会上不期而遇，他与我想象的不一样，他的身材并不高大，甚至是有些单薄。他是会议的主持者，话语并不多，但不多的话语里，有着严密的逻辑，镜片后的两只眼睛十分明亮犀利。

那天的活动很多，大家都很劳累，但想到明天就要各奔东西，还是忍不住敲开了他房间的门。

真是文如其人，没有任何的虚饰，他平和又直接地回答了我的问题。我向他请教成功的秘诀，他说："没有什么秘诀，主要是耐得住寂寞，坐得住冷板凳，有一个超然、宁静的心态。要做一个好的作家，首先是要做一个好的读者，好读者不一定是好作家，但好作家一定是一个好读者。阅读深入是写作深入的前提，阅读不深入，深入生活也会不得要领。阅读要系统化，系统才会深入。我书中只有九个人物，可实际上我几乎用了五年的时间，系统地阅读了大量的相关书籍，不同版本。除了这九个人，我还研读了嵇康、李贽、王阳明等许多人的材料，但我坚持没有自己的发现不下笔，所以有不少人物我研究了，最终却没有写。"他还真诚地对我说："无论是对古人还是对今人，作为一个作家，一定要从人性的高度去看人，人性是写作的一个根本尺度，我正是循着人性这条途径，才能够走进古人的内心，才能够同他们进行精神的对话，也才能真实地展现他们鲜活的生命和真实的性格。苏轼在评价陶渊明时只看到他田园生活的超然和恬淡，其实从人性的角度细品陶的诗文，他还有着归隐后的不安、寂寞和孤独。李白是被神化了的诗人，当我从人性的角度来探究他的艺术人生时，却最终发现他是人伦的孤儿、政治的孤儿、美学的孤儿。”在同他的交谈中，我发现我崇敬的雄健的思想者是一位真诚、平实的人。他让我明白，只有真诚和平实，才会有雄健和高尚。

天已太晚，本有好多问题要请教，还是不好意思再问下去，我主动告辞，他送我出门，同我握手，我不由自主伸开双臂，轻轻地拥抱了他，这是我对一个雄健的思想者的致敬。

一个文人应该是一个思想者，一个有担当的作家更应该是一个思想家。有他做榜样，今后为文更应时时注意格局与境界，切不能陷入世俗化的理解和迷失方向。

2019.6.30

载于 2019 年 12 月 16 日《烟台日报》
2019 年 11 月 17 日《日照日报》

《烟台传》的思与辨

作家王月鹏是位善于思考而且思考很深的人，他用很长的时间对烟台的历史、人文进行了全面的梳理和思考，又字斟句酌地把这些思考写下来，于是就有这本充满了思辨的《烟台传》，一种与众不同，又能让人加深对烟台深度阅读的《烟台传》。

烟台的土地富饶美丽、历史文明悠久。书写烟台的文章浩如烟海，但这些文章一般是采用叙述、描写和议论的表达方式，而《烟台传》的作者采用了以对烟台的深度思考为主线，然后以识为经，以事为纬的表述策略。

这一表述策略贯穿于全书。作者着眼于海，从海破题，全书分为《半岛》《古登州的港与航》《烟台开埠》《港与城的变迁》等，写海也必然写到海边的人。他把揽于心中和进入眼中的关于烟台的海的事物和人物进行思与辨，然后用思想的线为读者导引出那个多姿多彩的烟台。譬如，写徐福的文章很多，一般总是要说一个徐福东渡的完整故事。而《烟台传》的作者是在对徐福这个人做了完整的了解后，从中理出了思想的线：他认为，徐福有着与他的方士同行们不同的大构想，他既不满足于作为一个方士所期待的那种被欣赏被器重，又不畏惧当时最为恶劣的社会环境和政治压迫，他以勇气和智慧去解除自己的困境，践行自己的抱负，使自己与其他方士区别开来。这就是作者对徐福的理性认识。他按照自己的认识把一个与众不同的徐福呈现出来：他是最早探索海洋出路的人；在大海之上，他蹚出了一条路。作者进而说："前人所走过的路，直到现在依然需要我们不断地拓展自己的想象力，才会尽可能地与其吻合。"这样的表述策略，当然比直白地呈现要深刻而令人深思。这样的表述是贯穿于全书的。对于《铁头御史》郭宗皋，作者是从对于他的性格的理性认识开始的：翻阅郭宗皋的经历，他多次被廷杖、被夺俸、被发配边塞，这个人仕途可谓坎坷，遭受太多的磨难，都没能改变他的直言，连皇帝最后都觉得这样对待他有些不公，称他是"铁头御史"。他不畏权贵，敢说真话，撞了南墙也不回头。他官至高位，算是官场一个异数。从这个认识出发，写了他的几件事，最后作者还上升到理性的结论：越是胸有大志的人，他们往往更懂得选择一个小切口来践行自己的主张，并且对这种主张进行自觉地校正和补充完善，最终实行在更广泛的范围内的推广和普及。这是知识分子对待知识的一种可贵心态。

思考是有着极大的自由度的，不受时间、空间的影响。正如刘勰所云："思接千载，视通万里。"可以心游万仞，精骛八极，以思辨为写作的基础，就让想象力有了更为广阔的空间，使文章有了更加开阔的视野和深度。《南陈北崔》是一篇典型的文章，他本来是要写莱阳高士、画家崔子忠的。为了更好地突显崔子忠的高士风格，他把同一时期的南方的陈洪绶画家比照着写，开篇的时候更是从《高士传》里的几个人物写起，这让文章更有了广度和深度，也更具有了可读性。在清末之时，用头发织网，出口国外，是作者在搜集材料中无意发现的边角料。但是经过作者的联想和思考，把历史、现状、人、物同纳于一篇文章之中，竟成了一篇有历史有文化的好读的文章。

吸引我的还在于全书选材的精当。上下数千年，纵横近千里，烟台要写的东西实在太多。作者以宽广的胸怀，大处着眼，又能慧眼识珠，细部落笔，他抓住烟台那些美丽的传说，那些不同凡响的地方，那些非同一般的人物，那些独有的风物，那些带着海腥味的节日和习俗，那些开风气之先的创造，从点滴殊异的事物中呈现了作为丝路之城的烟台与其他城市的相同与不同，平凡与不凡。

作家以文人之情、曼妙之笔，和他惯常的擅长的哲思之语，思与辨的表达策略，为我们书写了烟台这座城市的厚重的历史，城市的风景名胜，城市的风物与人文，城市的魅力和辉煌。读了这本书，即使是长期生活在烟台的人也会对这里产生全新的认识，增加对这座城市的自豪和热爱。

2021.10.1

载于2021年10月14日《烟台日报》

一束明亮的阳光

《燕台随笔》跋

今年烟台的冬天有些特别，除了少数雾霾沉沉的日子和下两场不算大的雪让人不爽，每天都是丽日高照，不硬不软的阳光照在身上，让人觉得温暖惬意，觉得舒心畅快，觉得浑身都有鼓饱饱的劲，更有冰凉而不强暴的风吹过，又让人心情安宁又怡悦、平静而恬淡。

就在这些冬天的好日子里，我读完了新华君的《燕台随笔》清样，当鼠标上的小轮子终于在电脑电子屏显示的电子稿最后一页上停止了转动时，我挺直了腰杆，明亮的阳光正好透过窗子照射进来，我忽然觉得这本即将付梓印刷的书，就是一束冬日里明亮的阳光，它给人温暖，给人力量，它的思想的光波照亮了你的灵魂，它的超凡的智慧启迪着你的心智，它的美丽的文字又能熨烫开你纠结的思绪。

这的确是一本别具一格又不同凡响的随笔。虽说它只有八章、六十篇短文，但它的题材是多样的，有政治随笔、思想随笔、研究随笔，也有传统的游记和亲情文章。它的写法是多变的，有的是一泻千里的滔滔政论，有的是心思缜密的论说，有的又是潺潺流淌的美文。而不论是何种题材和笔法都是照亮人心的一束阳光。之所以产生这样的效果，是源自作者是集官员、学者、研究者、文人于一身的难得的复合型的出类拔萃的人才。他有着非同常人和一般作者的大胸襟、大智慧、大思路、大手笔。

作者长期在烟台市党政机关工作，参与了许多决定烟台命运和发展的大事的谋划和决策，他在离开地方工作岗位后，仍在时刻关心着烟台的发展和变化，不断为烟台的发展进步献计献策，书中的《跨海逐梦》《小城旧事》都是他为烟台发展呕心沥血的结晶，非那些空想空谈、言不及物的文章所能比拟。他和几个同事创造性地提出的渤海海峡“跨海逐梦”的三部曲，已有两部成为现实，渤海海峡跨海通道建设的第三部曲已经进入国家高层视野，可以相信在不久的将来一定会变为现实。他当年为烟台市领导参谋策划的“拓展东西两翼，贯通南北山海，形成山耸城中，城随山转，海围城绕，岛与城连，融山、城、海、岛于一体，呈大鹏展翅之态势的城市格局”的烟台城市规划蓝图，已经成为烟台人二十余年的不懈追求，至今尚在一力践行。这些文章将永载烟台发展的史册；这些文章也应毫不含糊地奠定他的烟台建设者的功臣地位。

作者在机关工作时，就是善于学习、勇于思索、敢于创新、勤奋笔耕的人。他从事机关管理工作，就开展行政管理的研究和写作；他撰写公文，就不断探索公文的写作规律；他不断创新，就研究创新思维的规律；他参与过的重大的历史事件，也都把它如实地记录下来。他是实践者，也是研究者和总结者；他是历史的亲历者、参与者，也是历史的记录者。《创新思绪》《从政偶拾》都是这样的篇章，这是宝贵的精神财富，也是历史的忠实留存。在以往的机关工作时，他都是甘为人后、默默无闻的幕后角色，从不越雷池一步；而在工作之余，他在全国报纸杂志上发表大量笔名文章，不少出版社争相出版他的专著，而所在机关的人却一无所闻。当他调任高校领导后，这些成果立刻成为他的宝贵财富和学术研究基础。他在此基础上涉猎多个学科的教学与科研，他在区域经济研究领域独辟蹊径，将环渤海发展研究深入拓展；他开设了公文学科的研究生教育，拓展了公文学研究领域的一片崭新天地，开国内高等公文学教育之先河。正是凭借他的实力和勤奋，他不仅轻松地实现了从官员到学者的华丽转身，而且很快就被评为山东省有突出贡献的中青年专家，成为高校科研领域的领军人物。

作者大学学习的是文科，繁忙的工作也不能让他忘怀自己的文学梦，因而有了《柳色青青》《寸草幽情》的美丽篇章。也许是因为他姓柳，也许是因为对柳树的独特感受，使他对柳树情有独钟。他对柳树的品格的赞美，真的让人对柳树刮目相看，其中可以让人深深领略他通过柳树对人生况味的种种感悟。他的亲情、乡情、友情的描写是那样真挚感人，他对父母的眷恋与挚爱，他对恩师的爱戴与感恩，他对领导的敬重与辅弼，他对家乡的思念与牵挂，他对同事的真情与友谊，让人感受到了他的重情重义和大仁大爱。就是那些记录域外和西部山川的文字，《海外游踪》《西部纪行》也都充满了他对世界、对自然、对人民的热爱，体现了他仁民爱物、乐山爱水、兼爱无私的品性，值得用心一读。

我与新华君同出一校，又是曾经的同事，长期保持密切的联系，称得上是人生至交，对他知之甚深。他忠于国，爱于民，德于人，严于己。他长于谋划，又勇于实践；他博学多才，善于思索，又不断地总结和写作，这正是那些闪耀着光亮文字的不竭的源泉。至今为止，他于繁忙的公务之余，已出版了四十多部著作，这本随笔不过是冰山一角，是万道光束中的一束，但确实是珠烁晶莹、耀眼夺目的一束明亮的冬日阳光。虽说只是一束阳光，但光束照射过来，就像寒冷的冬天里，母亲温暖柔软的手在抚摸你，足以点燃你心中的希望，激发你人生的热情，憧憬美好的未来，并为之而砥砺前行。

我退休后，一直在做岗位上没有时间做、而自己十分喜欢做的事情，比喻文学创作与历史文化的研究。常有人赞许地对我说，你退休了还在发挥余热？！他们的好心可理解，但私下颇不以为然：这是对生命的一种曲解，难道担任公职的时候是发光发热，离开了岗位再做事情就是发挥余热了？其实人的生命历程是一个连续的过程，生命体发光发热也是一个连续的过程。不能因为离开公职就让生命失光失色，不能因为离开岗位就把自己的理想和追求切割，只要热情在、梦想在，依然能让生命绽放出灿烂的光彩。新华君讲他已年届退休，其实对于他来讲，那只是人生的逗号，绝不是句号，离开公职可以有更多的时间来做自己喜欢做的事情，让生命力和创造力迸发更加炽热奔放的能量、绽放更加绚丽多姿的色彩。生活着并思考着，研究着并写作着，耕耘着并收获着，他一定会把更多的智慧的阳光洒遍胶东山水、祖国大地，用更加美丽的文字、优雅的篇章为我们奉献文情并茂、脍炙人口的精神食粮。期盼着他的新作不断问世。

是为跋。

2014.1.9

载于2014年2月23日《烟台晚报》

史笔文心写随笔

读罢柳新华先生的新作《燕台散记》，我的心中忽然涌出了四个字“史笔文心”。这是我对这本散文集的印象和评价。

从传统意义上讲，“史笔文心”是对著作的极高评价。把文章写出历史的质感和亮色，是不易达到的高度，必须有胆有识，既要宏观把握历史的大局、脉络和走向，更要对历史有深刻的洞察和剖析。

当下是散文写作蓬勃发展的年代，散文作者如群星灿烂，散文作品如百舸争流。但作品以写一人一家一时一地为多，抒发的多为个人的情感。

《燕台散记》也是以写自己的人生经历、家人、老师、同学、朋友和自己亲历的事情为主。但与众不同的是，作者把所交往的人，所经历的事全部与社会发展的历史紧密地结合起来，用历史的眼光去体察和感悟这些人，以直白晓畅却又不失深刻厚重的写作手法去记述和描写这些事，用史笔著文，以文心写史，字里行间倾注着认真和严谨，从而使每篇文章都具有历史的广度、深度和厚度，处处彰显着史笔文心的神韵。

柳新华先生出生于20世纪50年代，六十余年间，他经历了中华人民共和国从站起来到富起来再到强起来的全过程。作者的四十篇文章如同四十个坐标，串联起历史前进的轨迹。《爬过家乡的山》《蹚过故乡的姊妹河》《高疃大集琐忆》《美食在福山》等文章，从小处入手写故乡的山水林田，但由于作者始终不忘历史的观照，这些名不见经传的地方，给人展现的却是乡村巨变的广阔的历史画卷；《远逝的父爱》《怀念我的母亲》《姥姥的活计》《我的兄弟姊妹》《大哥，你好吗》《姐弟情深》写的是自己的亲人，但展现的是在新中国成立初年和社会主义建设时期，普通民众的不畏困难、艰苦奋斗的精神，是爱国家爱集体的无私奉献的崇高品格。那些亲身经历的文章，如《我要读书》《我与一所乡村中学的不解之缘》《家住机关大院的日子》等，不但感人至深，让人钦佩，难能可贵的是作者没有囿于个人之苦乐进退，而是通过亲身感受，反映改革开放使个人和社会迸发出的巨大力量和前所未有的变化。读着这些文章，让读者不自觉地产生强烈的共鸣，既会为以往的奋斗无悔和骄傲，更为祖国的进步与繁荣兴奋和自豪。这正是这本散记所蕴含的巨大精神力量之所在，这也是史笔为文才能达到的高度。那些只是局于小情小调的写法，似可从中受到启迪。

《燕台散记》超于俗类的地方，更在于柳新华先生是时代的弄潮儿，而非事不关己的旁观者，他笔下所处的时代，正是风起云涌的改革开放时代，他所写所记不仅多为他亲历亲为的事件，而且凝结着他的辛勤汗水和心血。作者长期供职于烟台枢机和高等学府，是烟台发展的设计者、参与者、见证者，也是烟台历史文化的研究者，是著名的学者和全省有突出贡献专家，以他的经历、见识、胸怀所抒写的《烟台工业腾飞的第一步台阶》《海上烟台风生潮起》《小楼昨夜又东风》《大烟台呼之欲出》《心望海波平》等文章就是烟台改革开放史的直接记述。阅读这些文章让我们看到当年的改革开放大潮中，一群年轻人置身其中，“弄潮儿向涛头立，手把红旗旗不湿”的英姿。他当年和领导及同志们一起策划的“大高外”经济格局、论证的现代化国际性港口城市、建议实施的“海上烟台”、奋力推动的渤海海峡跨海通道工程，等等，这些“史笔”却有着如椽之势，让每一个读到这些文章的人都会心潮奔涌，思绪万千。今天他所记述的事项多数已成为现实，在烟台发展史上留下了浓重的笔墨。尤其他 1992 年与同事破天荒地提出修建渤海海峡跨海通道的设想，虽然至今尚未实现，仍在研究规划推进之中，但它彰显了一名学者型官员的眼光、胸怀和追求，在国内引起巨大的反响，受到世人瞩目，以及党和国家领导人的高度重视。

视野开阔，感情真挚，文情并茂是柳新华先生一贯的写作风格，本书更有新的表现和突破。我们可以从《远逝的父爱》《怀念我的母亲》《婆婆的小灶饭》《姥姥的活计》《我的兄弟姊妹》《大哥，你好吗》《姐弟情深》中看到浓烈的真情、感情、亲情；我们可以从《园丁之歌》《难忘短暂的教学生涯》《公社大院的初书记》《风流儒雅亦吾师》中领会浓厚的师生情、同学情、同志情，我们可以从《爬过家乡的山》《蹚过故乡的姊妹河》《高疃大集琐忆》《美食在福山》《走过莱山》《您贵姓，请听俺说》《春潮中的一朵雪浪花》《漫话烟台与燕台》中感受浓重的乡风、乡韵、乡情；我们还可以从《一片冰心在玉壶》《人若有情诗不老》《三山仙界画图中》《香港回归20周年礼赞》中不仅欣赏到精彩的书评中记述的诗情画意，而且领略到浓郁的友谊、友爱、友情。我们从一篇篇文章中认识了一个有情有义、重情重义的人，一个情真意切、情深意长的人。人生在世，人与人从相逢到相识是一种缘分，不管是什么人，只要有缘，哪怕是隔着千山万水，冥冥之中也会在一个特定的环境下相逢，珍惜这种缘分，与作者那样携手相逢、相知、相惜、相存，共同走过漫漫人生，是多么难得的幸福啊！

柳新华先生以时代为背景，以时间为线索，一个人亲身经历为载体，以写实的手法所记述的人生、家人、社会和生活，既是个人人生的真实记录，也是社会发展的忠实写照，这正是《燕台散记》的成功之处。他读书时的《园丁之歌》《我要读书》《我与一所乡村中学的不解之缘》《正是男儿读书时》，让我们看到在艰苦的环境下，一位求知若渴、孜孜求学的小学生、中学生和大学生；他在农村时的《在生产队的日子里》《难忘短暂的教学生涯》，让我们重返那个年代的农村生活，体会一位具有远大志向的青年顽强进取的骚动心绪；他在机关工作时的《机关的启蒙》《烟台工业腾飞的第一步台阶》《海上烟台风生潮起》《小楼昨夜又东风》《大烟台呼之欲出》，让我们感受改革开放的巨大威力和对一个人的巨大影响；在大学工作的《桃红柳绿满园春》，让我们理解一所学校与时代的共命运、一个人与一所学校的新机遇。书中不仅记录了当时作者个人的所思、所想、所为，而且反映了一个人的社会责任和担待，反映了一个人爱岗敬业、勤于学习、善于思考、勇于开拓、敢于担当的精神风貌。

当然，我所了解的柳新华先生，并不限于《燕台散记》所记述的内容，我与他相识相知三十余年，他工作扎实、为人诚实、作风朴实，始终保持坚毅顽强、朝气蓬勃的进取精神令人钦佩。他从一名普通机关干部做起，成长为一位副厅级干部，身上没有令人厌恶的官气，以一颗平常心待人处事，以饱满的热情和激情投入工作，并在工作之余，勤于笔耕，坚持写作，成为一位学习型、研究型、创新型干部。他每到一个岗位，都干一行学一行，干一行爱一行，干一行专一行，取得了令人瞩目的成绩。谨以他大半生都在从事的文字工作为例，这是党政机关最辛苦也是最不容易出成绩的工作，他不仅把本职工作干得风生水起，而且深入研究，成为这方面全国著名的专家，他出版的公文写作与处理专著就有近二十部。他到大学工作以后，则更是承担教书育人的重任，在全国高校首开公文写作与处理研究生教学任务的先河。本书收录了他的两篇文章《公文写作之我见》《公文写作与做人》，就是他在这方面理论与实践结合的结晶，具有极强的理论价值和实用意义。他在接受烟台市委组织部门采访《让平凡的人生绽放异彩》一文，文字虽然简短朴实，但却是他一生工作履历的缩影，更是他不断学习、超越自我的真实写照，读后让人敬佩有加，感慨万千。

此外，作者在《燕台散记》编辑过程中，还力求图文并茂，在书中配发了具有代表意义的个人不同时期的珍贵老照片，形象地再现了记述事件的场景和人物，图片和文字互相陪衬、相得益彰，使内容丰富多彩、生动形象，不仅表达了作者的良苦用心，也表明了作者不论在工作上还是生活上都是一位有心人。书中选录了作者收藏的亲人照片、老师同学照片、同事和友人照片，有山水场景照片，有集体合影照片，有工作照片，也有会议照片，其中有些照片年代久远，保存不易，尤为珍贵，不仅记录了个人丰富经历，也反映了时代的进步和社会的巨大变化，既可以看到个人成长、成熟、成就的人生轨迹，也可以了解事件产生、发展的社会背景、时代因素。更为可贵的是作者对多数照片拍摄的时间、地点和人物都做了标注，具有极强的历史资料性，照片中许多人尚健在，他们都是本书记录事件的见证人，倘若有机缘看到此书，一定会引起他们强烈的共鸣。但也有一些人物已经离世，有亲人也有老师和朋友，这里不仅表达了作者独有的真情实感和感恩之心，也表达了作者对逝者的深切纪念和哀思。

当下，撰写回忆录成为许多退休老同志的一件雅事，形式多样，不一而足，但以散记的形式写回忆录尚不多见。散记属于散文形式的一种，虽然属于零散片断的记录，但要写好散记不是件容易的事情，它需要作者具备多方面的素质。柳新华先生退休后，在短短两年多时间里，将自己一生的主要经历，撰写了四十篇文章刊发在当地报刊上，这些记事性散文运用作者自己独有的语言，讲述作者耳闻目睹的事实，大量运用“白描”的手法，以纯粹的事实价值打动人，虽有自娱自乐的成分，但更多的是对世人和后人的一份奉献，留下一份时代的缩影和人生的真实记录。作者将发表的四十篇文稿结集为《燕台散记》，与之前出版的《燕台随笔》六十篇成为姊妹篇，两书合计恰为一百篇之数，不知是巧合，还是有意为之。人生苦短，转眼就是百年，蓦然回首，往事已成旧梦。人最可贵的品质在于：明知人生短暂，依然负志奋战。如果您有机会看到柳新华先生上述两本书的一百篇文章和配发的数十张照片，我相信您一定会为柳新华先生的人生点赞，从他的身上，让我们看到了一个平凡人的不平凡价值就在于不断地拼搏奋斗，在于同命运的不屈抗争，在于对理想和信念的执着追求。正如《钢铁是怎样炼成的》主人公保尔·柯察金说的一句话：“当一个人回首往事时，不因虚度年华而悔恨，也不因碌碌无为而羞愧。”

我比柳新华先生年长几岁，虽不是同年生人，但毕业于同一座学校，同在烟台市政府一起共事过，又共同爱好散文写作，可以称得上是志同道合的莫逆之交和忘年之交。前几年，他的散文集《燕台随笔》问世，我曾为此书写过一篇跋语，并以《一束明亮的阳光》发表在 2014 年 2 月 23 日《烟台晚报》上，引起人们的普遍关注和好评，近日他的新作《燕台散记》完稿，送我一阅，便写了以上文字，谈一点我的观后感，一来供柳新华先生大作出版时使用，二来表达我的心愿，衷心祝贺这本有着历史厚度和文学光彩的散文集的问世，并祝愿柳新华先生在安度晚年的同时笔耕不辍，在散文写作的道路上取得更加辉煌的成就。

2018 年春
载于 2018 年 5 月 20 日《烟台晚报》

为官廉为荣

——《烟台历史上的清官廉吏》读后感

当我捧起烟台市纪委刚刚出版的、散发着油墨香气的《烟台历史上的清官廉吏》一书时，不禁眼前一亮，更觉心中一亮。

翻开简洁大方的封面，进入眼帘的是文与图的并茂，白纸黑字与五彩的交辉。每一篇文章都配以相应的图片，或人物、或形胜，没有对应照片的，就配以彩绘的图画。当你一页页翻过的时候，感觉是走进了树木葱茏、万花纷呈的大花园；你还会发现每篇文章都有高屋建瓴的副标题，有言简意赅的概述，有提纲挈领的小标题，仿佛让漫漫文海中有了灯塔和航标，让你很快就能找到阅读的方向。

当你抚摸着芳香的书页，为它的形式的艺术美所陶醉的时刻，那一篇篇文字流畅、材料翔实、感情充沛，形象鲜明的文章，又在你的面前树起了一个个烟台历史上的清官廉吏的杰出形象，把你一步步带入为官廉为荣的境界。

书中记载了从先秦至清代的四十位烟台籍和在烟台为官的官员，忠诚为国、清正廉洁、担当尽责、直言敢谏的事迹。

这些官员所处的朝代不同，为官的背景不同，官职的大小不同，但他们有一个共同点，就是人人都有着为官廉为荣的牢不可破的理念，或者说是有着这样的为官取向和价值追求。一人之下，万人之上的阁老、宰相毛纪是这样，微不足道的小吏辛次膺也是这样；身处顺境的吕氏叔侄是如此，即便蒙受了不白之冤枉的李森先也是如此。

无论是位高权重，还是人微言轻，无论是刀架脖梗，还是一贫如洗，他们只要是在官位上，就坚守为官廉为荣的理念，这是他们为官的不变追求，是为官的底线。正因为有了这样的理念，他们没有任何贪腐的欲念，而且勇于同贪腐现象作坚决的斗争。正因为有了这样的理念，成了他们不想腐、不能腐也不敢腐的指南针和定盘星。

这些官员能够树立起为官廉为荣的理念是中国优秀传统文化教育的结果，特别是儒家文化教育的结果 。“廉”是中华优秀文化传统的组成部分，是文化主流，所谓礼义廉耻。“廉”提倡的是为人要廉，做官更要廉字当先。这些观念从孩子启蒙教育时就开始灌输，是扎实的“童子功”。这也是家庭教育的主要内容，特别是一些有文化的家庭，学习和倡导的都是孔孟之道，为官廉为荣的思想从小就根深蒂固地扎进“士”这个阶层，形成了当官廉为荣的荣辱观和价值观。这种优秀文化的灌输和传承是形成为官廉为荣的最牢固的思想基石。那个世人皆知的“天知、地知、你知、我知”的故事的主人公杨震，那位民族英雄、甲骨文之父，纾家为国的王懿荣都出身于官宦之家、书香门第，从小就受到了为官廉为荣的教育，确立了以廉为荣的初心。有了扎实的“童子功”，为了这个廉字，他们历经磨难不改初心，虽九死一生持节如一，他们把保持廉洁的追求和荣誉看得比自己的性命还重要。

这些官员能够树立起为官廉为荣的理念也是因为从国家政权层面上有着导向机制。例如，在清代对官员的考核有明确的“才、守、政、年”四项指标。才分“长、平、短”，守分“廉、平、贪”，政分“勤、平、怠”，年分“青、中、老”。其中“守”这个指标，就专门考核为官廉与不廉的。大的考核三年一次，考核结果与提拔和降职、处分直接挂钩。考核优秀官吏为卓异。卓异官吏有名额限制，凡有卓异官记录即升迁。考核参革官员分为不谨官、才力不及官、浮躁官降三级调用，年老有疾官休致。对于查有实据的贪官有革职、永不叙用、判刑、流放等严厉处罚；对于廉洁奉公的官员给以隆重表彰，有时皇帝亲自赐予匾额。书中所记王骘主政江西时廉洁从政，名声卓著。康熙南巡时亲书“养素”二字匾额，并亲作诗一首相赠，称其为“清廉总督”。国家层面的做官以廉为荣的导向机制是官员们坚守和追求为官廉为荣的政治基础和动力。

这些官员能够树立起为官廉为荣的理念还是因为有着浓厚的社会舆论氛围和百姓的参与。在儒家思想为主的封建社会，人们普遍拥有做官必须清廉的观念，自觉地拥护和支持清官，而对贪官有着本能的反对和抵制。他们会上书挽留离任的清官，会为清官建生祠纪念，甚至情绪化地为离任的清官脱靴留作纪念。他们也会不顾一切地告贪官的御状，甚至举起义旗造贪官的反。这种渗透到社会每个细胞里的观念，形成了强大的社会氛围。百姓的参与是对为官廉为荣的理念的鼓励和监督，是为官之人坚守为官廉为荣的观念的不可抗拒的群众基础。

善恶总在一念间，理念决定着行为，只有树立起为官廉为荣的理念，自觉地把保持廉洁的追求，把廉政的荣誉看得比自己的性命还重要，不想腐就会成为自觉，不能腐成为追求，不敢腐就成为本能的警戒，这就会极大降低反腐成本，造就风清气正的党风和民风。借鉴历史上反腐的做法，采用各种行之有效入脑入心的教育方式，让每一个为官之人真正树立起为官廉为荣的理念，应该成为反腐倡廉的基本功。《烟台历史上的清官廉吏》的编辑出版就是一个有益的举措。

2021.11.23

载于 2021 年 11 月 25 日《烟台日报》

壮丽的英雄赞歌

话剧《上甘岭》观后感

抗美援朝中的上甘岭战役是举世闻名的一次战役，是停战谈判期间，敌我双方的一次决定胜负的生死较量。我志愿军在装备落后的情况下，不畏强敌，不怕牺牲，同仇敌忾，殊死搏斗，取得最后胜利，最终把不可一世的美军打回到谈判桌上。

话剧《上甘岭》就是在这个大背景中产生的动人心魄的故事：志愿军的一个连队，坚守在上甘岭的一个坑道里，坑道的上面是武装到牙齿的美军，他们利用占据地面的优势，穷凶极恶地大炮轰、炸药炸，不断地向坑道里投弹、放毒。坑道里的志愿军战士在连长、指导员的带领下，拼死坚守，并根据上级要求不断出击。战士们被封锁在狭小的坑道里，同上级失去联系，空气污浊，弹药不足，断水断粮，伤员不断增加，无药治疗。坑道里的战士们，从连干部到炊事员和一位学生气质女卫生员，他们为了抗美援朝的胜利，个个视死如归，面对强大的敌人，奋力坚守坑道，从一个连打到一个排，再到一个班，最后只剩二人，一直坚守到胜利，谱写了一曲贯长虹、惊山河的壮丽的英雄之歌。

整个的故事在一个局促的坑道里展开，没有大场景，没有大人物，但是全剧始终注意表现坑道中那些普通战士的真实细节。当被派出接通电话线的战士，在缺少一段电线，无法接通线路的危急时刻，毅然用自己的身体做导线，使连部终于同上级通话，呼叫了炮火，打击了敌军。在从坑道出击时伤员们不甘落后，一个战士因毒气伤害双眼失明，一个战士双腿被打断，两人结合起来，失明的背着腿断的，冲出坑道向敌人发起冲击。一个个真实的细节尽显了志愿军战士为了战争的胜利，为了祖国的安宁和世界的和平，不惜牺牲的崇高精神，观者无不动容。

在战斗的间隙，在坑道里，有的战士给家里写信，有的战士掏出母亲的照片仔细端详，有的在憧憬着自己心爱的人，所有的战士都要求炊事员老马来一段带劲的山东快书。他们都是生活中的普通人，他们有普通人的七情六欲，有着普通人的那些普通的感情，然而正是这些普通的人，当他们在党和军队的领导下，站在抗美援朝的前线时，他们就成了保家卫国的英雄，成了最可爱的人，他们的伟大正寓于平凡之中。因为剧情没有人为拔高，所展现的人物都可近可信可敬，因而使表演有了巨大的感人力量，这是该剧特别值得称道的地方。

《上甘岭》的领衔主演是著名演员黄宏，他们炉火纯青的表演，更增加了感染力。那些声、光、电的现代效果，更把观众带入真实的战争场景。

2021.4.2

载于 2021 年 4 月 3 日《烟台晚报》

表海风雄看今朝

乌兰牧骑巡演观后感

“表海风雄”是烟台人熟知的东炮台大门上方的四个字，字面的含义可以简单地理解为，海面上刮起雄健的风。而今，在百花芳菲、大地如锦的时节，大海之畔的港城真的刮起了一场雄健的风。

5月2日晚，内蒙古赤峰市阿鲁科尔沁旗乌兰牧骑在烟台大剧院进行首场演出。奔放、热烈的歌舞，色彩浓艳华贵的服装，独树一帜的民族器乐合奏，火热、精湛的表演，带来草原蓝天、白云的清新，带来草原万马奔腾的气势，带来草原人民的热情……这一切汇合成一股雄健的草原之风，吹起在黄海之滨的港城。

开篇即是高潮，第一个节目男女群舞《草原的问候》，天如穹庐，草似海洋，草原充盈着原生态葱茏与苍茫。一群蒙古族男女，男着蓝袍，女着红袍，飞快地起舞、旋转，人与自然交织出和谐的旋律，带着鲜草味的雄风立刻荡起在剧场。

“褐色的鹰，有强劲的翅膀，才能够在高空飞翔，年轻人呀，莫要虚度了青春岁月，大好的时光。”一曲雄浑、豪迈的长调穿越天空，穿透大地，飞过人们的心境。

呼麦组合《圣湖颂》高亢、激昂的音符里，有万马奔腾的气势，有雄鹰掠空的身影，有百灵鸟的欢歌吟唱。一声声的唱和，散发出婷婷袅袅的原野清香。

马蹄声声，四野茫茫。碧野中有火一般的鬣鬃飘荡。套马杆摇曳出一道道耀眼的闪电，男群舞《德乐根德日》中的蒙古族小伙子们矫健的舞姿，彰显了草原儿女的倔强与刚强。

摔跤、赛马、射箭作为蒙古族传统的“男儿三艺”，也称“好汉三赛”，自古即是草原男子汉们必备的本领，也是衡量他们有无真功夫的标志。男女群舞《男儿三艺》中，广阔的背景，华丽的服装，出色的表演让晚会达到高潮。

台上雄风四起，高潮连连，台下掌声阵阵，恰如海浪奔涌。台上与台下，草原与大海组成了宏大美丽的交响。

蒙古族是勇敢的民族，热情的民族，懂得感恩的民族，也是能歌善舞的民族，他们用美丽的歌喉和狂放的舞蹈，歌唱幸福的生活，感谢伟大的中国共产党和祖国。

马头琴齐奏《万马奔腾》，用嘹亮、优美、悠扬而激越的琴声表达出人民对牲群、草原的热爱和对新生活的向往。缕缕传来，感人肺腑，沁人心脾，确有绕梁三日而不绝的韵味。

独唱《赞歌》、二重唱《牧民歌唱共产党》、独唱《我从草原来》无不深情地演绎出草原儿女对党的深情。男女群舞《欢乐草原》、女群舞《收获的喜悦》则用欢快、流畅的舞步尽情地表达对生活的热爱和赞美。

最后，由全体演员表演的歌舞《草原上升起不落的太阳》让晚会达到又一个高潮。

草原是凝固的大海，大海是流动的草原，大海和草原已是密不可分的亲兄弟。由烟台内蒙古商会创意，以乌兰牧骑巡演开场的草原文化节一定会把烟台和内蒙古的联谊推进到一个新的高度。

载于 2021 年 5 月 6 日《烟台晚报》

《所城纪事》序

人们总爱把烟台比作黄海之滨的明珠。她也的确是祖国北方的一颗耀眼夺目的宝珠。

如果说烟台是一颗明珠，那么所城就是这颗明珠的金光灿灿的心。

所城是烟台的城市之根，文化之魂，历史之源。

据《明史》记载，明洪武三十一年（1398），为防倭寇侵扰，在芝罘置“奇山守御千户所”，后来建成奇山所城。所城占地九点八六万平方米。城设四门，东为保德门，西称宣化门，南为福禄门，北为朝宗门。城门之上设城楼。城门及城墙用青石砌筑，城墙高七米余，厚也近七米。城门之间均衡设铺，铺呈圆弧形，突出城墙外，可以三面御敌，形成四楼十六铺格局。守城官兵“修我戈矛，与之同仇”，锻造出惊天地泣鬼神的尚武精神。明朝二百余年间，所城始终是屹立于黄海之滨的一座坚固的军事城堡。

清朝顺治十二年（1655），卫所制被废除，千户贬为庶人，官兵解甲。所地变成民居后，军人后裔开始在城内大兴土木，一座座典雅的四合院落拔地而起，形成十字大街和若干胡同。城隍庙、药王庙、关帝庙和各种神庙迅速建成。随着居民增加，工商业乘势而起，造成所城的一时繁荣。以此为根基，迅速形成“九社十三村”，成为烟台城市之根。

1861年烟台开埠，可谓“洋货满街巷，洋味进万家”，所城里的衣食住行都悄然发生变化，建筑风格也糅进了洋元素。形形色色的洋人、洋货、洋文化塑造了所城里的开埠文化。

所城历经沧桑，让这里的每条街道上都留下了数不清的故事，每一座院落里都叙写过生离死别的篇章，都留着一代代人的履痕和温度。其建筑是历史的活化石，精美的木雕、砖雕、石雕都是珍稀的艺术瑰宝；所城街巷、名人故居、牌坊楼台、参天古树都是历史的见证；蕴藏其中的城堡文化和商埠文化更是留给后人的珍贵的精神财富。这里被确定为山东省重点文物保护单位是实至名归。

新中国成立后，历届政府和众多有识之士，代代努力，前后相继，终于为当今和后世留存下这块比较完整的历史文化街区。随着历史变迁，所城昔日的光辉已经日渐黯淡。进入历史的新时期，烟台人有了更大的梦想，他们不但要留住所城的根，还要让它抽枝发芽，重获新生，这是当代人的所城梦。

民之所望，施政所向，政府下决心要把百姓的所城梦变成现实。领导把所城保护改造的任务交到了蓝天投资开发集团有限公司的手上，公司以从未有过的责任感和紧迫感接过了这个重任。在同济大学建筑设计院绘制出的蓝图上，北京、上海的古建设计人员又进行了详规设计。

蓝天集团的领导和设计人员，一次次地倾听各方的高见，也一次次地思考和畅想：壮大历史的根，生发文化的芽，结出时代的果，是筑就辉煌新梦的轮廓。

在市委、市政府领导的亲自指挥下，烟台人保护所城，维修所城，恢复所城，让所城再现辉煌的梦想，终于进入实施阶段。2017年举行了所城保护改造启动仪式。最艰难又复杂的任务是住户的搬迁。市委领导提出要选最好的地段、最好的设计、最好的配套设施、最好的施工质量建设搬迁房。随着南山公园旁、丰山水库边一座座搬迁房拔地而起，住户不断搬出。2020年8月从河北和浙江请来的全国优秀的古建队伍开始了施工。正值疫情时期，蓝天集团的领导、员工与施工单位紧密配合，敢打硬拼，保护性开发取得巨大成功。所城这个历史老人，褪去破衣烂衫，重新容光焕发地站立在世人面前。

所城的灿烂，留在这些整修过的黑瓦白墙间，留在新建的高大城楼上，留在填平补齐的层层台阶里，留在门道的神龛中，留在一座座恢复了生气的明、清、民国民宅里。它们美丽得如云霞，珍贵得如宝石，厚重得似高山。留住所城，就是留住了烟台的根，留住了烟台的魂。烟台人终于圆了自己的所城梦。

为了让世人全面地、形象地了解整修后的所城的全貌，也为了让每个到过所城的人更多地了解所城丰富的历史和文化内涵，我们特请烟台散文界和摄影界的作家和摄影家们采编了《所城纪事》和《所城印象》两本书奉献给大家。

《所城纪事》为文字卷。全书分为三编：上编，回眸。用优美的笔触再现了古老所城的建筑、文化、教育、生活的各个方面，使你获得精神的穿越。中编，心影。把所城尚存的文物、古迹、古宅等，用饱蘸感情的笔墨，进行深入心灵的解析，他们从一些住户、一个家族、一座房子、一所大院、一条街巷甚至是一两块城砖等切入点下笔，联系写到相关的历史事件和文化人物，把每个点的文化内涵、历史意蕴用优美的散文形式凸显出来，文中有作者独特的感受，有形象的描绘，有情感的抒发，有深度的思考，图文并茂，亲切可感，让你准确地把握那些尚在跳动的历史脉搏；下篇，在场。是作者们在保护性开发后的所城徜徉之见，他们笔下的那些鲜活美丽的场景，会激发你观赏的欲望。

《所城印象》为图片卷。分为所城旧影、古建留萃、往日时光、今朝风采四个部分。所城旧影呈现的是珍贵的历史照片，雄伟的城门、繁华的集市、高大的牌坊等一一展现出昔日风采；古建留萃，把所城的街道、楼房、四合院以及独具特色的门枕、门楣、门环、拴马桩、神龛等细部都囊括其中；往日时光是充满了生活情趣的篇章，一幅幅活灵活现的照片，透露了所城人各个时期的日常时光 ；今朝风采是摄影家们带着喜悦的心情对所城新风貌的记录。

《所城纪事》和《所城印象》以姊妹书的形式联袂推出，用散文和图片相互映衬的新颖形式，留住历史，展望愿景，我们可以通过书中的一篇篇美文和一幅幅图片，形象具体地看到所城丰厚的昨天和斑斓的今日，书中所做出的前瞻性的展望，对保护开发的重点和旅游观光的亮点，进行充满激情的描绘，让更多的人看到“梦圆所城”的光明未来。

祝贺《梦圆所城》的出版，感谢所有为本书出版付出辛劳的人，祝贺所城梦圆。

2021.6.1

灼灼荷花亭亭立

宋华女士把她写的准备出书的散文从电子信箱上传给我，那些出现在屏幕上的文字竟组成了一条条感情的河流奔腾着向我涌来，让我感动，引我深思。

在上海峻青的寓所，我向这位名闻遐迩的散文大家也是小说家请教小说与散文有什么不同，他沉思片刻后说，小说是写故事，散文主要是表达感情。结合我写作的实践，我觉得他说出了散文写作的真谛。

细读宋华的文章篇篇都是符合峻青先生所主张的情真意切的美文，作者出生在美丽的滨海小城牟平，在此读书，外出当兵，再回到这里工作和生活，她同这片土地血肉相连，她对这里一往情深，她深爱着这里的父老乡亲，她深爱着这里的青山绿水，父母、爱人、战友、朋友、乡邻的冷暖都记挂在心，春风秋雨也会触发她的情思。于是，她满含深情地写心情、亲情、爱情、友情、乡情。

从题材上看，本书没有特别之处，但在写作上却极具不同，意境幽远、文笔轻灵、文心清静、文思细腻，让人对这位涉足文坛的文学新人不得不刮目相看。

令人神往的意境。传统的中国散文是讲求意境的。意境是指生活图景与思想感情的融合体，意境又是情、理、形、神在艺术形象中的和谐。意境具有情景交融的表现、虚实相生的结构特征和韵味无穷的审美特征。散文的意境是作者的主观思想感情和所描绘的客观物境、生活图景相交融而熔铸在作品中的能够把读者引入充分想象空间的艺术境界，本书中的诸多篇章都为我们呈现了这般的意境。在《炊烟起，我在门口等你》中有这样的一段描写：“等到那春日的中午，天空就像蔚蓝色的大海，一碧千里。门前田地里都是金灿灿的菜花，黄得像金子一样，它们发出一种冲人鼻孔的香气，花香不像花香，酒香不像酒香，随着暖风在田野上飘荡。那只被唤作毛毛的金毛犬趴在我的脚旁，懒洋洋地晒太阳，它眯着眼睛，四肢舒服地摊开着，眯缝着眼睛和我一起在等你。”春日、黄花、毛毛狗，组成了一幅多么美妙的充满爱意的图画。在作者笔下雨后的菜园是这样的一番景象：“远处菜园的小白菜也总是因为雨而变得水汪汪的，娇嫩可看。茄子架上沉甸甸的茄子也变得油光可鉴、紫气饱满。无花果已经圆实丰满招人喜爱，宛如只只肥胖的小手，樱桃小嘴儿流出蜜汁。”作者凭着细腻、敏锐的感受力，阔大广远的想象力和浓烈的情感为读者创造了一个又一个令人神往的意境。

温暖的情怀。散文作者的出身、经历、学历、阅历、性情各不相同，面对同样的事情会有不同的感受、理解和发现，就是说会有不同的情怀。本书作者是当过兵的人，但更是一个女人，她对世间一切都充满了温情，她爱父母、爱丈夫、爱战友、爱朋友，爱邻居，甚至对一只小狗、一花一木都关爱有加，她写自己曾经当过兵的经历，写父母的爱情和对自己的疼爱，写邻居老费一年四季对大家的帮助，特别是“冬天来了，当漫天飞舞的大雪来临的时候，总能看见老费挥舞着他的大扫把，无论是清晨还是黄昏，他都一遍遍地清扫着整个胡同，有时候看见雪还在下，我们就劝他等雪停了再扫，他总是说怕年迈的邻居滑倒，怕上学放学的孩子摔跤。每每我们下班回家都看到清扫过的胡同干干净净，心里总是洋溢着幸福，感叹有这么一个邻居真好”。就是能够关照老人的小狗莎莎也被她纳入笔端：“我们经常看见王大爷拿着马扎在前面走着，而莎莎慢悠悠跟在后面的情景。遇到了车啊什么的，莎莎总是一改慢吞吞的步伐快速跑到王大爷身边。这时，王大爷也总会笑眯眯地对莎莎说没事，没事。这一老一少是我们小区一道亮丽的风景线。每次我们见了王大爷都要顺便问一声莎莎好，莎莎也总是羞涩地垂下眼角，引得我们哈哈大笑。”作者总是感恩于身边的人和物，对他们满含爱意，正是因为作者的大爱所凝结而成的温暖情怀才成就了书中的这些美文。

清静淡泊的心态。处事宁静方能致远，为文唯其有清静淡泊的心态，不是急功近利，不是沽名钓誉，也才能真正写出纯真清香的文章。本书作者的写作只是追求生活的充实，只是为过往的生活留下一点印记，并无他图。她的这种心态在书中有许多直接的描写。在《爱护自己，珍惜生命》中，她写道："世间之事，一念而已，心中若有事事重，心中若无事事轻。淡定之人不负赘，豁达之人不受伤。人心是容器，时常刷新，时常清空，才能面朝阳光，轻装而行。花开一季，人活一世，想开了自然微笑，看透了肯定放下。放下了贪念、看淡了得失，才能品尝幸福。一切皆为过往，快乐才是人生。我要做一个安静的女人，寻常的日子里，翻开一本书，在别人的故事里感动着自己。朝看晨曦，暮浴夕阳，春来赏花，秋望水长。日子就这样简洁明朗，日复一日，年复一年地如水流淌。"在《中年，我想做一个女人》中表述得更加动情："我要做一个温柔的女人，不再抱怨，只静静地细数着光阴，与文字结缘，放飞内心的思绪。要温柔善良，有丰富的内涵，阅历的沉淀，烟雨红尘，守住一颗宁静的心，时光越老，心越坦然，再也不去理会功名利禄的诱惑，再也不去计较那些所谓的飞短流长。我要做一个精心的女人，不管世事多纷乱，都与我无关。我要抛却一切杂念，于凡尘中静守一份安宁，小酌浅唱，把盏言欢，让幸福快乐永驻心间。不惊不扰，不骄不躁，给自己一个笑脸，平凡而简单。用自己的色彩，怒放生命中最璀璨的绚烂。生活不求深刻，只求简单。我还要做一个平淡的女人。从今天起，让自己平淡地活着，做个最真实最快乐的自己。明白这个世界，只有回不去的，没有什么过不去的。好好对待陪在我身边的那些人，因为爱情友情都是一辈子的事情。用心做人，用爱待事。这是我对女人的理解也是我对女人的感悟。我将用我自己的理解做自己认可的女人。"读着这些文字，我们的心也放松下来，平静下来，旷达起来。正是因为作者的清静之心，才能让她的文章如此清新淡远啊。

轻灵的语言。读文中的那些句子，仿佛看蓝天中行走的白云，仿佛听深山中布谷的啼鸣，仿佛闻山涧里潺潺的流水，是那么自由、舒展、轻松和空灵。让我们看看这几段文字吧："清晨的一切都笼罩在柔和的晨光中，天空是洁净的，当欢快的鸽群滑过之后，瞬间就凝固了蔚蓝。门口的柳树低垂着头，柔顺地接受着晨光的淋浴；院子里那么淡淡的清清的雾气，那么润润的湿湿的泥土气味，不住地钻进我的鼻子。鸟语是稠密的，叽叽喳喳那是一串一串的喜悦弥漫于自然的声音，风是细细碎碎的，娓娓道来的故事也是碎碎的，这个季节注定是属于你的。”“这时的雨丝通常会不紧不缓地飘落着，疏密有致。那淅淅沥沥的雨丝，顺着竹叶清晰的脉络，缓缓地滴落尘埃，浸润心灵。那些时光走过留下的静好，在雨水的浣洗下，如窗外青藤的垂萝，旺盛成一片葱茏。”“这激情的雨，透彻，爽快，像钢琴曲的急行的快键，霎时驱走我所有的压抑和不快。我掏出手机，静静地拍摄这雨景，竟然发现比肉眼所看到的鲜艳多了，水灵多了。心情豁然开朗。”这样流畅飘逸的文字书中随处可见。

当我看着这些文字的时候，我的脑海中总有一种萦绕不去的意境：那就是作者笔下沁水河公园里的那池荷花：“雨中的荷花比平时更显得娇嫩，在层层的荷叶中间，荷花一株株挺立在那儿。它们姿态各异，有的荷花花瓣全都展开了，露出了金黄色的花蕊和嫩黄色的莲蓬，它们好像在仰头微笑，散发出阵阵芳香。有的还是花骨朵，含苞欲放，看起来饱胀得马上要破裂似的；微风吹来，荷花和荷叶左右摇来摇去，像一位位仙女在水面上翩翩起舞。此时只要你仔细地闻它，便能闻到它那独特的清新淡雅的幽香。”是啊，这满池亭亭玉立的灼灼荷花，不正是这本散文集的生动写照吗？！文品如此，人品亦如此。

文学创作是要不断实践的，但天赋也很重要，本书作者从小爱好文学，上学时作文写得也不错，但她还从没有想到发表自己的作品，她刚在文坛试水就取得这样的成绩，让人由衷地高兴，也证明了她在文学创作上有着极高的天赋，只要沿着这条道路坚定地走下去，一定会取得令人瞩目的成绩。

作者告诉我，能出这本书是因病致休后，在朋友们的鼓励下完成的，她的朋友们也都每人写了一本，要结为丛书出版。在人心浮躁的年代还有这样一批痴心文学的人，让我敬佩，祝愿他们早日成功。

2015.9.11

散文创作的原点——情怀

在经历了同样的事和见过了同样的人后，有的人能写出优美的散文，有的人却是面对键盘，一片茫然，一个字也敲不出来。关键是能敲键成文的人有情怀，而写不出文章的人缺的是情怀。

这个观点是我从省作协主席（现为中国作协副主席）张炜那里学来的，有一次，我们在一起交谈散文的写作，他拿起茶几上的一个青花瓷的盘子说，如果你对这个盘子有了情怀就可以写出一篇散文，如果没有情怀，它就是一只盘子。当时我没有全面的理解，只是记住了这句话，可在经过了我多年的写作实践后，我觉得他讲得其实是散文写作的一个要害问题，是散文写作的原点，也是起点。

何为情怀？《辞海》的解释是心情、心境。这是一般意义上讲的。在散文中的情怀，应该是在情感与思想的合力下形成的感悟。一个有心写作的人面对感兴趣的人或事总会有所感动，有所思考，在感情和思想的合力下就会产生一种情怀，这种情怀应是具体的，它也可以被认为是一种灵感，是一篇文章切入的一个角度。

通常，人们总讲散文是感受和形象地表达自己的感受。峻青讲，“小说是写人物和故事，散文主要是表达感情和思想”。林非讲，“散文创作是一种侧重于表达内心体验和抒发内心情感的文学样式，它对于客观的社会生活或自然图景的再现也往往反射或融合于对主观感情的表现之中，它主要是以内心深处迸发出来的真情实感打动读者。”

这些说法都是至理名言，但是要真正地写出好散文还必须把感受、情感凝练、升华为情怀。

这样讲，也许稍嫌抽象了点，让我以自己写作的一个例子来说明。

这些年，我因住在莱山区，所以对莱山的了解和感情就多了些，先后写了《凤凰阁记》《岱王山记》《莱山赋》《我爱你，莱山，莱山》《莱山秋暖》《谛听山与海的交响》《铺拉谷的欢笑》七篇散文。现在就以《铺拉谷的欢笑》为例说一说情怀的问题。

2013年我受区委所托，请梁衡到莱山来讲课，中间和区领导陪他去铺拉谷参观。谷底河水潺潺，似白绸飘飘，山间葡萄树绿，成排成行，一望无垠，很是让人兴奋。此后想写篇文章，苦思冥想就是无处下笔。事情几乎过去了一年，我仍没有放下为此写篇散文的念头。2014年夏季，我又冒雨访问了这里，在种满葡萄的山坡上，循着轻柔的雨丝传来一阵朗朗的笑声，这引起了我的注意。我走过去同他们交谈，原来他们就是这个村的农民，过去因为这里都是山冈薄地，收成很少。现在他们把土地流转给企业，企业给他们稳定的报酬，他们还可以到企业做工，再挣一份工资，生活比过去有了极大地提高，所以心情特别畅快。我突然觉得这笑声是值得写的，这笑声不正是土地流转成功，保证农村持续发展的笑声，是因地制宜，尊重自然，和谐发展的笑声，是农民摆脱贫穷，过上好日子的笑声嘛。于是，就有了《铺拉谷的欢笑》的题目，这是灵感，是写文章的角度，更是我为农民日子的改善而欢笑的情怀。后来，这篇文章很快被《人民日报》副刊采用。

试想，如果不是有了这样一个情怀，而只是客观地描绘如诗如画的铺拉谷美景和自己的美好的心境，是不会被《人民日报》采用的。

我在自己的写作实践中也常常遇到这个问题，有时候外出采风，看了一些新鲜的东西，非常感动，但为什么写不出来，问题就在于没有产生情怀，找不到满意的角度，头脑中没有灵光一闪的东西，没有灵感。

我的家乡莱州是一座历史文化名城，清代时是道、府、县三级政府所在地，整个的胶东半岛都在它的管辖之下。当时城里的主要街道上矗立着七十多座牌坊，这些牌坊造型优美，内涵丰富，我是从小看着它们长大的，如果这些牌坊还存在的话，平遥古城根本无法与之相比，可是这些牌坊在“大跃进”年代和“文革”时期先后被砸掉了。每当想到这件事，我的心中就有一种难以言表的痛苦感，我一直想把这种感受写出来，但始终找不到一个合适的角度。有一次翻看莱州的老照片，猛然觉得，那一座座牌坊延绵而去，多么像一条长长的胡同，有了这个切入点，我一下子兴奋起来，从此切入文章，既写出了牌坊的美丽的历史，也写出了对“文化大革命，大革文化的命”的深刻反思。文章在《文艺报》发表，文学评论家何志钧先生看后专门撰写了评论。莱州市委书记李明看到这篇文章后引起了共鸣，专门邀请我到莱州市委中心理论学习组辅导讲述莱州的优秀历史文化。

2010年夏季去了趟台湾，八天之中，绕岛一周，颠颠簸簸数千里，什么阿里山、日月潭新鲜感受不少，一般地写写可以，要想写出点新意，但又感觉无处下笔，在反复琢磨中，我想到了嚼槟榔的事情，这种果子我过去从来没有吃过，这次初尝，吃下嘴去，先是苦涩难当，慢慢地就有了甜味，我又想到槟榔的形状正如同台湾的地形图，我忽然就有了灵感，找到了角度。文章的题目就叫《我在台湾嚼槟榔》。

可是，一篇文章的情怀从何而来，前面讲过，它是在情感和思想的共同作用下产生的。为此，从宏观上讲，作者必须有健康的充沛的感情，有敏锐的文学敏感，必须有较高的思想水平、理论水平和认识水平。所以说，文如其人，情怀是作者的综合能力的体现。从根本上讲，就要提高作者思想、情感两方面的基本功。具体到一篇文章，需要作者对选中的题材，反复观察、体验、感受，以产生健康热烈的情感。需要深入地思考、琢磨、探讨，发现它自身所具有的思想内涵，以不断地开拓、升华自己的情怀，写出好的散文。

梁衡先生就讲过，他写《觅渡》时，就曾三次造访瞿秋白故居，他头两次去，瞿秋白的事迹和伟大的人格，让他异常感动，他觉得瞿秋白在中国革命中的地位和作用，在党史中还没有得到恰如其分地肯定，他为此很觉不平不安，他一直想用自己的笔再现瞿秋白的革命功绩。可是，他总是没有产生灵感，没有找到角度，也就是说没找到能够表达自己思想和情感的情怀。于是，他又第三次重返瞿秋白故居。当他得知秋白故居前的小桥叫“觅渡桥”，小学叫“觅渡小学”时，他灵光一闪，实现了艺术升华，找到了《觅渡》的艺术角度和切入点，也就是有了恰当的情怀。

后来，这篇文章引起了读者的广泛共鸣，并被选入了大学教材。由此可见，一种情怀的产生不是一蹴而就的。

我们再举一个例子，去年11期的《散文选刊》登了大作家梁晓声的一篇散文《父亲的荣与辱》，看了让人落泪，更引起读者的思索并带来极大的震撼。这也是一篇写亲情的文章，这是散文的大宗货，如果，他如众多作者一样泛泛地去怀念自己的父亲，就会了无新意。而作者面对素材，产生了父亲的荣与辱的情怀，并以此为切入点组成了整篇文章。梁晓声的父亲是中国的第一代建筑工人，他父亲非常自豪，忘我工作，得了很多奖状，不占公家一点便宜，连一点抹窗台的白水泥也不肯往家带，以至全家人都有意见。可是当他老了后，领很低的工资，报销药费也很少，日子过得很艰难。由于作家有着独特的情怀和视角，既写出了父亲的可敬可赞，也写出了父亲的老年悲凉。正是他的荣与辱的情怀让人难忘和震撼。

从现状看，就一般意义上讲，好的散文的题目和作者的情怀往往是一致的。一些文章大家在这方面的成功经验，更是值得借鉴。例如，余秋雨写谢晋的《门孔》就很值得学习。谢晋事业是成功的，但他的家庭却有许多的痛苦，他有一个孩子是智力残障，每当谢晋外出的时候这个孩子就会趴在猫眼上看着父亲走远，然后又会长时间地趴在猫眼上向外张望，等待父亲回来，天长日久，孩子的眼毛都磨没有了。余秋雨选取了猫眼这个角度来表现谢晋生活的艰辛和对事业的忠诚与执着，看后催人泪下，这个猫眼的角度确实是选得好的。

还有铁扬的《母亲的大碗》、穆涛的《汉代告诫我们的》等，举不胜举，无不如此。

一篇散文是泛泛之作，还是能成为有点意思的东西，很大程度上取决于是否有独到的情怀、角度和灵感。

有不少的散文研究者，把情怀归纳为几大类，如：家国情怀、家园情怀、神性情怀、世俗情怀、宗教情怀、文化情怀、人间情怀、士大夫情怀等等，不一而足，而我这里讲的是特定的一篇文章里的情怀，与类分的情怀在内涵上有所不同。

现在的情况是不少散文写作者，特别是初学写作者，往往只注意场景的描写、感受的抒发，而缺少散文写作应有的情怀。有些有了一定写作经验的人也没有悟出散文写作必须要有情怀，因而他们的文章虽然看去文辞华美，结构有序，但因为缺少情怀就使文章缺乏深度，缺乏打动读者的力量。这样的文章也很难被大的报刊采用，很难走出烟台。

努力地凝练、升华和开拓每一篇散文的情怀，是散文创作的原点和出发点，应该好好体悟和运用。

2016.1.11

载于《烟台散文》2016年春季卷

散文审美的三个层次

散文是重要的文学种类，它必然具有审美价值。可是怎样评判一篇文章的美学价值，应该是“白菜萝卜各有所好”。很难有个统一的标准，而且时代不同审美观念也不同。如果不走极端、不讲特殊，大致可以分为三个层次，即形、情、意。形是指形象，情是指情感，意是指思想。

先说第一个层次，形象。这是对散文的基本要求，散文的要义是感受和形象地表达自己的感受，没有了形象，也就没有了散文。只有有了形象才能使文章有意象、有意境，才会使读者可见可知可感，只有有形象才能表达作者的感情。因此，看一篇散文好不好，首先要看散文有没有形象。这一点是为每个作者所熟知的，也是极力追求的。

沈从文先生的《市集》散文中，开头的几段是这样写的：

廉纤的毛毛细雨，在天气还没有大变以前欲雪未能的时节，还是霏霏微微一阵阵落将下来。一个小小乡场，位置在又高又大又陡斜的山脚下，前面濒着躲躲儿的河，为着如烟如雾雨丝，织成的帘幕一起把它蒙罩着了。

照例的三八市集，还是照例的好多乡下人，小田主、买鸡到城里出卖的小贩子，花幞头大耳环丰姿隽爽的苗姑娘，以及一些穿灰色号褂子口上说是来察场弹压的讨人烦腻的副爷们，与穿高筒子老牛皮靴的团总，各从附近的乡村来做买卖。他们半路上由草鞋底带来了无数黄泥浆到集市上来，又从场上大坪坝内带了不少的灰色浊泥归去。去去来来，人也数不清多少。但也似乎并无一个做傻事的人去试数过一次。

倘若你由另一处远远的听着，那种喧嚣的起伏，你会疑心是滩水流动的声音了。

正是这些具体的形象，让我们看到了大山半腰的、小河边的、蒙蒙雨雾中的集市，看到了赶集的形形色色的人，也听到了吵吵嚷嚷的声音。感受到了那个湘西山乡集市的可爱，这种不但能让我们看到了热闹的生动的集市，而且能让我们感受到了那种氛围。

这其中：

廉纤的毛毛细雨，在天气还没有大变以前欲雪未能的时节，还是霏霏微微一阵阵落将下来。

如烟如雾雨丝，织成的帘幕一起把它蒙罩着了。

花幞头大耳环丰姿隽爽的苗姑娘。

穿高筒子老牛皮靴的团总。

他们半路上由草鞋底带来了无数黄泥浆到集市上来，又从场上大坪坝内带了不少的灰色浊泥归去。

这就是一个个具体的意象和形象了，而这一个个细节又构成了让人神往的意境。

由此可知，形象写得好坏，决定着散文美学价值的高低，这是鉴别散文优劣的第一个层次。

第二个审美层次，感情。2012 年夏天，我在上海造访了峻青先生。峻青先生是海阳人，是一位非常出名的作家，有小说代表作《黎明的河边》，他的散文也写得非常出色，像《秋色赋》《雄关赋》等，都脍炙人口。去年，他正是九秩大寿，身体有病，但精神很好。我们谈了很长时间，他家的客厅里挂了文怀沙送他的一个条幅，上面写了三个字，正、清、和。就着三个字，他满怀深情地讲述了和文怀沙的交情，还抑扬顿挫给我背诵了几首他写的诗，当时我就想没有这样真挚的情感是写不出那么优美的散文的。天近中午时，我恋恋不舍地告辞，他送我出来，在楼梯口上，我终于问出了我一上午一直想问的一个问题，我说，“孙老，您写小说也写散文，您说说两者主要区别是什么”？他想也没想，脱口说道：“小说是写人物和故事，散文主要是表达感情和思想。”

这就是一个散文大家，他的体会充分说明感情在散文写作中的重要地位。因此，看一篇散文写得有没有感情就成为散文审美的第二个层次。我们这里不是说的泛泛的情感，而是作者的真情实感，是能够真诚打动读者，引起共鸣的情感。我们看过的莫言的《卖白菜》、梁晓声的《父亲的荣与辱》等，哪一篇不是发自作者的内心，又能深深地打动读者的心啊，那都是发自肺腑的泣血之作啊。

莫言的《卖白菜》肯定有不少人看过这篇文章，事情很简单，年关到了，母亲为了过年用钱，要把仅有的三棵白菜卖掉，作者当时只有十二岁，他也想留着这几棵亲手种植的白菜过年，可母亲坚持要卖，作者只好勉强服从，中间感情一波三折，表达了贫穷给人带来的痛苦和辛酸。由于作者表达的是真情实感又是写我，让读者读后也为之心酸。

读孙犁的作品初读感觉到一般，但总还想再去读它，几遍读下来，我终于明白了一个道理，孙犁的文章是用心写的，是反映作者内心的爱憎，他把对人物的爱憎写出来，所以你对书中的人物有了感觉，就有了爱憎，你就愿意再去读它。在读了孙犁的作品后，我曾写下这样一段读书笔记：写散文要反映自己内心真实的感受，自己对人物、事物的爱憎。在动笔之前，首先要把自己的感情线理理清楚，爱什么，不满意什么，搞明白，然后真实地写出来，又不累又真实，没有真感情，总是在编，就会又累又不感人。

结合我的写作实践和读书心得，我认为，散文的本质可以简单地理解为：“表达情感”和“写我的感受”。它的最好表现是“独特感受，引起共鸣”。

从当前的情况看，在散文作者的情感表达方面有几种状况是必须克服的：

虚假的情感。诸如，少年不知愁滋味，不知愁时强说愁。矫情、小资、掩饰，顾左右而言他。现在报刊上发表的文章越来越有深度、有内涵。但也有的文章平庸、矫情，缺少对人的命运的深切关怀。

公众的情感。面对某事某物，表达的是人人都容易产生的情感，而非作者自己的独特的体验和感受，往往会流于一般和平庸。

概念的情感。诸如，伟大啊、美丽啊、高尚啊等口号，所表达的感情不细腻、不具体。

总之，只有表达“真实的情感”才是散文的本质意义，只要这样做了，就达到了散文写作的第二个审美层次。

散文审美的第三个层次是意，即思想。

读当代散文名家的一些作品，如余秋雨、余冠中、李存葆、张炜、梁衡、耿立、南帆、祝勇、史铁生、熊召政、王宗仁、朱增泉、王充闾等人的作品，总能让你掩卷而思，总能留住思想的匆匆脚步，像黏糕粘住了你的手，一下拿不掉。

这一代人的作品，同新中国成立初期的那些名家却有了很大的不同，他们多了思考和追问，总注意向自己的内心开掘，他们开始有了粗壮的灵魂、强健的精神和独立的思想，因而使文章更有了意蕴。

意蕴这个词过去也见过，但没有引起注意，有一次在和中国散文学会副会长石英谈论散文写作时，他提出了这个概念，我觉得有些意思，他的想法是文章除了那个意境，很重要的是还要有耐人寻味的思想，就是那个“蕴”，就是那个让人琢磨的“味”。

翻检了手头近十几年的散文年选和期刊，这样有意蕴的好文章，举不胜举。《最后的野象谷》《奥斯威辛的风》《每个生命都有自己的光芒》《千里走黄河》《书生的骨头》《托养所手记》《孩子和哲人》《呼伦贝尔记忆》等等，无论是写现实还是写历史都有着深刻的生命体验和独到的见识，当然也有着充沛的感情。只要读到这样的作品总会让人荡气回肠，总是能提升人的精气神。一个好的作家就应该是一个思想家。《散文选刊》《散文海外版》《新华文摘》上常有这类文章出现。这也是我喜欢的几份杂志。

我创办并主编着《烟台散文》杂志，到现在已经第九个年头，出版了三十一期，2013 年被评为全国优秀期刊，红孩、石英等散文大家评价：我们这份刊物，放到全国所有的散文期刊，包括正式期刊来比较也是上流的。

我大致梳理了一下，刊物的文章有这样几种主要题材：一是亲情世相的散文；二是天地自然、山川风物的散文；三是历史文化散文；四是对当下事物的所感所悟；五是心灵的体悟和品味；等等。所有这些题材的文章，大都是发自作者内心，有真情实感的美文。读后总是或给人以美的享受，或引起人对丑恶的痛恨，总能引起读者的共鸣。但仔细分析一下这几种题材，虽然不乏独特的感受，文字也很美，但缺乏深刻的思想，缺乏意“蕴”，和那个耐琢磨的“味”。它们是赏心悦目的浅吟低唱，而不是振聋发聩的洪钟大吕，是充满诗意的潺潺流水，而不是气吞万里的滔滔江河。

我认为，“文以载道”，作为文学体裁的散文，也应该像其他文学样式一样，在弘扬时代的主旋律、弘扬正气、弘扬真善美方面有所担当、有所突破、有所发展、有所收获。作为散文作者也应该有一种历史的责任感，满含深情地热爱自己的国家和人民，事事处处关心自己的国家和人民。心为国所系，情为民所用，应该是当代散文作家所具有的情怀。那种认为散文只能是小题材，只能是风花雪月，只能是小情调的想法，是一种偏颇。

放眼全国，关注天下、关注苍生、关注当下的散文受到了越来越多人重视，并且正在成为一股主流。近年来有许多作家的作品给我留下了深刻的印象。如，贾平凹的《定西笔记》，用散文的形式真实地记录了甘肃贫困地区的生活现状，可以加深人们对现代中国的全面了解和思索。张炜的《芳心似火》中写了许多的历史事实，但观照的是现代的社会现实，给人以深刻启迪。李存葆的《渐行渐远的滋味》看如闲笔，却有力地触及了严峻的环保问题。云杉的《文化的非洲》，作者在行走中感受异域文化，同时在满怀自觉地与中华文化进行对照中，更为深刻更为自信地认识中华文化和中国问题。这些文章如宏大的钟声震响在耳畔，如巨大的铁柱猛烈地撞击着心房的大门，使人警醒，使人奋发。

当下的散文写作，不少是琐事小景，缺少一种应有的“难度”，散文文本越来越精美精致，精神性却越发地空洞和苍白。对我们所处的这个时代现实的“看见”，或者说对于现实的“关注”是一种能力，也是一种勇气。散文作品当然不会全部书写当下的现实，但是一个作品不管写下了什么，倘若缺少当下现实这样的一种底色，则是一个不可弥补的缺憾。一种无根的状态，是无法寄望成长的。缺少问题意识，对当下现实缺少一个整体的把握，没有能力将其放到更为漫长的时间中来考量，甚至，对眼前的问题看不到，或者视而不见，一味沉浸在赞美与抒情之中，这是一个问题。那些碎片式的感受和体验，那些看不到现实复杂性的文字，它们终将被时光的河流冲散得更加支离破碎，以至于无迹可寻。如何思考这个时代，如何分辨这个时代的世相，并且做出自己的理性判断和艺术表达，写出这个时代的复杂性，这是一个作家能走多远的重要参照。如果缺少思想内涵，任你的作品形式再新颖、技巧再娴熟、语言再华丽，也无法触及读者的内心深处。因此“意”即思想，才是散文写作和审美的第三个层次，也是最高层次。只有达到了第三个审美层次的散文才是真正的好散文。

这就需要大家不断提高作品的思想内涵和格调品位，高扬精神旗帜，弘扬人文情怀，歌颂真善美，批判假恶丑，用理想照亮现实、用思想启蒙大众。大家在进行文学创作时，应该努力跳出自己的生活小圈子，杜绝经验写作，把对时代精神的把握、现实生活的体验和文学的探索有机统一起来，无论是反映时代变革、题材重大的鸿篇巨制，还是书写个人命运情怀的精巧之作，都放在时代的大背景下，用心描写时代的变化、社会的发展，真实反映人民群众的生活和情感。这样的作品才能经得起时代、历史和人民的检验。

烟台散文的发展、希望和未来，重在题材的开拓和精神性的提升。烟台散文作者的进步和上升，关键也在题材的开拓和精神性的提升。要创造烟台散文的新气象，必须以应有的历史责任感在题材上大胆突破和开掘。我们正处在社会的变革期和社会的转型期，人是浮躁的，人也是丰富的，社会是多变的也是深刻的，发掘内心的宝藏，表现人性的复杂，崇仰真善美，挞伐假恶丑是我们的责任。我们身边的生活是丰富的、多样的，我们所表现的也不过是大海中的一滴水，是大树上的一片叶子，对于现代人的千种生活方式、万种心态，我们所表现的真是不及千万分之一。沉到生活中，沉到百姓中体察体悟，就会写出具有三个审美层次的好文章。

2016.1.15

载于《烟台散文》2016 年夏季卷

用思想情感再造环境

——简谈如何创造散文的意境

在中国，评判一篇散文写得好坏，常常要看是否有意境。

何为意境，简单讲，意境是指生活图景与思想感情的融合体；是用作者的思想情感再造的环境，也是众多意象的综合体。说得再理论化一点，即散文的意境是作者的主观思想感情和所描绘的客观物境、生活图景相交融而熔铸在作品中的能够把读者引入充分想象空间的艺术意境。这是传统散文的最高追求，杨朔、刘白羽等一代大家都是这方面的高手。

杨朔的散文是写得很美的，他的文章曾经影响过几代人，虽然当代某些人对他文章的感情等问题提出疑问，但是他文章中的那些意境应该还是非常典型的。

例如在《雪浪花》的文章的开头是这样的：

> 凉秋八月，天气分外清爽。我有时爱坐在海边礁石上，望着潮涨潮落，云起云飞。月亮圆的时候，正涨大潮。瞧那茫茫无边的大海上，滚滚滔滔，一浪高似一浪，撞到礁石上，唰地卷起几丈高的雪浪花，猛力冲激着海边的礁石。那礁石满身都是深沟浅窝，坑坑坎坎的，倒像是块柔软的面团，不知叫谁捏弄成这种怪模怪样。

文章的结尾是这样的：

西天上正铺着一片金光灿烂的晚霞，把老泰山的脸映得红通通的。老人收起磨刀石，放到独轮车上，跟我道了别，推起小车走了几步，又停下，弯腰从路边掐了枝野菊花，插到头上，才又推着车慢慢走了，一直走进火红的霞光里去。他走了，他在海边对几个姑娘讲的话却回到我的心上。我觉得，老泰山恰似一点浪花，跟无数浪花集到一起，形成这个时代的大浪潮，激扬飞溅，早已把旧日的江山变了个样儿，正在勤勤恳恳塑造着人民的江山。

海滩应该是为许多人熟悉的环境：海边的坑坑洼洼礁石，一波一波的海浪不断地撞击着它。可是，当此之时，在杨朔的感受和思考后，就变成开头的那段文字，这段短短的文字通过坐在礁石边看云起云飞、潮涨潮落、卷起几丈高的雪浪花、捏弄成这种怪模怪样等几个具体的意象，就塑造了一个秋凉之际，让人向往的海浪轻揉礁石的意境。

秋天，傍晚的海风应该是很凉的，要掩紧了衣衫。可是，因为，他当时对社会主义浓烈的爱和对老泰山的敬，以及他对当时场景的理解、联想、想象，就塑造出了大海边、晚霞下，“老泰山”头插野菊走进霞光的如诗如画的美丽意境。

弄清了意境是作者用思想感情再创造的环境，是意象的集合，那么又该如何创造意境呢?

第一，作者要感受环境产生感情，观察环境进行思索，利用感悟力、联想力、想象力，运用文字艺术，才能再造出具有情感温度和思想力度的意境。

沈从文先生的《市集》散文中，开头的几段是这样写的：

廉纤的毛毛细雨，在天气还没有大变以前欲雪未能的时节，还是霏霏微微一阵阵落将下来。一个小小乡场，位置在又高又大又陡斜的山脚下，前面濒着躲躲儿的河，为着如烟如雾雨丝，织成的帘幕一起把它蒙罩着了。

照例的三八市集，还是照例的好多乡下人，小田主、买鸡到城里去卖的小贩子，花幞头大耳环丰姿隽爽的苗姑娘，以及一些穿灰色号被褂子口上说是来察场弹压的讨人烦腻的副爷们，与穿高筒子老牛皮靴的团总，各从附近的乡村来做买卖。他们半路上由草鞋底带来了无数黄泥浆到集市上来，又从场上大坪坝内带了不少的灰色浊泥归去。去去来来，人也数不清多少。但也似乎并无一个做傻事的人去试数过一次。

倘若你由另一处远远的听着，那种喧嚣的起伏，你会疑心是滩水流动的声音了。

沈先生的这段描写让我们看到了大山半腰的、小河边的、蒙蒙雨雾中的集市，看到了赶集的形形色色的人，也听到了吵吵嚷嚷的声音。感受到了那个湘西山乡集市的可爱，这种不但能让我们看到了热闹的生动的集市，而且能让我们感受到了那种氛围，这就是意境。

徐志摩在评价沈从文的这篇文章时说了这样一段话：这是多美丽多生动的一幅乡村画。作者的笔真像梦里的一只小艇，在波纹粼粼的梦河里荡着，处处有着落，却又处处不留痕迹。这般作品不是写成的，是想成的。请大家注意，不是“写成”的，是“想成”的这句话其实揭示了一个很重要的写作诀窍。这个“想成”，其实正是作者情感的喷发、思想的闪光和感悟的结晶。你回过来看看，沈从文的哪句话不是带着情感的感受文字啊。

在这方面，我也有一点实践。我非常喜欢西湖这个地方，每有机会就去转一转，有一年夏末，衣服穿得比较少，租了条小船进了西湖，到了三潭印月那个地方突然天降暴雨，船上没有任何遮雨的地方，任凭如注的暴雨，当头浇下，凉风扑来，冻得上下牙咬得嗒嗒作响，想止也止不住，四顾白水茫茫，真是呼天天不应，叫地地不灵，第一次知道了挨冻的滋味。就是这样，我还是为苏堤的景色而倾倒，后来写了《东坡与苏堤》的文章，其中有这样一段：

你看，苏堤从岳王庙起步，潇潇洒洒向南而去，至南屏山落脚，在西湖里形成了出神入化的一抹长痕，轻轻巧巧地把西湖划为两半。堤上，绿树繁茂，随风拂动，如浪似波。红花摇曳，含笑怡情，如锦铺地。更有松鼠拖着长尾，瞪着小眼，在树上爬上爬下，似在载歌载舞迎接游人。无论谁徐步堤上，都不免会忘情地或在跨虹，或在东浦，或在压堤，或在望山，或在锁澜，或在映波小桥上驻足。这时，西湖和西湖里的水欢快地向你奔来，最先到达的一族，撞上护堤石，发出啪啪的声响，仿佛是少女银铃般的笑声。四方的绿向你涌来，启开你的双唇，穿过你的喉咙，溢满你的心胸。放眼东望，西湖之中，小瀛洲、阮墩、湖心亭如三颗明珠，闪闪发光，又如三块翡翠浮于碧波之上。放眼西顾，里西湖中，烟波浩渺，曲院迎风，花港鱼跃，绿树红瓦，风情万种。极目远眺，西部三天竺、中天竺、上天竺、南高峰，环峰翠立，如波奔涌，将浓绿直泼九天；南部南屏山、吴山挽手而立，在西湖南面立起了一道绿色屏风，雷峰居于两山之间，立于西湖之南，刚刚落成的雷峰塔，高居山巅，夕阳披身，通体金黄，高峻而不失秀美，巍峨又兼具圆润，可谓仿古又超越古人；再把眼光移向东部，红瓦如云，高楼如林，一座现代化都市直扑眼底。

大家揣摩一下，这段文字是否可以被认为有意境呢？这是感受的文字，是“想成”的。它既有我对西湖的发自内心的爱，又有我对西湖美的理解，此环境已非大雨如注的彼环境，它已是我用情感和思想“想成”的创造的意境。后来这篇文章在全国副刊评选中得奖。

这种“想成”的过程，实则是进入了审美的创作境地。只有进入这种境地，才会让文章具有文学性。

第二，运用众多的意象塑造出完整的感人的艺术意境。意象是客观物象经过创作主体独特的情感活动而创造出来的一种艺术形象。

如果把意境比作一部机器，那么意象就如同一个个零件，正是由这些零部件组成了完整的机器。

我的体会，要写出意境，首先要选好意象，但在写作时不能是自然主义的描摹，那写在纸上的意象是带着作者的情感、思想、温度、心血的文字，是从心底流淌出来的感觉和感受，是“想成”的。

我们还是来看沈老先生的那篇文章。

这其中有：

廉纤的毛毛细雨，在天气还没有大变以前欲雪未能的时节，还是霏霏微微一阵阵将落下来。

如烟如雾雨丝，织成的帘幕一起把它蒙罩着了。

花幞头大耳环丰姿隽爽的苗姑娘。

穿高筒子老牛皮靴的团总。

他们半路上由草鞋底带来了无数黄泥浆到集市上来，又从场上大坪坝内带了不少的灰色浊泥归去。

这不正是一个个具体的意象吗？可见，意境在某种程度上说是众多意象的组合。在实际写作中，只有捕捉到典型意象，才能构成情景交融的艺术意境，只有让读者看到生动的具象，才会感受到文章的内涵和神韵。

当然，意象的获得也必须是就一个具象的情感和思想的再造，与意境的再造是异曲同工，就不再赘述了。

第三，从意境到意蕴。

意境是传统散文的最高追求，但是文随时代，在散文的审美方面，人们已经从特别强调意境到更加注重意蕴，这个要求就比单纯讲意境进了一步。那么，什么是意蕴呢？说得形象一点，它就是意境中的那个“味”。说得理论化一点，就是艺术意蕴，常常具有多义性、模糊性和朦胧性，体现为一种哲理、诗情或神韵，经常是只可意会，不可言传，需要欣赏者反复领会、细心感悟，用全部心灵去探究和领悟。艺术意蕴的理解，我们可以从以下几个方面来加以认识：一是艺术意蕴从一定意义上来讲，就是艺术作品蕴藏的文化含义和人文精神。二是艺术意蕴就是指艺术作品应当在有限中体现出无限，在偶然中蕴藏着必然。三是艺术作品中的这种深层意蕴，有时具有多义性和模糊性。四是艺术作品中的这种意蕴，并不完全是由艺术形象体现出来的主题思想。

也有人做过这样的解释，意蕴就是文学作品里面渗透出来的理性内涵。比如说作品中渗透的情感，比如说作品中表现出来的一种风骨，表现的人生的某种精义，或者某种主旨，意思差不多。歌德的“意蕴说”把艺术作品分为三个因素：材料、意蕴、形式；意蕴即人在素材中所见到的意义。深刻意蕴与情感不是一回事，虽说有些地方有相通之处，但意蕴重在思想性、认识性，而情感是作者的倾向性，即他赞成什么，反对什么。

探究深刻意蕴就是看文本中选取了哪些不同材料，这些材料背后有无深刻的东西，它一般指向材料背后的时代、社会、文化、传统、观念以及民族心理、时代精神和人文性等深刻的东西

鲁迅与余秋雨文化散文审美意蕴都表现出了哲理的睿智性、文化的批判性、人文的关怀性和思想的超前性，但因他们对中西文化思考的角度和方法不同，所以其文化批判性的深度、广度和内容表现都不尽相同。

让我们来看一段贾平凹前不久写的《条子沟》开篇的一段文字：

镇街往西北走五里地，就是条子沟，沟长三十里，有四个村子，每个村子都是一个姓，多的二十五六家，少的只有三户。

沟口一个石狮子，脑袋是身子的一半，眼睛是脑袋的一半，斑驳得毛发都看不清了，躺在烂草里，天旱时把它立起来，天就下雨。

镇街上的人从来看不起条子沟的人，因为沟里没有水田，也种不成棉花，他们三六九日来赶集，背一篓柴火，或掮一根木头，出卖了，便在镇街的饭馆里吃一碗炒米。那些女人家，用水把头发抹得光亮 ，出沟时在破衣裳上再套一件新衣裳，进沟时又把新衣裳脱了。但条子沟上的坡坡坎坎上都能种几窝豆子，栽几棵苞谷，稀饭里煮的土豆不切，再就是有树，不愁烧柴，盖房子也不用花钱买椽。

你看，这段朴实的文字，用感情和思想为读者创造了一个边远山村的意境，但你会不知不觉地感受到村子的偏远、贫穷、古老的意蕴和作者透露出来的那份对这条山沟的深情。

我同石英请教关于散文的写作，他也强调散文的意蕴，说文章要有滋味，不但有意境，还要有思想，有粘住人的东西。在明白这些道理以后，在我写的《康乾的印记》中，就努力做到这一点。

八月中旬的塞罕坝，已是秋色一片，它呈现出的是一派壮丽的北国风光：高远的天空蓝得浓烈、鲜亮，几丝丝白云若有若无地悬在空中，像是新娘经不住蓝天的诱惑抛上去的婚纱。

蓝天白云下面是连绵不断的高山，山上是高大又浓密的树木，蔚然又深秀，秋风吹过发出阵阵声响，如波涛轰鸣，又如千军万马奔跑，气势磅礴。山与山之间是厚厚的草地，厚实而又富有弹性，地上的草已是绿中有黄，这黄绿相间的草地顺着起伏的土地远去，像是荡起了一波一波的浪，使秋野显得更加辽阔和悠远。有苍鹰慢慢地从蓝天下掠过，又有苍鹰使劲地打开双翅，是不动的动，完全是引而不发的态势，反而呈现了最大的威慑力。黄牛和白羊间或隐没在草原里，使这里更充满了诗意。这恐怕也正是塞外秋意无心的张扬。

山和水总是相连的，山间有水不是太宽，但又是十分湍急，据说是滦河的发源地。还有一处很大的湖泊，水面平静又清澈，蓝天白云倒映在里面像是一幅画。

这段文字写的是秋季坝上的风光，但仔细体味也透着清代康熙在此纵马射箭的历史蕴味。但同大家相比，就差了一截。

用思想和情感写出具有意蕴的意境，具有意蕴的散文是时代进步的要求，散文作者要与时俱进。

2016.1.18

载于《烟台散文》2016 年秋季卷

关于纪实散文的写作

首先向本次大赛中获奖的作者表示祝贺，向支持这次大赛活动的公司表示感谢。

借此机会，我给大家谈一下纪实散文的写作体会。纪实散文就是通过作者自己独特的感受来反映一个人或一个单位的事迹和精神。要有形，即形象，没有形象就不是文学。作者要对被采访对象进行形象感觉、思考、判断，进行审美提升，进入审美思维境地；要有情，即有作者浓烈的感情；要有意，所谓意是意蕴，是立意，是文章所要表达的思想。有形有情有意是纪实散文的基本要求。不能写成通讯，不能是材料的简单堆砌。

去年，我应邀参加了四次全国笔会，文章先后被《人民日报》《天津文学》《时代文学》和《散文百家》发表，引起同行关注。

总结这些写作，我认为要写好这类文章有八个字要注意：即积极参与，强烈感觉。

所谓积极参与：这类活动一般是参加写作的人员多，面对的是同一个题材。要写出与众不同的东西，必须在同样的环境下，比别人多看、多跑、多问、多观察，要盯紧写作的主要目标抓紧接触，主动地贴近采访，只有这样才能发现别人发现不了的东西，生发出自己独有的情怀。随大流、不主动、不动脑，最后是写不出好东西的，应该是不生情怀誓不休。

所谓强烈感觉：散文通常讲就是独特感受，我的体会散文其实是写的作者的感觉。你用眼看，用耳朵听，用鼻子嗅，用手摸，用心悟，都是去感觉。通过自己的各种官能作用，你感觉到场景里的色彩、声音、气味、形状等，从中体味场景的氛围、环境的好坏等；你感觉到人的相貌、性格、言行等，从中悟出人的思想、品行，所具有的意义等。散文作者就是要通过恰如其分的优美的文字把这些感觉表达出来 。读者正是通过作者的那些饱含感情和思想的感觉受到感动，得到启迪。

下面我以《翠绿闪亮的地方》为例，具体谈一下这类文章的写作。

如果不是这次来到江西抚州南丰县，我就不会知道这里是有名的橘都，也不会知道这是一片被绿色橘树覆盖的红土地。

秋分之日，军峰山下，盱河之畔的南丰，清爽宜人。天蓝得透明，温暖的阳光照射在国礼园无边的橘林上。橘子正是将熟未熟之时，阳光照在树上，叶子与果子都闪亮发光，像是抹了一层油，一棵树就是一块绿色的巨大翡翠。放眼望去，国礼园就是一片油汪汪的翡翠的湖泊。这满眼的翠绿与滔滔江水相融，一方大地成了翠绿闪光的地方。

沿着橘园的小路，徜徉在这翠绿闪亮的地方，闻着缕缕果香，只觉得那绿流进心里去，心中似有绿波荡漾。

我们在车上，望见每一座山梁，每一片山坡，甚至每一户人家的房前屋后，都茂盛着一棵棵橘树，据说全县共栽种了七十万亩橘树，年产三十亿斤。这无数的橘树牵手相望，一行行一排排覆盖全县的土地，让人心旷神怡。

我们来到观必上乐园，这其实是一片优质橘林的美称。它背倚高高的军峰山，怀拥车么岭水库。上世纪九十年代初，南丰遭遇一次罕见的冻灾，全县不少橘树都冻死了，而这里因有海拔一千七百多米的军峰山遮挡，橘树得以保留下来。在果农们的精心培育下，这里成为全县最大最好的橘树林。一片片两头尖尖、中间椭圆的绿色的橘叶，无数棵绿色的橘树，密密地遮盖了观必上的每一寸土地。它们依着山坡起伏，沿着河岸奔涌，顺着山涧流淌，一直铺展到县城的那一座座楼房边。这让我想起大海，浪花相连，波涛相逐。站在观必上的山顶上，向远处眺望，那一棵棵橘树就是一朵朵浪花，那漫山遍野的橘树，绿浪翻涌，汪洋无边，不就是一片无比壮阔的橘海吗？

南丰的同志告诉我，你来得不是时候，如果是春天来就好了，那时七十万亩的橘花同时开放，那小小的、黄黄的橘花排开盛大的阵仗，花香充盈全县的每一个角落，无论你是走在街上，还是躺在床上，都会闻到淡淡的甜甜的清香，数日不去。如果再过一个月来也行，那时满山满野的蜜橘都熟了，绿色的海就会变成令人振奋的金色的海洋。再一口一个地品尝金橘，无核无渣，果汁饱满。

我笑着回答他，只要有了这绿树绿山绿水，什么时候来，都是好时节。你看：春日踏青，橘花飘香，沁人心脾；夏日游湖，绿波闪闪，凉风习习；秋日采橘，金果满枝，蜜橘可人；冬日观傩，千年乡傩，古朴神奇。

当地人介绍说，因为家家种橘，有了钱第一件事常常是盖楼。绿树中的一栋栋楼房就是一个村庄。一般农户都盖的是三层楼房，一层做仓库，短期存放收获的蜜橘，等待合适的时机出售。二、三楼住人。我好奇地问一个老乡，每年收入大概有多少？她认真地给我算了一笔账："一亩地三十三棵橘树，一棵年产三百斤，一亩地就是一万斤，按最低价计算，一斤两元，一亩地毛收入就是两万元。我家种了十八亩，一年毛收入就是三十多万元。"我又问她，你在城里有房吗？她自豪地说，当然有了，平时，我和孩子都是住在城里的。我又开玩笑，那你算是富户了。她认真地说，绝不是，我们这里大部分农户都是这样的，我们这里的人几乎没有外出打工的。

她又告诉我，这个县不但没有空壳村，而且村村房新、路宽、环境好、人气旺。全县三十二万人，有二十万人从事与橘子相关的产业。这里还有房前屋后种橘的习惯。一户平均十棵，因品种好，产量高，至少都能增加收入两万元左右。

绿色、富足的南丰为我们展开一幅美丽乡村的图画。那天夜晚，我在南丰的街上走了走，主干道上都亮起了霓虹灯，五颜六色，因有无数的小灯亮在路旁的橘树上，绿又成了主色调。路上车水马龙，却不急不堵；人来人往，都笑语盈盈。这让我想起国礼园里的翠绿和明亮。夜晚的南丰城同白天的国礼园一样，南丰真是一个翠绿闪亮的好地方。

去年九月下旬，江西抚州组织了“纪念曾巩诞辰一千周年全国散文名家抚州、南丰采风活动”，全国有三十一位作家参加了这一活动，我是受邀的一员。在去南丰前对这里一无所知。到了这里才知道，这里是唐宋八大家之一曾巩的故乡，去年正是他诞生一千周年，为此县里举办了这次声势浩大的活动。

南丰属抚州管辖，离抚州很近。抚州即古临川，这里是王安石的故乡。明代戏剧家汤显祖也出生在这里。真是不来不知道，一来才知道这是一片历史底蕴丰厚的土地。这里还是著名的橘都，从唐代开始即成为贡品。主人想把这些都呈现给客人，所以安排得特别紧凑。

按照会议的安排，先是参加了曾巩千年的祭拜仪式，又参观了曾巩纪念馆，加深了对这位文化巨人的了解，平时也没怎么读他的文章，所以没有激起感情的浪花。在参观汤显祖纪念馆的时候，汤显祖的因情生梦、因梦成戏的论述引起了我的极大兴趣。他提出的四香的主张，即不乱财，手香；不淫色，体香；不诳傲，口香；不嫉害，心香。心香的主张更是让我钦佩，这引起了我写作的激情。一篇散文是要靠情节和细节托起来的，我同讲解员谈，同陪同人员谈，都没有什么新发现，后来，我又买了几本书看，终于没有找到灵感，也就是说没有形成情怀，只好作罢。

在国礼园参观，无数的橘树涌入眼帘，正是橘子将熟未熟之时，在太阳的照射下，所有的橘树放射着翠绿油亮的光泽，这一下让我激动起来了，这是一个多么美丽翠绿闪亮的地方啊。一点灵感生发开来，在进一步的采访中了解到，这里是中国有名的橘都，号称南丰蜜橘。这个橘子确实与众不同，大小如铜钱，如山楂，比一般橘子要小些，皮特别薄，没有核 ，一口一个，甜而又香。唐代就是贡品，毛泽东曾把它作为国礼送给斯大林，所以这里称为国礼园。邓小平、习近平都赞不绝口。我积极地行动起来。搜集简介，拍摄照片。不放过能采访的每个人，不放过每个看到的细节。从国礼园出来，继续乘车游览，我有意坐在县里的陪同老余的身边，向他了解全县橘树发展的过程，他告诉我全县有七十万亩橘树，年产三十亿斤橘子，全县有三分之二的人从事与此有关的事情，没有人外出打工。他的话让我很振奋，这不就是习总书记提出的绿水青山就是金山银山的理念的具体体现嘛！我同他加了微信，以便做补充采访。汽车行进中，讲解员小官的一句话引起了我的注意，她说，我们这里的老百姓幸福指数是很高的。下车后，参观过程中，我又专门挤到她的身边，问她这句话的意思，她说，我们这里的农民都承包了土地，种了橘树。一亩能种三十三棵橘树，一棵树产三百斤橘子，一亩地就是一万斤，按两元一斤计算就是两万元。我们家承包了十八亩，一年毛收入三十多万元。现在，几乎家家都盖有三层的小楼房，一层储存橘子，二、三层住人。为了孩子有个好的教育环境，不少人家都在城里买了楼房，让孩子就近读书，我们家就在城里买了房。听着她高兴的叙述，我的心也激动起来。这些情节和细节都写在文章里了，这都是积极参与的结果，倘若我也是随大流走，不动脑、不思考、不积极采访，就不会得到这些情节和细节了，没有了这些文章不就空泛了吗？

一篇文章无非是写什么，用什么写和怎么写。在明确了写什么后，积极参与，搜集材料就成为十分重要的事情了。

其实，当你还不明白要写什么的时候，更是需要积极参与深入采访的时候。过去，我当记者的时候，文章没有形成主题的时候，我是决不停止采访的，现在，我写纪实散文也是没有情怀誓不休的。

散文不同于通讯，他是要通过作者自己独特的感受来反映一个人或一个单位的，重要的是写的是作者对这个人或单位、地方的感觉。是你把自己感觉到的写下来，再把这种感觉传递给读者。因此强烈感觉成为纪实散文写作的重要方式。

怎么感觉？要把我们的各种感官都调动起来。眼、鼻、手、心并用。我通过自己的眼睛看到了国礼园里的一片绿色：“阳光照在树上，叶子与果子都闪亮发光，像是抹了一层油，一棵树就是一块绿色的巨大翡翠。”我心中感觉到“国礼园就是一片油汪汪的翡翠的湖泊。这满眼的翠绿与滔滔江水相融，一方大地成了翠绿闪光的地方”。在军峰山上，我又看到“无数棵绿色的橘树，密密地遮盖了观必上的每一寸土地。它们依着山坡起伏，沿着河岸奔涌，顺着山涧流淌，一直铺展到县城的那一座座楼房边”。这时，让我想起大海，浪花相连，波涛相逐。站在观必上的山顶上，向远处眺望，我感觉到那一棵棵橘树就是一朵朵浪花，那漫山遍野的橘树，绿浪翻涌，汪洋无边，不就是一片无比壮阔的橘海吗？

那天晚上，我在南丰的街上走了走，主干道上都亮起了霓虹灯，五颜六色，因有无数的小灯亮在路旁的橘树上，绿又成了主色调。这让我想起国礼园里的翠绿和明亮。夜晚的南丰城同白天的国礼园一样，不也是一个翠绿闪亮的好地方吗？

我把这些感觉写到了文章里，当读者读到这些句子时，他们的心里也会产生同样的感觉，他们不也从中领略到了南丰之美，并感觉到了绿水青山就是金山银山的真谛吗？

好的文章写的就应该是一种感觉，传递出去的也是一种感觉。所以强烈感觉是纪实散文写作的重要手段。

你采访得到的材料都是零乱的，怎样把材料组织到一起，如果把这些零乱的东西放到一个个场景中，再按照环境变化，不就是古代就有的“移形换步法”，不是随着场景的变化就把文章呈现出来了吗？

2020.10.10

载于《烟台散文》2020 年冬季卷

关于亲情写作的几点看法

亲情散文是最常见的散文题材，主要是抒写与亲人、同事、战友、朋友等的感情的文章。

我们的《烟台散文》和微刊刊登了大量的这方面的文章，写的是感情真挚、事实感人，富有一定的思想意义。有的作者的文章已达到了很高的水平。但也普遍存在着事实罗列、自然主义的写作，没有审美提升，缺乏提炼和概括；同质化问题也比较突出。

怎样把亲情散文写得更好些，让我结合几篇文章来谈一下认识，供各位文友讨论。

一、要有一种情怀，这种情怀应该是一个角度。现在让我们来看《父亲的荣与辱》，这是著名作家梁晓声的一篇作品。他写的是自己的父亲。他的父亲是新中国的第一代工人。这一代工人有着对社会主义新中国建设的巨大功劳，也有着工人阶级的自豪和荣耀。当进入改革开放的年代后，这些人又遇到了下岗的尴尬和生活的窘迫。但无论是荣耀也罢，窘迫也好，他们始终保持了工人阶级的高风亮节。作者通过父亲生活的前后境况，所表达的是“不禁生出疼惜不已的敬意”。

《一双三十年没握过的手》是一位不太知名的作者蒋新的作品。兄弟二人曾经在农村，后来，哥哥出去了，弟弟仍然留在农村生活。弟弟在农村艰苦备尝，一双手“粗大且硬的手指肚里，是那层起起伏伏的硬皮”。作者以这双手为主线，串起了他一生所遭受的苦难，让人泪下。作品中的这双手就是文章的角度，也是作者的情怀。倘若不是这样，而是把一件件事罗列起来，就落了俗套，也不会给人留下深刻的印象。我写过《娱亲记》，是在原来的《侍母琐记》的基础上改写的。原来我只是写了怎么孝敬母亲，由于与别人大同小异，并没引起人们的注意。后来，我又从孝敬不但是物质的，更要注重精神的孝敬，从这样一个角度写，就与众不同，后来不但在《散文百家》发表，还获得全国的“漂母杯”奖。

二、要有丰富的细节，文章才会好看。著名的散文家余秋雨曾写过一篇散文《门孔》，他写的是大导演谢晋的创作道路。但让人特别感动、特别难忘的是他与儿子阿三、阿四的感情。而这种感情是通过一个个细节表现的。阿三每天趴在门孔上看父亲回来，眉毛都磨光了。阿四连父亲去世都不明白，但他却深情地把父亲的鞋从一堆白花中捡出来。正是这些细节激出了你的眼泪。

三、要有感觉、感受、感情、感悟、理解和见解，不能像通讯一样只写出事实，最好能有人性的东西，拨动人的心弦。散文是写作者的感觉，你接触人物和事物总会通过自己各种感官产生感觉。作者的责任就是把这种感觉传递给读者。有了感觉就会有感受，就会产生情感。当有了这些感性东西后，你又会经过联想和想象，产生感悟，并会从中理解、发现、提炼、上升到一些理性的东西，甚至达到哲学思考的境地，且会形成自己的一些见解。这才算真正完成了散文的思考之旅。这是实现散文文学性的必由之路。

在《一双三十年没握过的手》中有这样一段话：

我们曾经拥挤在一张木板床上睡觉，一个被窝里打仗，睡觉的时候，不是我把被子裹起来晾他，就是他扯过被子去冻我。这些在睡梦中进行的过去式，常常让父母瞅着我们裸露的脊梁发愁：被子小了，被子少了。

在被子逐渐富余起来的时候，我们也如同一窝羽毛丰满的鸟儿，各奔东西，谋职娶妻生子，为自己的日子奔波忙活。曾经在一个被窝里滚打摸爬的兄弟，留在成年时空隧道里的只有默默地关注，事情的相告、提醒或完成，情感的交流则萎缩干涸，全凭第六感觉去体味去测知。

我不知道中间的电阻是什么，为什么不能持续给力？时间？空间？年龄？面子？还是脑沟里所谓的成熟？成熟太讨厌，成为背叛、忘记、失去过去许多美好日子的罪魁。在失去的路上，为遗忘栽培起来的成熟，都毫无例外地蒙着自以为是的千年尘垢，像一层一层叠加起来的黄土高坡，把过去与曾经压榨成粉尘飘扬。我们还想挤在一张木板床上睡觉，还想同睡一个被窝，但已经做不到了，因为我们成熟了。

试想，如果没有这些感觉、感受、感悟，你会有所触动、有所感动吗？

四、要有一定的思想含义。一篇好的散文都是应该有思想的散文。耿立写了一篇《散文的铁门槛》的文章，一个作家能成为领风气之先的作家，他一定率先看到时代内部可能发生的细微变化。《父亲的荣与辱》是有思想深度的散文，作者抓住了改革开放初年，工人地位和境况的变化，并把它真实地表达出来 ，这样的文章会给你更多的思考和灵魂的拷问。

五、讲求表述策略，特别是结构的安排。现在的通病是材料的罗列、生活的照搬，读起来有明显的雷同感。著名散文家红孩先生写亲情的文章很多，他就特别注意文章的结构布局，讲究表述的策略。他往往会把若干的事情放到一个场景或一件事情中来写，这就使文章结构紧凑，又富于变化，让人有读下去的意愿。

总之，亲情散文是纪实的，但它不是简单的描摹，紧紧依靠生活和现实是文学的基础，经过细心的提炼和概括，超越生活，使自己进入审美的创作状态，才会写出好的文学作品。

2019.8《在烟台市亲情散文写作座谈会上的发言》

散文创作的思维路径

走路要有路径，盖房子要有步骤。像走路、盖房子一样，散文创作也有一个大致的由浅入深、由表及里、由感性到理性的思维过程。翻开层层叠叠的文字，就可以看到这条清晰的路径：感受、理解、发现。

要证明这条路径的正确性，先要回到散文写作的本源。我们知道，散文创作是一种侧重于表达内心体验和抒发内心情感的文学样式，它主要是以内心深处迸发出来的真情实感打动读者。如果把这种文体与小说做个比较："小说是我写，散文是写我。"好的散文就是要写出作者"独特感受，引起共鸣"。感受哪里来，它是作者在对形象的客观事物的接触、参与和观察中得来的。而要作成散文，作者的感情不能是空洞的说教、生硬的说理、干巴的叙述，他的感情必须通过形象的描述表达出来。感受和形象地表达自己的感受，这是散文写作的第一步，也是人们熟悉的一步。古代的游记和"五四"时期及新中国成立初期的游记散文，大部分是"移形换步法"，随着作者地点的变化，把所见所闻形象地表达出来。著名的《晋祠》就是这样写出来的，随着作者脚步的移动，把所见晋祠的主要景物一一写到，一个美轮美奂的晋祠呈现在读者的眼前。现在还有不少作者依然还在运用这种传统的写法，生动逼真地描写着世界风光、神州山水，这些文章依然会给读者以美的享受。但是几乎是所有的高档文学刊物，都不舍得给它们一点点的版面。

因为，时代又把散文的写作向前推进了一步。时下人们的阅读不但需要美的享受，他们同样渴望思想的启迪。思想哪里来，它需要作者对形象的客观世界的深刻理解，看到的东西不能完全算是自己的，只有理解了的东西，才能真正进入作者的精神世界，才能经过作者的过滤、提炼、集中、升华，产生非比寻常的灵感，产生超出常人常规的深刻新颖的思想。而思想才是比形象更进一步的东西，它才能打动更多的人，启迪更多的人，也更容易引起读者的共鸣。由理解使文章达到具有思想的高度，这正是当今散文创作的第二步路径。现在为读者、编者共同认可，并取得成功的大都是这类文章。例如，现在备受关注的贾平凹、张炜、李存葆、朱增泉、祝勇等人的作品，在文章丰富的形象中更蕴藏着对历史、文化、社会、生活诸方面的深刻的理解和发人深思的道理。

走了第一步和第二步，你有了形象和感受，也有了理解和思想，但如果你的感受和形象是大家司空见惯的，你的思想是平庸的或者是为人们普遍熟知的，那么你还是不能得到读者与编者的青睐。只有有了你自己的发现，哪怕是一点点，并有所创新，无论是题材的创新、写法的创新，或者是语言的创新，也是哪怕只有一点点，都会引起各方的惊奇和喜爱，只有走到发现并创新的第三步路径，才有可能写出与时俱进的好散文。例如，最近，一位湖南女作家写杨开慧的散文《板仓绝唱》引起了一片赞赏。为什么，就是她写的杨开慧与以往的杨开慧有了很大的不同，有了新的发现。作者写了毛泽东上井冈山后，杨开慧英勇无畏地坚守，也写了她听到贺子珍的事情后的苦痛，感人至深。如果作者因袭旧的材料、旧的观念，无所发现，无所创新，就绝不会有这个效果。可见散文的写作，没有感受就没有形象，没有理解就没有思想，没有发现就没有创新，只有按照感受、理解、发现的路径前行，并全力地走到第三步，才有可能取得较大的成功。

2014.1.9

载于《烟台散文》2014 年春季卷

散文写作的五要素

我非常赞成梁衡总编关于将散文划分为形、情、意三个层次的观点。我认为一篇散文要真正达到形、情、意兼备，从思维路径上，可依次分为感受、理解、发现三个阶段，因为只有感受才会有形象，只有理解才会有思想，只有发现才会有创新。

从写作步骤上，可以依次分为：感受生活、认识生活、表现生活三个阶段，因为只有好好感受生活才能写出形象，只有认识了生活，才会使文章有思想，只有多角度多手段地表现生活，一篇散文才会达到形、情、意兼备的境界。同时我认为，形、情、意，可以理解为散文的三个要素，再加上语言和结构，形、情、意、言、构，可以看作散文必不可少的五个要素。

2017.7 广州观音山“山水情结研讨会”发言

载于《烟台散文》2014 年冬季卷

望见高峰

我写散文已有很长的历史，单是散文集就已出版三本，发表的文章上自《人民文学》《人民日报》下到地方报刊不下千篇，虽小有成就，忝列中国作协会员、中国散文学会理事，各种奖状也是成十近百。但我总感觉只是在平地上行走，最多算是在探索中曾翻越过一个个山坡，但总是望不到文学的峰顶。

在长期的写作实践中，我逐步形成了一些观念：散文必须有自己的真情实感，无真情实感难有情怀；必须要有自己的独特感受，有感受才会写出形象；必须有对题材的深刻理解，有理解才会有思想观点，才会让文章达到一定的高度。形、情、意成为我写散文的不断努力的三个指向。

我一直坚守和强化着这些观念，并孜孜不倦地向前走着，希望总有一天会在翻过一座高坡又一座高坡之后，攀上神秘而又诱人的峰顶，但是始终没有如愿。从踏入文学的攀登，总想到达迷人的峰顶，但不弃不舍的攀登却总是看不到山尖。

最近，散文在场主义的发起人周闻道来烟台讲学，我们一次次交谈，在一次次思想的碰撞中，终于让我豁然开朗，远远地望见了那座美丽的峰顶。

他说，现在的散文文本浩如大海，一般的感受和情感写出文章，不过是像一块小小的石子投入大海，掀起一朵小小的浪花，很快就消失了。你的感情不能是肤浅的感情，你的认识不能是泛泛而谈，你必须发现别人所未见，你必须看得比别人更深更远更广，发现发现再发现。只有不是滥情不是俗论，你才能写出与众不同的文章，才能像一炮入海激起巨大的浪花，引起反响，这样的几篇文章就把自己带起来了。你也就自然到达了文学的峰顶。

我们探讨了两个例子，一是烟台人王懿荣，他不但是甲骨文的发现者，更重要的是他在抗击八国联军的斗争中表现了高度的爱国主义精神。他是国子监祭酒，是地地道道的文官。在慈禧挟嫌报复，委任他为京师团练大臣的情况下，明知是被封了“一个送死的官”仍勇敢担当，兵败之后全家坦然投井。他说：这段事情反映了深刻的人性，慈禧的险恶，设局陷害；王懿荣的善良、愚忠和担当。结合当时的大背景，大事不虚小事不拘，通过合理想象，写出他们的心理活动、细节等等，可以生动而深刻地写出慈禧恶毒、阴险、狡诈。写出王懿荣的善良、忠义等等，都是人性。一篇好的文章最终是人性的深度，打动人心。这就要求作者要有不同一般的独特深层的感受和发现，不是泛泛之情，发现发现再发现，达到别人没有发现的高度和深度，别人写过的就没有意思了。例如，我的《家在周庄》《暂住中国》《成吉思汗的神鞭》。周涛、周晓枫、史铁生、贾平凹、南帆、塞壬、余秋雨、丁凡、高尔泰、王鼎钧、齐邦媛（巨流河一家人），都是因为有超过别人的发现。高尔泰很重要的是以自己为主线辐射社会，王鼎钧也是这样。这些名家高手用他们的智慧和文章为我们探索出清晰的，感受、理解、发现的攀向散文高峰的路径。

再是在看了烟台东炮台之后，我们探讨了该如何写这篇文章，当年李鸿章三到烟台，在他的努力下，光绪政府投入一百万两白银，引进德国克虏伯大炮，建立东炮台，从此外敌都不敢进犯烟台，绕道别处，因而一炮未发。在当年因为这里有了最先进的大炮，就像现在的核威慑一样，使外敌不敢到此。后来，依照《天津和约》的要求拆除了这些大炮，日本在后来的侵华中长驱直入。李鸿章被逼在此签订《烟台条约》。联系烟台海军学堂、东炮台、李鸿章烟台海关签约等，烟台不是一般的地方，而是清代北方的海防重镇。放开眼光，结合当时清代腐败的大背景，结合现在南海的情况，文章可对历史深入介入，用历史观照当下，反映海洋的尊严就是国家和民族尊严的深刻主题。在写散文时不能拘泥于一时一事，要善于联想，放到大背景、大环境去写。这样才会发现别人没发现的东西，达到一个别人达不到的高度。围绕东炮台，以炮台辐射整个晚清的腐败，结合前后左右、过去现在就会写出好文章。

无限风光在险峰，攀上峰顶非易事，但知道了峰顶在哪里，只要有大胸怀、大格局、大气魄，不歇脚、不停步，我有信心和能力，在爬过若干高坡以后，一定会胜利地抵达峰顶。

我坚定地相信，这一天一定会到来。

2017.11.14

在作者座谈会上的发言

打开散文写作的两把钥匙

既然出了这个题目，就先说说什么是锁？在这个语境里，毫无疑问，锁指的是散文。散文有一个大概念，除了小说、诗歌、戏剧等，记述、抒情、书信、随笔，甚至演讲等都算作散文了。其实我们通常讲的散文是小概念的散文，它是文学散文，至少应该有形、情、意三个要素，即形象性、情感、思想性。

譬如讲，最近《烟台散文》选登了不少《百年先锋》征文，实际上大部分是记叙文。因为文章只是如实地记录了一个人、几件事情。缺乏形象、情感和思想，它只能算是大概念的散文，不是严格意义上的文学散文。

今天主要讲的是打开文学散文的两把钥匙：情怀和感觉。

先说第一把钥匙：散文创作的原点——情怀。

情怀是散文写作的起始点、切入点，在某种意义上讲，也是文章的主题。关于什么是情怀、情怀的产生、情怀的表达等，我在《散文创作的原点——情怀》一文中已做了详细的论述，现在不再赘叙。

再说打开散文写作的第二把钥匙，感觉。一篇成功的散文，好的散文是作者的多感官、多角度、全方位地感觉，写出感觉和传递感觉。这是我在写作中产生的一点体会，但不是我的独创。莫言获得诺贝尔文学奖以后在香港一所大学的演讲中提到过，他说，小说家就应该从自己的感觉出发，写作的时候要把自己的感官全部调动起来，视觉、听觉、嗅觉、触觉、味觉等。要写出声音、气味、画面、温度。像是进入一条充满人气的街道，有声音、有气味、有画面、有温度，让人感觉是身在其中。如果没有这些感觉就是干巴巴的学生腔。这一类的说法，早在几十年前，我在北京读新闻研究生的时候，我的老师王武录也说过这样的话，他是要求在写人物通讯时必须坚持的方法。

散文通常讲就是独特感受，我的体会，散文其实也是写的作者的感觉。你用眼看，用耳朵听，用鼻子嗅，用手摸，用口尝，用心悟，都是去感觉。通过自己的各种官能作用，你感觉到场景里的色彩、声音、气味、形状等，从中体味场景的氛围、环境的好坏等；当然感觉的不单是表面的形象、温度、气味等等最直观直感的东西，很重要的是用心去感觉感受的更深层次的东西，人的性格、秉性、善恶、心性、心理活动，心是人一切活动的根源和动力，感觉人很重要的是感觉他的心，洞察他的心性，写人重要的是写出人心、人性，要写活人就必须写活他的心。当然无论是写人的性格、人性，都不能静止地孤立地去写，要放在事件中、矛盾中、细节中去表达，这样才能活起来。散文作者就是要通过恰如其分的表达方式和优美的文字把这些感觉表达出来 。读者正是通过作者的那些饱含感情和思想的感觉受到感动，得到启迪。

现在，我们以著名作家汪曾祺的文章《金岳霖先生》为例来说明一下，作家是怎样地感觉、写出感觉和传递感觉的。

> 金先生的样子有点怪。他常年戴着一顶呢帽，进教室也不脱下。每一学年开始，给新的一班学生上课，他的第一句话总是："我的眼睛有毛病，不能摘帽子，并不是对你们不尊重，请原谅。"他的眼睛有什么病，我不知道，只知道怕阳光。
>
> 因此他的呢帽的前檐压得比较低，脑袋总是微微地仰着。他后来配了一副眼镜，这副眼镜一只的镜片是白的，一只是黑的。这就更怪了。后来在美国讲学期间把眼睛治好了。好一些了，眼镜也换了，但那微微仰着脑袋的姿态一直还没有改变。他身材相当高大，经常穿一件烟草黄色的鹿皮夹克，天冷了就在里面围一条很长的驼色的羊绒围巾。联大的教授穿衣服是各色各样的。闻一多先生有一阵穿一件式样过时的灰色旧夹袍，是一个亲戚送给他的，领子很高，袖口极窄。联大有一次在龙云的长子、蒋介石的干儿子龙绳武家里开校友会，

龙云的长媳是清华校友，闻先生在会上大骂“蒋介石，王八蛋！混蛋！”那天穿的就是这件高领窄袖的旧夹袍。

朱自清先生有一阵披着一件云南赶马人穿的蓝色毡子的一口钟。除了体育教员，教授里穿夹克的，好像只有金先生一个人。他的眼神即使是到美国治了后也还是不大好，走起路来有点深一脚浅一脚。他就这样穿着黄夹克，微仰着脑袋，深一脚浅一脚地在联大新校舍的一条土路上走着。

金先生教逻辑。逻辑是西南联大规定文学院一年级学生的必修课，班上学生很多，上课在大教室，坐得满满的。在中学里没有听说有逻辑这门学问，大一的学生对这课很有兴趣。金先生上课有时要提问，那么多的学生，他不能都叫得上名字来——联大是没有点名册的，他有时一上课就宣布：

“今天，穿红毛衣的女同学回答问题。”于是所有穿红毛衣的女同学就都有点紧张，又有点兴奋。那时联大女生在蓝阴丹士林旗袍外面套一件红毛衣成了一种风气——穿蓝毛衣、黄毛衣的极少。问题回答得流利清楚，也是件出风头的事。金先生很注意地听着，完了，说：“Yes！请坐！”

学生也可以提出问题，请金先生解答。学生提的问题深浅不一，金先生有问必答，很耐心。有一个华侨同学叫林国达，操广东普通话，最爱提问题，问题大都奇奇怪怪。他大概觉得逻辑这门学问是挺“玄”的，应该提点怪问题。有一次他又站起来提了一个怪问题，金先生想了一想，说：“林国达同学，我问你一个问题：‘Mr. 林国达 is perpendicular to the blackboard（林国达君垂直于黑板），这什么意思？”

林国达傻了。林国达当然无法垂直于黑板，但这句话在逻辑上没有错误。

林国达游泳淹死了。金先生上课，说：“林国达死了，很不幸。”这一堂课，金先生一直没有笑容。

……

金先生是研究哲学的，但是他看了很多小说。从普鲁斯特到福尔摩斯，都看。听说他很爱看平江不肖生的《江湖奇侠传》。有几个联大同学住在金鸡巷，陈蕴珍、王树藏、刘北汜、施载宣（萧荻）。楼上有一间小客厅。沈先生有时拉一个熟人去给少数爱好文学、写写东西的同学讲一点什么。金先生有一次也被拉了去。他讲的题目是《小说和哲学》。题目是沈先生给他出的。大家以为金先生一定会讲出一番道理。不料金先生讲了半天，结论却是：小说和哲学没有关系。有人问：那么《红楼梦》呢？金先生说："《红楼梦》里的哲学不是哲学。"他讲着讲着，忽然停下来："对不起，我这里有个小动物。"他把右手伸进后脖颈，捉出了一个跳蚤，捏在手指里看看，甚为得意。

金先生是个单身汉（联大教授里不少光棍，杨振声先生曾写过一篇游戏文章《释鳏》，在教授间传阅），无儿无女，但是过得自得其乐。他养了一只很大的斗鸡（云南出斗鸡）。这只斗鸡能把脖子伸上来，和金先生一个桌子吃饭。他到处搜罗大梨、大石榴，拿去和别的教授的孩子比赛。比输了，就把梨或石榴送给他的小朋友，他再去买。

金先生朋友很多，除了哲学家的教授外，时常来往的，据我所知，有梁思成、林徽因夫妇，沈从文，张奚若……君子之交淡如水，坐定之后，清茶一杯，闲话片刻而已。金先生对林徽因的谈吐才华，十分欣赏。现在的年轻人多不知道林徽因。她是学建筑的，但是对文学的趣味极高，精于鉴赏，所写的诗和小说如《窗子以外》《九十九度中》风格清新，一时无二。林徽因死后，有一年，金先生在北京饭店请了一次客，老朋友收到通知，都纳闷：老金为什么请客？到了之后，金先生才宣布："今天是徽因的生日。"

金先生晚年深居简出。毛主席曾经对他说："你要接触接触社会。"金先生已经八十岁了，怎么接触社会呢？他就和一个蹬平板三轮车的约好，每天蹬着他到王府井一带转一大圈。

我想象金先生坐在平板三轮上东张西望，那情景一定非常有趣。王府井人挤人，熙熙攘攘，谁也不会知道这位东张西望的老人是一位一肚子学问，为人天真、热爱生活的大哲学家。

阅读了这篇文章，一个博学多才、正直风趣、治学严谨、为人天真、热爱生活的形象出现在我们面前，能够出现在我们面前，是因为作者把他对金先生的感觉传递给我们了。你看作者用眼看到了金先生奇特的外貌。"讲课时戴帽，帽檐压得很低；戴一副一白片一黑片的眼镜；穿一件其他教员很少穿的夹克。"

看到奇特的行为举止。“患眼疾，微仰着头；走起路来深一脚浅一脚；在学生面前抓自己身上跳蚤；养一只大斗鸡，同一桌吃饭；搜罗大梨、大石榴，与小孩比赛。”

作者听到“有时一上课就宣布穿红毛衣的女生回答问题，致使女生们紧张而兴奋；面对学生们提的各种问题，他都回答；开选修课，师生平等对话，上课时与王浩探讨问题，旁若无人”。

更重要的是作者用心，用思想和情感感觉到了金先生的善良，对同事、对学生的真诚的那些细节。林国达死了，他在课堂上表现出悲哀；林徽因死后，别人都忘记她了，可他还记得林徽因的生日。喜欢与孩子相处，做孩子的游戏；老年时，坐在平板三轮上逛王府井大街，以示接触社会，观察生活。

这些可感、可见、可闻的鲜明细节让我们感觉到了金岳霖先生具有特殊的性格、特殊的外貌、特殊的言行，他的性格较为复杂，在学术上聪明过人，但在现实生活中，不谙世故，头脑单纯；他待人真诚、坦荡，但学生觉得他很可笑。他一心只想学问之事，以致对社会人事的感受理解与众不同，于是从内心到外表都特立独行，没有想到要从众从俗，也正是这种孤独精神和单纯心理，才使他静心做学问，成就了他的学问品格。

如果没有了作者的感觉和写出了这些感觉，传递给读者，我们就不会看到如此感人的大哲学家、大学问家的金先生。

那么作者又是怎样感觉的呢？关键是作者的审美意识、审美思维、审美情趣。写作的过程其实就是一个审美的过程。审美是感觉的内核，是感觉的内在动力。

如果没有这些感觉和写出这些感觉，就不会有这些生动的文字。

那么，这些感觉是怎么来的呢？怎么感觉？要把我们的各种感官都调动起来。眼、鼻、手、心并用。我曾举过写曾巩家乡南丰的例子，这里再重复一下，我通过自己的眼睛看到了国礼园里的一片绿色：“阳光照在树上，叶子与果子都闪亮发光，像是抹了一层油，一棵树就是一块绿色的巨大翡翠。”我心中感觉到“国礼园就是一片油汪汪的翡翠的湖泊。这满眼的翠绿与滔滔江水相融，一方大地成了翠绿闪光的地方”。在军峰山上，我又看到“无数棵绿色的橘树，密密地遮盖了观必上的每一寸土地。它们依着山坡起伏，沿着河岸奔涌，顺着山涧流淌，一直铺展到县城的那一座座楼房边”。这时，让我想起大海，浪花相连，波涛相逐。站在观必上的山顶上，向远处眺望，我感觉到那一棵棵橘树就是一朵朵浪花，那漫山遍野的橘树，绿浪翻涌，汪洋无边，不就是一片无比壮阔的橘海吗？

那天晚上，我在南丰的街上走了走，主干道上都亮起了霓虹灯，五颜六色，因有无数的小灯亮在路旁的橘树上，绿又成了主色调。这让我想起国礼园里的翠绿和明亮。夜晚的南丰城同白天的国礼园一样，不也是一个翠绿闪亮的好地方吗？

我把这些感觉写到了文章里，当读者读到这些句子时，他们的心里也会产生同样的感觉，他们不也从中领略到了南丰之美，并感觉到了绿水青山就是金山银山的真谛吗？

好的散文写的就应该是一种感觉，传递出去的也是一种感觉。所以强烈感觉是散文写作的重要手段。散文不同于通讯，主要是记述事迹。散文是要通过作者自己独特的感受来反映一个人或一个单位的，重要的是写作者对这个人或单位、地方的感觉。是你把自己感觉到的东西写下来，再把这种感觉传递给读者。因此强烈感觉就成为打开散文写作的第二把钥匙。感觉和形象是撑起散文大旗的两员大将，没形象不是文学，没感觉不是散文。

总之，散文写作入门容易，写好要下苦功，我这里谈了自己的两点体会，只是一得之见，供大家参考，希望得到大家的指正。

2022.6

于烟台文艺大讲堂

散文写作的坚守与变革

我是一个业余散文作者，退休前是偶尔为之，即兴为之。退休后开始认真地学习和练习写散文。一旦进入这个领域后发现现代的散文写作与传统的写作有了很大的改变。面对这些变化曾经感到无所适从，感到苦恼和纠结，曾经出现彷徨与停顿。在度过了这样一个阶段以后，我变得淡定和坦然。在传统和现代中如何选择，我觉得面对变动不定的风向，应该胸怀坦荡，头脑清晰，从容思考，有所坚守，有所变革，有所为，有所不为。

中国古代的散文源远流长，群星灿烂，佳作辈出，他们高尚的情怀、优美淡远的意境，真是穿越古今，难道不该坚持吗？不论时代怎么变化，《岳阳楼记》都是千古名篇。

“五四”新文学运动中产生的散文，呼唤人性的解放，抒发思想与艺术的个性，充分展现情愫与心灵的创作指向，难道不该坚持吗？不论有多少流派涌现，鲁迅、巴金、沈从文都是人们崇拜的对象。

改革开放以后的散文，冲破“左”的思想的桎梏，开拓写作的领域，摒弃虚假的情感，开掘思想深度的勇气，难道不该坚持吗？不管人们对《文化苦旅》如何挑剔，余秋雨对新时代散文开拓的功绩是不能抹杀的。

散文必须有深厚的感情和深刻的思想，必须有作者的独特感受和独到发现，必须有让人为之心动的东西，这些是不会变的。还有一个大道理是始终不变的，文学需要百花齐放，而不是一花独秀。传统的坚守派，应该是一朵常开不败的花。我认为梁衡是始终坚持传统写作的，他的粉丝很多，也一直是为人们尊重的大家，这应该是一个现实的明证。

优秀的散文写作传统，千百万人积累的宝贵的写作经验，该坚守的一定要坚守，不管别人怎么说，不怕冷落和寂寞，文学是要经过时间考验的，是由读者决定生死的，那些一时在一个范围里互相欣赏、互相激赞的东西，一些时兴的流尚，不一定经得住历史的荡涤。要问问多数的读者感兴趣吗？记得住吗？既然一些以传统为主的作品，还有读者，还有市场，就有存在的理由，不必妄自菲薄，不必自惭形秽，当人们有了新的认识时，也许会有更多的人为这些坚守者鼓掌和喝彩。

当然，时代在前进，传统的散文要有更强大的力量也必须变革。我看了一些新锐作家的作品，阅读了这方面的一些刊物，感觉到散文的写作确实有了不少新的变化，文随时代，变是正常的绝对的，顺应大势，不断创新和变革才会使散文具有旺盛的生命力。现在那些不断勇敢探索的人已经为人们提供许多有益的借鉴。粗略说之，在感受生活上，他们已不再是俯视、远视和旁观，他们是与被写作对象坐在一起的平视；在认识生活上，不是以我为中心的认识和思索，而是更多地站在被写作者的位置去思考，设身处地地体察写作对象的感情和思考，将我融入写作对象，是更多地站在写作对象的角度上去认识生活，是着力于发掘事物本身所具有的能量，而不仅仅是作者的小情感和臆想；在表达生活上，更多地借鉴外国的一些写法，意识流、激情的思辨、心的自由放达，不再仅局限于某事、某点，而是有思想的腾挪、心绪的放飞等放射性、发散性思维。在题材的开掘上，更注意贴近时代、贴近现实、贴近人民，追求与宏大的社会背景息息相关的抒情和叙事。在语言上也有新的变化，更多地运用通感、借喻等。变革中的散文强调让作者回归人性的本真，呈现多维又真实的心灵。呈现了贴近观察、换位思考、发散写作的明显特征。我们应该敬佩探索者的勇气，应该为探索者所取得的引人注目的成就点赞。创新才会使散文永远充满活力，创新才会使散文与伟大的时代同步前进，才会写出无愧于伟大时代的作品。

总之，坚守与变革是辩证的统一，坚守不是顽固地坚守，变革不是随心所欲地变革，有坚守、有变革，才会有所创新，有所发展。

那么，在当代什么样的散文是好散文，这很难简单地回答。对于当代散文的评判，梁衡提出了一个“形、情、意”三个层次的评判标准，我非常赞成梁衡先生关于将散文划分为形、情、意三个层次的观点。我认为一篇散文要真正达到形、情、意兼备，从思维路径上，可依次分为感受、理解、发现三个阶段，因为只有感受才会有形象，只有理解才会有思想，只有发现才会有创新；从写作步骤上，可以依次分为感受生活、认识生活、表现生活三个阶段，因为只有好好感受生活才能写出形象，只有认识了生活，才会使文章有思想，只有多维思考多角度多手段地表现生活，一篇散文才会达到形、情、意兼备的境界。同时我认为，形、情、意，可以理解为散文的三个要素，再加上语言和结构，形、情、意、言、构，可以看作散文必不可少的五个要素。

2014.5

山东省作协散文创作委员会年会上的发言

载于《烟台散文》2015 年春季卷

学写散文的几点体会

刚才，兰院长介绍了我的一些情况，其实真正的知名作家是不用介绍的，他们就像是天空上的星辰，闪闪发亮，我们会知道他的发展的轨迹，会了解他的好多作品，会或多或少的受到他的一些影响。之所以要做一个简单的介绍，正说明我不过是一个普通作者，是一个文学舞台上的跑龙套者，是一个文学的票友，或者是现在人们讥讽的那种“文学青年”。

正因为这个原因，兰院长几次让我来，我都推辞了，要说我的强项是新闻和公文，那是我的专业，也常常就这两方面到处讲课，对于散文我是一个铁杆的爱好者，但确实又是一个学习者，我今天只能向同学们汇报几点学习体会，以求得大家的帮助和指正。

一、关于散文的本质

去年夏天，我在上海造访了峻青先生。峻青先生是海阳人，是一位非常出名的作家，有小说代表作《黎明的河边》，他的散文也写得非常出色，像《秋色赋》《雄关赋》等，都脍炙人口。去年，他正是九秩寿，身体有病，但精神很好。我们谈了很长时间，他家的客厅里挂了文怀沙送他的一个条幅，上面写了三个字，正、清、和。就着三个字，他满怀深情地讲述了和文怀沙的交情，还抑扬顿挫地给我背诵了几首他写的诗，当时我就想没有这样真挚的情感是写不出那么优美的散文的。天近中午时，我恋恋不舍地告辞，他送我出来，在楼梯口，我终于问出了我一上午一直想问的一个问题，我说，“孙老，您写小说也写散文，您说说两者主要区别是什么”？他想也没想，脱口说道：“小说是写人物和故事，散文主要是表达感情和思想。”

有一次，我参加全国的一个文学活动，活动间隙，我又同别人探讨散文与小说的不同，他回答得更简洁：“小说是我写，散文是写我。”

结合我的写作实践和读书心得，我认为，散文的本质可以简单地理解为就是：“表达情感”和“写我”。

莫言是诺贝尔文学奖得主，他的老家高密清代以前一直是归我老家莱州管辖的地方，我读过他写的《蛙》，其中的风土人情、方言土语，与我的家乡一般无二，感到很亲切、很受用。从他得奖后报刊上发表的他的散文看，在这种文体上他也是高手，也很有水平。其中有一篇叫《卖白菜》肯定有不少同学看过这篇文章，事情很简单，年关到了，母亲为了过年用钱，要把仅有的三棵白菜卖掉，作者当时只有十二岁，他也想留着这几棵亲手种植的白菜过年，可母亲坚持要卖，作者只好勉强服从，中间感情一波三折，表达了贫穷给人带来的痛苦和辛酸。由于作者表达的是真情实感又是写我，让读者读后也为之心酸。

读孙犁的作品初读感觉到一般，但总还想再去读它，几遍读下来，我终于明白了一个道理，孙犁的文章是用心写的，是反映作者内心的爱憎，他把对人物的爱憎写出来 ，所以你对书中的人物有了感觉，就有了爱憎，你就愿意再去读它。在读了孙犁的作品后，曾写下这样一段读书笔记：写散文要反映自己内心真实的感受，自己对人物、事物的爱憎。在动笔之前，首先要把自己的感情线理理清楚，爱什么，不满意什么，搞明白，然后真实地写出来，又不累又真实，没有真感情，总是在编，就会又累又不感人。

我自己出身农村，小时备尝艰辛，对弱势群体有一种天然的怜惜和关爱。虽然长期在机关工作，但心地善良，为人真诚，公平处事，同情弱者。人们一直说我性情中人，文如其人，我的真情表现在每篇文章中。中国著名散文理论家王兆胜在看过我的散文集后曾发来电子邮件，其中有这样一段话：您的散文情真意切，地方特色鲜明，细节甚好，且有清正之气，这是越走越远的根本，也定会越走越远。烟台市作协副主席李绪政也曾从情感角度评价我的文章，他撰文写道：“温情的文字是一种深刻的力量。温情本就是人世间一种最平实、最静美的力量，宛如涓涓细流，以一种委婉而深刻的清澈的力量，娓娓不绝地奔流、冲刷、荡涤。”

从当前的情况看，在散文作者的情感表达方面有几种状况是必须克服的：

虚假的情感。诸如，少年不知愁滋味，不知愁时强说愁。矫情、小资、掩饰，顾左右而言他。

公众的情感。面对某事某物人人都容易产生的情感，而非作者自己的独特的体验和感受，往往会流于一般和平庸。

概念的情感。诸如，伟大啊、美丽啊、高尚啊等口号，你写的东西，不细腻、不具体。

总之，表达真实的情感和写我是散文的本质意义。

当然，能不能表达作者真实的情感和社会环境有关，和思想的自由程度有关。前不久到菏泽参加一次笔会，有个叫李木生的作家说，他认为中国散文有两个高峰，一是先秦，一是“五四”，我不完全赞成他的观点，唐宋的散文也是一个高峰，但是读读那两个时期的篇章，却是真情火山般喷发，文笔自由挥洒，或如行云流水，或如山花烂漫，或如霹雳闪电，或如江河澎湃，或如旭日东升，读后令人无比畅快。

追求自我真情的表达应该成为散文写作始终努力的方向。

二、关于散文的题材

实践证明，不论写哪种体裁的文章，都有两个基本问题，一是写什么，二是怎么写，我的体会是写什么比怎么写更重要，选好了题材文章就成功了一半。那么散文的题材应该从哪里发现，又怎样去选择呢？

在我们的日常生活中，我们总会遇到形形色色的人，看到各种各样的场景，也参加各种活动，也会经历许许多多激动人心的事情，也会有对四季的感受，也会有经历风花雪月的兴奋，养育你的故土，一本书、一段历史都会引发你的感慨和思索。

面对多彩的世界和缤纷的事物，我们该写什么，不该写什么，这确实是一个需要动脑筋的事情。我是一个不算聪明的人，但确实是一个愿意学习的人。在一次文学活动中，我曾经向一位权威人士请教，没想到他的回答是那样的，“这个问题很深奥，不是什么人都能弄明白的”，这很伤了我的自尊心。但从此也引起了我对这个问题的关注。经过多年的实践，我的体会是：写真正感动了自己和启迪了自己的东西，而且这种感受必须是独特的，启迪是创新的，并能够引起读者的共鸣。简言之，就是写那些打动了自己又有思想内涵的东西。我不是权威，我不故弄玄虚，也不保守，我说出自己的观点，征求大家的意见。我不知道同学们是否赞成我的观点，如果赞成就给一点掌声。

自从有了这样的散文的题材观以后，每逢我对某人某事某物，有了一定的感受和感悟，我总是对自己的灵魂进行严格地拷问：这件事真正地打动你的心了吗？真正地掀起了心底的波澜了吗？你在感动中发现了有深刻内涵的思想吗？如果真正的有了人性之痛和人性之美，真正的有了深刻的想法和哲思，不是人云亦云，不是鹦鹉学舌，而是有所发现，有所创造，是独特的，就去写，否则宁肯放弃。

2011年秋季，正是金风送爽的好时节，我应邀去了一趟河北，那是一次豪游，从石家庄出发，到保定，去张家口，再到承德，跑了大半个河北，一路风光无限，坝上草原、千年雄关、无垠水淀，目不暇接，感慨连连，什么都想写，什么也可以写写，如果没有我确立起来的选材关，也许一篇一篇按古代移形换步法的写法，会有许多文章出现，但这次我没有按惯常的写法写，而且，说实话，就是写了也发不出来。因为随着电视等平面艺术的发展，你的游记散文描写得再好，哪怕是笔下生花，哪怕是波澜滔滔，也总比不得电视来得有形有色，有声有画。所以传统的游记散文已不容易发表，而只有有了深刻感悟和哲思的文章才有发表的可能。我严格地拷问自己所感所思，最后选了两个点：一个点是坝上围场，我在散文《康乾的印记》中首先对围场的壮丽景色进行了描写，可是文章并没有停留在对于环境的描写上，文章紧接着又写康熙建立围场和春秋围猎的盛大场景，据清史记载：康熙从第一次围猎到去世的四十五年中，来此行围四十八次。文章的后半部分再用几段文字揭示了修建围场的深远影响。另一个点是承德避暑山庄的外八庙。这是一组了不起的古代庙宇建筑群，几百年风雨沧桑，依然巍峨如山，依然金碧辉煌。在对外八庙极尽描写之后，我探寻了花费大量白银修建它们的原因。清代是个多民族国家，而且是少数民族统治汉民族，而在这两个地方所体现的战略思想，确实是值得令人深思的。所以我用了“不修长城修围场”和“一座喇嘛庙胜过十万兵”做小题目，而用“康乾的印记”做总题目，文章在《散文百家》发表，引起广泛好评。

由此可见选择题材的重要。

我现在正主办着一份刊物《烟台散文》，今天也给同学们带了一些，大家可以看到，刊物印刷精美，装帧高雅，格调大方，文章优美，各方反应不错。但深入下去看，在文章的题材上同全国一流刊物相比较还是有差距的。

我大致梳理了一下，刊物的文章有这样几种主要题材：一是亲情世相的散文；二是天地自然、山川风物的散文；三是历史文化散文；四是对当下事物的所感所悟；五是心灵的体悟和品味；等等，所有这些题材的文章，大都是发自作者内心，有真情实感的美文。读后总是或给人以美的享受，或引起人对丑恶的痛恨，或启迪人的思考，总能引起读者的共鸣。但仔细分析一下这几种题材，虽然不乏独特的感受，文字也很美，但它主要关注的是人性，是情感，是历史，而不是关注天下、关注苍生、关注当下。它们是赏心悦目的浅吟低唱，而不是振聋发聩的洪钟大吕，是充满诗意的潺潺流水，而不是气吞万里的滔滔江河。

放眼全国，在散文的题材选择上，关注天下、关注苍生、关注当下的题材受到了越来越多人的重视，并且正在成为一股主流。近年来有许多作家的作品给我留下了深刻的印象。如，贾平凹的《定西笔记》用散文的形式真实地记录了甘肃贫困地区的生活现状，可以加深人们对现代中国的全面了解和思索。张炜的《芳心似火》写的是古齐国的历史，但观照的是现代的社会现实，给人以深刻启迪。李存葆的《渐行渐远的滋味》，看如闲笔，却有力地触及了严峻的环保问题。云杉的《文化的非洲》，作者在行走中感受异域文化，同时在满怀自觉地与中华文化进行对照中，更为深刻更为自信地认识中华文化和中国问题。这些文章如宏大的钟声震响在耳畔，如巨大的铁柱猛烈地撞击着心房的大门。或使人警醒，或使人奋发，散文不应该是单纯的小情调、小舞台，它应该有自己的追求和担当。

烟台散文的发展、希望和未来在题材的开拓，烟台散文作者的进步和上升，关键也在题材的开拓和创新。要创造烟台散文的大气象、新气象，必须在题材上大胆突破和开掘。

三、关于散文写作的几个关键词

关于散文的写作我根据自己的创作体会概括了一句话，即，感受和形象地表达感受。这句话说来容易，做来并不简单，有几个关键词是要特别注意的。

1. 情怀、角度、灵感

有一次，我去拜访山东省作协主席张炜，在他家的客厅里，我向他请教散文的写法，他想了想说，写好散文关键是情怀，他又指着桌上的一个蓝色的瓷盘说，这虽然是一只盘子，但你如果对它有了情怀就可以写一篇好文章。他的这句话，给我留下很深的印象并引起了我的思索。我查了一下《辞海》，它的解释非常简单，是心境和心情。按照这样的解释，可以理解为当春暖花开的季节，看到万花争奇斗艳，心情就会轻松愉悦，当逢上苦风秋雨的日子，就会引发万般愁绪。而散文写作中的情怀，我认为可以理解为是作者对寻常事物的独特体验和审美感受。我们全身心地去感受、感悟所经的事，所逢的人，所见的景，睹物有感，感而有情，情兴有悟，悟而有文。

现在，常见的有这样几种情怀：

一是家国情怀，即从国家和人民的角度去感受和感悟所接触的题材。李存葆主席在给我的散文集作的序中就用了《家国情怀　书生本色》这个题目，主要分析了我的散文所具有的家国情怀。

二是苦难情怀，即从痛苦、关爱、悲悯、同情等角度去感受和感悟所接触的题材。这种题材写出了人性之痛，更容易打动读者，引起读者的共鸣。山东省散文学会副会长、著名散文家李登建十分注意从这方面发掘题材，抒发情怀，取得了很大的成功，他曾当面和我讲过，从这个方面寻找题材，撰写散文是容易成功的。例如，《礼花为谁开放》，便获得广泛地好评。

三是崇高的情怀，从伟大、高尚、向上、进取、乐观等角度去感受和感悟题材，撰写文章。上世纪五六十年代的许多知名作家，像刘白羽、杨朔、魏巍等人主要打发的是这类情怀。

四是美丽的情怀，主要从美好、善良、美丽的角度去感受和感悟题材。

凡此种种，但必须强调的一点是，题材决定情怀，有什么样的题材，才有什么样的情怀，而绝不是把自己喜欢的情怀强加给不相关的题材 ，那是本末倒置 ，是注定失败的。

但是在具体的生活中，或者写作中，我们对某事某物某人的感受往往是多方面的，我们写作时不可能面面俱到，必须找到一个角度、一个切入点，这个切入点其实往往就是文章的主题 ，而找到这个角度的时候也是灵感来临的时候。

最近，我正在请我国著名的散文家梁衡到烟台来，梁衡做过国家新闻出版署副署长、《人民日报》副总编辑，写了很多出色的散文，这次请他来有两件事，一是请他讲课，二是想请他给烟台写篇文章，他在电子邮件中这样答复我，讲课没有问题，但写文章没有肯定地答应下来，他说一要看有没有好的素材，二是看有没有灵感。

一些文章大家在这方面的成功经验，更是值得借鉴。去年余秋雨写了一篇纪念大导演谢晋的文章。谢晋事业是成功的，但他的家庭却有许多的痛苦，他有一个孩子是智力残障，这个每当谢晋外出的时候就会趴在猫眼上看着父亲走远，然后又会长时间地趴在猫眼上向外张望，等待父亲回来的孩子，天长日久，孩子的眼毛都磨没有了。余秋雨选取了猫眼这个角度来表现谢晋生活的艰辛和对事业的忠诚与执着，看后催人泪下，这个猫眼的角度确实是选得好。

一篇散文是泛泛之作，还是能成为有点意思的东西？很大程度上取决于是否有独到的情怀、角度和灵感。

2. 细节、内容

细节于情节而言，是琐细的事情，它是在文章中细腻地描写人物性格、事件发展、社会环境和自然景物的最细小的单位。有了细节的描写，才使人物有血有肉，才使环境可见可近，才使事件可感可知，才使自然景物可进可观，有了细节才能使读者看到色彩，嗅到气味，听到声音，看到行动，感知内心，如果没有了细节就像是搞设计只搞了一个方案而没有效果图，就像是作画的只画了一些轮廓线，而没有细部和明暗。是不会让人获得鲜明的形象的。文学巨匠都是运用细节的高手。

且看孙犁是如何运用细节的。

顺堤走到同口村边，已经是水乡本色，地皮已经有些地方解冻，水色清澈得发黑。村边村里房上房下，都是大大小小的苇垛，真是山堆海积。

水的边沿正有很多农民和儿童，掏掘残存的苇子和地边的硬埂。船工正在替船家修理船只，斧凿叮咚。

街里还到处是芦花、鸭子，泥泞，低矮、紧挤的房屋，狭窄的夹道，和家家迎风摆动的破门帘。

就是这样一些细节描写，让我们看到了和走进了白洋淀边的正开始了春季农事的贫困的小村，同口村是具体可知可感的了，不再遥远，它就在眼前。

有一天，母亲带她到场院里去摘北瓜，摘了满满一大筐，母亲问她：试试看你背得动吗？她弯下腰，挎好筐系猛一立，因为北瓜太重，把她弄了个后仰，沾了满身土，北瓜也落了满地。她站起来哭了。母亲倒笑了，自己把北瓜捡起来，背到家里去了。

就是这样一个细节，把妻子的娇弱和母亲的宽厚都写出来了。

俄国作家康·帕乌斯托夫斯基《金蔷薇》中的细节描写，更是让人拍手叫绝。

一九四一年七月，雷布尼察乘军用卡车去蒂拉斯波尔，我坐在那个沉默寡言的司机旁边。

从车轮下扬起一股股被烈日晒得滚烫的褐色尘土，周围的一切农舍、向日葵、洋槐和枯萎的杂草，无不覆盖着一层这种粗砺的尘土。

淡得没有颜色的空中，太阳在冒着烟气，连铝制军用水壶中的水也烤得发热了，喝起来有一股橡胶的味道。德涅斯特河对岸的隆隆的炮声不绝于耳。

车厢内乘着几个年轻的中尉，他们有时会用拳头砸着驾驶室的顶棚，高喊空袭。司机连忙刹车，我们跳下车子，跑到离公路尽可能远的地方匍匐下来。

就是这样一段文字里面，让我们通过这些细节了解了炎热的天气、战争的恐怖，闻到了气味，一切都变得真实可信。

2009年的夏季，我请了一批作家来烟台参加长岛笔会。第二天，我和他们一起坐船从南长山到庙岛去，那一天，晴空万里，海平如镜，大海里只有轮机马达啌啌声。我向坐在身边的《人民日报》副刊主编徐怀谦请教散文写法，他高高的个子，四十出头的样子，那是我们的第一次见面。他认真地告诉我，写好散文至少有三个因素：一是要有细节，二是要选好角度，三是要有充沛的情感。我把他的话记在本子上。而且在写作中我一次次想到他说的这些话，并努力去做。

最近一期的《散文百家》登了我一篇很长的散文《娱亲记》，写的是我侍奉老娘的一些琐事，我母亲今年九十岁了，一直同我住在一起。在此之前，这篇文章已经在《烟台散文》刊出，还获得了全球华人“漂母杯”征文大赛的奖励。为这篇文章不少人给我打电话，说读后感动地流下了眼泪。

这篇文章能够引起人们的注意，重要的是因为有很多丰富感人的细节 。其中有一段为母亲洗脚的文字，曾让不少人落泪。

我从自己的写作实践中深深地看到了细节的作用，徐怀谦主编所说的细节、角度、情感三要素，其实是支撑散文的三脚架，没有这三个因素，文章就立不起来。我很感谢他的点拨，也非常喜欢这个诚实的文人，可惜他在去年就英年早逝了，他很纯真只崇尚美好，我很怀念他，至今不忍删去手机中他的电话和电脑上来往的邮件。我知道这是一个永远打不出去的电话，他在《人民日报》上给我发过长篇报告文学和散文、书讯等。今年的《烟台散文》春季卷头题，发的就是纪念他的文章《秋月高悬扬清辉》。

要找寻到好的细节必须眼、耳、口、鼻、脑并用。学会用耳朵听声音、用鼻子嗅气味、用眼睛看形象和色彩，把各种官能同时并用。当然，细节是需要选择的，并不是事无巨细都写上。2011年12月8日在首都博物馆看张大千大千世界画展，发现他的绘画留白特多，他善于选取最少的元素，最有特点的元素来表达最深广的意境，此种画法也可用在写作上啊。用很少的元素，但也是与众不同的元素，构成淡远的意境。这种以少少许胜多多许本领让人佩服。去年在大明湖登新修的超然阁，见阁上有一幅很大的木刻，表现的是大明湖春色，它选了杨柳、游艇、高阁等几个东西就很好地让人感受到了春的气息。还有一个画家专门画“文革”前的农村生活，有一次，他想画一幅农民听广播的画，问我该选些什么细节，经过反复揣摩，最后画在纸上的只有一个带五星的木盒，是个广播匣子，下边有一根绳。土炕上倚被坐着一对专心听讲的老夫妻，就这样几个细节就把当时农村的那种氛围画出来了，这就是细节选得好，选细节就是要选那些最能表现典型环境和典型性格的东西。选细节真可以向画家学习，用他们的眼光去挑选。

实际上，一篇散文除了细节，还要有充实的内容，同学们熟知的陈占敏老师有一次去参加一次征文评选活动，他提出了一个标准，说好的散文必须有想法、有内容。这里他提出了有想法的问题，是很有见地的。一篇散文，如果当中无人无事，平面叙写，再多的描写也往往是淡而无味的。我喜欢汪曾祺的文章，有看头，读起来有点滋味，很重要的原因是他的文章里面有内容，一是文中常常有人有事。二是他写的是自己多方面的感受，不是直叙，而是联想到许多事情，引经据典，所以有读头。例如，他的《昆明的雨》文字不长，但内容十分丰富，写了雨、雨中的菌子、雨中花、雨中的果子，雨中的愁绪，写得实在，写得活泼，让人难忘。

现在的散文有传统的美文、有文化散文、有纪实散文，还有一些新流派。文艺要鼓励各种流派、风格并存，百花齐放。但是有的散文文字不错，也很时新，但读完了也就完了，没有多少让人记得住的东西。实货很少，然后没完没了地绕，这种文章我不太喜欢，我的刊物上也很少选这样的文章。

我是学新闻的，又长期从事新闻和政府文字工作，我写的散文一般立意比较高，有气势，讲究主题集中，行文明快，内容很实，但内容单一，不丰富、不丰满，缺少内涵和外延，也就降低了文章的品位，现在正努力改正，但不是一日之功。在选择内容上要眼观六路，耳听八方，要学会多角度、多层次。

3. 意象、意境（略）

4. 思想、灵魂、精神、意蕴（略）

5. 联想、想象、升华（略）

6. 语言（略）

张炜说，散文是最容易入门的文学形式，又是最高级的文学形式，有好多人能写得了小说，但写不出好散文。正所谓散文“易写而难工”。散文写作确实是值得终生为之努力的事情，在古代的典籍如《四库全书》中只有散文入选，小说只能算是一种闲书，直到梁启超提出要用小说的形式教育民众，才逐步提高了小说的地位。去年我们曾编发了《烟台大学大学生专页》入选的八篇文章，篇篇都有独到之处，文章写得清新、优雅又富有朝气。希望更多的同学加入散文创作的大军中来，希望寄托在你们身上。

要成为一个好的散文作者或者说写出好的散文，没有捷径好走，用张炜的话说，必须恶狠狠地写，我的新闻导师艾丰说过一句话，“笔的思考”，他的意思是说，不能等一切都想好了再去写，而是在写作的过程中来生发思路和涌出词句，写出文章，我的实践证明他的这句话是至理名言，只有拿起笔来写才行,“笔下生花”啊。

兰院长是领导，也是我尊重的学者、专家和作家，她攀上唐诗的高峰，俯看瑰丽的景色，又做出自己的评判，写出了高水平的学术专著。她给我出了这个考题，我今天是以学生的身份来交答卷的。我的水平不高，但我还是珍惜这个机会的，这给了我一个梳理、总结写作实践的机会，虽然我一直不敢答应，但答应了以后，准备的态度是认真的，都是从心底流淌出来的真心话，就如小河汩汩流淌，流于所当流，止于所当止，是一点真实的心得，希望同学们批评指正。谢谢大家拿出宝贵时间听我的讲课。

2013.7

在烟台大学文学院的讲座

附录

家国情怀　作家本色

YMG 记者　杨健

每天清晨，綦国瑞总会来到自家阁楼上的窗前，静静地遥望一轮红日从东方徐徐升起，在背山面海的书房里打开笔记本电脑，开始一天的读写生活。自 2008 年退休至今，笔耕躬读、不舍昼夜的日子，已然过去了两千多个日夜。从学生时代读到《秋色赋》《雪浪花》《长江三日》等名篇对散文萌生浓厚兴趣，到如今荣膺第六届冰心散文奖，近五十年的写作生涯，之于綦国瑞，可谓一场厚积薄发的“文化苦旅”。

书香门第里的小“书痴”

“我生在莱州南关村，家门外就是护城河，每逢夏天，盛放的荷花与郁郁葱葱的苇子，将河道点缀得分外清丽。小时候大爷爷常常牵着我，在城里的石牌坊下徜徉，讲述着这座古城往昔的荣光和逸事。”祖宅前历尽岁月洗礼的旗杆，照壁上色彩斑驳的麒麟，家族中口口相传的曾科举得中、做过官员的祖辈，在綦国瑞幼小的心灵中，潜移默化间传承着家庭的书香门第的高风。在昏黄的煤油灯下，綦国瑞如饥似渴地阅读从大孩子手里借来的《烈火金刚》《野火春风斗古城》等红色小说；从附近工厂倾倒的垃圾堆里捡来煤渣，卖给理发店，换来五分、一毛的票子，积少成多，换成词典和连环画……多年后，回望那段往事，綦国瑞笑谈，这正是自己走上创作之路的启蒙。

读高二时，突如其来的“文革”，阻断了綦国瑞的求学之梦：1968年，他回村参加农业生产劳动，那是“农业学大寨”最红火的日子，也是农民最艰苦的日子。整地、打平塘、推石头、撩粪、扛麻包等苦活是日常生活，綦国瑞却毫不叫苦，很快成了熟手，盘炕、耧地、砌墙等技术活，同样驾轻就熟。村支部领导对这个朴实、肯干、聪明的小伙子异常看重，发展他入了党，五年后，綦国瑞被推荐上了大学，重新踏上了求学之路。

走上散文之路缘起云峰山

大学毕业后，綦国瑞被安排到掖县（今莱州）朱由公社担任组织干事。三年后又被调到了掖县县委报道组工作。他的第一篇反映掖县知青工作的报道，就被登载在《人民日报》上。又是三年后，因“笔杆子”声名鹊起的綦国瑞，被调至烟台地委宣传部新闻科工作。全身心投入到新闻写作中的他，废寝忘食、刻苦钻研，为采访到一个事件、一个当事人亲赴一线，不分昼夜，农民企业家李德海、优秀教师姜元俊和模范治安员陈光武等优秀人物的事迹，在他的笔下活灵活现，成为烟台市民口口相传的典型，更在国家级媒体上，叫响了烟台人的名字。1993年由綦国瑞撰写的《人物通讯写作指要》，成为许多大学新闻系的学习书目，全书严谨的行文风格、创新的写作理论，正是綦国瑞多年扎根基层的笔耕结晶。

尽管走上工作岗位之初，綦国瑞主要撰写的是新闻和公文，但一次不经意的机缘，让綦国瑞自此与散文结下了不解之缘：1978年，山东人民出版社组织出版一本反映胶东名胜的游记，领导把这项任务交给了綦国瑞。构思许久的綦国瑞，想起了上中学时，曾与同学结伴登上云峰山，并写了一篇被老师当作范文在全年级传阅的作文。时隔数年，綦国瑞趁着春季山花烂漫、蜂蝶成群，再次攀上了这座自孩提时代就对一草一木分外熟稔的名山，并乘兴写下这篇名为《春游云峰山》的游记。出版社编辑收到綦国瑞寄去的样稿后，深为字里行间对家乡的深厚感情所打动，当即拍板通过。“是云峰山，给我提供了走上文学之路的契机。”多年后，回忆起自己与散文的首次“触电”，綦国瑞记忆犹新。

艰苦转型下笔皆是“有感而发”

“都是领导了，还亲自动笔？”20世纪80年代后，綦国瑞先后担任过《威海日报》副总编辑、烟台市新闻出版局副局长、《烟台日报》副总编辑、烟台市政府副秘书长，职务越来越高，闲暇越来越少，工作内容越来越繁多，但綦国瑞却始终没有放下对文学创作的热爱，1996年，綦国瑞的第一部散文集《心中的北斗星》结集出版，2003年，第二本散文集《家住海边的日子》出版后，不久便获得第九届烟台市文艺创作奖一等奖。2012年，第三部散文集《那条长长的胡同》付梓，承载的正是綦国瑞中年之后诚挚、真切的人生感悟。

从专长公文和新闻写作，到转行散文写作，对已是中年的綦国瑞而言，不啻于一场全新的挑战：“首先要改变的，就是自己的写作习惯和思维方式，公文和新闻注重的是宏观观察，讲究文字凝练深刻、‘形而上’、概念化；而散文注重细节描摹、独特感受，是对作者本人的灵魂拷问，更侧重形象、感情和思想的表达，无论是写亲情、乡情，还是写人写事，都更要关注当下，彰显作者的社会责任感。”谈及近三十年的散文“转行”，綦国瑞不无感慨。

在作品《永恒的惊叹》中，綦国瑞在描摹了牟氏庄园历尽沧桑的景象之后，笔锋一转：“真所谓其兴也悖，其亡也忽，一人、一家、一团体、一地方，乃至一国，似乎都没有跳过周期率的支配力。牟氏庄园没有跳出这个周期率，它的崛起与衰亡，它的记录这段兴亡史的建筑，都会让我们得到启迪和感悟，都会让我们发出永恒的惊叹。”在写作《女省长的目光》之前，曾担任烟台市政府副秘书长的綦国瑞，三次陪同山东省副省长蔡秋芳活动。除此而外，没有任何个人来往，可当蔡秋芳去世后，他眼含热泪写下了如此真挚的句子：“这些年间，我阅历过，碰撞过各种目光，渐渐地都淡忘了，但从一双聪慧漂亮的眼睛里发出的慈和平等的目光，却让我一直难忘，它像一堆篝火，时刻温暖着我的心田；它又像一支火把，时刻照亮在我行进的路上。”

正如中国作家协会副主席李存葆对綦国瑞的评价：“他毫无遮掩和保留地向我们坦示了他的家国情怀，从而让我们看到了他那颗宽厚的仁者之心，崇尚正义，鞭挞邪恶，同情弱小，有所担当，不畏强势，襟怀坦白……这些都是值得称道的。从文章中，我深深地感受到他那从骨子里透出的书生本色。他是一个性情中人，具有文雅的风度和气质。”

创办《烟台散文》最盼薪火传继

力避应酬、退却喝酒、不打牌———退休后的綦国瑞，一头扎进了书堆和纸笔之间，过起了苦行僧般的专业写作生活。但在钟情创作之外，綦国瑞却对当下普通市民的阅读状况担忧不已：“一座六百多万人口的城市，年轻人最经常的阅读途径是微信朋友圈，而不是书籍，文学是一切艺术学科的基础，碎片化的肤浅阅读，对于普通国民人文素质的培养有害无益。”正是怀着这样的忧虑，基于常年从事写作的责任感，2007 年，綦国瑞发起成立了烟台散文学会，创办了烟台散文学会的会刊《烟台散文》，在没有固定编写团队、没有资金来源、缺少各方支援的情况下，綦国瑞和烟台散文学会“在没有路的地方，开辟了一条路”。

可喜的是，散文学会成立不久，便落地生根，开枝散叶：学会成立未几，便组织“全国散文名家写长岛”笔会，邀请了全国著名散文家石英、王宗仁等十余人来到长岛采风；2012 年再次组织“全国散文名家写莱山”笔会，去年又在牟平举办了“山东散文名家写牟平”笔会，上个月，多位名家又应学会之邀，来到綦国瑞的故乡莱州，感受这座历史底蕴浓郁的城市的吉光片羽……

鲜为人知的是，七年来，《烟台散文》是在没有财政支持的情况下，以季刊的形式，保持了一贯精美的品质和稳定的出版周期。在办刊过程中，綦国瑞抱定了一个信念：刊物虽小，品位不能低，地位低，胸怀不能低。如今，《烟台散文》拥有了一支有全国一流专家学者组成的顾问队伍，组成了一支高水平的编辑队伍，团结和凝聚了一支高素质的作者队伍。办出了一份方向端正、格调高雅、印刷精美的纯文学期刊。成为文学创作的阵地、培养新人的平台和城市的亮丽名片，得到中国散文学会的高度赞扬和各界的公认。2012 年山东省新闻出版局在《新闻出版》上全面介绍了他们的办刊经验。

人物语录

“‘冰心奖’并不完全代表成就，更像是机遇，是对作者执着坚守的激励。文学使得生命更加充实，生命不息，写作不止。”

“散文注重细节描摹、独特感受，是对作者本人的灵魂拷问，更侧重形象、感情和思想的表达，无论是写亲情、乡情，还是写人写事，都更要关注当下，彰显作者的社会责任感。”

载于2014年7月6日《烟台晚报》

永远年轻的追梦者

——走近散文家綦国瑞先生

王明珠

綦国瑞，1974 年参加工作。先后任莱州市委宣传部、烟台市委宣传部新闻科科长，《威海日报》副总编、烟台市新闻出版局副局长，《烟台日报》副总编辑、烟台市政府副秘书长、市政府调研室党组书记、市政协常委。编审、高级记者。1976 年开始发表作品，现为中国作家协会会员、中国散文学会理事、中国行政管理学会理事、山东省散文学会名誉副会长、烟台市散文学会名誉会长、胶东历史文化研究会副会长，长期从事业余文学创作和历史研究。

多年来，有诸多散文在《人民日报》《人民文学》《天津文学》《海燕都市美文》《散文百家》《散文选刊》《中国文化报》等报刊发表。著有散文集《家住海边的日子》《心中的北斗星》《那条长长的胡同》；报告文学集《中国魂》；通讯集《大潮起蛟龙》；新闻理论专著《人物通讯写作指要》；历史专著《莱州史话》《莱州南关史志》等十余部著作。曾主办《烟台晚报》，创办《现代家教》和《烟台散文》，编撰“烟台历史文化丛书”“莱州历史文化丛书”《莱州历史文化通览》等。其中散文集《家住海边的日子》2006 年获第九届烟台市文艺创作一等奖、“莱州历史文化丛书”获烟台市 2009 年“烟台文艺工程精品奖”、2010 年散文《女省长的目光》获首届“星光杯”感动中华全国优秀文学作品征文一等奖、2010 年《心灵霁光》获全国当代散文奖、《娱亲记》获全球华文“漂母杯”奖、《海上漂起白色的云》获海洋征文“岱山杯”奖等若干奖项，2014年《凤凰阁记》获得第六届冰心散文奖、《那条长长的胡同》获得首届“齐鲁杯散文奖”荣誉奖，2015年被中国散文学会授予“突出贡献奖”，2017年获第二届全国文化期刊“优秀主编奖”，以及第三届“中华情”全国诗歌散文联赛金奖等诸多奖项。

綦国瑞先生我并不陌生，因为在报刊和网上能经常看到他的散文大作。2016年我听过他的一次有关散文写作的讲座，当时虽然在距讲台很远的地方，但他认真严谨、延伸和开拓性的讲座风格让我记忆尤深，我的第一篇小散文就发表在《烟台散文》刊物上。但要采访他，走近这位在胶东地区、山东省甚至全国都有影响的散文家我心里还是有些忐忑，甚至有班门弄斧之感。但转念一想，能采访这位散文作家，一个成绩斐然仍努力写作的文学老前辈这不正是一个难得的学习机会吗？于是我马上跟綦先生取得联系并顺利约好了访谈时间。

放飞梦想，为胶东大地高歌

三月，春天的色彩开始清晰，烟台的山海到处弥漫着生机勃勃的气息。中旬一个上午，我预约来到綦国瑞先生的家。电梯门一开，只见神采奕奕、和蔼儒雅的綦先生笑呵呵地站在门口迎接。寒暄中进屋，他拿了一双新拖鞋递给我，“你不要拘谨，随便参观。”先生平易近人的状态一下让我感觉很亲切，“我领你看看我的书房吧。”不愧是一位文学前辈，没等我说话，他就知道我最想参观的地方。于是我开心地跟着他参观起来，穿过几种兰花错落有序摆放的客厅，沿走廊向东经过南面一个房间时，他对我说：“这是个小书房，我平常在这里写东西，累了也在这里休息。”我一看，房间里一张单人床，一台电脑，里面两个书柜满满当当的书，桌子上也有一些书和报刊。再向前几步登上阁楼，我即被眼前的景象震撼了，这简直是一个小图书馆嘛！除了靠南窗处有一套电脑桌椅，东西两面墙一溜到顶全是书柜。上前仔细浏览，书柜里是古今中外各类书籍经典，分门别类存放着，简直是琳琅满目。书架上放不了的一些书籍、报刊则一摞一摞整齐堆放在桌上、柜上，我不禁脱口而出：“哇！会长，您大约有多少藏书啊？这要何时才能看完哦？！”他哈哈一笑，“大概有一万多册了，不能全读完，但有了这些书，我可以随时学习查阅，这样，我的写作才有底气啊！”

他简单介绍着，指着西面一个柜子里的一些报刊说，这里面是多年来发表的一些文章。我一看，占了书柜好几层，他自嘲地说“是有些多”。正在我感慨时，发现綦先生已把他出版的几套主要书籍提前拿了出来，整齐地放在书房中间的小书桌上。他一本一本给我介绍起来，我看到了他的散文集、新闻理论专著及历史研究丛书等等。我看着，听着，心中不禁有一种说不出的感动，这些都是綦先生四十多年来辛勤笔耕的果实啊！綦国瑞这个出生在莱州市南关村，踏着石板路望着云峰山长大的农村孩子，刚刚读完了高中二年级的课程就遇上“文革”，1968 年他回村参加农业生产劳动。五年的乡村生活让他同家乡这块火热的土地结下浓浓的深情，他的文学梦也在这广阔天地里生根发芽。艰苦的农村生活，也培养了他吃苦耐劳、乐观向上和脚踏实地做事的优秀品质。积极阳光的他很快在村里入了党，并有幸进了大学的校门。

满怀一腔为建设家乡而奋斗的热情，大学毕业后綦国瑞又回到了掖县，成为一名公社组织干事，工作之余他开始勤奋读书，不停地写作。因为出类拔萃的文笔，三年后他就被调到了掖县县委报道组工作。他的新闻报道创作算是正式开始了，那时候，人们经常看到一个朝气蓬勃的青年骑着一辆自行车，带着小行李卷跑在掖县的乡间田野、厂矿企业。当地的工农业生产的突出成绩和各行各业的先进人物通过他的出色报道，被宣传到全地区、全省和全国。他知道自己手中的笔有多大分量，他要用它为家乡美丽的山水和勤劳的人而讴歌。他的第一篇反映掖县知青工作的报道，就被登载在《人民日报》上。随后他的名字不断地出现在各种报刊上。1979 年他被调到了烟台地委宣传部新闻科工作，正值青壮年的他，踏上了改革开放的快车，火热的生活，飞速发展的胶东大地，激发着他的写作热情，他全身心地忘我地投入到新闻写作中。他深知一位新闻工作者肩负的责任，他渴望自己能像一只羽翼丰满的雄鹰在蓝天下翱翔，他恨不得记下胶东大地每一个动人的时刻，恨不得描绘出这块土地上每一个勤劳的身影。哪里有新鲜事、哪里有先进人物，他就奔向哪里。虽然自己不是记者出身，但他的真诚和踏实总能感动每一个被采访者，为了得到真实的新闻资料，那时候下乡采访赶不上车，吃不上一顿热饭是经常的事。冬去春来，多少次寒风中跋涉在采访路上，多少个酷夏夜伏在乡村农舍的灯下构思写作。虽然经常要面对处理繁杂的行政事物和采访写作的矛盾，但所有的艰难在他眼里都不算什么，他心里有一团火燃烧着，似乎有一个看得到、摸不着的美丽梦境，让他热爱着，他太热爱写作了！他要用手中的笔为烟台人、为改革开放的新时代放声高歌。别人在打牌娱乐时他在写作，别人在享受假日和休息时他还在写作，他的心已经被写作占领了。

为了扩大烟台的影响力，他把发表的目标始终盯在《人民日报》、新华社、中央人民广播电台和《大众日报》等党报党刊上。为此，他可以说是倾尽自己才智和精力向书本学习，向同行学习，同时勤于思索，不断在实践中总结经验，摸索新闻规律。他每天挤时间看书读报，把握时代脉搏，胸怀全局，在基层群众中发现有全国意义的典型事例来采写，他创造了烟台新闻写作的一个高点，也创造了人生的一个亮点。在烟台市委宣传部的几年间，他先后在中央和省市以上报刊发表消息、人物通讯、报告文学一千余篇，为宣传烟台做出了突出贡献。有《锁链，被他扭断》《光明之路》等十几篇稿子被《人民日报》加编者按或配发评论。他采写的人物通讯《红烛之歌》在中央人民广播电台新闻联播时间播出，《人民日报》也做了突出报道。长篇人物通讯《牵住牛鼻子的人》，《人民日报》《工人日报》同天发表，《中国农民报》《中国乡镇企业报》同天发表，一时引起极大反响。这篇稿子后来还被评为《中国农民报》改革开放征文一等奖，获得电视机一台，这在20世纪80年代初，电视机还很少的情况下，可谓众所瞩目，一时传为美谈。他采写的优秀教师姜元俊和模范治安员陈光武，烟台市委、市政府专门做出决定号召全市人民学习。《人民日报》在发表姜元俊事迹时，同时配发评论《这也是英雄》。他的稿子也获得了包括新闻奖等最高奖项在内的若干奖励。这段内容是我从以前的报道中看到的，我由衷地称赞他的这些成绩，他却轻轻地说，“都是历史了，不值再提。”可见其做人之低调。

中国社科院新闻研究所所长商恺曾撰文这样评价他的文章：“作者站在时代的潮头，以饱蘸感情之笔，记述了八百里胶东的改革风云，讴歌了这片土地上的风流人物。其中有改革大潮中腾起的时代骄子，有乘开放东风驶往远海大洋的弄潮儿，有在危难关头舍生忘死奋勇拼搏的英雄儿女，也有平凡岗位上做出不平凡业绩的劳动人民，作品追求真切的事实、真切的场景，通过各种矛盾冲突揭示人物的内心世界和思想感情，读了这些作品，仿佛从中听到了胶东人民前进的脚步声。”

我看到他满脸笑容地捧着一台电视机的照片，问他是什么事让他这样高兴，他哈哈一笑：“这是1984年我在北京领取《中国农民报》改革开放报道一等奖时拍的照片，中宣部领导张平化和著名作家浩然亲自发的奖，我得了一台黑白电视机。”

那时候他可真年轻啊，笑得那么开心！三十五年过去了，他的笑容依旧，那么阳光，笑声里有一个新闻人的真诚、达观和自豪。

后来他去了中国社会科学院研究生院新闻系深造，师从国内新闻大家，他说，“因为幸运，我很珍惜，奋发努力地学习，真的是受益匪浅”。毕业后，在担任《威海日报》副总编期间仍笔耕不辍，写了很多有影响的作品。一个成功的、有思想的新闻人一定是善于在实践中总结挖掘理论层面的东西，理论从实践中来再到实践中去，綦国瑞就是这样一个人。他根据自己多年的实践写出的新闻理论专著《人物通讯写作指要》提出了人物通讯写作的三个阶段十个步骤，实现了理论创新，出版后，得到广泛好评，还被外地盗版印刷，至今仍被许多大学收在网站上，交费才能阅读。他出版的另一本新闻理论专著《浅谈人物通讯的采写》、通讯集《大潮起蛟龙》、报告文学集《中国魂》也都获得好评。

我一本一本翻看着眼前这些书，敬仰之情油然而生。正因为他的执着和坚守，拼搏和奋斗，才有了这累累硕果，攀上了新闻理论和实践的高端，获得了山东省优秀新闻工作者的荣誉。如他自己所说：“其实我的强项是新闻。”的确，因为他是一个从基层农村一步一个脚印走出来，无数个日夜不停笔耕练出来的；一个因热爱创作而学习拼搏到新闻高等学府，毕业又回归到群众身边、深入到基层的新闻人，他的成功不是偶然而是必然。

自觉担当，开拓传承历史文化

我拿起一本封皮粉红色的小册子，一看是1992年1月发行的《现代家教》创刊号。卷首语作者：綦国瑞，整篇读下来，就是一篇动人有趣的美文（下节选一段）。

新的时代，新的生活，需要新的家教观念，新的教育方法。岳母刺字的方式不能重复，头悬梁锥刺股的方法肯定不会受到当代孩子的欢迎。年轻的父母们，您不必发愁，《现代家教》将满载发散着如雨后新荷、初绽牡丹般清新芬芳的新的教子观念、新的教子知识和信息、新的教子方式和方法传递到您的手上。

“我记得这本期刊，当时单位里有孩子的同事几乎都订阅。”

听我这样一说，綦先生很是开心。他说这是1990年他从威海调回烟台，担任市出版局副局长时创办的。当时他发现身边的一些家长，随着物质生活的不断提高，把孩子都当成“小皇帝”来养。家教的问题事关一个家庭甚至国家的兴旺，他萌生了办一份家教刊物，提高家教水平、正确引导孩子成长的想法。但全国当时还没有一份家教刊物，无资金、无经验、无借鉴。但这“三无”境地并没有让他却步，相反更加激发了他大胆创新的斗志，他要自觉担当起这份给祖国的未来，新一代父母和孩子提供丰富精神食粮的重任，刻不容缓且义不容辞！

经认真思考，他给刊物确定了“告诉父母怎样教育孩子和为父母提供科学的教子知识”的办刊宗旨，确定了“指导性、知识性、趣味性、接近性和实用性为一体”的办刊方针。并亲自为刊物开设了《名人家教》《父母星》等二十几个栏目。刊物发行后深受家长欢迎，这给了他很大的动力和信心。不管多忙都亲自写卷首语，他那活泼又富有哲理的文章，成为刊物的一个品牌。作为一个做出版的文化人，他的眼光敏锐且很具有前瞻性，他想让这份深受欢迎的刊物走向全国，于是他积极地申请国家刊号。“严肃正派，主调响亮，深刻新颖，活泼多变，贴近读者”的刊物风格，得到国家新闻出版总署的肯定，破格给了国家刊号。在1995年的山东省优秀期刊评比中，《现代家教》以98分的高分获得第一名，傲居齐鲁大地几百份期刊之首，后来又被评为山东省优秀期刊和华东地区优秀期刊，并在全国介绍办刊经验。《现代家教》走进了除台湾省以外的中国所有地域，中国的第一份家教刊物，受到当时家长孩子的欢迎。在此期间，綦国瑞还积极学习和探讨家教理论，写下了百余篇这方面的理论文章，在全国报刊不断发表，成为引人瞩目的家教理论研究工作者，他后来结集出版的《教子成才60法》，也颇受家长欢迎。可以说，綦国瑞作为一个出版工作者，他创办的《现代家教》和他的家教理论是成功了，他的勤奋努力正体现了他积极的人生态度和开拓创新的时代理念。但他并没有为此居功自傲，他那颗拳拳爱国心，他的社会责任感让他的脚步又迈向了新的高地。

“一个人的格局大了，他的视野就会宽广，看问题做事的境界自然会超出个人小圈子、小情调，做人行文都是如此。”

在出版局工作六年后，1996年他接受了主编《烟台晚报》的工作。改革的浪潮不断刺激着人们的神经，唯有不断创新发展才是硬道理。在短暂的适应和调研后，运用深厚的新闻理论功底，他提出了“更强的可读性、更高的文化品位、更大的市场竞争力”的办报目标；提出了“贴近群众、贴近生活、贴近基层、贴近实际”的办报方针。根据这些思路，他和报社同仁们一起，强化了策划意识，抓好了细胞工程（即编好每个栏目、写好每篇稿件），突出了言论、热点报道、典型三个方面的内容。以不断地创新办报方式吸引了更多的读者，晚报的订阅量出现历史新高，很好地发挥了报纸的媒体宣传作用。

在从报社调到政府后，时任烟台市政府副秘书长的他行政工作多了，但他读书、写作的习惯丝毫没有停顿或放松。多年来，他走的是一条亦官亦文的道路，他有着为官不忘为文的终生追求，走出了一边从事行政工作，一边读书、著书、编书的人生轨迹。他说：“好多人问过我，政府工作那么忙，事务繁多，你有时间读书写作吗？我的回答是只要热爱，时间总会有的。”他抬头望着满屋的书，目光里饱含神往，自言自语：“时间是挤出来的，是珍惜得来的。”

作为一名文学爱好者，我表示赞同的同时也看到綦先生身上的书生雅气和文人傲骨。一个多年在基层摸爬滚打、在政府机关工作的人，他这一份不忘初心实属难得。

“这些书是送给你的。”他指着一摞书对我说道。我一看有他的散文集、丛书等，赶忙连声感谢。拿起其中一套精美的“烟台历史文化丛书”，他说，在政府工作时，常接待外地的客人，不少人想了解一下烟台的历史文化，但他常因为不能向客人提供一本这方面的书籍而遗憾。一个文人的责任感让他不能停顿，他要开拓，填补这一文化空白。于是，他向政府办公室领导提出了编写“烟台历史文化丛书”的建议，得到了领导的全力支持。经过各个方面的共同努力，由《沧海千年》《风云人物》《明山秀水》《锦绣风情》组成的全面反映烟台历史文化的一套丛书终于完成，时任市委书记亲自撰写了序言。这部具有开创意义的丛书面世后，引起极大的社会反响，不但成为市委、市政府对外赠送的文化礼品，还在全市的“读唱学做”活动中被列为必读书目，并被评为烟台市社会科学二等奖。

退休后，他有更多的时间研究烟台的历史、文化、人物和风俗，那几年他拿出了很多时间致力挖掘和弘扬胶东的地域文化，并担任了胶东历史文化研究会副会长。作为莱州人，他还创意主编了“莱州历史文化丛书”，全书分三卷，历史卷、人物卷、风俗卷。这套书费了他很大的精力和心血，紧张的时候，他家满地都是书，他趴在地上找资料。这套书编辑成功，可以说是还原了莱州几千年的历史文化的真实面貌。后又撰写了《莱州史话》，为莱州历史研究做了开创性的工作。2018年由他撰写的《莱州南关史志》（2017年7月山东人民出版社出版），荣获烟台市第三十一次社会科学优秀成果二等奖。因为莱州古城深厚的文化底蕴滋养和哺育了他，所以不管身在何处，他从没忘记讴歌生他养他的这片热土，故乡是他的精神家园，是他创作的根，他是故乡的歌者。在报社工作期间他多次回乡为家乡做长篇报道，还应市委之邀为家乡撰写了大型画册《中国月季城——莱州》，离开了报社后他也时刻关心着家乡的变化，他的笔跟随改革开放的脚步书写着家乡一年一年的辉煌，他的文章也一次一次登上全国各大报刊。

胸怀家国，书写时代新篇章

“因为热爱写作，才能耐住了寂寞，消除了浮躁，拥有了健康的心；因为热爱学习和生活，才能紧跟时代步伐，没有抱怨，没有消极，才能保持心灵的纯真和年轻，看到未来的美好。”这是綦国瑞先生的真实状态，真实写照。

他谈写作兴致勃勃，谈散文热情高涨。他谈他的散文写作理念、一篇好散文应该具有的要素；谈当下散文创作中存在的问题，甚至通过散文创作谈人生的感悟、一个作家应有的家国情怀。他让我看到一个文学爱好者的幸福感，同时也感受到一个作家身上所具有的文化使命感，更领略到他身上特有的积极向上的文学气息。就这样交谈着，我似乎忘了自己的任务是在采访，而是又一次在现场聆听他的讲座，并深为他的博学与文化自信而赞叹。

其实早在20世纪90年代初綦国瑞先生就被评为编审，当时烟台有这方面高级职称的只有三个人。他不论在什么岗位上，都有一种社会责任感和文化自觉，勇于创新和开拓，他走到哪里就会把热爱文学、为文化事业发展的努力带到哪里。

2008年，綦国瑞曾在政协会议上提案呼吁尽快恢复《胶东文学》，但当时由于各种原因尚未落实。烟台这个美丽的海滨城市，没有一份文学期刊，如缺少一份文化的滋养，缺少一张城市的名片。他大胆拓荒，萌发了利用烟台散文学会这个平台创办《烟台散文》文学期刊的念头，没有财政支持，没有专职编辑，但他没有退缩，反而在社会各界的支持下开始运作了。在办刊过程中，他抱定了一个信念：刊小品位不能低，内部刊物标准不能低，地位低胸怀不能低。“站起来，伸展你的双臂，像拥抱你的亲人朋友一样，拥抱散文。”这是创刊号綦先生写的卷首语第一段，一个把散文当成了亲人和朋友来爱的人，从此他义无反顾地开启了为烟台散文，为这座城打造一个文化名片奋斗添彩的旅程。

经过多年的努力，《烟台散文》如今已建立了一支拥有国内一流专家学者组成的顾问团和一支高水平的编辑队伍，吸引并凝聚了大批高素质的作者。办出了一份方向端正、格调高雅、印刷精美的纯文学期刊。成为了一方文学创作阵地、培养新人的平台和烟台的亮丽名片，得到中国散文学会的高度赞扬和各界的公认。而作为主编綦国瑞带领团队坚守纯文学本色，精心耕耘与栽培，为推动烟台文化城市建设，他可以说是功不可没。2013年被评为山东省优秀内部期刊，省新闻出版局在《新闻与出版》上全面介绍了他们的经验；2017年，在全国文化期刊、群众文化期刊评选中，綦国瑞先生获得优秀主编奖。2018年是《烟台散文》创刊十周年，这十年里，《烟台散文》与时俱进，硕果累累。他在学会第三次代表大会上作了题为“志高方向正，文海破浪行”的工作报告，总结展望，对散文的创作提出了自己的独特见解和更高期望。大家明白，綦国瑞先生的工作报告是带着满腔热忱完成的，他对文学、对散文的爱早已根植于骨髓、灵魂了。

自幼就热爱文学的綦国瑞即使闯荡新闻界、做出版人甚至从政多年，但他对于文学这块圣地的向往，对文学这个百花园的热爱有增无减。他创作报告文学、诗歌、辞赋、电视专题片、大型画册文本、人物传记等，更多的仍是散文创作，他已先后结集出版了《心中的北斗星》《家住海边的日子》《那条长长的胡同》三本散文集，还有若干单篇在全国报刊发表并获奖。在我跟他说要看看那篇《凤凰阁记》获得的冰心散文奖奖牌时，他爽快地答应了，从东面书柜一堆获奖证书里拿出一个印有冰心头像的银色奖牌。面对这么多的荣誉，我说，“这些奖项充分证明了先生您散文写作的境界和高度”。他却谦逊地说，“荣誉不值一提，前方还有更高的台阶需要攀登，全心认真写作才是幸福，才是有意义的事”。

綦国瑞散文的重要组成部分是讴歌大自然。他去过国内外许多地方，他说，我写游记，不是单纯地写写各地的山水美景，所见所闻表层的东西，而是用心去感受、去挖掘一个地方深层的文化内涵，能给人们的心灵带来震撼和思考的东西。他的那篇《千年之碑》(《天津文学》2018 年第 2 期)，我在微刊上读过，印象深刻，从另一个角度来讲这篇散文又是一篇视角独特的历史文化散文，荣登 2018 年山东年度优秀散文榜。2019 年 1 月 9 日《光明日报》发表中国社会科学杂志社文学部主任王兆胜的文章《深潭一般的宁静与从容——2018 年散文创作概观》，文中他这样评论：“《千年之碑》是写中国优秀文化精髓的，有助于确立文化自信，塑造的是一心为民的苏东坡，作品视野阔大，历史感和文化感强，有高尚的审美境界和品位，对于许多历史虚无主义和碎片化写作无疑具有纠偏作用。”

每一次出行都是心灵之旅，每一篇散文都是他心灵旅行的结晶。他的散文在用生动的笔触，细致地描绘了这些地方的绮丽风光后，从更深层次上探讨了这些地方的盛衰得失，从中突出主题，弘扬人道主义、民主正义、个性解放、爱国情怀等崇高精神和积极向上的美学感染。读者在取得审美愉悦的同时，也得到了更多的思想启迪。

《家住海边的日子》获第九届烟台市文艺创作一等奖，这本集子我非常喜欢，捧在手里竟有些莫名的感动，也许是因为它诗意的名字吧。峻青先生的序中写道：“国瑞的文章一经展读，竟仿佛又回到久别的胶东老家，眼中有春花灿烂，耳中有涛声轰鸣，身边有乡亲环绕，可感国瑞澎湃之真情，可闻国瑞激荡之心音，不觉精神为之振奋，心头为之惊喜。”当然，像大多数散文作家一样，綦先生的散文创作中有相当多的篇目是写亲情、友情、乡情、同志情的。如《那条长长的胡同》《失落的古城》《侍母琐记》和 2018 年入选“好散文 1978—2018”的《故乡有了聚宝盆》等等都是让人过目难忘的好散文。他表现的家之情怀，不是漫漫忆旧，而是颂扬正气，讴歌善良和真诚，鞭挞丑恶，是仁爱的情愫，是感恩的心肠，等等。从文章中，读者会深深地感受到他那从骨子里透出的善良仁爱，他所具有的雅士风骨和刚正气质。

“人生没有退休，人生是一个不断前行、不停奋斗的过程，我的生活常态就是读书、写作和讲课。一年四季的锻炼方式就是游泳，我感觉奋斗着就会使人年轻，奋斗着才是幸福。”

温暖的书房里，几盆君子兰整齐地置身于东侧书柜前，宽厚的叶子安静地绿着，相信它们也在暗自赞叹着我的赞叹，赞叹綦国瑞先生在文学创作路上那颗永远年轻的心；赞叹他从没有因为岁月流逝而有所懈怠；赞叹他在荣誉面前不骄不躁、低调谦和。一个人的能力有大小，但只要是为了梦想不断奋斗就是值得尊重的人，他的生命质量就会成幂次方地叠加。

谈到自己将来的目标和对散文创作的方向，他站起来，去电脑桌上拿来一张《文艺报》，我一看是 2019 年 3 月 4 日在全国政协十三届二次会议上，习近平总书记在文化艺术界、社会科学界委员的联组会上的讲话专题，其中几段文字綦先生都用蓝色笔一行一行标注了出来。他一字一句给我读着，那神态真诚和蔼，那语气却是自信昂扬：“中国特色社会主义进入了新时代。新时代呼唤杰出的文学家、艺术家、理论家，为时代画像、为时代立传、为时代明德。”

他说，“你看，习近平主席的讲话已给我们指明了方向，我虽然是一个业余作者，也要按一个真正作家的标准来要求自己。必须看到文化是民族和国家的灵魂，文学是照亮心灵的火炬，我们烟台的散文作家，要坚持以人民为中心的创作导向，在散文选材上要有关心天下、关心社会、关心当下的情怀，深入生活、深入基层，紧跟时代步伐，把握时代脉搏，聆听时代声音，回答时代问题。要有自觉担当意识，同国家和民族命运紧密相连，休戚与共，才能发出振聋发聩的声音。在散文写作上要不断开拓和提升精神性，即走进散文创作的中心区，把提高质量作为文艺作品的生命线，情系人民，拥抱和书写伟大时代，这是我们所有散文作家的光明之路。我希望烟台散文作家、作者继续努力，不久的将来在文学创作上再上一个新台阶。”

听着綦先生的谈话，心中似这个春天一样清朗。来到窗前，透过高高的玻璃窗户向东瞭望，不远处就是蓝色的黄海，波光点点中一艘巨轮驶入浩渺的天际线，海天一色勾勒出一幅动人的美丽画卷。他说，自己常在此极目远望，放飞一下心灵。

綦国瑞先生无论是一个业余作者还是专业作家，多年来一直奋斗在文学路上，他的座右铭是：“生命不息，写作不止。”他明确自己前行的方向，用心用情用功抒写人民、描绘人民、歌唱人民。他的胸怀就像这蓝色的大海般辽阔，而他的梦想在这个春天里再一次展翅，他是一个永远年轻的追梦人，我似乎已听到他有力前行的脚步声。

不知不觉两个小时的采访很快结束了，带着綦先生的赠书跟他告别。驾车奔驰在宽敞的观海路上，綦先生从容自若的声音仍萦绕耳边：“人生是一个不断奋斗的过程，只要积极追求，这样的人才能拥有幸福的人生；只要乐观向上，这样的人才能永葆年轻的色彩。”车外阳光明媚，清风轻拂，春天真的来了！

我想，这次采访的题目有了。

2019.3.16

载于《胶东文学》2019年第2期

情意只如初

燕台石

——读《第一方红印》

四月艳阳天，本该是踏青游玩的好季节，却因蔓延三年的新冠疫情再度肆虐的影响禁足居家，正在百无聊赖之际，收到国瑞先生发来的散文集《第一方红印》电子稿，连日伏案捧读，精神为之一振，不由感慨万千,一个年过花甲的人，出于热爱与真情，其旺盛的创作能力竟然不输年轻人!

国瑞先生是我的学兄，也是我的老同事、老朋友，相识相知四十余年，可谓莫逆之交、君子之交。我深知国瑞先生自幼就热爱文学，即使游走新闻界、担纲出版人，乃至我们一同在烟台市直党政机关共事若干年，他对于文学的向往，对文学的热爱始终有增无减。几十年来，他的文学创作涉及报告文学、诗歌、词赋、电视专题片、大型画册文本、人物传记等诸多文学形式，但作品最多、深耕厚植、广受称道的是他的散文创作，其中大量单篇在全国报刊发表并膺获奖项。他已先后结集出版了《心中的北斗星》《家住海边的日子》《那条长长的胡同》三本散文集,《第一方红印》是他的第四本散文集，这也是他退休后写作的第二本散文集。

当代著名作家峻青老人生前在国瑞先生出版的《家住海边的日子》一书序言中曾这样评价国瑞先生和他的散文，“俗话说‘文如其人’，散文则更是作者品格的标杆，学养的尺度，心情的直白。国瑞的散文确如我见过的人一样，朴素流畅优美的字里行间处处流露着真诚。他热爱大自然，热爱祖国的大好河山，总是怀着一片爱心投进它们的怀抱，在饱吸了甘甜的乳汁后，又蘸足心血，酣畅地书写出独到的、深刻的、发人深思的感受和真情。”我的鲁东大学校友、中国作家协会副主席张炜先生在本书序言中说，“其文与人有着与他人不同的韵致和格调，有着强烈的地域色彩。他之情怀、经历和学养，决定了其篇章的格局和高度”。著名作家、学者红孩在本书《关于綦国瑞散文“+”的隔空解读》一文中说，“他对散文充满了热情、敬意和深研，无论是文化散文、风光散文、人物散文，还是纪实散文，都写得清新质朴、大气不凡，表现了与众不同的胸襟和格局”。我十分赞同他们对国瑞先生为人和散文写作的评价，特别是通览《第一方红印》后，更加印证了三位方家对国瑞先生人与文的认可和评价是实事求是、恰中肯綮的。

《第一方红印》散文集有四十多万字，共分为书生意气、锦绣江山、风流人物、散文纵论四辑，收录国瑞先生近几年发表在报刊上的八十篇文章。这些散文凝结着国瑞先生的热爱、坚守、创新、思考和探索，他因热爱而创作，因热爱而执着，因热爱而诉诸文字，洋洋洒洒倾注着他的家国情怀之爱、美好生活之爱、珍惜生命之爱，贯穿着他的一片真情，有亲情、友情、激情，亦有思古之幽情，发愤之豪情，风土之人情，虽包罗万象、古往今来，但无处不倾注真情，情至意深，言近旨远，感人肺腑。

书中第一辑是“书生意气”，有九篇文章。写的是读书人的意气风发；写的是书生的爱国情怀；也写出了求知人的理想、雄心和作为。在《千年之碑》里，苏东坡那座时刻关心百姓疾苦的“碎嘴婆”巨大口碑，“是可以与那座文学的丰碑比肩而立的”；《书生意气唱大风》中的王懿荣，“读书让他凝聚起浩荡的书生意气，读书让他铸就以天下为己任的书生风骨”；《灵魂归处是故乡》中“时时追求光明”的杨朔；《大槐树下话当年》中“与民生死与共”的许世友；《第一方红印》中“有着远见卓识和雄才大略”不幸英年早逝的郑耀南；《三访峻青》中“始终保持对家乡和人民的爱的初心”的峻青；《碑后的故事》中郭光甲、潘士义、刘家齐、于学成等福山“爱国爱乡的海外游子”；

《说说天下第二人》中“业绩、气节、操守，最终得到了历史和人民的认可”的明代首辅毛纪；这些国瑞先生笔下的古今人物，做人、做事、做官，为国、为民、为人，无不胸怀浩然正气，志存远大抱负，热情豁达坦荡，意志坚韧不拔，将小我融入国家、民族和人民的大我之中，与时代同步伐，与人民共命运，实现了人生价值，升华了人生境界，堪称后来人的楷模。情意深如海。本辑作品虽然数量不多，但视野阔大，历史感和文化感强，有着高尚的审美境界，丰富的思想内涵，超凡脱俗，不同凡响，耐人品味，与许多历史虚无主义和碎片化写作确有天壤之别。

第二辑为“锦绣江山”，有二十九篇文章。退休以后，国瑞先生去过国内外许多地方，游览过不少名山大川，他写的游记不是单纯地写有山有水的美景，记所见所闻的表象，而是用心去感受、挖掘一个地方深层的文化内涵，给人们心灵带来震撼和思考。《翠绿闪亮的地方》江西梧州南丰，橘子给农民带来了绿色、富足、繁荣、康乐；川西广汉市《神奇的五彩路》推动了美丽乡村建设；《清凉梵净山》让人在享受最美时节中“入梦、明理、得静”；《勾起乡愁的地方》鲁中山区香山，“似雾似风似云，从眼前飘过”；舟山群岛岱山《东沙角咏叹调》，发现“一块璀璨的宝石”“一盏耀眼的明灯”；《我的省城意境》在欣赏“新济南的无边景色”中体味沧桑巨变；武陵山大峡谷中《武陵闻道》，讨教“在场主义真谛”；《三亚月色》清凉如水的意境令人陶醉；《享受博鳌》“人与自然和谐相处的美妙”让人向往。在国瑞先生笔下祖国大地可谓无地不美，随处皆景！是的，我们这个拥有五千年文明历史和九百六十万平方公里陆地面积的国度，山川名胜实在太多、太美了！情怀如醉，国瑞先生用一尺之笔，不仅细致生动描绘踏足之地的绮丽风光，而且从深层次探讨这些地方的盛衰得失，从中攫取主题，弘扬人道主义、民主正义、个性解放、爱国情怀等崇高精神和积极向上的美学感染，读者在取得审美愉悦的同时，也吸纳了滋养思想的丰富营养。

国瑞先生用饱含激情的浓墨重彩描绘着祖国的大好河山，寄托着他对国家和人民的无限热爱，当然其中着墨最多的还是他挚爱的家乡烟台及莱州的山和海、城和乡，从中让人感受到他对故土的无比钟爱、无比眷恋。《凤凰阁记》“莱山天赐，满目锦绣”；《谛听山与海的交响》“既可畅饮甘甜的山风又可细品清丽的海韵”；《金色的隧道》让城市破山而出，“山耸城中，城随山转”；《这片高地》莱州“与众不同的东西正是世世代代建筑和坚守的又经今人开拓、加固和升高的道德高地”；《我爱故乡的星空》“找到做一个莱州人的骄傲”；《万丈光灿云峰山》郑道昭魏碑书法闻名天下；《故乡有了聚宝盆》的莱州南关走上致富路；《金寨谷记》不可限量的天赐尤物；《莱山赋》“昔日宁海旷野，而今胶东新都”；《莱山秋暖》是因为“当地干部心中有着对群众浓浓的暖意”；《我爱你，莱山、莱山》是由于“一个自觉地、高度地尊重自然、崇尚人文的莱山”。还有《岱王山记》《所城三梦》《古宅新生》《风清荷香在蚕庄》《冬日里的春光》《全真道茶赋》等文章写的都是烟台的百姓生活、城乡新貌、山川风物，甚至有鲜有人知的城乡角落和偏僻农村。情亲难语离。故乡的星辰日月、禾稼草木永远牵动着游子的心，在国瑞先生的笔下，不仅可以看到烟台的山川大海，还可以闻到鸟语花香，篇篇美文，字字珠玑，充满了浓浓的乡土情怀、深深的莼鲈之思。

第三辑为“风流人物”，有二十篇文章。写的是一群对历史、对时代、对社会有贡献、有影响、有作为的人物。这些人物中，有的并非某一个特指的个人，而是一个时代的人物群像。如《康乾的印记》对康熙和乾隆两朝修建河北围场把长城修到人心里，修建承德喇嘛庙胜似百万兵的文功武治大加赞赏；《冬奥乐》为奥运健儿的优异表现和在幕后默默奉献的建设者、志愿者、参与者喝彩。这些人物中，有富有社会责任心、勇于担当、创新进取的企业家、创业者，如《扛起中国葡萄酒业的大旗》的张裕公司，一百二十年来不断成长壮大为民族企业的典范，是一代又一代人的传承与坚守；《飞龙礼赞》描绘了飞龙集团创业者仁者、义者、礼者、智者、信者形象，赞颂了其三十载春秋走过的诚信之路、仁爱之路、正气之路、文化之路、光明之路，在董事长宋明志的带领下正如飞龙在天；《旌旗所向是高峰》记录了几代农科人艰难创业、不断进取，攀登农业科技高峰的事迹；《激情澎湃漫高地》讲述了烟台保税港区华丽转身烟台综合保税区过程中坚守者和拼搏者的情怀和激情。这些人物中，难能可贵的是国瑞先生为社会上勤奋努力的平常人和小人物不惜笔墨点赞，从收录的文章中我们可以看到为修复所城挥洒汗水的蓝天集团职工，为烟台和呼和浩特市经济文化牵线搭桥的内蒙古商会员工，有老战士、老新闻工作者、笔耕不辍的散文家石英，有胶东在线的创始人、韬奋奖获得者邓兆安，有中医学者孙喜灵，还有好心态的北京的哥和素不相识的出租车司机，甚至有一篇引经据典为“掖县鬼子、黄县嘴子、蓬莱腿子”正名的文章。情共香俱透。国瑞先生笔下的人物，既有泰山北斗的仰望，也有惺惺相惜、敬恭桑梓、能者为师的选择，但都是充满正能量、可圈可点、值得尊敬的人，甚至不乏为时代楷模击鼓助威、张扬声势之举。

值得一读的是这一辑中，国瑞先生还记叙了他个人的生活、工作片段和涉及的人和事，如《娱亲记》《难忘“千对千”》《〈人民日报〉把我送进新闻系》《我为家乡写史志》《我在晚报的理论探索及实践》《永生难忘的新闻系》等文章，我们可以从中看到国瑞先生对生活、对工作、对事业的满腔热情，对亲人、对同志、对朋友的深情厚谊，窥察国瑞先生永不满足的好学精神，认真严谨的工作作风，不同一般的人生抱负，炽热奔放的家国情怀，让人情不自禁顿生敬佩之意。国瑞先生，您是当之无愧的新时代风流人物啊！

第四辑是“散文纵论”，有二十二篇。国瑞先生并非专业作家，他的作品多为业余之作，如果从退休后算起，也只能说是半路出家吧。但他的作品颇有大家气象，并非一般的业余作家所能及之。究其缘由，概因国瑞先生十分注重散文理论的学习与研究，取得了事半功倍的效果。情敦同气迈凡流。他从自己的人生阅历、文化素养和爱好出发，不论写作什么类型的散文，都用心学习揣摩，力求体裁多样、形式灵活、文情并茂。本辑有他与散文作家关于散文写作理论与实践的探讨，如《红孩散文的平民美学》《艺眼文心》《雄健的思想者》等从不同角度阐述了散文写作应当注意的平民情结、艺术手法运用、素材的提炼升华、思想内涵的挖掘、可读性和文学性的考量、格局与境界的营造等问题。本辑有他自己的写作经验和体会，如他在《散文创作的原点》中提出要“努力的凝练、升华和开拓每一篇散文的情怀”，他在《散文审美的三个层次》中将散文的“形象、情感、思想”即形、情、意视为重要的审美价值和标准；在《用思想情感再造环境》中他指出运用感悟力、联想力、想象力创造意象、意蕴、意境是散文与时俱进的需要；在《关于纪实散文的写作》中他强调只有“积极参与、强烈感觉”才能写出一篇好的纪实散文；在《关于亲情写作的几点看法》中他认为写好亲情散文要有情怀、细节和感悟，要经过审美提升、凝练和概括，避免同质化；在《散文创作的思维路径》中他认为离不开“感受、理解、发现”；还有《散文写作五要素》《打开散文写作的两把钥匙》《散文写作的坚守与变革》《学写散文的几点体会》等文章都是关于散文写作的经验之谈，不乏真知灼见、远见卓识。本辑中还收录了他近年为王月鹏、燕台石、宋华等文友的散文集撰写的数篇序言，无一不是对散文写作理论与实践的研究、建议、指正和探讨。正是由于国瑞先生在散文创作理论上的深入研究和突破，让他登上了散文写作的一个又一个高峰，2006 年《家住海边的日子》散文集获第九届烟台市文艺创作奖一等奖；2010 年散文《女省长的目光》获首届“星光杯”感动中华全国优秀文学作品征文一等奖；2013 年《那条长长的胡同》散文集获得齐鲁首届散文荣誉奖；2014 年《凤凰阁记》获得第六届冰心散文奖；2017 年《我爱故乡的星空》获第三届“中华情”全国诗歌散文联赛金奖等诸多奖项。

情意只如初。国瑞先生退休后，本来应该含饴弄孙、安享清福，但他却给自己确定了新的更高的奋斗目标，他在《望见高峰》一文中写道："在长期的写作实践中，我逐步形成了一些观念：散文必须有自己的真情实感，无真情实感难有情怀；必须要有自己的独特感受，有感受才会写出形象；必须有对题材的深刻理解，有理解才会有思想观点，才会让文章达到一定的高度。形、情、意成为我写散文的不断努力的三个指向。我一直坚守和强化着这些观念，并孜孜不倦地向前走着，希望总有一天会在翻过一座高坡又一座高坡之后，攀上神秘而又诱人的峰顶。""无限风光在险峰，攀上峰顶非易事，但知道了峰顶在哪里，只要有大胸怀、大格局、大气魄，不歇脚、不停步，我有信心和能力，在爬过若干高坡以后，一定会胜利地抵达峰顶。"我赞叹国瑞先生在文学创作路上永葆青春的心态；赞叹他不忘初心、矢志不渝、砥砺前行的意志；赞叹他淡泊名利、不骄不躁、谦虚谨慎的修养。一个人的能力无论大小，但只要是为了人生梦想不断奋斗就是值得敬重的人。正如习近平总书记在中国文联十一大、中国作协十大开幕式上的重要讲话中对广大文艺工作者期望的那样，"弘扬正道，在追求德艺双馨中成就人生价值"。这应该是每一位文艺工作者终生的奋斗方向和目标，国瑞先生正在全力以赴勇攀高峰。

情因老更慈。我们完全可以相信，像国瑞先生那样自觉立德修身、崇德尚艺，把艺术追求融入党和人民事业之中，一定能够不断创作出无愧于时代、无愧于人生的华章美文，引领社会风尚、赢得人民群众的热爱。期待国瑞先生更多好作品问世。

2022年"五一"国际劳动节期间草就于北京寓所

（作者为鲁东大学原副校长、二级教授、烟台市散文学会会长）

图书在版编目（CIP）数据

第一方红印 / 綦国瑞著 . -- 北京：作家出版社，2022.10
ISBN 978-7-5212-1939-5

Ⅰ. ①第… Ⅱ. ①綦… Ⅲ. ①散文集 – 中国 – 当代
Ⅳ. ①I267

中国版本图书馆 CIP 数据核字（2022）第 110189 号

第一方红印

作　　者：綦国瑞
责任编辑：田小爽
装帧设计：留白文化
出版发行：作家出版社有限公司
社　　址：北京农展馆南里 10 号　　**邮　　编：**100125
电话传真：86－10－65067186（发行中心及邮购部）
86－10－65004079（总编室）
E－mail: zuojia@zuojia. net. cn
http: // www. zuojiachubanshe.com
印　　刷：河北鹏润印刷有限公司
成品尺寸：185 × 260
字　　数：430 千
印　　张：26.5
版　　次：2022 年 10 月第 1 版
印　　次：2022 年 10 月第 1 次印刷
ISBN 978-7-5212-1939-5
定　　价：70.00 元